BASTEI
LÜBBE

Von Julie Harris sind in der Verlagsgruppe Lübbe als Taschenbücher lieferbar

92096 Eisgeflüster

Über die Autorin:

Julie Harris, geboren 1957, lebt in Queensland, Australien. Sie war als Theaterautorin und -regisseurin tätig, bevor sie sich ganz der Schriftstellerei zuwandte.
Mit *Der lange Winter am Ende der Welt*, 1998 bei BLT erschienen, gelang Julie Harris der internationale Durchbruch.

Julie Harris

Im Zeichen der Fehde

Historischer Roman

Ins Deutsche übertragen
von Isabell Lorenz

BASTEI LÜBBE

BASTEI LÜBBE TASCHENBUCH
Band 15 446

1. Auflage: Februar 2006

Vollständige Taschenbuchausgabe

Bastei Lübbe Taschenbücher in der Verlagsgruppe Lübbe

Deutsche Erstveröffentlichung
Titel der englischen Originalausgabe: ALL OR NOTHING AT ALL

Published by arrangement with Julie Harris.
Dieses Werk wurde vermittelt durch
die Literarische Agentur Thomas Schlück GmbH, 30827 Garbsen.

Einbandgestaltung: Bianca Sebastian
Titelbild: Benozo Gozzoli/Artothek
Satz: hanseatenSatz-bremen, Bremen
Druck und Verarbeitung: GGP Media GmbH, Pößneck
Printed in Germany
ISBN-13: 978-3-404-15446-3 (ab 01.01.2007)
ISBN-10: 3-404-15446-0

Sie finden uns im Internet unter
www.luebbe.de

Der Preis dieses Bandes versteht sich einschließlich
der gesetzlichen Mehrwertsteuer.

Für Carmen, Pia und Michelle

Kapitel Eins

Wie sehnlich er sich doch wünschte, sein Kopf wäre ganz aus Stein, wie der Boden unter seinen Füßen, denn wäre sein Kopf aus Stein, bräuchte er nicht diesen grauenvollen Lärm zu hören.

Vom Turmfenster starrte der Junge ins Wasser hinunter, dabei gab er sich alle Mühe, die wütenden, schmerzerfüllten Schreie zu überhören. An jedem anderen Ort wäre er jetzt lieber gewesen – im Burghof zum Beispiel, wo er dem Hufschmied zusehen könnte oder sogar den Waschfrauen –, aber nein, sein Platz, so hatte Monseigneur verfügt, war in der Burg. Wer so jung war, durfte noch nicht mit den Männern ziehen.

Christian war natürlich mit den Männern gezogen, aber Christian war ja auch schon sechzehn.

Wenn es nur nicht so kalt wäre, dann hätte er auf die Klippen hinunterklettern und sich kopfüber in die Stromschnellen des Flusses stürzen können, nur um diesem Lärm zu entgehen. Wenn es doch nur nicht so kalt wäre.

»Geoffrey! Hier bist du! Hast du mich denn nicht rufen hören?«

Wie hatte sie ihn nur so rasch finden können? Ob er sich jetzt trauen sollte zu springen?

»Du solltest doch bei der Tür warten!«

Er wagte nicht, seiner Tante in die Augen zu schauen, er fürchtete sich viel zu sehr vor dem, was er dort zu sehen bekäme.

»Na los, komm jetzt mit!«

Er nickte – das war alles, was er zu tun wagte. Was für ein tapferer Krieger, der sich vor einer Frau fürchtet. Geoffrey de Polignac sah sich in den Gemächern seines Bruders um. Sollte Christian je von einem Scharmützel mit den Dupuys nicht zurückkehren, sollte ein Pfeil in seinem Bruder ein unwilliges Ziel finden, dann wären dies seine Räume, und dann wäre er der Schildknappe seines Onkels Graf Robert de Polignac. Dann wäre er nicht mehr länger der Hausbursche seiner Tante, ein Page ohne alle Würden.

Wieder rief sie, hektischer noch. Schlag mich doch, flüsterte er. Ich flehe dich an, schlag mich, aber schrei mich nicht an. Geoffrey schloss die Tür zum Zimmer seines Bruders, denn wenn Christian erfuhr, dass sein kleiner Bruder während seiner Abwesenheit ungebetener Gast in seinen Räumlichkeiten gewesen war, dann hielte selbst die Hölle freundlichere Worte und eine freundlichere Faust für ihn bereit.

Geoffrey stieg langsam die unebenen Stufen der Treppe hinab, die sich in einer scheinbar endlosen Spirale wand, und fragte sich, ob er nicht ausrutschen und sich mit lautem Gepolter bis nach unten in die Halle fallen lassen sollte. Würde ihm so die Flucht gelingen vor den Geräuschen, die von der in den Wehen liegenden Schwester seiner Tante kamen? Könnte er so tun, als hätte er sich das Bein gebrochen?

»Geoffrey!«

Der Junge zuckte zusammen. Die Dorfbewohner riefen selbst nach ihren Schweinen freundlicher. Er legte das Ohr an die massive Holztür. Hätte er durch das Schlüsselloch gesehen, wäre er Zeuge der Vorgänge in dem Schlafgemach geworden, aber die Geräusche reichten schon aus, jegliche Neugier zu dämpfen.

»Ja, Madame?«, rief er, die Augen hielt er geschlossen. Bitte, Gott, lass sie nicht sagen, dass ich hereinkommen soll. Wieso kann das hier denn nicht ein anderer tun? Wieso hat die Gräfin denn alle weggeschickt, mit Ausnahme von mir und Ella und dem alten Weib aus dem Dorf?

»Geoffrey, du musst uns helfen! Du hast schmale Hände. Nur du kannst das tun!«

Geoffrey spürte, wie ihm alles Blut in die Füße schoss. Jetzt wünschte er, er wäre tatsächlich die Treppe hinuntergefallen.

»Bitte, Madame, befehlt mir nicht hereinzukommen. Ich kann das nicht. Ich kann nicht hereinkommen.«

»Auf der Stelle, Geoffrey! Auf der Stelle – oder sie stirbt!«

Wie gelähmt blieb der Junge an seinem Platz. Die Hölle auf Erden würde er erleben, wenn man erfuhr, dass er dem Befehl seiner Tante nicht gehorcht hatte. Wenn man ihn nicht auspeitschte, dann würde man ihn in die Kälte hinauswerfen, und seine Zukunft als tapferer Rittersmann wäre beendet, ehe sie noch begonnen hätte. Die Tränen schossen ihm in die hellen Augen. Seine Hand, die flach auf der Tür lag, zögerte noch. All seine Kräfte müsste er aufbringen, wollte er die Tür aufstoßen. »Gott im Himmel, ich bin doch brav gewesen. Bitte, lass sie das nicht von mir verlangen«, betete er. Seine Stimme war nicht mehr als ein zittriges Flüstern.

»Geoffrey! Sofort!«

Der nächste Schrei war anders als alles, was er je gehört hatte. Er tat ihm in den Ohren weh und war schlimmer, als Christians Fäuste es je gewesen waren, wenn sie ihn attackierten. Mit einem Gefühl, als drehte sich ihm der Magen um, stieß der Junge die schwere Tür auf.

Knarrend öffnete sie sich.

Er nahm mehrere Dinge gleichzeitig wahr. Mademoiselle Vianna, die hübsche Schwester seiner Tante, die so lieblich sang, lag auf dem breiten Bett, die Knie hochgezogen. Sie schrie immer noch. Seine Tante, Gräfin Marys, hatte die Hand zwischen den Beinen der Frau. Geoffrey glaubte, die Besinnung zu verlieren. Was war schlimmer? Der Anblick oder die Geräusche?

»Geoffrey, schnell!« Gräfin Marys packte ihn am Arm. Der Junge heulte auf und versuchte, sich loszureißen, aber mit aller Kraft zerrte sie ihn zu der schreienden Frau.

Es war kalt draußen, bald würde es schneien, dunkle Wolken hingen tief am Himmel, aber Mademoiselle Vianna war schweißüberströmt und schlug so heftig um sich, dass das alte Weib aus dem Dorf kaum die Kraft hatte, sie festzuhalten.

»Siehst du, Geoffrey? Siehst du? Das sollte kein Bein sein. Es sollte der Kopf sein. Siehst du es denn nicht?«

Geoffreys Kopf wurde nach unten gedrückt, aber er sah überhaupt nichts – die Augen hielt er fest geschlossen, und in Gedanken schrie er: O Gott, wieso tust du mir das an? Wieso?

»Steck die Hände rein und dreh es um, Junge. Du musst.«

Der Junge begann zu schluchzen. »Nein!« Er warf sich in Richtung Tür, aber Marys packte ihn mit ihren blutigen Händen beim Schopf und zerrte ihn zum Bett zurück. »Mach schon, du erbärmlicher kleiner Wicht. Wenn meine Schwester stirbt, dann stirbst auch du! Und es wird ein langsamer Tod sein! Ein weit schlimmerer Tod, als irgendein Maure ihn sich auszudenken vermag!«

Wut lag in ihrem Blick und in ihren Worten. Noch nie zuvor hatte er seine Tante so gesehen, es war beängstigender als alles, was in seiner Vorstellungskraft lag. Sie schüttelte ihn, packte grob sein Gesicht. Der Geruch von Blut war Übelkeit erregend. »Du hast keinen Mumm in den Knochen!«

Der Junge spürte, wie ihm das Herz voll rasender Wut pochte. Wie konnte sie das wagen? Wie konnte sie sagen, er habe keinen Mumm in den Knochen?

»Hilf uns Geoffrey. Es ist zu spät, um nach dem Medicus zu schicken. Hilf uns.«

Geoffrey machte sich von ihrem Griff und ihrem flehentlichen Blick los. Ganz ruhig jetzt schaute er zu der Frau in den Wehen. Einen Augenblick lang war alles still, und es schien fast Friede zu herrschen, dann fing das Schreien wieder an. Er begriff nichts von dem, was hier geschah.

»Wie soll ich es denn drehen, Madame?«

»Mit dem Kopf voran muss es raus.«

Der Junge trat ans Fußende des Bettes und schaute. Er sah das Bein, vielleicht war es ein Schenkel? Er fragte sich, ob er der Frau wohl Schmerzen bereiten würde, wenn er seine Hand dort hineinsteckte. Er berührte sie am Bein. Die weiße Haut war blutverschmiert. Ihre Muskeln waren angespannt. Das alte Weib hatte der Gebärenden etwas in den Mund gesteckt, um die Schreie zu dämpfen. Geoffrey sah über den riesigen, hoch aufragenden Bauch hinaus. Ihr Gesicht war fast blau von all der Anstrengung. Jäh beruhigte sie sich und starrte mit blicklosen Augen zur Decke hinauf. Ihr Atem ging, als wäre sie gerade den ganzen Weg zur Abtei und zurück gelaufen. Wie konnten solch kleine Hände ihr wehtun, wo sie doch außer Schmerz im Augenblick nichts kannte? Er sah zu Gräfin Marys.

»Jetzt, Geoffrey!« Sie schlug ihn auf den Hinterkopf.

Geoffrey schluckte, schloss die Augen und gehorchte. Es war heiß dort drin, heiß und glitschig, und der Geruch war anders als alles, was er je gekannt hatte. Was würde geschehen, wenn Monseigneur jetzt, genau in diesem Moment, zurückkäme?

»Geoffrey, kannst du es drehen?«

Mit seiner schmalen Hand kam er an eine dicke Schnur – dann eine winzige Schulter und schließlich ein Kopf. Aber der Säugling hing an irgendetwas fest. Ob dort wohl Platz ist für meine beiden Hände, fragte er sich, und sacht ließ er auch die linke Hand hineingleiten.

»Madame, ich versuche es ja, aber das Kind scheint irgendwie … irgendwie … festzuhängen, ich kann es nicht! Ich habe Angst, ich tue ihm weh, wenn ich das mache!« Mit vor Furcht weit aufgerissenen Augen schaute er Gräfin Marys an.

»Meine Schwester darf nicht sterben! Das Kind ist unwichtig!«

Wie kann sie nur so etwas sagen, fragte sich Geoffrey, und das Herz schlug ihm wie wild. In seinen Händen spürte er die Anspannung dort drin und die heftige Kontraktion der Muskeln, die versuchten, das Ding mit Gewalt hervorzupressen. Doch immer noch hing es fest, bis seine kleinen Hände es sacht nach rechts und nach unten schoben. Geoffrey zog die Hände heraus und machte die Augen auf. Da war viel Blut und Schleim herausgekommen. Das Schreien hielt an, wenn auch gedämpfter.

Gräfin Marys stieß ihn so heftig beiseite, dass er fiel. Schnell setzte er sich auf, klopfte sich Stroh und Schilf aus der Kleidung und versuchte zu sehen, was weiter geschah. Das alte Weib schrie ihm zu, er solle verschwinden. Sofort war seine Anwesenheit vergessen.

Geoffrey stand gerade auf, als seine Tante sagte: »Vianna, es kommt, es kommt. Noch einmal pressen, mein Liebes, nur noch einmal pressen …«

Der Säugling fiel auf das Bett und lag blau und reglos da. Alles war still. Das Kind war tot. All die Mühe, und nun war es tot.

»Lass es mich sehen«, jammerte Vianna. Geoffrey standen die Tränen in den Augen. Er starrte auf das Kind, das auf den beschmutzten Betttüchern lag. Es war ein Junge, und die lange, dicke Schnur, die noch an seinem Bauch hing, führte in das dunkle, tiefe Innere seiner Mutter hinein. Wie angewurzelt stand Geoffrey da und hatte nur Augen für das, was jetzt aus dem Frauenkörper ausgestoßen wurde. Ein weiteres Kind befand sich nicht in diesem fürchterlichen Durcheinander, aber die Schnur hing daran fest.

Marys sank auf die Knie und stöhnte.

»Madame?«

Vor lauter Gestöhne hörte seine Tante ihn nicht, also sprach er lauter.

»Madame, da ist noch ein Kind. Ich habe zwei darin gespürt.«

Gräfin Marys wischte sich mit dem Ärmel über die Augen. »Unsinn, Junge. Da ist nichts.«

Und da begann das Schreien wieder von vorn. Der zweite Säugling kam mit dem Kopf zuerst heraus und glitt mühelos in die Hände von Marys. Ein Mädchen, und die Kleine schrie von dem Moment an, als sie zum ersten Mal Atem holte; sie schrie, und sie war wütend. Sie war sehr wütend.

Geoffrey sah, wie seine Tante das blutverschmierte Kind hochhob und es ihrer Schwester zeigte, aber Vianna wandte den Kopf ab, als sie sah, dass es ein Mädchen war.

Es schien, als habe sie einen Jungen gewollt – nur einen Jungen. Rückwärts ging er aus dem Schlafgemach, als er Mademoiselle Vianna sagen hörte: »Ich habe versagt. Ich habe versagt und euch beide im Stich gelassen …«

Geoffrey stolperte die Treppe hinunter, die Worte klangen noch in ihm nach. Aber vor allem konnte er dem Gejammer nicht entfliehen, das jetzt noch heftiger war, heftiger und lauter als zuvor. Dieses Mal war es die Seelenqual seiner Tante. Sie konnte keine eigenen Kinder haben. So viel wusste er schon.

Zuweilen, mitten in der Nacht, hatte er da nicht das Schluchzen seiner Tante gehört und die Verzweiflung seines Onkels über dieses Schluchzen? War er nicht mehr als einmal in Christians Zimmer gegangen, um eine Antwort auf seine Frage zu erhalten, denn wenn einer etwas wissen musste, dann doch Christian. Obwohl Geoffrey seine Tante liebte, hatte er auch

Angst vor ihr, und wenn sie wütend war, waren alle in ihrer Nähe ernsthaft in Gefahr. In solchen Momenten war er zu seinem Bruder ins Bett gekrochen, vor lauter Angst vor dem, was der Morgen bringen würde. »Was ist denn jetzt schon wieder?«, hatte Christian dann oft im Halbschlaf gebrummelt.

»Sie streiten schon wieder, Christian.«

»Steck dir die Finger in die Ohren und schlag dir einen Nagel in die Zunge, du Dummkopf.« Christian hatte ihn jedes Mal aus seinem Bett geworfen.

Einmal, es war kurz vor dem Morgengrauen gewesen, war Geoffrey in seine Decke gewickelt in die Küche hinuntergegangen. Ella saß dort, als ob sie auf ihn gewartet hätte, sein Becher Milch stand schon auf dem Schemel. Es war nicht das erste Mal, dass das vorkam. Auch sie musste wohl immer wieder dem Geheul und Gejammer der Gräfin entfliehen.

Ella war eine hoch gewachsene, dünne Frau, deren Alter für alle, außer für sie selbst, ein Geheimnis zu sein schien. Zu ihm war sie immer freundlich. Sie gab ihm heiße Milch, und sie hörte ihm zu, wenn sonst keiner dazu bereit war. An jenem Morgen hatte sie Getreide eingeweicht. Das wusste er noch ganz genau. »Trockne dir die Tränen, Geoffrey«, hatte sie gesagt. »Denn die Sorgen dieses Hauses musst nicht du allein tragen.«

Geoffrey hatte seine Milch genommen und sich auf seinen Schemel in die Ecke der Küche gesetzt. In kleinen Schlucken hatte er die Milch getrunken. Sie hatte etwas Honig für ihn hineingegeben. Wieso tat sie nur immer so, als wäre sie grob und gleichgültig? »Dieses Haus ist auch mein Haus. Also weshalb soll ich mir keine Sorgen machen, wenn jemand hier Kummer hat?«

Ella hatte sich zu ihm umgedreht. »Dieses Haus ist nicht dein Haus, Geoffrey. Wärest du vor Christian geboren, könnte es dir eines Tages womöglich gehören. Aber das ist nicht der

Fall, und so wird es nie dahin kommen. Du wirst in diesem Haus nur dienen, und wenn du Pech hast, wirst du in diesem Haus mit deinem Leben dienen. Du fühlst zu viele falsche Dinge, Kind. Verhärte dein Herz, ehe alles verloren ist.«

Die Worte, die sie damals gesprochen hatte, kamen ihm jetzt wieder angeflogen, wie ein Vogel, der gegen die Gewalt des Windes ankämpft. Er saß auf der Steintreppe und wünschte sich erneut, dass der Stein unter seinen Füßen sein Herz wäre, denn ein Herz aus Stein könnte keinen Schmerz fühlen.

Inzwischen hatte es angefangen zu schneien, und ein wenig Wärme breitete sich in der Burg von Lavoute Polignac aus.

»Geoffrey!«

O Gott, doch wohl nicht schon wieder? Er schloss die Augen und begann zu zittern.

»Geoffrey! Geh Ella suchen!«

Das war gar nicht nötig, denn Ella hatte die Rufe gehört und kam schon aus der Küche gelaufen. Sie kam die Treppe herauf, sich das Mehl vom Backen von den Händen und den Unterarmen klopfend. Dann warf sie sich ihr fadenscheiniges Tuch um die Schultern. Als sie an Geoffrey vorbeikam, zerzauste sie sein Haar. In düsterer Stimmung blieb er auf der Treppe sitzen. »Christian kehrt zurück«, sagte sie, als sie die Treppe hochstieg, im Gehen die Röcke raffend. »Wasch dich, Junge.«

Sofort war Geoffrey auf den Füßen. Der schnellste Weg in den Burghof führte durch die Küche, und da sah er bei der Tür einen Eimer mit kaltem Wasser stehen. Mit Ellas Putzlumpen, den er in das Wasser eintauchte, musste er gehörig schrubben, um sich das getrocknete Blut von den Händen und Unterarmen abzuwaschen. Aufregung stellte sich ein. Christian kehrte zurück, und er hatte ihm so viel zu erzählen. So viel.

An der Tür wartete der kleine Junge ungeduldig auf den

Anblick seines Bruders auf seinem großen braunen Wallach. Was für ein schönes Paar sie doch abgaben, sein Bruder und das Pferd. Als Erster ritt Monseigneur durch das Tor, ihm folgten vier seiner Ritter, Geoffrey kannte sie alle mit Namen. Sie sprachen nie mit ihm, außer um ihm Befehle zu geben: Hol dies, Junge, bring mir jenes, Junge. Und Page war er von keinem dieser Herren, obwohl er tagtäglich in der Hoffnung lebte, von einem von ihnen auserwählt zu werden; entweder von Louis, von Acelin, von Raoul oder von Michel. Von allen war Michel bei weitem am freundlichsten zu ihm, aber heute spürte Geoffrey, dass es nicht klug wäre, jemanden anzusprechen. Etwas Schreckliches war geschehen – so viel las er in ihren Gesichtern.

Michel stieg ab und nickte Geoffrey zu. Worte wollten heraus, erstarben aber sofort, als der Stallbursche kam, um sich um die Pferde zu kümmern.

Seine Frage: »Wo ist denn Christian?«, wurde zu: »Was ist denn mit Eurem Arm geschehen, Michel?« Aber Michel ging an ihm vorbei, sein linker Arm in Ellenbogenhöhe eine einzige blutige Masse. Sollten Kettenhemden Verletzungen denn nicht eigentlich abhalten?

»Jetzt nicht, Junge.« Michels Gesicht zeugte von still ertragenem Schmerz.

Geoffrey konnte sich denken, was passiert war – es hatte wieder einmal eine Auseinandersetzung mit den Dupuys gegeben, und zwar wegen des schmalen Streifens Straße, die nördlich des Dorfes durch die Wälder führte.

»Ist mein Bruder tot?«, fragte er schließlich in die Runde hinein, aber keiner schenkte ihm Beachtung. Beißende Tränen stiegen ihm in die Augen. Nein, dachte er. Nein, wenn mein Bruder tot ist, hätten sie seinen Leichnam mit nach Hause gebracht. Sicherlich hätten sie ihn doch nicht auf dem Land der Dupuys verrotten lassen? Oder vielleicht war er in Gefangenschaft geraten, und womöglich musste er jetzt verhungern, in einem Käfig, den sie an den höchsten Baum im Tal gehängt hatten? Sein Bruder starb als abschreckendes Beispiel für all jene, die sich erdreisteten …

Geoffreys Gedankengang wurde abrupt unterbrochen. Sein Herz tat einen Hüpfer. Da kam Christian durch das Tor. »Christian!«, rief er überglücklich. »Ach, was für ein Tag ist das gewesen!«

Christian schwieg. Er saß nicht auf seinem Pferd, sondern er führte es am Zügel, über dem Sattel hing ein Toter.

Geoffrey lief hin zu seinem Bruder, er wollte sehen, wer zugedeckt dort lag, aber Christian stieß ihn so heftig beiseite, dass der Junge über einen Wassertrog fiel. Und als Geoffrey so auf dem Boden lag, sah er das herabhängende, tote Gesicht von Henri, dem alten Lehrmeister seines Bruders. In einem Jahr hätte dieser Henri *sein* Lehrmeister sein sollen, würde er, wenn Gott wollte, wie der Graf immer wieder sagte, etwas gewachsen sein und ein wenig mehr Kraft gesammelt haben. Denn wie sollte einer, der so klein war, ein Kriegsschwert schwingen, das doppelt so groß war wie er selber?

Dieses Thema war eine besonders beliebte und vergnügliche Beschäftigung der anderen; Raoul und Acelin befahlen ihm immer wieder: »Junge, sorge dafür, dass mein Schwert gut verwahrt wird.« Ach, und wie lachten sie da, wenn der Junge das mächtige Schwert mit seinen rasiermesserscharfen Kanten auf dem Boden hinter sich herzog. Da wiesen sie ihn dann gern an, es hochzuheben und es nicht hinter sich herzuschleifen, aber hochheben konnte er es nicht. Er wusste, dass er eines Tages ein eigenes haben würde, das er mit Leichtigkeit hochheben und benutzen könnte. Eines Tages …

Er hatte die Ritter beim Waffenspiel beobachtet, hatte gesehen, wie sie ihre Schwerter mit nur einer Hand schwangen, aber allein schon die Halsberge von Christians Kettenhemd reichte aus, um Geoffrey in den Knien zusammensacken zu lassen. Sein Bruder lachte und schimpfte ihn Mädchen, denn wie ein Mädchen sah er für die anderen aus. Und oft griffen ihm die Männer nach den Geschlechtsteilen, um sich zu überzeugen, dass dort nicht vielleicht doch etwas abgefallen war.

Aber was hatte dies nun zu bedeuten? Henri, sein zukünftiger Lehrmeister, lag dort tot? Tödlich verwundet vielleicht? Aber was wird dann aus mir, dachte Geoffrey. Wer soll denn jetzt mich in den Künsten des Mannseins unterweisen, wie Christian sie erlernt hat: in der Pflege und Versorgung der Pferde und in der Kriegskunst, der wichtigsten Lektion von allen?

Angesichts der Fragen, auf die er keine Antwort bekam, hätte Geoffrey am liebsten geweint. Was sollte denn nun bloß aus ihm werden?

»Bist du taub, Geoffrey?«

Er schaute zu Christian auf, der Henris Leichnam losband.

»Was?«

»Ella ruft nach dir, Mädchen.«

»Ich bin kein Mädchen!«

»Mädchen«, wiederholte Christian. »Hübsches, hübsches Mädchen.« Und Henris Leichnam glitt zu Boden. Geoffrey stand da, nach dieser neuerlichen Attacke wollte er angreifen, doch beim Anblick von Henri erstarrte er. Wie alt er aussah, jetzt, da er tot war.

»Was ist denn mit Henri geschehen?«

»Sein Herz, der alte Narr.« Doch das waren nur Worte, denn Geoffrey erkannte weit mehr als nur Traurigkeit in den Augen seines Bruders. Hatte Christian geweint? Geoffrey versuchte, genauer hinzusehen, als Christian ihn wieder fortstieß. »Du Landplage! Geh zurück in die Küche, wo du hingehörst.«

Geoffreys mühsam im Zaum gehaltene Wut brach durch. Er sprang über Henri hinweg, mit seiner schmächtigen Hand umklammerte er die Kehle seines Bruders, doch Christian war einfach zu groß, als dass ein so kleiner Kerl ihm etwas anhaben konnte. Er stieß Geoffrey weg, hielt ihn auf Armeslänge von sich, und weder schwingende Fäuste noch tretende Beine trafen etwas anderes als Luft.

»Ah, es schneit«, sagte Christian, und aus seiner Stimme sprach Langeweile. Er wehrte immer noch den vergeblichen Angriff seines Bruders ab. »Los, wir müssen Henri seiner Frau übergeben. Hilf mir mit seinen Sachen und hol den Karren. Sei ein braves Mädchen, und ich lege bei Ella ein gutes Wort für dich ein.« Christian ließ ihn los. Geoffrey holte ein letztes Mal aus und stieß sich die Knöchel am Kettenhemd seines Bruders blutig. Er hielt sich die Hand, sprang herum, stöhnte und gab sich dabei alle Mühe, nicht zu jammern, denn Wut machte den Schmerz noch schlimmer.

Christian seufzte, nahm Geoffreys Hand und musterte sie. »Das überlebst du«, sagte er. »Hol den Karren. Tu ein einziges Mal, was man dir befiehlt.«

Mit vereinten Kräften hoben sie Henris Leichnam und all seine Habseligkeiten aus seinen Räumen auf den Karren. Henri würde auf dem Kirchhof der Abtei beigesetzt werden, doch bis der Graf und der Abt Tag und Stunde der Beisetzung festsetzen würden, musste der Leichnam im Haus seiner Frau im Dorf bleiben.

Christian band seinen Wallach hinten am Karren fest, stieg auf und nahm die Zügel des Zugpferds. Er schaute auf den blonden, hübschen Burschen hinunter, dessen große Augen sein ganzes Gesicht einnahmen. »Kommst du nun oder nicht?«, fragte er.

Geoffrey, der nur auf die Aufforderung gewartet hatte, sprang auf den Karren. Sie lenkten den Wagen aus dem Burghof hinaus und über die schmale Zugbrücke. Als sie über den scheinbar bodenlosen Abgrund fuhren, musterte Christian seinen Bruder. Die Knöchel des Jungen traten weiß hervor, die Augen hatte er krampfhaft geschlossen. Als die Räder des Karrens endlich den unebenen Pfad unter sich hatten, atmete der Junge erleichtert auf. Christian gab sich alle Mühe, nicht zu lachen. Sie fuhren in die Hügel hinauf, wo sich der schmale, zu beiden Seiten von dichtem Waldland bestandene Pfad endlos wandte. »Weiß seine Frau Bescheid?«, fragte Geoffrey.

»Ja, natürlich weiß sie Bescheid. Man hat ihr die Nachricht überbringen lassen.«

»Wird sie weinen?«

»Fürchtest du dich jetzt schon vor den Tränen eines Weibes?«

»Ich fürchte mich vor gar nichts.«

Christian lächelte und schaute weg. Ihm blieb nichts anderes übrig, denn sonst hätte er angefangen, schallend zu lachen.

Nur zu gern hätte Geoffrey seinem Bruder erzählt, was er an diesem Tag getan hatte, aber für den Augenblick fehlte ihm der Mut. Krampfhaft hielt er sich fest und hoffte, dass Henris Leichnam auf dem holprigen Weg die Hänge hinunter nicht vom Karren fiel. Es war schon schwer genug gewesen, den Leichnam auf den Karren zu hieven, das wollte er nicht noch einmal tun müssen. »Weißt du, wo seine Frau wohnt?«

»Ja, ich bin schon oft dort gewesen«, antwortete Christian, und dabei lag ein Lachen in seinen Augen.

»Wieso darfst du überallhin und ich nicht?«

»Deine Zeit wird schon noch kommen.«

Etwas anderes bekam er von Christian nie zu hören: *Deine Zeit wird schon noch kommen.*

»Was wolltest du mir denn erzählen?«

Geoffrey schwieg einen Moment, während er in Gedanken nach den Worten suchte, die jene Ereignisse noch dramatischer wirken lassen würden, als sie gewesen waren. Aber war das überhaupt möglich?

»Erzähle es mir, Geoffrey. Ich höre zu.«

Aber Geoffrey bekam kein Wort heraus. »Ich … nein, ich kann nicht. Ich bin bis ans Ende meines Lebens zu Stillschweigen verpflichtet.«

»Du und Geheimnisse? Welcher nur halbwegs vernünftige Mensch würde dir denn schon ein Geheimnis anvertrauen?«

Geoffrey schaute zu seinem Bruder hinüber, sah das Lächeln und beschloss, es einfach nicht zu beachten. Stattdessen streckte er die Hand aus und beobachtete die Schneeflocken, die überallhin fielen, nur nicht auf seine Handfläche. »Fragst du dich eigentlich nie, weshalb es so etwas wie Schnee gibt?«

»Wieso sollte ich mich das fragen?«, erwiderte Christian.

»Hast du dich nie gefragt, was unseren Herrgott so sehr erzürnt haben mag, dass er uns die Sonne nimmt und uns vor Kälte zittern lässt?«

Darauf wusste Christian nichts zu erwidern, und weil ihn der plötzliche Ausbruch ein wenig erschreckte, fragte er: »Was glaubst du denn, was der Grund dafür ist, Mädchen?«

»Ich glaube, Gott will damit bewirken, dass es uns nur umso deutlicher auffällt, wenn die Sonne endlich wieder scheint.«

»Du solltest ins Kloster gehen. Das Leben als Mönch würde einem solch tief schürfenden philosophischen Kopf wie dir sehr gut bekommen.«

»Nein.«

»Nein?«

»Nein. Ich will Ritter werden, ein weit besserer noch als du, und tapferer und stärker. Und außerdem«, fügte er hinzu, »werden viele Frauen mich lieben.«

»Du hast mal wieder geträumt. Ritter kannst du nie werden.«

Endlich fing Geoffrey ein paar Schneeflocken und leckte sich die Handfläche. Es hatte keinen Zweck, sich jetzt mit Christian zu schlagen, er würde sich nur wieder verletzen, und im Übrigen war es viel zu weit, um den Weg zur Burg im Schnee zu Fuß zurückzulegen.

»Irgendetwas stimmt mit deinem Kopf nicht, Geoffrey«, sagte Christian, aber selbst damit konnte er ihm keine Antwort entlocken. Der Junge war still, nachdenklich. Er träumte. Weiter tat er sonst ja nichts – immer nur träumen.

Bald erreichten sie das Dorf, und viele traten in den leichten Schneefall hinaus, um zu schauen und zu klagen – die Nachricht von Henris Ableben hatten sie bereits erhalten.

Vom Karren aus sah Geoffrey zu, wie Christian das Knie beugte und Henris alter Witwe sein Beileid aussprach. Und hinter Henris Frau, so konnte Geoffrey erkennen, stand eine Dienstmagd, die wenig mehr als Lumpen trug, das dunkle Haar zerzaust herabfallend. Genauso wild und ungezügelt wie sie aussah, war der Blick, mit dem sie seinen Bruder verschlang. In der Tat gingen seltsame Blicke zwischen den beiden hin und her.

Bald kamen drei Männer aus dem Dorf und nahmen Henris Leichnam vom Karren. Eine lange, kalte Weile verging, ehe Christian wieder aus dem Haus kam. Jetzt band er sein Pferd los und sagte zu Geoffrey: »Fahr nach Hause und sag Graf Robert, dass ich aufgehalten wurde, aber gewiss vor Einbruch der Nacht heimkommen werde.«

»Aber ich kann doch nicht allein zurückfahren.«

»Erzählst du mir denn nicht ständig, wie tapfer du eines Tages sein wirst? Es gibt immer ein erstes Mal. Also los, fort mit dir.«

Da erschien die Dienstmagd hinter Christian, als er sein Pferd festband, und sie legte ihm die Arme um die Taille.

Geoffrey musste den ganzen Weg bis nach Hause fahren, allein.

Noch nie hatte er ganz allein einen Wagen gelenkt. Seine Furcht vor den Felsen erwies sich als unbegründet, denn das Pferd hatte einen sicheren Tritt, und er schaute einfach in die andere Richtung. Auch sorgte er sich nicht über Gebühr beim Überqueren der Zugbrücke – er schaute eben nicht nach unten.

Am Abend aß er mit Ella in der Küche.

»Du bist so still heute Abend, Geoffrey.«

»Es ist so vieles geschehen heute, was mich verwirrt hat.«

Sie wartete darauf, dass er ihr seine Sorgen anvertraute, so wie er das für gewöhnlich tat, aber stattdessen fuhr er mit dem Löffel in seiner Brühe herum und knabberte gedankenverloren an seinem Brot.

»Bist du in Gedanken bei der Geburt?«

Schnell sah Geoffrey auf. Wie kam es nur, dass sie immer wusste, was ihn gerade quälte? »Habe ich es umgebracht, Ella?«

»Nein, Geoffrey. Ich musste es wegholen, es zum Begräbnis bereitmachen. Es war schon tot. Du hast es nicht umgebracht.«

»Oh. Ich dachte, ich hätte.«

»Wie könnten diese Hände irgendetwas töten?«, fragte sie lächelnd und berührte eine seiner Hände, gerade als er ein Stück Brot an den Mund hob.

»Aber eines Tages werde ich das.«

»Was wirst du, Kind?«

«Töten werde ich. Ich werde bekannt als der … als der … als irgendwer. Ich werde stärker und tapferer sein als sonst irgendein Ritter, der vor mir lebte.«

»Ach, das wirst du also?«

»Ja, das werde ich.«

»Ich habe dich heute weinen hören.«

Geoffrey sah sie an. Jetzt schämte er sich.

»Na, na, für deine Tränen musst du dich nicht schämen, Kind. Das ist Gottes Weg, all seine kleinen Seelen reinzuwaschen.«

»Ich bade nicht gern, und ich mag auch nicht weinen. So etwas tun Männer nicht.«

»Selbst das härteste Herz, mein Junge, weint zuweilen vor Freude, wenn es Zeuge eines Wunders wird.«

Was für einen Unsinn redet sie denn da, wunderte sich Geoffrey. »Es war keine Freude. Ganz gewiss würde Gott keine Wunder wirken wie diese, die so schwer zu ertragen sind. Ich spürte den Schmerz von Mademoiselle Vianna, als wäre es mein eigener gewesen.« Er starrte in seine Schüssel. »Und was für ein Wunder soll das denn überhaupt gewesen sein?«

»Die Geburt der neuen Gräfin.«

»Der neuen Gräfin?«

Ella beugte sich vor und flüsterte: »Was ich dir jetzt sage, darfst du nie einer Menschenseele erzählen, Geoffrey.«

Auch er beugte sich vor, dieses Geheimnis wollte er unbedingt hören.

»Es war die Tochter von Gräfin Marys, die heute hier zur Welt kam, und ihr Name ist Adelina.«

»Aber das Kind wurde von ihrer Schwester geboren.«

Ella biss sich auf die Unterlippe. »Du weißt Bescheid über Männer und Frauen, nicht?«

Nein, aber schon jetzt war er ein Meister der Verstellung. Er musste an seinen Bruder und jene Dienstmagd denken, und natürlich hatte er die Männer reden hören. Er hörte immer sehr aufmerksam zu, hatte aber keine Ahnung, wovon sie sprachen.

»Mademoiselle Vianna hat bei deinem Onkel gelegen, und er hat seinen Samen in sie gepflanzt, und er ist gewachsen zu dem, was du heute gesehen hast. Das verstehst du doch?«

Tue ich das, fragte sich Geoffrey im Stillen. »Ja, Ella«, antwortete er schnell.

»Adelina ist jetzt die neue Herrin.«

»Aber sie ist doch noch ein Säugling!«

»Wir alle müssen ihr dienen, so wie wir den anderen in diesem Haushalt dienen. Schwöre mir bei deiner Ehre, dass du nie einem Menschen ein Sterbenswörtchen davon verrätst. Adelina ist die Tochter von Monseigneur und seiner Gemahlin, hast du das verstanden?«

»Das ist eine Lüge.«

»Es ist die einzige Möglichkeit, wie dein Onkel sein Geschlecht fortführen kann. Zu schade, dass der Junge nicht überlebt hat.«

»Ich muss dem Kind dienen, dem ich auf die Welt geholfen habe?«

Sie nickte.

»Christian auch?«

»Alle hier im Haus, und natürlich auch das gesamte Dorf. Und nun iss. Wenn du fertig bist, bringst du das hier zu Mademoiselle Vianna. Sie muss auch etwas essen. Aber du darfst nicht davon kosten. Solltest du davon essen, wird Gott dich aufs Strengste bestrafen.«

Geoffrey aß zu Ende, trank seine Brühe und nahm das für Vianna bestimmte Tablett. »Bitte, Ella, sag nicht, dass es noch mehr Geschrei gibt.«

»Nein, Kind. Das ist längst vorbei.«

»Gut«, meinte er. »Ich mag es nicht, wenn die Menschen Schmerzen haben.«

Ella wäre ihm gern durchs Haar gefahren, hätte sein Lächeln gesehen, hätte einen Blick erhascht auf das Zwinkern in seinen leuchtend himmelblauen Augen und hätte ihn so gern fest an sich gepresst, dann hätte sie wieder einmal so tun können, als sei er ihr Sohn.

»Ella?«

»Ja, Kind?«

»Hast du viele Kinder gehabt?«

»Neun habe ich geboren. Nur eines hat gelebt, und das auch nur eine sehr kurze Zeit.«

Tränen stiegen ihm in die Augen, als er das hörte, und sie sah eine Frage in seinem Gesicht Gestalt annehmen, aber sie sagte: »Geh jetzt, Geoffrey. Geh.«

»Du bist die Einzige, die mich versteht«, sagte er und machte sich auf den Weg. Vorsichtig jonglierte er das Tablett die steile Treppe in den Turm hinauf.

Ellas Blick ruhte auf dem Krug, den der Graf höchstpersönlich ihr gegeben hatte, nur wenige Augenblicke nach seiner Ankunft zu Hause und nachdem er sich das Neugeborene angesehen hatte. »Ein Wort davon, und ich benutze deinen Kopf als Zielscheibe«, hatte er gesagt.

In Ellas gute Augen traten Tränen.

Geoffrey klopfte an die Tür des Schlafgemachs. Das alte Weib ließ ihn herein. Das Bettzeug war jetzt sauber, und auch die Frau war gewaschen worden. Die Luft war erfüllt von dem Geruch nach Lavendel. Das fand er angenehm.

»Mademoiselle«, sagte er leise.

»Was ist, Junge?«, fragte sie.

»Das hier kommt aus der Küche, Mademoiselle.«

»Komm näher, Junge. Komm näher zu mir heran.«

Zögerlich trat Geoffrey näher und setzte das Tablett auf dem Bett ab. Vianna lehnte an einem ganzen Berg von Kissen und trug jetzt ein weißes Nachtgewand. Das alte Weib hielt sich noch immer in der Nähe. »Lass uns allein«, sagte die Lady mit sanfter Stimme. Die Alte ging, obwohl sie lieber geblieben wäre. Das spürte Geoffrey. »Komm näher, Kind, du hübsches Kind.«

Nur einen Schritt weit trat er näher heran. Sie streckte die

Hand aus und berührte sein Haar, das so lang und so blond war, und sie fasste eine Strähne und wickelte sie sich um den Finger. Sie sah sehr müde aus, sehr blass, sehr krank, und sie atmete, als bereite ihr das Atmen große Mühe.

»Du warst oft der Einzige, der zuhören wollte, wenn ich sang.«

»Ich höre gern zu, wenn Ihr singt, Mademoiselle.«

»Heute warst du auch hier, nicht?«

Er nickte.

Sie nahm sein Kinn in die Hand. »Einer Dame musst du immer in die Augen sehen, Geoffrey.«

Sie kannte seinen Namen? Sein Herz tat einen Freudensprung.

»Denn wenn du einer Dame in die Augen siehst, wirst du stets die Lügen erkennen, die sich darin verbergen.«

Er runzelte die Stirn. Was konnte sie damit nur meinen?

»Was für ein hübscher Junge du bist.«

Geoffrey sah auf seine Füße hinunter.

»Wärst du nicht gewesen, wäre ich gestorben, und das Kind auch.«

Er errötete. Er wollte nicht an das erinnert werden, was er getan, was er gesehen hatte. Er wollte lieber anderswo sein, überall sonst, nur nicht hier.

»Ich muss dir meinen Dank aussprechen, Kind. Ich danke dir von ganzem Herzen. Wie dankbar ich dir doch bin.« Einen Augenblick schwieg sie, dann holte sie tief Luft. »Diene meiner Tochter gut, Geoffrey. Versprich mir, dass du nie zulassen wirst, dass ihr ein Leid geschieht. Schwöre es mir bei deinem Leben, Kind. Bitte.«

»Ich könnte diesem Kind nie ein Leid antun, Mademoiselle. Sie ist Eure Tochter. Und deshalb könnte ich ihr nie ein Leid antun.« Wie sehr er sich doch wünschte, dass die Tränen nicht so brannten, die ihm in die Augen gestiegen waren. Wie sehr er sich doch wünschte, seine Hände würden aufhören zu zittern, doch sie zitterten unaufhörlich, obwohl er sie fest hinter dem Rücken verschränkt hatte.

»Das wird unser Geheimnis sein. Komm näher, Kind.« Er kam noch näher, und sie streckte die Hand aus, zog ihn dicht an sich heran und hielt ihn fest, so fest, dass er ihr Herz hören konnte, das langsam und regelmäßig an seinem Ohr schlug. Er versuchte nicht, sich loszumachen. Dann schob sie ihn sacht weg, und mit müden Augen musterte sie sein Gesicht. Mit einer Sanftheit, die ihm in seinem Leben nie wieder widerfahren sollte, sagte sie: »Gehst du jetzt bitte und sagst deinem Onkel, dass ich ihn zu sprechen wünsche? Ich fürchte, es verbleibt mir nicht mehr allzu viel Zeit.«

Er wusste nicht genau, wovon sie sprach. »Aber Mademoiselle, Monseigneur ist mit seinen Männern beschäftigt, und er wird immer wütend, wenn man ihn stört.«

»Sag Graf Robert, dass ich ihn allein sprechen muss, Geoffrey, sofort. Ich fürchte, ich sterbe. Ich habe nicht mehr viel Zeit. Geh jetzt. Schnell.« Sie küsste ihn auf die Wange.

Geoffrey zog sich zurück, und die Stimme zitterte ihm, als er sagte: »Vielleicht, wenn Ihr etwas essen würdet, Mademoiselle, würdet ihr wieder zu Kräften kommen.«

»Nun gut, dir zuliebe will ich es versuchen.«

Als er bei der Tür angekommen war, hob Vianna die Schale mit der Brühe an ihre Lippen. Sie nahm einen Schluck. »Sag ihm, Kind, dass es dringend ist, dann wird er schon kommen«, flüsterte sie mit Tränen in den Augen, Tränen des Schmerzes.

Geoffrey schoss davon, wie ein Pfeil von einer Armbrust. »Monsieur! Monsieur!«, schrie er, als er die Wendeltreppe hinunterstürzte. Er stieß mit Raoul zusammen, der immer noch seine Halsberge trug und nicht schnell genug ausweichen konnte, um dem Aufprall aus dem Weg zu gehen. Raoul konnte den Jungen nicht vor dem Fall bewahren, also polterte er kopfüber den Rest der Treppe hinunter und landete mit einigem Getöse auf dem Boden der Halle, wo jetzt ein ganzes Heer neugierig Schauender den Blick auf ihn richtete. In belustigtem Schweigen saßen sie alle da. Vom Zusammenprall mit Raouls massigem Körper blutete dem Jungen die Nase. Starke Hände hoben ihn auf die Beine und tasteten ihn vorsorglich ab. Aber Raoul konnte keine weiteren Schäden ausmachen. Er gab einen brummenden Laut von sich und machte sich erneut auf den Weg die Treppe hinauf.

Alle an der langen, aus einem Stück Holz gehauenen Tafel lachten. Sogar Michel. Geoffreys Stolz war empfindlicher getroffen als seine Nase, und vor lauter Tränen konnte er nicht klar sehen.

»Monsieur, kommt schnell, Mademoiselle Vianna sagt, sie werde sterben.«

Graf Robert war ein Baum von einem Mann, und Geoffrey hatte gelernt, ihm unter allen Umständen aus dem Weg zu gehen, auch wenn er der Bruder seines verstorbenen Vaters war; nun erhob sich Graf Robert träge und entschuldigte sich bei den Anwesenden. Er gab einen brummenden Laut von sich und reichte dem Jungen einen Lumpen, damit er den Blutfluss zum Versiegen bringen konnte. »Beruhige dich, Junge, und sage noch einmal, was du zu sagen hast.«

Geoffrey wiederholte seine Botschaft, so gut er das mit dem Lumpen, den er an seine Nase gedrückt hielt, konnte. Hastig ging er die Treppe hinauf voran, er war sich nur allzu bewusst, dass sein Onkel dicht hinter ihm war. Plötzlich legte sich eine große Hand auf seine schmale Schulter.

»Warte mal, Geoffrey.«

»Monsieur?« Furcht lag in seinen Augen, er wagte nicht, weiter aufzuschauen als bis zum Gürtel seines Onkels.

»Hat Lady Vianna schon etwas gegessen?«

»Ja, ich denke schon.«

»Gut«, sagte er.

Geoffrey ging weiter und klopfte dann an die Tür des Schlafgemachs. Es kam keine Antwort. Graf Robert stieß die Tür auf, als wäre sie nichts als eine leichte Feder. Beim Hineingehen musste er sich bücken, und dann flüsterte er drei Worte: »O mein Gott.«

Geoffrey versuchte hineinzusehen.

Vianna lag quer über dem Bett, ihr Kopf und ihr langes, flammendes Haar berührten den Boden, ihr hübsches Gesicht war hässlich jetzt, verzerrt im Todeskampf. Aus ihrem Mund und ihrer Nase trat schäumendes Blut, es tropfte auf den bunten Teppich, den Michel von seinem ersten Kreuzzug in den Osten mitgebracht hatte.

»Hol Gräfin Marys, Geoffrey, aber sag ihr nicht, dass ihre Schwester tot ist. Geh schon, Junge. Geh und erzähle niemandem von dem, was du heute getan oder gesehen hast. Geh jetzt.«

Wieder rannte Geoffrey davon und rief aufgebracht nach Gräfin Marys.

Bis zu jenem düsteren Novembertag hatte Geoffrey noch keinen Toten gesehen; jetzt waren es gleich drei in schneller Folge: ein Säugling, ein alternder Ritter und eine schöne Frau.

Er war erst acht Jahre alt, ein kleiner Junge mit einem ausgezeichneten Gedächtnis, und da stand er nun zitternd auf der Burgtreppe und dachte: Die Herrin wird mich töten, ganz so wie sie es mir in Aussicht gestellt hat. Ich werde langsam sterben, unter größeren Qualen, als irgendein Maure sie sich auszudenken vermag. Er war gewillt, alles auf sich zu nehmen, was das Schicksal für ihn bereithalten mochte.

Doch seine Tante raffte ihre langen Röcke mit beiden Händen und stürzte an ihm vorbei.

Ihr Jammern und ihre Qualen nahmen kein Ende.

KAPITEL ZWEI

Geoffrey saß in der Sonne und schützte das kostbare Buch mit den Armen, während er zu lesen versuchte. Endlich hatte er sich einige Momente der Stille ertrotzt, bis entweder Michel ihn fand und zu den nachmittäglichen Lanzenübungen am Pfosten mit der Holzfigur holte oder er wegen irgendeiner Kleinigkeit gerufen wurde, von Ella, von Gräfin Marys oder von diesem Plagegeist Adelina.

Das Buch, das ihm der Abt Jean aus dem Benediktinerkloster ganz in der Nähe geliehen hatte, hielt heute nichts allzu Interessantes für ihn bereit, aber vielleicht kam das daher, dass Geoffrey sich nicht konzentrieren konnte. Auch in seinem Turmzimmer konnte er sich nicht konzentrieren, und in der Halle fand er ebenfalls nicht die nötige Ruhe. In der Küche konnte er nicht studieren, weil Ella zu viel redete, und ständig ärgerte ihn die kleine Adelina. Sie schien ihn stets zu finden, ganz gleich, wo er sich versteckte.

An diesem Tag im Spätfrühling war es schon sehr warm. Für das Geschriebene, das er vor sich hatte, konnte Geoffrey sich jedoch einfach nicht begeistern. Immer wieder schweiften seine Gedanken ab.

Und es dauerte nicht lange, da wurde er auch schon entdeckt. Er hatte keine Ahnung, dass Adelina in der Nähe war, bis er am Hinterkopf von etwas Undefinierbarem getroffen wurde. Entsetzt sah er, dass auch die Seiten seines Buches etwas abbekommen hatten – einen Pferdeapfel hatte sie sich dieses Mal ausgesucht.

Geoffrey holte tief Luft, sprach ein schnelles Gebet, in dem er um Geduld flehte, und schloss das Buch. Er schlug es in sein rotes seidenes Tuch ein und legte es ins Gras. Dann richtete er den Blick in die Ferne und wartete. Das nächste Geschoss traf nicht seinen Kopf. Es landete auf seinem Rücken, verschmutzte auch das weiße Leinen seines Hemdes, und nach der Kraft, die hinter dem Wurf steckte, war zu schließen, dass es außerdem hatte wehtun sollen.

»Ich bitte Euch, Mademoiselle, tut das nicht.«

»Oder?«, war die trotzige Herausforderung nur etwa zehn Meter hinter ihm zu hören.

»Oder es wird Euch sehr Leid tun!«

Aber es tat ihr nie Leid, und erwischt bei solch undamenhaftem Benehmen wurde sie auch nie. Was würde wohl ihre Mutter sagen, wenn sie sie jetzt sehen könnte?, dachte Geoffrey. Das Mädchenlachen hinter seinem Rücken war schneidend. An einem guten Tag hätte Geoffrey fortgehen und einfach so tun können, als wäre sie gar nicht da, was sehr gut zu wirken schien – in den meisten Fällen wenigstens. An anderen Tagen wiederum wurde seine Geduld bis zum Zerreißen gespannt. Und dies war einer dieser Tage. Er wusste ganz genau, dass Adelina mit ihren Quälereien nicht nachlassen würde, bis einer von ihnen Ärger bekam, und das war niemals sie.

Das nächste Geschoss beschmutzte den Ärmel seines Hemdes. »Ich studiere, Mademoiselle«, rief er laut, dann flüsterte er: »Ich suche nach einem guten Grund, weshalb ich Euch nicht sofort, auf der Stelle, erwürgen sollte.«

»Du bist viel zu dumm zum Studieren! Dein hässlicher Kopf ist doch nur voller Steine!«

Geoffrey schloss die Augen. Er biss sich so heftig auf die Lippe, dass er Blut schmeckte. Beachte sie einfach nicht, sagte er sich. Das ist die einzige Möglichkeit. Gab es auch nur einen einzigen Ort in diesem ganzen weiten Land, an dem dieses Ungeheuer ihn nicht zu finden vermochte? Bald, so dachte er, wird sie es langweilig finden und entweder fortgehen oder näher kommen.

Hinter sich hörte Geoffrey, wie Adelina sich vorsichtig anschlich. Sie war schnell auf den Beinen bei ihrem Angriff, und in einer einzigen geschickten Bewegung, die mit einem durchdringenden Schrei einherging, rieb sie ihm eine Hand voll frischen Pferdemistes ins Haar. Kreischend schoss sie davon, wie sie es für gewöhnlich tat, und rief ihm zu, dass er sie niemals fangen würde, niemals, und damit forderte sie ihn heraus, sie durch den Garten und zu einem der hundert Plätze zu jagen, an denen sie sich mit Leichtigkeit verstecken konnte.

Mühsam rappelte sich Geoffrey auf und säuberte sich grob, so gut ihm das ohne Wasser möglich war. Sorgfältig durchsuchte er den Garten, die Rosenbüsche und die Hecken. Vielleicht war es ihr ja heute gelungen, ein neues Versteck zu entdecken. An der Stallwand war ein frischer Heuhaufen aufgestapelt. Hinter dem Karren bei dem Heu war sie nicht, aber Geoffrey erspähte einen Zipfel ihres leuchtend bunten Kleides, als sie sich in die Mitte des Heuhaufens vorarbeitete. Das Glück war auf seiner Seite, denn durch das geöffnete Tor kam gerade Michel geritten und stieg dann ab. Sofort ließ sein Wallach einen großen, dampfenden Haufen fallen.

»Sagt, Michel, habt Ihr auf Euren Reisen nicht vielleicht Mademoiselle Adelina gesehen?«, fragte Geoffrey und griff nach einer Hand voll frischem Mist.

Michel bemerkte Geoffreys beschmutztes weißes Hemd sofort. Als sein Blick auf das Haar des jungen Mannes fiel, musste er lächeln. Er schlug seine Kapuze zurück, kratzte sich am Kopf und erwiderte: »Ob ich Mademoiselle Adelina gesehen habe? Nein, ich kann nicht behaupten, dass ich sie heute schon zu Gesicht bekommen habe.« Michel stieß mit dem Fuß in den Heuhaufen und sagte: »Sucht man sie wieder einmal wegen eines schweren Vergehens?«

»O ja.«

»Nun gut, aber bevor du dich an der Suche beteiligst, wirst du diesen Heuhaufen wegschaffen, und nimm dabei die neue, spitze Heugabel zu Hilfe. Sieh aber zu, dass du dir keine Verletzung zufügst.«

»Eine Verletzung?«

Michel warf Geoffrey die Heugabel vor die Füße, aber das Mädchen dachte nicht daran, kreischend aus seinem Versteck zu fliehen. Geoffrey nahm die Heugabel auf. Jetzt hatte er beide Hände voll. »Wo soll der Haufen hin?«, fragte Geoffrey und stieß die Heugabel hinein.

Da brach Adelina hervor, barfuß, mit wehenden roten Röcken, aber heute hatte sie ihren Fluchtweg nicht gut geplant. Geoffrey packte sie und rieb ihr den noch heißen Klumpen Pferdemist ins Gesicht. »Ein Geschenk für Mademoiselle!«, stieß er aus.

Sie hustete, schrie, fluchte und kämpfte, also ließ er sie auf den Boden fallen. Wütend schaute sie hoch und knurrte ihn an. Auch Michel warf sie bitterböse Blicke zu, aber der stand einfach nur da und sah amüsiert zu. Geoffrey machte einen Schritt zurück. »Bäh, Ihr stinkt. Geht weg von mir.«

Auf allen vieren griff sie an und grub ihm die Zähne in die Wade. »Adelina! Nein! Adelina! Michel, nehmt sie weg von mir!«

Michel lehnte sich an die hohe Mauer und sah schmunzelnd zu.

»Helft mir!«, schrie Geoffrey.

»Was? Kannst du dich nicht einmal gegen ein kleines Mädchen zur Wehr setzen?«

Geoffrey wollte sie wegstoßen, aber sie biss nur noch fester zu und klammerte sich wie ein wildes Tier an sein Bein. Er hatte keine andere Wahl. Er streckte die Hand aus und griff ein Büschel ihres flammenden Haars. »Ich werde Euch wehtun! Hört jetzt auf damit!« Er zerrte, aber mit ihren scharfen Zähnen hatte sie sich fest wie ein Hund in ihn verbissen. Sie kämpfte wild, bis der Kampf unvermittelt abgebrochen wurde.

»Was ist denn hier los?«

Geoffrey und Adelina schraken vor dem Klang von Robert de Polignacs Stimme zurück.

»Jetzt seht, was Ihr angerichtet habt«, presste Geoffrey zwischen zusammengebissenen Zähnen hervor.

»Adelina, hör auf damit, du sollst Geoffrey nicht beißen!«

Sie hörte tatsächlich auf und ließ den Kopf in die Hände sinken. Jäh begann sie zu weinen, aber es dauerte nicht lange, denn Tränen hatten bei ihrem Vater keine Wirkung. »Seht nur, Papa, was er mit mir gemacht hat! Seht doch nur!«, rief sie voller Empörung.

Robert de Polignac sah auf seine Tochter hinunter. Ihr neuestes, in mühsamer Handarbeit genähtes Kleid war zerrissen, verschmutzt. »Geh rein, Kind, und schrubb dir das ... aus dem Gesicht. Sofort!«

Geoffrey reichte ihr die Hand, um ihr aufzuhelfen, aber sie spuckte ihn an und rannte weinend in die Küche, über ihre langen Röcke stolpernd, die sie so verabscheute. Wäre sie erst einmal außer Hörweite, würden die Tränen zweifellos schnell versiegen. Kleine Plage, dachte Geoffrey.

»Komm mit mir, Geoffrey. Ich habe Neuigkeiten«, sagte Graf Robert und stieg vom Pferd.

Geoffrey folgte Graf Robert in die Stallungen, wo Monseigneur sich höchstpersönlich um sein Pferd kümmerte. Das war wirklich seltsam. Offenbar hatte er Sorgen, vielleicht hatte er schlechte Neuigkeiten erhalten.

»Bist du verantwortlich für den beklagenswerten Zustand, in dem sich meine Tochter befindet?«, fragte er.

»Ich habe keinerlei Entschuldigungen vorzubringen, Onkel, außer, dass sie mich bis zur Weißglut reizt. Ich habe versucht zu lernen und …«

»Genug.«

»Soll ich mich um Euer Pferd kümmern?«

»Nein. Wie schon gesagt, ich habe Neuigkeiten. Aber erst einmal versorge dein Bein. Verflixtes Mädchen. Was soll ich bloß mit ihr machen?«, brummte Graf Robert, mehr zu sich selber als zu Geoffrey, und er machte sich auf den Weg in die Burg.

Geoffrey wusch sich das Bein mit Wasser aus dem Pferdetrog. Die Wunde blutete nicht besonders arg, aber man konnte deutlich den Abdruck von fünf kleinen scharfen Zähnen erkennen, und es brannte fürchterlich. Geoffrey humpelte nach draußen, um sein Buch zu holen, und machte sich auf die Suche nach dem Burgherrn.

Graf Robert wartete in der Halle auf ihn; er saß an dem mächtigen Tisch, einen Humpen vor sich, der schon halb leer getrunken war. Es war sein stärkster Wein. Also mussten die Neuigkeiten in der Tat schlecht sein.

»Setz dich, Geoffrey.«

Geoffrey setzte sich, sein Buch legte er auf den Tisch, nervös strich er über das rote Seidentuch.

»Aus Le Puy kommt eine Botschaft. Ich weiß nicht, ob ich ihr Glauben schenken soll. Zuerst konnte ich nicht für möglich halten, was man mir schrieb, bis ich dies erhielt. Und jetzt weiß ich nicht, was ich glauben soll.« Während Graf Robert noch sprach, zog er eine Schaumünze aus seiner Hemdfalte und musterte sie traurig, aber noch reichte er sie nicht an Geoffrey weiter.

»Sind es Neuigkeiten von Christian?«

Müde Augen wandten sich ihm zu. Das Kopfnicken war kaum wahrnehmbar. Geoffrey hatte das Gefühl, einen dicken

Stein verschluckt zu haben, der ihm nun schwer im Magen lag. Graf Robert legte ihm die Schaumünze in die Handfläche und schloss die Finger des Jungen darum. Er ließ seine Hand länger als nötig auf Geoffreys ruhen, aber noch ehe sich irgendein Gefühl zeigen konnte, wandte er den Kopf ab, griff nach dem Humpen und leerte ihn in einem Zug. Mit einem tiefen Seufzer lehnte er sich zurück.

Geoffrey lockerte die Finger und sah sich die Münze, die beinahe seine ganze Handfläche ausfüllte, an: eine allegorische Darstellung der Lust – eine Frau, um die sich eine Schlange ringelte, eine Kröte saugte an ihrer Brust. Geoffrey konnte sich noch gut an den Tag erinnern, an dem sein Bruder, der die Münze als Kind in einer Klosterruine gefunden hatte, sie ihm zum ersten Mal gezeigt hatte. Und er erinnerte sich auch noch an das Bild, das er von seinem Bruder hatte, wie er in voller Rüstung und bewaffnet ausritt. Seine letzten Worte waren gewesen: »Die Lust wird mich beschützen!«

Nirgendwohin ging Christian ohne diese Schaumünze. Er glaubte fest daran, dass sie ihn auf ewig vor Schaden bewahrte.

Bis jetzt, wie es schien.

Lange betrachtete Geoffrey die Münze, ohne sie zu sehen. Vor seinem inneren Auge sah er den entblößten Leichnam seines Bruders, den man irgendwo im Süden hatte liegen lassen und der jetzt verweste. Sein Bruder, den die Mauren getötet hatten. »Wo wurde sie gefunden, Onkel?«

»In Konstantinopel, kaum einen Monat, ehe die Stadt fiel. So erzählte man mir jedenfalls.«

»Glaubt Ihr, er ist tot?«

»Was ich im Augenblick fühle, gefällt mir nicht, Geoffrey, aber ich weiß nicht, wie wir je Gewissheit erlangen sollen, es sei denn, man schickt uns seinen Leichnam.«

»Ist diese Münze durch die Dupuys nach Le Puy gelangt?«

»Es hat ganz den Anschein. Und mir ist klar, weshalb sich Belustigung in den Augen des Priesters zeigte.«

»Wenn dem so ist, dann will dieses Natterngezücht einer Familie Euch wieder einmal verhöhnen. Mein Bruder ist nicht tot. Nein.«

»Geoffrey …«

»Nein! Das wüsste ich, wenn er tot wäre!«

Graf Robert musterte seine Fingernägel. Das Leder seiner Halbhandschuhe war abgewetzt.

»Es ist doch ganz einfach. Die Kette ist gerissen, seht Ihr, hier? Vielleicht hat er die Münze in der Schlacht verloren, und er hat es nicht gemerkt und …« Geoffreys Stimme wurde immer leiser, denn in den Augen seines Onkels lag die Wahrheit, und schlimmer noch, er hob die Hand, um Geoffrey zum Schweigen zu bringen.

»Wie alt bist du jetzt, Geoffrey?«

»Ich bin siebzehn.« Und immer noch nur Page, dachte er voller Verachtung.

Graf Robert füllte noch einmal den Humpen, lud aber Geoffrey nicht ein, mit ihm zu trinken. Noch war der Nachmittag nicht vorbei, und einen betrunkenen Geoffrey, der von Lanze oder Schwert verletzt wurde, konnte er nicht gebrauchen. »Von Michel höre ich, dass du mit jedem Tag besser wirst.«

»Wünscht Ihr heute Nachmittag eine Demonstration meiner Fertigkeiten?«

»Ich hatte Gelegenheit, mich zu überzeugen«, entgegnete Graf Robert mit der Andeutung eines Lächelns auf den Lippen; und dieses Lächeln verbarg er nicht in seinem Bart.

»Ich bitte Euch, beurteilt mich nicht nach dem, was Ihr heute gesehen habt. Mademoiselle Adelina ist, nun ja, sie bringt mich zur Weißglut, das ist wahr, aber sie ist ja nur ein Kind, und ich könnte ihr nie Schaden zufügen. Nicht etwa, weil ich weichlich oder schwächlich wäre, sie ist ja nur ein kleines Mädchen. Ich bin nicht weichlich, Onkel, und es kümmert mich nicht, wer Euch das gesagt haben mag, aber jetzt sage ich, weichlich bin ich nicht … Weshalb fragtet Ihr nach meinem Alter?«

Robert de Polignac seufzte.

»Zieht Ihr am Ende in Erwägung, mich auszuschicken, damit ich nach meinem Bruder suche?«, fragte er, und Hoffnung glomm in seinen leuchtend blauen Augen auf. »Wenn Ihr Louis oder Raoul hierfür nicht entbehren könnt, dann gehe ich. Ich weiß, dass ihre Pflichten hier vielfältig sind.«

Graf Robert war es unbehaglich zumute. Er schüttelte den Kopf. »Nein, Junge, ich kann dich nicht in den Süden schicken. Du hättest einen gnädigeren und schnelleren Tod, wenn ich dich höchstpersönlich umbrächte. Du bist kein Krieger, Geoffrey. Mit dem Verstand denkst du: Ja, ich bin tapfer, ich bin stark, aber in deinem Herzen … nein, Geoffrey. Nein, du bist kein Mann des Kampfes. Das steckt nicht in dir. Und bei einem wie dir sollte es das auch nicht. Du hast andere Talente. Ritter gibt es schon genug.«

»Aber es geht doch um meinen Bruder …«

»Umso mehr ein Grund, einen anderen zu schicken. Michel hat die Reise bereits dreimal zurückgelegt.«

»Michel ist alt.«

Graf Robert sah Geoffrey tief in die Augen und dachte schweigend über dessen gerade gemachte Bemerkung nach. Geoffrey wusste, dass er wieder einmal das Falsche gesagt hatte, denn Michel war fünfzehn Jahre jünger als der Graf, und wenn seine Worte wahr wären, würde ihn das beträchtlich älter als alt machen.

»Michel wird sich auf die Reise machen, er wird deinen Bruder suchen und ihn heimbringen, lebend oder nicht.«

Tränen brannten in Geoffreys Augen. Was hatte das zu bedeuten? Hielt Monseigneur Christian für so etwas wie den verlorenen Sohn? Und was ist mit mir, Onkel, was ist mit mir?, flehte eine innere Stimme in ihm, aber sein Mund schwieg.

»Geoffrey, widme mir jetzt deine volle Aufmerksamkeit.«

Noch immer strich Geoffrey über die Seide, in die er das Buch eingeschlagen hatte, dachte er jedenfalls, bis er Graf Roberts Blick folgte und bemerkte, dass sich seine Finger in das weiche Material gekrallt hatten.

»Ich habe keinen Sohn, wie du weißt. Seit Adelina auf die Welt kam, hatte ich gehofft, Christian würde sich nicht eher vermählen, bis meine Tochter das heiratsfähige Alter erlangt haben würde, denn wenn er sie heiratete, Geoffrey, würde dein Bruder rechtmäßiger Erbe des Besitzes, und ich könnte ihm meinen Titel vermachen. Dein Bruder ist immer wie ein Sohn für mich gewesen. Er denkt, wie ich denke, er tut, was ich tue.« Tränen schimmerten jetzt in Robert de Polignacs Augen, und in seiner Stimme schwangen Liebe und Zuneigung mit. »Auch ich kann nicht hinnehmen, dass er tot ist – Schaumünze oder nicht. In diesem Punkt denken wir ähnlich, aber nur in diesem Punkt. Es schmerzt mich, dass ich ihn nicht von diesem Kreuzzug abhalten konnte, aber so denkt er nun einmal, und so denkt auch die Kirche, und wer wollte schon der Kirche trotzen, ohne dafür gestraft zu werden? Nein, ich kann nicht hinnehmen, dass er tot ist. Aber ich kann auch nicht das Risiko eingehen, dich ebenfalls zu verlieren, Geoffrey, denn du bist meine letzte Hoffnung.«

Was will er damit nur sagen?, dachte Geoffrey. Dass ich die zweite Wahl bin bei der Vermählung mit der Plage von einem Kind? O Herr, erlass mir dieses Martyrium und nimm mich gleich zu dir! Er starrte auf das Buch. Schließlich fragte er: »Und wenn nun mein Bruder tot ist, wen habt Ihr als Gemahl für Adelina auserkoren, sobald sie im heiratsfähigen Alter ist?«

Graf Robert seufzte. »Einen mit Vermögen und mit Macht.«

»Wen?«

»Die Zeit zu wählen ist noch nicht gekommen, Geoffrey. Und es hat nichts mit dir zu tun, wen ich dazu ausersehe, meine Tochter zu heiraten. Sollte dein Bruder zurückkehren, ist alles gut. Michel erzählte mir, dass du heute zwei Gänse mit einem einzigen Pfeil erlegt hast. Ist das wahr?«

»Ja, Onkel«, antwortete Geoffrey verlegen und versuchte, in die andere Richtung zu sehen. »Bei unserem nächsten Mahl hätten wir keinen Gänsebraten, wenn wir auf die Bogenkünste von Michel angewiesen wären.« Aus blanker Wut stieß er diese Worte hervor. Er verehrte Michel, er bewunderte ihn. War denn Michel nicht sein geliebter Lehrer? »Auch mit dem Streitkolben bin ich geschickt, ich wünschte nur, der Griff wäre länger.«

»Und mit dem Schwert?«

»Ich verstehe es zu führen, ja«, gab er zu, und das war nicht vollständig gelogen.

»Und hast du je Streitkolben, Streitaxt oder Schwert gegen einen Menschen geführt? Hat man je mit der Armbrust auf dich gefeuert? Hast du je erlebt, wie der Freund neben dir von solch einem Geschoss getroffen wurde?«

»Die Gelegenheit hat sich bisher nicht ergeben.« Und sie wird sich auch nicht ergeben, dachte er bei sich. Er wusste, dass Monseigneur seine Gedanken sehr wohl lesen konnte. Wie viele Edelleute gab es im Land, die schon eine richtige Schlacht miterlebt hatten? Geoffrey zählte nicht zu ihnen.

»Geoffrey?«

»Monsieur?«

»Begib dich wieder an deine Studien und verliere nicht das Buch, das Abt Jean dir geliehen hat. Diese Burg, ja selbst das ganze Land, verfügt nicht über genügend Reichtum, solch ein Werk zu ersetzen. Das jedenfalls hat man mir gesagt.«

Geoffrey schluckte und musste an die mit Pferdemist bespritzten Seiten denken. »Es ist mir lieb und teuer, Monsieur, ich werde es mit meinem eigenen Leben schützen.«

»Gut«, sagte Graf Robert. »Lass mich jetzt allein, Junge.«

Geoffrey stand auf und machte Anstalten zu gehen, aber Robert de Polignac packte seine Hand. Sein Griff war fest. Das sind die Finger eines Kunsthandwerkers, eines Musikers, eines Medicus, eines Literaten. Ganz gewiss nicht die eines Kriegers, dachte Graf Robert niedergeschlagen. »Zahle meiner Tochter nur ruhig mit gleicher Münze heim, Geoffrey. Schone sie nicht.«

»Aber das kann ich nicht, Monsieur.«

»Wieso nicht?«

»Ich habe nicht den Wunsch, ihr jetzt oder irgendwann einmal zu schaden.«

»Du schadest ihr mehr, wenn du ihr gestattest, anderen willentlich Schmerz zuzufügen, ohne dass sie im Gegenzug auch Schmerz erleidet. Wenn das weiter anhält, wird sie nie lernen, was Höflichkeit und Rücksichtnahme bedeuten.«

»Aber ich habe geschworen, dass ...«

»Ja?«

»Ich habe nur laut gedacht, Monsieur. Ich werde mich jetzt wieder an meine Studien begeben. Noch vor Sonnenuntergang werde ich mich am Holzpfosten mit der Stechpuppe üben. Mit dem Schwert werde ich ihr bei der ersten Attacke den Kopf abschlagen. Solltet Ihr wünschen, dem beizuwohnen und Euch von meinen Fertigkeiten zu überzeugen, seid Ihr herzlich willkommen.«

»Eine Stechpuppe blutet nicht, Geoffrey, und sie fleht auch nicht um Gnade. Vergiss das nicht«, sagte Graf Robert und deutete auf das Buch. »Und vergiss nicht, dass wir über das Schicksal deines Bruders erst dann Gewissheit haben werden, wenn Michel zurückgekehrt ist.«

»Und wenn Michel nicht zurückkehrt?«

»Geh jetzt.«

Geoffrey nahm das Manuskript, glättete die rote Seide und hielt es an die Brust gepresst, als er damit hinausging. Auf dem Weg in die Küche nahm Geoffrey zwei Treppenstufen auf einmal.

In der Küche saß Adelina auf dem Schemel, den er früher als Junge benutzt hatte, und Ella war emsig damit beschäftigt, dem Mädchen das Gesicht zu schrubben. Adelina steckte Geoffrey die Zunge heraus und fauchte.

»Eine Dame schneidet keine Grimassen«, sagte Ella und scheuerte noch fester.

»Au, au!«, schrie Adelina, die hoffte, ihre Mutter würde bald kommen und sie von dieser scheußlichen Qual erlösen. Geoffrey blieb stehen, nahm einen Apfel zur Hand und biss herzhaft hinein, dann verzog er fauchend das Gesicht in Adelinas Richtung, als Ella gerade nicht zu ihm hersah. Wieder bleckte die Kleine die Zähne. Er machte es ihr nach.

»Schrubb fester, Ella. Ich fürchte, ich kann unter all dem Dreck schon fast ein hübsches Gesicht erkennen.«

»Ich bringe dich um, wenn du mich noch einmal hübsch nennst!«

Geoffrey lächelte. Sie wollte ein Junge sein, und in ihrer Fantasie war sie das auch, obwohl ihr Körper weiblich war. Als sie ihm noch einmal die Zähne zeigte, hätte Geoffrey am liebsten laut losgelacht: Oben fehlte ihr ein Zahn. Ein scharfer Eckzahn weniger, mit dem sie über ihn herfallen konnte. War sie denn mit dem wackelnden Zahn nicht zu ihm gekommen? Hatte er ihn ihr denn nicht gezogen?

»Hör auf, die kleine Herrin zu plagen«, sagte Ella.

»Sag ihr, sie soll aufhören, mich zu plagen.«

»Eines Tages wird sie eine wunderschöne Dame sein. Ihre Schönheit wird von der Art sein, dass edle Herren aus ganz

Frankreich anstehen werden, nur um mit ihr zu tanzen oder ihre Hand zu berühren …« Während Ella sich immer weiter in unwahrscheinlichen Zukunftsvorstellungen erging, griff Adelina in die große Schüssel, in der sich Ellas Brotteig befand.

Geoffrey wusste, was jetzt kommen würde, aber er sagte kein Wort, als das Mädchen eine Hand voll Teig nahm und sie ganz langsam nach oben führte. Ella war zu sehr in ihren Fantasievorstellungen eines Morgen verstrickt, als dass sie hätte sehen können, was im Hier und Jetzt geschah. Adelina stieß einen markerschütternden Schrei aus und schleuderte Ella den Teig ins Gesicht. Die Kleine nutzte den Augenblick, da Ella vorübergehend nichts sehen konnte, und lief wie der Blitz davon. Sie warf den Schemel um und kreischte vor Lachen, aber Geoffrey fing sie ab. Er hielt sie mit dem Kopf nach unten über den großen Kessel mit dem kochenden Wasser, der über der glühenden Steinkohle hing, und tat so, als wolle er sie hineinfallen lassen.

Adelina kreischte vor Entsetzen. Aber Geoffrey hielt sie fest und beachtete sie nicht. Schließlich tat er ja nur, was Monseigneur verfügt hatte, und er genoss es sogar.

In dem Moment kam Gräfin Marys herein.

»Geoffrey! Stell sie hin, sofort!«

Geoffrey schloss die Augen und stellte Adelina wieder auf die Füße. Sofort rannte das Mädchen zur Mutter, umklammerte deren Taille und vergrub das Gesicht in den Röcken der Gräfin. »Was ist das da auf deinem Gesicht? Ella! Was ist das? Es riecht wie, mon Dieu, was ist denn bloß mit dir passiert? Und ist das da Brotteig? Geoffrey! Willst du mir wohl antworten!«

Ella gab sich alle Mühe, die Situation zu retten, aber Geoffrey wusste, dass seine Tante, Gräfin Marys, auf niemanden hören würde, der es wagte, ihre Tochter irgendeiner Untat zu bezichtigen. »Das war ich, Madame, ich bin schuld. Wir haben vorhin gespielt, ein Scheingefecht. Adelina hat natürlich gewonnen. Wie immer.«

Mit ihren leuchtenden grünen Augen schaute die Kleine aus der tröstlichen Sicherheit des weichen Kamelottstoffes zu ihrer Mutter auf. Sie hörte die Lüge, konnte sie aber kaum glauben.

»Im Verlauf unseres Kampfes, Madame, fiel Adelina in den Pferdemist, und ich auch, wie Ihr seht. Ella, nun ja, sie …«

»Ich bin gestürzt, Madame. Ausgerutscht.«

»Nichts weiter Schlimmes ist passiert.«

Gräfin Marys wusste, dass es alles gelogen war, aber die Loyalität musste sie bewundern. Sie schob Adelina von sich weg, mit sanften Fingern rieb sie über den Schmutz auf diesem hübschen Gesicht. »Adelina, jetzt sieh nur, was du mit deinem neuen Kleid angestellt hast.«

»Das war Geoffrey!«

»Hinauf mit dir, in dein Zimmer. Wir werden baden, und du wirst dieses Kleid waschen. Ganz allein.«

»Aber Mama …«

»Hinauf.« Gräfin Marys gab der Kleinen einen Klaps auf das Gesäß, als sie schmollend davonzog. »Ein Scheingefecht?«, erkundigte sich seine Tante bei Geoffrey und warf einen Blick auf Ella, die sich damit abmühte, sich den Teig vom Gesicht zu reiben, ehe er fest wurde und wie Harz an ihr klebte. »Was bringst du meiner Tochter nur bei?«

»Nichts, Madame. Aber ich fürchte, sie hat mir bei meinen Waffenübungen zugesehen, seit sie laufen konnte. Es ist nur ein Spiel, eines, das uns beiden gewiss sehr bald Leid tun wird.«

»Mach dich sauber, Ella, und dann bereite mir ein Bad. Und was dich betrifft, Geoffrey, so werde ich nicht gestatten, dass das so weitergeht. Scheingefechte, also wirklich. Sie ist doch kein Junge, dass sie in Pferdemist und Heuhaufen herumtollen kann.«

Geoffrey nickte. Was sollte er jetzt tun? Hielt sie ihn etwa für Gott? Denn nur Gott vermochte nach seinem Dafürhalten jemandem wie Adelina Einhalt zu gebieten. Mit zunehmendem Alter wurde sie immer schlimmer. Schon als Säugling war sie anstrengend gewesen, anstrengend auch als Kleinkind; immer waren alle auf jede Laune von ihr, auf jedes Weinen sofort eingegangen, und was war das Ergebnis? Das Ergebnis war, dass man sie nicht bändigen konnte. Ihre ruhigen, ihre menschlichen Momente wurden immer rarer. Doch wenn sie sich als Kleinkind wehgetan hatte, zu wem war sie dann mit unsicheren Schritten getapst? War es denn wirklich so, dass nur ein einziger Kuss von Geoffrey, dem Pagen, den Schmerz vergehen ließ?

Er seufzte. Aus dem Alter eines Kleinkindes war Adelina längst heraus. Und jetzt gab es den Befehl von Monseigneur, ihr mit gleicher Münze heimzuzahlen, was sie an andere austeilte. Geoffrey wusste, dass dieser Befehl leichter erteilt als befolgt war. Denn wenn sie ihn wieder einmal mit einem Stück Holz auf den Hinterkopf schlug, wie sollte er dann das Stück Holz nehmen und ihr dasselbe antun?

Oft hatte er Kinder in Adelinas Alter im Dorf beobachtet; sie spielten ohne allzu viel Gewalt und voller Fröhlichkeit. Aber Adelina konnte weiter nichts als Unsinn machen und Schmerzen zufügen. Es war bereits versucht worden, sie mit Spielgefährtinnen in ihrem Alter zusammenzubringen, als sie etwas jünger war, aber die Kinder waren nie ein zweites Mal in die Burg zurückgebracht worden, denn die Mütter befürchteten, es könne ihnen bei Adelinas rauem Spiel Schaden zugefügt werden.

Und wobei hatte er sie ertappt, als Adelina gerade einmal sechs Jahre alt war? Adelina, als Junge verkleidet, hatte sich wieder einmal ein armes Kind geschnappt, die Tochter einer Waschfrau, und an den Füßen am Bergfried aufgehängt. Sie hatte immerhin ein höchst kompliziertes Geflecht von Knoten benutzt, wofür man sie eigentlich hätte loben müssen, aber wären Michel und Geoffrey nicht zufällig vorbeigekommen, hätte sich das Kind bei seinen Befreiungsversuchen stranguliert. Natürlich begriff Adelina nicht, was an dem Spiel schlecht gewesen sein sollte.

Und ständig war sie in Geoffreys Räumen, schleifte sein Schwert auf dem gefliesten Boden hin und her, machte es absichtlich stumpf oder hieb mit seinem Dolch auf sein Bettzeug ein. Oder sie ließ sich den Streitkolben auf die Füße fallen … würde dieser Unsinn denn nie ein Ende finden?

Bevor sich die Sonne zum Spätnachmittag senkte, blieb Geoffrey noch etwas Zeit, also ergriff er die Gelegenheit, solange Adelina badete. Er fand ein Fleckchen in der warmen Sonne, geschützt vor dem Wind, weit weg vom Garten, weit weg, so hoffte er, von allen. Geoffrey kletterte auf den Schutzwall und setzte sich auf einen schmalen Felsvorsprung. Hier war er in Sicherheit. Es war zu dicht an den Klippen, Adelina würde ihn in Ruhe lassen, denn vor großen Höhen hatte sie genauso viel Angst wie vor Wasser.

Geoffrey lehnte den Rücken gegen die Steinmauer und atmete tief die Spätfrühlingsluft ein. Bald wäre es Sommer, und vielleicht würde man ihn dann auffordern, als Ritter neben seinem Herrn am nächsten Turnier teilzunehmen. Doch im Grunde seines Herzens wusste Geoffrey, dass es dazu nicht kommen würde; Monseigneur wurde alt, und Turniere, so sagte er oft, seien eine beträchtliche Verschwendung von Zeit und von Geld, das anderswo besser eingesetzt werden könnte.

Geoffreys Gedanken wanderten weiter. Abt Jean aus der Abtei war zwar hilfreich und freundlich, und auch voller Hoffnung, aber das Leben eines Mönchs war nicht das Richtige für Geoffrey. Wieso wusste das außer ihm nur keiner? Er war schon viel zu sehr daran gewöhnt, dass andere ihm sagten, was er ihrer Meinung nach tun solle, doch er hatte nie die Worte vergessen, die Mademoiselle Vianna ausgesprochen hatte, nur wenige Momente vor ihrem Tod.

Diene meiner Tochter gut, Geoffrey. Versprich mir, dass du nie zulassen wirst, dass ihr ein Leid geschieht. Schwöre es mir bei deinem Leben, Kind. Bitte.

Nur Vianna hatte tief in seine Seele blicken können, hatte erkannt, was dort verborgen lag, und vor allen Dingen glaubte sie, dass es wahr würde. Sie glaubte an ihn. Ja, er würde Ritter werden. Eines Tages, wenn er größer wäre. Vielleicht schon im nächsten Jahr.

Denn Geoffrey de Polignac war mit seinen siebzehn Jahren nicht größer als eine Bauersfrau, deren Rücken sich unter dem ewigen Schleppen von Weizengarben gekrümmt hatte. Den Mangel an Körpergröße versuchte er auf andere Weise wettzumachen. Er stemmte zum Beispiel Steinbrocken verschiedener Größe und verschiedenen Gewichts. Einmal hatte Christian ihn ertappt. Geoffrey erinnerte sich wieder.

»Was machst du da?«

»Ich kräftige meine Muskeln.«

Christian tippte dem Bruder an den Kopf. »Das ist der Muskel, den du kräftigen solltest, Mädchen.«

»Das Gehirn ist kein Muskel!«, hatte Geoffrey geantwortet, aber Christian war lachend fortgegangen. Gelacht hatte er dann nicht mehr, als Geoffrey gezielt einen kleinen Stein auf ihn abschoss, der den Bruder in der Kniekehle traf und ihn unverzüglich zu Boden schickte. Natürlich war Geoffrey, der damals noch kein Edelknappe war, schnell wie der Wind davongelaufen und war bis zur Abendbrotzeit in seinem Versteck geblieben, und bis dahin hatte Christian das Ereignis vergessen. Das jedenfalls hatte Geoffrey gehofft. Als er an jenem Abend an der langen Tafel den Gesprächen über Schlachten und Kriege lauschte, fing er Christians Blick auf. Er lächelte ihm zu.

Dieses Lächeln fehlte Geoffrey jetzt so sehr, dass ihm das Herz schmerzte vor lauter Verlangen, es endlich wiederzusehen.

»Ach, Christian«, flüsterte er, als er sein Buch erneut aufschlug. »Wo bist du?«

Kapitel Drei

Geoffrey schaute hoch in den strahlend blauen Himmel. Manche sagten, seine Augen seien von derselben Farbe, aber er hatte das noch nicht bemerkt. Alles, was er im Moment bemerkte, war ein Schmerz in seinem Herzen, denn er wollte seinen Bruder wiedersehen, und sei es tot.

Er musste wohl so lange allein mit seinem Schmerz dort im Versteck gesessen haben, dass alles Zeitgefühl genauso verloren gegangen schien wie Christian.

Die Stimme eines jungen Mädchens schwebte über den nachmittäglichen Himmel und drang an seine Ohren, als er dort träumend auf dem Schutzwall saß. Das Mädchen sang, und es war eine Melodie, die Geoffrey nicht vertraut war. Mademoiselle Vianna hatte er singen hören, als er noch ein Knabe war, und an einen bestimmten Abend erinnerte er sich besonders gut. In ihrem langen, fließenden Gewand mit den sich bauschenden Ärmeln und dem fein gearbeiteten Spitzenbesatz hatte sie dagesessen, auf den Stufen der Halle, ihr langes, flammendes Haar auf dem Kopf zu dichten Locken gelegt, der Rest fiel ihr über die Schultern. Er war völlig verzaubert von ihrem schönen, blassen Gesicht, ihrer lieblichen Stimme, von der Art, wie sie die Lyra spielte. Viele waren an jenem Abend dort gewesen, die sie auch hätten hören können, aber die Ritter hörten nur ihre eigenen Stimmen – das laute Schwadronieren von Schlachten und Gefechten. Geoffrey wusste noch, dass er sich eine Ohrfeige eingehandelt hatte, weil er völlig in Gedanken versunken dastand und Michel seinen Wein nicht einschenkte; er wusste noch, wie er tief beschämt zu Vianna geschaut hatte. Und sie hatte gelächelt.

Geoffrey sah auf seine Hände. Wie sehr wünschte er sich, ihnen Musik entlocken zu können, aber ein Instrument spielte er nicht, und singen konnte er erst recht nicht. Wann immer er es versuchte, heulten die Hunde.

Plötzlich trat Adelina in sein Blickfeld, aber sie sah ihn nicht. Sie dachte, sie wäre allein, so wie er das auch von sich gedacht hatte. Geoffrey sah zu, wie sie mitten auf dem Blumenfeld einem unsichtbaren Publikum einen Tanz vorführte, so wie er früher gegen unsichtbare Feinde gekämpft hatte. Etwas von seiner Traurigkeit verschwand aus seinem Herzen. Sie tanzte mit sicheren Schritten, aber wer hatte es ihr nur beigebracht? Und wer hatte sie das Lied gelehrt, das sie da sang? In der Burg gab es keine Musik, seit vielen Jahren schon hatte er keine Musik mehr gehört.

Ihre Vorführung dauerte recht lange, bis sie schließlich müde wurde. Sie setzte sich in das hohe Gras, zog die Knie an und stützte die Stirn darauf. Nach einer Weile wurde ihr bewusst, dass jemand sie ansah. Sie drehte sich um und sah zum Schutzwall hoch.

Sie stand auf und tänzelte durch das Gras, bis sie direkt unter dem Schutzwall stand. Sie war barfuß, denn Schuhe schienen ärgere Feinde noch als Wasser. Es war so gar nicht Adelinas Art, ruhig dort zu stehen und ihn nachdenklich zu betrachten. Oft dachte er, es sei ihr unmöglich, an jemand anderen als an sich selbst zu denken. Doch heute sah er einen sorgenvollen Blick, und er fragte sich, ob er sich nicht womöglich die ganze Zeit geirrt hatte.

»Keiner redet mit mir, Geoffrey.«

Geoffrey erwiderte nichts. Adelina zog eine Grimasse, schaute in den Himmel und musterte die vorbeiziehenden Wolken. »Sieh nur! Ein Pferd!« Noch immer schwieg Geoffrey, auch wenn er ihr Wolkenpferd gesehen hatte. Bald verschwand es. »Geoffrey?«, fragte sie in einem Tonfall, der normalerweise bedeutete: Ich möchte, dass du etwas für mich tust. Und wenn du nicht willst, dann befehle ich es dir.

Er sah sie an, als sie nach oben kletterte und sich neben ihn auf den Wall setzte, allerdings nicht allzu nah. Ihre Gefühle der Zuneigung waren so flüchtig wie die Wolkengebilde am Himmel. »Ja, Mademoiselle?« Stets betonte er diese Anrede ein wenig, aber heute bemerkte sie es nicht, oder sie nahm keinen Anstoß daran.

»Mama sagt, ich muss eines Tages heiraten, wenn ich so groß bin wie sie oder aber volljährig geworden bin, je nachdem, was von beidem zuerst eintritt.«

Geoffrey wünschte, sie würde ihn nicht so anstarren. Er spürte, wie ihm das Blut in den Kopf stieg. »So ist nun einmal der Lauf der Dinge, Adelina«, sagte er und hoffte, es würde sie zufrieden stellen. Aber er wusste, dass er vergebens hoffte, denn sie rückte etwas näher an ihn heran.

»Aber was bedeutet das denn? Heiraten?«

Wieso fragt sie immer mich nach solchen Dingen?, überlegte er. »Nun ja …«

»Sieh nur! Eine Abtei!«

Geoffrey sah wieder zum Himmel hinauf, und da war tatsächlich eine Abtei zu sehen. Dann wandte er sich wieder Adelina zu. Staunend betrachtete sie die Wolken, aber allzu schnell war auch die Abtei wieder verschwunden. »Was bedeutet das? Heiraten?«, fragte sie noch einmal, den Blick in den Himmel gerichtet.

»Nun ja, es bedeutet …«, er zögerte ein wenig, »… es bedeutet, dass ein Mann und eine Frau in den Augen Gottes eins werden.« Schnell brach er ab.

Eine Weile dachte sie über seine Worte nach, dann runzelte sie die Stirn. »Sie werden eins?«

»Sie … sie kommen zusammen. Werden eins.«

»Willst du sagen, sie verschmelzen ineinander, während Gott zusieht?«

»Was bereitet Euch denn Kopfzerbrechen, Adelina?«

»Nie und nimmer will ich mit jemandem verschmelzen, egal mit wem.«

Das Lächeln konnte sich Geoffrey nicht verkneifen.

»Wenn ich das Mama erzähle, würde sie nur lachen und sagen, dass ich es mir schon noch anders überlegen werde. Heute hat sie zu mir gesagt, es wäre bitter schade, dass Christian tot ist. Stimmt das? Ist Christian tot? Haben die Mauren ihn getötet?«

»Wir wissen nicht, ob er tot ist, Adelina.«

»Dann musst du dir doch Sorgen machen. Nicht?«

»Ein wenig«, brachte Geoffrey nicht ganz wahrheitsgemäß hervor.

»Mama hat noch etwas zu mir gesagt, Geoffrey. Das hat mir Angst gemacht. Ich weiß, du denkst, ich hätte vor gar nichts Angst, und meistens fürchte ich mich ja auch nicht, aber das hat mir Angst gemacht.«

»Und was hat Euch Angst gemacht?«

»Sie hat gesagt, Papa hoffte, dass Christian mich eines Tages heiraten würde. Aber jetzt ist er tot, und ich wollte überhaupt niemanden heiraten …« Tränen traten ihr in die Augen, und Geoffrey schlug mit der Hand auf den Felsvorsprung neben sich. Das war die Einladung, auf die sie gewartet hatte. Sie schmiegte sich eng an ihn und ließ die Füße in der Luft baumeln. Nicht ein einziges Mal konnte dieses Mädchen still und in Ruhe sitzen, stehen oder sogar schlafen. »Ich kann gar nicht heiraten, denn dann wäre ich ja gar nicht mehr Adelina, wenn ich das tue. Verstehst du das, Geoffrey?« Sie berührte ihn am Arm, und er hob den Arm hoch, damit sie sich an ihn kuscheln konnte. Jeden Moment rechnete er damit, dass sie ihn beißen würde, aber sie zog seinen Arm fest um sich. »Es tut mir Leid wegen Christian. Wirklich. Ich weiß, wie sehr du ihn geliebt hast.«

Zitternd atmete Geoffrey tief ein und langsam wieder aus, dann küsste er sie auf die Stirn. Adelina vergrub das Gesicht an seiner Brust, und so saßen sie schweigend, bis Geoffrey leise fragte: »Wer hat Euch die Melodie gelehrt, die Ihr vorhin gesungen habt?«

»Niemand«, antwortete sie. »Die habe ich mir ausgedacht.«

»Singt noch einmal für mich, Mademoiselle, wenn Ihr so gut sein wollt.«

»Hörst du mich gern singen? Das tut sonst keiner.«

»Bitte, Adelina. Singt noch einmal.«

Und das tat sie dann. Zunächst zitterte ihre Stimme, doch dann wurde sie lieblicher und lieblicher, bis er sich wieder wie der Junge vorkam, der zugesehen hatte, wie Mademoiselle Vianna die Lyra spielte, wobei ihre sanfte Stimme sein Herz zum Schmelzen gebracht hatte.

Michels Rufe schallten durch den Burghof. »Geoffrey! Es wird Zeit!«

Zeit zur Übung am Holzpfosten mit der Stechpuppe. Heute war Michel ungeduldig, wenn nicht gar ärgerlich.

»Mama sagt, ich darf dir nicht mehr zusehen. Ich muss jetzt sticken. Ich verabscheue Handarbeiten.«

Geoffrey stand auf. »Vielleicht ist es ja auch das Beste für Euch, wenn Ihr mir nicht mehr zuseht. Begebt Euch hinein, Mademoiselle, an Eure Handarbeit. Wenn Ihr Euch jeden Stich mit dem bunten Faden als einen von der Lanze durchbohrten Mauren vorstellt, werdet Ihr es vielleicht nicht so verabscheuen.«

Adelinas Gesicht hellte sich auf. »Vielleicht tue ich ja so, als wäre jeder rote Stich der Tod desjenigen, der Christian auf dem Gewissen hat, und jeder weiße Stich wird für seine Seele sein, sodass er ohne Mühe den Weg in den Himmel findet.«

Geoffrey sah auf sie hinunter. Was mochte diese plötzliche Wandlung zum Guten bewirkt haben? Was hatte sie jetzt bloß vor? Wieso war sie so freundlich? Wollte sie ihn vom Schutzwall stoßen?

»Soll ich dieses Buch in dein Zimmer bringen, Geoffrey?«, fragte sie mit großen Augen, in denen Neugier und Hoffnung schimmerten.

»Lieber nicht, Adelina, denn wenn es irgendwie Schaden nimmt, wird derjenige, der diesen Schaden verursacht hat, ewige Qualen erleiden. Und dann würde er viele, viele weiße Stiche brauchen, um sein Seelenheil wiederzuerlangen.«

»Aha. Was ist es denn für ein Buch?«, fragte sie und berührte den Seidenstoff.

»Es ist ein Buch Gottes.«

»Wenn es ein Buch Gottes ist, wieso lesen es dann Sterbliche?«

Geoffrey musste schmunzeln, doch eine Antwort hatte er darauf nicht. »Wenn es Euch so viel Freude macht, das Buch in mein Zimmer zu bringen, dann dürft Ihr das. Aber ich bitte Euch, seid vorsichtig damit, Adelina, und legt es auf meinen Tisch beim Bett, wenn Ihr so gut sein wollt.« Dann rief Geoffrey Michel eine Antwort zu. Er tat so, als hätte er dessen verärgerten Ruf gerade erst gehört.

»Geoffrey?«

»Mademoiselle?«

»Ich will nicht, dass du stirbst. Du darfst nie sterben. Wenn dir etwas zustößt, hätte ich keinen einzigen Freund mehr. Ich hab dich lieb, Geoffrey.«

»Ich Euch auch. Gebt gut Acht auf das Buch.«

Als Geoffrey später unter Michels Aufsicht seine nachmittäglichen Übungen absolvierte, schweifte er in Gedanken ständig ab. Was ist das nur für eine Verbindung zwischen Adelina und mir, überlegte er. Entstand sie am Tag ihrer Geburt? Wäre er an jenem Tag nicht dabei gewesen, würde er dann jetzt dieselbe fröhliche Traurigkeit empfinden, dieselbe verzweifelte Freude, wenn ihre Blicke sich begegneten?

»Schluss damit! Schluss! Ich habe schon viel zu viel gesehen!«

Vom Pferd aus sah Geoffrey auf Michel hinunter; der stand bei der Stechpuppe, die von einer eigens angefertigten Rahmenkonstruktion im Burghof hing. Dem Pferd zu Füßen pickten und scharrten Hühner, aber bei einem Angriff zerstoben sie und gackerten und flogen davon – daran hatten die Hunde den größten Spaß.

»Wo, das sage mir, bist du heute nur mit deinen Gedanken?«

Wo ich immer mit meinen Gedanken bin, dachte Geoffrey resigniert. Ich bin weit fort, irgendwo, und will nicht mehr zurück.

»Wenn du wütend auf mich bist, dann schlag zu!«

Überrascht schaute Geoffrey seinen Lehrer Michel an, der mit seitwärts ausgestreckten Armen dastand, wie der Sohn Gottes am Kreuz. Geoffrey wandte den Blick ab, er fürchtete, Michels Verstand sei jetzt unrettbar verwirrt. Und diesen Irren schickte sein Onkel auf die Suche nach Christian?

»Wenn du wütend auf mich bist, sage ich, schlag zu!«

Allmählich war es Geoffrey höchst unbehaglich zumute. »Ich bin nicht wütend auf Euch! Was soll dieser Irrsinn?«

»Nun denn, wenn du nicht wütend auf mich bist, wer oder was ist dann heute in deinen Gedanken? Handelt es sich um eine Frau?«

Beinahe hätte sich Geoffrey verschluckt. »Nein! Es handelt sich nicht um eine Frau!«

»Also was für eine Ausrede hast du dann? Du musst dich konzentrieren, Geoffrey! Stell dir vor, das wäre der Feind!«

Michel hieb auf die mit Stroh ausgestopfte Männergestalt ein. »Muss ich es denn wieder und wieder sagen, bis zu dem Tag, an dem ich an Altersschwäche sterbe? Dies ist der Feind! Und was wird der Feind mit dir anstellen, wenn du nicht kämpfst?«

Gleichgültig sah Geoffrey auf die Stechpuppe. »Er wird mich töten, wenn er die Gelegenheit dazu hat.«

»Und genau diese Gelegenheit gibst du ihm, indem du nicht mitdenkst!«

»Eine Stechpuppe blutet nicht.«

»Und sie schreit auch nicht, aber nur so kannst du dich vorbereiten!«

»Wie waren noch einmal Eure Anweisungen?«, fragte Geoffrey.

»Bist du jetzt auch noch taub?«

»Was habt Ihr gesagt, Michel?«

Michel hob die Arme voller Verzweiflung, und im Bewusstsein, nur Zeit zu vergeuden, gab er auf. Und dann trat er aus dem Weg, zum Glück, denn Geoffrey gab seinem Pferd die Sporen, preschte auf die ausgestopfte Puppe zu, hob sein Schwert in Schulterhöhe und zielte. Ehe Michel bewusst wurde, was geschah, flog der Kopf der Stechpuppe durch die Luft. Leider wurde Geoffrey beinahe von dem jungen, eigensinnigen Pferd abgeworfen. Mühsam kämpfte er, um wieder die Oberhand zu gewinnen, und verlor sein Schwert. Zum Glück – denn das Pferd galoppierte auf die Steinmauer zu und machte keinerlei Anstalten, stehen zu bleiben. Geoffrey blieben zwei Möglichkeiten: gegen die Steinmauer zu prallen oder sich in den Steigbügeln aufzurichten und über die Mauer zu springen.

Seine vollständige Kampfrüstung wog beinahe so viel wie er.

In ihrem Zimmer stand Adelina am Fenster und sah zu, wie Geoffrey über die Mauer hechtete, hart zu Boden fiel, dann den steilen Abhang hinunterrollte, durchs Gehölz brach und schließlich an einem Baum reglos liegen blieb. Michel kletterte auf die Mauer und setzte sich.

Adelina konnte nicht hören, was gesprochen wurde. Sie sah, wie Geoffrey versuchte, sich aufzurichten, dabei jedoch von seiner Rüstung gleich wieder zu Boden gedrückt wurde. Im ersten Moment war sie erschrocken, aber dann musste sie so schallend lachen, dass sie sich in den Daumen stach. Ein Fluch entfuhr ihr, wie sie ihn so oft schon die Ritter hatte ausstoßen hören, wenn sie meinten, sie seien ganz unter sich.

Eine Ohrfeige ihrer Mutter war die direkte Reaktion darauf. Dann wurde sie vom Fenster weggezogen.

»Du wirst dich von ihm fern halten!«

Adelina setzte sich und wechselte den Faden, aber die ganze Zeit musste sie an Geoffrey denken. Sie hoffte, dass er sich nicht allzu wehgetan hatte.

In jener Nacht wurde sie von Albträumen geplagt; als Christian damals fortgeritten war, um sein Glück im Kampf gegen die Mauren zu finden, hatte sie ganz ähnlich geträumt. Die Schatten an den Wänden des Schlafzimmers verwandelten sich in Furcht erregende Ungeheuer. Wohin Adelina auch schaute, es war, als stecke sie mitten in einer riesigen Schlacht. Im Dunkeln schlief sie nie ruhig. Es musste kurz vor Tagesanbruch sein, denn ihre Kerzen waren inzwischen kaum mehr als geschmolzenes Wachs. Die Flammen züngelten und tänzelten und warfen ungeheure Krummschwerter und Streitäxte an die Wände.

Sie zog sich die Bettdecken über den Kopf, aber die Bilder blieben, und dann kam das letzte, das entsetzlichste. Adelina sprang aus dem Bett und lief durch den großen Raum. Mit großer Mühe schaffte sie es, ihre knarrende Tür zu öffnen. Auf dem Gang war es schrecklich dunkel; es war so früh, dass noch nicht einmal Ella wach war. Die Tür zum Raum der Eltern etwas weiter die Treppe hinauf war geschlossen, stets war sie von innen verriegelt. Adelina schaute in die andere Richtung, zitternd klammerte sie sich an den Rahmen ihrer eigenen Tür. Ein Stück weiter die Wendeltreppe hinunter, die in völliger Dunkelheit lag, würde sie den einzigen Trost finden, den sie kannte.

Adelina lief los. Sie wusste, dass das Knarren der Tür ihn wecken würde, das tat es fast immer. Zuweilen genügte schon das Krähen eines frühen Hahns, um Geoffrey aus dem Schlaf zu holen. Atemlos drückte Adelina seine Tür auf, die nie verschlossen war. Aber heute lag er nicht zusammengerollt in seinem Bett. Das kleine Mädchen blinzelte, dann erkannte es seine Silhouette an dem schmalen Turmfenster. Geoffrey saß da und rührte sich nicht, obwohl er wusste, dass sie gekommen war. Einmal hatte er ihr gesagt, sie habe einen ganz eigenen Geruch – der ihn in der Nase kitzelte, ihn zum Niesen brachte. Aber in seinen hellen Augen lag Heiterkeit, als er das sagte, sie brauchte sich also keine Sorgen zu machen, dass sie wie ein schwitzendes Pferd im Sommer stank oder wie diese Leibeigenen, die unermüdlich auf den Feldern ihres Vaters am Fuße des Hügels schufteten.

»Es ist noch sehr früh, Mademoiselle«, sagte Geoffrey leise.

»Ich hatte einen fürchterlichen Traum.«

Geoffrey drehte sich nicht um, aber er streckte die Hand aus und winkte sie in der Dunkelheit wortlos zu sich heran. Als sie näher tapste, sah Adelina, dass er nur seine Unterhosen trug. Sie zitterte. Außerdem war er barfuß, genau wie sie. Die Haare standen ihm in alle Richtungen ab, genau wie ihr. Auch seine Bettdecken waren zerwühlt. Also konnte er offenbar auch nicht schlafen.

»Was war das denn für ein Traum?«, fragte er, als er ihre

Hand nahm. Auch sie schaute in die Dunkelheit hinaus. Zunächst bekam Adelina kein Wort heraus. Sie fürchtete, er würde lachen. Aber über derartige Dinge konnte sie sonst mit keinem reden.

»Ich habe von einer Schlacht geträumt, Geoffrey. Einer fürchterlichen Schlacht. Und dann war da eine Prozession, und ich wusste, da war ein Leichnam, bedeckt von Umhängen und den Fahnen, die in der Halle hängen. Du weißt schon, die Fahnen bei den Waffen meines Vaters.«

»Ja, erzähl weiter.«

»Da tropfte etwas, etwas ganz Grässliches, aus der Kiste, Geoffrey. Ich rieche es immer noch.«

Er seufzte und legte ihr den Arm um die Taille. Sie setzte sich auf seinen Schoß.

»Dann habe ich mich mit meiner Mutter gesehen. Ich war älter, viel älter, und ich habe so geweint, wie eine Bäuerin um ihren toten Mann weint.« Adelina drehte sich um und sah Geoffrey in die Augen. »Das habe ich schon gesehen, wirklich. Ich habe sie weinen sehen.«

Jetzt beobachtet sie also Leibeigene?, fragte er sich verblüfft.

»Ich glaube, es war dein Leichnam.« Dicke Tränen sammelten sich in ihren Augen, aber nur eine quoll hervor. Ruhig und sanft wischte Geoffrey sie ihr vom Gesicht, obwohl sein Herz heftig schlug. Wenn das Kind träumte, traten die Ereignisse oft ein. Aber dann wiederum hatte er ja selber eine schlimme Nacht hinter sich.

»Auch ich konnte nicht schlafen, Adelina. Mein Traum war Eurem ähnlich. Ich war mit Eurer Mutter zusammen, und ich fürchtete, es könnte Euer Leichnam sein. Die Trauer darüber schmerzt mich noch immer. Hier.« Er fasste sich an die Brust.

»Nein, ich war das nicht. Ich werde nie sterben.«

»Das hier«, sagte Geoffrey und berührte ihr Gesicht, ihren Arm, ihre Hand, »ist nur sterbliche Hülle. Sie altert, und schließlich stirbt sie.«

»Ja, aber ich bin nicht mein Finger, auch nicht mein Gesicht oder mein Arm. Was mich, Adelina, ausmacht, ist die Seele, also werde ich niemals sterben. Das hast du mir erzählt, Geoffrey, und ich weiß, dass es wahr ist.« Sie sah wieder in die Dunkelheit hinaus. Etwas Farbe zeigte sich am Rand der Welt – wie nannte Geoffrey das noch? Horizont, ja – und ein neuer Tag lag wartend dahinter. »Ich bin weinend aufgewacht, Geoffrey. Ich weiß nicht, wie ich froh sein sollte, wenn du nicht hier bist.«

Geoffrey strich ihr übers Haar, ordnete es mit den Fingern. Sie saß auf seinem Knie, ganz ruhig jetzt, und wünschte, er würde ewig weitermachen, denn oft hatte er sie so zum Einschlafen gebracht.

»Wie fühlt Ihr Euch jetzt?«, fragte er.

»Wütend. Ich will kein Mädchen sein.«

»Das ist mir längst klar.«

»Ich hätte ein Junge sein sollen, denn wenn ich ein Junge wäre, würde ich eines Tages an deiner Seite kämpfen.«

»Ihr meint, an meiner Seite, aber nicht gegen mich?«

Adelina drehte sich zu ihm um. »Wieso tue ich dir nur so schlimme Sachen an?«

»Das könnt nur Ihr selber beantworten. Woher soll ich das wissen?« Aber in Gedanken war er bei Christians endlosen Qualen der vergangenen Jahre. Wie die Zeit vergangen war. Allzu schnell.

»Heute habe ich dich von meinem Fenster aus gesehen, ich war gerade beim Handarbeiten. Siehst du?« Sie hielt ihm den Daumen vor die Nase, aber in dem Dämmerlicht konnte Geoffrey nichts Schlimmes daran sehen. »Ich habe mich gestochen, es hat wehgetan.«

»Dann müsst Ihr besser Acht geben.«

»Du auch. Das Pferd reitest du doch nie wieder, oder?«

»Das Pferd ist jung«, erwiderte er und fragte sich, was genau dieses kleine Mädchen gesehen haben mochte. »Es wird schon noch Gehorsam lernen.«

»Wieso reitest du denn nicht Jester?«

»Der gehört doch jetzt Euch.«

»Er hat keinen Schwung. Er ist so alt wie … wie … Papa.«

Wieder sagte Geoffrey nichts.

»Ich habe noch nie gesehen, wie einer so etwas gemacht hat, Geoffrey.«

»Was denn, Adelina?«

»Von einem durchgehenden Pferd abspringen und über die Mauer hechten. Hast du dir wehgetan, als du auf der anderen Seite gelandet bist? Du bist ja noch ein ganz schönes Stück weitergerollt.«

»Es hat so sehr wehgetan wie Euer Daumen«, entgegnete er.

»Aber das ist nicht dein Daumen, also woher willst du wissen, wie weh er tut?«

»Das ist wahr.« Geoffrey musste schmunzeln. »Wir werden es wohl beide überleben.«

Die Morgenröte verblasste, und blauer Himmel löste die weichende Dunkelheit ab. Adelina beugte sich vor und betrachtete neugierig die Blutergüsse auf Geoffreys Armen, auch seinen entblößten Rücken sah sie sich an. Über beide Schultern zog sich ebenfalls ein großer dunkler Bluterguss, den die Rüstung beim Sturz verursacht hatte. Ihm war die Luft für einen Moment weggeblieben, so hart war er aufgeschlagen.

»Na wenigstens hast du der Stechpuppe diesmal den Kopf abgehauen. Nicht nur das Bein.«

Geoffrey schwieg. Zu einem Kampf forderte sie ihn wohl nicht heraus, wenigstens hoffte er das. Bei den seltenen Gelegenheiten, da sie so guter Dinge war wie jetzt, war es angenehm in ihrer Gesellschaft. Sie drückte gegen den Bluterguss auf seinem Arm, und er verzog das Gesicht.

»Ich fürchte, deine Verletzungen sind schlimmer als meine«, sagte sie und lehnte den Kopf an seine Brust, nahm seine Hände und führte sie um ihre Taille. Denn wenn sie mit dem Kopf dicht bei seinem Gesicht war, küsste er immer ihr Haar. Ihr Vater berührte sie nur, wenn sie gezwungen war, ihm gute Nacht zu sagen. Wenn er gerade mit jemandem sprach, schickte er sie mit einer Handbewegung weg, aber wenn er allein war, küsste er sie auf die Stirn und wünschte ihr angenehme Träume. Ihre Mutter berührte sie nie, außer wenn sie ihr Schmutz von Gesicht oder Händen schrubbte. Ella war immer mit Kochen beschäftigt. Raoul und Louis beachteten sie gar nicht, Acelin schien Angst vor ihr zu haben, und Michel hatte ihr einmal einen Holzsplitter aus der Fingerspitze gezogen, aber danach war er gleich zurückgetreten und hatte sich vor ihr verbeugt. Geoffrey war ihr einziger Freund auf der ganzen weiten Welt.

»Als ich heute badete, sagte Mama, ich dürfe nicht mehr in deine Nähe.«

»Habe ich irgendwie ihr Missfallen erregt?«

»Das weiß ich nicht. Sie sagt, dass ich bald ein Mädchen brauche, das mir zur Hand geht. Sie sagt, die Waschfrau hat eine Tochter, die auch hier arbeiten will. Ob sie wohl Cateline meint? Und Mama hat auch gesagt, dass ich bald eine Brust haben werde wie sie, und wenn das passiert, muss ich bis ans Ende meines Lebens eine Dame sein. Aber Geoffrey, ich will keine Brust haben so wie sie. Das werde ich doch auch nicht, oder, Geoffrey? Sag mir, dass ich keine Brust bekommen werde wie sie.«

»Ich fürchte, das werdet Ihr, Mademoiselle. Gott hat Euch so erschaffen. Die Wünsche eines Sterblichen können Gottes Willen nicht ändern. Es tut mir Leid, aber Ihr werdet zu einer Frau heranwachsen, und das wird Euer Schicksal sein.«

In dem frühen Morgenlicht betrachtete er ihre Gesichtszüge

genauer, und zum ersten Mal fiel ihm auf, dass die kindlichen Gesichtszüge immer mehr verblassten. Vielleicht begann ja ihre Reise ins Frausein jetzt, in diesem Augenblick?

»Mama sagte, es sei meine Pflicht, Kinder zu bekommen. Aber das will ich nicht. Lieber laufe ich davon.«

»Von solchen Dingen solltet Ihr nicht reden, Adelina.«

»Wenn es nach den anderen ginge, würde ich nie von etwas reden dürfen. Ich habe versucht, mit Papa darüber zu sprechen. Ich habe versucht ihm zu erklären, dass ich nie eine Dame sein will, niemals, aber er hat gemeint, er hätte zu viel andere Sorgen. Und er ist sehr seltsam. Sehr seltsam. Er hat gesagt, er weiß nichts von Frauen, und das soll auch so bleiben.«

»Hört mir zu.« Geoffrey hob ihren Kopf und strich ihr das Haar aus dem Gesicht. »Damen wurden von Gott nicht zum Kämpfen erschaffen, und Ihr werdet eines Tages eine prächtige Edelfrau sein.«

»Aber ich will nicht ...«

»Hört mir zu.«

Sie schwieg.

»Männer, die zu kämpfen verstehen, gibt es viele, aber es gibt nur wenige edle, wunderschöne Damen, wie Ihr es eines Tages sein werdet. So viel weiß ich. Es ist also weit besser, wenn Ihr den Wünschen Eurer Mutter Folge leistet. Auf Euch wartet noch viel.«

»Weißt du, was ich gern wäre? Wenn ich als Junge zur Welt gekommen wäre?«

Geoffrey gähnte und tat, als müsse er zurück ins Bett.

»Ich sage es dir trotzdem. Ein richtiger Ritter wäre ich dann.«

Geoffrey räusperte sich. Adelina sprang von seinem Schoß und hielt sich das Haar straff aus dem Gesicht. »Siehst du? Ich würde wie ein Junge aussehen, wenn ich weniger

Haare hätte. Ich könnte so tun als ob. Ich bin wild, habe ich Recht?«

Geoffrey gab sich alle Mühe, nicht zu lachen.

»Bringst du mir bei, wie man kämpft?«

»Das kann ich nicht. Fragt doch Michel.«

»Ich habe Michel schon gefragt, aber er war richtig entsetzt, und dann ist er schnell davongegangen.«

»Vielleicht kennt er Euch nicht so gut wie ich.«

»Wieso hat er denn Angst vor mir? Bin ich schon so wild, dass ich sogar einen Ritter das Fürchten lehren kann?« In ihren Augen glomm Hoffnung.

»Es liegt nicht an Euch, Mademoiselle. Es liegt an dem, was Ihr sagt, was Ihr tut.«

»Ich will kein Mädchen sein!«

»Vielleicht solltet Ihr jetzt in Euer Zimmer zurückgehen, Adelina.«

»Und wieso willst du mir nicht beibringen, wie man kämpft?«

»Ich möchte Euch nicht wehtun.«

»Aber ich bin stark. Ich bin furchtlos.«

»Seid Ihr das?«, fragte Geoffrey.

Sie schaute ihm nicht in die Augen. Dafür trat sie ihn mit voller Kraft.

»Das täte ich an Eurer Stelle nicht, Mademoiselle.«

»Du bist nicht ich. Ich kann tun, was mir gefällt.«

»Nicht mehr, Adelina. Euer Vater hat Befehl gegeben, dass ich Euch mit gleicher Münze heimzahlen, dass ich mich gegen Eure ständige Quälerei zur Wehr setzen soll. Und ein guter Soldat muss jedem Befehl gehorchen.«

»Das würde Papa nie sagen. Das ist gelogen.«

»Ich lüge nicht. Seht Ihr, Adelina, für den Fall, dass Ihr mich schlagt, tretet, beißt oder was auch immer Euch in den Sinn kommt oder was auch immer für Gegenstände in Eurer Reichweite sein mögen, habe ich Befehl, es Euch heimzuzahlen. Michel hat gesagt, dass meine Stärken im Verborgenen liegen und oft ganz überraschend zutage treten.« Aufmerksam musterte er ihre Augen, er rechnete mit einer heftigen Attacke.

»Du kannst mir nicht wehtun. Ich bin die Tochter des Grafen. Du kannst einfach nicht.«

»Aber ich habe die Erlaubnis dazu, und meine Loyalität gilt stets an erster Stelle Eurem Vater. Deshalb werde ich Euch schlagen, wenn er mir befiehlt, Euch zu schlagen.«

Das probierte sie gleich aus, sie stieß gegen seinen Arm, mitten auf einen mächtigen Bluterguss. Er stöhnte auf und stieß sie seinerseits, genauso heftig wie sie ihn. Sie hielt sich den Arm fest und stöhnte, aber in ihrem Blick zeigte sich Entschlossenheit.

»Wollt Ihr jetzt Euren Vater wecken und ihm erzählen, dass ich Euch geschlagen habe? Dann werdet Ihr in großen Schwierigkeiten sein, Adelina. Ihr sollt Euch nämlich von mir fern halten, nicht wahr?«

Sie spuckte ihn an. Geoffrey spuckte zurück. Sie stürzte zu seiner Truhe, machte sie auf und zog seinen Dolch hervor. Er sah, wie sie wieder auf ihn zukam, wie sie die Waffe mit beiden Händen hoch über dem Kopf hielt.

»Wollt Ihr weinend hinter meinem Sarg hergehen, Mademoiselle? Wollt Ihr weinen, weil Euch das Herz gebrochen ist, und wollt Ihr Euch fragen, wie Ihr je wieder glücklich sein könnt, wo ich nun nicht mehr bin? Wenn ja, dann rate ich Euch, zielt gut.«

Sie zögerte, wollte, dass er fortfuhr.

»Das ist kein Spielzeug!«, sagte er ein wenig zu laut. Er bewegte sich so schnell, dass sie überrascht wurde. Geoffrey packte sie und drückte ihre Hände so schmerzhaft, dass sie den Dolch fallen ließ. Er fiel zu Boden. »Tut das nie wieder, Adelina. Nie wieder, denn eines Tages werdet Ihr Euch den

Falschen aussuchen, und dann wird mein Traum wahr, nicht der Eure! Ihr seid die Tochter eines Edelmannes, und Ihr werdet immer Feinde haben.«

Für den Augenblick besänftigt, meinte sie: »Dann bring mir bei, wie man kämpft, Geoffrey. Bitte.«

»Nein. Ich kann nicht. Ich wage es nicht, ich will es nicht.«

»Dann wirst du dafür büßen.«

»Ich werde warten, Adelina.«

Kapitel Vier

»Adelina!«

Sie reagierte nicht, sondern ließ den Bolzen losschnellen. Er blieb in der Stechpuppe stecken, und sie lächelte; allzu oft traf sie nicht mehr daneben.

»Adelina!«

Die Rufe kamen näher. Adelina fluchte, schob die Armbrust unter ihr Bett, sodass sie nicht mehr zu sehen war, und lief zu dem Tisch am Fenster. Hastig nahm sie ihre Stickarbeit zur Hand – zu spät dachte sie an ihre handgemachte Stechpuppe mit den zwei in der Mitte steckenden Bolzen, die von dem Querbalken hoch oben in ihrem Zimmer herabhing. Wieder fluchte sie. Unter großen Mühen hatte Adelina die Puppe selbst dort befestigt, nachdem sie zunächst eine ganze Reihe von Tauen und Leinen angebracht hatte, um sie so aufhängen zu können, dass sie nicht jedes Mal herunterfiel, wenn sie sie als Zielscheibe benutzte. Und sie wieder abzunehmen war noch mühevoller.

Der Anblick würde ihre Mutter bestimmt nicht erfreuen. Und Cateline war nicht zur Stelle, um ihr dabei zu helfen, ihre Sünden zu verbergen. Adelina tastete nach dem Schwert, das ebenfalls unter ihrem Bett lag. Sie stellte sich auf einen Schemel und holte kräftig aus. Die Stechpuppe fiel, aber der Strick blieb hängen, und von dem Hocker aus konnte sie nicht hoch genug springen, um ihn zu erreichen und herunterzuziehen. Wieder fluchte sie leise.

»Adelina! Schläfst du wieder?«

»Nein, Mama. Was ist denn?«, rief sie.

»Mach dich ordentlich zurecht! Michel kehrt jeden Moment mit Christian zurück! Gerade überbrachte man uns die Nachricht!«

Nach all dieser Zeit kehrte Christian zurück? Mit dem Fuß stieß Adelina die Stechpuppe unters Bett, suchte hastig nach ihrem Kamm und fuhr sich damit durch das lange, widerspenstige Haar. Sie klopfte sich auf die Wangen, und dann sah sie an sich herunter. Die Strumpfhosen, die sie trug, hatte sie aus Geoffreys Zimmer gestohlen, das Hemd aus der Truhe ihres Vaters. Die Ärmel des bauschigen Hemdes hatte sie bis auf die Oberarme hochgekrempelt, weil sich der Stoff oft im Abzug der Armbrust verfing. Laden konnte sie die Armbrust nur, indem sie sich auf den Boden setzte, sich mit den Füßen abstemmte und dann die ganze Kraft von Armen und Schultern einsetzte.

Als sie Christian das letzte Mal gesehen hatte, war sie kaum acht Jahre alt gewesen, und das war jetzt beinahe sieben Jahre her. Ihrem künftigen Ehemann konnte sie schließlich nicht gut in Männerkleidung gegenübertreten.

Hinter dem Wandschirm hingen vier Kleider, die infrage kamen; die vielen anderen dienten ganz besonderen Gelegenheiten, wie dem Besuch eines Burgherrn oder Grafen, die mit ihrem Vater dann langweilige Gespräche über Politik und Steuern, Zölle und Abgaben führten und darüber, wer, natürlich immer im Namen des Herrn, gerade gegen wen in die Schlacht zog. Aufs Geratewohl griff sich Adelina ein Kleid – ein blaues, das sie lange schon nicht mehr getragen hatte; bei der letzten Ernte vielleicht? Sie musterte es, sah an sich herunter und fragte sich, ob es wohl passen würde. Sie hoffte es, denn es hatte die einzige Farbe, die sie mochte.

»Cateline!«

Fast sofort antwortete Cateline auf den Ruf und kam herbeigeeilt. Sie hatte gerade die Böden gescheuert.

»Mademoiselle?«, fragte das Mädchen ruhig.

»Hilf mir mit diesem verdammten Ding.«

Cateline legte ihren Scheuerlappen weg und wischte sich die Hände an ihrer dunklen Tunika ab. Adelina zog sich das Männerhemd über den Kopf, drehte Cateline den Rücken zu, holte tief Luft und zwängte sich in das Kleid. Und zwängen musste sie sich wirklich.

Cateline schnürte es ihr zu, sie hatte nicht den Mut, ihr zu sagen, dass es viel zu eng war, und zu fragen, ob sie nicht ein anderes habe. Heute funkelte ein Feuer in Adelinas Augen, also sagte sie nichts, außer: »Christian kehrt zurück, Mademoiselle.«

»Ja, ja, mach schnell.«

Als das Kleid fertig geschnürt war, versuchte Adelina zu atmen. Sie sah an sich hinunter. Ihre Brüste waren beinahe flach gedrückt. Und sie hatte vergessen, sich ein Unterkleid anzuziehen. Sie fluchte. »Wo ist Geoffrey?«

»Im Dorf, er treibt die Abgaben ein, glaube ich.«

Adelina suchte nach dem Umhang, den sie über dem Kleid tragen wollte. Am Saum befand sich ein riesiger, schlammiger Fußabdruck. Ärgerlich warf sie ihn weg. Cateline nahm ein großes Miedertuch und hielt es schweigend ihrer Herrin hin. Adelina griff es und legte es sich um. Es bedeckte das Nötigste, wenn auch nicht ganz. »Wieso bin ich nur so dick!«, stieß sie ungehalten aus.

Wieder traute sich Cateline nichts anderes zu sagen als: »Mademoiselle?«

»Was!«

»Die Strümpfe?«

»Dazu ist jetzt keine Zeit.«

»Aber Herrin, Eure Mutter wird ...«

»Geh, Cateline. Sofort.«

Cateline nahm ihren Scheuerlappen auf und verließ Adelinas Zimmer.

Das lächerliche Kleid war zu eng und zu lang. Ständig trat Adelina auf den Saum oder stolperte darüber. Es war zu nichts zu gebrauchen. Noch einmal richtete Adelina das Miedertuch und fuhr sich mit dem Kamm durch das lange Haar, sodass es ihr in ordentlichen Wellen den Rücken hinunterfiel.

Mit einer Kopfbedeckung hielt sie sich gar nicht erst auf, nur ein goldbesticktes Stirnband legte sie an – viel konnte sie dadurch nicht ausrichten. Bald gab Adelina den Versuch auf, sich hübsch zurechtzumachen. Sie stürmte aus ihrem Zimmer, raffte die Röcke und lief die steile Wendeltreppe hinunter, bis sie die Halle erreichte.

Ella und zwei Küchenjungen deckten für das Fest am Abend die lange Tafel. Adelina hielt sich nicht damit auf zu überlegen, wer wohl diesmal die Gäste sein mochten. Aus der weiter unten gelegenen Küche drang das kräftige Aroma eines Schweins am Spieß. Vielleicht war es aber auch ein Lamm. Wieso hatte ihr niemand etwas von Christians Heimkehr gesagt? So lange war er fort gewesen.

»Aus dem Weg, Dummkopf!« Sie stieß einen Küchenjungen beiseite, als sie sich auf der Treppe begegneten, die in die Küchenräume hinunterführte, und der Junge musste sich mühen, mit der großen Platte voller Obst das Gleichgewicht zu halten. Schüchtern murmelte er eine Entschuldigung, aber als er die herausgebracht hatte, war Adelina längst fort. Auf dem letzten Treppenlauf stolperte sie und fluchte, als sie das Gleichgewicht verlor. Aber sie war so vernünftig, sich zusammenzurollen, und schnell sprang sie wieder auf. Sie sah sich um, ob jemand Zeuge dieser akrobatischen Einlage geworden war – sie hatte Pech: Ein weiterer Küchenjunge, der den Spieß drehte, und der alte Mönch aus der Abtei, der Ella immer half, die großen Festlichkeiten vorzubereiten, sahen sie verblüfft an. Der nächste Fluch aus ihrem Mund war reinste Blasphemie. Der Mönch machte sich schnell wieder daran, die große fette Gans mit Brot und Kräutern zu füllen. Er schüttelte den Kopf und begann zu beten. »Wo ist meine Mutter?«, verlangte Adelina zu wissen.

»Im Burghof, Mademoiselle.«

»Ist Geoffrey schon zurück?«

»Nein, Mademoiselle.«

»Verflucht noch mal! Er sollte jetzt hier sein. Und was ist das für ein fürchterlicher Gestank?«

»Meine Kräuter«, antwortete der Mönch. Ihre Blicke trafen sich. Adelina schnitt eine Grimasse in seine Richtung. Wieder sprach er ein Gebet.

Adelina ging zur Tür und trat in die Nachmittagssonne hinaus, die sie nach der langen, allein in ihrem Zimmer verbrachten Zeit blendete. Ihre Mutter war gekleidet, als wolle sie ein Mitglied der Königsfamilie willkommen heißen. Sie trug diese gewagte Kopfbedeckung, die sich im Wind bauschte, während sie mit Gabriel von Lyon, dem ersten Ritter ihres Vaters, und dem Hufschmied sprach.

Gräfin Marys wandte sich zu Adelina um und seufzte beim Anblick des Mädchens: Der Wind verfing sich in den blauen Röcken, und von einer Cotte war nichts zu sehen. Auch Adelinas Gang war nicht der einer Dame – statt mit schwebenden Schritten marschierte sie wie ein Leibeigener, der einen schweren Wasserkrug trug. Das Kleid war zu eng, und es versteckte weit weniger, als es enthüllte. Gräfin Marys ging zu ihrer Tochter, die erwartungsvoll auf das Burgtor schaute. »Zeig mir deine Hände.«

Mit dem Handrücken nach oben hielt Adelina ihre Hände hin. Unter ihren abgekauten Fingernägeln haftete Schmutz. Ihre Mutter tippte an die Finger, und Adelina drehte die Handflächen nach außen und seufzte. »Was ist das denn? Sind das etwa Schwielen? Was hast du denn jetzt wieder angestellt?«

Adelina schwieg, mühelos sah sie ihrer Mutter über die

Schulter, denn sie war inzwischen schon beinahe einen Kopf größer.

»Wie soll Christian denn den Wunsch verspüren, dir den Hof zu machen, wenn du dich so präsentierst?«

»Wie ich mich präsentiere, ist doch egal, denn Papa hat diese Heirat bereits arrangiert. Ich habe ohnehin keine Wahl. Ihr wisst ganz genau, wen ich viel lieber heiraten würde.«

»Genug.« Gräfin Marys nahm ihren Samtumhang ab und legte ihn Adelina um, dann schloss sie ihn mit ihrer eigenen goldenen, mit Smaragden verzierten Brosche. Sie musterte das Gesicht der Tochter. »Du bist zu viel in der Sonne«, sagte sie und fuhr verzweifelt über Adelinas Sommersprossen.

»Da kommt er! Papa! Christian ist zurückgekehrt!« Adelinas fröhliche Rufe erstarben abrupt.

Es war tatsächlich Christian. Viele Jahre hatte sie ihn nun schon nicht mehr gesehen, damals war es ihr Lieblingsspiel gewesen, so zu tun, als sei sie ein Junge, und er und Geoffrey hatten sie an den Füßen im Kreis herumgeschwenkt, wenn niemand hinschaute. Es war Christian, ja, aber es war nicht der gut aussehende junge Ritter, den sie von früher kannte. Michel, der noch älter aussah als je zuvor, saß aufrecht auf seinem Pferd, und Christians Pferd führte er am Zügel.

Adelina erschrak. Sie sah zu ihrer Mutter, deren Gesicht ganz bleich geworden war. Sie sah auch zu ihrem Vater, der gerade erst heruntergekommen war, um Zeuge der lang ersehnten Heimkehr zu werden.

Niemand sagte etwas, denn Worte konnte keiner finden.

Michel stieg ab und ging zu Christians Pferd. Er tätschelte Christians Hand, und es schien, als würde Christian durch die Berührung aufwachen. Er sah auf Michel hinunter; er sah zu Graf Robert, Gräfin Marys, der Versammlung von Dienern und Rittern, zu Ella und schließlich zu Adelina. Aber er erkannte keinen.

Gräfin Marys schlug die Hände vors Gesicht, drehte sich um und lief weinend davon. Graf Robert ließ sie gehen, gab aber Ella mit Zeichen zu verstehen, dass sie ihr folgen solle. Er trat auf Michel und Christian zu und nahm Michel die Zügel ab. Aber er konnte nichts weiter tun als zusehen und zuhören.

»Christian? Wir sind angekommen.«

Mit seinen blauen Augen überblickte Christian den Burghof, die Burg selbst und dann ein zweites Mal alle, die um ihn herumstanden. Er versuchte, sich an der Wange zu kratzen, aber seine Hand fand die Stelle nicht, also rieb er sich das Gesicht an der Schulter.

»Helft mir, Monsieur«, sagte Michel leise. »Er kann sich nicht allein behelfen.«

»Adelina, hol den Mönch.«

Wie angewurzelt blieb Adelina stehen.

»Adelina! Hol den Mönch her!«

»Ich gehe schon, Herr. Ich gehe schon«, sagte der Hufschmied und lief zur Küche.

Adelina konnte nur zusehen, wie Michel und ihr Vater Christian vom Pferd zogen. Doch Christian klammerte sich fest an den Sattelknopf, und Adelina sah zu, wie ihr Vater mit Tränen in den Augen Christians Finger löste, einen nach dem anderen. Michel stützte ihn beim Gehen, und wieder sah Christian sich um. Seine Augen waren ausdruckslos. Sein leerer Blick fiel auf Adelina, wie sie so dastand und den Umhang ihrer Mutter am Hals krampfhaft umklammerte.

»Ihr seid wahrlich gewachsen, Mademoiselle«, sagte Michel mit müder Stimme, als er den schlurfenden Christian an ihr vorbeiführte. Christian sah sich um, die Hand ausgestreckt, um nach ihr zu greifen. Da sah Adelina, dass ihm der kleine Finger fehlte. Sie schrak zurück, bevor er sie berühren konnte.

»Er will Euch kein Leid tun, Mademoiselle«, sagte Michel. »Er möchte nur Euer Haar berühren.«

Adelina fing an zu laufen. Sie stolperte durch die Pfützen, über das unebene Kopfsteinpflaster, bis sie das Tor hinter sich gelassen hatte, und rannte weiter über die Brücke. Gabriel von Lyon rief sie zurück, aber sie hörte ihn nicht, und wenn sie ihn gehört hätte, dann hätte sie ihm nicht gehorcht.

Ihre Gedanken rasten wie wild, und sie lief immer weiter – den schmalen, schlammigen Pfad entlang, der in dem dichten Gehölz fast verborgen lag, und die Anhöhe hinauf, bis sie keine Luft mehr bekam. Eine halbe Meile lief sie so, und dabei rief sie immer wieder vergebens nach Geoffrey, doch nur die Vögel und das Rotwild hörten ihre Rufe. Völlig erschöpft blieb sie irgendwann stehen, lehnte sich an einen Baum und glitt an ihm hinunter, bis sie auf dem feuchten Unterholz saß.

Es hatte keinen Zweck. Den ganzen Weg bis zum Dorf zu laufen, das würde sie nicht schaffen. Es war zu weit. Wieder rief sie nach Geoffrey, aber ihr versagte die Stimme, nur Tränen kamen, ein Strom von Tränen, der nicht versiegen wollte.

Jean-Pierre, der zweitälteste Sohn von Henri Dupuy, Robert de Polignacs Feind, ritt mit wachsamen Augen durch den Wald. Er war unterwegs auf der Suche nach Geoffrey de Polignac. Plötzlich vernahm er ein seltsames Gewimmer. Entdecken konnte er niemanden. Vor einer Weile hatte er Michel Dupont mit einem Schwachsinnigen gesehen, etwas abseits von dem Pfad, der an Dupuy-Land grenzte. Er aber wartete auf Geoffrey, der auf seinem Karren den Ernteertrag des Dorfes nach Hause bringen würde. Henri Dupuy hatte für die Leute in seinem Dorf Allegre die Abgaben erhöht, und daher waren viele Leibeigene fortgezogen, hierher, auf Polignac-Land. Sie wollten der Tyrannei entfliehen, wie sie sagten. Und wenn weniger Leibeigene die Felder bewirtschafteten, gab es auch weniger Nahrungsmittel.

Es war Jean-Pierres Idee gewesen zu warten, bis Geoffrey

mit voll beladenem Wagen zurückkehrte, dann den Wagen an sich zu bringen und nach Hause mitzunehmen, was von Rechts wegen den Dupuys gehörte.

Jean-Pierre hatte nicht damit gerechnet, eine Frau in den Wäldern weinen zu hören. Er bemerkte die kleinen Fußabdrücke im Schlamm und sah, wohin sie führten. Hastig stieg er ab, band sein Pferd außer Sichtweite fest und zog sein Krummschwert. Vorsichtig trat er durch das Unterholz; wenn er sich bewegte, war nur das leise Klirren der metallenen Rüstung zu hören, die er trug.

Etwa zwanzig Meter vor sich sah er hinter einem Baum den Stoff des Kleides einer Edelfrau hervorlugen. Er schlich näher heran, seine Beute bemerkte ihn nicht – bis er die Klinge des Krummschwertes auf Adelinas Schulter legte. Sofort hörte das Gewimmer auf.

»Geoffrey?«, fragte sie.

Jean-Pierre Dupuy trat um den Baum herum. Wenn sich in Adelinas Blick Hoffnung gezeigt hatte, verblasste sie schnell.

Das Kettenhemd erkannte Adelina nicht. Sie hob den Kopf, wischte sich über die Augen, um besser zu sehen, und fast blieb ihr das Herz stehen. Ein Fremder stand vor ihr. Auf seinem Umhang erkannte sie das Wappen der Dupuys, Falke und Dolch, Schwarz auf Rot. Der Feind ihres Vaters. Einer von vielen. Er hatte ein Krummschwert in der Hand. Sie wusste, wie scharf ein Krummschwert sein konnte und was sein Bestimmungszweck war.

»Wer seid Ihr?«, fragte er.

Wieder verschlug es ihr die Sprache, die Spitze des Krummschwertes presste sich ihr jetzt schmerzhaft an die Kehle. Adelina blieb sitzen und streckte die Beine aus. Mit einer Hand nahm der Ritter seinen Helm ab, schob die Kapuze des Kettenhemdes zurück und schüttelte das braune Haar. Er ließ den Helm auf den Boden zu seinen Füßen fallen.

»Euer Name?«

»Cateline.«

Das Krummschwert drückte sich ihr in die Haut, dann hob er mit der Schwertspitze ihr Kinn. Noch einmal fragte er: »Euer Name?«

Adelina wandte trotzig den Kopf ab.

Mit der Klinge löste Jean-Pierre die Brosche, die den Umhang hielt. Sie flog hoch in die Luft, und mühelos fing er sie auf. Eingehend betrachtete er sie. »Gräfin Marys? Marys de Polignac? Nein, ich denke nicht. Ihr seid Adelina, das einzige Kind, habe ich Recht?«

Adelina spie auf den Boden, seine Lederstiefel verfehlte sie knapp. Mit der rechten Hand stützte sie sich ab und tastete auf dem feuchten Untergrund nach etwas, das sie als Waffe benutzen konnte. Mit den Fingern ertastete sie kleine Steinbrocken, die ihr nichts nützen würden, aber schließlich fand sie ein Stück Holz und hielt es fest. Es war noch nicht morsch, jedenfalls fühlte es sich so an. Wahrscheinlich war es in der vergangenen Nacht von dem Sturm heruntergebrochen. Wie viel Schaden konnte ein noch junger Ast auf einer Wange anrichten? Es wäre sogar ein schönes Gesicht, wenn da nicht diese kalten, kalten Augen wären, mit denen er sie anstarrte. So kalt waren auch Geoffreys Augen, wenn die beiden sich auf den Feldern beim Dorf begegneten. Ihrem Dorf. Einem Dupuy würde es nie gehören. Niemals.

»Von Eurer Schönheit habe ich schon gehört, aber ich hatte es nicht für möglich gehalten, dass ein solch hässlicher, nutzloser Mann wie Euer Vater mehr als nur eine Totgeburt zu Stande bringen könnte. Heute lacht mir ja tatsächlich das Glück. Sagt mir, was würde Euer Vater wohl für Eure sichere Rückkehr hergeben? Seine Burg? Seine Dörfer vielleicht?«

Adelina schwieg. Von Geoffrey hatte sie gelernt, dass ein Wutausbruch zuweilen ein schlimmer Fehler war, dass

Stolz den Weg zum gesunden Menschenverstand blockieren konnte.

»Was verbirgt sich denn wohl hier, möchte ich wissen?«, sagte er und benutzte kurz das Krummschwert, um den Umhang zur Seite zu ziehen. Er gab einen Laut von sich, mit dem sie nicht vertraut war, aber es war ein Laut, der ihr überhaupt nicht gefiel. Adelina war es egal, welchen Teil ihres Körpers er mit den Augen verschlang. Sie wollte nur, dass er die Klinge von ihrer Kehle nahm und noch ein wenig näher trat, damit sie mit dem Ast zuschlagen und dann weglaufen konnte.

»Los, aufstehen«, befahl Dupuy.

Adelina starrte vor sich hin. Ihr Herz raste wie wild, aber ihr Verstand war klar und ruhig. Wie in Todesstarre hielt sie den Ast umklammert. Was gäbe sie jetzt nicht alles für ein Kurzschwert oder auch nur einen Bolzen aus ihrer Armbrust, den sie ihm ins Knie oder unter die Achsel rammen konnte.

»Los, aufstehen!« Er packte sie bei den Haaren. Adelina wimmerte vor Schmerz, und ihre Wut nahm zu, während er sie auf die Beine zog. Mit all ihrer Kraft hob sie den Ast, holte weit aus und schlug ihm ins Gesicht. Einmal, zweimal, wieder und wieder. Das Krummschwert riss ihr die Schulter auf. Sie spürte den brennenden Schmerz, etwas Warmes, das an ihrem Arm herunterlief, aber sie schlug immer weiter auf ihn ein, bis er sich die Hände vors Gesicht hielt und zurückwich.

Adelina begann zu laufen. Eine wütende Hand packte den Umhang und riss ihn ihr von den Schultern. Sie stolperte über ihren Rock, hielt ihn sich mit der gesunden Hand hoch und lief dann weiter, kämpfte sich durch das Dickicht, bis sie auf den Pfad kam.

Der Zorn trieb Dupuy voran. Er war so nahe, dass sie sein wütendes Atmen hörte, aber Halsberge und Kettenhemd behinderten ihn mehr als sie das Kleid. Dann plötzlich spürte sie ihn nicht mehr. Sie drehte sich um, stolperte wieder, aber sie war allein auf dem Pfad. Sie hörte nichts, sah nichts.

Adelina ging ein Stück zurück, drehte sich im Kreis. Der Schmerz in ihrer Schulter war furchtbar, und sie sah hin. Da war eine lange, klaffende Wunde vom Hals bis zur Achselhöhle, der Ärmel ihres Kleides hing herab. Sie hielt sich die Wunde mit der Hand und stolperte weiter, den schmalen Pfad hinunter Richtung Burg, jeder Schritt kam ihr wie eine Meile so lang vor.

Sie wollte nach ihrem Vater rufen, hatte aber nicht die Kraft, auch nur einen einzigen Laut hervorzubringen.

Dann hörte sie es, lange bevor sie es sah: das Donnern von Hufen auf dem Erdboden. Dupuy ritt wie von Sinnen den Hügel hinauf. Adelina schrie und warf sich in das Gehölz zu ihrer Rechten. Einen Moment lang fühlte sie nichts mehr, dann kam sie wieder auf die Beine, rannte durch das Dickicht, bis sie in der Ferne die Burgmauern sah. Sie schrie nach ihrem Vater. Diese Mauern hinaufklettern zu wollen war hoffnungslos, denn sie waren so errichtet worden, dass Plünderer sie nicht erstürmen konnten und dass die Bewohner der Burg geschützt waren. Sie hatte nur eine Möglichkeit hineinzukommen, sie musste dem Pfad folgen, über die Brücke laufen und dann durch das Tor kommen, das immer noch knapp zweihundert Meter entfernt vor ihr lag. Eine Wache war weit und breit nicht zu sehen. Adelina konnte nicht mehr klar denken. Blut lief ihr den Arm bis zu den Fingerspitzen hinunter und tropfte auf den Boden. Sie fiel und konnte nicht mehr aufstehen. Die einzigen Worte, die ihr in den Sinn kamen, waren ein Versprechen an Gott.

Keuchend lag sie auf dem Boden, rang um Atem, aber jeder Atemzug brachte nur wenig Kraft mit sich. Auf Händen und Knien kroch sie weiter, kletterte den steilen, schlüpfrigen Hang hoch, auf den Pfad zurück.

Fast hatte sie ihr Ziel erreicht, nur Augenblicke entfernt vom sicheren Zuhause, von den Armen ihres Vaters. Hoffnung keimte in ihr auf. Ein kleines Stück nur noch …

Plötzlich stand Dupuy vor ihr.

»Nein …« Adelina drehte das Gesicht ins feuchte Gras. Sie war bereit zu sterben. Der Sattel knarrte, die Rüstung klirrte, Dupuy schwang sich von seinem Pferd. Adelina hob den Kopf, sah hoch, so weit sie konnte. Sein Gesicht war blutig und voller Striemen, auch sein Ohr blutete. Aber hatte er so schlimme Schmerzen wie sie? Bestimmt nicht. Seine Augen funkelten belustigt.

Die Augen eines lachenden Dupuy sollen nicht das Letzte sein, was ich von dieser Welt sehe, dachte Adelina. Sie drehte das Gesicht wieder ins Gras und spürte, wie alles Leben von ihr wich.

Dupuy stieß sie an und drehte sie um. Wütend holte er mit seinem Schwert aus – und hielt abrupt inne. Entsetzt sah er ihr in die Augen. Ihre Augen waren weit geöffnet, aber es lag keine Furcht darin. Er war irritiert. Einen Moment zögerte er, und das war sein Fehler.

Schwach hörte Adelina ein vertrautes Geräusch, einen dumpfen Schlag und unmittelbar darauf einen weiteren.

Der junge Dupuy krümmte sich und gab einen merkwürdigen Laut von sich, aus seinem Mundwinkel sickerte Blut. Jean-Pierre Dupuy sackte in die Knie, dann mit dem Gesicht voran neben sie.

Später erinnerte Adelina sich nur noch an seine weit aufgerissenen, entsetzt starrenden Augen und den Klang der Stimme ihres Vaters, der ihren Namen rief.

Die Armbrust noch in der Hand rannte Robert de Polignac zu seiner Tochter.

Vom Hügel herunter kam Geoffrey in langsamem Galopp. Er brachte den beladenen Karren zum Stehen, als er bei seinem Onkel angekommen war. In dessen Armen lag Adelina, leblos, schlaff, Blut sickerte aus der klaffenden Wunde in ihrem Arm. Auf Geoffrey wirkte sie wie tot. Er sprang vom Karren, und die Armbrust, die er auf dem Schoß gehabt hatte, fiel auf den Pfad.

Geoffrey hatte fast genau im selben Augenblick geschossen wie sein Onkel.

Geoffrey hockte vor Adelinas Zimmertür und wartete, bis sie endlich aufging. Graf Robert, Michel und der Mönch traten heraus.

»Wie geht es ihr?«

»Sie hat viel Blut verloren, Geoffrey. Sehr viel«, sagte der Mönch. »Ich will jetzt für sie beten«, murmelte er dann und ging die Treppe hinunter.

»Michel?«

Michel zuckte mit den Schultern und berührte Geoffreys Arm. Er ging, ohne ein Wort zu sagen. Graf Robert beantwortete die unausgesprochene Frage des jungen Mannes. »Bleib nicht zu lange, Geoffrey. Reg sie nicht auf. Später müssen wir dann reden.«

Geoffrey betrat Adelinas Zimmer. Der Geruch nach Kräutern war durchdringend, beinahe unangenehm. Gräfin Marys saß am Bett und strich über das Haar des Mädchens. Sie drehte sich zu Geoffrey um. »Keiner konnte ahnen, dass Jean-Pierre Dupuy auf dem Pfad auf der Lauer liegen würde.«

»Ich nehme an, er hat mir aufgelauert, Madame. Das war nicht das erste Mal.«

»Sie ist weggelaufen und hat nach dir gesucht. Immer will sie nur dich.«

Geoffrey kam näher. Adelina lag auf der Seite, ein Kissen im Rücken, damit sie sich nicht bewegen konnte. Die Augen waren halb geöffnet, offensichtlich hatte sie große Schmerzen. Geoffrey bekam kaum Luft. Schweiß tropfte ihm von der Stirn; sie so sehen zu müssen machte ihn ganz krank.

»Geoffrey?«, kam es leise von ihr.

»Ich bin hier.«

»Geoffrey?«

Er ging in die Knie, sodass sie sein Gesicht sehen konnte, ohne den Kopf zu bewegen. Unter Mühen zog sie die Hand unter der Decke hervor, und Geoffrey nahm sie. Ihre Finger waren kalt. Sehr kalt. Ihr Gesicht war voller Abschürfungen und Blutergüsse, genau wie ihre Hand und ihr Arm, aber das war alles, was er sah. Mehr wollte er auch gar nicht sehen, denn sonst hätte er nur wieder ihren Schmerz gespürt, als wäre es sein eigener.

»Michel hat Kräuter, Salben und Arzneien aus dem Orient mitgebracht«, sagte Gräfin Marys leise. »Er hat mir erzählt, sie werden die Blutung zum Stillstand bringen und das Fieber zurückdrängen. Lieber Gott, ob das wohl stimmt?«, fragte sie.

Geoffrey beugte sich vor und küsste Adelinas Finger. Dass Gräfin Marys dabei ganz in der Nähe war, störte ihn nicht. Die Andeutung eines Lächelns zeigte sich auf Adelinas Lippen – es glich so sehr dem von Vianna. Adelina würde doch wohl nicht in demselben Bett sterben, in dem sie zur Welt gekommen war?

»Du musst jetzt gehen, Geoffrey. Mein Vater wünscht dich zu sprechen.«

Adelina drückte Geoffreys Hand. Wieder küsste er sie, flüsterte ihr zu, dass er bald zurückkommen werde, und dann verließ er das Zimmer. Über die Treppe ging er in die Halle hinunter, wo alle Vorkehrungen für das große Fest am Abend getroffen wurden.

Doch niemand war in festlicher Stimmung. Auf dem Boden der Halle lag Dupuys Leichnam. Striemen zeichneten sein Gesicht, ein Ohr war eingerissen. Zwei Bolzen einer Armbrust steckten in seinem Körper – der eine in der Brust, das war Geoffreys, der durch das Kettenhemd gedrungen war und dann das Herz durchbohrt hatte, der andere, den der Graf abgeschossen hatte, war in die Schulter eingedrungen und vorn an der Brust ausgetreten.

Geoffrey sah weg. Ihm war elend zumute. Zum ersten Mal hatte er einen Menschen getötet. Und es war kein in der Schlacht errungener Sieg.

Michel stand auf und umarmte ihn. Jahre waren vergangen, seit sie sich das letzte Mal gesehen hatten, aber rechte Freude wollte nicht aufkommen. Michel drehte ihn weg von dem Leichnam zum Tisch, an dem Graf Robert saß. Geoffrey schaute auf das schon vorbereitete Essen. Allein beim Anblick von Essen bekam er normalerweise Hunger. Nicht so heute. »Was soll mit dem Leichnam geschehen?«, fragte er.

»Ich schicke wahrscheinlich den Mönch damit fort, aber Dupuy wird sich rächen. Da können wir sicher sein. Jean-Pierre war sein Lieblingssohn. Setz dich, Geoffrey.«

Der Graf sah zu Michel, der sich ihm gegenüber hingesetzt hatte. »Dein Bruder ist zurückgekehrt«, sagte er dann an Geoffrey gewandt.

Verblüfft sah Geoffrey auf. »Und man hat mir nichts davon gesagt?«

»Er ist nicht ... wie soll ich das sagen?«, flüsterte Michel. »Geoffrey, er ist nicht mehr der, der er einst war.«

»Was soll das heißen?«

»Viele Jahre war ich fort, das weißt du. Viele Jahre habe ich vergeblich gesucht. Auf Zypern bot ich Geld für Informationen und erfuhr so, dass einer von Christians Aussehen und Statur in die Sklaverei verkauft worden war. In Alexandria fand ich ihn schließlich. Ich kaufte ihn frei, und wenn er jetzt auch hier ist, Geoffrey, so ist er doch nicht mehr der Alte.«

Ein Dolch mitten ins Herz wäre ein angenehmerer Schmerz, dachte Geoffrey. Sein Mund fühlte sich trocken an. In eben diesem Augenblick könnte Adelina sterben, und sein Bruder war nicht mehr der Alte? War die Welt denn noch bei Verstand?

»Wo ist er?«

Der Graf nickte Michel zu, und Michel ging nach oben zum Turm voran, zu einem beengten, kahlen Raum, der früher für den Fall einer Belagerung als Vorratskammer gedient hatte. Jetzt befanden sich dort nur ein Tisch, eine Pritsche und ein Stuhl, und auf dem Stuhl, in einer grauen Tunika, saß barfuß sein geliebter Bruder Christian und starrte an die Wand.

Bei seinem Anblick schlug Geoffreys Herz wie wild vor Freude. Michel legte Geoffrey die Hand auf die Schulter. »Ich habe geweint, als ich ihn sah, Geoffrey. Als er zu mir gebracht wurde, habe ich geweint.«

Michel ging zu Christian, dessen einzige Reaktion ein Zucken des einen Augenlids war.

»Siehst du, da, wo sein Haar nicht mehr wächst? Der Hieb hat ihm den Verstand genommen.« Auf dem Kopf seines Bruders erkannte Geoffrey eine Narbe. »Aber wer den Hieb ausführte und wo, das werden wir nie erfahren. Es heißt, er fiel in Konstantinopel.« Michel hob Christians rechte Hand. Geoffrey sah, dass der kleine Finger fehlte. Auch an der anderen Hand fehlte der kleine Finger. Michel zog Christian die Tunika von den Schultern, bis sie ihm auf die Hüften fiel. Den gesunden und muskulösen Körper, um den Geoffrey ihn so beneidet hatte, gab es nicht mehr. Christian war jetzt mager, schrecklich mager. Über seinen Rücken zog sich ein Netz von Narben von den vielen Auspeitschungen. Auch auf den Armen, der Brust und dem Bauch hatte er etliche Narben. »Steh auf, Christian.«

Auf den Befehl hin stand Christian auf, doch den Blick hatte er immer noch starr auf die Wand gerichtet. Die Tunika fiel zu

Boden. Entsetzt schloss Geoffrey die Augen: Man hatte seinen wunderbaren älteren Bruder kastriert.

»In die Sklaverei?«, flüsterte er, und die Stimme versagte ihm. »Mein Bruder ist in die Sklaverei verkauft worden?«

»Er kann dich nicht hören, Geoffrey.«

»Nein! Das kann nicht sein!« Er mochte nicht glauben, was er eben gehört hatte. Michel zog die Tunika hoch und band sie wieder zu. Er sagte Christian, er könne sich wieder setzen, wenn er wolle. Christian setzte sich. Da war nichts in seinen Augen, keine Freude, keine Trauer. Kein Glück, keine Verzweiflung. Da war überhaupt nichts.

Die Galle kam Geoffrey hoch und fand einen schnellen Weg nach draußen. Er wandte sich ab und übergab sich auf den Fußboden. Wütend riss er sich die Schaumünze vom Hals, die er so viele Jahre getragen hatte, und warf sie aus dem winzigen Fenster. Dann sank er auf die Knie und legte seinem Bruder den Kopf in den Schoß.

Eine lange Zeit schien es, als merke Christian nichts davon, bis er langsam die rechte Hand bewegte. Obwohl sie ihm zitterte, legte er sie unter beinahe übermenschlicher Anstrengung seinem Bruder auf den Kopf, und aus seinen starren Augen stahl sich eine einzige Träne.

»Er erkennt mich, Michel! Er erkennt mich!«

Michel drehte sich weg, ging hinaus und schloss die Tür, so leise er konnte.

Kapitel Fünf

Schließlich kehrte Geoffrey in die Halle zurück. Er war froh, dass bisher nur wenige Gäste eingetroffen waren: Robert de Polignacs Freund Seigneur Charles, außerdem ein entfernter Verwandter von Gräfin Marys aus d'Arlempdes. Er würde bestimmt über Nacht bleiben. Als Geoffrey näher trat, sah er, dass Seigneur Charles seine neue Frau mitgebracht hatte, deren Namen er noch nicht kannte, und eine junge Dame, die wohl ihre Tochter war – das wahrscheinlich schönste Geschöpf, das Geoffrey je gesehen hatte.

Sie war groß, eine Handbreit größer als er, ihr Haar schien die Farbe der Nacht zu haben. Auf höchst kunstvolle Weise war es in Locken gelegt, die ihr blasses Gesicht umrahmten und auf ihre Schultern fielen. Sie trug ein leuchtend rotes Gewand, ihre Augen waren beinahe so dunkel wie ihr Haar.

Geoffrey meinte, er würde die Besinnung verlieren, aber das kam vielleicht nicht von ihrem Anblick. Vielleicht fühlte er sich ja immer noch schwach von all dem, was an diesem Tag geschehen war.

Die junge Frau mit dem dunklen Haar stand beim Wappen seines Onkels, die Hände hielt sie verschränkt vor sich, als habe sie Angst vor dem Abend, der vor ihr lag. Mit den Augen suchte sie den Raum ab, als hoffe sie, es käme bald jemand, der sie vor den versammelten Menschen schützen würde. Da fiel ihr Blick auf Geoffrey, der reglos auf der Treppe stand.

Erfreut nahm Geoffrey zur Kenntnis, dass Dupuys Leichnam sich nicht mehr in der Halle befand, denn einer Dame wie ihr würde er solch einen Anblick lieber ersparen. Auf einmal wurde er sich seiner Aufmachung bewusst – er trug nur Hose und Kettenhemd mit Halsberge, und beide Kleidungsstücke waren nicht seine besten. Doch jetzt konnte er sich nicht mehr einfach so von ihr abwenden. Scheu lächelte sie, und Geoffrey drehte sich langsam um; er wollte sich überzeugen, dass da niemand hinter ihm auf der Treppe stand. Vielleicht, so dachte er, lächelt sie ja Acelin oder Raoul zu. Aber nein! Das Herz ging ihm auf, denn das Lächeln war nur für ihn allein bestimmt.

Da senkte die Schöne den Blick, hielt sich die Hand vor den Mund und sah dann erneut zu ihm auf, lächelte ihn wieder an. Geoffrey war ganz elend zumute. Was für eine wortlose Kontaktaufnahme. Ihr neuer Vater – dafür jedenfalls hielt Geoffrey Seigneur Charles – drehte sich schnell um, als er die plötzliche Verlegenheit des Mädchens bemerkte.

»Ah, Geoffrey! Komm herüber zu uns«, sagte er und fügte leise, nur an Graf Robert gewandt, hinzu: »Wird er denn nie wachsen?«

Seigneur Charles wartete, bis Geoffrey herangetreten war. Es gab eine schnelle Umarmung und ein flüchtiges Berühren der Wangen. Der Edelmann nahm Geoffreys Kopf in seine Hände und sah ihm tief in die Augen. Er seufzte, ergriff seinen Weinkelch und sagte laut: »Es hat keinen Zweck! Der wird nicht mehr größer. Sag mir, Geoffrey, brauchst du eine Kiste, wenn du auf dein Streitross steigst?«

Aufmerksam beobachtete Graf Robert die beiden. Normalerweise war Geoffrey gutmütig, es sei denn, man kritisierte ihn wegen seiner Größe. Aber zur großen Überraschung seines Onkels sagte Geoffrey: »Eine Kiste, jawohl, gefüllt mit den Köpfen meiner Feinde.« Er warf einen Blick auf die bezaubernde Schönheit. Sie hatte ihn gehört, und immer noch hielt sie sich die Hand vor den Mund.

Will uns denn keiner miteinander bekannt machen?, fragte sich Geoffrey. Offenbar nicht. Seigneur Charles und Graf Robert unterhielten sich weiter, inzwischen über Michels Reisen. Christian wurde mit keinem Wort erwähnt. Geoffrey wartete eine Gesprächspause ab und sagte dann: »Meine Herren, ich bin gleich wieder zurück.«

Er sprang die Treppe hoch und blieb stehen, als er um die Ecke gebogen war. Dann schaute er zurück. Was ist das bloß für ein Gefühl?, fragte er sich. In seinem Zimmer nahm er die Halsberge ab und legte sie weg. In der Ecke lag unter einem Tuch die Rüstung, die er bisher erst zweimal getragen hatte, als er seinen Onkel zu Turnieren begleitet hatte. Normalerweise würde er bei Gelegenheiten wie diesen nur Kettenhemd mit Halsberge, Hose und vom Fuß bis zum Knie geschnürte Lederstiefel tragen. Aber das Wappen von Monseigneur auf dem Kettenhemd, Falke und Drache, musste dringend mit Farben nachgemalt werden, den Falken konnte man aus der Ferne schon nicht mehr erkennen. Geoffrey nahm das Tuch von der Rüstung in der Ecke. Sie war viel zu schwer, und es war auch zu heiß an diesem Tag, aber er dachte wieder an die dunklen Augen des Mädchens in der Halle. Er stand vor der Wahl zwischen Bequemlichkeit und Prachtentfaltung. Zweifellos würden auch die anderen in großer Gala auf dem Fest erscheinen. So entschied Geoffrey sich gegen die Bequemlichkeit. Bevor er sich ankleidete, hob er einen Arm und roch an der Achsel. Er verdrehte die Augen.

Wie konnte er sich solch einer Edeldame nähern, ohne dass sie allein schon vor seinem Geruch davonlief?

Michels Räume lagen direkt nebenan, und es gab eine kleine Tür, die von Geoffreys Zimmer in Michels Quartier führte. Leise öffnete Geoffrey die Tür und schlich sich hinein.

Michel hörte ihn scheinbar nicht. Eifrig schrubbte er sich das Gesicht, bevor er das Rasiermesser schwang, denn er mochte Bärte nicht. Das Jucken war ihm unerträglich. Michel konnte ihn nicht hereinkommen hören, er summte nämlich leise vor sich hin. Geoffrey schlich über den gefliesten Boden, als sein Blick auf Michels Dolch fiel. Er kroch hin und versteckte sich auf der anderen Seite vom Bett. Ein Lächeln huschte über Geoffreys Gesicht, wie eine Katze auf Mäusejagd lag er auf der Lauer.

Es war seltsam. Michels Lied erzählte die Geschichte vom Mut und von den Fähigkeiten eines legendären Ritters. Geoffrey hatte geplant, sich unbemerkt aufzurichten, Michel zu packen, ihm den Dolch an die Kehle zu halten und ihn um Gnade betteln zu lassen. Aber abrupt hielt er inne, als Michel plötzlich das Messer mit der scharfen Klinge weglegte und sagte: »Geoffrey, du atmest zu laut.«

Geoffrey seufzte und ließ den Kopf hängen, der Kampf hatte noch nicht einmal begonnen, da war er schon besiegt. Ob er wohl je einmal gewinnen würde? Gleichmütig hob Michel jetzt den Deckel von einem Tiegel, ging mit dem Finger hinein und verteilte die Tinktur auf seinem Gesicht.

»Was ist das?«, fragte Geoffrey und erhob sich.

»Das ist eine Tinktur, die mich von dem Juckreiz erlöst.« Michel bot Geoffrey an, etwas davon zu versuchen. »Die Mauren haben einige wundersame Arzneien. Öle und Salben. Und das hier.« Er warf Geoffrey einen aus einer merkwürdigen Masse geformten Klumpen zu; Geoffrey fing ihn auf und roch daran. Er hatte keinen Geruch. »Das ist Seife«, erklärte Michel. »Sie reinigt die Haut von allen üblen Dingen, sogar von getrocknetem Blut.«

Ungläubig starrte Geoffrey auf dieses wundersame kleine Ding. Etwas davon rieb er sich auf den Handrücken. Der Schmutz war immer noch da.

»Man braucht Wasser dazu«, sagte Michel. »Versuch es einmal.«

Geoffrey tauchte die Finger in Michels Waschschüssel und benetzte die Hand mit Wasser, dann rieb er sich die Masse in die Haut. Bläschen stiegen auf. Er wischte sich die Hand an seiner Strumpfhose ab. Als er wieder hinsah, war die Haut auf Hand und Handgelenk nicht mehr braun, sondern wunderbar rosa.

»Man macht das aus Fett und Ölen. Ich habe Ella das Rezept gegeben. Ich kann nur hoffen, dass sie es uns nicht zum Essen serviert.«

»Wieso?«

»Probier mal.«

Geoffrey leckte daran und verzog das Gesicht. Er wischte sich die Zunge am nackten Arm ab und spie aus. Diesen Geschmack würde er niemals wieder von der Zunge bekommen. Michel schmunzelte. »Nimm ihn. Ich habe noch mehr.«

»Und kann diese …«

»Seife«, griff Michel hilfreich ein.

»Seife. Ja, kann die den üblen Geruch unter den Achseln wegnehmen?«

Wieder schmunzelte Michel. Geoffrey kratzte sich den Kopf und fing einen lästigen Floh. Er zerknackte ihn zwischen zwei Fingern. Dann kratzte sich Geoffrey noch einmal am Kopf.

»Bei regelmäßigem Gebrauch hält die Seife auch Flöhe und Läuse in Schach.«

»Nein«, rief Geoffrey aus. »Ihr wollt mich auf den Arm nehmen?«

Michel schüttelte den Kopf. Geoffrey musterte die Seife versonnen. Da packte Michel Geoffrey am Nacken und stieß seinen Kopf in die tiefe Wasserschüssel, alle Proteste ignorierend. So heftig schrubbte er Geoffreys Kopf, dass der sich fragte, ob er nicht gleich kahl sein würde. »Fürwahr ein wundersames Ding«, prustete er, als er nach Luft ringend wieder auftauchte. Doch seine tropfnasse Kopfhaut juckte noch immer, ja mehr noch als vorher. Er fasste sich an den Kopf. Jetzt würde er sich mit einem Kamm durch die Haare gehen müssen, eine ihm eher verhasste Freizeitbeschäftigung.

»Von den Mauren können wir viel lernen.«

»Wie könnt Ihr so etwas sagen?«

»Es ist wahr, Geoffrey.«

»Von denen haben wir nichts weiter gelernt als ein paar neue Arten zu sterben!«

Michel musterte den jungen Mann und schüttelte traurig den Kopf. »Wieso bist du überhaupt gekommen?«

»Ich wollte Euch um ein Öl oder eine Salbe bitten, die mich von einem sehr üblen Geruch befreit.«

In Michels Augen lag ein Lächeln, und er drehte sich weg. »Ach, dann muss ja eine besonders edle Dame dich in der Halle erwarten.«

»Ihr habt sie gesehen?«

»Eben in deinen Augen, Geoffrey. Aber doch, ich habe sie gesehen, als sie mit Seigneur Charles und seinem Gefolge eintraf. Es heißt, sie hätten unterwegs zweimal eine Begegnung mit einer Räuberbande gehabt.«

Was für Begegnungen sie wann, wo und wieso gehabt hatten, kümmerte Geoffrey wenig. »Meint Ihr, ich könnte ihr gefallen?«

Du bist zu klein, um mehr als nur Erheiterung auszulösen, dachte Michel, aber er sah den hoffnungsvollen Ausdruck in Geoffreys Augen. »Benutz die Seife und dann einen Tropfen von dem hier. Aber nicht mehr als einen Tropfen, Geoffrey.«

Geoffrey machte den Tiegel auf, den Michel ihm gereicht hatte, und roch daran: angenehm, und doch männlich. »Danke«, sagte Geoffrey und ging zu dem niedrigen Durchlass, durch den er auch hereingekommen war.

»Ein Rat noch, wenn ich auch weiß, dass du nicht auf mich hören wirst.«

Schnell drehte sich Geoffrey um. Prompt stieß er sich den Kopf am Rahmen der Tür.

»Sei ganz du selbst, wenn du das Herz dieser Dame gewinnen willst, Geoffrey. Sei einfach nur ganz du selbst.«

»Aber ich denke, wenn ich ganz ich selbst wäre, dann würde sie beim Gespräch mit mir doch wohl vor Langeweile einschlafen.«

»Würdest du in die Schlacht reiten, wenn du dich im Herzen schon geschlagen gegeben hast?«

»Nein, aber das hier ist keine Schlacht.«

»Ach nein? Ich habe die Schönheit und die Jugend von Mademoiselle Annette gesehen, Geoffrey, und auch die anderen Attribute, die sie heute Abend zur Schau trägt. Viele werden anwesend sein, und alle werden um ihre Gunst wetteifern. Wenn du ihre Gesellschaft suchst, dann stell dir das Ganze lieber als eine Schlacht vor.«

»Werdet Ihr auch versuchen, ihre Gunst zu gewinnen?«

»Was sollte eine so junge und schöne Frau mit einem so alten Mann wie mir anfangen?«, fragte er, aber Geoffrey sah Lebensfreude in Michels Augen aufblitzen. Außerdem sah er die Rüstung, die auf Michel wartete. Es war ganz offensichtlich seine beste.

»Möge der Beste gewinnen.« Geoffrey kroch aus dem Zimmer und schloss die niedrige Tür. In seinem Quartier sah er, dass kein Wasser in der Waschschüssel war, er hatte sich nichts bringen lassen. Wenn es Zeit zum Waschen war, wartete er immer auf gutes Wetter und schrubbte sich im Fluss mit Sand sauber. Cateline zu rufen und nach Wasser zu schicken hatte keinen Zweck, denn sie kümmerte sich um Adelina. Da Geoffrey zu faul war, sich selber Wasser zu holen, tupfte er sich etwas von Michels Öl unter beide Achseln, ehe er sich anzog und sich schließlich den mit Ziernägeln besetzten Gürtel umband. Dann fuhr er sich mit einem Kamm durchs Haar. Geoffrey nahm das Schwert und den Dolch, den er beim Essen benutzte, holte tief Luft und versuchte, seine frohe Erwartung zu dämpfen.

Auf dem Weg in die Halle hinunter zögerte er einen Augenblick bei Adelinas Tür. Er hockte sich hin und sah durchs Schlüsselloch. An Adelinas Bett saß Cateline.

Geoffrey ging hinein. Sofort stand Cateline auf. »Bitte, Herr, seid leise, denn sie schläft endlich«, flüsterte sie. Geoffrey trat ans Bett und sah auf Adelina hinunter, während Cateline ihn betrachtete. Etwas an seiner Erscheinung war anders, sie wusste nur nicht, was.

»Hat sie schon etwas gesagt zu dem, was passiert ist?«, fragte Geoffrey.

»Nein, Herr. Sie sagt im Schlaf nur wieder und wieder Euren Namen. Als würde sie so laut rufen, weil ihr Rufen nicht erhört wird.« Cateline mochte Geoffrey nicht in die Augen sehen.

Geoffrey seufzte und sah auf Adelina hinunter. Vor seinem geistigen Auge sah er wieder Dupuy, wie er sein Schwert in die Höhe hob. Geoffrey schaute zu Cateline. »Sie ruft immer wieder meinen Namen?«

Cateline nickte und starrte dabei auf ihre Füße.

»Ruf mich, wenn sich an ihrem Zustand etwas verändert, ob zum Guten oder zum Schlechten, ich will dabei sein. Hast du verstanden, Mädchen?«

»Das würde Mademoiselle Adelina sowieso wollen, Herr.«

Bis Geoffrey gegangen war, blieb sie stehen, dann setzte sie sich und nahm ihre Näharbeit wieder zur Hand. Über den Schweiß, der sich auf der Stirn ihrer Herrin zeigte, machte sich Cateline keine großen Sorgen. Als Adelina im Schlaf rief und die Decken von sich warf, beugte sich Cateline einfach vor und bedeckte ihre Blöße wieder. Die Schnittwunde war lang und tief, und wenn Adelina sich bewegte, quollen Blutstropfen unter der schwarzen Salbe hervor. Die Salbe würde, so hatte Michel erzählt, die Haut zusammenhalten, solange sie ganz still liegen blieb.

Wieder stand Geoffrey auf der untersten Stufe der Treppe, die in die Halle führte. Inzwischen waren viele Gäste eingetroffen, und es war noch nicht dunkel draußen. Küchenjungen und Diener eilten umher, füllten Kelche mit schwerem Wein und kräftigem Ale und trugen große Platten mit Früchten, Nüssen und Fleisch durch den Raum. Geoffrey hielt Ausschau nach Mademoiselle Annette, konnte sie aber nirgends entdecken. Er mischte sich unter die Gäste, nahm den Becher Ale, den man ihm anbot, und trank ihn sofort leer. Er nahm einen weiteren, aber den behielt er in der Hand. Immer noch keine Spur von der Schönheit, die vor wenigen Augenblicken erst seine Aufmerksamkeit und sein Herz gefangen genommen hatte. Viele Damen waren anwesend, von denen so manch eine ihm ein Lächeln schenkte, aber er zeigte dieselbe Entschlossenheit, mit der er auch in die Schlacht gezogen wäre. Heute Abend würde er Mademoiselle Annette erobern.

In voller Gala und mit glänzendem Haar näherte sich Raoul, der so roch, wie auch Geoffrey zu riechen hoffte; er nahm einen Schluck und sagte leise: »Trink dein Ale aus und komm mit mir.« Geoffrey gehorchte.

Auf der Treppe zur Küche sagte Raoul wieder im Flüsterton: »Es wird Ärger geben. Wir haben Nachricht aus Allegre, dass Dupuy eine Streitmacht zusammenstellt. Noch ehe der Mond aufgeht, wird er hier sein. Hilf mir, die Befestigungsanlagen zu überprüfen.«

»Du rechnest für heute Abend mit einer Belagerung?«

»Ja, ich denke, es wird Blut fließen.«

Entlang des Pfades, den sowohl Dupuy als auch Robert de Polignac als ihren Besitz in Anspruch nahmen, hatte es, solange Geoffrey denken konnte, immer wieder kleinere Scharmützel gegeben. Das fragliche Stück Land war nicht einmal besonders groß. An beide Kontrahenten war die Fehde vererbt worden. Es hieß, Henri Dupuy sei anders als seine Vorväter, sei ein vernünftiger Mann, doch Vernunft spielte keine Rolle, wenn ein Sohn durch Feindeshand den Tod gefunden hatte.

Wieder wurde Geoffrey ganz mulmig zumute. An die Konsequenzen hatte er nicht gedacht, als er den Bolzen aus der Armbrust schnellen ließ – in dem Augenblick war es ihm nur darum gegangen, Adelina zu retten. Aber auch sein Onkel hatte geschossen, also wenn von Schuld überhaupt die Rede sein konnte, war sie gerecht zwischen ihnen verteilt. Graf Robert hatte keine Söhne, doch Dupuy hatte zwei. Baudoin, sein ältester, stand als Ritter unter Waffen und war noch unverheiratet. Was wäre, so fragten sich die Leute oft, wenn der Sohn eines Dupuy die Tochter eines Polignac heiraten würde?

Vielleicht stimmte es ja, dass sowohl Robert als auch Henri vernünftige Männer waren. Beider Väter hatten beim Streit um dieses Stückchen Land den Tod im Zweikampf gefunden. In einem fairen Kampf, so hieß es, aber als Sieger war keiner daraus hervorgegangen. Viel Frieden herrschte zwischen den beiden Familien nicht, viel Blut wurde aber auf diesem kurzen Stück Weg auch nicht mehr vergossen.

Bis zu diesem Tag.

Und der würde Krieg nach sich ziehen.

Abt Jean, der im tiefsten Innern ein friedliebender Mann war, hatte Geoffrey einmal eine erstaunliche Weisheit zuteil werden lassen. Sie hatten auf einem Hügel gesessen und die Einsamkeit genossen, und der Abt hatte sich an Geoffrey gewandt und gesagt: »Mit der Welt, Geoffrey, verhält es sich folgendermaßen: Was als Kampf Mann gegen Mann beginnt, wird zum Kampf Familie gegen Familie, dann zum Kampf Dorf gegen Dorf. Und ehe man es sich versieht, kämpft Königreich gegen Königreich. Und warum das Ganze? Um mehr von diesem, mehr von jenem zu bekommen? Aus Gier, und wegen des Hungers, den auch die größte Gier nicht stillen kann? Könnte das nicht enden, wenn ein Mann einem anderen, der einst als sein Feind galt, die Hand in Freundschaft reicht?«

»So geht es nicht zu in der Welt«, hatte Geoffrey erwidert. »Solch eine Welt lebt nur im Herzen allein. Solch eine Welt bekommt kein Mensch zu sehen.«

»Aber denkst du nie über diese Dinge nach?«

Geoffrey hatte erklärt, er denke oft über diese Dinge nach, aber das würden immer nur Gedanken bleiben. Abt Jean war anders als die meisten in seiner Position. Jede Art von Gewalt verurteilte er, ungeachtet der Lehre des wahren Glaubens. Immer wieder wunderte sich Geoffrey darüber, dass der Abt noch nicht der Ketzerei angeklagt oder exkommuniziert worden war.

»Bist du sicher, dass Dupuy heute Nacht noch kommen wird?«

Raoul nickte.

»Dann sollten wir vorbereitet sein.«

Geoffrey wandte sich wieder der Halle mit den vielen Menschen zu. Immer noch konnte er sie nirgends entdecken.

»Mademoiselle Annette spaziert allein durch den Burghof. Vielleicht wäre es jetzt an der Zeit, sie zu suchen, nur zu ihrer Sicherheit?«, schlug Raoul vor.

»Entgeht dir denn gar nichts?«, fragte Geoffrey.

Raoul lächelte.

»Weißt du genau, dass sie Annette heißt?«

»Sieh mich nicht so voller Hoffnung an, Junge. Ich fürchte, du vergeudest wertvolle Zeit. Nur vor wenigen Augenblicken hat sich Gabriel in den Burghof begeben.«

Gabriel? *Gabriel?*

Wie ein Pfeil so schnell schoss Geoffrey die Treppe zur Küche hinunter, und Raoul verbarg seine Belustigung nicht, als er ihm gemächlich folgte. In Gedanken war er längst mit strategischen Dingen beschäftigt, für den Fall, dass Dupuy mit einer kleinen Streitmacht kommen sollte. Denn eine kleine Streitmacht wäre alles, was Dupuy in so kurzer Zeit auf die Beine stellen konnte.

Die drei äußeren Burgmauern hinaufzuklettern war schier unmöglich, und zwar aufgrund der steilen Abhänge am Fuß der Mauern. Ein Dutzend Bogenschützen auf den Wällen konnte fünfzig Mann erlegen, ehe auch nur eine Strickleiter zum Einsatz gekommen wäre. Zutritt durch das Tor war ebenfalls schwierig, wenn man die Zugbrücke hochzog und Bogenschützen oberhalb des Tors postierte. Keiner wagte sich hinüber, denn der Graben war sehr tief. Viele hatten sich schon zu Tode gestürzt, und die Leichname wurden nie gefunden. Die Burg befand sich an einem Berghang, und die reißenden Wasser des Flusses am Fuße des Bergs stellten einen weiteren Schutz dar. Eine Belagerung heute Abend wäre eher ungünstig. Etliche Edelleute und einige Geistliche befanden sich in der Halle, genossen das Fest und waren sich drohender Gefahren nicht bewusst.

Geoffrey trat auf den Burghof hinaus, die brennenden Fackeln, die späten Gästen den Weg wiesen, ermöglichten ihm freie Sicht.

Der Mond war noch nicht aufgegangen. Sollte er gehofft haben, Annettes Aufmerksamkeit auf sich zu ziehen, wurde er bald enttäuscht. Bei der Schmiede stand Gabriel von Lyon in voller Kriegsrüstung. Gabriel, der ganz im Gegensatz zu Geoffrey groß und gut aussehend war, lehnte an der Hütte, den Kopf hielt er gesenkt. Er war in ein Gespräch mit Mademoiselle Annette versunken, und nach der Art, wie er dastand, wusste Geoffrey, dass sie nicht wagen würde, sich ihm zu entziehen – er stand auf eine Weise da, die keinen Rückzug gestattete.

Geoffrey wusste nicht genau, was er dabei empfand. War es Wut oder Enttäuschung? Er war in die Schlacht geritten, zum Kampf bereit, und hatte niemanden angetroffen.

Wie sehr er doch wünschte, er hätte seinen Bogen zur Hand. Ganz sicher könnte er ihn mit einem einzigen wohl gezielten Schuss zu Fall bringen. Gabriel war von allen Rittern als letzter als Vasall in Robert de Polignacs Dienst getreten, er hatte zahlreiche und vielfältige Erfahrungen in kriegerischen Auseinandersetzungen gemacht, in England, Deutschland, Spanien und einigen anderen entlegeneren Gebieten. Allzu gut kannte Geoffrey ihn nicht, denn Gabriel blieb gern für sich, aber es hieß, Sultan Saladdin höchstpersönlich habe ihn gefangen genommen und seinen Mut so sehr bewundert, dass er ihn wieder freigelassen habe. Vielleicht, so dachte Geoffrey, verwechseln sie Gabriel ja mit Hugo? Gabriel war Söldner, ein Ritter ohne eigenes Zuhause, jedenfalls soweit Geoffrey wusste, und seine Treue galt immer nur dem jeweiligen Herrn. War die Bezahlung schlecht, oder gab es sonst kaum etwas zu tun, zog Gabriel weiter. Und der sollte der Sohn eines Grafen sein? Selber ein Edelmann?

Geoffrey hoffte inständig, dass er nicht allzu lange bei seinem Onkel im Dienst sein würde.

Gabriel war nicht sehr redselig, seine grünen Augen waren stets wachsam und misstrauisch gegen jeden. Was er dachte, wusste keiner, so hieß es jedenfalls. Doch als Geoffrey sich näherte, wusste er ganz genau, was Gabriel gerade im Sinn hatte. Er würde Mademoiselle Annette verführen und sich dann von ihr abwenden. Sein Ruf eilte ihm oft voran, und dem Zauber seines Blicks fielen alle Frauen zum Opfer. Das erzählte man sich jedenfalls. Vielleicht erzählte Gabriel das sogar selber.

Geoffrey fiel auf, dass Gabriel sich eifrig an dem kostbaren Edelstein zu schaffen machte, den die Schöne um den Hals trug. Er trat zu den beiden. »Auf ein Wort, Gabriel.«

Gabriel drehte sich um, sah Geoffrey an und wandte sich dann wieder an Mademoiselle Annette. »Bleibt«, sagte er. »Das hier wird nicht lange dauern.« Und er ging zu Geoffrey, der seine Füße musterte. Leise sagte er Gabriel, was Raoul ihm erzählt hatte. Gabriel nickte. Gerade wollte Geoffrey Annette bitten, sie hineinbegleiten zu dürfen, da sagte Gabriel: »Hinein, meine liebliche Annette. Ich werde Euch geleiten.«

Mademoiselle Annette schenkte Geoffrey nicht einmal einen Blick. Er sah zu, wie Gabriel das Knie beugte und ihr die Hand küsste, ehe er sie hineingeleitete. Er wandte sich noch einmal zu Geoffrey um und lächelte.

Niedergeschlagen nahm Geoffrey Armbrust und Bolzen und kletterte auf den Schutzwall. Die Dorfbewohner waren auf dem Weg zur Burg, eine kleine Prozession mit Fackeln. Auf dem Burghof blieben sie abwartend und schweigsam stehen. Einige schärften abgenutzte Dolche am Feuerstein, in der Menge fünf Bogenschützen, die ruhelos schienen. Raoul, Acelin und Michel wiesen ihnen ihre Posten zu und mahnten zur Ruhe, denn in der Burg sollte bis zum letztmöglichen Augenblick niemand etwas von tatsächlicher oder erwarteter Gefahr wissen.

Der Mond ging auf, die Nacht nahm ihren Verlauf, aber von Dupuy war weit und breit nichts zu sehen. Von Gabriel im Übrigen auch nicht. Er war der Einzige, nach dem Geoffrey immer wieder Ausschau hielt. Als er dann endlich erschien, sich die Halsberge richtend, kletterte er zu Geoffrey hoch, lehnte sich gegen die Mauer und seufzte laut: »Es geht doch nichts über die köstliche Haut einer Frau vor einer Schlacht.«

Geoffrey schwieg, denn er hatte keinerlei Erfahrung mit der köstlichen Haut von Frauen. Das war womöglich offenkundig, denn immer wieder hänselte man ihn wegen seiner Unschuld in diesen Dingen, verspottete ihn, weil er die Nase lieber in Bücher und philosophische Traktate steckte als zwischen Brüste oder Schenkel.

Gabriel schaute nach unten, bis hin zu dem dichten Gehölz unterhalb der Burg. Bis jetzt war auf dem Pfad nichts zu erkennen, die Zugbrücke war hochgezogen. Im Gegensatz zu Geoffrey war Gabriel ans Warten gewöhnt. Gabriel war kaum fünf Jahre älter als Geoffrey, ein hoch gelobter Ritter, der viele Schlachten überlebt hatte. Und Geoffrey hatte noch nicht einmal eine Schlacht erlebt. Das war einfach nicht gerecht.

»Es gibt keinen Unterschied zwischen einer Bäuerin und einer Edelfrau. Sie stöhnen alle auf dieselbe Art.«

Geoffreys Kehle war ganz trocken.

»Aber Adelina wird eine echte Herausforderung für mich. Diese Schöne muss unbedingt gezähmt werden.«

»Du wirst sie in Ruhe lassen.«

Darauf ging Gabriel nicht ein. »Heute hast du zum ersten Mal getötet, und dafür müssen wir jetzt alle büßen. Das geschieht alles nur deinetwegen.«

»Ich hatte keine andere Wahl. Adelina war in Gefahr.«

»Was fängst du an, wenn ich sie heirate, du Hänfling? Wenn all dies mir gehört?«

Geoffrey schloss die Augen. Dieser Mann ist als Plage für mich gesandt, dachte er schweren Herzens.

Gabriel fuhr fort: »Welch übler Trick hat dir zum Wappen der Polignacs verholfen?«

»Ich trage den Namen meines Vaters und den meines Onkels.«

»Es heißt, ihr zwei seid als Bastarde geboren. Du und dein schwachsinniger Bruder.«

Wut kam in ihm auf. Geoffrey wusste sehr wohl, dass Gabriel es auf einen Kampf anlegte, also ignorierte er einfach Gabriels Anwesenheit und hoffte, er würde es leid werden und fortgehen. Wieder seufzte Gabriel, griff in eine seiner Taschen und holte einige Nüsse hervor, die er von der Festtafel mitgenommen hatte. »Die Kleine hat nach mehr gebettelt.«

»Wenn sie nach mehr gebettelt hat, hast du vielleicht weniger geliefert als erwartet.«

Gabriel zog eine Augenbraue hoch, und die Andeutung eines Lächelns umspielte Augen und Lippen. Er war betrunken, und nicht zum ersten Mal wünschte sich Geoffrey, er möge sie alle in Frieden lassen. Denn vor seiner Ankunft war es friedlich gewesen.

»Sag mir, Geoffrey, wieso benutzt du ein Frauenparfüm? Verbirgst du etwas vor mir? Oder kann es sein, dass die anderen Recht haben mit dem, was sie sich erzählen? Denn es heißt, du magst einfach keine … Frauen.«

Geoffrey zog seinen Dolch. »Such dir einen anderen Posten, ehe ich dir deine lügnerische Zunge in Stücke hacke. Einen Mann habe ich heute schon getötet, und es wäre mir ein Vergnügen, dich umzubringen und dein schwarzes Herz in Händen zu halten, denn ebenso mühelos, wie du atmest, sorgst du auch für Ärger. Fort mit dir, zu deinem eigenen Besten. Fort.«

Gabriel sah auf Geoffrey herab und lachte. Er hätte ihn sich unter den Arm klemmen und ihm mit Leichtigkeit den Hals brechen können, aber der junge Mann war schnell. Zeuge seiner Beweglichkeit war Gabriel schon viele Male geworden. »Du machst mir so viel Angst wie dein schwachsinniger Bruder, und dabei bist du sogar noch viel nutzloser.« Stolpernd machte sich Gabriel auf den Weg, aber nicht um einen anderen Posten zu beziehen. Er ging zurück in die Burg.

»Wohin gehst du?«

Gabriel gab keine Antwort. Geoffrey spürte den Drang, zu den Schlafgemächern zu gehen und nachzusehen, ob mit Adelina noch alles unverändert war und ob sie schlief. Wenn die Hand eines Dupuy schon einmal versucht hatte, sie zu töten, würde ein anderer es dann nicht noch einmal versuchen? Sie war die einzige Erbin. Was würde aus dem Besitz, wenn sie starb? Geoffrey sprang von seinem Platz, aber Raoul hielt ihn auf. »Was ist los?«

»Ich muss zu Adelina.«

»Du wirst hier gebraucht.«

»Nein. Ich muss jetzt an ihrer Seite sein. Was wäre, wenn sich einer mit mörderischer Absicht schon in der Burg befindet, ohne dass wir wissen, um wen es sich handelt? Sie ist unbewacht, Raoul. Ich bitte dich, lass mich zu ihr.«

Kapitel Sechs

Sie war nicht unbewacht.

Gabriel war in ihrem Zimmer mit Cateline. Der Anblick, der sich Geoffrey bot, brach ihm fast das Herz. Das arme Mädchen war halb nackt, sie weinte. Ihr Gesicht war gegen die Steinmauer gedrückt, während Gabriel sich mit ihr vergnügte.

»Was ist hier los?«

Beim Klang der empörten Stimme lachte Gabriel. »Sieh zu, Junge, wenn es sein muss. Und lerne.«

»Genug!«

Gabriel hörte das Geräusch von Metall, das aus der Scheide gezogen wurde, spürte die Schwertspitze und drehte sich langsam um. Der junge Mann hielt ihm die Schwertspitze direkt unters Ohr. Geoffrey streckte die Hand nach Cateline aus, und sie griff danach. Er zog sie hinter sich, in Sicherheit. »Bedecke dich.« Cateline nahm ihre zerrissene Tunika und warf sie sich immer noch weinend über.

»Wirklich tapfer, mein Junge, aber sie ist ohne jede Bedeutung.«

Offenbar war Gabriel nicht bewusst, dass Geoffrey Cateline seit ihrer Kinderzeit kannte. Ihre Mutter war noch am Tag ihrer Niederkunft wieder an ihre Arbeit am Waschtrog in die Burg zurückgekehrt. Von dem Pflichtbewusstsein einer einfachen Bäuerin konnte Gabriel sich manch eine Scheibe abschneiden.

»Sei nicht albern. Frag das Mädchen. Sie bestätigt dir, dass wir das oft tun.«

Ohne den Blick von Gabriels Gesicht abzuwenden, fragte Geoffrey: »Stimmt das, Cate?«

Cateline schwieg, sie schämte sich zu sehr.

»Rede, Mädchen! Rede!«

»Es stimmt, Herr. Es stimmt.«

»Hast du sonst noch etwas zu sagen?«

Darauf nichts als Schweigen. Er ließ das Schwert sinken, und Gabriel zog sich zurück.

Schließlich atmete Geoffrey tief durch. Schweißtropfen standen ihm auf Stirn und Oberlippe, und im Magen hatte er einen ganzen Bienenschwarm, als er sein Schwert wieder in die Scheide steckte und sich zu Cateline umdrehte. Sie weinte still in sich hinein, stand einfach nur da, so weit weg von ihm wie möglich. »Ich kann es einfach nicht glauben ... dass du ... dass du ... mit so einem ...«

»Ich muss ihm gehorchen, Herr, denn er hat gesagt, er hat gesagt ...«

»Was hat er gesagt?«

Cateline konnte Geoffrey nicht in die Augen schauen. Er ging zu ihr hin, nahm sie beim Kinn und zwang sie, ihn anzusehen. »Was hat er zu dir gesagt, Cate?«

»Er hat gesagt, wenn ich mich ihm auch nur ein einziges Mal verweigere, dann würde er dafür sorgen, dass kein Mann mehr seine Zeit damit verschwenden wird, mir ins Gesicht zu sehen.«

»Hör mir zu, Cateline. Cateline!«

Sie gab sich große Mühe, Geoffrey in die Augen zu schauen.

»Er wird dich nie wieder anfassen. Das schwöre ich dir bei meinem Leben. Und sollte er es doch versuchen, rufst du mich sofort zu Hilfe.«

»Aber Herr, er ...«

»Ruf mich einfach.« Er legte ihr die Hand auf die Schulter,

doch Cateline entzog sich ihm schnell. »Wie oft kommt das vor?«

»Fast jeden Tag, seit er hierher auf die Burg kam.«

»Und du hast nie etwas gesagt?«

»Er hätte mich umgebracht. Und wenn das nicht, dann hätte er es an meiner Familie ausgelassen. Er sagt, ich sei leicht zu ersetzen.«

»Dann kennt er uns aber schlecht. Ich schlage vor, du kümmerst dich jetzt um Mademoiselle Adelina. Gott sei Dank hat sie das nicht mit angesehen, sonst hätte sie Gabriel höchstpersönlich umgebracht.«

Cateline trat an Adelinas Bett, und mit zitternden Händen holte sie den feuchten Lappen aus der öligen Mixtur. Sie drückte ihn aus und betupfte damit Adelinas Gesicht und Hals.

Adelina murmelte etwas, ihr Haar war schweißnass, ihre Lippen völlig ausgetrocknet. Geoffrey goss Wasser in einen Becher, roch daran und trank einen Schluck davon, ehe er sich aufs Bett setzte und sie anhob, sodass sie etwas trinken konnte. »Hier, meine Kleine. Nimm einen Schluck, ganz langsam.«

Als sie getrunken hatte, legten Cateline und Geoffrey sie wieder zurück. »Bade sie und zieh sie an.« Geoffrey stand auf und wandte sich ab. Er hatte gesehen, was er sehen wollte. Die schwarze Salbe auf der Schulter war wie Harz so fest geworden, aber immer noch tropfte Blut darunter hervor.

Eine ganze Weile schaute er auf den Burghof hinunter. In der Ferne bewegten sich zwei Fackeln auf der Straße auf und ab. Nur zwei. »Ich darf sie nicht ankleiden, Herr. Michel hat gesagt, an die Wunde muss Luft, sie darf nicht bedeckt werden.«

Von unten aus der Halle drangen Klänge eines unzüchtigen Liedes von einem fahrenden Sänger herauf.

»Ich habe Angst, Herr.«

»Wovor?«

»Ich fürchte, Gabriel wird Euch töten nach dem, was Ihr heute Abend gesagt und getan habt.«

»Soll er es ruhig versuchen. Ich fürchte ihn nicht. Es ist ein Jammer, dass mein Onkel ihm sogar sein Leben anvertraut. Vielleicht wurde sein Urteilsvermögen ja durch diese eine schlichte Tat getrübt.«

»Durch welche Tat?«, fragte Cateline leise, während sie ihrer Herrin den Schweiß von der Stirn tupfte.

»Vor zwei Jahren, als mein Onkel und Acelin nach Lyon reisten, lauerten ihnen Strauchdiebe auf. Es heißt, Gabriel sei aus dem Nichts erschienen, habe ihnen beigestanden und die Strolche verjagt. Danach hat keiner ihn mehr zu Gesicht bekommen, bis zum vergangenen Erntemond, als er am Burgtor Einlass begehrte. Aber er soll nicht mehr lange hier sein, Cateline. Leute wie er bleiben nie lange an einem Ort. Daran musst du nur fest glauben. Wir alle müssen das.«

»Aber er sagt, er wird Adelina heiraten. Und all das hier wird ihm gehören.«

»Mach dir keine Sorgen über Dinge, die nie sein werden, Cate.« Geoffrey setzte sich wieder zu Adelina ans Bett. Sie schlief, aber ihre Lider zuckten. Sie musste schreckliche Träume haben. Es ging ihr sehr schlecht, und sie so zu sehen machte ihn ganz krank. Geoffrey griff nach Adelinas Hand, und zärtlich streichelte er über die kalte, klamme Haut. Gabriels Bemerkung, er würde Adelina zur Frau nehmen, richtete mehr Schaden in Geoffreys Herzen an als Gabriels vermeintliche Verführung von Annette. Geoffrey würde lieber sterben, als Adelina an der Seite von einem wie Gabriel sehen zu müssen.

Er seufzte und streckte die Beine aus. Mit den Füßen stieß er an etwas, das unter dem Bett lag. Geoffrey sah hin. Unter dem Bett befanden sich ein leerer Nachttopf und etwas, das wie eine Stechpuppe aussah. Er griff nach unten und zog die mit Lumpen ausgestopfte menschenähnliche Gestalt hervor. Mitten in einem aufgemalten Herzen steckten zwei Bolzen aus einer Armbrust, und um den Hals hatte die Puppe einen Strick hängen. Geoffrey schaute zur Decke hoch, und da baumelte tatsächlich an einem Querbalken der Rest eines durchgeschnittenen Stricks. Außerdem entdeckte er die Armbrust, die Acelin abhanden gekommen war. Er hatte sie nicht mehr benutzt, denn sie war schadhaft; immer wenn man es am wenigsten erwartete, ging der Bolzen nach hinten los. Zum Beweis für die Launenhaftigkeit der Waffe hatte Acelin eine Narbe am Hals. Wo hatte Adelina die Armbrust her?

Geoffrey sah Cateline an. Das Geheimnis teilten die beiden offensichtlich. »Du wusstest davon?« Sie nickte, sagte aber nichts, aus lauter Angst vor seiner Reaktion. »Wie lange spielt sie schon damit herum?«

»Das darf ich nicht sagen, Herr.«

»Keine Heimlichkeiten, Cateline, sonst bist du ganz schnell wieder im Dorf und arbeitest auf den Feldern!«

»Eine ganze Weile. Drei Monate etwa.«

Geoffrey konnte kaum glauben, dass sie sich mit der Waffe noch nicht verletzt hatte. »Sie hat Kraft genug, die Waffe zu spannen?«, fragte er und zog die Sehne weit zurück, einen Ausfallschritt machend, um Hebelwirkung zu erzeugen. Cateline schüttelte den Kopf. Mit der einen Hand hielt Geoffrey die schadhafte Armbrust auf Schulterhöhe und visierte als imaginäres Ziel einen imaginären Gabriel auf der Wand gegenüber an.

»Nein, Herr, sie setzt sich hin damit und stemmt sich mit den Füßen dagegen, während sie mit beiden Händen die Waffe spannt.«

»Sie setzt sich hin?«, entfuhr es dem entsetzten Geoffrey.

»Bei meinem Leben habe ich geschworen, es keinem zu erzählen.«

»Zwei Schützen haben durch diese Armbrust den Tod gefunden, Mädchen. Auch Acelin hätte es beinahe erwischt. Sie wird nicht benutzt, weil sie schadhaft ist.«

Geoffrey durchquerte den Raum und schleuderte die Armbrust gegen die Steinmauer. Sie zerbrach nicht. Aus Versehen hätte er sie sicher zerbrochen, nur jetzt nicht, wo er es darauf anlegte. Also warf er sie aus dem Fenster. Von unten war ein Fluchen zu hören, als die Waffe knapp jemanden verfehlte.

»Bitte, Herr, seid nicht so laut, denn wenn sie schläft, hat sie keine Schmerzen.«

»Sie hat mich angelogen! All das Gerede davon, dass sie jetzt eine vornehme Dame werden wolle. Nur Gerede. Sie hat mich angelogen!«

»Ich bitte Euch, Herr …«

»Warum tut sie bloß immer so etwas! Warum hasst sie mich so!«

»Sie hasst Euch nicht.« Entsetzt fragte sich Cateline, wie er so etwas nur glauben konnte. Sie mochte ja nur die Dienstmagd sein, aber sie war auch Adelinas Freundin, und oft unterhielten sie sich. Sie teilten so manches Geheimnis. Hatte die Herrin nicht gesagt, sie würde lieber Geoffrey versprochen werden als irgendeinem anderen? Nicht Christian, nein, denn obwohl sie Christian als sehr gut aussehend in Erinnerung hatte, kannte sie ihn doch nicht so gut wie Geoffrey. Geoffrey, so hatte sie gesagt, könne ihr ins Herz schauen und wisse, was dort im Verborgenen lag, lange ehe sie es selber wusste. Kann ein Mann einer Frau ein guter Freund sein?, hatte Adelina sie einmal gefragt, aber Cateline hatte es nicht gewusst. Kein Mann oder Junge hatte je mit ihr gesprochen, es sei denn, um ihr Befehle zu erteilen. Sie wusste nicht, was sie mit Männern anfangen sollte, außer für sie zu arbeiten oder für Gabriel die Beine breit zu machen, wenn er es wünschte. Das Leben war angenehm gewesen, ehe er nach Lavoute Polignac gekommen war.

»Ich weiß nur eines, Herr. Mademoiselle Adelina hasst Euch nicht. Sie liebt Euch, nur Euch, das weiß ich, denn sie hat es mir gesagt.«

»Sie liebt mich?«, fragte Geoffrey verblüfft.

»So wie Ihr sie liebt.«

Geoffrey drehte sich zum Fenster um. Die beiden Besucher waren gerade im Burghof eingetroffen, Dupuy und sein ältester Sohn Baudoin, beide zu Pferde und mit Fackeln in der Hand. Graf Robert trat heraus, umgeben von seinen bewaffneten Beschützern Gabriel, Michel, Raoul, Louis und Acelin. Geoffrey wollte unbedingt dabei sein, Neuigkeiten aus zweiter Hand verabscheute er. Er beobachtete, wie Dupuy und sein Sohn abstiegen und auf Robert de Polignac zugingen.

»Verriegele die Tür und lass niemanden ein, es sei denn, es sind der Graf, Michel oder ich. Niemanden sonst.«

Geoffrey ging, und Cateline verriegelte, wie ihr befohlen, die Tür.

Gabriel ging direkt hinter Graf Robert. Es wäre am besten, die Dupuys an Ort und Stelle zu töten und mit den politischen Schachzügen und den Lügen ein für alle Mal Schluss zu machen, dachte er. Er würde einen Feind niemals so willkommen heißen. Graf Robert, der Narr, vertraute zu vielen falschen Freunden. Er war zu weichherzig und ein viel zu besonnener Mann und verdiente nichts von dem, was er besaß. Gabriel spie auf den Boden, als sie von der Küche aus weiter zur Halle hinaufgingen. Es war nicht sehr klug, sich den Feind auf diese Weise in die Burg zu laden. Baudoin Dupuy musterte das Innere der Burg aufmerksam. Und als er merkte, dass Graf Robert die Gesellschaft auf direktem Weg in den Turm hinaufführte, wurde Gabriel regelrecht wütend.

Diese Burg war anders als die vielen anderen, in denen er zeitweise gewohnt hatte. Sie war klein, die Burgbewohner konnten sich kaum selbst versorgen. Auf dem eigentlichen Burggelände gab es mit Ausnahme des Hufschmieds, der Dienstboten und der Vasallen niemanden. Die Lage des Gebäudes war strategisch eher ungünstig. Sollten die Dorfbewohner einen Aufstand wagen, gäbe es nur wenig Verteidigungsmöglichkeiten. Doch die Dorfbewohner würden nie einen Aufstand anzetteln, denn Graf Robert, so hieß es im Dorf, sei ein sanfter und gerechter Herr, und das Leben im Dorf sei äußerst friedlich in Anbetracht der kriegerischen Zeiten. Die Vasallen auf Polignac schlichteten Streitigkeiten, bestraften kleinere Diebereien, und Graf Robert saß zu Gericht bei Streitigkeiten, die von den Vasallen nicht zur allgemeinen Zufriedenheit beigelegt werden konnten. Große Reichtümer durch Inbesitznahme von mehr Land strebte er im Gegensatz zu den Dupuys nicht an – hieß es jedenfalls. Und Graf Robert, der Narr, war auch regelmäßiger Gast am Hofe von König Philipp Augustus. Man erzählte sich, dass man die zwei oft ins Gespräch versunken spazieren gehen sehen konnte, allein und unbewacht zwischen den Gräbern in Saint Denis.

Mit der Hand am Schwert stand Geoffrey auf der Treppe. Er trat beiseite, als Robert de Polignac, der nicht für eine Schlacht gekleidet war, mit dem übrigen Gefolge vorbeifegte. Im Vorbeigehen fing Gabriel Geoffreys Blick auf. Seine Qual war noch nicht vorüber, es sollte noch einiges kommen, wovon dieser kleine Dummkopf nichts ahnte. Geoffrey ging am Ende des Gefolges die Treppe mit hinauf.

Es schien, dass Seigneur Henri Dupuy, noch ehe es sich Geoffrey versah, darauf bestanden hatte, selbst einen Blick auf Adelina zu werfen. Baudoin hatte bis jetzt noch kein Wort gesprochen. Er war größer als sein Vater, war doppelt so stolz und außerordentlich hasserfüllt. Alle traten in Adelinas Gemach, alle – außer Acelin, der bei der Tür stehen blieb. Geoffrey bemerkte, dass Cateline vor Furcht ganz klein wurde.

»Geoffrey. Komm näher.«

Geoffrey trat vor und sah seinen Onkel an.

»Erzähl unserem lieben Nachbarn, was sich heute zugetragen hat.«

Geoffrey konnte beobachten, dass sein Onkel dem Feind gestattete, allzu nah an Adelinas Bett heranzutreten. Cateline war vor Schrecken ganz bleich, denn dicht hinter ihr stand Gabriel.

»Ich kehrte gerade aus dem Dorf zurück, wo ich die fälligen Abgaben eingesammelt hatte, als ich etwa hundert Meter vorm Burgtor auf die Hügelspitze kam. Ich sah ein Pferd, ein Pferd der Dupuys, unangebunden mitten auf der Straße. Als ich den Karren näher heranlenkte, sah ich Jean-Pierre Dupuy, der sein Schwert zum tödlichen Schlag erhoben hatte. Und dann sah ich, dass Adelina Ziel seines Schwerthiebs sein sollte. Ihre Kleidung war zerrissen und voller Blut, also hob ich die Armbrust und schoss.«

»Wo war das?«, fragte Henri Dupuy.

»Kaum hundert Meter von unserem Burgtor entfernt.«

»Dann müsst Ihr wirklich vortreffliche Augen haben.«

»Die Blutflecken sieht man immer noch auf dem Boden, wo Euer Sohn und Mademoiselle Adelina lagen.«

»Auf Eurem Land.«

»Genau so ist es.«

»Ist sie schwer verletzt?«

Graf Robert nickte Cateline zu, und die schlug die Bettdecke so zurück, dass nur die Wunde zu sehen war. Henri Dupuy trat näher heran, um besser zu sehen. Das Mädchen war in der Tat schwer verwundet. »Krummschwert«, sagte er leise und sah Baudoin an, der reglos dabeistand, mit loderndem Hass im Blick. »Ich finde im Augenblick keine Worte, Robert, aber ich bedaure, was sich heute zugetragen hat.«

»Wie ich auch«, erwiderte der Graf. »Ich würde Euch gern

einladen, Euch zu unserem Fest zu gesellen, aber ich weiß, dass Ihr in Trauer seid. Unsere Gebete gelten Euch und Eurer lieben Frau, und Euch, Baudoin, wegen des Verlustes, den Ihr erlitten habt.«

Henri Dupuy warf einen Blick zurück auf Adelina. »Sie ist wunderschön, Robert. Wirklich wunderschön.«

Robert de Polignac nickte.

Geoffreys Herz raste, denn Baudoins Blick hatte ihn getroffen, ein hungriger Blick – und Geoffrey wusste, dass es ihn nicht nach Essen gelüstete: Er wollte Rache. Geoffrey kannte das Gefühl nur zu gut. Er senkte den Blick nicht, und Baudoin rührte sich erst, als sein Vater ihn an der Schulter anfasste und ihn aufforderte, ihm zu folgen. Baudoin spie hasserfüllt aus, in seinen dunklen Augen lag der Tod.

Geoffrey sah durch das kleine Fenster die Dupuys mit dem Leichnam fortgehen, Fackeln und Mondlicht waren ihre einzigen Führer. Wieder und wieder dachte er: Zieht doch die Zugbrücke hoch. Zieht doch die Zugbrücke hoch. Aber sie blieb unten.

Nach einer Weile klopfte es an der Tür. Michel erbat Einlass in Adelinas Schlafgemach. Er hockte sich vor das Bett und legte Adelina die Hand auf die Stirn. »Wird sie sterben?«, fragte Geoffrey.

»Ich habe schon kräftige Männer an geringeren Wunden sterben sehen, Geoffrey. Sie und Gott werden das allein unter sich ausmachen.« Michel seufzte. Er sah Cateline an, die so ruhig wie möglich dasaß. Michel untersuchte die Male an ihrem Hals, die allmählich zu Blutergüssen wurden. »Was ist denn mit dir passiert?«, fragte er, aber Cateline traute sich nicht zu sprechen.

»Sie wurde von Gabriel attackiert. Ich wurde Zeuge und habe dem ein Ende bereitet.«

Michel runzelte die Stirn und sah Geoffrey neugierig an.

»Attackiert?« Geoffrey deutete den Blick richtig und nickte. »Aha. Graf Robert muss sofort davon unterrichtet werden.«

»O nein, nur das nicht. Ich flehe Euch an!«, flehte Cateline, aber die beiden Männer hörten nicht auf sie.

»Graf Robert wird unterrichtet.« Michel hatte entschieden und ließ sich nicht von seinem Vorsatz abbringen.

»Fürchte dich nicht, Mädchen, er wird dir nie wieder ein Leid tun. Geh jetzt schlafen. Michel und ich werden uns in dieser Nacht um Adelina kümmern. Du hast für heute genug getan. Geh jetzt.«

Cateline zögerte.

»Macht er dir solche Angst, dass du nicht einmal mehr wagst, dich frei im Haus zu bewegen?«, fragte Geoffrey, und Cateline nickte.

»Dann begleite ich dich nach unten.«

Vor ihrer Tür auf dem schmalen Gang hinter der Küche zögerte Cateline wieder. »Ich flehe Euch an, erzählt Monseigneur nichts davon, bitte, Herr.«

»Ich muss. Auch Michel hält das für klug.«

»Aber er wird mich töten. Das stand in seinen Augen geschrieben. Er wird mich töten.«

»So etwas würde Graf Robert nie tun, Mädchen. Er ist ein gerechter, anständiger Mann.«

»Ich meine Gabriel.«

»Jetzt wird er nicht mehr wagen, dir etwas anzutun.«

Zu Geoffreys großer Überraschung lehnte Cateline den Kopf an seine Schulter und weinte. Er schob sie verunsichert weg, in ihren Augen lag ein seltsamer Ausdruck. »Alles wird gut, Cateline. Bald sind wir Gabriel los.«

Gabriel wartete, bis Geoffrey die Kammer der Dienstmagd verlassen hatte, dann trat er unbemerkt aus dem Schatten.

In der Halle unterhielt ein Barde alle, die zuhören wollten, mit einem unzüchtigen Lied über Saladin. Es war eine sehr lange Ballade, die weitaus mehr die Damen in ihren Bann zu ziehen schien als die Herren. Graf Robert saß wieder auf seinem angestammten Platz. Neben ihm Gräfin Marys. Ihr zur Seite die Frau von Seigneur Charles, Charles selber saß neben Robert. Geoffrey hatte keine Ahnung, worum es bei diesen Feierlichkeiten ging.

Die meisten Anwesenden waren sehr betrunken und lärmten. Große Platten mit Essen kamen unaufhörlich aus der Küche. Es gab Musik und Gelächter, und keiner der Anwesenden schien zu ahnen, was für Gefahren diese Nacht würde bringen können. Mit den Fingern fuhr sich Geoffrey durchs Haar. Es fühlte sich so weich an wie Frauenhaar, wenn die Kopfhaut auch nicht mehr so juckte wie vorher. Er verfluchte die verflixte Seife von Michel.

Vom anderen Ende des breiten, langen Saals spürte er einen Blick und wandte sich um. Raoul sprach mit der schönen Annette. Und als ihre Blicke sich begegneten, ging Geoffrey wieder das Herz auf. Raoul winkte ihn heran, und Geoffrey machte sich auf den Weg, aber im Vorbeigehen fing ihn der Barde ab und baute etwas über ihn in sein Lied ein. Alle Zuhörenden lachten. Auch Geoffrey lachte – es blieb ihm nichts anderes übrig.

Raoul legte Geoffrey den Arm um die Schultern. »Da ist er also, von dem sie singen, der tapfre junge Rittersmann, nur größer er nicht mehr werden kann, doch so hübsch, dass man gern ihn sieht an.«

Geoffrey hoffte inständig, dass er jetzt vor Scham nicht errötete, denn Annette kicherte in sich hinein. »Wie beruhigend, Raoul, dass du besser kämpfst als dichtest«, spottete er.

»Meine Worte können sich mit deinen nicht messen, das weiß ich sehr wohl. Liebliche Annette«, sagte Raoul und nahm Geoffreys Hand. »Das hier ist Geoffrey, Euer künftiger Gemahl.«

Die Schöne umklammerte Geoffreys Hand ganz fest, und der sprachlose Geoffrey wandte sich an Raoul. »Das ist doch ein Scherz?«

»Würde ich mit so etwas scherzen?« Und damit verabschiedete sich Raoul. Aber weshalb lachte er so? Geoffrey drehte sich wieder zu Annette um. Er wusste nicht, was er sagen oder tun sollte. Er hatte sich in den Tiefen ihrer dunklen Augen verloren.

»Mögt Ihr mich denn nicht?«, fragte sie überrascht.

»Das ist es nicht, Mademoiselle. Ich begreife das nur nicht. Man hat mir nichts davon gesagt.«

»Dann wollen wir ein Stück zusammen gehen, Ihr und ich, und ich erkläre Euch alles. Kommt.« Sie nahm seine Hand und ging zu der großen Tür, an der ein Page und ein Knappe warteten.

»Um diese Zeit hinauszugehen, Mademoiselle, wäre nicht sehr klug.«

»Kommt. Ich möchte Euch besser kennen lernen.« Sie zog an seiner Hand. Geoffrey sah sich um. Raoul beobachtete sie. Er hob seinen Becher und verzog den Mund zu einem breiten Grinsen.

Dann schloss sich die Tür, und Geoffrey war allein in der Dunkelheit mit der Schönen, an die er fast den ganzen Abend hatte denken müssen. Wäre er nicht so beunruhigt, hätte dies ein Traum sein können, der ihn im Wachzustand zärtlich umarmte.

»Oh! Rosen!«, rief sie und lief in die vom Mondschein erhellte Dunkelheit, Geoffreys Hand weiter fest umklammernd. »In diesem Augenblick sind Euer Onkel und mein Stiefvater in ein Gespräch vertieft, das unsere Zukunft betrifft.«

»Aber wieso hat man mir nichts davon gesagt? Ich wusste nicht einmal, dass Seigneur Charles eine Stieftochter hat.«

»Ihr müsst mich heiraten, Geoffrey, sonst beende ich meine Tage als Nonne. Und Nonne kann ich nicht sein. Ich brauche einen Ehemann wie Euch.«

»Aber Mademoiselle, ich kenne Euch doch gar nicht.«

»Aber bestimmt findet Ihr mich doch schön, nicht?«

»Nun ja, allerdings, aber …«

»Aber? Aber? Ihr mögt mich nicht.« Sie ließ seine Hand los und schmollte. Geoffrey dachte schon, sie würde anfangen zu weinen.

»Bitte, Mademoiselle, weint nicht. Es kommt nur so unerwartet. Ich brauche Zeit zum Nachdenken.«

»Es ist kalt hier draußen«, sagte sie. »Gebt mir Eure Hände. Wärmt mich. Hier.« Sie nahm seine Hände und legte sie auf ihre Brüste. Er spürte ihr pochendes Herz, aber vielleicht war es auch sein eigenes. Was sollte das? Es fühlte sich nicht richtig an. Fast hätte er protestiert; er wollte schon seine Hände wegziehen, als sie ihm ihre kalten Finger unters Kettenhemd steckte. Ihre Fingerspitzen bewegten sich mit viel Erfahrung, wie es schien.

»Was tut Ihr da?«

»Das wisst Ihr nicht?«, fragte sie verblüfft.

»Na ja, doch, sicher. Natürlich weiß ich das. Bitte, Mademoiselle …«

Annette packte ihn, hielt ihn fest und sah ihm in die Augen. »Ihr wollt mich. Das weiß ich. Das fühle ich.«

»Bitte, Annette. Nicht. Ich kann dann vielleicht nicht mehr aufhören.« Sie griff nach hinten und zog an den Schnüren ihres Gewandes. Langsam ließ sie es über ihre Schultern bis auf die Hüften gleiten, dann fiel es ins Gras.

»Ihr wollt mich, Geoffrey. Das habe ich in dem Moment in Eurem Blick gesehen, als wir uns das erste Mal sahen. Wisst

Ihr noch? Nehmt mich jetzt. Schnell. Ich kann nicht mehr länger warten.«

Geoffreys Körper war in Aufruhr, doch sein Gesicht war ausdruckslos.

»Nehmt mich, Geoffrey. Nehmt mich jetzt. Tut mit mir, was Ihr wollt, und ich werde Euer sein auf ewig.«

Er war so verblüfft, dass er sie nur anstarren konnte. Wieder nahm sie seine Hände. Seine Fingerspitzen fuhren über die sanften Hügel aus Fleisch, und wie er in den Geschichten von Eroberungen so oft gehört hatte, sehnte auch er sich danach, ihre Brüste zu liebkosen. Plötzlich sprang sie ihn an und umklammerte mit ihren Beinen seine Hüften. Er verlor das Gleichgewicht. Kichernd fielen sie ins feuchte, kühle Gras.

Langsam dämmerte es Geoffrey, aber er war nicht mehr Herr seiner selbst. Rittlings setzte die Frau, von der er angenommen hatte, dass sie eine Dame war, sich auf ihn, nestelte an Kettenhemd und Hose und ließ sich dann langsam ganz auf ihn herab. Bei dem Gefühl, das ihn in diesem Moment überkam, stockte Geoffrey der Atem – eine solche Empfindung hatte er nie zuvor gehabt. Sie fing an, sich auf und ab zu bewegen, und bald versank alles um ihn herum. Die Augen hielt er geschlossen, ein Sturm wollte in ihm losbrechen. Als er schließlich, sehr bald schon, explodierte, konnte er endlich wieder Luft holen.

Keuchend öffnete er die Augen. Annette lachte und wiederholte kichernd wieder und wieder seinen Namen.

Auf einmal nahm Geoffrey neben sich eine Bewegung wahr. Er sah hin. Raoul und Acelin. Beide hielten große Becher in ihren Händen. Raoul bot seinen der jungen Frau an, die immer noch rittlings auf Geoffrey saß, und sie legte den Kopf in den Nacken. Er goss ihr das Ale in den Mund. Selbstvergessen stürzte sie das Bier hinunter. Es tropfte auf ihre Brust – und auf Geoffrey. Dann packte Raoul sie bei den Haaren. Unter seiner Hand löste sich die Frisur.

Die Hure Annette mit den funkelnden Augen, keinen Deut vornehmer als Cateline, die Dienstmagd, lachte lauthals.

Raoul zog sie von Geoffrey herunter und stieß sie mit dem Fuß rücklings ins Gras. Und dann nahm er sie an Ort und Stelle.

Noch jemand trat aus der Dunkelheit. Gabriel. Er und Acelin amüsierten sich sehr, und beide gratulierten Geoffrey.

Geoffrey rappelte sich auf, richtete seine Kleidung und versuchte, die kläglichen Reste seiner Würde einzusammeln, ehe er wieder in die Halle zurückging. Er blieb nicht auf dem Fest, und auch in Adelinas Zimmer ging er nicht. Er platzte in Christians Kammer, das Herz wollte ihm schier zerspringen vor Scham und Wut und all den anderen Gefühlen, die er bisher nicht gekannt hatte.

Sein Bruder saß wieder am Fenster und starrte ins Leere, seine einzige Bewegung war das Heben und Senken des Brustkorbs beim Atmen. Aber ein Laut entrang sich ihm, als sich Geoffrey ihm näherte. Geoffrey hätte ihm erzählen können, was sich gerade zugetragen hatte, aber das wollte er lieber nicht. Es dauerte eine Weile, bis er sich beruhigt hatte, und er fragte sich, ob er seinen Waffenbrüdern je wieder würde gegenübertreten können, ohne das Lächeln in deren Blicken zu sehen.

Christian gab einen weiteren Laut von sich. Unter Mühen hob er seine Hand und deutete auf das Fenster. Geoffrey drehte sich um. »Das ist der Mond, Bruder. Das ist nur der Mond.«

Aber Christian schien seltsam beunruhigt. Geoffrey schaute wieder aus dem Fenster – und beinahe wäre ihm das Herz stehen geblieben.

Der Torwächter hing tot über dem Burgtor.

Auf dem Weg unten wimmelte es von Männern. Schon

wurde die Zugbrücke hochgezogen, aber dazu war es jetzt viel zu spät, das wusste Geoffrey.

Christian versuchte verzweifelt, sich erneut bemerkbar zu machen, etwas zu sagen. Er versuchte auch aufzustehen, aber Geoffrey drückte ihn wieder auf den Stuhl. »Nein. Du bleibst hier, Bruder. Bleib hier.«

Geoffrey rannte nach unten, um Graf Robert auf das aufmerksam zu machen, was er gerade gesehen hatte. Doch es schien, als wüsste der bereits Bescheid oder als habe er damit gerechnet. Ganz ruhig sagte der Graf mit einem Augenzwinkern: »Ruf die anderen zusammen.«

Seine Begeisterung zügelte Geoffrey, so gut er konnte. Ein Drittel der Anwesenden waren Damen, der Rest waren, abgesehen von sechs Geistlichen, Großgrundbesitzer und Adlige aus Bourbon, Toulouse und sogar einem so entlegenen Landstrich wie Aquitanien. Sie alle hatten jeweils mindestens zwei Vasallen bei sich, und alle hatten sie reichlich getrunken. Ihre Gemüter waren aufgewühlt vom Gerede über Schlachten. Es hatte auch schon eine Rauferei gegeben zwischen einem Ritter aus Toulouse und einem ausländischen Bogenschützen, der sogar noch kleiner war als Geoffrey.

Geoffrey lief hinaus, um die anderen zu holen. Raoul und Gabriel waren immer noch im Rosengarten, diesmal verlustierte sich Gabriel mit der jungen Schönen. Bekam dieser Mann denn nie genug? »Es wird einen Angriff geben!«

Gabriel hörte mit seinen heftigen Bewegungen auf und grunzte kurz, machte dann weiter. Geoffrey trat ihm heftig ins Gesäß. »Das ist kein Spaß! Es wird einen Angriff geben!«

Raoul kletterte auf den Schutzwall und schaute über die Mauer in das Gehölz zu Füßen der Burg. Auf der Stelle war er wieder nüchtern. Er rief seinem Knappen zu, dass er ihm Bogen, Schwert, Schild, Streitaxt bringen solle, aber der Junge hatte die Wünsche seines Herrn schon vorausgesehen.

Als Raoul nach seinen Waffen griff, erschien wie aus dem Nichts eine Leiter. Gabriel ließ jäh von der Frau ab. »Bring sie hinein! Wir werden die Angreifer aufhalten!«, rief er.

Geoffrey half der Hure auf die Füße. Sie schrie nach ihren Kleidern, aber es war keine Zeit zu verlieren. Geoffrey war schon drauf und dran, sie zu schlagen, als sie sich losriss und davonlief – durch ihre Alabasterhaut, die vom Mondlicht reflektiert wurde, ein leichtes Ziel in der Dunkelheit.

Er sah den ersten Angreifer auf der Mauer erscheinen und auf den Schutzwall hinunterspringen. Geoffrey hetzte hinter Annette her, im Nu hatte er sie gepackt. Aber er war zu spät. Er hörte, wie ein Pfeil menschliches Fleisch durchdrang, da fiel sie auch schon zu Boden. Erst jetzt eilte Gabriel ihm zu Hilfe. Der erste Angreifer fiel, dann der zweite und bald der dritte. Die Tür ging einen Spalt weit auf, und Geoffrey zog die Hure hinein. Er sperrte die Tür zu.

Michel führte die weiblichen Gäste und die sechs Geistlichen in den Turm hinauf und kam sofort wieder herunter. Als er die Verletzte an Geoffreys Seite sah, griff er sich eines der Tischtücher, Teller und Becher fielen um. Michel rollte sie herum und zog ihr den Pfeil aus dem Gesäß. Sie schrie und fiel schließlich in Ohnmacht. Dann deckte Michel sie mit dem heruntergerissenen Tischtuch zu und trug sie nach oben zu den anderen.

Seit Geoffrey den toten Wächter hatte hängen sehen, waren nur Augenblicke vergangen, aber sie kamen ihm wie eine Ewigkeit vor. Jetzt war die Halle fast leer, mit Ausnahme dieser angetrunkenen Truppe erfahrener Recken, die gerade die Waffen anlegten.

»Bogenschützen!«, erschallte der Ruf.

Der kurz gewachsene Fremde, Geoffrey und vier weitere traten vor, und Louis händigte die Waffen aus. Sie rannten die Treppe hinunter und dann durch die Küche auf den Burghof. Geoffrey hörte, wie hinter ihm die Türen verriegelt wurden.

Mehrere Angreifer befanden sich bereits auf dem Burghof. Obwohl man die Zugbrücke inzwischen hochgezogen hatte, waren viele über Leitern eingedrungen. Das Kampfgetöse war fürchterlich. Nur Fackelschein und Mondlicht gewährten Sicht.

Der kleine Bogenschütze plapperte schnell in einer Sprache, die Geoffrey noch nie zuvor gehört hatte. Er deutete auf die Schmiede, gab Zeichen mit der Hand, damit Geoffrey ihn verstand. Und da bei der Schmiede, an der südlichen Begrenzungsmauer des Burghofs, befand sich der günstigste Posten für zwei Bogenschützen, denn dort konnten die Eindringlinge heruntergeschossen werden, wenn sie über die Mauern und das Tor kletterten und auf den Schutzwall sprangen. Zwei weitere postierten sich an der nördlichen Burghofmauer, die beiden letzten bei den Türen, die zur Küche führten. Doch nur die zwei bei den Küchentüren hatten den Schutz von Schilden.

Wer nicht durch den Pfeilhagel der sechs Bogenschützen fiel, geriet unter Robert de Polignacs Bauern, die sich mit Äxten, Keulen, Messern und Hass im Herzen bewaffnet hatten.

Stunden dauerte der Kampf nicht. Er schien sich nur über wenige Minuten zu erstrecken. Nachdem die Bogenschützen etliche Pfeile abgeschossen hatten, waren die Gegner besiegt, der Überraschungsangriff zurückgeschlagen.

Jemand lachte und meinte, sie hätten sich wahrlich die falsche Nacht gewählt! Geoffreys Herz raste. Sein Köcher war noch längst nicht leer, aber soweit er wusste, hatte er kein einziges Ziel verfehlt.

Der kleine Ausländer ganz in seiner Nähe spie wieder einen Schwall Worte hervor. Geoffrey verstand nicht, bis eine von oben kommende Stimme übersetzte. »Er fragt, wo der Anführer ist; und wo die Ritter, unter deren Kommando der Angriff stand.« Das war Gabriel. Der Bogenschütze brummelte wieder etwas. »Er sagt, es führt zu nichts, Leibeigene zu töten, die besser Schafe hüten, als dass sie kämpfen.«

Bitte, Gott, flehte Geoffrey. Ich will, dass er jetzt fällt. Mir zu Füßen fällt mit einem Pfeil der Dupuys in seinem schwarzen Herzen. Bitte, Gott. Aber Gabriel sprang vom Wall auf das Dach der Schmiede und von da auf den Boden neben Geoffrey.

Alles war ruhig jetzt, mit Ausnahme der Laute von Verwundeten und Sterbenden. Wer unter den Rittern einen fairen Kampf gewollt hatte, war bitter enttäuscht. Für sie schien das Ganze nur eine kleine Abwechslung gewesen zu sein, wie vorausgeplant, um die Eintönigkeit des Abends zu durchbrechen. Auch Geoffrey war enttäuscht. Enttäuscht darüber, dass ein solch sinnloses Ereignis überhaupt angezettelt worden war. Vom Tor her drang ein Ruf an die Ohren aller:

»Kommt! Seht, wie die Feiglinge rennen!«

Auch der Graf, Gabriel und Geoffrey machten sich auf den Weg zum Wall neben dem Tor. Auf einem dunklen Pferd, in dunkler Rüstung mit dem aufgemalten Falken der Dupuys, saß ein junger Mann, den auf die Entfernung keiner erkennen konnte. Seine Armee zerstreute sich um ihn herum in alle Winde, die Leute rannten um ihr Leben. Geoffrey hob den Bogen, doch sein Onkel schlug ihm auf den Arm. »Nein. Das ist Baudoin.«

»Das ist nur ein Vorgeschmack, hört ihr mich, ihr mordlüsternen Schweine! Nur ein Vorgeschmack!«

Gabriel fluchte und spie aus. Ruhig sagte er: »Wir haben eine Streitmacht zur Verfügung und könnten das Land der Dupuys für uns einnehmen, Monsieur, wenn wir zügig handeln«, und er sah in den Burghof hinunter, wo gelangweilte Ritter voller Ungeduld standen und auf einen richtigen Kampf hofften. Einen fairen Kampf, Ritter gegen Ritter.

Auch Geoffrey schaute in den Burghof hinab, sah aber nur ein Durcheinander von Bauern – manche bewegten sich, andere nicht. Frauen jammerten. Wie er dieses Geräusch verabscheute.

»Wir sollten die Dupuys jetzt angreifen, jetzt sind sie gut angreifbar.«

»Nein«, erwiderte der Graf leise.

»Dann lasst mich ihm hinterher. Wir könnten Lösegeld für ihn fordern.«

»Nein! Es ist vorbei. Genug Blutvergießen. Ich habe Durst.« Graf Robert ging zurück in die Burg und drängte die Ritter, seine Gäste, ihm zu folgen. So nahmen die abendlichen Vergnügungen ihren Fortgang.

Raoul war schwer verletzt. Ein brennender Pfeil hatte ihn getroffen. Er hatte den Muskel nicht nur durchstoßen, sondern auch angesengt, und Stücke des aufgerissenen Kettenhemdes waren tief in die Wunde eingedrungen. Aber er saß ruhig da. Nur einen kurzen Augenblick wandte er den Kopf ab und zuckte zusammen, als Louis den Pfeil herauszog.

Die ganze Zeit über schwätzte der kleine, gedrungene Ausländer auf Geoffrey ein, obwohl Geoffrey kein Wort von dem verstand, was er sagte. Der Bogenschütze folgte ihm überallhin, immer nur einen Schritt hinter ihm. Plötzlich stolperte Geoffrey über einen Verletzten. Er stellte fest, dass ein Pfeil seine Schulter durchstoßen hatte. Der junge Mann hatte sich wohl tot gestellt, um einem Axthieb zu entgehen. Er war jünger als Geoffrey, und seine Augen waren schreckgeweitet. Dem Zustand seiner Hände und seiner Kleidung nach zu urteilen, musste er von klein auf mit den Bauern auf den Feldern gearbeitet haben.

Gabriel stand auf einmal neben ihnen. »Wie kommt es, dass Ihr das Geschwätz versteht, dass er von sich gibt?«, fragte Geoffrey, auf den verängstigten Überlebenden hinabsehend.

»Ich habe eine Weile in seinem Land gelebt. Die Leute da sind prächtige Kämpfer, und er hat mir viel beigebracht. Ist es nicht so, Dedwyd?«

Beim Klang seines Namens grinste der kleine gedrungene Mann.

»Er gehört dir?«, fragte Geoffrey.

»Er hat mir den Treueid geschworen.« Gabriel schlug dem Mann kraftvoll auf den Rücken und erhielt ein weiteres Grinsen zur Antwort. »Was haben wir denn hier für ein Bild des Jammers?«, fragte Gabriel, als er in die weit aufgerissenen Augen des am Boden Liegenden schaute. Der Mann konnte sich nicht bewegen. Als sich seine Blase entleerte, verzog sich Gabriels Gesicht zu einem Lächeln, einem Lächeln, das Geoffrey beunruhigte, denn nicht einmal er kannte dessen wahre Bedeutung.

»Wer ist deine Memme von einem Anführer, der sich nicht mit dir in den Kampf traut?«, fragte Gabriel und zog ganz langsam sein Schwert. Es war voller Blut. Der Mann versuchte, sich wegzudrehen. »Wer ist deine Memme von einem Anführer?«, bellte Gabriel.

»Baudoin Dupuy«, murmelte schließlich der Mann.

Dann bettelte er um Gnade. Taten sie das nicht alle? Gabriel trat zurück und drehte sich zu Geoffrey um. »Erledige das und übernimm die Wache«, befahl er, dann legte Gabriel seinem kleinen walisischen Freund den Arm um die Schultern und marschierte schwätzend und lachend mit ihm davon.

Geoffrey sah auf den jungen Mann hinunter, der halb tot zu seinen Füßen lag und ihn anflehte: »Ich habe Kinder, drei Kinder.«

»Dann hoffe ich, du hast dich von ihnen verabschiedet. Und sie sich von dir.«

Kapitel Sieben

Die Nacht der Festlichkeiten und des Kampfes verlor sich sacht im trüben Nichts einer frühen Morgendämmerung. Von den Gästen war keiner verletzt, mit Ausnahme der Hure, die für den Abend zu Geoffreys Gunsten und zur Erheiterung seiner Freunde gekauft worden war. Während der Nacht starb sie an ihren Wunden. Auch Dorfbewohner waren bei der Verteidigung ihres Herrn und Gebieters umgekommen.

Mit dem Morgengrauen würden sie die Toten der Dupuys aus dem Burghof und der näheren Umgebung der Burg fortschaffen müssen.

Geoffrey war auf dem Weg in seine Kammer, als ein Hahn krähend die nahende Morgendämmerung begrüßte. Hätte Geoffrey die Kraft gehabt, hätte er ihm den Hals umgedreht. Er war müde, erschöpft, aber auf seinem Weg schaute er noch in Adelinas Zimmer. Gräfin Marys schlief, den Kopf auf das Bett ihrer Tochter gelegt.

Er schaute auch bei seinem Bruder vorbei, der immer noch so dasaß wie vor Stunden. Geoffrey trat in die Kammer, schloss die Tür und sagte: »Wir haben sie zurückgedrängt, Bruder.« Christian gab wieder einen Laut von sich. Er wusste es bereits.

Geoffrey legte sich bäuchlings auf das Bett seines Bruders, doch seine Ruhe sollte nur von kurzer Dauer sein. Ellas Schreien weckte ihn jäh. Geoffrey stöhnte und schleppte sich in die Küche hinunter und durch den schmalen Gang dahinter, auf dem zwei Küchenjungen standen. Mit offenem Mund starrten sie auf die Tür von Catelines Kammer.

Ella schrie immer noch, aber Geoffrey hörte nichts. Er stieß die Küchenjungen beiseite und sah in Catelines Kammer hinein. Auf ihrer Bettstatt lag das, was von Cateline übrig war. Schnell wandte er sich ab. Er hörte die dröhnende Stimme seines Onkels durch das Gebäude hallen: »Dieser Lärm! Dieser Lärm! Was ist das für ein Lärm?«

Der halb nackte Burgherr kam hereingestürzt, gefolgt fast vom ganzen Haushalt. Er sah zu Geoffrey, aber Geoffrey nahm die Anwesenheit seines Onkels nicht zur Kenntnis. In seinem Kopf drehte sich alles. Als die kleine Menge sich teilte, sah auch er, was es zu sehen gab.

Cateline war nackt und voller Blut. Nicht ein einziger Körperteil war verschont worden, so wirkte es jedenfalls. Geoffrey drängte aus der Kammer hinaus und stieß sofort mit Gabriel zusammen, der sich weigerte, beiseite zu treten. Lag da ein Lächeln auf Gabriels Gesicht?

»Würde bitte jemand dieses Geschrei abstellen!«, brüllte der Graf, denn es drohte ihm der Schädel zu zerplatzen. Gabriel setzte die Faust ein, und Ella fiel zu Boden. Reglos blieb sie liegen. Sofort sprang Geoffrey auf Gabriel zu. Sein Onkel und Michel zerrten ihn weg. »Er hat das zu verantworten! Sie hat mich gewarnt, dass er das tun würde!«

Gabriel lächelte. »Pass auf, was du sagst, Geoffrey. Hat man dich nicht als Letzten mit ihr gesehen? Und sie kann jetzt nicht mehr reden. Was würdest du eigentlich noch alles tun, um mich aus dieser Stellung zu vertreiben?«, fragte er so laut, dass alle es hören konnten. Geoffrey wand sich, um sich aus Michels Umklammerung zu lösen.

»Genug! Genug!«, sagte der Graf. »Ich werde mit euch zweien sprechen, mit einem nach dem anderen. Gabriel, mir nach, jetzt. Ihr anderen, bringt das … bringt das weg.« Michel und Louis traten in Catelines Kammer und machten sich daran, den Leichnam zu beseitigen. Louis, der schon so manches zu sehen bekommen hatte, war fassungslos. Hier handelte es sich um jemanden, den er kannte, und er konnte einfach nicht weitermachen. Michel war sich selbst überlassen, und es wäre eine einsame Pflicht gewesen, hätte Geoffrey nicht geholfen. Er hatte das arme Ding seit frühester Kindheit gekannt. Die Kleine hatte sich immer an sein Bein geklammert, und er hatte sie auf dem Burghof herumgeschleppt und sich an ihren Begeisterungsrufen erfreut. Aber weshalb, so fragte er sich, muss mir jetzt ausgerechnet das einfallen? Wieso denke ich nicht an Momente, in denen sie mir Wein einschenkte oder mir Essen servierte? Michel hatte eine Tochter in Catelines Alter, die mit ihrer Mutter und zwei Schwestern auf seinem Lehen am Dorfrand lebte. Seit er zurückgekehrt war, hatte er nicht die Erlaubnis erhalten, seine Familie zu besuchen.

Wieder und wieder konnte Geoffrey nur an eines denken. Wer würde Adelina diese Nachricht überbringen? Bitte, Gott, lass es nicht mich sein, betete er im Stillen.

»Raus!«, brüllte der Graf, und die Küchenjungen, die noch mit den Aufräumarbeiten beschäftigt waren, zerstreuten sich sofort. Graf Robert setzte sich an den Tisch in der Halle und stützte den Kopf in die Hände. »Setz dich, setz dich. Wie weit sind die Angreifer gestern Nacht in diese Mauern vorgedrungen?«

»Nur bis hinter die Küchentüren, Monsieur.«

»Du warst da?«

»Ich habe die Treppe zur Halle verteidigt. Allein.«

»Und wovon redet Geoffrey da?«

»Monsieur?«, fragte Gabriel.

»Er hat gesagt, du bist verantwortlich für Catelines Tod.«

»Ziemliche Einbildungskraft hat er, unser Hänfling«, erwiderte Gabriel leise lachend.

Fragend sah Robert de Polignac auf. »Hänfling?«

»Geoffrey, Monsieur. Wir nennen ihn Hänfling. Es scheint, er will wohl mich für den Tod des Mädchens verantwortlich machen, wenn man ihn nur gewähren lässt. Er ist neidisch auf mich, aber weshalb, das vermag ich nicht zu sagen.«

Graf Robert musterte Gabriel und sagte eine Weile lang nichts. »Du lügst mich doch nicht an, Gabriel?«

»Weshalb sollte ich lügen, Monsieur?«

Robert de Polignac schaute in die hellgrünen Augen des anderen und seufzte. »Geh jetzt«, befahl er leise.

Gabriel stand auf. »Ihr erlaubt?«

Graf Robert hob den Kopf.

»Gibt es Neues von Adelina? Ich würde gern wissen, wie es ihr geht.«

»Sie ist am Leben.«

»Ihr erlaubt?«

»Was …«

»Dupuy wird nicht Ruhe geben, ehe Eure Tochter nicht in ihrem Grab liegt.«

»Seigneur Henri hat damit nichts zu tun, das ist sein Sohn, Baudoin. Schick Geoffrey zu mir, und dann kümmerst du dich um die Toten, sie sollen auf dieses vermaledeite Stück Weg gelegt werden, dessen Fluch seit gut einhundert Jahren auf unser beider Familien lastet.«

Gabriel lächelte und ergriff noch einmal das Wort. »Monsieur?«, fragte er und fuhr gleich ohne Erlaubnis fort. »Vielleicht kann die Fehde zwischen Euer beider Familien beendet werden, wenn man ein neues Stück Straße baut? Und solltet Ihr diese Straße auf Eurem Land errichten, vielleicht könnt Ihr Wegzoll verlangen von jenen Pilgern, die nach Le Puy wollen?«

Einen Moment lang herrschte Schweigen. Robert de Polignac rieb sich den schmerzenden Kopf, seufzte und brummte: »Vielleicht. Bring mir Geoffrey.«

Mit bleichem Gesicht und blutbesudelten Händen lehnte Geoffrey an der Küchenwand. In dem Augenblick, als Gabriel auf der Treppe erschien, sah er auf. Sein Hass nahm noch zu, als Gabriels hübsches Gesicht sich zu etwas verzog, was wohl ein Lächeln sein sollte.

Geoffrey zitterte, und wie ein Säugling, den man der Mutter entrissen hat, wollte er anfangen zu weinen, so sah es jedenfalls aus. Gleichgültig beobachtete Gabriel ihn, während Michel den eingewickelten Leichnam auf den Burghof hinaustrug.

Ella weinte immer noch, bis Gabriel ihr erneut die Faust entgegenreckte, da verstummte sie sofort. Die dürre alte Schachtel gaffte ihn an, aber ihn kümmerte es wenig, dass die Dienstmagd sich in ihrem Kummer womöglich der Küchenmagd anvertraut hatte, denn was war das Wort der alten Schachtel schon wert verglichen mit seinem Wort? Gabriel war von edlem Geblüt, sie nur eine Bäuerin, und wenn er zu bestimmen hätte, und das würde er eines Tages, würde sie bald wieder den Rücken über den Feldern krümmen, auf die sie gehörte. Und dann würde er eine jüngere Küchenmagd einstellen, mit einem hübscheren Gesicht und von gefälligerem Wesen.

»Na los, Hänfling, dein geschätzter Onkel wünscht deine untertänige Anwesenheit.«

Geoffrey wusch sich die Hände, dann das Gesicht, doch nichts vermochte den Blutgeruch von seiner Haut zu nehmen, und weder Worte noch Gedanken konnten aus seinem Inneren das Bild von Catelines toten Augen auslöschen, die ihn immer noch anzustarren schienen.

»Ich warne dich, Hänfling, ich habe dem Herrn bereits erzählt, dass du mir alles Übel der Welt an den Hals wünschst. Übel soll es mir ergehen und verschwinden soll ich, wenn es nach dir ginge.« Gabriel lächelte und trat zurück. »Obwohl ich dir in Freundschaft die Hand reiche, auf die du nur spuckst.«

Als Antwort darauf spie ihm Geoffrey vor die Füße. Er ging

in die Halle, umgekippte Becher und Humpen und weggeworfenes Essen aus dem Weg stoßend, und er fragte sich, was die Küchenjungen von ihren Pflichten abhalten mochte.

Graf Robert saß allein in der Halle, das Gewicht der Welt lastete auf seinen Schultern. »Ihr habt mich herbefohlen, Onkel?«

»Setz dich.«

Geoffrey machte sich einen Platz frei und setzte sich hin. Er wartete einen Moment, bis sein Onkel zu sprechen anfing.

»Bald reise ich ab nach Saint Denis, um mit Philipp zu reden.«

»Philipp?«

»Dem König.«

»Oh«, sagte Geoffrey.

»Es heißt, er wünscht meinen Landbesitz als Krongut. Er hat bereits einige Ländereien im Norden in Besitz genommen und ernennt jetzt königliche Beamte als Verwalter.«

»Aber wieso?«, fragte Geoffrey. »Wieso sollte der König unser Land wollen?«

»Vielleicht liegt es daran, dass man hier so gut jagen kann. Wer außer Gott und Philipp Augustus weiß das schon? Philipp ist durchaus der Vernunft zugänglich und wird mich sicher anhören, aber ich darf meinen Besitz nicht verlieren. Die Dörfer werden größer, Geoffrey, und das wird auch in Zukunft so weitergehen. Ich kann meine Leute jetzt nicht im Stich lassen.«

Geoffrey war klar, dass er seinen Onkel lieber nicht fragen sollte, was ihm sonst noch auf der Seele lag, also schwieg er, obwohl ihm das Herz in banger Erwartung rasend schnell schlug.

»Du bist der jüngste Sohn meines Halbbruders, und mein Halbbruder war auf seine Weise ein tapferer und ehrenwerter Mann. Aber er war ein Mann der Wissenschaften und ein

Mensch von äußerster Milde, was seinen Untergang herbeiführte. Ich habe ihn davor gewarnt, zu den Waffen zu greifen, aber er hat nicht auf mich gehört. Immer wenn ich dich ansehe, Geoffrey, sehe ich meinen Halbbruder. Ich sehe Guillaume. Dich möchte ich nicht auch noch früh sterben sehen, also habe ich Folgendes beschlossen.«

Eine ganze Weile zögerte der Graf, dann sagte er schnell: »Als Mönch würde es dir besser ergehen. Als Klosterbruder vielleicht. Ich habe lange mit Abt Jean über dich gesprochen.«

»Aber ich verspüre nicht den Wunsch, …«

»Es ist die Zeit gekommen, da ich dir ein Lehen zuweisen muss. Es handelt sich um ein behagliches Haus, von dort wirst du die Arbeiten auf meinem Besitz überwachen. Ein Achtel davon überschreibe ich dir, und das ist mehr als genug für deinen Bedarf, natürlich nur für den Fall, dass du nicht heiratest. Aber als Gegenleistung verlange ich von dir, dass du dich religiösen Studien widmest.«

»Aber Onkel …«

Graf Robert brachte ihn mit einem Handzeichen zum Schweigen. »Nur erfahrene Ritter sind mir jetzt von Nutzen. Die vielen Gefolgsleute, die ich einst hatte, kann ich mir nicht mehr leisten. Alle Landbesitzer, deren Ländereien man nicht beschlagnahmt hat, alle, die gestern hier zu Gast waren, teilen meine Meinung. Es ist eine Frage der Wirtschaftlichkeit, Geoffrey.«

»Aber, aber … das hier ist mein Zuhause.«

»Ich habe alle Vorkehrungen mit Jean getroffen, und er meint, der neue Franziskanerorden könnte der richtige für dich sein. Aber bis du dich entschieden hast, ist er gern bereit, dich in den Regeln des Benediktinerordens zu unterweisen.«

Ob Franziskaner oder ein anderer Orden, das war ohne Bedeutung für Geoffrey. »Habe ich mich denn nicht als würdig erwiesen? Habt Ihr nicht gesagt, dass Mut und Loyalität …«

»Streite nicht mit mir, Geoffrey! Ich schicke Christian in die Abtei, auf die Krankenstation dort. Da wird man sich gut um ihn kümmern.«

»Ihr schämt Euch für ihn.«

»Er ist zu nichts mehr nutze, für sich selber nicht und für mich erst recht nicht.«

»Er ist als Schwachsinniger von den Kreuzzügen zurückgekehrt. Der Mann, der Eure Tochter heiraten sollte, kann das nun nicht mehr, und Ihr habt einen anderen gewählt, ist es nicht so? Wen habt Ihr jetzt dazu auserkoren, Eure Tochter zu heiraten?«

»Wen ich wähle, und wann ich wähle, das geht dich nichts an.«

»Wäre Christian nicht verwundet worden, dann würde man uns nicht auf diese Art hinauswerfen.« Er starrte seinen Onkel an, forderte ihn im Stillen dazu heraus, ihn anzulügen.

»Es ist eine Frage der Wirtschaftlichkeit!«

Geoffrey rieb sich das Gesicht. Er konnte nicht verstehen, weil er nicht verstehen wollte. »Kann ich nichts sagen oder tun, um Euch zu bewegen, Euren Entschluss noch einmal zu überdenken?«

Robert de Polignac schüttelte den Kopf.

»Dieser Ausländer, Dedwyd. Er soll mich hier ersetzen? Ihr ersetzt Euer eigen Fleisch und Blut durch fremdländisches?«

»Geoffrey, es ist schon alles schwer genug!«

Eine ganze Weile herrschte Schweigen.

»Dann erbitte ich nur noch eines von Euch«, sagte Geoffrey sanft, mit brüchiger Stimme.

Der Graf seufzte.

»Ich bitte darum, dass mein Bruder mit mir auf diesem Lehen leben darf. Er mag nicht mehr der sein, der er einmal war, aber er ist immer noch mein Bruder, und ich kann ihn nicht so einfach wegsperren lassen.«

»Das ist Wahnsinn. Du kannst dich unmöglich um Christian kümmern, studieren und über meinen Besitz wachen.«

»Und Ihr solltet inzwischen wissen, dass das Wort unmöglich immer schon eine Herausforderung war für alle, die den Namen Polignac tragen.«

»Geoffrey ...«

»Wenn meinem Wunsch nicht entsprochen wird, greife ich zu den Waffen und ziehe als fahrender Ritter durchs Land.«

Am Funkeln in Geoffreys Augen sah der Graf, dass der junge Mann es ernst meinte. »Du machst einen großen Fehler, Geoffrey.«

»Und wenn es ein Fehler ist, dann muss ich damit leben.«

»Michel wird dafür sorgen, dass ihr beide gut unterkommt, denn dein Lehen grenzt an seins.«

Geoffrey stand auf, aber sein Onkel war noch nicht fertig. »Ich schätze es nicht, wenn meine Vasallen innerhalb dieses Gemäuers ihre kleinen Privatfehden austragen, Geoffrey. Das weißt du auch.«

Gabriel, dachte er. Was für Lügen mochte er erzählt haben? »Gabriel von Lyon ist ein betrügerischer, räuberischer Unruhestifter, dessen Ehrgeiz gesunden Menschenverstand und Anständigkeit bei weitem überwiegt.«

»Er ist ein äußerst erfahrener Kämpfer. Ich brauche ihn.«

»Ihr braucht einen, der schon drei Herren vor Euch Treue geschworen hat? Zugunsten Eurer Tochter kann ich nur beten, dass Henri Dupuy nicht einer dieser Herren gewesen ist.«

Graf Robert musterte Geoffrey sorgsam. »Es kommt die Zeit, Geoffrey, da wirst du einsehen, dass meine heutige Entscheidung klug war.«

»Da muss schon eine Ewigkeit vergehen, ehe diese Zeit kommt.«

»Wie dem auch sei, es wird sich erweisen, dass ich Recht hatte. Du wirst über deine Zeit frei verfügen können, es sei denn, ich lasse dich rufen, und wenn ich dich rufe, wirst du dich unverzüglich hierher begeben. Ich hoffe, du machst klugen Gebrauch von dieser Zeit allein, Geoffrey. Und jetzt geh. Geh und hilf den anderen dabei, die Toten wegzuschaffen, und sorge dafür, dass die Dorfbewohner für ihre Mühen gestern Nacht belohnt werden.«

»Darf ich mich von Adelina verabschieden?«

»Wenn alles andere erledigt ist, ja.«

Geoffrey konnte seinem Onkel nicht sagen, dass er einen schrecklichen Fehler machte, aber wenn Gabriel von Lyon in dieser Burg blieb, würde er es früh genug bemerken. »Ich kann nicht gehen, ohne Euch zu erzählen, dass Cateline, die Dienstmagd, um ihr Leben fürchtete.«

»Weshalb?«

»Ich sage nur, dass Gabriel von Lyon nicht der ist, der er zu sein scheint. Alles Weitere würde man mir zum gegenwärtigen Zeitpunkt ohnehin nicht glauben.«

Geoffrey ging und half beim Wegschaffen der Toten und beim Fortbringen der noch nicht Toten, eine Aufgabe, bei der es Geoffrey übel wurde, die aber auf Louis und Acelin und auch auf Michel keinerlei Auswirkung zu haben schien. Und Gabriel blieb ganz bestimmt unbeeindruckt, denn er sang beim Arbeiten.

»Erzählt dem Herrn, was Ihr vergangene Nacht beobachtet habt. Ich bitte Euch, Michel. Ich meine die Sache mit Cateline. Ihr habt gesehen, wie viel Angst sie hatte. Und Ihr wart es auch, der die Blutergüsse an ihrem Hals gesehen hat.«

»Nichts habe ich beobachtet«, antwortete Michel, als er einen Leichnam bei den Füßen nahm, während Geoffrey den Mann unter den Armen packte und sie ihn dann gemeinsam auf den Rollwagen hievten. Doch Michels und Geoffreys Blicke trafen sich, und etwas Unausgesprochenes ging zwischen ihnen hin und her.

»Ihr denkt wie ich«, sagte Geoffrey.

»Ich versichere dir, Hänfling, dass Raoul sich während unserer Abwesenheit um Adelina kümmern wird. Gabriel wird ihr kein Leid tun. Das würde er nie wagen.«

»Nein, er tut Schlimmeres. Er wird sie nämlich heiraten.«

Das war nun wirklich eine Neuigkeit für Michel. »Das hat er dir erzählt?«

»O ja, das hat er mir erzählt.«

»Er zieht dich nur auf, Junge. Er zieht dich auf. So weit wird es nie kommen.«

»Er hat es ernst gemeint. Das habe ich an seinem Blick gesehen.«

»Er zieht dich auf. Jeder hier weiß, was mit dir und Adelina ist.«

Geoffrey war verblüfft. »Was meint Ihr?«

»Ich bin kein Dummkopf. Ich habe Augen im Kopf, und ich bin auch einmal jung gewesen. Du brauchst mir nicht zu glauben, wenn du nicht willst, aber es stimmt.« Michel zerrte an einem Leichnam, dem ein Pfeil im Rücken steckte. Er zog den Pfeil heraus, warf ihn zu den anderen, und dann trugen Geoffrey und er den Toten zum Rollwagen. Damit war alles erledigt.

Michel lenkte den Wagen. Geoffrey, Gabriel, Acelin und Louis ritten vor, neben und hinter dem Wagen, bis sie bei dem Stückchen Straße ankamen, das beide Herren als ihr Eigentum betrachteten.

Baudoin Dupuy saß auf seinem Pferd und sah gleichgültig zu, wie die Toten abgeladen wurden.

»Es ist noch nicht vorbei!«, rief er.

»Dann such dir eine Armee mit einem Heerführer!«, rief Gabriel lächelnd zurück. »Oder hast du nicht den Mumm, dich in einen richtigen Kampf zu begeben?« Er wendete sein Pferd und folgte den anderen nach Hause.

Geoffrey gab sich alle Mühe, Gabriel nicht zu beachten. Würde der mit seinen Quälereien denn nie ein Ende machen? »Also, Hänfling, mein kleiner gefiederter Freund, du bist mir aus dem Weg gegangen.«

Geoffrey schwieg.

»Ich höre, der Herr hat dir ein Lehen zugeteilt und obendrein noch ein ordentliches Stück Land.«

»Lass ihn in Ruhe, Gabriel«, sagte Michel, fand aber keine Beachtung.

»Sag mal, Hänfling, ist dies dein erstes Lehen? Ich besitze fünfzehn verstreut im ganzen Land mit eigenen Vasallen, die sie verwalten. Vielleicht wird ja eines Tages in naher Zukunft, nach meiner Heirat mit Adelina natürlich, dieser ganz spezielle Besitz ein Lehngut sein, das ich einem besonders getreuen Gefolgsmann übereigne ...«

»Genug«, warnte Michel noch einmal, aber Gabriel stellte sich taub.

»Vielleicht wird der Herr dir erlauben, irgendeine Magd aus dem Dorf zu heiraten. Das wäre doch nett. Aber achte darauf, dass du eine Frau wählst, die einen Kopf größer ist als du, Geoffrey, es sei denn, du willst Söhne von Zwergenwuchs. Und achte unbedingt darauf, dass sie außerdem hässlich ist. Denn von einer hübschen Frau kannst du nie und nimmer erwarten, dass sie bei dir bleibt und dass sie dir treu ist.«

Geoffrey schwieg. Wenn er nichts sagte, würde Gabriel womöglich den Spaß an der Sache verlieren und ihn in Ruhe lassen.

»Mach dir keine Sorgen, mein kleiner gefiederter Freund. Ich werde während deiner Abwesenheit ganz besonders gut auf die liebreizende Dame Acht geben.«

»Auf welche liebreizende Dame?«, fragte Geoffrey und tat gelangweilt. »Versuchst du schon, meiner Tante den Kopf zu verdrehen?«

»Ist sie hier gestürzt und angegriffen worden?«, fragte Gabriel, als sie auf den Hügel kamen, der zum Burgtor führte. Der Page auf dem Beobachtungsposten hatte bereits die Zugbrücke für sie heruntergelassen. »Dann sieht es ja wohl so aus, als hätte Jean-Pierre Dupuy einfach Pech gehabt.« Gabriel machte kehrt und ritt wieder auf die Hügelspitze, wo sein Pferd auf der Stelle tänzelte. Er rief: »Sogar ich hätte Schwierigkeiten bei solch einem Schuss, Hänfling! Vielleicht wurde ja der Bolzen allein durch die Kraft der Liebe gelenkt?«

»Lass gut sein, Geoffrey. Lass gut sein.«

Geoffrey sah Michel an, der den Rollwagen jetzt über die Brücke lenkte. Louis und Acelin schwiegen. Es ging ihnen nicht gut nach der Nacht voller Vergnügungen und voller Kampf, und auch der Blutgeruch am Morgen hatte nicht gerade dazu beigetragen, dass sich die revoltierenden Mägen der beiden beruhigten.

»Zieh die Brücke hoch«, befahl Geoffrey dem Pagen am Rad, als sie in den Burghof einfuhren. Der Junge sah hinaus. Ein weiterer Ritter, der jüngste, erste Vasall, sollte noch kommen. »Zieh die Brücke hoch!«, wiederholte Geoffrey.

Michel lachte in sich hinein, als er über den Burghof fuhr und das Klacken des Rads ihm wie ein Echo folgte.

Gabriel seufzte, als die Brücke hochging. Geoffrey zeigte sich schließlich oben auf dem Schutzwall.

»Lass sie herunter, Hänfling!«

»Was?«

»Lass sie herunter!«

»Wer da?«, rief Geoffrey und tat, als wäre er sowohl blind als auch taub, und dabei spazierte er über den schmalen oberen Rand des Walls, so wie er das als Kind immer getan hatte; damals war es Christian gewesen, den man ausgesperrt hatte.

»Du gibst einen ausgezeichneten Mönch ab, Junge, aber nur wenn die Evangelien voller Späße sind!«, rief Gabriel, als er nahe an der bodenlosen Kluft wieder aufs Pferd stieg, um auf jemanden zu warten, der die Zugbrücke herunterlassen würde. Wenn überhaupt jemand das tun würde.

Hastig wusch sich Geoffrey im Stall und ging über den Burghof in die Küche. Ella beugte sich über einen Kessel mit Eintopf. Sie sah ihn an. Ihre Nase war geschwollen und außerdem gebrochen, und Gabriels Faust hatte für Blutergüsse um die Augen gesorgt.

»Er lügt«, sagte sie. »Es ist nicht die Hand eines Bauern, die verantwortlich ist für das, was mit Cateline geschah. Verantwortlich ist einer, der bei Barbaren in die Schule gegangen ist …«

»Das weiß ich.«

»Dann musst du es Graf Robert sagen, Geoffrey. Unbedingt.«

»Das habe ich ja versucht, Ella, aber man hat ihm in den Kopf gesetzt, dass ich voller Neid und Eifersucht bin, man schenkt meinen Worten keinen Glauben. Willst du mit ihm sprechen, hast du den Mut dazu?«

Ella schaute weg und machte sich wieder daran, in ihrem Kessel zu rühren. »Was ist mein Wort schon wert?«

»Fast dein ganzes Leben lang hast du in diesem Haushalt gedient. Ich bin sicher, er würde dich anhören.«

»Und was, wenn Gabriel erfährt, dass ich beim Herrn schlecht über ihn geredet habe? Nein. Ich will lieber weiterleben.«

Geoffrey seufzte. »Du weißt doch, dass ich heute die Burg verlassen muss«, sagte Geoffrey, als Frage hatte er es kaum gemeint.

»Ja, ich weiß. Und dabei hatte ich nicht glauben wollen, dass du je fortgehen könntest. All diese Änderungen behagen mir nicht. Ich bin zu alt, um solche Dinge hinzunehmen.«

»Du wirst nie alt sein.« Aber er sah das Grau in ihrem Haar, die Falten in ihrem Gesicht, auf ihren Händen.

»Du bist mehr wie ein Sohn für Graf Robert, als ein leiblicher Sohn es je hätte sein können, aber immer hat er Christian vorgezogen. Und was hat er jetzt? Das hier, das alles hier, hätte dir gehören sollen, Geoffrey. Nicht ... nicht ... ihm. Ich weiß, was er will.«

Gabriel. Die arme Frau konnte nicht einmal seinen Namen aussprechen.

»Vielleicht könntest du mit Gräfin Marys sprechen?«, fragte Geoffrey.

Ella tat, als würde sie ausspucken. »Was glaubst du denn, wer ihr das Bett wärmt, wenn sich Monseigneur in der Abtei um sein Seelenheil kümmert? Bin ich es etwa nicht, die sie anfleht, ihr das Bett zu richten, wenn Gabriel es verlassen hat? Bin ich es etwa nicht, die angefüllt ist mit viel zu vielen von den Geheimnissen dieser Familie? Ich darf nichts gegen ihn sagen, denn er tut, was ihr Gemahl nicht tun kann oder will, und sie duldet kein böses Wort über ihn. Ich sehe, und ich höre, Geoffrey. Und so erging es auch Cateline. Gott sei Dank bin ich nicht jung und habe auch kein hübsches Gesicht, also will er mich nicht. Diese Kost, die ich hier serviere, ist meine einzige Daseinsberechtigung. Eine bessere Köchin findet sich nirgends, und das allein ist der Grund dafür, dass ich immer noch im Dienst deines Onkels bin.«

»Nein, Ella. Dafür gibt es mehr als einen Grund.«

»Hör mir gut zu, Geoffrey. Cateline trug das Kind von Gabriel von Lyon unter ihrem Herzen. Ihr Fehler war es, dass sie es ihm gesagt hat. Ich habe sie davor gewarnt, aber sie wollte nicht auf mich hören. Bald wird er unser Herr sein, Geoffrey. Das weiß ich. Das fühle ich. Und ich wäre lieber tot, als das mit anzusehen.«

Geoffrey klopfte Ella auf die Schulter und wandte sich ab.

Von der Küchentür her sah Gabriel zu. »Ist es nicht an der Zeit, dass du gehst, Hänfling? Ist es nicht an der Zeit, dass du diese Tore hinter dir lässt und nicht mehr zurückkehrst?«

»Oh, aber ich werde zurückkehren. Du wirst nicht siegen, Gabriel von Lyon.«

»Und du zirpst und flatterst umher wie ein kleines Vögelchen, federlos und im Stich gelassen.« Gabriel sprang auf die Treppe.

Geoffrey umarmte Ella. »Du versprichst mir doch, dass jemand nach mir schicken wird, wenn ich hier gebraucht werde?« Ella klammerte sich an ihn, und Geoffrey hielt sie eine ganze Weile im Arm, bevor er sie von sich schob. »Versprichst du mir das?«, fragte er.

Sie nickte und ging wieder an ihre Arbeit.

Langsam ging Geoffrey über die Treppe in die Halle, so als wäre es das letzte Mal. Küchenjungen, die eigentlich aufräumen sollten, ahmten die Festlichkeit vom vergangenen Abend nach. Sofort hielten sie inne, als Geoffrey durch die Halle ging und weiter die Treppe hinaufstieg. Bald hörte er wieder das Gelächter, als ihr Spiel von neuem begann.

Eine ganze Weile stand er vor der Tür zu Adelinas Zimmer, ehe er um Einlass bat. Gräfin Marys saß am Bett und nähte. Sie sah Geoffrey an und schaute dann schnell wieder weg. Seine Kleidung war blutbefleckt, aber seine Hände waren rein. Geoffrey musterte seine Tante und mochte es nicht für möglich halten, dass sie so wissend, so offen mit Gabriel gesündigt hatte.

»Es geht ihr besser«, sagte Marys.

Adelina lag da wie zuvor, bedeckt bis zur nackten Schulter, ihr flammendrotes Haar ergoss sich über die Kissen. Da wurde Geoffrey zum ersten Mal bewusst, wie schön sie war. Wieso war ihm das vorher nie aufgefallen? »Ich möchte mich von Adelina verabschieden«, sagte er leise, und er hoffte, Gräfin Marys würde die Aufrichtigkeit in seinen Augen sehen und ihn mit Adelina allein lassen, nur kurz. Denn jetzt lange mit ihr zusammen sein, das könnte er nicht ertragen.

Geoffreys Tante legte ihre Näharbeit zur Seite. »Es gibt nichts, was ich gegen die Wünsche meines Gemahls tun kann, Geoffrey. Ich muss ihm gehorchen.«

Dann seid Ihr voller Widersprüche, dachte Geoffrey. »Ich möchte Euch nur um eines bitten, Madame. In all der Zeit, in der ich hier lebte, habe ich Euch nie um etwas gebeten.«

»Sprich.«

»Ich möchte mich gern allein von Adelina verabschieden.«

»Sie hört niemanden, Geoffrey.«

»Mich wird sie hören«, entgegnete er.

Dem flehentlichen Blick von Geoffreys schönen Augen hatte Gräfin Marys noch nie gut widerstehen können, wenn dieser Blick in seiner Kindheit auch noch weit intensiver gewesen war.

Geoffrey blieb stehen, bis die Lady das Schlafgemach verlassen hatte. Die schwere Tür machte sie nicht zu. Geoffrey wartete, bis ihre Schritte verhallten, dann schloss er sie. »Ihr könnt die Augen jetzt aufmachen. Eure Mutter ist fort.«

Adelina öffnete die Augen. Da war Geoffrey und saß an ihrem Bett. »Du hast gewusst, dass ich gar nicht schlafe, dass ich nur so tue als ob?«, fragte sie, und ihre schwache Stimme war kaum mehr als ein heiseres Flüstern.

Er nickte, sein Gesicht war ernst und strafte so seine innersten Gefühle Lügen. Heute sah sie etwas besser aus, wenn auch ihre Lippen völlig ausgetrocknet und eingerissen waren. Geoffrey goss etwas Wasser ein, hob ihren Kopf ein wenig und bot es ihr an. Gierig trank sie und verschluckte sich. Als sie hustete, befleckte Blut die Bettdecke. Geoffrey legte sie wieder zurück. Ihre vom Würgen geröteten Augen starrten jetzt durch ihn hindurch, als wollte sie die Gedanken geradewegs aus seinem Kopf pflücken. »Wo ist Christian?«, fragte sie.

»In seinem Zimmer.«

Ihre Augen überschatteten sich, als die Erinnerung zurückkehrte. »Ich weiß noch, dass ich ihn gesehen habe, Geoffrey. Ich weiß noch, dass ich im Burghof auf ihn wartete. Ich war sehr aufgeregt, dass ich ihn nun wiedersehen sollte, denn ich wusste ja, dass ich ihn heiraten sollte. Aber dann sah ich ihn. Ich sah, was aus ihm geworden war. Ich weiß noch, wie ich dachte, das kann doch nicht sein, er sollte mich doch heiraten. Und dann bin ich gerannt. Ich rannte so weit und so schnell ich konnte. Ich musste dich finden, denn ich konnte an keinen anderen denken. Ich war im Wald, tief im Wald, versuchte gerade, wieder ruhig zu atmen, als er kam. Er war riesig, Geoffrey, so riesig. Er wusste, wer ich bin, aber ich hatte ihn nie zuvor gesehen. Der Blick in seinen Augen gefiel mir gar nicht, Geoffrey. Die Art, wie er mich anstarrte, gefiel mir nicht. Das hier hat er mir zugefügt, als er mich schlug.« Sie legte sich die Hand an die Schulter und stöhnte auf, denn schon eine leichte Bewegung war verbunden mit qualvollem Schmerz. »Ich wehrte mich so gut ich konnte, aber ich hatte kein Schwert. Wenn ich ein Schwert gehabt hätte … ich dachte, ich müsste sterben. Ich habe ihn verwundet, und dann bin ich geflüchtet. Er ist hinter mir her, seine Wut beflügelte seinen Schritt. Er holte mich wieder ein, und ich sah ihm in die Augen. Ich war sein Feind, obwohl er mich nie zuvor gesehen hatte. Ich wollte nur noch sterben und dem Hass in seinen Augen entkommen. Wie konnte er mich nur so hassen? Er kannte mich doch gar nicht!«

Geoffrey starrte auf seine Hände. »Der Name, den Ihr tragt, hat seinen Hass geschürt. Der Name war es, nicht Ihr.«

»Aber wieso?«

»Es sind schon Kriege um weniger geführt worden.«

»Aber wieso?«

Geoffrey schwieg. Er berührte ihre Hand.

»Cateline hat gesagt, du hast mich gerettet.«

»Nicht ich allein. Euer Vater war auch dort.«

»Wo ist sie?«, fragte Adelina. »Wieso ist Cateline nicht hier? Wieso will mir denn keiner sagen, wo sie ist?«

Geoffrey schaute ihr in die Augen und erwiderte leise: »Cateline ist tot, Adelina. Es ist vergangene Nacht passiert.«

Adelinas Gesicht wurde noch bleicher. Tränen stiegen ihr in die Augen. Er musste sich abwenden.

»Aber wie? Ist sie auf der Treppe gestürzt? War es die Treppe? So oft habe ich ihr schon gesagt, gib Acht auf der Treppe, Cateline …«

»Es war kein Treppensturz, Adelina.«

»Aber was ist passiert?«

»Bitte, Mademoiselle, das kann ich Euch nicht sagen. Vielleicht erzählt es Euch jemand, wenn Ihr erst wieder kräftiger seid.«

»Sie ist im Kampf getötet worden?«

»Ihr wisst, was vergangene Nacht passiert ist?«

»Ich habe es gehört. Ich wollte aufstehen, aber Michel ist gekommen, und dann weiß ich nichts mehr …«

»Vieles ist passiert am gestrigen Tag«, sagte Geoffrey.

»Es hat einen Kampf gegeben, und ich habe ihn verpasst«, flüsterte sie.

»Dafür solltet Ihr dankbar sein.«

»Aber wieso hat es denn einen Kampf gegeben? Haben sich die Gäste hier nicht wohl gefühlt?«

»Doch, doch. Die Gäste haben sich sehr wohl gefühlt. Es hat ein recht fröhliches Fest gegeben.«

»Was dann? Sag es mir.«

»Jean-Pierre Dupuy, der Mann, der mit Euch im Wald war. Er wurde getötet. Den Überfall vergangene Nacht hat sein Bruder Baudoin befohlen. Es war ein Racheakt.«

Adelina konnte das nicht begreifen. Die Gedanken wirbelten ihr im Kopf herum. Eine ganze Weile schwieg sie. Schließlich fragte sie: »Und wie viele haben ihr Leben verloren?«

»Es gab zweiunddreißig Tote auf Seiten der Dupuys. Bei uns zehn. Elf, wenn eine Hure mitzählt.«

»Und Cateline? Sie ist dann die zwölfte?«

Auf einmal fühlte sich Geoffreys Mund ganz trocken an. Lügen konnte er nicht, also nickte er einfach nur. Niemals sollte sie erfahren müssen, was mit Cateline geschah. Sie weinte jetzt, weinte um ihre Dienstmagd, weinte um ihre Freundin.

Adelina drückte ihm die Hand, und Geoffrey ließ zu, dass sie seine Hand an ihr Gesicht führte. Ihre Tränen brannten auf seiner Haut. Er hatte keine Ahnung, wie er ihr sagen sollte, dass er gehen müsse, aber er wusste, dass die Zeit dazu nun gekommen war.

»Adelina, ich bin gekommen, um Euch Lebewohl zu sagen.«

Beinahe versiegten ihre Tränen. Beinahe.

»Euer Vater hat mir ein Lehen am Rande des Dorfes zugeteilt. Ganz in der Nähe von Michels Lehngut, und gutes Land ist es auch. Ich gehe noch heute, und ich nehme Christian mit mir.«

»Dann werde ich mit dir gehen.«

»Das könnt Ihr nicht. Euer Platz ist hier.«

»Dann werde ich es nicht erlauben. Wenn ich nicht mit Euch gehen kann, dann dürft Ihr auch nicht fort.«

»Euer Vater hat es befohlen.«

»Ich habe keine Angst vor meinem Vater. Ich werde ihm sagen, dass ich dich als meinen persönlichen Vasall wünsche. Nur dich allein, und deshalb musst du bleiben.«

»Alle Vorkehrungen sind bereits getroffen.«

»Ich rede mit ihm, Geoffrey.«

Wenn der Graf sich einmal etwas in den Kopf gesetzt hatte, so wusste Geoffrey, würde nichts ihn dazu bewegen, seine Meinung zu ändern. Nichts. Und ganz bestimmt nicht die flehentlichen Bitten seiner Tochter.

»Und wenn ich nun gehen wollte, würdet Ihr dann immer noch darauf bestehen, mit Eurem Vater zu sprechen?«, fragte Geoffrey.

Sie runzelte die Stirn und sah ihn an. »Wie kannst du sagen, dass du gehen willst, wo ich doch an deinen Augen ablesen kann, dass dies nicht dein Wunsch ist?«

»Bitte, Adelina, macht es nicht noch schwerer, als es ohnehin schon ist. Denn wenn ich auch körperlich nicht mehr anwesend bin, heißt das doch nicht, dass ich nicht im Geiste bei Euch bin. Ihr werdet immer in meinen Gedanken sein, ganz gleich, wo ich bin oder was ich auch tue. Meine Tür wird Euch immer offen stehen.«

»Du darfst nicht gehen, Geoffrey! Du darfst mich nicht allein lassen!«

»Raoul wird hier sein.«

»Raoul? Raoul? Das ist doch bloß ein hässlicher, griesgrämiger alter Mann!« Die Tränen standen ihr wieder in den Augen, und sie wandte das Gesicht ab, dann entließ sie ihn mit einem »Ach, dann geh doch. Geh!«.

»Ich werde für alle Zeiten Euer Freund und Diener sein.«

»Ich will dich weder als Freund noch als Diener!«, rief sie, und die Tränen liefen ihr übers Gesicht.

»Wäre ich nicht Euer Freund und Diener, dann hätte ich Euren Vater wohl schon längst ins Bild gesetzt über Eure Eskapaden!«

»Meine Eskapaden?«, fragte sie und wandte sich ihm wieder zu.

»Jawohl, Eskapaden. Die Stechpuppe, die Armbrust, die Euch das Leben hätte kosten können. Das Schwert und die

Kleidung, die Ihr mir gestohlen habt. Habt Ihr vielleicht gedacht, ich wüsste nichts davon? Muss ich noch weiterreden?«

»Aber ich bin jetzt eine Dame«, versuchte sie es mit großen Augen und unschuldigem Blick, was bei vielen wirkte, aber nie bei Geoffrey. Das merkte sie bald. »Du kannst nicht fort, denn dies ist dein Zuhause.«

»Was ist schon ein Zuhause? Doch nur Wände und ein Dach, um den Regen abzuhalten. Meine Tür steht Euch immer offen. Ruht Euch jetzt aus, Ihr müsst wieder zu Kräften kommen. Bald sehen wir uns wieder.«

»Nein. Ich will jetzt Christian sehen. Ich wünsche mit ihm zu sprechen. Er soll mein Ehemann werden. So wurde es bestimmt.«

»Er kann nicht sprechen, und heiraten kann er auch niemanden mehr. Er erkennt keinen.«

»Ich wünsche mit ihm zu sprechen!«

»Ihn zu sehen würde Euch nur verstören.«

»Er ist noch derselbe, der mich früher immer aufgezogen hat. Er ist einfach nur eingeschlossen in eine Kammer des Schweigens. Und ich habe den Schlüssel.«

»Jetzt redet Ihr irre.« Geoffrey stand auf. »Aber wenn es Euer Wunsch ist, kann ich es Euch schließlich nicht abschlagen. Ich werde ihn zu Euch bringen, aber dann muss ich gehen.«

»Geh nicht! Ich bitte dich, geh nicht!«

»Es bleibt mir keine andere Wahl«, sagte Geoffrey mit zitternder Stimme. Er konnte ihr nicht in die Augen schauen.

»Schickst du nach meinem Vater, damit ich mit ihm reden kann?«

»Euer Vater ist beschäftigt. Das kann ich nicht tun.«

Geoffrey ging zur Tür und legte die Hand auf den Griff, um sie aufzuziehen. Er hielt inne und schloss die Augen, als er hörte: »Was habe ich denn noch, wenn du nicht mehr da bist?«

Er wandte sich zu ihr um. »Ihr habt mir schon viel zu lange damit in den Ohren gelegen, Adelina, wie sehr Ihr Euch danach sehnt, Euren Mut und Eure Kühnheit unter Beweis zu stellen.«

»Aber hier geht es doch nicht darum, sich mutig dem Feind zu stellen, Geoffrey. Ohne dich habe ich niemanden. Da ist niemand außer dir.«

»Ihr seid jung und schön, und ehe Ihr es Euch verseht, wird so manch einer um Eure Hand anhalten.«

»Nein! Ich will keinen außer dir!«

Noch nie vorher hatte Geoffrey einen solch jammervollen Aufschrei aus ihrem Mund gehört. Keine Wunde war schuld daran, auch nicht verletzter Stolz, und er entstammte auch nicht einem launischen Wutanfall. Geoffrey ging zum Bett zurück, setzte sich darauf und hielt Adelina fest an sich gedrückt. Es war ihm kaum bewusst, dass er, würde man ihn in diesem Moment ertappen, reichlich Schwierigkeiten bekäme. Sein Herz war ganz leer. »Ich komme zurück, Kleines. Ganz bestimmt.«

KAPITEL ACHT

»Steh auf, Bruder.«

Christian stand auf. Geoffrey hielt ihm die Hand hin, und in Christians glanzlosen Augen zeigte sich Verwirrung, bis sich Geoffreys Finger um seine Hand schlossen. »Komm, Bruder. Wir müssen fort.«

Christian brummte und runzelte die Stirn. »Ja, ich weiß, wie du dich fühlst, aber hier können wir nicht mehr bleiben. Jetzt gibt es nur noch uns zwei. Nur dich und mich, so wie es ganz früher auch schon einmal war. Da war ich ein kleiner Junge, und du hast mich bei der Hand genommen. Jetzt nehme ich dich bei der Hand.«

Christian brummte und setzte sich auf die schmale Bettstatt. Standhaft weigerte er sich zu gehen. Geoffrey seufzte und hockte sich hin. »Ich weiß, du denkst, diese Burg ist unser Zuhause, aber das ist sie nicht mehr, Christian. Hörst du mich? Verstehst du mich? Wir müssen fort. Wenn du nicht mit mir kommst, wird der Onkel dich in die Abtei schicken, und da wirst du dann den Rest deines Lebens bleiben, weggesperrt in eine dunkle Kammer, noch kleiner als diese.«

Doch Christians Augen zuckten nicht einmal.

Geoffrey seufzte. »Willst du das denn wirklich? Würdest du nicht lieber mit mir kommen, dahin, wo du endlich wieder einmal die Sonne auf deinem Gesicht spüren könntest? Du kannst den Leibeigenen bei der Bestellung unserer Felder zusehen. Du betrachtest die hübschen Gesichter der Mädchen bei der Arbeit, und wer weiß, lieber Bruder, womöglich stelle ich eine hübsche Kleine ein, die sich um dich kümmert. Ganz allein um dich. Wäre das nicht schön?«

Christian wandte leicht den Kopf ab. Lag da der Anflug eines Lächelns in seinen Augen?

Das ließ Geoffrey hoffen. »Für dich werde ich das hübscheste Mädchen aus dem ganzen Dorf wählen.«

Der Laut, den Christian diesmal von sich gab, war unmissverständlich.

»Aha, du willst also lieber selber wählen?«

Christian sah seinen Bruder an. Seine Augen waren feucht und voller Gefühle, die er nicht ausdrücken konnte. Er blinzelte, brummte, aber diesmal, so schien es, als Ausdruck von Zufriedenheit.

»Steh jetzt auf. Mademoiselle Adelina wünscht deine Anwesenheit. Du weißt ja noch, wie sie früher als Kind war, ein kleiner Unruhestifter, voller Launenhaftigkeit. Und launenhaft ist sie noch immer; zuweilen kann sie ziemlich unangenehm werden, aber sie wird auf ewig unsere Herrin bleiben, und sie wünscht dich zu sehen, ehe wir die Burg verlassen.«

Langsam streckte Christian die Hand aus und berührte das Haar seines Bruders. Dann deutete er schließlich auf die nicht angezündete Fackel, die in ihrer Halterung bei der Tür hing. Im ersten Moment verstand Geoffrey nicht. Aber nur im ersten Moment. »Ach. Ja, das stimmt. Das ist sie, die Frau mit dem feurigen Haar und einem ebensolchen Herzen.«

Ohne sich noch einmal bitten zu lassen, stand Christian auf, und auch Geoffrey erhob sich. Auf dem Weg zu Adelinas Schlafgemach ging Christian langsam, wie ein kleines Kind, nahm vorsichtig eine Treppenstufe nach der anderen, und die ganze Zeit hatte Geoffrey voller Traurigkeit damit zu kämpfen, dass dieser Bruder, der einst so stark, so freundlich und so furchtlos gewesen war, jetzt nichts weiter war als ein … ein … kein Wort vermochte es auch nur annähernd zu beschreiben.

Adelina war allein und lag in leichtem Schlaf, als Geoffrey seinen Bruder in den Raum führte. Sofort wurde sie wach und drehte sich zur Tür. War das wirklich derselbe Mann, an den sie sich noch aus der Kinderzeit erinnerte? War das wirklich der gut aussehende, starke Christian?

»Komm näher«, sagte sie und zog sich die Bettdecke bis ans Kinn. Sie versuchte, sich höher im Bett aufzusetzen, und Geoffrey, immer bemüht um sie, half ihr dabei. Sie konnte seine Hilfe nicht zurückweisen, denn es tat einfach zu weh, sich allein zu bewegen.

Christian blieb bei der Tür stehen und starrte auf seine Füße. Gelegentlich schoss sein Blick zu Adelina, aber was in seinem Kopf vor sich ging, würde keiner je wissen.

»Weiß er, wer er ist?«, fragte sie Geoffrey.

»Ich glaube, er versteht alles, was gesagt wird, und das meiste von dem, was nicht gesagt wird.«

»Tritt näher, Christian.«

Er gab einen Laut von sich und wandte den Blick ab. Angst und Entsetzen spiegelten sich darin. Geoffrey nahm ihn bei der Hand und zog ihn, gegen seinen Willen, zu Adelinas Bett.

»Wieso hat er denn Angst vor mir?«, fragte sie.

»Er wusste doch, dass er bei seiner Rückkehr Euer Gemahl werden sollte. Jetzt schämt er sich für das, was aus ihm geworden ist.«

»Setz dich, Christian. Du darfst dich setzen«, sagte sie sanft und versuchte zu lächeln. Das wäre ihr leichter gefallen, hätte sie nicht solche Schmerzen gehabt. Christian schüttelte Geoffreys Hand ab und schlurfte zu dem Hocker neben Adelinas Bett. Da setzte er sich dann, aber seine Bewegungen erinnerten an die einer Marionette, deren Fäden jeden Moment reißen könnten. Und Adelina wollte schier das Herz brechen, als sie ihn so sah. Obwohl sie sich alle Mühe gab, gelang es ihr nicht, sich vorzustellen, wie er sich wohl tief im Innern fühlen mochte. Wenn ich an seiner Stelle wäre, dachte sie, würde ich sterben wollen. Ich würde eine Möglichkeit finden, mich umzubringen und die Qualen zu beenden.

Christian hielt den Blick weiterhin gesenkt, wie ein Leibeigener, den ein Adliger angesprochen hat, und beinahe so, als fürchte er sich vor dem, was bei dem einseitigen Gespräch herauskommen könnte.

»Du hast keinen Grund, dich zu schämen. Du bist jetzt hier bei mir.«

Immer noch starrte er auf seine Füße.

»Was ist mit dir geschehen?«, fragte Adelina mit zitternder Stimme und brennenden Augen.

Geoffrey schwieg. Vielleicht hatte Adelina ja Recht gehabt, als sie vorhin sagte, Christian sei einfach nur eingeschlossen in eine Kammer des Schweigens und sie habe den Schlüssel. Da lag ein Ausdruck jetzt in seinen Augen. Gefühl.

»Christian? Ich spreche mit dir. Wenn ich mit dir spreche, musst du mich ansehen.«

Er sah ihr in die Augen. Enttäuschung zeigte sich in seinem Gesicht, Tränen traten ihm in die Augen. Den Mund hatte er fest zusammengepresst, und die Hand hatte er zur Faust geballt, wie Geoffrey sehen konnte. »Ja, ich weiß, du verstehst mich und kannst nichts tun. Ach, Christian. Ich kann höchstens ahnen, was du hast erleiden müssen. Aber du sollst wissen, dass es stimmt, was der Papst gesagt hat, dass du deinen wahren Lohn im Himmel erhältst.«

Geoffrey war erschüttert. Jetzt sprach Adelina sogar schon vom Himmel? Was genau, so fragte er sich, mochte Jean-Pierre Dupuys Krummschwert nur angerichtet haben?

Wieder gab Christian einen Laut von sich, einen Laut schierer Verzweiflung. Eine Träne rollte ihm übers Gesicht. Adelina berührte seine Hand. »Ich werde immer deine Freundin sein«, sagte sie sanft, hob seine Hand und küsste sie. Er sah sie wieder an, und unter Mühen streckte er langsam die rechte Hand aus und berührte ihr Haar. Geoffrey, der ganz gerührt war, erahnte fast ein Lächeln auf den Lippen seines Bruders: ein Lächeln unter Tränen, wie er es noch nie gesehen hatte.

Adelina schaute zu Geoffrey. Auch sie weinte fast. Hatte er ihr denn nicht prophezeit, dass sie Christians Anblick zu sehr erschüttern würde? Wann, wenn überhaupt, würde sie ihm je ein Wort glauben?

»Es ist besser, ihr geht jetzt«, sagte sie mit schwankender Stimme.

»Komm, Bruder, wir müssen fort.«

Christian, immer noch die Hand an Adelinas Haar, rührte sich jedoch nicht. »Christian, wir müssen fort.«

Geoffrey legte seinem Bruder die Hand auf die Schulter und spürte, wie er sich sofort verkrampfte. »Komm«, sagte er sanft. Es schien, dass Christian auf harsche Stimmen nicht gut reagierte. Er ließ Adelina los und versuchte verzweifelt zu sprechen, aber die Worte wollten nicht kommen. Geoffrey führte ihn zur Tür und legte ihm die Hand auf den Kopf, damit er sich bückte beim Durchgehen, denn ständig stieß er sich den Kopf an den niedrigen Türen.

»Wahrscheinlich haben wohl«, sagte Geoffrey und drehte sich zu Adelina um, »die Mauren nur hohe Türen.« Er gab sich große Mühe zu lächeln. »Manchmal vergisst er einfach, wo er ist.«

Sie schwieg. Sie hatte sich damit abgefunden, dass Geoffrey tatsächlich endgültig fortging.

»Auf Wiedersehen, Mademoiselle.«

Adelina drückte ihr Gesicht in die Kissen, und Geoffrey schloss die Tür, damit er ihr Weinen nicht hörte. Aber Christian starrte ihn an. »Ja, ich weiß«, sagte Geoffrey und stimmte allem zu, was hinter Christians Augen lauern mochte. Er streckte die Hand aus, um Christian beim Arm zu nehmen, aber der gab einen Laut von sich, den Geoffrey inzwischen als Nein zu deuten gelernt hatte. Wollte er Ja sagen, klang der Laut irgendwie anders. »Wie kommt es nur, dass du nicht sprechen kannst und wir uns trotzdem wieder streiten?«

Geoffrey folgte ihm die Wendeltreppe hinunter, einen langsamen Schritt nach dem anderen.

Unten an der Treppe wartete Gabriel, ihm zur Seite sein gedrungener, frohgemuter Bogenschütze. »Hänfling. Schwachkopf«, sagte er zur Begrüßung.

Geoffrey versuchte, Gabriels nur mühsam unterdrücktes Feixen zu ignorieren. »Freue dich nur nicht zu sehr, Gabriel von Lyon, denn morgen könntest vielleicht schon du an der Stelle meines Bruders sein.« Zu dem Bogenschützen sagte er: »Auf Wiedersehen, Dedwyd. Du hast gestern Nacht gut gekämpft an meiner Seite. Ich hege keinen Groll gegen dich.«

Gabriel flüsterte seinem Gefolgsmann etwas zu, und in die Augen des kleinen Mannes kam Leben. Hastig erwiderte er etwas, das Gabriel übersetzte. »Er wünscht dir ein langes, erfolgreiches Leben. Der Narr ist immer schon Optimist gewesen.« Gabriel verabschiedete sich nicht, genauso wenig wie Geoffrey. Als Geoffrey und Christian die Treppe freigegeben hatten, machten sich Gabriel und Dedwyd auf den Weg in ihre Zimmer.

Michel würde, so wusste Geoffrey, auf dem Burghof warten, denn er war auf dem Weg zu seiner Familie und begleitete ihn und Christian. Louis, Acelin und Raoul warteten ebenfalls. Raouls Arm war mit einem blutdurchtränkten Lappen verbunden. Er sah krank aus.

»Auf Wiedersehen, Louis.« Die Umarmung war schnell, herzlich, Wangen berührten sich. Nur aus Verlegenheit wurde Christian nicht mit einbezogen. Es war wohl so, dass Louis nicht wusste, was er sagen oder tun sollte. »Und du, Acelin, wirst noch bezahlen für das, was du mir vergangene Nacht angetan hast.«

»Aber bezahlt habe ich doch schon, Geoffrey. Sie hat uns eine ganz schöne Summe gekostet.« Noch eine Umarmung, zärtlicher und fester als die vorherige.

»Teuer bezahlt hat ja wohl nur sie.« Darauf sagte Acelin nichts.

»Diene meinem Onkel gut, ich fürchte nämlich, es wird bald Ärger geben«, sagte Geoffrey zu Raoul, der aufstehen wollte. »Nein, nein, vergeude deine Kräfte nicht. Die wirst du dringend nötig haben und noch viel mehr, um mit Adelina Schritt zu halten. Solltest du mich brauchen, du weißt ja, wo ich bin.«

»Pass gut auf dich auf, Hänfling.«

Geoffrey führte seinen Bruder zur Küche. Er sah Ella an. »Vergiss nicht, was gesprochen wurde, denn ich habe die Wahrheit gesagt.«

Ellas Augen umwölkten sich, aber sie wischte sich das Gesicht kräftig am Ärmel ab und machte sich wieder an die Arbeit.

Zum Schutz vor der Sonne hielt sich Christian die Hand vor die Augen und schaute weg, als er an seiner Tante und seinem Onkel vorbeiging.

»Das wird Geoffrey im Leben nicht schaffen«, sagte Gräfin Marys, als sie sah, wie Michel und Geoffrey Christian auf den Karren halfen.

»Ich fürchte, das wird er sehr wohl, Frau«, sagte der Graf, als Geoffrey zu ihnen zurückkam.

»Monsieur«, sagte Geoffrey und wusste nicht, ob er seinen Onkel umarmen sollte. Alle hatten sich versammelt, alle außer Gabriel, Dedwyd, Ella und Adelina. Geoffrey sah hoch zu Adelinas Fenster, und einen Moment lang dachte er, er hätte sie gesehen. Vielleicht brauchte er das ja. Da wurde er umarmt, sehr fest.

»Gott sei mit dir«, sagte Graf Robert.

»Auf immer und ewig«, erwiderte Geoffrey mit angedeutetem Lächeln. »Und mit Euch.« Denn Ihr werdet alle nur denkbare göttliche Hilfe brauchen, um Euch des feindlichen Dolches zu erwehren, der bereits im Herzen Eurer Familie liegt, fügte er in Gedanken hinzu. Dann sah Geoffrey zu seiner Tante hinüber. Ihre Augen waren feucht, aber ihr Gesicht, wie immer, ausdruckslos. Das überraschte ihn nicht, denn nur selten zeigte sie Gefühle, und wäre das jetzt anders gewesen, hätte ihn das beunruhigt.

»Die Zeit kommt, Madame, da wir alle unsere eigene Wahrheit und Stärke finden müssen«, sagte Geoffrey sanft. »Ihr seid wie eine Mutter für mich gewesen, und ich bin dankbar, dass ich gute Erinnerungen mit ins Grab nehmen werde.« Lange umarmte Gräfin Marys ihn innig, die Augen hatte sie fest geschlossen, ihre Unterlippe bebte.

Geoffrey machte sich los, solange er es noch konnte, und ging zu seinem Pferd, das hinter dem wartenden Karren angebunden war – einem Karren, der mit seinen wenigen Habseligkeiten beladen war. Ihm fiel auf, dass auch Nahrungsmittel, Geschirr, Bettzeug und Ähnliches auf dem Wagen lagen. Er sah zur Küchentür. Da stand Ella, eine Kelle in der Hand und Tränen in den Augen, Tränen, die er nicht sah, aber deutlich spürte. Geoffrey band das Pferd los und stieg auf. Er sah nicht zurück, als das Tor aufging und die Brücke heruntergelassen wurde.

Graf Robert sah seiner Frau ins Gesicht und erkannte Tränen. Das letzte Mal hatte sie in der Nacht von Adelinas Geburt und dem Tod ihrer Schwester geweint. Er sagte: »Weine nicht, Marys. Vertraue meiner Entscheidung.«

Gräfin Marys sah auf und schaute ihrem Mann in die Augen. Jegliche Traurigkeit war inzwischen der Wut gewichen. »Möge dich der Geist von Guillaume bis in alle Ewigkeit heimsuchen für das, was du gerade getan hast. Geoffrey ist nicht wie dein Bruder, Robert. So ist er nie gewesen. Geoffrey hat Anstand und Courage, aber jetzt hat er gar nichts mehr. Sogar seinen Stolz hast du ihm genommen. Was soll jetzt aus den beiden werden? Was soll aus ihnen werden, wenn Philipp Augustus unsere Ländereien beschlagnahmt? Was soll aus unseren Leuten werden?«

»Philipp Augustus wird unser Land nicht beschlagnahmen.«

»Und du verspottest Geoffrey, weil er angeblich ein Träumer ist? Greif nach den Sternen, Robert. Deine Chance, einen Stern zu fassen zu bekommen, ist größer, als diesen arroganten Widerling Philipp zu überreden, uns in Ruhe zu lassen.«

»Ich werde mit ihm reden.«

»Ich sähe es lieber, wenn du ein Bündnis mit Dupuy eingehen würdest, als noch mehr Steuern an Philipp zu zahlen, der uns unser Land stiehlt.« Damit wandte sich Graf Roberts Gemahlin zum Gehen.

Der Graf rieb sich den Bart und fragte sich, wer seiner Frau solche Gedanken in den Kopf gesetzt haben mochte. Erst in dem Augenblick nahm er die herumstehenden und zuhörenden Dienstboten wahr. »Marsch, zurück an die Arbeit!« Dem barsch herausgebrüllten Befehl wurde sofort Folge geleistet. Nur eine gehorchte nicht sofort, die Waschfrau, Catelines Mutter. Der Graf ging auf sie zu, aber da wandte sie sich schnell ab und flüchtete.

»Herr?«, fragte Ella, als ihr Herr die Küche betrat. Er war besorgt, in grüblerische Gedanken vertieft. Er sah sie an und schaute dann auf das, was sie zum Abendessen vorbereitete. Er ging zum Rost, wo die Vögel aufgespießt waren und langsam über dem Feuer brieten, und von da ging er die zwei Stufen hoch zur Kammer der Dienstmagd. Auf dem Gang war es dunkel, sehr dunkel. Er kam zurück, zündete eine Fackel am Kaminfeuer an und benutzte sie als Licht.

Seit Geoffreys Worten an diesem Morgen war Unruhe sein ständiger Begleiter. Eine Unruhe, die im Laufe des Tages stetig zunahm. Die Ursache dafür kannte er nicht genau, bis er die verängstigte Mutter des ermordeten Mädchens gesehen hatte. Wie er so dastand und den Kopf gesenkt hielt, denn aufrichten konnte er sich nicht, fiel ihm wieder in aller Deutlichkeit ein, dass Gabriel gesagt hatte, er allein habe die Treppe verteidigt. Der Graf stand in dem beengten, voll gestellten Gang, der zu Catelines Kammer führte. Es gab ja kaum genug Platz hier, sich aufrecht hinzustellen geschweige denn ein Schwert zu führen. Und Spuren von Blut entdeckte er weder auf dem Boden noch an den Wänden. »Ella!«

Sofort reagierte sie auf den Ruf. »Herr?«

»Sind die Binsen ausgewechselt worden?«

»Heute Morgen.«

»Sind die Wände mit Wasser abgewaschen worden?«

»Ja, Herr. Das hat Monsieur Gabriel angeordnet.«

»Und das hast du gemacht?«

»Er hat die Küchenjungen dazu eingeteilt.«

»Bring sie her.«

Ella rief nach den Jungen, und gemeinsam traten sie in Catelines winziger Kammer vor den Herrn. Beide zitterten vor Furcht, ihnen war nicht klar, was sie diesmal angestellt haben mochten.

Mit aufgerissenen Augen sahen sie sich an. »Das war doch wahrlich ein furchtbarer Anblick, nicht? Da ist doch viel Blut gewesen, hier in der Kammer. Und auf dem Gang auch, denke ich mir«, sagte der Graf.

»Ja, Herr, sehr viel«, sagte der eine. Der andere Junge schwieg.

»Das muss ein heftiger Kampf gewesen sein auf diesem beengten Raum.«

»Ja, Herr. Gabriel hat sehr gut gekämpft.«

»Und womit hat er gekämpft, und wie viele Eindringlinge sind es gewesen?«

»Er hat mit seinem Schwert gekämpft, und da waren ... da waren ...«, zögerte der Junge und versuchte, sich zu erinnern. »Drei? So viele.« Das Kind hielt drei Finger hoch.

»So viele?«, fragte der Lord überrascht. Er wandte sich dem kleineren Jungen zu, der bis jetzt noch kein Wort gesagt hatte. »Und wieso sagst du denn gar nichts?«

»Er hat eine Zunge, aber die macht kein Geräusch.«

Der Lord sah ihn an und seufzte, und er dachte: Und wenn du reden könntest, mein Kleiner, würdest du bestätigen, was dein Freund gerade gesagt hat? »Geht jetzt.«

Sofort liefen die Jungen davon, und Graf Robert trat wieder aus dem schmalen Gang. Ella steckte bis zu den Ellenbogen im Teig. »Wie viele Angreifer sind bis dort hinten vorgedrungen?«

Mit wild pochendem Herzen antwortete Ella: »Drei, Herr.«

»Und hast auch du gesehen, wie Gabriel sie getötet hat?«

»Zwei auf der Treppe, ja, Herr«, flüsterte Ella, obwohl ihr vor Wut die Hand zitterte. Sie hatte keine andere Wahl, sie musste zustimmen, denn Gabriel hatte gelobt, er würde sie blenden und sie von der Zugbrücke werfen, wenn sie seinem Befehl zu lügen nicht gehorchte.

Graf Robert schien zufrieden, und bald zog er ab.

Ella hämmerte auf den Teig ein, und dabei stellte sie sich vor, es sei Gabriels Gesicht, dann hielt sie plötzlich inne. Sie erinnerte sich an die Kräuter von damals, die immer noch in dem kleinen Krug versiegelt waren, der irgendwo ganz hinten auf dem Regal bei den anderen Krügen stand.

Ella legte den Brotteig in die Eisenkiste und stellte sie in die

Glut. Sie spürte nichts, als Hühnerfett auf den heißen Deckel tropfte und auf ihrer Hand explodierte.

Sie wischte sich den Teig von den Händen, und bald lag sie auf den Knien und wühlte sich durch eine Vielzahl von Krügen, Töpfen und Tiegeln, bis sie den bewussten Krug schließlich ganz hinten auf dem Regal sah. Sie zog ihn hervor und benutzte ihren Putzlumpen, um den Staub von fünfzehn langen Jahren wegzuwischen. Sie wusste nicht genau, welches Gift er enthielt, aber seine Wirkung kannte sie gut.

Sie nahm Gabriels Messingschüssel vom Regal, die direkt neben der des Herrn stand.

Es war noch nicht zu spät, um ein ganz besonderes Gebräu aus Kräutern herzustellen, natürlich vermischt mit Gabriels Lieblingsgemüse.

Das kleine Häuschen auf einer Anhöhe mit Blick aufs Dorf war kürzlich erst getüncht worden. Die kleinen Grundstücke wurden von Sträuchern gesäumt, und obwohl alles recht hübsch wirkte, hatte Geoffrey doch Mühe, dieses Haus sein Zuhause nennen zu müssen. Sein Zuhause, solange er zurückdenken konnte, war die Burg gewesen.

Die Häuser des Dorfes standen eng aneinander gedrängt, die Straße, die durch das Dorf ging, endete schließlich in Le Puy im Süden, und ein Weg, der sich an seiner Haustür vorbeiwand, führte direkt den grasbewachsenen Hügel hinauf zur Abtei.

So weit das Auge reichte, gehörte diese ganze herrliche Landschaft seinem Onkel. Es hieß, dass Geoffrey und sein Bruder eines Tages zurückkehren und Anspruch erheben würden auf das, was man ihnen gestohlen hatte – die Ländereien ihres Vaters in Langeac –, aber aus diesen frühen Tagen wusste Geoffrey nur noch wenig, und der eine, der ihm das meiste hätte erklären können, konnte nicht mehr sprechen. Christian war damals noch ein Junge gewesen, als ihr Vater zur Verteidigung seines Besitzes zu den Waffen gegriffen und dabei den Tod gefunden hatte. Auch ihre Mutter war schließlich gestorben. Heracle, der in der hoch aufragenden Festung von Polignac lebte, verspürte nicht die Neigung, sich um seine verwaisten Neffen zu kümmern, denn sie waren ärmer als Bauern. So nahm Graf Robert sie auf. Und was war jetzt ihr Erbe? Ein kleines, aber reiches Lehen am Rande eines winzigen Dorfes, ein winziges Häuschen, das blendend weiß in der Sonne stand.

Es war recht ähnlich dem Haus von Michel. Als sie sich zunächst Michels Haus näherten, hörte Geoffrey die Willkommensrufe. So etwas hatte er noch nie gehört. Michels drei Töchter kamen herausgelaufen, rafften die Röcke, riefen nach ihrem Vater. Michel nahm die drei in die Arme, konnte vor lauter Geschrei gar nichts mehr hören, und dann zeigte sich auch seine Frau, die sich ruhig die Hände an ihrer Schürze abwischte. Ihr zu Füßen zwei Katzen. Sie begrüßte Michel mit einem wunderschönen Lächeln. Geoffrey sah zu, solange er es ertrug. Dann lud er Michels Habe vom Wagen, und als er davonfuhr – sein Pferd war jetzt wieder hinten am Karren angebunden –, hörte er: »Ich schicke dir eine meiner Mägde, die kann für dich kochen, solange du noch keine im Dienst hast.«

Zum Dank hob Geoffrey die Hand. Er lenkte den Wagen weiter, sein Pferd trottete hinterher, den grasbewachsenen Hügel hinauf zu seinem neuen Zuhause.

Als Geoffrey näher kam, sagte er leise zu sich selbst: »Wenn ich mir mein Leben als ein geschriebenes Buch vorstelle, dann beginne ich jetzt ein neues Kapitel.« Er sah zu Christian, der mürrisch und ein wenig verängstigt neben ihm saß. »Vielleicht wird es auch ein ganz und gar neues Buch.«

Kapitel Neun

Die Frau, die Michel geschickt hatte, weigerte sich standhaft, Geoffrey in die Augen zu sehen. Sie war klein und viel zu fett für eine Leibeigene. Es schien, dass das Leben in Michels Diensten wahrlich angenehm war.

»Hast du einen Namen?«, fragte Geoffrey, als er sich setzte.

»Marie«, antwortete sie und wagte immer noch nicht, ihrem neuen Herrn in die Augen zu schauen.

»Ich hoffe, du kannst kochen.«

»Ja, Herr.«

»Dann mach dich an die Arbeit«, sagte Geoffrey. »Da ist Wein, und da sind Becher«, sagte er und deutete auf die Holzkiste, die er selbst neben den kalten Kamin gesetzt hatte.

Christian hatte sich seinen Stuhl schon ans Fenster gezogen, hatte die ledernen Vorhänge geteilt und sah jetzt auf das Dorf hinaus. Von hier war die Burg nicht zu sehen, und nur Gott allein wusste, was durch seinen Kopf für Bilder und Gedanken gingen.

Die Frau, die mittleren Alters war, schien verängstigt und dazu noch schüchtern, womöglich dachte sie, sie habe jetzt schon durch irgendetwas das Missfallen der Herren erregt. Den Wein goss sie in den falschen Becher, aber Geoffrey sagte nichts dazu, denn wenn er etwas sagte, so dachte er, würde sie nur noch mehr zittern und etwas verschütten. »Bist du verheiratet?«, fragte er.

»Ja, Herr.«

»Mit wem?«

»Mit Thierry, dem Müller.«

Geoffrey kannte Thierry, den Müller, ein rechter Schlawiner war das, dessen Gewichte man stets sorgfältig prüfen musste, aber er war der einzige Müller im Dorf und wurde deshalb gebraucht. »Du wirst mir ein paar Mädchen zusammensuchen, die kochen und nähen und putzen können, und in der Frühe bringst du sie dann her.«

»Ja, Herr.«

»Sie müssen hübsch anzusehen sein«, fügte Geoffrey hinzu und warf seinem Bruder einen Blick zu. Ihm war klar, dass er sich wie Gabriel anhörte.

»Jawohl, Herr, hübsch anzusehen. Wie viele werdet Ihr brauchen?«

»Eine, aber wir wollen wählen können, mein Bruder und ich.«

Marie schaute zu Christian hinüber, der bis jetzt nichts anderes getan hatte, als aus dem Fenster zu starren, ohne etwas zu sehen. Fragen zu stellen, traute sie sich nicht.

»Außerdem wirst du deinem Mann sagen, dass ein Graben ausgehoben werden muss, deshalb brauche ich etliche Helfer, die möglichst bald mit der Arbeit hier beginnen.«

»Ein Graben, Herr?«

»Ja, ein Graben, oder bist du taub? Dieses Haus hat keine Verteidigungsmöglichkeiten.«

Außer, natürlich, die hölzerne Außentreppe, die in den Wohnbereich nach oben führte. Die könnte zweifellos im Fall eines Angriffs umgerissen werden, aber das genügte nicht. Sollte Baudoin Dupuy erfahren, dass Geoffrey in einem schutzlosen Haus aus Stein und Holz im Dorf lebte, könnte das neue Buch seines Lebens unter Umständen ein recht kurzes sein. Und so war ein tiefer, weiter Graben unbedingt vonnöten. Also fasste Geoffrey seinen ersten Entschluss: Er wollte aus diesem kleinen Häuschen, so gut es eben ging, seine eigene Festung machen.

An der Nervosität, mit der die Frau das Kaminfeuer anzündete, hin und her ging und ihm seltsame Blicke zuwarf, erkannte Geoffrey, dass sie ihn für verrückt hielt. Aber ihm war egal, was man über ihn dachte.

»Was wirst du zum Abendessen machen?«, fragte Geoffrey, als beißender Rauch das kleine Häuschen erfüllte.

»Was wünscht Ihr denn, Herr?«

Herr nannte sie ihn? Das gefiel Geoffrey. »Ich wünsche Fasan, Schwan und Gans mit Gemüse und Obst«, antwortete Geoffrey und musterte sie sorgsam.

»Herr, ich … ich …«

»Hast du noch nie Fasan, Schwan und Gans zubereitet?«

»Nein, Herr.«

»Hast du denn schon wenigstens einmal Fasane, Schwäne oder Gänse gesehen?«

»Gänse habe ich am Himmel gesehen, Herr.«

Am Himmel, aha. »Also was kannst du kochen?«, fragte Geoffrey, der das wissen wollte, weil sein rumorender Magen eine Antwort verlangte.

»Eintöpfe, Herr, wenn Fleisch da ist. Ich kann viele Brotsorten backen, vor allem süße. Meine Brote werden vom ganzen Dorf geschätzt. Thierry sagt, wenn er erst ein freier Mann ist, wird er meine Brote in anderen Städten weit im Norden und im Süden verkaufen und … Verzeihung, Herr, ich rede zu viel.«

Geoffrey hörte gar nicht zu. Da habe ich nun eine Frau hier, die nicht einmal mein Lieblingsessen kochen kann, dachte er und rieb sich niedergeschlagen die Augen. »Dann sieh nach, was sich in dem Korb findet, und das machst du mir dann als Abendessen warm«, sagte Geoffrey enttäuscht und drehte sich zu seinem Bruder um, der mit seelenlosem Blick aus dem Fenster starrte, seine nutzlosen Finger hatten sich um den Ledervorhang gekrampft.

Es hatte eine ganze Weile gedauert, bis er Christian überreden konnte, über die hölzerne Treppe ins Obergeschoss zu klettern, und als sie endlich oben waren, hatte Geoffrey zu seiner großen Enttäuschung nichts anderes vorgefunden als einen einzigen Raum, der durch einen schweren, löchrigen Ledervorhang in zwei Teile geteilt war. Auf der einen Seite befanden sich ein Kamin und ein Tisch aus grobem Holz sowie zwei Stühle mit geradem Rücken, auf der anderen Seite ein einzelnes Bett. Hier würde er also Seite an Seite mit seinem Bruder schlafen müssen, bis ein weiteres Bett zusammengebaut war.

Der Tisch am Kamin war klein und schwer; an der Wand gab es als Sitz eine Art Podium ohne Rückenlehne, das zu nichts anderem taugte, als sich nach hinten fallen zu lassen, wenn man betrunken war. Geoffrey besaß noch zwei Kochtöpfe, Löffel und drei Schneidebretter. Bis er sich mehr besorgen konnte, was er durch Stehlen bei Ella bewerkstelligen wollte, konnte er nur einen Gast zum Essen einladen.

Sein Onkel hatte gesagt, das Haus sei gut ausgestattet. Er hatte gelogen. Das hier war die reinste Armseligkeit. Es gab nicht einmal eine separate Kammer, in der man sich erleichtern konnte. Geoffrey beschloss, jemanden anzustellen, der ihm solch eine Kammer bauen sollte mit einem Abfluss in den Graben direkt darunter. Es lebten doch bestimmt ein paar Zimmerleute im Dorf.

Aus einer Burg bin ich nun in so etwas geraten, dachte er niedergeschlagen und fragte sich zum wiederholten Mal, womit er das Missfallen seines Onkels erregt haben mochte. Und hatte er tatsächlich zu Adelina gesagt, seine Tür würde ihr immer offen stehen? Nichts als leere Versprechungen. Jemanden wie Adelina konnte er unmöglich in diese primitive Hütte bringen.

Endlich wurde ihm in seiner Schüssel eine reichhaltige Portion eines üppigen, dicken Eintopfs gebracht und dazu einige Scheiben Brot, das noch an diesem Morgen von Ellas geschickten Händen gebacken worden war.

Die Frau, die Marie hieß, trat zurück. Geoffrey sah zu ihr auf und las in ihren Augen, dass sie noch vor Einbruch der Nacht zu ihrer Familie zurückkehren wollte. »Komm morgen mit deiner Auswahl an Mädchen wieder. Und denk daran, sie sollen hübsch anzusehen sein.«

Sofort ging die Frau, und Geoffrey trat an das Fenster, an dem Christian saß. Einen Augenblick später nur sah Geoffrey sie davonlaufen. Die Sonne ging gerade unter.

Geoffrey nahm Christians Schüssel und einen Löffel, bröckelte etwas Brot in den Eintopf und sagte: »Es ist dein Lieblingsgericht, Bruder. Jetzt ist es Zeit zu essen.«

Und als Christian wie ein artiges Kind den Mund öffnete, fragte sich Geoffrey, was an diesem Abend wohl in der Burg serviert werden mochte.

Auf den Händen lief Dedwyd durch den Raum, zwischen den Zähnen hatte er einen Dolch, und auf den bloßen Füßen balancierte er ein Schwert. Bis zur Taille war er nackt.

Der Anblick amüsierte Gabriel, und so schickte er ihn auf eine weitere Runde durch die Halle.

Das genügte Graf Robert. Es schien, dass es seine Frau, die neben ihm saß, nach Blutvergießen gelüstete. Sie trank wieder, große Mengen. Der Graf mochte es nicht, wenn sie trank. Wenn er sie denn überhaupt mochte.

»Wie bist du an diesen Bogenschützen gekommen?«, fragte er.

»Ich habe ihn gekauft«, antwortete Gabriel und wollte weiter nichts dazu sagen. »Wie Ihr mich gekauft habt, Monsieur.« Er sah wieder auf den kleinen Mann, der erst jetzt Zeichen der

Ermüdung erkennen ließ. »Es heißt, dass die Leute dort, wo er herkommt, sogar die Landschaft um sie herum pantomimisch darstellen können.«

»Ich bewundere deinen Ehrgeiz, Gabriel. Nur fürchte ich, dass er hier nicht angebracht ist. Sag dem Mann, er soll aufhören. Schluss jetzt damit. Er ist nicht zur Unterhaltung hier, und ich will kein unnötiges Blutvergießen. Ich freue mich auf einen ruhigen Abend.«

Gabriel nahm Dedwyd das Schwert von den Füßen, und der kleine Mann ließ den Dolch aus den zusammengebissenen Zähnen fallen. Gräfin Marys applaudierte laut, und er verbeugte sich vor ihr, ein breites Grinsen überzog sein Gesicht.

»Es scheint, er lernt allmählich etwas feinere Manieren, Madame. Als ich ihn kennen lernte, hat er sich immer, wenn man ihm für seine Leistung Beifall spendete, nackt ausgezogen und noch einmal von vorn angefangen.«

Seine Frau tat so, als sei sie peinlich berührt, aber der Graf sah das Aufleuchten in ihren dunklen Augen. Wäre Dedwyd nicht solch ein talentierter Bogenschütze und Fußsoldat, hätte er ihn für einen Schwachsinnigen gehalten. Er konnte sich keinen auch nur halbwegs vernünftigen Grund vorstellen, weshalb ein Mann die ganze Zeit so fröhlich sein sollte. Das ständige Lächeln des kleinen walisischen Bogenschützen ging ihm mächtig auf die Nerven.

»Na, das wurde aber auch Zeit!«

Die Küchenjungen betraten mit Tabletts voller Schüsseln mit dampfender Brühe den Saal. Der Graf und seine Gemahlin wurden als Erste bedient, und sie nahmen ihre Löffel auf und fingen sofort an zu essen. Graf Robert schlürfte geräuschvoll, Gräfin Marys aß mit ein wenig mehr Anstand.

Ella hatte dafür gesorgt, dass der stumme Junge Gabriels Schüssel trug. Der kleine Kerl, der lediglich Unterhosen anhatte und dessen Körper von der immensen Hitze in der Küche vor lauter Schweiß glänzte, setzte Gabriels Schüssel vor ihn auf den Tisch.

Gabriel packte den mageren Arm, zog den Jungen nah zu sich und musterte jeden Zentimeter des Kindes mit neugierigem Blick.

Louis und Acelin sahen sich an. Der mag doch wohl nicht auch kleine Jungs, dachten beide.

»Ich brauche einen Pagen«, sagte Gabriel. »Verdient mich dieses Kind?«

»Herr, er ist stumm«, sagte der andere Junge.

»Aber hören kann er?«

»Ja, Herr.«

»Los, Junge, knie dich vor mich.«

Der stumme Junge ließ sich auf die Knie fallen.

»Runter auf alle viere, sofort.«

Der Junge stützte sich auf die Hände.

»Unter den Tisch.«

Gabriel fing Graf Roberts neugierigen Blick auf. »Demut und Gehorsam ist die erste Lektion, Monsieur.« Gabriel benutzte den Rücken des Jungen als Fußhocker. Er nahm seinen Becher, leerte ihn in einem Zug und warf ihn dem anderen Jungen zu, der gerade eine Schüssel vor Dedwyd auf den Tisch gestellt hatte.

Während sein Becher nachgefüllt wurde, bemerkte Gabriel den Schatten, der auf der Treppe, die zur Küche führte, erschien und gleich wieder verschwand. Jeden Moment rechnete er damit, das Gesicht der alten Schachtel zu sehen, die in den Saal spähte, der alten Schachtel, die ihn mit genau den hasserfüllten Augen ansah, die er schon unzählige Male auf den Gesichtern anderer gesehen hatte – Augen, die ihm den baldigen Tod wünschten. Einen sehr, sehr langsamen Tod.

Gabriel sah auf die Schüssel mit der Brühe hinunter, die vor ihm stand, und wagte nicht, davon zu kosten. Stattdessen schob er sie Dedwyd hin. Wortlos ließ es der Bogenschütze geschehen, dass seine eigene Schüssel ihm fortgenommen wurde. Für ihn war es nur wichtig, essen zu können, gleich was, und so aß er denn gierig.

Louis, der gegenüber saß, sagte: »Der Junge, Gabriel, den du als Fußhocker benutzt, ist bereits bei mir in Diensten.«

Der Graf seufzte. Den ganzen Abend hatte er schon das Misstrauen gespürt, das von seinen drei getreuen Gefolgsleuten ausging, die alle kaum ein Wort gesprochen hatten, außer wenn sie etwas gefragt wurden. Auch er hatte wenig Spaß dabei gehabt, den Fremden auf den Händen herumlaufen zu sehen, aber reichte das schon aus, ein solches Missbehagen zur Schau zu tragen? Soweit Graf Robert wusste, war der Junge bis jetzt noch nicht Page bei einem der Ritter.

Gabriel musterte Louis genau. »Und der andere, so nehme ich an, ist bereits ebenfalls jemandem versprochen?«

Acelin spürte den Fußstoß unter dem Tisch. »Ja. Er gehört mir«, sagte er, nahm seine Suppenschale in die Hand und leerte sie laut schlürfend.

Die nächste Frage richtete Gabriel an Raoul. »Und dein Page?«

»Versorgt gerade mein Pferd im Stall. Weitere gibt es hier nicht für dich, Gabriel.«

Gabriel musterte die drei, nahm aber nicht die Füße vom Rücken des Stummen. Er ließ den Blick auf Louis ruhen, der für dieses Mal sein geeignetstes Ziel zu sein schien. »Was willst du für ihn haben?«

Die Andeutung eines Lächelns lag auf Louis' Lippen. »Ich will, lass mich nachdenken, was hast du denn zu bieten?« Alle schwiegen einen Moment, während Louis angestrengt nachdachte. »Ich würde deinen Bogenschützen nehmen.«

Dedwyd war sich nicht bewusst, dass sich alle Blicke ihm zugewandt hatten, er saß mit gerunzelter Stirn am Tisch, in seinem Bauch grummelte es heftig, ihm war ganz heiß, ein stürmisches Wüten schickte seine Schatten voraus. Schweiß stand ihm auf der Stirn. Er verstand wenig von dem, was um ihn herum gesprochen wurde, nur ein paar Worte hier und da ergaben einen Sinn. Wäre es ihm besser gegangen, hätte ihn die Aussicht auf einen zwischen Gabriel und Louis sich anbahnenden Kampf hoch erfreut, denn beiden stand das Misstrauen deutlich im Gesicht geschrieben. Doch Dedwyd hatte drängendere Sorgen. Auf einmal fühlte es sich an, als schnitten ihm tausend Messer in die Eingeweide, und er musste einen Moment lang den Kopf auf den Tisch stützen, bis der qualvolle Schmerz vorüber war.

»Du willst meinen Bogenschützen für einen stummen Jungen?«

»Mir scheint klar, weshalb du dir ausgerechnet einen Stummen gewählt hast.«

»Und was, bitte schön, soll der Grund dafür sein, denn mir ist das ganz und gar nicht klar.«

»Keiner hört die Schreie eines stummen Jungen, wenn er in der Nacht bäuchlings unter dir liegt.«

»Ah ja, in der Tat, das ist eine gute Antwort von einem mit Erfahrung auf dem Gebiet!«

»Genug«, sagte der Graf gelangweilt.

»Er lügt!«, rief Louis und sprang auf.

Graf Robert seufzte, brach sich ein Stück Brot ab und wischte seine Schale damit aus.

»Er war vergangene Nacht bei uns, auf dem nördlichen Abschnitt des Schutzwalls! In der Küche war er jedenfalls nicht, wie er behauptet! Bis dorthin sind die Angreifer gar nicht vorgedrungen!«

»Und du unterstehst dich, mich einen Lügner zu schimpfen, wo du selber deinen Posten verlassen hast, um den verletzten Raoul in Sicherheit zu bringen? Hast du nicht die Hilferufe gehört, die aus dem Burghof kamen? Oder verstehst du, bei deiner Dummheit, womöglich keine walisischen Schreie!« Gabriel wandte sich an seinen Gefolgsmann. »Hast du mich denn nicht gerufen, Dedwyd?«, fragte er in der einzigen Sprache, die der Mann verstand. Eine Antwort bekam er jedoch nicht. Dedwyd sprang auf und lief schnell davon, ihm war so elend, dass er sich nicht einmal mehr daran erinnern konnte, wo die Latrine war.

»Es scheint, unser Freund hat etwas gegessen, das ihm nicht so recht bekommen ist«, sagte Gabriel feixend. »Ich werde in Erwägung ziehen, was du mir angeboten hast, meinen Bogenschützen für deinen Pagen. Aber eines sage ich dir gleich, wenn du mich je wieder einen Lügner schimpfst, schneide ich dir die Zunge heraus und verfüttere sie an die Schweine.«

Gabriel stand auf und entschuldigte sich bei Gräfin Marys. Er ging Dedwyd nach, um herauszufinden, warum er sich so eigenartig verhielt.

»In diesem Haushalt wird es keine Fehden geben«, sagte der Graf. Louis nickte und zog den Jungen unter dem Tisch hervor. »Und es ist auch nicht sehr klug, dass du dir den da als Pagen aussuchst.«

»Vergebt mir, Monsieur, aber genau das sagtet Ihr, als Michel sich Geoffrey ausgesucht hat.« Louis reichte dem Jungen seinen Becher, den der Junge gehorsam füllte, und freundschaftlich nahm der Ritter den Kleinen in die Arme. »Ich habe allen Grund zu der Annahme, dass Gabriel dem Kleinen hier nicht unbedingt das Kriegshandwerk beibringen will.«

»Möchtest du von deinen Pflichten entbunden werden, Louis?«

»Nein, Monsieur.«

»Dann hör auf mit diesem Unsinn! Und ihr anderen auch! Ihr führt euch ja auf wie die Kinder!«

Ein dröhnender Schrei hallte durch die Burg. »Er stirbt!« Als sie das hörten, sprangen alle auf, auch Gräfin Marys.

Der walisische Bogenschütze lag auf dem Gang und wand sich in Krämpfen. Michel, der oft mehr zu wissen schien als ein Arzt, war nicht anwesend, seine Dienste in der Burg waren nicht länger vonnöten. Keiner wusste, was zu tun war, als sich der Mann ohne jede akrobatische Anmut hin und her warf. Auf Zehenspitzen stand Marys da, um zu sehen, was da vor sich ging. Blut tropfte dem kleinen Mann aus dem Mund, und ein übler Gestank breitete sich aus. Noch einmal schrie der kleine Mann, dann lag er still. Aber es schien, als sei er noch nicht ganz tot.

Mit bleichem Gesicht und Wut in den Augen wandte sich Gabriel an Louis. »Jetzt kannst du ihn ganz umsonst haben. Ich habe keine Verwendung mehr für ihn.« Gabriel stieg über den kleinen Mann hinweg, nur Augenblicke später hörte man seine Zimmertür zuschlagen.

»Der lässt ihn einfach hier so liegen?«, fragte Louis, obwohl Raoul und Acelin offenbar nicht überrascht waren. Louis rief die Küchenjungen und ließ Eimer mit Wasser bringen, und als er seine Frage stellte, sah er dem Grafen direkt in die Augen: »Wie wäre es mit einem Vorkaufsrecht auf Gabriels Streitross, Monsieur, sollte das jemals zu viel Klee und Wasserhaltiges fressen? Er geht mit seinem Besitz allzu leichtfertig um.«

»Kümmere dich einfach um den Bogenschützen. Und keine Würfelspiele heute Nacht.«

Acelin und Louis schleppten Dedwyd über den schmalen Gang hinauf zu ihren Zimmern. Die Jungen beseitigten den Schmutz auf der Treppe.

Leise betrat das neue Mädchen Adelinas Schlafgemach. »Ihr habt gerufen, Herrin?«

Von ihrem Stuhl an dem kleinen Fenster drehte sich Adelina um. »Was war das für ein Lärm?«

»Lärm, Herrin?«

»Ich habe einen Mann schreien hören.«

»Es scheint, dass einer der Ritter während des Essens sehr krank geworden ist.«

»Geoffrey?«, fragte sie, denn zu spät fiel ihr ein, dass Geoffrey ja nicht länger hier war. »Wer war es?«

»Ihr würdet ihn ohnehin nicht kennen, Herrin.«

»Ich habe gefragt, wer es war!«

»Seinen Namen kann ich nicht aussprechen. Es ist ein Ausländer. Er gehört Gabriel und kommt aus einem Land hoch im Norden. Einem Land namens Wales. Er ist ein sehr kleiner Mann.«

»Und wie heißt du?«

»Jennet. Mein Vater ist Thierry, der Müller.«

»Ich wünsche diesen kleinen Ausländer sofort zu sehen, Jennet. Hilf mir beim Anziehen.«

Jennet half Adelina, vorsichtig aufzustehen, doch sie schwankte. »Jennet ist ein hübscher Name. Gewöhnlich, aber hübsch.«

»Genau wie Euer Name, Herrin.«

Adelina, die sich an der Schulter des Mädchens festhielt, sah Jennet in die Augen und entdeckte, dass sie funkelten. Das genügte schon fast, um sie zum Lächeln zu bringen. Doch eine Cateline würde dieses Mädchen nie sein. Nie. »Ich werde das grüne Kleid tragen.«

Jennet sah die Kleider durch, bis sie das grüne gefunden hatte, und dann half sie ihrer neuen Herrin hinein, schnürte es sorgfältig im Rücken zu und lockerte die Schnüre wieder ein wenig auf beiden Seiten, sodass das Kleid keinen Druck ausübte und Missbehagen verursachte. »Wir dachten, Ihr würdet sterben, nach dem, was Dupuy Euch angetan hat.«

»Wir? Wer ist wir?«

»Die Leute im Dorf«, sagte Jennet und brachte Adelinas Schuhe.

»Nein. Schuhe trage ich nie«, sagte Adelina, und das Mädchen schaute auf die handschuhweichen Schuhe, die für die Füße ihrer neuen Herrin ohnehin zu klein waren. Jennet hielt sie sich an die eigenen Füße. Es sah so aus, als könnten sie passen. »Du kannst sie haben.«

Jennet schüttelte den Kopf. »Nein, Herrin. Das kann ich nicht. Das traue ich mich nicht.«

»Und ich sage, du kannst sie haben, wenn du diese Schuhe nun einmal so gerne möchtest. Passen sie denn?«

Jennet zog sie an. Solche Schuhe hatte sie in ihrem ganzen Leben noch nicht angehabt. »Ich danke Euch, Herrin.«

»Kümmere dich gut um mich, sonst fordere ich sie zurück.«

»Dann setzt Euch, Herrin, und ich richte Euch das Haar.«

Adelina setzte sich ans Fenster und gab dem Mädchen Erlaubnis, die Knoten auszukämmen und die Läuse zu fangen, ehe sie entwischten.

»Dann bist du also aus dem Dorf?«

»Ja, Herrin.«

»Was erzählt man sich denn so über Geoffrey?«, fragte sie.

»Ich weiß nicht, wer Geoffrey ist.«

»Geoffrey lebt jetzt im Dorf, auf einem Lehen etwas außerhalb. Er ist kleiner als die meisten Männer seines Alters. Er ist der, der die Pacht kassiert.«

»Ach, der. Ich glaube, dass meine Mutter ihm heute Abend aufwartet. Hat er nicht einen gut aussehenden Bruder, der schwachsinnig ist?«

»Ich erlaube nicht, dass du Christian jemals schwachsinnig nennst!«

»Tut mir Leid, Herrin.«

»Ich dulde nicht, dass irgendjemand schlecht von den beiden spricht! Sie sind wie Brüder für mich, und ich habe sie von Herzen lieb.«

»Es war nicht meine Absicht, Euch zu verärgern, Herrin. Es ist mein erster Tag heute, und ich habe noch viel zu lernen.«

»Ich bin nicht verärgert!«

Darauf erwiderte Jennet nichts. Eine ganze Weile traute sie sich nicht mehr, den Mund aufzumachen. »Was wünscht Ihr denn von Geoffrey zu hören?«

»Ich will über alles informiert sein, was er tut. Jederzeit, jeden Tag.«

»Also ... Herrin, soweit ich weiß, soll mein Bruder Jacques mit einigen anderen Männern einen Graben rund um das Haus anlegen.«

»Einen Graben?«

»Ja. Er wünscht außerdem Mädchen in seinem Haus anzustellen, die hübsch anzusehen sind.«

Eine Weile herrschte Schweigen, bis Adelina leise meinte: »Du würdest mich doch nicht anlügen, Jennet, oder?«

»Ich habe keinen Grund, Euch anzulügen, Herrin. Ich bin viel zu froh, hier arbeiten zu dürfen.«

»Dann sag mir doch, und lüge mich nicht an, denn ich kann erkennen, wann du lügst ...«

»Ja, Herrin?«

»... bin ich hübsch anzusehen?«

»Sehr sogar, Herrin.«

»Aber das hat er nie ...« Ihren Gedankengang brachte Adelina nicht zu Ende. Das hat er nie gesagt. Niemand hatte das je gesagt. »Geh jetzt. Geh und erkundige dich, wohin sie diesen Ausländer gebracht haben. Geh.«

»Aber Euer Haar ...«

»Mein Haar ist mir egal! Und wenn ich kahl wäre, dann wäre es mir auch egal!«

Hastig verließ Jennet den Raum, und Adelina stand auf.

Sie war immer noch schwach. Einerseits wäre sie gern im Bett geblieben, aber andererseits verbot sie sich solche Gedanken. Das vornehme Tuch ihres Kleides scheuerte bei jeder Bewegung an ihrer Wunde. Seit Stunden hatte sie schon nicht mehr geblutet, aber nichts vermochte den Schmerz zu lindern, weder die Kräuter, die Michel dagelassen hatte, noch Gedanken an Geoffrey. An ihn zu denken schmerzte nur noch mehr, wenn auch auf andere Weise. Also betete sie zu Gott und bat, entweder ihren Körper von den Schmerzen zu erlösen oder aber ihren Kopf mit anderen Fragen anzufüllen, die sie klären könnte. Doch ihr einziger Gedanke war immer nur Geoffrey, Geoffrey, Geoffrey ... Schon jetzt vermisste sie ihn, so sehr, dass Adelina meinte, sie würde verrückt werden.

Zum Glück stand die Tür offen. Sie ging auf den Korridor hinaus, immer noch unsicher auf den Beinen. Ihr war schwindlig. In der Ferne erhob sich die Stimme ihres Vaters. Ihre Eltern stritten wieder einmal.

Zu gern hätte sie ihren Vater gesehen, ihn gefragt, wieso er Geoffrey so übereilt fortgeschickt hatte, aber es hatte keinen Zweck. Nicht jetzt. Sie würde den richtigen Moment abpassen müssen.

Die Luft war abgestanden, verbraucht und stickig, als sie sich, einen Schritt nach dem anderen, die Treppe hinunterwagte, sich an der geschwungenen Steinmauer abstützend. Als die Tür zu Louis' Zimmer aufging, blieb Adelina augenblicklich stehen. Bei ihrem Anblick war Louis sehr überrascht. Er war angezogen, ausgehbereit. Bei Nacht?

»Ihr solltet nicht hier sein, Mademoiselle.«

»Und du solltest nicht vergessen, mit wem du sprichst. Du hast mir nicht zu sagen, wo ich sein sollte und wo nicht.«

»Es tut mir Leid, Mademoiselle. Ich bitte Euch um Verzeihung.« Ohne sich weiter aufzuhalten, ging er davon. Adelina näherte sich der Tür. »Wer ist dort drin? Ist es der Bogenschütze? Der Ausländer?«

Raoul kam zur Tür. »Ja, aber wir wissen nicht, weshalb er so krank ist. Ich bitte Euch, tretet nicht ein.«

Aber es war schon zu spät. Sie stand bereits in dem Zimmer. Dedwyd lag auf einer Pritsche, blutiger Schaum stand ihm vor dem Mund. Er war fiebrig, litt beträchtliche Schmerzen und brummelte ständig in einer höchst exotischen Sprache. »Wer ist er?«, fragte sie. »Woher kommt er?«

»Wir kennen ihn als Dedwyd, und seine Heimat ist eine Gegend namens Wales. Geht nicht näher. Ich bitte Euch, haltet Abstand.«

Auf Raouls Bitte reagierte Adelina nicht. Als Acelin ihr die Hand auf den Arm legte, entzog sie sich seinem Griff und trotzte ihm mit ihrem Blick. Er trat zurück, als sie sagte: »Fass mich nie wieder an. Niemals.«

Sie schaute auf Dedwyd hinunter. »Das ist keine Krankheit.«

Raoul seufzte, er wusste, es hatte keinen Zweck, ihr zu widersprechen. Adelina, die eigentlich zu krank war, um ihr Bett zu verlassen, trat näher an die Pritsche heran, auf der dieser sich windende Mann lag. Sie streckte die Hand aus, stöhnte auf und berührte sein Gesicht, und dabei gab sie sich Mühe, den Namen zu wiederholen, so wie sie ihn zuvor gehört hatte. »Das ist Gift«, sagte sie leise.

»Gift?«, wiederholte Raoul.

»Ja. Der Mönch. Der Kenner von Kräutern und Krankheiten und Heilmitteln, er hat es mir einmal erzählt. Was hat denn dieser arme Mann gegessen?«

»Das Gleiche wie wir.«

»Steck ihm die Finger tief in den Hals, Raoul.«

Raoul fragte sich, ob auch sie jetzt dem Delirium verfallen sein mochte.

»Tu, was ich sage! Hast du nicht bei deiner Ehre geschworen, jedem meiner Wünsche Folge zu leisten?«

»Mademoiselle ...«

»Ich habe die Kraft nicht dazu, sonst würde ich es selber machen!«

Raoul drehte den Mann auf die Seite, hielt ihn ruhig und zwängte ihm die Finger in die Kehle, bis Blut und Erbrochenes in hohem Bogen auf Pritsche und Boden schossen.

»Noch einmal, bis nichts mehr übrig ist.«

Raoul tat, wie ihm geheißen, bis nichts mehr herauskam.

Adelina ging zur Tür und lehnte sich dagegen, ihre Knie waren ganz zittrig. Raoul, der den Mann immer noch festhielt, schaute zu Adelina auf. »Der Mönch hat Euch das erzählt?«

»Ja«, log sie. Sie wusste nicht, wessen Worte da aus ihrem Mund gekommen waren. Sie wusste nicht einmal, wieso sie in Louis' Zimmer war. Und als sie sagte: »Bade ihn, halte ihn warm. Jetzt, da das Gift größtenteils aus seinem Körper gekommen ist, mit Ausnahme der Menge, die er noch im Blut hat, wird er wohl überleben«, wusste sie nicht, wer da aus ihr sprach. Langsam drehte sie sich weg und ging die Treppe hinauf. Sie freute sich, dass ihre Tür immer noch weit offen stand, denn um sie zu öffnen, hätte sie nicht die Kraft gehabt.

Acelin rannte auf den Burghof und erreichte Louis, kurz bevor er in der Dunkelheit die Brücke überquert hatte. »Du brauchst Michel nicht mehr zu holen!«, rief er.

Louis drehte sich um. »Ist der kleine Bogenschütze tot?«

»Nein. Nein, mein Freund, ein Wunder ist geschehen.«

Adelina lag auf ihrem Bett und starrte zu dem Querbalken hinauf, zu dem Seil, das daran hing, und sie fragte sich, wie viele Tage es wohl noch dauern mochte, bis sie wieder die Kraft und den Willen hatte, die Armbrust zu laden. Das hieß, wenn sie die Waffe denn fand. Viele Tage würde es in Anspruch nehmen, eine neue Stechpuppe zu machen. Und nun, da Cateline tot war, wer würde wohl Lumpen für sie stehlen und ihr dabei helfen? Wer würde all ihre Geheimnisse bewahren? Cateline hatte sie ihr ganzes Leben schon gekannt. Dieses neue Mädchen, Jennet, war zwar gewillt, auf jede Laune einzugehen, und doch war sie eine Fremde.

Morgen, dachte sie, als sie die Augen schloss, morgen werde ich Geoffrey besuchen und zusehen, wie sein Graben ausgehoben wird ...

Geoffrey beobachtete seinen Bruder, der in tiefem Schlaf lag. Die Kerzen flackerten im Luftzug, und eine Weile sah er den Schatten zu, die an die Wände geworfen wurden. Der erste Anflug von Einsamkeit war heftig und schneidend. Denn gerade in diesem Augenblick, nach dem Abendessen, würden sie sich alle unterhalten – sie alle –, Michel, Louis, Raoul, Acelin und sein Onkel, während in einer Ecke, scheinbar mit einer Handarbeit beschäftigt, Adelina saß und zuhörte. Sie tat immer nur so, als würde sie sich in Gesellschaft ihrer Mutter wohl fühlen, ihre Augen verrieten die Wahrheit: Sie sehnte sich nach etwas, was sie nie haben würde – der Gelegenheit, wie ein Mann in einer Schlacht zu kämpfen und offen über jedes gewünschte Thema reden zu dürfen.

Geoffrey konzentrierte sich auf eine Spinne, die hart an ihrem Netz arbeitete. Seit ihrer Geburt hat sie mich in ein Netz verstrickt, dachte er. Sogar ihr erstes Lächeln galt mir. Von keinem anderen wollte sie sich beruhigen und besänftigen lassen, von ihrer Amme nicht, auch nicht von ihrer Mutter. Der bloße Anblick des Bartes ihres Vaters genügte, schon brach sie in Angstschreie aus, und so erklang Tag und Nacht, ungeachtet der Stunde, der Ruf: *Geoffrey!* Und ich, dachte er, nahm die

Kleine vorsichtig in die Arme und ging mit ihr durch die gesamte Burg, bis sie eingeschlafen war.

Geoffrey spürte, wie beißende Tränen ihm in die Augen traten. Er vermisste Adelina, sehr, und es war noch nicht einmal ein voller Tag vergangen.

KAPITEL ZEHN

Es war schon bald früher Morgen, und Ella konnte nicht schlafen. Viele Gedanken waren ihr während der Nacht durch den Kopf gegeistert, so viele, dass sie die gesamte Küche geschrubbt hatte, bis ihre Knie wund waren und ihre Hände bluteten.

Es war immer noch dunkel, als Raoul in die Küche hinunterkam. Ella hörte die Schritte und versteckte sich schnell, bis sie wusste, dass es ein Freund war, kein Feind. Ihr geflüstertes »Raoul?« hatte ihn so sehr erschreckt, dass er die Milch aus dem Krug, den er an den Mund gehoben hatte, verschüttete. Es schien, als seien Raouls Nerven ebenso angespannt wie ihre.

»Gibt es Neues von dem kleinen Bogenschützen? Wie geht es ihm?«

»Er ist am Leben.«

Fast hätte Ella ihm von ihrer Missetat erzählt. Wie hätte sie ahnen sollen, dass Gabriel Verdacht schöpfen würde? Sie hatte sich so große Mühe gegeben, seine Schale mit der vergifteten Brühe genau wie alle anderen aussehen zu lassen. War es, so mutmaßte sie, womöglich der schwache, leicht bittere Geruch? Oder verfügte Gabriel über einen sechsten Sinn? Schlau wie ein Fuchs kam er ihr vor mit seinen hellen Augen und der einschmeichelnden Stimme und dem bösen Herzen … Einen Meister des Betrugs zu betrügen war gar zu schwer.

»Du arbeitest zu viel«, sagte Raoul mitten in ihren Gedankengang hinein. »Seit vielen Jahren schon bist du hier im Dienst, Ella. Und du bist immer eine gehorsame Dienerin gewesen.«

»Ich bemühe mich.«

»Ich bemühe mich … was soll dann dieser Unsinn?«

»Unsinn?«

»Die Lügen, die du dem Grafen erzählst.«

»Lügen, Raoul?«, fragte sie mit aufgerissenen Augen, allerdings zu erschrocken und zu alt, um Unschuld vorzutäuschen.

»Spiel doch keine Spielchen mit mir, Ella. Ich kenne dich.«

»Ich kann nichts sagen.«

»Du? Du kannst nichts sagen?«, lachte Raoul. Und wie er lachte. »Es heißt, es gibt für alles ein erstes Mal. Nein. Ich glaube dir nicht, dass du nichts sagen kannst. Wieso hast du ausgerechnet den angelogen, der dich ernährt und dich kleidet und dir Schutz gewährt?«

Es stimmte, dass Raoul, der schon sehr lange Robert de Polignacs Gefolgsmann war, Ella allzu gut kannte. Und gleichzeitig wusste er, dass sie es kaum überstürzen würde, irgendwelche Wahrheiten aufzudecken. Klatsch und Tratsch vielleicht, aber Dinge von wirklicher Bedeutung?

»Dass eine Dienerin hier ermordet wurde, ist ohne große Bedeutung, denn Dienstboten sind leicht zu ersetzen, wie Ihr wisst.«

Raoul sah Ella direkt in die Augen und entdeckte wieder Furcht dort. »Aber eine Köchin wie du? Ich glaube kaum, dass du so leicht zu ersetzen bist. Ich weiß sehr wohl, dass die Angreifer nicht bis hierher vorgedrungen sind. Ich befürchte, Weib, so wie es zweifellos auch Geoffrey befürchtet hat, dass Catelines Mörder, wer auch immer es sein mag, hier unter diesem Dach lebt. Ich habe gesehen, was von dem Mädchen noch übrig war, deshalb weiß ich, dass der Verantwortliche für diese

Tat weder vor den Lebenden noch vor den Toten Respekt hat. Nur ein Barbar, der ein berauschendes Kraut geraucht hat, kann derart besessen sein, Weib. Ein Barbar.«

Ella schwieg. Sie traute sich nicht, etwas zu sagen.

»Weshalb schützt du solch ein Ungeheuer?«

»Ich darf nichts sagen, Raoul. Wenn ich es doch tue, bringt er mich um.«

»Er hat einen Namen?«

»Ich darf nichts sagen!«, jammerte sie. Und was für ein jammervoller Aufschrei es war. Sein Lebtag hatte er Ella noch nicht so aufgewühlt gesehen.

Eine Weile schwieg Raoul. »Dann sag mir, straft sein Name sein Wesen Lügen?«

»Ich bitte Euch, sprecht nicht weiter. Habe ich denn nicht bereits versucht, ihn aus dem Weg zu räumen?«

»Ah. Die Brühe. Ich dachte mir schon so etwas«, sagte Raoul lächelnd.

»Die Brühe?«, tat Ella unschuldig.

»Gestern Abend, das Gift. Ich sah, wie er die Schale des Bogenschützen mit seiner tauschte, und Dedwyd, der arme Trottel, liegt jetzt da oben und muss sich entscheiden, ob er leben oder sterben will. Gabriel ist nicht dumm, Weib.«

»Wenn Ihr mich schon im Verdacht habt, dann muss er mich auch verdächtigen. Das wollt Ihr mir doch sagen.«

Raoul nickte. »Ich nehme an, das weißt du auch, und deshalb kannst du nicht schlafen.«

»Was soll ich bloß tun?«

»Sprich mit dem Grafen darüber, bevor es zu spät ist.«

»Auf Geoffrey hat er auch nicht gehört.«

»Unermüdlich hat Gabriel den Jungen aufgezogen und hat seine Stellung untergraben. Und dadurch hat sich Gabriel in diesem Haushalt eine Vertrauensposition erworben. Eine Position, die Geoffrey hätte einnehmen sollen, und niemand sonst. Eine Position, die einmal ich innehatte. Früher einmal.«

»Also waren seine Quälereien Absicht und kein Spaß?«

»Beweisen kann ich es nicht, aber trotzdem weiß ich es ganz genau. Wer für Gabriel nicht von Nutzen ist, den hält er bloß für Zeitverschwendung.«

»Was soll ich denn nun tun? Wenn ich rede, werde ich gewiss sterben.«

»Und wenn du nicht redest, stirbst du bestimmt auch. Vielleicht nicht heute oder morgen, aber er wird sich seine Rache nicht nehmen lassen. Wie viele Nächte hältst du ohne Schlaf aus, Weib?«

Das Schweigen war zum Schneiden dick.

»Einen wie Gabriel von Lyon kannst du nicht aus dem Weg räumen. Sei gewiss, dass Gott seine eigene Methode hat, Gerechtigkeit walten zu lassen. Und jetzt hol mir etwas gegen diese unerträglichen Schmerzen.«

Michel hatte eine Medizin dagelassen, die Kopfschmerzen lindern sollte, und Ella hoffte, sie würde Raoul auch die Schmerzen in seinem verwundeten Arm nehmen. Vorsichtig goss sie etwas von der Medizin auf einen Löffel, so wie Michel es angeordnet hatte, und Raoul zögerte. »Ist das Gift?«, fragte er.

Sein Lebtag hatte er diese starke Frau nicht so schnell zusammenbrechen sehen. Sie weinte, lange und heftig.

»Das war ein Scherz«, sagte er und nahm den Löffel. »Nur ein Scherz.«

»Das finde ich gar nicht zum Lachen!«

Raoul schluckte das Ekel erregende Gebräu und wischte sich den Schweiß vom Gesicht. »Bei weitem dein schlimmster Feind sind deine eigenen Gewissensbisse, Ella. Würdest du dich im Wohnturm sicherer fühlen?«

Ella nickte. Überall sonst würde sie sich sicherer fühlen, nur nicht in ihrer eigenen grabesgleichen Kammer, so nah bei Catelines Behausung, wo Schreie so mühelos von den undurchdringlichen Steinmauern erstickt wurden.

»Dann bleib heute Nacht bei Adelina. Gleich in der Frühe spreche ich mit Graf Robert, und wenn er nicht einverstanden ist, werde ich dafür sorgen, dass deine Kammer unter Bewachung gestellt wird.«

»Wie kann ich Euch nur danken?«

»Füttere mich gut«, war alles, was Raoul darauf zu erwidern hatte.

Den ganzen Rest der Nacht saß Ella wach an Adelinas Bett. Obwohl sie sehr erschöpft war, traute sie sich nicht, auch nur einen Moment die Augen zu schließen. Innerlich jammerte sie darüber, dass es den Falschen getroffen hatte. Sie hatte eine törichte Tat begangen, denn die vergiftete Brühe hätte von jedem an diesem Tisch getrunken werden können. Sollte der Graf ihr Verbrechen je entdecken, würde ihre Strafe auf dem Fuße folgen.

Sie dachte an das, was Raoul gesagt hatte – strafte sein Name sein Wesen Lügen? Gabriel, mit dem Namen eines Engels und der Seele des Teufels. Raoul hatte Recht. Es hatte keinen Zweck, solch einem schaden zu wollen. Er stank nach Bosheit, und die Bösen standen immer unter dem Schutzmantel ihrer eigenen Finsternis. Doch durch seine eigenen Taten, so hoffte sie, würde er sich bald selbst ein Grab schaufeln. Wenn er nur nicht zuerst ihr ein Grab bereitete.

Die Sonne stand noch tief am Himmel, und der Schlaf hatte sich kaum von Geoffreys Augen gehoben, als er sah, wie sich die kleine Prozession seinem Haus näherte. Die Frau des Müllers hatte Wort gehalten, aber wieso, so fragte er sich, brachte sie jedes weibliche Wesen aus dem Dorf mit? Er sah zu seinem Bruder, der die Frauen ebenfalls beobachtete. Geoffrey seufzte. »Komm, Bruder. Wir müssen unsere Wahl treffen.«

Geoffrey half seinem Bruder die Treppe hinunter. Der Tag war schon warm, noch war keine Brise aufgekommen, und am Himmel war keine einzige Wolke zu sehen.

Was für eine fürchterliche Pflicht, dachte Geoffrey, als er in dem Schwarm aus Frauen und Mädchen jeden Alters und jeden Umfangs hin und her ging. Sein erster Fehler war es, diejenigen nach ihrem Namen zu fragen, die ihm vom Äußeren her gefielen. Nach zu vielen Antworten gingen alle Namen in seinem Gedächtnis wild durcheinander.

Geoffrey achtete besonders auf die, die Christian nicht anstarrten. Leider waren das gleichzeitig diejenigen, die nicht gerade sonderlich hübsch anzusehen waren. Die in die engere Wahl kamen, waren alle dünn, mit Ausnahme von fünf Frauen, die hochschwanger waren. Die schickte er gleich fort.

Ganz gewiss, so dachte er beim Anblick dieses Trupps von Hoffnungsvollen, werden die Mädchen in diesem Dorf alle viel zu hübsch geboren. Es waren einfach zu viele, die Entscheidung fiel schwer.

Und Christian stand da, er hatte Augen für nur eine von ihnen. Sie war scheu und wich die ganze Zeit zurück. Geoffrey zog sie vor. Sie stand da, starrte auf ihre nackten Füße und wollte ihm einfach nicht in die Augen sehen. Sie war sehr nervös, fast so nervös wie er. Er deutete auf die, die bleiben sollten, und die anderen kehrten nach Hause zurück, manche froh, die meisten nicht.

Dreizehn Mädchen waren übrig geblieben. »Wer ausgewählt wird, hat zu kochen, sauber zu machen und sich um meinen Bruder zu kümmern. Wer ausgewählt wird, muss hier im Haus wohnen, wer von euch also verheiratet ist, kann jetzt sofort gehen.« Fünf gingen fort. Nur fünf. Das machte die Entscheidung schließlich etwas leichter. Die acht Verbliebenen musterte Geoffrey genau, als er seinen Bruder näher heranbrachte. Fünf scheuten zurück wie Pferde vor einem über die Ufer tretenden Fluss, und die entließ Geoffrey sofort. Die erste der restlichen drei, die er ansprach, redete so leise, dass er kaum ein Wort verstand. Er wollte seine Zeit nicht damit vergeuden, sich jedes Wort von ihr, das sie gesagt hatte, wiederholen zu lassen. Sie sagte, ihr Name sei Mirielle, so jedenfalls hörte es sich für ihn an. Geoffrey ließ sich ihre Hände zeigen, und er sah, dass sie schmutzverkrustet waren. Wenn sie sich schon selber nicht sauber halten konnte, wie sollte sie dann sein Haus in Ordnung halten? Unaufhörlich lief ihr die Nase, und das war nun wirklich eine Zutat, die er in seinem Essen nicht brauchte. Er entließ sie. Er trat auf die Nächste zu, die Scheue. Sie war eine wirkliche Schönheit. Er sah zu seinem Bruder hinüber. Ein Ausdruck zeigte sich in Christians Augen. Was war es? Hoffnung? Geoffrey konzentrierte sich auf die vor ihm liegende Aufgabe. »Du heißt?«

»Agnes, Monsieur.« Für eine Leibeigene drückte sie sich sehr vornehm aus. Zu vornehm.

»Du hast eine Erziehung genossen?«

»Oui, Monsieur. Mein Vater war sehr gebildet und ein hoch gerühmter Barde, der einst viele Jahre lang bei dem Vicomte D'Abadie von Toulouse in Stellung war.«

Wie kann es sein, so fragte er sich, dass diese Leibeigene wie ein Edelfräulein spricht? »Wo ist dein Vater jetzt?«

»Tot, Monsieur. Seine klugen Worte waren sein Untergang. Ich habe nun keine Familie mehr.«

»Kannst du kochen?«

»Oui, Monsieur. Ich kann kochen und sauber machen, und ich nähe auch sehr gut.«

»Hast du Angst vor meinem Bruder?«, fragte er.

Agnes sah zu Christian, und in ihren Augen leuchtete nur

Mitleid auf. »Non, Monsieur. Ich habe keine Angst vor Eurem Bruder.«

Geoffrey sah sich ihre Hände an. Sie waren sauber, und ihr strohfarbenes Haar glänzte in der Sonne. Obwohl ihre Kleider aus nicht viel mehr als Lumpen bestanden, waren sie doch ordentlich geflickt und rochen auch sauber.

»Agnes«, sagte er leise zu sich, als ob die Wiederholung des Namens ihm helfen würde, ihn sich einzuprägen.

»Monsieur?«

»Wo wohnst du?«

»Bei der Wassermühle, Monsieur.«

»Da steht aber kein Haus.«

»Ganz recht, Monsieur. Wenn der Schnee kommt, darf ich im Haus der Dumonts schlafen. Ganz unten, bei den Tieren.«

Eine ohne Familie und ohne Haus? »Du bist eingestellt. Geh jetzt und hol deine Sachen. Du fängst heute noch an.«

Agnes nickte und ging direkt auf Geoffreys Haus zu.

»Ich habe gesagt, du sollst deine Sachen holen.«

»Mehr als das hier besitze ich nicht, Monsieur.« Sie trug nichts weiter als eine alte Decke bei sich.

»Dann rauf mit dir. Schaff die Spinnen fort.«

Agnes nickte und ging die Treppe hinauf. Da merkte er, dass das dritte und letzte Mädchen immer noch wartete. »Du wirst nicht gebraucht«, sagte er, und betrübt ging sie davon.

Geoffrey war höchst zufrieden mit seiner Wahl. Er drehte sich zu Christian um und legte ihm den Arm um die Schultern. »Ich sehe da ein Leuchten in deinen Augen, Bruder.«

Christian lächelte.

»Sollte ihr Essen genauso gut sein wie ihr Gesicht hübsch und ihr Wesen angenehm, werden wir zwei wahrhaft glückliche Männer sein.«

Christian stimmte zu, das heißt, Geoffrey hoffte, dass er es tat.

»Und immer noch entdeckst du die Hübschen zuerst.«

Christian drehte sich um und versuchte, allein die Treppe hinaufzugehen.

Ella kratzte die Reste aus den Schüsseln in den Eimer, als sie auf der Treppe das Klacken von Metall hörte. Mit pochendem Herzen sah sie sich um. Ihre Gebete wurden nicht erhört.

Die letzten fünf Stufen sprang Gabriel in die Küche hinunter. Seine Augen waren lebhaft und funkelten, waren voller guter Laune heute.

»He, altes Weib«, sagte er fröhlich.

»Herr.«

»Du hast doch wohl gestern Abend nicht versucht, mir etwas anzutun?«

»Ich, Herr?«

»Ich, Herr?«, machte er sie nach. »Dir habe ich es zu verdanken, dass ich den besten Bogenschützen weit und breit verloren habe.«

Verloren, dachte sie. War der arme kleine Mann denn in der Nacht gestorben? »Ich weiß nicht, was Ihr meint, Herr.«

Wieder äffte er ihre Unschuldsbeteuerung nach. Wieso fand er das nur so komisch? »Wo ist der Stumme?«

»Er holt Wasser aus dem Brunnen.«

»Wenn du mich anredest, altes Weib, rede mich gefälligst so an, wie ich es gewohnt bin!« Heftig schlug er mit der Faust auf den Tisch, doch Ella zuckte nicht zurück, wie er es erwartet hatte. Zwar hatte sie seine Faust schon einmal zu spüren bekommen und hatte keine Lust auf eine Wiederholung, doch vor einem wie Gabriel Angst zu zeigen hieße, die Bestrafung herauszufordern. Einer wie er weidete sich an der Angst anderer.

»Verzeihung, Herr«, sagte sie leise und kratzte weiterhin die Reste aus den Schüsseln in den Eimer mit dem Futter für die Schweine.

»Mit ›Herr‹ will ich hier nicht angeredet werden. Du wirst mich ›Seigneur‹ nennen.«

»In diesem Haushalt gibt es nur einen Seigneur, Herr, und in dessen Diensten stehe ich. Wie Ihr übrigens auch.« Furchtlos sah Ella ihm in die Augen. Es mochte ja stimmen, dass er sie verdächtigte, sein Essen vergiftet zu haben. Aber der Verdacht allein reichte nicht aus. Bisher hatte der Graf sie noch nicht zur Krankheit des kleinen Bogenschützen befragt, und es hatte den Anschein, dass er das auch nicht beabsichtigte. Den ganzen Vormittag über hatte sie schon gefürchtet, seine Schritte auf der Treppe zu hören. Aber er war mit anderen Dingen beschäftigt – womöglich hatte er sie ja gar nicht im Verdacht?

»Genieß die Zeit, die dir noch bleibt, altes Weib. Denn die findet bald ein Ende.«

Ella beachtete ihn nicht, nahm den Eimer mit den Essensabfällen auf und trug ihn zur Küchentür. Da rief sie nach den Küchenjungen, und sie kamen angelaufen, beide trugen einen Eimer mit frischem Wasser aus dem Brunnen. Solch schwere Eimer und so schmächtige Jungen, dachte sie. »Es scheint, die Jungen sind beschäftigt, Herr. Vielleicht wärt Ihr so freundlich, auf Eurem Weg zum Tor Euren Freunden diesen Eimer mit den Essensabfällen zu bringen?«

Für das, was sie da vorschlug, hätte er sie prügeln können, und ihr Gesichtsausdruck, ihr eisiges Starren und ihr vorgerecktes Kinn forderten ihn dazu regelrecht heraus. Gabriel lachte und lehnte sich an die Mauer. Eine Weile musterte er seine Finger, ehe er sagte: »Hast du gesehen, was gestern Früh in diesem Eimer lag? Nein? Dann lass mich dir sagen, altes Weib, wie sehr den Schweinen ein Stückchen ungeborenes Menschenfleisch schmeckt. Und vielleicht wäre ja etwas reiferes Fleisch noch mehr nach ihrem Geschmack.« Er zog das Messer aus seinem Gürtel und reinigte sich damit die Fingernägel. Als er die

Frau schließlich wieder ansah, war ihr Gesicht ganz weiß. Der Trotz war aus ihren Augen gewichen.

Er drehte sich um, als er die Stimme auf der Treppe hörte: »Ella, Mademoiselle Adelina ruft nach dir. Sie ist schon ganz ungeduldig.«

»Es scheint, für dieses Mal bist du gerettet. Für dieses Mal.«

»Genau wie Ihr«, sagte Ella.

Das neue Mädchen, Jennet, kam die Treppe herunter, immer noch rufend. Erst als sie Gabriel erblickte, schwieg sie. Ella drückte Gabriel den Eimer in die Hand. »Hier. Eure Freunde warten, Herr.« Gabriel stellte den Eimer ab, und mit einer einzigen schnellen Handbewegung stieß er Ella mitten durch die Küche. Mit einem dumpfen Schlag landete sie auf dem Boden. Gabriel drehte sich zu Jennet um. »Hier, Mädchen, kümmere du dich darum.«

Jennet nahm den Eimer, und gleichgültig sah Gabriel zu, wie sie schnell den Burghof überquerte und auf den Schweinestall nahe beim Tor zuging, dort den Inhalt des Eimers über den Zaun hinweg ausleerte und schließlich zurückkam. Er sah zu dem stummen Küchenjungen hin und sagte: »Los, Junge, komm mit.«

Der Kleine gehorchte. Gabriel legte dem Jungen die Hand auf den Kopf und erkundigte sich bei dem anderen Küchenjungen: »Wie heißt er?«

»Ich nenne ihn Antoine, Herr.«

»Antoine. Zeit für deine erste Lektion.«

Zwei volle Tage hatte Adelina gleichsam wie eine Gefangene gelebt, denn der grässliche alte Mönch, der den Unterschied zwischen einem gebrochenen Bein und einem heftigen Fieber nicht kannte, hielt sie für zu krank und zu schwach. Und ihre Mutter glaubte ihm jedes Wort, ihrer Tochter aber gar nichts. Noch einen Tag im Bett würde Adelina nicht überstehen. Sollte man sie dazu zwingen, würde sie wahnsinnig werden.

Am dritten Tag, als Jennet Adelina das Frühstück brachte, traf sie eine Herrin an, die aus dem Bett aufgestanden war und eine ganze Reihe von Befehlen zu erteilen hatte. Während sie ihr beim Waschen half, wurde nicht viel gesprochen. Erst als Adelina angekleidet war, mit Tunika und Männerhose, setzte die Unterhaltung ein. Über die Kleiderwahl wagte Jennet kein Wort zu verlieren.

»Gibt es Neues von Geoffrey?«

»Die Arbeiten am Graben haben begonnen. Leider sind die Leute auf Fels gestoßen, sagt mein Bruder jedenfalls. Alles andere als freundlich.«

»Hat dein Bruder auch erzählt, wie es Geoffrey und Christian geht?«

»Nein, Herrin, aber ich werde mich erkundigen.«

»Wie ist denn ihre Dienstmagd so?«

»Es scheint, das Mädchen in ihren Diensten sieht Euch etwas ähnlich, Herrin. Aus allen Mädchen des Dorfes wurde sie gewählt, wegen ihres hübschen Gesichts, heißt es. Sie stammt nicht aus unserem Dorf, sie lebte ganz allein bei der Wassermühle. Jetzt allerdings lebt sie bei Geoffrey im Haus und kümmert sich um Christian. So sagen die Leute. Alles andere als freundlich.«

»Viele sind eifersüchtig.«

»Meine jüngere Schwester wurde völlig übergangen. Gut, sie ist nicht sonderlich hübsch, aber sie kann ordentlich zupacken.«

»Und Männer entscheiden sich für das hübsche Gesicht, um ihre eigene Person aufzuwerten. Steck mir das Haar hoch, und befestige es gut. Es wird zu heiß heute, um es offen zu tragen.«

Nur verheiratete Frauen trugen ihr Haar hochgesteckt, aber Jennet traute sich nicht, etwas zu sagen.

»Ich wünschte, es wäre kurz. Bis hier.« Adelina fasste sich an die Schulter, dann ans Ohr. »Oder bis hier, das wäre noch besser. Schneidest du auch Haare, oder spielst du nur damit herum?«

»Ich habe meinem Bruder und meinem Vater die Haare geschnitten, aber Euer Haar würde ich nicht schneiden, Herrin«, sagte Jennet, als sie mit Adelinas herrlichem Haar hantierte. »Euer Haar ist viel zu herrlich, und Ihr würdet es sofort bereuen, denn die Locken bringen so viel Leben in Eure Augen.« Jennet kämmte das dichte rote Haar und flocht es versonnen zu Zöpfen. »Was ist, wenn Ihr einem gut aussehenden Edelmann begegnet, der sich fragen muss, ob Ihr Junge oder Mädchen seid?«

»Willst du sagen, dass ich mit kurzen Haaren wie ein Mann aussehe?«

»Das war nur ein Scherz, Herrin.«

»Aber ich scherze nicht. Los, antworte.«

Aufmerksam musterte Jennet ihre Herrin. »Mit einem schmutzigen Gesicht vielleicht, und vorausgesetzt, Ihr redet kein Wort …« Sie hielt inne, als sie Adelinas Körper betrachtete. »Nein. Verzeiht, Herrin, aber Ihr seid viel zu hübsch, als dass man Euch je für einen Jungen halten könnte.«

»Du bist eine ziemliche Klatschbase, nicht?«

»Ich, Herrin?«

»Was in diesem Raum gesprochen wird, erzählst du nicht weiter. Dass das ein für alle Mal klar ist.«

»Ja, Herrin. Ich weiß.«

Adelina wusste nicht, ob sie ihr glauben konnte. Hatte sie nicht gerade eben über Geoffreys Dienstmagd geklatscht? »Ich brauche Lumpen, Mädchen. Ganz viele Lumpen. Die wirst du von den Waschfrauen stehlen müssen, aber nicht alle auf einmal. Erwischen sie dich, dann weiß ich von nichts.«

»Darf ich fragen, wozu Ihr Lumpen braucht? Wird es Euch bald nach Art der Frauen ergehen?«

»Dieu! Wie kannst du von so etwas Entsetzlichem sprechen? Dafür brauche ich keine Lumpen«, sagte sie leise und verdrehte die Augen. »Ich will mir eine neue Stechpuppe machen. Meine alte hat Geoffrey verbrannt, als er sie entdeckte. Auch meine Armbrust hat er zerbrochen, er hat sie nämlich aus dem Fenster geworfen. Es heißt, ein Bauer wurde dabei verletzt.«

»Herrin? Was ist denn eine Stechpuppe? Und wozu könnte jemand wie Ihr eine Armbrust gebrauchen?«

»Ach, Mädchen, du bist hier, um mich zu bedienen, nicht um mir endlos Fragen zu stellen. Aber wenn du es denn schon wissen musst, eine Stechpuppe ist eine Figur aus Lumpen, welche die Ritter bei ihren Waffenübungen als Ziel benutzen.«

Jennet fiel die Kinnlade herunter, und Entsetzen spiegelte sich in ihren Augen. »Aber Herrin, wieso solltet Ihr Euch im Kämpfen üben, wenn Ihr doch an Heirat und Familie denken müsst?«

»Weshalb sollte ich an solch einen Unsinn denken?«

»Ich tue das. Oft sogar. Alle Mädchen, die ich kenne, tun das.«

»Dieu! Bin ich etwa du oder eines der anderen Mädchen, die du kennst? Da muss doch in deinem Kopf noch etwas anderes vor sich gehen als Gedanken an Heirat und Familie, oder?«

»Was denn anderes?«, fragte Jennet erstaunt.

Adelina ignorierte die Gegenfrage. »Wie alt bist du?«, wollte sie wissen.

»Achtzehn.«

»Bist du schon verliebt?«

Jennet lächelte, und in ihre Augen trat ein seltsames Leuchten, als sie sagte: »Er heißt Etienne, und er hat es gar nicht gern, dass ich hier bin, denn so kann er mich nicht mehr jeden

Tag sehen. Er fürchtet, dass Graf Robert uns die Erlaubnis zur Heirat verweigern wird, wo ich doch nun hier arbeite.«

»Etienne? Sieht er gut aus?«

»O ja, Herrin. Sehr gut.«

»Ist er nett zu dir?«

»Nett, Herrin?«

»Ist er mehr als alle anderen dein Freund?«

Verwirrung umschattete Jennets Blick. »Wir hoffen, wir können bald heiraten und werden dann viele Kinder haben.«

Das konnte Adelina nicht begreifen. Schon oft hatte Geoffrey versucht, ihr die Liebe zu erklären; einmal hatte er gesagt, dass sie schon sicher sein würde, was Liebe ist, wenn sie erst Liebe fühlte. Also war es vielleicht wirklich eine äußerst seltsame Sache, so seltsam, dass dieses Mädchen daran denken konnte, jemanden zu heiraten, der weder nett noch ein enger Freund war. Und wenn er nur gut aussah, was sollte dann werden, wenn sein Gesicht sich mit dem Alter veränderte?

»Es heißt, Ihr hättet Christian, Euren Vetter, heiraten sollen.«

»Das stimmt.«

»Und wen sollt Ihr jetzt heiraten?«, fragte Jennet.

»Niemanden. Weshalb trödelst du denn so? So lange kann es doch nicht dauern, die Haare hochzustecken.«

»Ich bin lieber hier bei Euch, Herrin, als unten in der Küche.«

Einen Moment lang herrschte Schweigen. Allmählich erwärmte sich Adelina für dieses Mädchen, begriff aber, dass das ein Fehler war, denn bald schon würde sie wieder gehen und eine Neue würde ihren Platz einnehmen. Trotzdem fragte sie: »Und da willst du Etienne heiraten, wo du keine Küchen magst? Wenn du erst einmal einen Ehemann hast, wirst du nur noch kochen. Du tust nichts anderes mehr als kochen und schreiende Babys zur Welt bringen, Jennet. Willst du das wirklich?«

»Ja, Herrin, sehr sogar.«

Adelina war ganz schwindlig. Es war völlig zwecklos weiterzureden. Dieses Mädchen würde nie Vernunft annehmen. Schließlich hatte Jennet das hüftlange Haar ihrer neuen Herrin aufgesteckt. Sie stand von ihrem Stuhl auf, und da sah sie, dass Jennet die Schuhe trug, aber ihr Kleid war dasselbe wie am vorherigen Tag. »Hast du keine anderen Kleider?«

»Nein, Herrin.«

»Wenn mein Vater dir die Erlaubnis gibt zu heiraten, komm zu mir und sage mir Bescheid, dann gebe ich dir ein Kleid, das du bei der Hochzeit tragen kannst. Vielleicht kann ja auch Etienne in der Burg arbeiten. Was macht er eigentlich?«

»Er ist Zimmermann, Maurer und Bauer, Herrin. Ich bin sehr stolz auf ihn. Er kann alles.«

Allmählich fand es Adelina langweilig, Jennets Blick zu sehen, jedes Mal wenn Etienne erwähnt wurde. Lieber Gott, bewahre mich vor diesem Liebesmartyrium, dachte sie. Die Liebe hält den Kopf davon ab, ordnungsgemäß zu funktionieren. »Ich werde mit meinem Vater sprechen, wenn die Zeit gekommen ist. Fürs Erste hilfst du mir, eine neue Stechpuppe zu fertigen. Cateline hat die gestohlenen Lumpen immer unter ihrem Kleid versteckt und sie dann zu mir geschmuggelt.«

»Ja, Herrin.«

»Für Cateline war das einfacher, denn ihre Mutter hat in der Waschküche gearbeitet und sich leicht ablenken lassen, du musst dir also etwas einfallen lassen.«

»Ja, Herrin«, sagte Jennet, die schon überlegte, wie sie diese Lumpen stehlen sollte. Zunächst musste sie einmal herausfinden, wo die Waschküche überhaupt war. Schon dreimal hatte sie sich in der Burg verlaufen und einen Jungen nach dem Weg fragen müssen, der allerdings stumm war, wie sie später herausfand. Jennet ging zur Tür.

»Warte, ich bin noch nicht fertig mit dir.«

»Herrin?«

Adelina stand beim Fenster und schaute zu Louis und Acelin hinunter, die sich auf dem Burghof freundschaftlich rangelten. »Sag mir, was ihr, du und Etienne, so treibt, wenn ihr allein seid.«

»Ach, Herrin …«, sagte Jennet und gab sich alle Mühe, nicht vor lauter Verlegenheit loszulachen.

»Ich will es wissen.«

»Für uns ist das anders, Herrin.«

»Ich weiß schon, dass es anders ist, denn du bist nur eine gewöhnliche Leibeigene, aber ich will es trotzdem wissen.«

»Würde man uns entdecken, würden wir Ärger bekommen.«

»Ich verrate euch schon nicht.«

Als sich Adelina zu der Dienstmagd umdrehte, lag nagende Wissbegier in ihrem Blick. Jennet schaute auf ihre Finger, dann hinunter auf die Schuhe, die sie geschenkt bekommen hatte; Schuhe, die sie seitdem kaum ausgezogen hatte; Schuhe, auf die sie stolz war, Schuhe, die viele wollten, also trug sie sie ständig, aus lauter Angst, sie könnten gestohlen werden. Ihre neue Herrin war wirklich sehr großzügig.

»Wir warten, bis es dunkel ist und alle in seinem Haus schlafen, dann klettere ich aus dem Fenster, und wir treffen uns im Weinberg. Er arbeitet den ganzen Tag, und ich auch, und wir sehen uns längst nicht so oft, wie wir das gern wollen.«

»Sieht er dich seltsam an?«

Das Mädchen nickte.

»Legt er seine Arme um dich und küsst dich?«

»Ja, Herrin. Das und noch mehr.«

Einen Moment lang sagte Adelina nichts. »Und wie ist das so?«, fragte sie dann leise.

»Es ist … besser als die beste Freude«, antwortete sie.

Adelina drehte sich wieder zum Fenster um, und nicht zum

ersten Mal fragte sie sich, wie wohl Christians Berührungen und Küsse gewesen wären.

»Aber ich bin mir sicher, das findet Ihr eines Tages schon noch selber heraus. Ein vornehmer Edelmann wartet auf Euch.«

»Geh jetzt. Kümmere dich um deine Pflichten in der Küche, denn so etwas wie Ellas Zorn hast du noch nicht erlebt. Geh! Tu schon, was ich dir sage!«

Jennet ging und fragte sich, was sie nur diesmal wieder getan haben mochte, um das Missfallen von Mademoiselle Adelina zu erregen.

Adelina starrte aus dem Fenster. Mit der Rangelei hatten sie aufgehört, jetzt übten sie sich im Bogenschießen. Wäre Geoffrey jetzt hier, hätte er ihr erlaubt, auch einige Pfeile loszuschießen. Aber Geoffrey war nicht hier und würde auch nie mehr zurückkehren.

Sie seufzte und wandte sich wieder ab. Geoffrey ging ihr ständig im Kopf herum. Hätte sie vor ein paar Tagen gewusst, dass sie ihn zum letzten Mal sehen würde, hätte sie diese Gelegenheit besser genutzt, und dann müsste sie jetzt nicht eine Dienstmagd fragen, wie es wäre, geküsst und umarmt zu werden. Sie erinnerte sich noch daran, wie Geoffrey vor gar nicht allzu langer Zeit im Stall sein Pferd gesattelt hatte. Sie war hereingekommen und hatte aus lauter Langeweile gefragt, wohin er denn wolle.

»Ins Dorf, Kleines«, hatte er geantwortet. So nannte er sie immer, wenn niemand sonst in der Nähe war, und immer mit einem Lächeln. Aber an dem Tag, wie auch schon an vielen Tagen zuvor, hatte es kein Lächeln gegeben. Sie hatte zugesehen, wie er sein Pferd sattelte, und sie saß auf dem Geländer und streichelte den Kopf des Pferdes zwischen den Ohren, wo es das besonders gern hatte.

»Ich würde gern mit dir kommen.«

»Lieber nicht. Ich werde den ganzen Tag unterwegs sein. Und Dienstbotenessen mögt Ihr nicht; außerdem würdet Ihr Euch bald langweilen und nach Hause zurückwollen.«

»Wieso musst du denn ins Dorf?«

»Es gibt Streit dort, und Euer Vater will, dass ich ihn schlichte.«

»Weshalb schickt er denn nicht Gabriel?«

»Gabriel? Ha. Der würde sie alle köpfen lassen, zur Strafe dafür, dass sie seine Zeit verschwendet haben. In unseren Augen handelt es sich nur um eine Kleinigkeit, aber für die beiden Betroffenen wächst das Problem stündlich mehr und mehr zu einem riesigen Berg.«

»Ich will mitkommen und Zeuge deines diplomatischen Geschicks und Urteilsvermögens werden.«

»Ablenkung kann ich keine gebrauchen, Kleines. Tut mir Leid, nein. Ihr könnt nicht mit.«

»Aber ich bin doch keine Ablenkung. Ich bin deine Freundin.«

»Ich habe zweimal Nein gesagt, und ich sage auch noch hundertmal Nein.« Er hatte sein Pferd auf den sonnigen Burghof geführt, und Adelina ging hinterher. Ihre Blicke begegneten sich, aufschauen brauchte sie jetzt nicht mehr zu ihm. »In meiner Kammer liegt ein Buch, das Euch vielleicht interessiert und die Langeweile ein wenig in Schach hält. Ich muss fort.« Mühelos stieg er auf.

»Was habe ich dir bloß getan, Geoffrey?«, hatte sie gefragt.

»Ich weiß nicht, was Ihr meint«, hatte er erwidert.

»Seit Wochen schon hast du keine Zeit mehr für mich.«

Mit einem seltsamen Ausdruck in den Augen, wie sie ihn noch nie zuvor gesehen hatte, schaute er auf sie herab. »Ich kann jetzt nicht reden, Kleines. Ich muss fort. Wir unterhalten uns später.«

Und dann war er fortgeritten, allein.

Den ganzen Tag hatte sie auf seine Rückkehr gewartet, und als er endlich kam, war es zu spät fürs Abendessen, und am Würfelspiel beteiligte er sich auch nicht. Er erzählte lediglich ihrem Vater vom Ausgang der Streitigkeiten und zog sich müde in seine Kammer zurück. Er hatte sie nicht einmal angesehen, als er da vorbeiging, wo sie über einem Wandteppich saß und dem albernen Geschwätz über Schlachten zuhörte. Also hatte Adelina ihre Stickarbeit beiseite gelegt und hatte allen eine gute Nacht gewünscht. Sie hatte die Tür zu Geoffreys Kammer geöffnet, als er sich gerade auszog. Er merkte erst, dass sie in der Tür stand, als es schon zu spät war.

»Adelina! Könnt Ihr Euch denn nicht bemerkbar machen!« Das hatte er schnell und voller Zorn gesagt, sich die Hose noch einmal hochgezogen und fest zugemacht. Adelina tat, als habe sie nichts gesehen, denn er war peinlicher berührt als sie. »Würde ich Euch das denn antun?«

Sie zuckte mit den Schultern, ihr wäre das egal gewesen. »Weshalb bist du so wütend auf mich?«

»Ihr schleicht Euch viel zu oft heimlich an. Ich habe hier überhaupt kein Privatleben mehr!« Er beugte sich vor und kratzte sich den Kopf. Adelina sah sich um. Sie wollte sich davon überzeugen, dass niemand in der Nähe war, dann betrat sie den Raum und schloss die Tür. Sie nahm die Fackel von der Wand und setzte sie in ihre Halterung am Bett.

»Du hast gesagt, wir würden uns unterhalten.«

»Ich bin sehr müde. Können wir das nicht auf ein anderes Mal verschieben?«

»Nein, denn beim nächsten Mal findest du eine andere Ausrede. Setz dich, dann lause ich dich. Tu, was ich sage, oder ich befehle es dir.«

Geoffrey setzte sich aufs Bett und beugte den Kopf, und Adelina setzte sich auf den Hocker vor ihn und suchte nach

Flöhen und Läusen, die sie mit ihren kurzen Fingernägeln zerknackte. »Ach, Geoffrey«, sagte sie leise, »ich gebe mir solche Mühe, die Dame zu sein, als die du mich so gern sehen willst.«

»Dann müsst Ihr Euch eben noch mehr Mühe geben.«

»Das ist so schwer. Ich habe nicht dieselben Interessen wie meine Mutter. Ich kann nicht den ganzen Tag lesen oder Briefe schreiben oder die ganze Zeit bloß an einem Wandteppich sticken. Jetzt, da ich eine erwachsene Dame bin, gibt es für mich überhaupt nichts mehr zu tun. Ich will mit dir ausreiten. Ich vermisse unsere Spiele in den Wäldern.« Sanft wickelte sie sich eine Haarsträhne um die Finger. Geoffrey hob den Kopf und sah sie an.

»Ich gebe mir solche Mühe, die zu sein, die du in mir sehen willst, aber trotzdem nimmst du keine Notiz von mir.«

»Ich habe Augen im Kopf«, war alles, was er zu erwidern wagte.

»Vielleicht, aber können die auch wirklich sehen? Dir fällt gar nicht auf, dass dieses Grün, das ich trage, genau die Farbe meiner Augen ist. Louis hat es bemerkt, und er hat auch gesagt, wie hübsch ich bin. Aber das hat er so schnell gesagt, bestimmt war es gelogen.«

Darauf schwieg sie. In diesem Moment hätte sie gern bestätigt bekommen, dass sie schön sei, aber Geoffrey sagte nichts.

»Dir fällt auch nicht auf, dass ich mein Haar jetzt anders trage und dass ich mir Mühe gebe, nicht mehr an den Fingernägeln zu kauen. Dir fällt nicht einmal auf, dass ich beim Abendessen neben dir sitze. Dir fällt nicht auf, dass ich meine Suppe nicht mehr schlürfe. So vieles siehst du nicht. Kommt das, weil wir keine Freunde mehr sind, oder hat dir jemand deine Zuneigung für mich gestohlen?«, fragte sie und berührte seinen nackten Arm. Gänsehaut regte sich unter ihren Fingerspitzen, und Geoffrey erschauerte. In seinem Blick lag Angst.

»Ich bin müde, Adelina. Bitte, wollt Ihr mich nicht schlafen lassen?«

»Du sprichst nicht einmal mehr mit mir.« Sie legte die Hände in den Schoß, obwohl sie sich verzweifelt wünschte, ihm wieder durch die Haare zu fahren, seine Haut, die so zart war, zu berühren.

»Versteht Ihr denn nicht, dass Ihr kein kleines Kind mehr seid? Ich ertrage es einfach nicht, in Eurer Nähe zu sein.«

»Aber wieso? Das begreife ich nicht.«

»Geht. Bitte, geht. Ihr seid einem anderen versprochen. Mir gefällt nicht, wohin das hier führen könnte.« Sehr seltsam war der Ausdruck in seinen Augen gewesen. Die Hände, die er auf den Knien liegen hatte, ballte er zu Fäusten. Er wandte den Kopf ab.

»Du siehst mich ja nicht einmal mehr an.« Tränen traten ihr in die Augen, und schnell stand sie auf. Ich weiß schon, wieso, dachte sie. Ich bin hässlich. Deshalb will er mich nicht mehr als Freundin. Ich bin hässlich. Adelina war aus seinem Zimmer gelaufen, die Tränen krampfhaft zurückhaltend.

Jetzt kamen ihr wieder die Tränen, und die Erinnerung war so lebhaft, als wäre es erst gestern gewesen. Adelina wischte sich mit dem Ärmel übers Gesicht und verließ ihr Zimmer. Sie hatte gehört, dass Raoul verwundet worden war, und wollte ihn finden, und dann war da ja noch der kleine Bogenschütze, ganz vage wusste sie noch, dass er sich auf Louis' Bett in Krämpfen gewunden hatte.

Sie ging die große geschwungene Treppe hinunter. Die Tür zur Kammer von Louis war geschlossen. Sie klopfte an und wartete. Es kam keine Antwort. Adelina machte die Tür auf und steckte den Kopf ins Zimmer. Der kleine Mann mit dem seltsamen Gesicht lag auf der Seite, mit Blick auf die Tür. Er sagte etwas und lächelte sie an. Was für ein bezauberndes Lächeln er hatte. Er wirkte immer noch krank, sehr krank, und doch wurde er so mühelos fertig mit seinen Schmerzen.

Wenn er das konnte, dann konnte sie das auch.

Adelina lächelte zurück.

Kapitel Elf

Es war dunkel und stickig in dem Zimmer. Adelina zog den schweren Vorhang zurück, und das Sonnenlicht fiel auf Dedwyds Gesicht. Seine Augen funkelten, und er plapperte weiter in seiner exotischen Sprache.

Ich werde ihm unsere Sprache beibringen müssen, dachte sie und trat an seine Pritsche. Er stank erbärmlich, und um seinen Mund herum klebte verkrustetes Blut. Seine Lippen waren aufgesprungen, aber Wasser war keines da. »Wer kümmert sich denn um dich?«, fragte Adelina überflüssigerweise.

Adelina rief nach Jennet, befahl ihr, einen Krug mit Wasser und dazu Seife und saubere Kleidung zu bringen. Der kleine Mann lag da und musterte sie aufmerksam. Er stellte eine Frage, eine, die sie nicht verstand und noch weniger beantworten konnte.

Adelina setzte sich auf den Hocker beim Bett, und sie nahm seine Hand. »Du wirst leben«, sagte sie. Er verstand nicht, also drückte sie seine Hand und lächelte. Wahrlich ein seltsamer kleiner Mann. Sein Gesicht war rund wie der Mond, und seine Augen waren weder braun noch grün. In einem fort lächelte er, sogar wenn der Anflug eines Stirnrunzelns auf seinem Gesicht lag, noch nie zuvor hatte sie jemanden lächeln und gleichzeitig die Stirn runzeln sehen. Allein schon weil er es tat, wollte Adelina auch lächeln. Wahrlich seltsam. Er sah auf ihr Gesicht, ihre Kleidung und vor allem ihr Haar, und schaute so, als frage er sich, wohin es denn verschwunden war, als Jennet hereinkam und die Sachen brachte, um die Adelina gebeten hatte.

Zunächst goss Adelina etwas Wasser ein, damit der kleine Mann trinken konnte. Das tat er dann auch gierig und wischte sich den Mund an der Hand ab. Was er dann sagte, sollte vielleicht »danke« bedeuten.

»Merci«, sagte sie.

Er versuchte, es zu wiederholen.

»Ich bin Adelina, die Tochter von Robert, Eurem Grafen und Herrn. Das ist meine Dienstmagd, Jennet.«

Dedwyd schaute zu Jennet, doch Augen hatte er im Grunde nur für Adelina. Er versuchte, ihr die Hand zu küssen, und Adelina zog sich zurück und sagte: »Nein. Vielleicht, wenn du sauber bist.«

Adelina setzte sich zurück und sah zu, wie Jennet den kleinen Mann wusch. Das gefiel ihm ganz und gar nicht. Auch sein Bett wurde frisch bezogen, und als das Martyrium endlich vorüber war, wurde Jennet hinausgeschickt. In einem fort redete der kleine Ausländer, als ob er irgendetwas wollte. Schnell drehte sich Adelina zur Tür um, als sie Gabriel sagen hörte:

»Er sagt, er würde gern einen Kranz flechten aus Sternen, die mit ihrem Glanz den Sternen gleichkommen sollen, die aus Euren Augen strahlen. Nur eine sehr freie Übersetzung.«

»Du verstehst dieses Gebrabbel?«

»O ja. Er hält sich für einen Dichter, aber seine Fähigkeiten sind, nun, wie soll ich sagen, eher praktischer Natur. Ich habe gesehen, wie er fünf Männer erlegt, aber nur einmal seinen Bogen gespannt hat.«

Gabriel breitete die Finger aus, wie um ihr zu zeigen, wie die Pfeile sich verteilt hatten. Dann deutete er auf den mächtigen Bogen und die Sammlung von Köchern an der Wand. Wo auch immer Dedwyd war, seine Waffen waren ganz in seiner Nähe. Dieser Mann besaß kein Schwert, keine Streitaxt, keinen Streitkolben, und er trug auch kein Kettenhemd. Nur ein Brustschutz aus sehr festem Leder lehnte an der Wand. Ihr Großvater, so hieß es, hatte früher solch eine Rüstung getragen. Vielleicht konnte sich der kleine Mann ja nichts anderes leisten.

»Ist er dein Gefolgsmann, Gabriel?«

»Leider ja, aber nicht mehr lange. Er gehört jetzt Louis. Ich höre, Ihr habt ihm das Leben gerettet«, sagte Gabriel, als er sich an die offene Tür lehnte und aufmerksam seine Fingernägel musterte. »Nicht, dass es von Bedeutung wäre, er gehört mir ja nicht mehr.«

Aber Gabriel warf dem kleinen Mann einen Blick zu, als ob es doch von Bedeutung wäre, jedenfalls kam es Adelina so vor. »Wenn ich ihm tatsächlich das Leben gerettet habe, erinnere ich mich nicht mehr daran.«

Einen Moment lang herrschte Schweigen. Gabriel sagte nichts, und Adelina fiel auch nichts ein, trotzdem blieb er dort bei der Tür stehen und musterte weiter seine feingliedrigen Hände. Auch Geoffrey tat das zuweilen, wenn ihm allerlei Fragen durch den Kopf gingen und ihm keine einfache Möglichkeit einfallen wollte, sie in Worte zu kleiden.

»Ich höre, du bist einer von denen, die so tapfer gekämpft haben.«

»Gibt es denn auch eine andere Art zu kämpfen?«, fragte Gabriel und trat ganz ins Zimmer.

Weshalb, so fragte sie sich, spricht er mich eigentlich nie mit »Mademoiselle« an? »Hat er das wirklich über meine Augen gesagt, oder erlaubst du dir nur einen Scherz?«

Neugierig musterte Gabriel sie. »Ich glaube, was er gesagt hat, ist wohl wahr.«

Wieder plapperte Dedwyd los.

»Er möchte vor allem wissen, weshalb Ihr geweint habt.«

»Geweint? Ich? Ha. Ich vergieße keine Tränen. Niemals. Sag ihm, wenn ich zufällig doch geweint haben sollte, wäre das allein meine Angelegenheit.«

Gabriel sagte ihm, er solle sich um seinen eigenen Kram kümmern, und wieder trat Leben in die Augen des kleinen Mannes.

»Kann er singen?«, fragte sie.

Gabriel fragte Dedwyd, ob er singe, daraufhin versuchte der, aus dem Bett zu steigen. Adelina schüttelte den Kopf, und er ließ sich wieder fallen, gab sich mühelos geschlagen.

»Er präsentiert sich gern vor Publikum, allerdings habe ich nicht den Wunsch herauszufinden, ob er singen kann oder nicht. Ich glaube, er denkt, er kann.« Gabriel kam näher auf Adelina zu, und sie sah zu ihm hoch, als er sagte: »In seiner Sprache bedeutet sein Name ›glücklich‹. Da hat man ihm als Säugling den richtigen Namen gegeben, denn stets liegt ein Lächeln auf seinem idiotischen Gesicht.«

»Das ist kein idiotisches Gesicht. Das Licht, das aus seiner Seele leuchtet, erhellt die Dunkelheit von allen, die in seiner Nähe sind, ob Freund oder Feind. Siehst du das denn nicht, spürst du es nicht?«

»Ich spüre, dass Ihr allzu lang allzu sehr in Geoffreys Nähe gewesen seid. Dieses ganze Gerede von den Seelen«, sagte Gabriel. »Könnte er der Grund sein, weshalb Ihr geweint habt?«

»Auch du, Gabriel von Lyon, solltest dich lieber um deine eigenen Angelegenheiten kümmern. Ich möchte diesem kleinen Mann unsere Sprache beibringen. Meinst du, er ist schon zu alt zum Lernen?«

Belustigt wandte Gabriel sich ab. Dedwyd war gerade einmal sechsundzwanzig. Gabriel übersetzte, doch der kleine Mann schien nicht so begeistert von dem, was er gehört hatte.

Lächelnd meinte Gabriel: »Unter Umständen lernt er schnell, wenn seine Lehrerin nur ein hübsches junges Edelfräulein mit viel Zeit und guten Absichten, aber wenig Geduld ist.«

»Dein Sarkasmus gefällt mir nicht, Gabriel von Lyon.«

»Ich bin sicher, dass Dedwyd jedes Wort begierig aufnehmen wird, das von Euren Lippen kommt«, versuchte Gabriel schnell seinen Fauxpas wieder gutzumachen. Sein so seltenes Lächeln schien beinahe aufrichtig. Beinahe.

»Ich bin keine von denen, die auf schlichte Schmeichelei hereinfallen, Gabriel von Lyon.«

»Und ich bin keiner von denen, die lügen, wenn Wahrheiten gesagt werden müssen über die Schönheit einer jungen Frau. Vor allem einer jungen Frau, die ihr Möglichstes tut, um ihre Schönheit hinter der Aufmachung eines Pagen zu verstecken.«

Adelina musterte Gabriels attraktives Gesicht. »Du nimmst dir allzu viele Freiheiten mit deiner Zunge heraus.«

»Vielleicht höre ich Euch zu oft zu?«

Adelina wandte sich ab. »Sag ihm, er soll schlafen. Sag ihm, dass der Unterricht beginnt, sobald er sich besser fühlt.«

Gabriel gehorchte und übersetzte anschließend wieder, was der kleine Bogenschütze geantwortet hatte. »Er sagt, er wird Eure Sprache nur lernen, wenn er Euch seine eigene beibringen darf.« Ohne auf eine Reaktion zu warten, verließ Gabriel den Raum.

Adelina zog dem kleinen Mann die Bettdecke bis zum Kinn hoch, berührte seine Stirn, und im Fortgehen hörte sie: »Merci.«

Sie drehte sich um. Er grinste. Wie viele Worte mochte er schon verstehen?

Als sie die Treppe hinunterging, überlegte sie, wie sie den Unterricht mit diesem Fremden beginnen sollte. Wenn sie ihm die Sprache beibrachte, würde er sie womöglich lehren, wie man diesen mächtigen Bogen benutzte, statt sie in seiner Sprache zu unterrichten? Was würde seine Sprache ihr hier nützen? Überhaupt nichts. Doch wie gern würde sie mit seinem Bogen schießen. Jetzt gehörte der kleine Mann Louis, und sie könnte es ihm befehlen, aber zunächst einmal musste er die Worte verstehen, die sie sagte.

Abrupt blieb sie stehen. Ihr Vater saß an der langen Tafel in der Halle. Er sprach mit Abt Jean. Auch Adelina wollte mit ihrem Vater sprechen, aber sie wusste, dass es nicht die rechte Zeit war. Heute würde er ihre Bitte ablehnen, das wusste sie bereits. Sein Gesicht schien sorgenzerfurchter denn je, sein Haar war inzwischen noch grauer geworden. Er saß da wie ein Mann, der schon besiegt war. Offenbar vermochten Weisheit und Tröstung der Kirche ihn heute nicht zu erleichtern. Wenn das überhaupt je möglich war, dachte sie. So lautlos sie konnte schlich sie vorbei, doch er hörte sie. Wie immer.

»Was machst du hier, Mädchen? Du solltest im Bett sein.«

»Ich will in die Küche, Papa. Ich habe solchen Hunger, dass ich nicht mehr bis zur Essenszeit warten kann. Wie geht es Euch heute, Abt?«, fragte sie leichthin, und er antwortete auf dieselbe Weise.

»Es geht dir also besser?«, fragte ihr Vater.

»Viel besser, Papa. Seht Ihr denn nicht, wie beweglich ich schon wieder bin?« Obwohl ihr der Arm beim Hochheben wehtat, ließ sie ihn kreisen, beinahe wie beim Tanz.

»Blutet deine Wunde noch?«

»Nein, Papa. So angezogen bin ich nur, weil diese Kleidung locker und bequem ist.«

»Und das Junge-Spielen macht dir Spaß.«

Sie errötete und senkte den Kopf. Dann schenkte sie ihm einen ihrer unschuldigen »Ich-bin-ertappt«-Blicke, während sie dachte: Ach, Papa, wenn Ihr doch nur alles wüsstet. Es sind keine Jungenspiele, es sind Kriegerspiele.

»Was hast du denn mit deinem Haar gemacht?«

Sie drehte sich um und zeigte den dicken, um den Kopf gelegten Zopf.

»Oh«, sagte ihr Vater und winkte sie fort.

Schnell verabschiedete sich Adelina, und als sie sich auf den Weg die Treppe hinunter zur Küche machte, hörte sie den Abt flüstern: »Ist sie schon im heiratsfähigen Alter?« Auf der Stelle blieb sie stehen und wartete auf die Antwort ihres Vaters, aber es kam keine, also ging sie weiter.

Sie hatte vor, ins Dorf zu reiten und Geoffrey zu besuchen, um sich seinen Graben anzusehen – die einzige Ausrede, die sie gefunden hatte. Und wenn sie jetzt schon aß, würde ihr Vater keinen Verdacht schöpfen, wenn sie beim Mittagessen fehlte. Keiner würde wissen, dass sie überhaupt die Burg verlassen hatte, denn sie konnte die Stallburschen einschüchtern, Ella anlügen und lange vor dem Abendessen wieder zurück sein. Wenn ihre Abwesenheit überhaupt jemandem auffallen sollte, würde sie lediglich die Hilfe von Jennet brauchen, die erzählen sollte, dass sie schlafend in ihrem Gemach lag, dass sie erschöpft war und es ihr doch nicht so gut ging, wie sie gedacht hatte. Ja, sie hatte alles wohl überlegt. Die Stallburschen hatten Angst vor ihr, zwei der Pagen hatte sie bereits verprügelt, und bei den Rittern konnte sie sich erfolgreich aus jeder unangenehmen Situation herausreden. Sie würde Befehl geben, das Tor zu öffnen, und das wäre dann alles.

Ella rührte in einem großen Kessel, und es roch wunderbar, so wunderbar, dass Adelina erst in diesem Augenblick bewusst wurde, wie hungrig sie wirklich war.

»Ist es schon fertig?«, fragte Adelina.

Ella fuhr zusammen und fasste sich mit der Hand ans Herz. Sie hatte einen solchen Schrecken bekommen, dass Adelina schon meinte, sie würde auf der Stelle tot umfallen. »Ihr habt mich zu Tode erschreckt, Herrin.«

»Ich habe Hunger, ist es schon fertig?«

»Ja. Setzt Euch.«

Adelina setzte sich auf den Hocker, der ihr damals, als sie noch klein war, so furchtbar hoch vorgekommen war. Ella schöpfte ihr etwas Eintopf in ihre Schüssel, reichte ihr den Löffel, auf dem ihre Initialen eingraviert waren, und brach ein wenig Brot ab. Adelina begann zu essen. »Wo ist denn Raoul?«, fragte sie.

»Ich glaube, er besucht Michel; sein Arm wird mit jedem Tag schlimmer.«

»Ich vermisse Michel.«

»Er ist viele Jahre fort gewesen, und er ist nur für eine Nacht zurückgekehrt, und Ihr sagt, Ihr vermisst ihn? Wie kann das sein?«

»Ich habe ihn immer vermisst. Und Christian auch. Weil ich von solchen Dingen nicht spreche, heißt das noch lange nicht, dass ich nichts empfinde.«

»Vor allem aber vermisst Ihr Geoffrey.«

Vor Ella konnte man nichts geheim halten. Gar nichts. »Ich werde dem kleinen Bogenschützen Französisch beibringen, damit wir ihn endlich verstehen.«

»Sehr schön, Herrin.«

»Er hat gesagt, meine Augen leuchten wie die Sterne, und er will mir einen Kranz aus Sternen flechten.«

»Aber er spricht doch nicht unsere Sprache.«

»Gabriel hat mir übersetzt, was er gesagt hat.«

Plötzlich umwölkten sich Ellas Augen wie eine Landschaft im Schneesturm. Sie murmelte etwas vor sich hin und klapperte ärgerlich mit ihren Töpfen. »Spricht er oft mit Euch?«

»Oft nicht.«

»Kommt er Euch nahe?«

»Aus großer Ferne schreit er nicht herüber, natürlich kommt er mir nahe. Weshalb verabscheust du ihn so?«

»Er ist ein Ungeheuer.«

Adelina hielt das für komisch.

»Ich scherze nicht. Nehmt Euch in Acht, Herrin, denn er ist böse.«

»Gabriel von Lyon? Böse?« Adelina lachte, und genau in dem Moment erschien Gabriel auf der Treppe. »Ungeheuer!«, sagte sie, und Gabriel warf ihr einen fragenden Blick zu. »Das habe nicht ich gesagt, Gabriel von Lyon, das war Ella.«

Ella konnte nichts anderes sagen als: »Unsere junge Herrin beliebt zu scherzen.«

Gabriel war schon auf dem Weg zum Burghof, da sah er sich um und sagte: »Da muss schon etwas Wahres daran sein, sonst würde unsere Herrin es wohl kaum komisch finden, oder?«

Schnell wandte Ella den Blick ab, und Adelina fragte sich, wieso immer alles passierte, wenn sie gerade krank war. Wieso hegten Ella und der Vasall so starke Hassgefühle füreinander?

»Was ist denn los?«, fragte sie.

»Nichts ist los, Herrin.« Ella widmete sich wieder ihrem Eintopf. Die Küchenjungen brachten vier Hühner mit bereits abgeschlagenem Kopf herein. Hühnchen, vor allem Brathühnchen, war Adelinas Lieblingsessen, aber trotzdem konnte sie den Anblick der toten Hühner nicht ertragen, wenn sie noch ihre Federn hatten, auch die Geräusche waren ihr zuwider, die zu hören waren, wenn man ihnen die Innereien herausholte. Schnell leerte sie ihre Schüssel und lief hinaus.

Die Sonne stand noch nicht im Mittag, trotzdem war es schon ungewöhnlich warm, allerdings lag in der Luft die Verheißung von Regen für diesen Nachmittag. Einen Moment lang zog sie in Erwägung, doch nicht ins Dorf zu reiten, denn wenn sie nass wurde, würde sie ein Donnerwetter von ihrem Vater zu hören bekommen. Aber es blieben ihr noch ein paar Stunden, und der Zorn ihres Vaters war schon viele Male auf sie herabgeregnet. Sie vermisste Geoffrey so schrecklich.

Adelina ging zum Stall. Sie schärfte dem Burschen ein, dass er sie nicht gesehen habe und dass sie ihn, wenn er etwas anderes sagte, im Dunkel der Nacht langsam und qualvoll töten würde. Dann jagte sie ihn davon.

Gabriel kümmerte sich um die Hufe seines Pferdes und gab sich alle Mühe, über diese Drohung nicht zu lachen. Er überlegte, womit sie wohl dem Torwächter drohen wollte, oder ob sie einfach nur vorhatte, einen Moment abzupassen, in dem statt des Torwächters ein Page auf dessen Posten war?

»Steh still!«, sagte Adelina voller Ungeduld zu Geoffreys altem Pony.

Gabriel beobachtete sie unbemerkt. Da versuchte sie nun tatsächlich mit nur einer Hand, das Tier zu satteln. Dabei fluchte sie, und zwar recht deftig. Gabriel setzte den Huf seines Pferdes ab und stützte sich mit dem Ellenbogen auf die Abzäunung.

»Habt Ihr nicht diese uralte Halsberge vergessen, die Ihr hier irgendwo versteckt habt?«, fragte Gabriel.

»Dieu!« Diesmal war sie zu Tode erschrocken. »Was machst du denn hier?«, wollte sie wissen.

Gabriel kletterte über die Abzäunung und ging auf sie zu. Er nahm den Sattel von dem alten Pony und gab dem Tier einen Klaps auf die Nase, als es versuchte, ihn zu beißen. »Heute könnt Ihr nirgendwo ohne Begleitung hin.«

»Sattle sofort mein Pferd.«

»Nein. Ich werde Euer Pferd nicht satteln. Ihr dürft die Burg nicht verlassen.«

»Tu, was ich sage, Gabriel von Lyon.«

»Nein.«

»Nein? Du widersetzt dich meinem Befehl?«, fragte Adelina mit aufgerissenen Augen.

»Ja.«

Fast hätte Adelina vor Wut geschrien, aber das verkniff sie

sich, sie hob die Hand, um ihn zu schlagen, aber er packte ihre Hand und hielt ihr Handgelenk fest umklammert, so fest, dass seine Finger sie beinahe zermalmten. »Erhebt nie die Hand gegen mich.«

Adelina trat ihn. Er zuckte zusammen und bewegte sich so schnell, dass sie sich, ehe sie es sich versah, auf dem Stallboden wiederfand, und mit verschränkten Armen ragte Gabriel von Lyon über ihr auf. Ihre Wut und ihr verletzter Stolz machten Verblüffung Platz. »Zeig mir, wie du das gemacht hast.«

Gabriel lachte und trat zurück. Er hielt ihr die Hand hin und zog sie hoch. »Ich bin doch nicht Geoffrey, der sich all Euren Launen unterwirft. Seht Euch doch nur an. Was soll das vorstellen? Eine Verkleidung? Wenn ja, dann ist sie aber erbärmlich.«

»Ganz und gar nicht erbärmlich, wenn ich zusätzlich noch Halsberge und Helm anlege.«

»Diese uralte Halsberge vermag aber Euer großes Mundwerk nicht ausreichend zu schützen. Glaubt Ihr etwa, Baudoin Dupuy würde in Euch nicht die exzentrische Tochter seines Feindes erkennen, ganz gleich was für Kleidung Ihr tragt?«

Adelina konnte kaum fassen, welche Menge an Beleidigungen in so wenigen Worten enthalten sein konnten, und für den Augenblick war sie vor Entsetzen sprachlos.

»Es tut mir Leid, Ihr könnt Euch nicht davonschleichen und Geoffrey besuchen, heute nicht, und morgen auch nicht. Vielleicht überhaupt nicht mehr.«

Woher konnte er wissen, wohin sie wollte? Er ging zu seinem Pferd zurück. Adelina nahm den Sattel wieder auf und bekam zu hören: »Wenn Ihr diesen Sattel anrührt, zerre ich Euch zu Eurem Vater.«

»Das versuch nur«, forderte sie ihn heraus.

»Ich werde das nicht gestatten.« Wieder stand er vor ihr, und wieder trotzte sie ihm.

»Du, Gabriel von Lyon, befolgst meine Befehle!«, fuhr sie ihn an.

»Mitnichten. Ich befolge keineswegs die Befehle jedes kleinen Mädchens, das behauptet, es sei von nobler Herkunft und ach so vornehm, wenn ich ganz sicher weiß, dass dem nicht so ist.«

»Ich werde meinem Vater erzählen, wie anmaßend du bist!« Adelina trat mit dem Fuß auf.

Gabriel blieb ungerührt. »Wenn Ihr wollt. Allerdings weiß ich, was er sagen und wem er glauben wird.«

Aus seinem Gesichtsausdruck konnte sie schließen, dass er sich nicht erweichen lassen würde, also versuchte Adelina es mit einer anderen Taktik. »Ich muss zu Geoffrey«, sagte sie leise und sah ihm dabei in die Augen. Er schüttelte den Kopf. Auch das verfehlte seine Wirkung. »Und du wirst mit mir reiten. Du wirst meine Eskorte sein.«

»Ich werde nicht dafür bezahlt, Euch zu eskortieren. Und ich werde Euch ganz bestimmt nicht zu dem Hänfling bringen. Der ist viel zu beschäftigt mit seinen Gräben und seinen Frauen, als dass er Zeit für Euch hätte.«

Seine Worte waren wie Nadelstiche in ihr Herz. »Was meinst du damit, was für Frauen?«

»Ich meine, was ich gesagt habe. Seine Frauen. Wisst Ihr denn nicht, dass er und sein schwachsinniger Bruder sich jeder zwei Frauen genommen haben? Gespielinnen, nach allem, was ich höre, genauso leicht fortzuschicken wie die Kurtisane neulich Nacht.«

»Kurtisane?«

»Wohl eher eine Hure. Geoffrey ist voll auf seine Kosten gekommen bei ihr.« Gabriel hob den Huf seines Pferdes und nahm die Raspel zur Hand.

»Eine Hure? Geoffrey? Nein, das glaube ich nicht.«

»Raoul und Louis und Acelin können das ebenfalls bezeugen.«

»Ist das die Frau, von der Geoffrey mir erzählt hat, die Frau, die umgekommen ist?«

»Das spielt jetzt keine Rolle mehr. Was geschehen ist, ist geschehen.«

Adelina kam näher. »Sag mir, was passiert ist.«

»Wann?«

»In der Nacht, als wir überfallen wurden.«

»Vieles ist geschehen.«

»Wieso will mir keiner erzählen, was mit Cateline passiert ist?«

»Das ist nichts für die Ohren eines Kindes.«

»Ich bin kein Kind mehr! Hast du denn keine Augen im Kopf?«

Gabriel setzte den Huf ab, richtete sich auf und lehnte sich an den langen Hals seines Pferdes. »Ich habe Augen im Kopf, kleines Mädchen. Ich habe sehr scharfe Augen. Weshalb wollt Ihr das überhaupt wissen?«

»Sie war meine Freundin.«

»Dann behaltet sie in Erinnerung, wie sie gewesen ist. Eure Neugier wird Euch nur das Herz brechen.«

»Ich befehle dir, es mir zu erzählen!«

Gabriel brummte etwas in einer Sprache, die sie nicht verstand, und dabei seufzte er.

»Was hast du gesagt?«

»Dass Eure Beharrlichkeit lächerlich ist.«

»Wir sind zusammen aufgewachsen, Gabriel. Sie war meine Freundin.« Jetzt standen ihr Tränen in den Augen.

Gabriel fuhr sich mit den Fingern durchs Haar. »Sie wurde gefoltert, ehe man sie endlich erlöste«, sagte er schnell. »Wagt Euch ja nicht allein durch dieses Tor hinaus, denn ich habe keine Lust, Eure Einzelteile zusammenzusuchen.« Gabriel zog sich eine Karotte aus dem Gürtel und fütterte sein Pferd damit. Liebevoll strich er dem Tier über Gesicht und Hals, als sei es sein einziger Freund. »Euer Wunsch, von diesem Ort fortzukommen, wird bald in Erfüllung gehen, denn Euer Vater wird nach Allegre reisen und sich um einen Waffenstillstand mit den Dupuys bemühen. Vielleicht sogar eine Allianz, und jetzt, da Ihr bewiesen habt, wie gut es Euch schon wieder geht, nehme ich an, dass Ihr wohl Euren Vater begleiten müsst.«

»Eine Allianz mit den Dupuys? Was ist das denn für ein Irrsinn?«

»Bald werden wir es erfahren.«

»Also du denkst in dieser Sache wie ich, Gabriel von Lyon?«

»Was ich denke, spielt keine Rolle. Ich weiß allerdings, dass Euer Vater nichts ohne guten Grund tut. Eure Freiheit, so wie Ihr sie kanntet, wird bald vorüber sein. Lebend seid Ihr mehr wert. Tot füttert Ihr nur die Würmer, und es ist meine Aufgabe sicherzustellen, dass die Würmer etwas anderes zu fressen bekommen. Nicht Euch, auch nicht Euren Vater oder Eure Mutter. Meine Aufgabe ist es, Euch am Leben zu halten, bis man mir das Gegenteil befiehlt, und das wird nie eintreten. Im Gegensatz zu Geoffrey werde ich nicht Euren Launen willfahren. Von diesem Tag an ist es Euch verboten, allein auszureiten, auch Euch allein außerhalb des Bergfrieds aufzuhalten. Ich habe den Zorn Eures Vaters miterlebt, und ich habe nicht den Wunsch, ihn am eigenen Leib zu spüren. Und dann«, sagte er leise, »habt Ihr ja auch meinen Zorn noch nicht erlebt, nicht wahr, kleines verwöhntes Mädchen.«

»Ich bin eine Edeldame, deine Herrin, und du hast bei deiner Ehre geschworen, mich zu beschützen!«

»Eine Edeldame? Ihr? Das werdet Ihr noch beweisen müssen. Was ich hier vor mir sehe, ist ein verwöhntes Kind, keine erblühende Schönheit. Doch Euch zuliebe will ich fürs Erste Eurem Vater nichts von diesem lächerlichen Fluchtplan erzählen. Fürs Erste.«

»Das kann ich einfach nicht glauben, dass mein Vater tatsächlich einen Waffenstillstand mit den Dupuys herbeiführen will, nach allem, was mit mir geschehen ist.«

»Vieles muss besprochen werden.«

»Meinetwegen?«

»Wohl eher wegen des Königs, nehme ich an.«

In Graf Roberts Privatgemach, einem Raum ganz oben im Wohnturm, einem Raum, in den nur ganz wenige seiner engsten Freunde je gebeten worden waren, stand Adelina mit beißenden Tränen in den Augen an die Wand gelehnt, doch ihr Stolz gebot ihr, sie zurückzuhalten.

Sie sah wunderschön aus in ihrem elegantesten Kleid, dem blassblauen mit der langen Schleppe, dem Kleid, dessen Säume und fließenden Ärmel mit Goldbrokat bestickt waren. Sie trug einen Kopfschmuck aus Goldbrokat, der mit Juwelen verziert war, jedem Betrachter wäre sie wie eine Prinzessin erschienen.

Adelina hatte zu kämpfen, um das zu verkraften, was ihr Vater gerade gesagt hatte.

Während sie am Vormittag noch ganz gesund gewirkt hatte, schien sie jetzt geschwächt und bleich. Graf Robert war sich nicht sicher, ob es Wut, Schmerz oder Enttäuschung war, was da in ihren Augen geschrieben stand.

»Ich will nicht mit.«

»Zum gegenwärtigen Zeitpunkt sind deine Wünsche für mich ohne Bedeutung, Adelina. Du wirst tun, was dir befohlen wird.«

»Meine Mutter heißt das bestimmt nicht gut«, wagte sie sich vor, während sie doch wusste, dass es zwecklos war.

»Du wirst an meiner Seite sein und dich deines freundlichsten Benehmens befleißigen, und du wirst nur den Mund aufmachen, wenn jemand dich anspricht. Du wirst dich wie eine Dame betragen.«

»Ich kann ihnen nicht in die Augen sehen, Papa. Wenn ich das muss, spucke ich ihnen ins Gesicht.«

»Gabriel, lass uns allein.«

Gabriel nickte dem Lord zu und fegte an Adelina vorbei, ohne sie eines Blickes zu würdigen.

»Steh gerade. Zeig dich stolz, dass du eine Frau bist.«

Adelina versuchte zu gehorchen.

»Du hast zu viel der falschen Freiheiten genossen, und das war meine Schuld. Jetzt musst du tun, was ich dir befehle.«

Adelina hob den Blick zu der niedrigen Decke des stickigen Raumes. Heftig biss sie sich auf die Unterlippe.

»Es wird auf jeden Fall zu einer Allianz mit den Dupuys kommen.«

Sie schaute ihren Vater an. Wie alt er doch geworden war, und in dem Maße, in dem das Alter gekommen war, schien der gesunde Menschenverstand geschwunden zu sein. Sie erwiderte nichts, als sie wieder wegsah.

»Du wirst lächeln, und dein Betragen wird voller Anmut sein, so wie man es dich gelehrt hat.«

Immer noch erwiderte sie nichts.

»Unsere ganze Zukunft hängt von dir ab, Adelina. Unsere Familie, die Dörfer. Setz dich, Tochter. Setz dich und höre mir aufmerksam zu.«

Wenige Augenblicke später rannte sie schreiend aus dem Gemach. Sie stieß Gabriel mit solcher Wucht beiseite, dass er ins Straucheln kam. Da erschien ihr Vater. »Bring sie zurück!«, rief er Gabriel wütend zu.

Doch sie war schnell und sprang, immer drei Stufen gleichzeitig, die Wendeltreppe hinunter; sprang über Hunde, die auf der Treppe dösten, Hunde, die aufstanden und bellten und Gabriel zu Fall brachten. In der Halle schließlich bekam er sie beim Arm zu fassen, und sie schwenkte herum und trat heftig um sich. Gabriel drehte ihr den Arm auf den Rücken, bis sie mit dem Kämpfen aufhörte. Sie schrie: »Das werde ich nie und nimmer! Das werde ich nie und nimmer! Das werde ich nie und nimmer!«, als er sie die ganze Treppe wieder hinaufschleifte.

Kapitel Zwölf

Geoffrey stand in der heißen Sonne und beaufsichtigte das Ausheben des Grabens, als ein gern gesehener Besucher sich zu Fuß näherte. »Jetzt weißt du, weshalb so wenige Häuser hier Gräben haben«, sagte Michel, verkniff sich das Lächeln und begutachtete die angerichtete Unordnung. »Du bist wirklich sehr fleißig gewesen. Aber du weißt schon, dass es jetzt Zeit zu pflanzen ist?«

»Sie arbeiten nur einen knappen halben Tag für mich, und das auch nur dreimal die Woche. Ich halte sie nicht von den Feldern fern.«

»Ich schätze, dieser Graben wird wenigstens eine hübsche Zierde abgeben.«

Geoffrey warf Michel einen Blick zu. »Ihr wisst etwas, das ich nicht weiß, alter Freund?«

»Graf Robert will sich heute um eine Allianz mit Henri Dupuy bemühen.«

»Und wie soll dieses Wunder zu Stande gebracht werden?«

»Die beiden Häuser sollen durch Heirat vereint werden. Das ist aber nur ein Gerücht.« Michel redete noch eine Weile weiter, ehe er merkte, dass Geoffrey gar nicht mehr zuhörte, ja nicht einmal mehr anwesend war. »Geoffrey?« Aber Geoffrey war bereits auf dem Weg, sattelte sein Pferd und rief seiner Dienstmagd zu, sofort herauszukommen.

»Du kannst nichts daran ändern.«

»Vielleicht doch.«

»Mach das nicht.«

Agnes, das neue Mädchen, war fast sofort angelaufen gekommen, aber Geoffrey saß bereits auf seinem Pferd. »Sieh zu, dass mein Bruder nicht allein nach unten geht, denn dann marschiert er davon und wird höchstwahrscheinlich im Fluss ertrinken. Ich weiß noch nicht, wann ich zurück sein werde. Pass auf ihn auf.«

»Ja, Monsieur«, sagte Agnes.

Michel packte Geoffreys Zügel. »Du kannst da nichts machen, Geoffrey. Das ist Wahnsinn.«

»Es ist mein Wahnsinn, Michel. Tretet beiseite.«

»Die Sache geht dich doch gar nichts an!« Aber Michels letzte Worte hörte Geoffrey nicht mehr, denn er war bereits in langsamen Galopp verfallen und preschte dann, als das Dorf hinter ihm lag, richtig los. Michel wandte sich an die Männer, die in dem flachen Graben den Rücken über felsigem Gestein krümmten. »Macht Schluss hier, esst etwas und dann kümmert euch um eure Felder.«

»Geh, Kind. Lass deinen Vater nicht warten.« Gräfin Marys küsste Adelina, umarmte sie fest und ließ sie dann los. Gabriel führte sie zu ihrem Pferd, das mit Damensattel für sie bereitstand. Verzweifelt sah sie ihren Vater an. »Muss ich, Papa?«

Graf Robert wusste, dass seine Tochter auf solch einem Damensattel nicht besonders gut reiten konnte, da sie so oft ganz ohne Sattel geritten war, aber er nickte. Ja, sie musste, und schlimmer noch, sie war gezwungen, sich von Gabriel auf das Pferd helfen zu lassen. »Lieber würde ich zu Fuß gehen«, fauchte sie.

»Aber natürlich würdet Ihr das lieber tun«, sagte er leise. Den Spott in seinem Blick konnte sie nicht übersehen.

»Wenn wir über den Fluss kommen, springe ich von der Brücke.«

Er lächelte sie nur an und stieg auf sein eigenes Pferd. Mit wehenden Bannern setzte sich die kleine Prozession in Bewegung: Louis an der Spitze, dann Gabriel mit seinem Herrn und der jungen Herrin, den Schluss bildete Acelin. Allesamt hatten sie sich ihre vornehmsten Gewänder angezogen.

»Du wirst bald mit mir nach Paris kommen«, sagte der Graf zu Adelina. »Ich habe eine Audienz beim König.«

»Betteln wollt Ihr, das meint Ihr wohl«, sagte Adelina.

»Ich will mit ihm reden.«

»Aber wieso muss ich dabei sein? Bei Hofe ist es so langweilig. Keiner spricht offen und ehrlich, und jeder schmeichelt jedem, und dabei würden sie dem anderen am liebsten ein Messer ins Herz stoßen.«

»Du bist nie bei Hofe gewesen.«

»Ich habe davon gehört, und das genügt mir vollauf.«

Gabriel dirigierte sein Pferd neben ihres und war sehr belustigt. »Und wer bist du, dass du darüber lachen darfst!«, fauchte sie in der Hoffnung, dem ein Ende zu machen. »Papa, dieser Ritter ist ein Ungeheuer!«

Darauf erwiderte ihr Vater nur: »Wenn du mich nach Saint Denis begleitest, wirst du dich ruhig verhalten.«

»Papa! Gabriel von Lyon ist eine Plage, und ich weigere mich, ihn auch nur einen Augenblick länger zu ertragen!«

Graf Robert gingen so viele andere Dinge durch den Kopf, dass er sich wahrlich nicht auch noch um eine jammernde Tochter kümmern konnte, und das wusste Gabriel. Sein Lächeln wurde immer breiter und noch strahlender durch das Leuchten in seinen Augen, als sie sagte: »Deine Aufgabe ist es, mich zu beschützen, nicht, dich über mich lustig zu machen!«

Gabriel zog sein Schwert, ein wahrhaft langes Schwert, und er nickte Adelina zu, dann drehte er sein Pferd auf dem schmalen Pfad um. »Wir haben Gesellschaft. Ah, seht nur. Es ist Euer gefiederter Freund.«

Adelina drehte sich um, so weit das möglich war, und ihr

ging das Herz auf. »Geoffrey!« Sie brachte das Pferd zum Stehen und drehte um, weil sie auf ihn warten wollte, aber Gabriels Pferd versperrte den Pfad, stellte sich Geoffrey in den Weg.

Der Graf schloss die Augen, ehe auch er sich umwandte und sich fragte, ob dieser Tag denn nie ein Ende nehmen würde. »Was ist los?«, fragte er und musste seine Freude verbergen, als er Geoffrey sah. »Geoffrey, was tust du denn hier?«

»Ich nutze meine Zeit klug, Monsieur. Und Ihr?«

»Ich habe dich nicht rufen lassen.«

»Geschäfte rufen mich nach La Chaise-Dieu, durch reinen Zufall begegnen wir uns hier. Aber da ich nun einmal hier bin, nehme ich an, Ihr könnt einen weiteren Leibwächter gebrauchen? Ich sehe, es ist ein weiterer vonnöten.«

»Kann Geoffrey meine private Eskorte sein, Papa? Bitte? Bitte?«, fragte Adelina.

Graf Robert murmelte etwas vor sich hin und wandte sich wieder um. Feixend sah Geoffrey zu Gabriel, der keine andere Wahl hatte, er musste ihn durchlassen. »Es scheint, die schöne Dame wünscht meine Dienste.«

Geoffrey zeigte sein triumphierendes Grinsen ganz offen, als er an Gabriel vorbeiritt. Von dem kam als Antwort jedoch nichts weiter als ein gelangweilter Blick.

»Ihr seht wunderschön heute aus, Mademoiselle. Wohin geht Eure Reise?«

»Nach Allegre«, sagte sie.

»Aber Allegre ist Dupuy-Land.«

»Entführe mich, Geoffrey, auf der Stelle, bevor es zu spät ist!«, flüsterte Adelina.

»Es wäre zu schwierig, Euch zu verstecken. Ich fürchte, jeder, der nach Euch sucht, wüsste, wo Ihr seid.«

»Das war kein Scherz. Papa sagt, ich muss Baudoin Dupuy heiraten. Er sagt, dass Jean-Pierre Dupuy auf eigene Verantwortung gehandelt hat und dass Baudoin seinem Vater in dieser Allianzfrage gehorchen wird, doch ich habe gehört, dass Baudoin den Überfall auf unsere Burg befohlen hat, Geoffrey, und ich kann doch nicht jemanden heiraten, der mich lieber tot gesehen hätte, obwohl er mich gar nicht kennt.« Sie schwieg und holte Luft, endlich. »Das ergibt keinen Sinn!«, fuhr sie dann aufgeregt fort. »Gott würde solch eine Vereinigung nie segnen, also wäre es Sünde und eine Lüge noch dazu, und wir werden bis in alle Ewigkeit in der Hölle schmoren. Entführe mich sofort. Wenn du mich liebst, wie du immer gesagt hast, dann musst du das einfach tun.«

»Ich kann Euch nicht hier und jetzt rauben, wenn meine Freunde ganz in der Nähe sind. Ich möchte an Altersschwäche sterben, nicht durch einen Schwerthieb.«

»Dann kannst du mich einfach nicht lieben. Diese ganzen Jahre über hast du mich nur angelogen.«

»Das ist Unsinn, und das wisst Ihr auch. Ich diene Euch am besten, solange ich am Leben bin, meine Kleine. Bin ich erst tot, kann ich Euch nicht mehr dienen.« Geoffrey sah sich zu Acelin um, der ihn angrinste. »Vielleicht kommt die Allianz ja nicht durch Heirat, sondern durch Vertragsabschluss zu Stande.«

»Und vielleicht wachsen Schweinen ja eines Tages Flügel, und dann fliegen sie als fette Habichte durch die Wolken. Du liebst mich nicht, du hast mich nie geliebt, das ist mir jetzt klar. Mögen deine beiden Frauen dir nichts anderes bescheren als widerwärtige Krankheiten.«

Geoffrey hatte keine Ahnung, wovon sie sprach, aber das war weiter nichts Ungewöhnliches, wenn man sich mit Adelina unterhielt.

»Sagt mir, ist Gabriel von Lyon nett zu Euch?«

»Er ist ein Ungeheuer.«

»Hat er Euch wehgetan?«

»Nur meinen Stolz hat er verletzt. Immer muss alles nach seinem Kopf gehen.«

Geoffrey drehte sich weg und verbarg sein Lachen, so gut er konnte. »Es geht Euch wieder gut nach Eurer Verwundung?«

»Manchmal wollen meine Finger nicht so wie ich, aber das ist eine gute Ausrede, nicht sticken zu müssen.«

»Was fangt Ihr dann mit Eurer Zeit an?«

»Ich denke an dich. Jennet hat gesagt, dass du jetzt einen Graben anlegen lässt? Und dass du auf Fels gestoßen bist?«

»Das ist leider nur allzu wahr.«

»Und wann werde ich dein Lehen zu Gesicht bekommen, Geoffrey? Wann wirst du mich einmal einladen, damit ich mit dir und deinem Bruder zu Abend essen kann?«

»Wenn alles schön genug für Euch ist, meine Kleine, keine Stunde eher. Es ist nicht gerade ein Palast.«

»Jennet sagt, dass es Christian gut geht. Dass er manchmal sogar lächelt.«

»Ja, zuweilen lächelt er.«

»Also muss wohl die Kammer seines Schweigens noch verschlossen sein?«

»Ich fürchte, das wird auch immer so bleiben.«

»Ich könnte jeden Tag vorbeikommen.«

»Eure Pflichten führen Euch jetzt anderswohin, meine Kleine.«

»Wenn Papa hört, dass du mich ›meine Kleine‹ nennst, dann wird er dir den Kopf abschlagen und ihn aufspießen lassen.«

»Dieses Risiko bin ich immer schon eingegangen.«

»Ich vermisse dich so, Geoffrey.«

»Ich Euch auch.«

Da nur Acelin hinter ihnen ritt, griff Geoffrey zu Adelina hinüber, nahm ihre Hand und drückte sie fest. Acelin tat so, als ob er davon nichts mitbekäme.

»Stimmt es, dass deine Dienstmagd mir ähnlich sieht?«

Geoffrey war überrascht. »Sie war die geeignetste für die Stellung.«

»Sie ist die Hübscheste im ganzen Dorf.«

»Euch sind Gerüchte zu Ohren gekommen?«

»Dieser Tage kommt mir so manches zu Ohren, Geoffrey, denn der Vater meines neuen Mädchens ist kein anderer als der Müller Thierry, und mein Mädchen liebt den Klatsch und Tratsch genauso sehr wie ihre Mutter.«

»Und wie Ihr, scheint mir.«

»Sieht sie mir ähnlich?«

»Nein. Ihr seid hübscher, weit hübscher.«

»Warum hast du so etwas nie gesagt, als du noch in der Burg lebtest?«

»Ich wusste, es würde Euch zu Kopf steigen, und es einmal zu hören wäre nicht genug für Euch.«

»Du ziehst mich auf.«

»Ich sage nur die Wahrheit.«

»Und die andere? Erzähl mir von ihr. Erzähl es mir jetzt.«

»Die andere? Welche andere?«

»Die andere Magd. Hat sie Haar so dunkel wie die Nacht und lange Beine und Brüste wie Wassermelonen?«

Louis verrenkte sich fast den Hals, um alles genau mitzubekommen, und Geoffrey wäre vor lauter Scham fast von seinem Pferd gefallen.

»Es gibt keine weitere Magd. Was sollte ich denn wohl auch mit zwei Mägden im Haus anfangen?«

»Die eine hast du für die Arbeit, die andere fürs Bett.«

»Wo habt Ihr denn diesen Unsinn gehört? Unsinn ist das, nichts weiter als Unsinn. Bitte, Louis, dies ist eine private Unterredung!«

Louis richtete den Blick wieder auf den schmalen Pfad, doch Geoffrey war klar, dass er seine Ohren umso mehr spitzte.

»Menschen sind zuweilen unfreundlich. Vielleicht hat der

Neid die Leute dazu gebracht, solch ein Gerücht in die Welt zu setzen. Ich habe keine Frau, meine Kleine. Ich habe gar nicht die Zeit für eine Frau, und wenn ich Zeit hätte, wäre diese Frau keine Leibeigene, sondern eine vornehme Dame mit angenehmen Eigenschaften.«

»So wie ich?«

»So wie Ihr, ja«, antwortete Geoffrey leise und hoffte, dass niemand es gehört hatte.

»Wieso bist du so weit weg von zu Hause unterwegs?«

»Es hat ... es hat ... mit meinen Studien zu tun.«

»Du willst in La Chaise-Dieu studieren?«

»Vielleicht. Ich weiß noch nicht«, sagte Geoffrey, dem wohler gewesen wäre, wenn er mit dem Lügen hätte aufhören können. Eine Weile ritten sie schweigend nebeneinander her.

»Geoffrey, was soll ich denn nur tun, wenn ich diesen Dupuy heiraten muss?«

»Wir können nur hoffen, dass das Gerücht wahr ist, dass sein Vater ein ehrenwerter Mann ist, so ehrenwert wie Euer Vater. Es heißt, dass Henri Dupuy nur dann zu Gewaltmaßnahmen greift, wenn sie gerechtfertigt sind.«

»Aber ich soll ja nicht Henri Dupuy heiraten.«

»Dann betet zu Gott, dass Baudoin im Wesen nach seinem Vater kommt.«

»Tief in meinem Innern weiß ich, dass dem nicht so ist.«

»Hört mir zu, Adelina. Die Gründe für diesen Schritt sind mir nicht bekannt, ich kann nur annehmen, dass Euer Vater zum Wohle aller ein Opfer bringt. Das Leben vieler Menschen hängt von ihm ab, Adelina, so wie eines Tages das Leben vieler Menschen von Euch abhängen wird. Manche mögen behaupten, in den Adelsstand hineingeboren zu werden ist eine Gabe Gottes. Es heißt aber auch, dass man für die Gaben Gottes einen hohen Preis zu zahlen hat, und der höchste Preis besteht darin, Verantwortung für andere zu tragen.«

»Aber heiraten wollte ich doch nie. Christian, vielleicht, denn ihn kannte ich ja, und ihn mochte ich, und wir hätten Freunde sein können, aber ich kann doch keinen Fremden heiraten, dessen Bruder versucht hat, mich umzubringen.«

»Und wenn sich hier die Gelegenheit bietet, alte, tiefe, weit in die Vergangenheit zurückreichende Wunden zu heilen? Wenn Feinde nun in Frieden vereint werden könnten?«

»Komm doch mit mir, Geoffrey, ja? Bleib an meiner Seite, damit ich die Kraft finde, diesen Leuten nicht ins Gesicht zu spucken, ja?«

»Ihr habt auch allein viel Kraft in Euch, die noch nicht angetastet ist. Ihr braucht mich nicht, um diese Kraft in Euch zu finden.« Wieder nahm er ihre Hand und drückte sie sanft. Jetzt konnte er ungestraft sagen, was ihm auf der Seele lag. »Ihr seid so wunderschön, meine Kleine. Lasst das nicht umsonst sein.«

Als sie sich Allegre näherten, nahm Acelin, der hinter Geoffrey und Adelina ritt, seine Streitaxt aus der Sattelhalterung als stumme Warnung an jeden gerichtet, der sich mehr herausnehmen wollte als spucken und fluchen und Beschimpfungen herausbrüllen. Hass in einem solchen Ausmaß hatte Adelina zuvor noch nie erlebt, und Furcht, beinahe Panik, zeigte sich in ihrem Blick. Geoffrey sagte: »Schaut niemandem in die Augen. Niemandem.« Das versuchte sie, aber als sie ihr Pferd im Schritttempo an einem winzigen Haus vorbeiführte, wenn man es denn ein Haus nennen konnte, stand da an der offenen Tür eine Frau mit zwei kleinen Kindern, die sich an ihre Knie klammerten, einen Säugling hielt sie im Arm. Die Kinder weinten alle, und Adelina ahnte, warum. Sie waren ganz abgemagert und hatten sicherlich Hunger.

Geld hatte sie nicht bei sich, nur Juwelen, und Geoffrey sah, wie sie einen Ring vom Finger ziehen wollte. »Nein. Tut das nicht. Das wäre wie eine Aufforderung, uns auszurauben.«

Adelina sah zurück zu der Frau und den kleinen Kindern.

»Haben sie denn nichts zu essen? Lässt Dupuy denn nicht seine Küchenabfälle verteilen? Wo ist denn ihr Mann? Auf den Feldern sehe ich niemanden …«

»Bleibt ganz ruhig, Adelina. Ich bitte Euch.«

Sie kamen an der Kirche vorbei, und noch auf dem Kirchhof sahen sie viele frische Gräber. Plötzlich war Adelina klar, weshalb die Frau allein dagestanden hatte. Wertvolle Juwelen würden ihr ihren Mann nicht zurückbringen. Sie sah zu Geoffrey, aber der war jetzt äußerst wachsam. Die Hand hatte er auf dem Schwert in der Scheide, er war bereit, jedem den Kopf abzuschlagen, der sich zu nah heranwagen sollte. Aber das tat niemand. Sie starrten ihnen nur mit verzweifeltem Blick nach. »Vielleicht bringt diese Allianz ja etwas Essen in ihre Bäuche«, sagte er leise.

Da erst bekam Adelina eine Ahnung von der Verantwortung, von der Geoffrey gesprochen hatte. Da erst ahnte und spürte sie am eigenen Leib etwas von den Pflichten, die ihrem Vater bei seiner Geburt übertragen worden waren. Sie fragte sich, was er wohl angesichts dieser Szenen empfinden mochte, wo er doch kaum den Anblick eines mageren Pferdes ertrug. Alles, was sie sah, wohin sie auch schaute, war Elend: Frauen und Kinder und einige Alte, und lebendig an ihnen war einzig der Hunger in ihren Augen. Der Hunger und die Verzweiflung.

Die Hände zitterten ihr. Sie fühlte sich ganz geschwächt. Niemals zuvor hatte sie so etwas gesehen, und niemals wieder wollte sie so etwas erleben. »Ist es auch in unseren Dörfern so schlimm?«, fragte sie mit bebender Stimme.

»Nein, aber wenn eine Frau ihren Ehemann verliert, gibt es immer viel Elend, bis sie einen neuen findet.«

»Kann man nicht etwas tun, um dieses Elend zu lindern?«

»Vielleicht ja, aber ich weiß nicht, was. Auch mich schmerzt dieser Anblick.«

Adelina spornte ihr Pferd zu einem leichten Galopp an und ritt zu ihrem Vater auf, eine plötzliche Handlung, die sowohl Geoffrey als auch Gabriel beunruhigte. »Papa, können wir diesen armen Kreaturen nicht Nahrung zukommen lassen?«

Darauf erwiderte Graf Robert nur: »Ich sehe, was du siehst, Mädchen, und ich fühle auch, was du fühlst, und das ist einer der Gründe, weshalb wir hier sind. Aber nur einer davon. Sei jetzt ruhig und hebe dir deine Fragen für später auf.«

Adelina konnte den Anblick dieses Elends nicht ertragen. Sie hielt den Kopf gesenkt und sah niemandem in die Augen. Das Herz wollte ihr schier brechen. Geoffrey, der jetzt wieder neben ihr ritt, war ruhig und wachsam; er rechnete jeden Moment mit einem Scharmützel. Wenn er im Innern spürte, was sie empfand, so zeigte sich das jedenfalls nicht in seinem Gesicht, auch nicht im Gesicht der anderen. Sie waren schließlich Soldaten, und sie hatten fürwahr Schlimmeres gesehen.

An der Weggabelung hielt die kleine Gruppe an. Auf dem Hügel lag der Wohnsitz der Dupuys, und links führte der Weg nach Saint Paulien.

Die Dupuys lebten nicht in einer Burg, sondern in einem ehemaligen Landgut, das zu einer Festung umgebaut worden war. Die Festung war umgeben von einer mit Zinnen bewehrten Mauer; an allen vier Ecken ragten Türme empor. Sie lag auf einem baumlosen Hügel mit unverstelltem Blick auf das Dorf hinunter. Das Land schien brachzuliegen, das Gras war vertrocknet, die Weinstöcke auf den Hügeln ungepflegt. Nur wenig Vieh graste auf den Weiden. Ungeschorene Schafe zogen mit langschwänzigen Lämmern umher und zerstreuten sich, als die Reiter sich dem imposanten, unfreundlich erscheinenden Gemäuer näherten. Hier kann ich nicht leben, dachte Adelina. Das wird mein Tod sein, ein langsamer, lang andauernder und schmerzhafter Tod meines Geistes.

Eine Gestalt zeigte sich auf der Mauer, ein junger Mann,

ganz und gar in glänzendes schwarzes Leder gekleidet, das mit Silberbeschlägen verziert war, in denen sich die frühe Nachmittagssonne spiegelte.

Da ist er, dachte Adelina. Das ist Baudoin. Schnell wandte sie ihr Pferd, doch Gabriel, der die Armbrust in der Hand hielt, führte sein Pferd so dicht an ihres heran, dass sie sich nur noch vorwärts bewegen konnte.

Ohne sich umzudrehen, sagte der Graf: »Ich denke, Geoffrey, es ist das Beste, wenn du dich jetzt von uns trennst. Deine Anwesenheit innerhalb dieser Tore wäre keine kluge Taktik.«

»Aber er muss mitkommen, Papa.«

»Nein, Mademoiselle. Euer Vater hat Recht. Zum gegenwärtigen Zeitpunkt wäre meine Anwesenheit dem Frieden nicht gerade förderlich. Gott sei mit Euch.« Geoffrey lenkte sein Pferd zur Weggabelung zurück. Das Letzte, was er sah, als er sich umdrehte, war die kleine Gruppe, die durch das geöffnete Tor ritt. »Beschütze sie«, flüsterte er.

Kapitel Dreizehn

Das Tor quietschte und schlug lautstark zu. Das Geräusch war so endgültig, dass Adelina zusammenschrak. Sie spürte die Berührung am Arm. »Bleibt ruhig, und alles wird gut werden, Mademoiselle.« Von Acelins Gesicht sah Adelina hinunter auf die Leute, die sich zu Fuß über den Innenhof näherten. Es waren alles Männer. Dann bemerkte sie eine Frau, die völlig in Schwarz gekleidet war. Sie stand an der großen Eingangstür des Gebäudes, das früher einmal ein höchst vornehmer Wohnsitz gewesen sein musste. Doch von dieser Vornehmheit war nicht mehr viel übrig.

Statt des sauberen Kopfsteinpflasters, an das sie gewöhnt war, gab es hier nur fauliges Stroh überall und nicht die Spur eines Gartens. Nirgendwo etwas Schönes, so weit ihr Auge reichte, obwohl es einmal, lange vor ihrer Zeit, irgendetwas Schönes hier gegeben haben musste, das konnte man sehen.

Ein seltsames Missbehagen befiel Adelina, schlimmer noch als das, was sie im Dorf empfunden hatte, denn hier konnte sie sich den Ursprung des beklommenen Gefühls nicht erklären. Sie hätte nicht einmal benennen können, was genau es war.

Der Mann, der bewaffnet auf der zinnenbewehrten Mauer gestanden hatte, kam vom Schutzwall herunter. Er war hoch gewachsen. Sein Haar, schwarz wie der mitternächtliche Himmel, glänzte in der Sonne.

Nur Misstrauen und Argwohn umgab jetzt die Besucher.

»Baudoin Dupuy«, sagte Graf Robert, immer noch zu Pferde. »Ich komme in friedlicher Absicht, ich möchte mit Eurem Vater über eine dringende Angelegenheit sprechen, die sowohl die Zukunft Eurer Familie als auch die meiner Familie betrifft.«

»Gegen den Rat aller rafft sich mein Vater in eben diesem Moment von seinem Krankenbett auf. Ihr und Eure Begleiter dürft mein Haus nicht mit Waffen betreten. Alle werden ihre Waffen ablegen. Jetzt.«

Graf Robert stieg ab und legte alle seine Waffen ab, auch Louis, dann Acelin und schließlich Gabriel, der allerdings nur widerstrebend. Wäre es jetzt zu einer tätlichen Auseinandersetzung gekommen, hätte es einen fairen Kampf gegeben, denn Baudoin Dupuy war von drei Vasallen seines Vaters umgeben. Baudoin kam auf Adelina zu und streckte ihr die Hand entgegen. Gabriel trat hinzu, um dem Mädchen vom Pferd zu helfen, sah aber aus den Augenwinkeln Graf Roberts Handbewegung, die ihn davon abhalten sollte. Adelina warf ihrem Vater einen fragenden Blick zu, aber der nickte. Sie musste sich von dem Mann, dessen Bruder versucht hatte, sie zu töten, beim Absteigen helfen lassen.

Baudoin nickte ihr zu, dann drehte er sich um und sagte: »Folgt mir.«

Adelina sah, dass die Frau, die sie alle von der Tür her beobachtet hatte, verschwunden war.

Sie wurden über mehrere flache Treppenstufen in eine Art Versammlungsraum geführt. Der Raum war dunkel und wirkte abweisend, er war dekoriert mit Regalen voller Waffen, Halsbergen und Helmen. An der Wand hing ein Wappen. Das hatte Adelina zuvor schon einmal gesehen, auf der Rüstung desjenigen, der sein Schwert zum tödlichen Hieb gegen sie erhoben hatte. Bei dem Anblick erschauerte sie.

Baudoin wandte sich zu Adelina um und sagte: »Wenn Ihr erschöpft von der Reise seid, könnt Ihr Euch setzen, während Ihr wartet.«

»Ich stehe lieber, als dass ich …«, Gabriel stupste sie an, »… als dass ich mich setze, denn zu lange schon habe ich sitzen müssen.« Ein weiteres Stupsen. »Aber ich danke Euch für das Angebot.« Sie gab sich Mühe, ihm ein liebliches Lächeln zu schenken, war aber nicht sehr erfolgreich damit. Woher nur dieses süffisante Grinsen, fragte sie sich, was starrt er mich denn nur so bewundernd an? Ist es mein Gesicht, das ihn interessiert, oder sind es die Juwelen auf meinem Haarreif?

»Mein Vater wird sich bald zu uns gesellen«, sagte Baudoin. »Das hoffe ich jedenfalls«, fügte er wie an sich selbst gerichtet flüsternd hinzu.

»Was fehlt ihm denn?«, erkundigte sich der Graf.

»Es ist eine Krankheit des Herzens. Er wirkt wie ein Schaf, das nur noch den Tod herbeisehnt.«

»Darf ich fragen, weshalb?«

»Weshalb? Sein Lieblingssohn ist tot, ist das nicht Grund genug?« Baudoin sah Adelina an. Sie stand da, schaute sich nervös um, die drei Leibwächter erdrückten sie fast. Es gefiel ihr nicht, was sie sah.

»Sie wird in diesem Haus nicht zu Schaden kommen.«

Die Ritter rührten sich nicht, ebenso wenig Seine Lordschaft. Einige bange Momente vergingen, ehe Henri Dupuy erschien. Er wurde nach unten geleitet von seiner Gemahlin – der Frau in Schwarz.

»Ich fühle mich geehrt, Graf Robert, wirklich geehrt, aber ich bin auch überrascht. Welchem Umstand verdanke ich diesen Besuch?«, fragte er und streckte die Hand aus. Die Hand wurde ergriffen, die beiden umarmten sich, Wange berührte Wange.

»Immer noch fehlen mir die Worte, die den Schmerz Eures Verlustes lindern könnten, Henri. Heloise.«

Henri Dupuy schaute zu Adelina und dann auf seine Frau, deren Gesicht vor unbezähmbarer Verzweiflung zitterte. »Vielleicht möchte Adelina etwas Kaltes zu trinken, Heloise?« Fragend, beinahe sanft sah Graf Henri Adelina an, und sie griff nach der Hand ihres Vaters. Doch der nahm die Hand seiner Tochter nicht. So klammerte sie sich an ihn.

»Louis, begleite meine Tochter.«

»Ich habe gesagt, sie wird in diesem Haus nicht zu Schaden kommen!«

»Mein Sohn sagt die Wahrheit, Robert.«

Nach kurzem Zögern erwiderte Graf Robert: »Geh mit Madame Dupuy, Mädchen.«

Kaum merklich drückte ihr der Vater die Hand, und sie ging ans andere Ende des Saals, wo Henri Dupuys Frau am Fuß der Treppe wartete. Graf Robert wurde, flankiert von seinen Leibwächtern, in einen weiteren Raum geführt, der etwas besser ausgestattet war: Vor einem Kamin gab es einen runden Tisch und acht geschnitzte Stühle mit hoher Rückenlehne. Auf dem Boden Tierhäute, die den Raum im Winter behaglicher machten. Der Raum wurde scheinbar oft genutzt, die Atmosphäre war nicht gar so düster.

»Da wäre noch eine Kleinigkeit, bevor wir beginnen«, sagte Robert de Polignac.

»Ja?«

»Ich hatte angeboten, die Kosten für das Begräbnis Eures Sohnes zu tragen, Henri. Weshalb wurde mein Angebot zurückgewiesen?«

»Ich hatte nicht die Absicht, Euch zu kränken. Setzt Euch, Robert, und sagt mir, wie hättet Ihr reagiert, wäre es das Begräbnis Eurer Tochter gewesen und hätte ich mich erboten, die Kosten dafür zu tragen?«

Robert de Polignac sah in Henri Dupuys trübe, teilnahmslose Augen und sagte leise: »Ich hätte das als Kränkung aufgefasst. Tut mir Leid.«

»Jean-Pierre war ein hitzköpfiger Narr«, zischte Baudoin.

»Und das bist du nicht? Schweig still, Junge! Deine Meinung ist nicht gefragt und wird deshalb auch nicht gehört.«

Baudoin schaute zum Fenster hinaus.

»Ich hatte beabsichtigt, Euch einen Besuch abzustatten, um mich für die Handlungen meines Sohnes zu entschuldigen. Handlungen, die uns teuer zu stehen gekommen sind. Handlungen, für die er bereits bezahlt hat. Dessen seid versichert.«

Graf Robert sah von Henri zu Baudoin und sagte: »Am heutigen Tag bin ich mit meinem einzigen Kind gekommen, um zu beweisen, dass ich nichts Böses im Sinn habe. Werdet Ihr mich anhören, Henri?«

»Gab es je eine Zeit, in der ich Euch nicht angehört habe, Robert?«

Adelina wurde ein Kelch aus Zinn gereicht, der Wein darin war dunkel und schwer. Sie nahm einen Schluck und hielt den Kelch, wie man es sie gelehrt hatte. Sie nahm nur einen kleinen Schluck, stürzte den Wein nicht hinunter bei weit zurückgebeugtem Kopf, und anschließend rülpste sie auch nicht. Geoffrey wäre stolz auf mich, dachte sie.

»Wie geht es Marys?«, fragte Madame Heloise, die mit Adelina in ihrem Privatgemach saß, das dem Mädchen genauso düster vorkam wie der Rest des Hauses.

Früher einmal, dachte Adelina, muss diese Frau den Männern wahrlich den Kopf verdreht haben. »Meiner Mutter geht es gut, Madame.«

»Hat sie immer noch diese Kopfschmerzen?«

Woher weiß diese Frau das?, fragte sie sich und nahm noch einen Schluck Wein. »Nicht mehr so oft wie früher, Madame.«

»Erzählt mir von ihr. Wie sieht sie jetzt aus?«

»So wie immer, nehme ich an.«

Die Frau lächelte ein eher trauriges Lächeln. »Wisst Ihr

eigentlich, dass wir einmal die allerbesten Freundinnen waren und uns kaum je trennten?«

»Nein, das wusste ich nicht.«

»Es stimmt. Wir waren Freundinnen, sehr enge Freundinnen, bis wir durch Heirat Feindinnen wurden und uns jeder Kontakt verboten war. Ich denke oft an sie.«

Beinahe hätte Adelina gelogen und gesagt, dass ihre Mutter auch oft an sie denke, aber sie schwieg. Der Wein war wirklich sehr stark.

»Ihr seid sechzehn, nicht?«

»Ich werde sechzehn, sobald der Schnee kommt.«

»Ihr seid ein solch schönes Mädchen.«

»Das finde ich nicht.«

»Ihr seht der Schwester Eurer Mutter sehr ähnlich. Vianna.«

Diese Frau hatte sie kaum angesehen. Die ganze Zeit starrte sie aus ihrem Fenster, was also mochte sie gesehen haben?

»Meine Mutter hat keine Schwestern, und jetzt hat sie auch keine Brüder mehr. Ihre Brüder sind im Krieg umgekommen, und all ihren Besitz hat meine Mutter geerbt, jetzt gehört er meinem Vater. Eines Tages wird alles mir gehören, weil ich keine Brüder habe. Und wenn ich heirate, wird alles …«

»Wie ein Engel hat Vianna gesungen«, sagte Heloise. »Ihr seid Vianna so ähnlich.«

Adelina schwieg, denn der Name sagte ihr nichts.

»Als ich Euch zum ersten Mal von weitem sah, dachte ich, ich würde einen Geist sehen. Ihr seid ihr genaues Ebenbild.«

»Meine Mutter Marys hat keine Schwestern.«

»Keine, die am Leben sind, das stimmt. Auch Vianna war meine Freundin. Ein wunderschönes Mädchen, das nie geheiratet hat. Bis sie an einem schrecklichen Fieber starb, genau an dem Tag, an dem Ihr zur Welt kamt. Sie lebte bei Euren Eltern.«

Adelina nahm noch einen Schluck Wein. »Meine Mutter spricht kaum mit mir, und ich frage sie auch nicht viel. Sie ist mir fremd, und ich ihr auch, nehme ich an. War diese Schwester jünger oder älter?«

»Fünf Jahre jünger. Ihr Haar hatte die gleiche Farbe wie Euer Haar; aber ihre Augen waren von einem dunkleren Grün. Die Ähnlichkeit ist gespenstisch und weckt viele Erinnerungen in mir.«

Adelina überlegte, ob sie dieser Frau vielleicht noch etwas mehr Wein einschenken sollte. Es schien, sie brauchte das.

»Sie hat wunderschön gesungen, und was für eine ausgezeichnete Tänzerin sie war … Singt Ihr auch, mein Kind?«

»Meine Mutter mag keine Musik, außer es bleibt ihr keine andere Wahl und fahrende Sänger sind herbestellt, um bei großen Zusammenkünften für Unterhaltung zu sorgen.«

»Ich habe gefragt, ob *Ihr* singt.«

»Das tue ich, oft sogar, aber nur, wenn mich keiner hört, denn es ist den Ärger nicht wert, den das verursacht. Ich begreife nicht, wie jemand Musik nicht mögen kann. Sie bringt Freude in mein Herz.«

»Ich möchte Euch bitten, Marys eine Botschaft zu überbringen.«

»Ja, Madame?«

»Sagt ihr, dass ich ihren Brief erhalten habe und dass mir ihre Worte in meinem Schmerz ein großer Trost waren. Aber sagt ihr auch, dass ich nicht antworten kann.« Heloise Dupuy hob ihre knotigen, schmerzenden Hände. So etwas hatte Adelina schon gesehen. Ella litt auch darunter, eine Krankheit der Gelenke.

»Madame? Michel, einer unserer älteren Ritter, ist von seiner Reise in ferne Länder zurückgekehrt und hat aus dem Orient viele Salben und Medikamente mitgebracht. Besonders eine davon hat unserer Küchenmagd geholfen, die unter derselben Krankheit leidet wie Ihr. Hätte ich das gewusst, hätte ich ein kleines Gefäß mit der Salbe mitgebracht. Hätte ich gewusst, was für ein Anblick mich auf dem Weg hierher erwartet, hätte ich auch etwas zu essen für Eure Leute gebracht, denn sie hungern.«

Heloise sah dem Mädchen in die Augen und sagte: »Ihr könnt nicht die Tochter von Marys sein. Ich schaue Euch an, Adelina, ich höre Eure Worte, aber ich sehe Vianna Dubois. Sogar das weiche Herz habt Ihr von ihr.« Unter großer Mühe stand Heloise auf und trat zu Adelina. Sanft berührte sie ihr Gesicht. »Was hätte ich nur gegeben für solch eine wunderschöne Tochter. Doch leider hatte ich keine wohlmeinende Schwester, die mir geholfen hätte.«

Ist sie betrunken?, fragte sich Adelina. Betrunken, oder vielleicht nur eine einsame Frau, die nicht so alt war, wie ihr Gesicht die Welt glauben machen wollte. Vielleicht war sie auch nur ein wenig verwirrt, weil sie so wenige Frauen zum Reden um sich hatte, denn nur wenige Frauen, wenn überhaupt welche, lebten in dieser Festung, das hatte Adelina schon gehört. Die Dienstboten, die sie bisher gesehen hatte, waren auch alle Männer oder Jungen gewesen.

»Meine Mutter sagt oft, dass ich eigentlich ein Junge hätte sein sollen, Madame.«

»Nur, weil sie keinen Jungen bekommen konnte.«

»Und vielleicht wolltet Ihr nur eine Tochter, weil Ihr keine bekommen konntet?«

Ein Lächeln erhellte die Augen der Burgherrin. »Drei Töchter habe ich ausgetragen, aber keine hat die Geburt überlebt. Drei meiner Söhne sind am Leben geblieben, aber nur zwei bis ins Erwachsenenalter. So viele Kinder habe ich begraben.«

Darauf wusste Adelina nichts zu erwidern.

»Hätte ich gewusst, dass dieser Besuch bevorsteht …«, sagte Madame Heloise und wandte sich bekümmert ab.

»Wenn ich noch einmal komme, dann um Euch ganz aus freiem Willen zu besuchen.«

»Vianna«, sagte Heloise wieder, und Tränen strömten ihr unaufhaltsam die Wangen hinunter. Nichts vermochte sie aufzuhalten. Adelina setzte ihren Kelch ab und umarmte die Frau fest. Sie fragte sich, wie viele Jahre es wohl her sein mochte, dass diese Frau die Zärtlichkeit einer anderen Frau gespürt hatte. Es gab ihr einen Stich ins Herz, als sie die knotigen Finger in ihrem langen Haar spürte. Es fühlte sich an, als wolle Heloise Dupuy sie nie wieder loslassen. »Ich begreife nicht, wieso Jean-Pierre Euch hat töten wollen.«

»Geoffrey hat mir erzählt, dass allein schon mein Name seinen Hass angestachelt hat.«

»Was sollen wir bloß tun?«

»Wir können nur hoffen, dass Euer Gemahl und mein Vater zu irgendeiner Art Einigung kommen; sollte das der Fall sein, könntet Ihr uns vielleicht besuchen kommen, und wir könnten Euch besuchen. Dann könnten wir sicher und ohne jede Furcht reisen. Mein Vater will Frieden und eine Allianz und freien Handel zwischen unseren Dörfern. Er sagt, die Arbeit würde in Naturalien bezahlt, und schon bald gäbe es wieder Männer, die die Felder bestellten, statt sinnlos auf Feindesland ihr Leben zu lassen. Dieses Feindesland wird dann der Vergangenheit angehören. Einer Vergangenheit, die man am besten völlig vergisst.«

»Ach, Euer Vater könnte mit seinem Charme sogar einem Bettler noch die letzten Lumpen abschwatzen«, sagte Heloise.

»Ihr kennt ihn?«

»O ja. Aus der Ferne war ich früher einmal verliebt in ihn. Er hat so gut ausgesehen und war so charmant, als er jung war. Aber leider hat er meine Freundin gewählt. Meine Freundin und ihre Schwester.«

»Weiß er, dass Ihr einmal ein Auge auf ihn geworfen habt?«

»O ja, das weiß er, allerdings würde er es lieber vergessen.«

»Euer Gemahl weiß auch davon?«

»Ach, Henri. Ihm geht immer so viel anderes durch den Kopf. Er weiß von der Drohung des Königs, uns unser Land zu nehmen, Kind, und jetzt welkt sein Herz dahin. Er hat sich eingeredet, dass dies das Ende ist.«

»Kann man denn da nichts tun?«

»Seit vielen Jahren schon bin ich seine Frau, Kind, aber immer noch ist er mir fremd.«

»Vielleicht, wenn Ihr ihn schüttelt und ihm sagt, dass andere von seiner Stärke abhängig sind?«

»Eher ließe sich die zinnenbewehrte Mauer schütteln und sich von mir zum Einsturz bewegen. Es gibt nichts, was ich sagen kann, und tun kann ich erst recht nichts. Das ist schon immer so gewesen, und so wird es auch bis in alle Zukunft bleiben.«

»Dann ist es also wahr, dass er meinem Vater sehr ähnlich ist.« Adelina lächelte und wünschte, dass auch die Frau lächelte. Sie tat es, doch als die Tür aufging und Baudoin hereinkam, verschwand ihr Lächeln jäh wieder.

Wütend stieß er einen Stuhl fort, der ihm im Weg stand.

Es wäre doch wohl weit besser gewesen, um den Stuhl herumzugehen, dachte Adelina. Doch sie war an Männer und ihre Wutausbrüche gewöhnt.

»He, Ihr. Euer Vater will jetzt aufbrechen.«

»Du wirst dich höflich verhalten, Baudoin.«

»Ich bin der, der ich bin, und Ihr werdet den Mund halten!«

»Wie könnt Ihr es wagen, in solch einem Ton mit Eurer Mutter zu reden!«, fauchte Adelina. »Euch fehlt jeglicher Respekt!«

»Und was Euch betrifft, so ist es eine Schande, dass mein Bruder Euch nicht die Kehle durchgeschnitten hat, als er Gelegenheit dazu hatte. So hätte er uns alle vor zukünftigem Elend bewahrt!«

Jetzt war Adelina bereit zu kämpfen. Es war ihr egal, dass er gut dreißig Zentimeter größer, doppelt so schwer und ganz in Leder gekleidet war. Sie würde schon eine Möglichkeit finden, ihn büßen zu lassen für das, was er gerade gesagt hatte.

Plötzlich spürte sie die Hand von Madame Heloise auf ihrer Schulter und hörte sie flüstern, sie solle mitkommen, und da sie allen ihr Wort gegeben hatte, sie werde sich wie eine Dame betragen, folgte sie Heloise Dupuy die Treppe hinunter. Nur mit großer Anstrengung gelang es ihr, ihre rasende Wut im Zaum zu halten. Ihre langen Fingernägel hätten sich endlich einmal als nützlich erwiesen, wenn es dazu gekommen wäre, diesem Kerl die schwarzen Augen auszukratzen. Frieden, hatte Geoffrey gesagt. Frieden?

Graf Robert sah seine Tochter die Treppe herunterstürmen, und er schloss die Augen. Jetzt war kaum der rechte Moment für einen ihrer Wutanfälle. Er betete zu Gott, sie würde sich wenigstens so lange ruhig verhalten, bis sie durch das Tor geritten waren. Ruhig blieb sie, allerdings nicht lange. Baudoin, der hinter ihr die Treppe herunterkam, versetzte ihr einen Stoß, weil sie ihm im Weg war, und sie drehte sich um und spuckte ihm auf den Stiefel. »Ich fürchte Euch nicht, ich fürchtete auch Euren Bruder nicht, als er mit seinem Schwert auf mein Herz zielte! Wenn Ihr unbedingt einen Kampf wollt, dann werdet Ihr einen Kampf bekommen! Wählt Eure Waffe, Dupuy! Auf der Stelle!«

Graf Robert schloss die Augen und bedeckte sein Gesicht mit den Händen. Henri Dupuy schien fast ebenso entsetzt, als sein Sohn eine Feder aufnahm und sie als die Waffe seiner Wahl präsentierte.

Gabriel musste sich abwenden. Er biss sich heftig auf die Lippe und gab sich alle Mühe, nicht zu lachen. Graf Robert trat vor. »Adelina, ich sollte dir jetzt deinen künftigen Gemahl vorstellen, Baudoin.«

Baudoin stand da mit einem solchen Funkeln in den Augen, dass Adelina ihre eigene Feindseligkeit darin widergespiegelt sehen konnte. Er war über die Sache genauso wenig erfreut wie sie, vielleicht sogar noch weniger.

»Von einem Mann, der kein bisschen Respekt hat vor der Frau, die ihn zur Welt gebracht und großgezogen hat, lasse ich mich bestimmt nicht herumkommandieren oder herumstoßen oder mit Nichtbeachtung strafen, denn wenn er keine Achtung vor seiner Mutter hat, dann hat er auch keine Selbstachtung.«

Verblüffung stand in Baudoins dunklem Blick geschrieben. »Mein Hochzeitsgeschenk an Euch wird ein Knebel sein!«, spie er wütend aus.

Im selben Moment wandten sich beide an ihre Väter mit einer stummen Bitte:

Bitte, Vater, ich flehe Euch an, überdenkt diesen Irrsinn!

»Auf der Reise nach Paris werdet ihr euch beide näher miteinander bekannt machen. Seid Ihr sicher, Robert, dass Ihr nicht bleiben wollt?«

»Ganz sicher, ich muss aufbrechen, solange es noch hell ist.«

Adelina war als Erste zur Tür hinaus, und kaum stand sie auf dem Innenhof, gab sie Gabriel den Befehl, ihr aufs Pferd zu helfen. Als er dem nachkam, flüsterte Gabriel: »Jetzt bin ich ja wohl hoffentlich das kleinere der zwei Übel, oder?«

Unverzüglich wandte Adelina ihr Pferd und galoppierte hinaus, allein. In aller Eile bewaffnete sich Louis wieder und folgte ihr, für den Fall, dass ein nichts ahnender Leibeigener auf ihrem Weg durchs Dorf mit ihr aneinander geriet, denn Louis war gut Freund mit allen, sogar mit Leibeigenen.

Auch Graf Robert nahm seine Waffen wieder an sich und

stieg auf sein Pferd. Er entschuldigte sich bei Henri Dupuy für Adelinas Benehmen. »Mit der Zeit wird sie, so hoffe ich, die Klugheit dieser Entscheidung einsehen.«

»Und er hoffentlich auch.«

Seufzend sagte Graf Robert: »Vielleicht ist die Hoffnung das Einzige, was uns noch bleibt. In zwei Tagen bei Sonnenaufgang.«

»In zwei Tagen bei Sonnenaufgang. Wir werden auf Euch warten.«

Der Graf ritt davon, gefolgt von Gabriel und Acelin.

Adelina war wie von Sinnen durch das Dorf galoppiert. Sie hatte einen Nebenpfad genommen, um Louis abzuschütteln, der in eben diesem Moment an ihr vorbeigaloppierte und nach ihr rief. Adelina glitt vom Pferd, nahm den Damensattel ab und ließ ihn zu Boden fallen. Kurz darauf ritten ihr Vater, Acelin und Gabriel vorbei. Sie wartete eine Weile, ehe sie wieder aufs Pferd stieg. Hastig nahm sie die Zügel in die Hand und lenkte das Pferd den steilen Abhang hinauf und wieder auf den Pfad. Dann kehrte sie zum Dorf zurück. Vor der armseligen Hütte, vor der weinend die Frau und die kleinen Kinder gestanden hatten, blieb sie stehen.

»He, du!«, rief sie. »Witwe! Raus mit dir! Komm heraus, auf der Stelle!«

Die Frau erschien fast im gleichen Moment. Verängstigt hielt sie sich ihre zerlumpten Kleider über der Brust zusammen. Ihre zwei kleinen Jungs steckten die Köpfe durch die Tür, die Angst stand auch ihnen im Gesicht geschrieben. Den Säugling konnte man von drinnen lauthals brüllen hören.

»Hier!« Adelina zog sich die Ringe von den Fingern und nahm den juwelenbesetzten Haarreif ab. »Hier, das ist für euch! Verkauf die Juwelen, und kauf dir etwas zu essen und die Freiheit! Weiter kann ich nichts für dich tun!«

Adelina wandte ihr Pferd um und galoppierte wieder davon, anstelle der Wut kamen jetzt die Tränen, Tränen, die einfach nicht mehr versiegen wollten. Und hinter ihr kamen die Leute zusammen und fingen an, sich zu balgen, aber sie drehte sich nicht nach ihnen um, das wollte sie nicht. Sie wollte nur noch reiten, reiten und nie mehr stehen bleiben.

Von Adelina unbemerkt hatte sich ein Gewitter zusammengebraut. Plötzlich krachte ein gewaltiger Donner vom Himmel, und nur wenige Meter vor ihr schlug der Blitz in die Erde ein. Das Pferd scheute und blieb abrupt stehen. Adelina, die die Zügel fest in der Hand hielt, wurde nach vorn geschleudert. Das Tier stellte sich wiehernd auf die Hinterbeine, und sie rutschte herunter. Zu stark und zu erschrocken, als dass sie es hätte bändigen können, schoss das Pferd davon, seine Reiterin mitschleifend. Irgendwann gab Adelina auf. Sie ließ die Zügel los, und das Tier galoppierte in Richtung Dorf weiter. Immer wieder trat es aus und stieg auf die Hinterbeine.

Adelina lag mitten auf dem schmalen Pfad und fluchte über sich selber. Vor Gewittern hatte sie keine Angst; sie hatte auch keine Angst davor, ausgeraubt zu werden, denn schließlich hatte sie nun nichts Wertvolles mehr bei sich. Langsam stand sie auf und begutachtete den Schaden. Ihr allerbestes Kleid – ruiniert. Wieder einmal. Es war zerrissen und schmutzig. Ihre Knie brannten fürchterlich. Sie hob die Röcke und sah nach. Aufgeschrammt und blutig. Auch einer ihrer Knöchel schmerzte entsetzlich. Adelina humpelte an den Wegrand und setzte sich. Irgendwann bald würde ihr Vater kommen. Irgendwann bald.

Donnerschläge krachten ein zweites Mal, und diesmal öffneten sich die Schleusen des Himmels mit Furcht erregender Wildheit, mit kalter, heftiger Wut.

Wenn ich Glück habe, dachte Adelina, wird mir Gott das

Martyrium ersparen, das vor mir liegt, und so sehr Mitleid mit mir haben, dass ich auf der Stelle vom Blitz getroffen werde.

Ganz ruhig saß sie da und wartete, doch der Blitz schlug anderswo ein.

»Der Blitz soll mich treffen! Jetzt!«, schrie sie in den Himmel.

Nichts passierte. Sie seufzte und stand auf.

Kapitel Vierzehn

Ein Engel hat uns erlöst, Herr. Ein wunderschöner Engel, wie eine Prinzessin gekleidet.«

Ein Pferd ohne Sattel kam ins Dorf galoppiert und scheute, als es die kleine Gruppe Menschen sah. Baudoin Dupuy erkannte in dem Pferd das nervöse Tier, das Adelina de Polignac geritten hatte. »Und wo ist diese Engelsprinzessin jetzt?«

Keiner antwortete.

Beim nächsten Donnerkrachen fuhr Baudoin zusammen. Er starrte die Leute an. Dann sah er, dass eine Frau, eine Witwe, auf dem Kopf den juwelenbesetzten Haarreif trug, der noch vor kurzem Adelinas Eigentum gewesen war.

»Wo ist sie? Antworte, sofort!«

»Sie hat uns die Juwelen gegeben, Herr, und sie hat gesagt, mehr könne sie nicht für uns tun, und dann ist sie fortgeritten. Dort lang.« Sie zeigte auf den Pfad, der zur Burg von Lavoute Polignac führte.

»Gib mir das alles. Sofort. Sofort, sage ich!«

Die Frau nahm den Haarreif ab und hielt ihn Baudoin hin. Der griff ihn sich und steckte ihn in eine Falte seiner ledernen Schutzkleidung. Dann sah er den Ring an ihrem Finger. »Diese Juwelen müssen zurückgegeben werden.« Widerstrebend gab sie ihm auch die Ringe. »Sie trug drei Ringe. Ich habe nur zwei.« Der letzte Ring, ein riesengroßer Smaragd, wurde pflichtgemäß ausgehändigt.

»Wer ist die junge Mademoiselle, Herr?«

»Meine zukünftige Gemahlin.« Im strömenden Regen ritt Baudoin davon.

Dann sah er Adelina – zu Fuß, bis auf die Haut durchnässt und humpelnd. Baudoin trieb sein Pferd zu leichtem Galopp an und blieb neben ihr stehen. Beleidigt sah sie zu ihm hoch, humpelte aber weiter. Mit aller Kraft trotzte sie dem tosenden Wind.

»Meine Leute brauchen Eure sinnlose Mildtätigkeit nicht!«, sagte Baudoin, als er sein Pferd vor ihr zum Stehen brachte. Sie versuchte weiterzugehen, aber er ließ sie nicht vorbei.

»Das war keine sinnlose Mildtätigkeit!«

»Ach, nicht?« Er beugte sich vor, nahm ihre Hand und zwängte die Ringe wieder auf die Finger. »Es ist sehr wohl sinnlos, wenn eine Bäuerin versucht, die Juwelen einer adligen Dame zu verkaufen, und dafür als Strauchdiebin gehängt wird.«

Adelina nahm die Ringe ab und ließ sie auf den Weg fallen. »Wenn diese armen Leute sie nicht verkaufen können, dann tut Ihr das doch und gebt davon Euren hungernden Leuten zu essen! Was für ein Lehnsherr seid Ihr eigentlich?«

»Sollte ich womöglich zuerst mir selber und meiner Familie zu essen geben?«

Neugierig, aber immer noch wütend sah Adelina zu ihm hoch.

»Fünf Tage ist es her, dass ich die letzte ordentliche Mahlzeit hatte. Jawohl. Fünf Tage sind vergangen, und mein Vater wird immer schwächer, und meine Mutter ist ganz krank und verzweifelt, und was passiert in der Burg von Lavoute Polignac? Da wird gefeiert. Gefeiert, während wir hungern!« Baudoin stieg ab und griff sich erneut ihre Ringe. Diesmal zog er den Kragen ihres zerrissenen und verschmutzten Kleides heraus und stopfte die Juwelen hinein. »Steigt hinter mir auf. Ich bringe Euch nach Hause.« Er stieg auf sein Pferd und hielt ihr die Hand hin.

Adelina ignorierte die Geste. »Weshalb seid Ihr nicht zu meinem Vater gekommen, wenn Ihr tatsächlich so gehungert habt? Er hätte doch geholfen.«

»Wäre er im umgekehrten Fall zu mir gekommen?«

Nach einer Weile erwiderte sie leise: »Nein.«

»Da habt Ihr Eure Antwort. Und jetzt reicht mir Eure Hand. Ich habe keine Zeit zu vergeuden!«

Adelina blieb nichts anderes übrig als nachzugeben, schlimmer noch, sie hatte keine andere Wahl, als sich an Baudoin Dupuy festzuhalten, während sie auf dem schmalen, schlüpfrigen Pfad davongaloppierten.

»Ich weiß Eure so großzügige Geste trotzdem zu schätzen«, rief Baudoin ihr zu.

»Das habe ich nicht für Euch getan«, rief sie zurück. Ganz kurz kam ihr der Gedanke, ihn einfach von seinem Pferd zu stoßen, es zu stehlen und ihn im Schlamm liegen zu lassen, wo er ihrer Meinung nach hingehörte. Doch es war zwecklos, denn er war bewaffnet und ein zu guter Reiter, als dass man ihn so leicht aus dem Sattel hätte werfen können. »Wieso seid Ihr bei diesem Regen überhaupt unterwegs?«, fragte sie.

»Ich wurde zu Eurer Burg geschickt, um versprochene Nahrungsmittel abzuholen.«

Also schien er seinen Stolz überwunden zu haben. »Weshalb wurde ich davon nicht unterrichtet?«, fragte Adelina.

»Wer wollte sich schon die Mühe machen, eine Frau über irgendetwas von Bedeutung zu unterrichten? Vor allem eine Frau ohne Verstand.«

Adelina ballte die rechte Hand zur Faust und wäre am liebsten auf Baudoin losgegangen, aber sie kannte ihn nicht gut genug, um seine Reaktion abschätzen zu können. Er war so viel größer als sie.

»Man unterrichtet mich über alles«, log sie. »Mein Vater ist auch mein Freund.«

»Und hat man Euch auch davon unterrichtet, dass wir heiraten sollen?«

»Ich hatte gehofft, der Blitz würde mich treffen und der Tod mich vor solch einem Martyrium erretten!«

»Ihr auch?«, fragte er und brachte das Pferd jäh zum Stehen. Er stellte sich in die Steigbügel und schaute in das Waldland, das sich neben dem Pfad erstreckte. Dann trieb er das Pferd ein wenig an und lenkte es in den Wald hinein.

»Wohin reitet Ihr?«

Es kam keine Antwort. Baudoin gab dem Pferd die Sporen, trieb es einen Hang hinunter und dann wieder hoch. Adelina befahl er, sich festzuhalten. Noch einmal ging es einen Hang hinunter – in rasantem Tempo. Ein Baumstamm, der quer über dem Pfad lag, schien das Pferd nicht zu irritieren. Statt zu scheuen, sprang es darüber hinweg, und Adelina jauchzte vor Freude.

»Ihr mögt Abenteuer!«

Wieder jauchzte sie, als das Pferd den nächsten Hang hinunterstürmte. Ihr Herz schlug wild, als sie wieder auf den Pfad kamen und sie zu ihrer Überraschung feststellte, dass die Burgtore kaum hundert Meter entfernt waren. Da hatte sie ihr ganzes Leben hier verbracht und nichts von dieser Abkürzung gewusst.

»Lasst mich runter. Wenn Ihr mit mir gesehen werdet ohne jede Eskorte, wird es Ärger geben. Mir ist es gleichgültig, ob Ihr lebt oder sterbt, aber ich will nicht noch einen Krieg.«

Adelina ließ sich vom Pferd gleiten, und die Juwelen fielen aus ihrem Kleid. Sie klaubte die Ringe aus dem Schlamm und warf einen kurzen Blick auf Baudoin, ehe sie ihm den Schmuck erneut reichte. »Nehmt das, Dupuy. Ich habe noch weit mehr davon.«

Er schüttelte den Kopf. Inzwischen lag in seinem Blick kaum noch Hass. Adelina fragte sich, weshalb er sie wohl so merkwürdig anstarrte. Als sie schön zurechtgemacht war, hatte er nichts gesehen – schließlich war er nur ein Mann –, aber jetzt, da sie halb ertrunken und völlig verschmutzt war, ihr Kleid zerrissen und blutverschmiert, hatte er diesen höchst sonderbaren Ausdruck in den Augen. »Wie alt seid Ihr?«, fragte er.

»Ihr wagt es, eine Dame nach ihrem Alter zu fragen?«

»Ich hätte nicht gedacht, dass Ihr eine Dame seid, Mademoiselle«, erwiderte er lächelnd. Adelina musste zugeben, dass dieses Lächeln wirklich gewinnend war, bis ihr gesunder Menschenverstand wieder funktionierte.

»Weshalb starrt Ihr mich so an?«

»Ich überlege gerade, wie ich Euch nennen soll. Addie, vielleicht?«

»Wünscht Ihr Euch ein langes, glückliches Leben?«, fragte sie zurück.

Baudoin lachte, und ganz kurz nur musste sie ebenfalls lachen.

»Ich begleite Euch«, sagte er.

»Was Ihr tut, ist mir egal, Baudoin Dupuy. Das stellen wir am besten gleich klar.«

»Schmerzt Euch Euer Fußgelenk sehr?«, fragte er, im Schritttempo neben ihr herreitend.

»Nichts schmerzt mich sehr. Gar nichts.«

Baudoin stieg ab und führte das Pferd am Zügel den Pfad entlang. Adelina humpelte neben ihm her.

»Wie soll ich Euch denn nennen?«, wollte sie wissen.

»Wie immer Ihr wünscht, vorausgesetzt, es ist nichts Beleidigendes. Mir passt diese arrangierte Ehe auch nicht, also wäre es wohl klug, wir machen das Beste daraus, wenn wir können, Addie.«

»Ich heiße nicht Addie. Ich bin Mademoiselle Adelina, oder ich bin nichts für Euch.« Als sie wusste, dass sie in Hörweite war, rief sie dem Wachposten am Tor laut zu, er solle die Zugbrücke herablassen. Bei ihrem Geschrei fuhr Baudoin zusammen. »Ihr kennt diese Wälder gut. Zu gut, wie mir scheint«, sagte sie, als sie weitermarschierten.

»Ich habe als Kind hier gespielt«, antwortete er. Als sie sich der schmalen Brücke näherten, sagte Baudoin: »Los, aufs Pferd. Ihr humpelt allzu arg.« Ehe sie protestieren konnte, hob Baudoin sie in den Sattel, nahm die Zügel und ging weiter.

Immer noch mit fest verbundenem Arm trat Raoul ihnen auf der Brücke entgegen. In der gesunden Hand hielt er eine Armbrust, und was er mit ansehen musste, gefiel ihm ganz und gar nicht.

»Es ist alles in Ordnung, Raoul, leg die Waffe weg. Baudoin Dupuy hat mich in bester Absicht nach Hause begleitet. Ist mein Vater schon zurück?«

»Nein. Nein, und Eure Mutter sorgt sich, denn es wird jetzt schnell dunkel, und das Gewitter wird immer schlimmer.«

»Sie müssen denken, ich bin fortgeritten, um Geoffrey zu besuchen. Und jetzt wird sich auch Geoffrey Sorgen machen.«

»Was habt Ihr gemacht?«, fragte Baudoin.

»Ich habe sie auf dem Nachhauseweg allein weiterreiten lassen, mit Absicht. Womöglich sind sie auf der Suche nach mir inzwischen schon bis Le Puy gekommen. Papa wird nicht sehr erbaut sein.«

»Wird er Euch bestrafen?«

»Nur mit Worten. Worten, die mehr wehtun als sein Handrücken.«

»Lasst Eure Waffen bei mir«, sagte Raoul, der Baudoin am liebsten nicht näher kommen lassen wollte.

»Dies ist mein zukünftiger Gemahl, Raoul. Behandle ihn

mit Respekt, damit er lernt, was das ist.« Adelina nahm Baudoin die Zügel aus der Hand, gab dem mächtigen Pferd die Sporen. Vor den Stalltoren brachte sie es zum Stehen. »Kümmere dich um das Tier, füttere es gut«, sagte sie zum Stallburschen und betrat allein die Burg.

Ihre Mutter kam gerade die Treppe herunter. Bevor sie mit ihrer endlosen Nörgelei beginnen konnte, sagte Adelina ganz ruhig: »Es ist alles in Ordnung, Mutter. In dem Gewitter hat mein Pferd gescheut und ist davongelaufen. Deshalb bin ich in diesem Zustand.«

»Wo sind die anderen? Wo ist dein Vater?«

»Bei der Suche nach mir, wahrscheinlich. Wir haben einen Gast, Mutter. Meinen zukünftigen Gemahl. Würdet Ihr ihm bitte etwas zu essen geben? Er ist sehr hungrig und hat mich in dem Unwetter gerettet.«

Ohne auf ein weiteres Wort von Gräfin Marys zu warten, humpelte Adelina die Treppe hinauf und rief nach Jennet. Ihre Mutter ging in die Küche hinunter. Baudoin stand bei der Tür und schüttelte sich das Haar aus; er fror und zitterte. »Herein mit Euch. Kommt und stellt Euch ans Feuer. Wärmt Euch.«

Baudoin trat in die Küche, in der es sehr warm war. »Eure Tochter wurde von ihrem Pferd abgeworfen, und ich bin zufällig vorbeigekommen. Sobald das Pferd eingefangen ist, kehre ich zurück. Ich bin kein Dieb.«

»Ella, bring irgendetwas Heißes. Eintopf. Schnell.«

Baudoin setzte sich nah ans Feuer. Die Wärme würde kaum etwas ausrichten, denn schon bald musste er wieder in den Regen hinaus. Aber gegen eine Schale Eintopf hatte er nichts einzuwenden, und eine zweite Portion wurde ebenfalls dankbar entgegengenommen.

»Ihr seid der jüngere Sohn von Heloise?«

»Oui, Madame.«

»Und auch ein Ritter?«

Er nickte – das Essen war zu gut, um es durch höfliches Geplauder zu verderben.

»Wie geht es Eurer Mutter?«

»Das fragt Ihr vielleicht am besten Eure Tochter. Sie hat fast den ganzen Nachmittag in Gesellschaft meiner Mutter verbracht.

Gräfin Marys wusste, dass sie erst viel später erfahren würde, was passiert war, und dann auch nur, wenn ihr Gemahl gewillt war zu reden – wenn er genug von ihr gehabt hatte. Meistens bekam sie nach dem Akt nur noch lautes Schnarchen zu hören, und wenn sie ihm die ehelichen Pflichten versagte, würde er wütend und ungeduldig werden. Doch auf Neuigkeiten wollte sie nicht warten. »Richtet Eurer Mutter meine Grüße aus.«

Baudoin sah Gräfin Marys an, als sei sie verrückt geworden.

»Wir sind eine lange Zeit Freundinnen gewesen.«

»Ich werde Euren Gruß übermitteln.«

»Dann werde ich sie ja wohl bei der Hochzeit sehen, oder?«, fragte Graf Roberts Frau voller Hoffnung.

Baudoins Blick umwölkte sich. Er erwiderte nur: »Euer Koch ist vorzüglich. Wer ist er?« Seine Schale war schon wieder leer, und Gräfin Marys ließ noch eine weitere bringen.

»Unsere Köchin Ella wurde durch ein Schwert der Dupuys vor vielen Jahren zur Witwe.«

Baudoin sah Marys an, sagte aber nichts. Als er die dritte Portion halb aufgegessen hatte, war Lärm im Burghof zu hören. Sofort sprang Baudoin auf.

Graf Robert kam hereingestürmt, wie ein wahrer Wirbelwind, völlig durchnässt und wütend. Schnell zog sich seine Frau zurück, Ella ebenso. Der Graf sah Baudoin an. »Ihr habt Adelina gefunden?«, brummte er ungehalten.

»Ja.«

»Wo war sie?«

»Nicht sehr weit von Allegre, Monsieur. Ihr Pferd hat sie einen … einen Hügel hinuntergeworfen, deshalb habt Ihr sie nicht finden können.«

Die Erklärung genügte dem Grafen. »Dann bin ich froh, dass Ihr zufällig vorbeigekommen seid.« Er kratzte sich den Kopf und machte sich auf den Weg die Treppe hinauf. »Ihr werdet die Nacht hier bleiben. Es wird bald dunkel.«

»Aber, Monsieur …«

»Ihr bleibt. Kommt mit und widersprecht nicht.«

Baudoin schnappte sich Schale und Löffel und nahm beides mit. »Darf ich fragen, was Anlass zu dieser plötzlichen Großzügigkeit gegeben hat?«

»Nein, Ihr dürft nicht.«

Baudoin folgte Graf Robert die Wendeltreppe hinauf. Der Ältere blieb bei einer geöffneten Tür stehen, und Baudoin schaute hinein. Früher einmal musste es eine Art Lagerraum gewesen sein, jetzt stand eine schmale Pritsche darin.

»Ich schicke Euch jemanden mit trockener Kleidung.«

»Ich stehe in Eurer Schuld.«

Graf Robert richtete seinen kalten Blick auf Baudoin. »Diese eine Warnung will ich Euch geben, und ich hoffe, Ihr hört mir gut zu.«

»Monsieur?«, fragte Baudoin, der immer noch aß und tatsächlich nur mit halbem Ohr hinhörte.

»Wenn meine Tochter auf irgendeine Weise schlecht behandelt wird, ganz egal wie, werdet Ihr aufgespießt, und Euch sollen die Gedärme herausgerissen werden. Ich höchstpersönlich werde das tun.« Baudoin sagte nichts, bis sein Gegenüber fragte: »Habt Ihr mich gehört?«

»Ja. Ich habe Euch gehört.«

»Was meine Tochter heute über Respekt gesagt hat, habe ich ihr beigebracht.«

Baudoin hatte Mühe, diesem Mann in die Augen zu sehen. Er nickte höflich, trat in den beengten, dunklen Raum und drehte sich um, als er hinter sich hörte: »Wir haben viel miteinander zu besprechen. Ich werde bald im Saal sein. Kommt dann zu mir.«

Dann überließ der Graf ihn sich selbst. Die Geste hätte Baudoin als Zeichen des Friedens nehmen können, endlich, doch bei der Sache war ihm unbehaglich zumute. Frieden, um die Wirtschaft zu beleben, um ihre Ländereien zu retten. Er mochte die Polignacs nicht sonderlich, auch ihre weitläufige Burg nicht, aber als er aus dem Fenster sah, auf die Felder in der Ferne, die reifen, fruchtbaren Felder, dachte Baudoin, dass diese Verbindung vielleicht doch noch einem guten Ende dienen würde. Wenn Robert de Polignac starb, würde all dies an seine Tochter übergehen, und kraft Gesetz wäre das Eigentum der Tochter automatisch Eigentum des Ehemannes. Grund genug, die alten, schwelenden Wunden zu vergessen.

Gierig aß er noch etwas von dem köstlichen Eintopf und lobte im Stillen die Köchin. Er dachte an die Ländereien, die eines Tages durch die Heirat ihm gehören würden, aber er wollte gar nicht erst darüber nachdenken, wie wohl seine Geliebte reagieren würde, wenn diese Neuigkeit erst einmal bis nach Saint Paulien gedrungen war.

Ein kleiner Junge kam mit trockener Kleidung, die er aufs Bett legte – einer Hose, Stiefeln und einem weißen Leinenhemd mit bauschigen Ärmeln. »Wollt Ihr Euch waschen, Herr?«

Baudoin setzte seine Schale ab, hob den Arm und roch an seinen Achseln. »Ich weiß nicht. Muss ich?«

Der kleine Junge kam näher und roch ebenfalls, feixte, trat zurück und sagte: »Ich bringe dann jetzt etwas Wasser.«

Jennet half ihrer Herrin, das kaputte Kleid über den Kopf zu ziehen, und sie stöhnte auf, als sie die Abschürfungen und Blutergüsse sah.

Eine ganze Weile hatte Adelina jetzt schon kein Wort gesprochen. Sie war hin und her gerissen zwischen ihrem Bedürfnis zu schlafen und ihrem Bedürfnis, Geoffrey wiederzusehen. Sie zog sich die Ringe vom Finger, Jennet rieb die Schmuckstücke tüchtig an ihrem Rock sauber und legte sie dann in das geschnitzte Silberkästchen zu all den anderen Juwelen. »Setzt Euch, Herrin, denn ich habe sicher nicht die Kraft, Euch hochzuheben, wenn Ihr umfallt.«

»Willst du sagen, ich bin so dick?«

»O nein, Herrin. Ich mache mir nur Sorgen. Ihr seht nicht wohl aus.«

Adelina setzte sich und überließ sich dem in warmes, parfümiertes Wasser getupften Tuch. Sacht rieb ihr Jennet Gesicht und Körper ab, und Adelina hing ihren Gedanken nach. Mit jeder Minute, die verging, füllten sich ihre Augen mehr mit Tränen.

»Was bedrückt Euch?«

Adelina sah zu Jennet auf, sie war sich kaum bewusst, dass das Mädchen ihr die feuchten, schmutzigen Arme wusch. »Vieles bedrückt mich.« Als Adelina das sanfte Ziehen an der Hand spürte, stand sie auf.

»Er sieht sehr gut aus«, sagte Jennet schließlich. »Ich habe Euch ja gesagt, dass ein vornehmer Edelmann auf Euch wartet, aber Ihr habt mir ja nicht glauben wollen.«

»Wer sieht gut aus?«

»Der Mann, der Euch im strömenden Regen nach Hause gebracht hat. Der so hungrig war, dass er gleich drei Portionen von Ellas Eintopf gegessen hat.«

»Findest du wirklich, dass er gut aussieht?«, fragte Adelina überrascht.

»O ja. Herrin. Sehr gut sogar.«

Das war Adelina noch gar nicht aufgefallen, und es war ihr im Übrigen auch egal. Schließlich sprach Jennet von Baudoin Dupuy, dem Mann, den sie würde heiraten *müssen*.

»Was werdet Ihr zum Abendessen tragen?« Adelina antwortete nicht. »Herrin?« Adelina sah Jennet an. Wieso wirken ihre Augen so leblos, fragte sich Jennet. »Vielleicht wird Euch das Rote etwas aufheitern.«

»Das ist mir alles ganz egal, und wenn ich einen Mehlsack zum Essen trage. Sollte ich nackt dort sitzen, würde es nicht mal jemandem auffallen.«

Jennet gab sich Mühe, nicht zu lachen, und flüsterte: »Ganz bestimmt würde allen das auffallen, wenn Ihr das tätet«, während sie Adelina eine Cotte über den Kopf zog. Sie war sauber, aber steif und kratzig. Adelina verzog das Gesicht, als sie zugeschnürt wurde.

»Wieso bin ich denn nur nicht als Mann zur Welt gekommen!«

»Gott hat das nicht zugelassen«, sagte Jennet und bat ihre Herrin, sich noch einmal zu setzen, damit sie sich um das nasse, schmutzige Haar kümmern konnte. »Wie heißt er denn?«, fragte Jennet.

»Wer?«

»Der Mann, der Euch gerettet hat.«

Adelina dachte, sogar Jesus Christus kann mich jetzt nicht mehr retten. »Er heißt Baudoin Dupuy. Und ich werde für meine Sünden bestraft.«

»Was sind denn das für Sünden, Herrin?«

»Die Sünde, geboren zu sein, nehme ich an.«

Jennet legte Kamm und Tuch weg und stellte sich vor ihrer Herrin auf. »Ihr könnt mir alles sagen, Herrin. Ich werde es keinem erzählen.«

»Es spielt keine Rolle, wem du es erzählst. Bald werden es

sowieso alle wissen. Ich muss ihn heiraten, Jennet. Ich muss den Bruder des Mannes heiraten, der versucht hat, mich zu töten, und ich kann nichts dagegen tun. Und das alles nur, damit sich nach unserer Heirat der Grundbesitz beider Familien weithin erstreckt und die Leute nicht hungern und der König uns unser Land nicht fortnimmt und ein Feind durch Heirat zum Verbündeten wird und … ich *kenne* diesen Baudoin Dupuy nicht einmal.«

»Wann soll denn die Hochzeit stattfinden?«

»Woher soll ausgerechnet ich das wissen? Mir sagt ja keiner etwas. Ich soll eine strahlende Braut sein, und dabei will ich weiter nichts als davonlaufen. Ich wünschte, ich wäre an deiner Stelle, Jennet. Ach, wie sehr ich doch wünschte, ich wäre an deiner Stelle.« Jetzt flossen die Tränen, stille Tränen. Adelina saß da wie eine Statue – eine weinende, stille Statue.

Jennet wusste nicht, was sie sagen oder tun sollte, also kümmerte sie sich weiter um das Haar ihrer Herrin. Eine ganze Weile sagte sie nichts, während sie sacht mit Kamm und Tuch den Schmutz aus Adelinas Haar entfernte.

»Als Etienne anfing, mir schöne Augen zu machen, da mochte ich ihn auch nicht. Ich fand ihn lästig. Wenn wir bei der Ernte waren, sprang er mich plötzlich an, weil er mich erschrecken wollte, und das gelang ihm auch manchmal, und ich habe ihn dann weggejagt. Aber er ist immer wieder zurückgekommen.«

»Hat er je gesagt, er wünschte, du wärst tot?«

»O nein, Herrin. So etwas würde er nie sagen. Hat dieser Mann das getan?«

»Ja, das hat er.«

»Vielleicht, wenn er sieht, wie Ihr wirklich seid, ändert er ja seine Meinung. Unter all Eurer Schroffheit könnt Ihr richtig lieb sein.«

»Ich bin weder schroff noch lieb, und er mag mich nicht.«

»Mögt Ihr ihn?«

»Ich weiß nicht.«

Jennet arrangierte das saubere Haar um Adelinas Schultern, wie sie beide das gern mochten, und wählte das rote Kleid, das ihre Herrin zum Abendessen tragen sollte. Adelina sagte weder Ja noch Nein. Gleichgültig stand sie da und stöhnte nur, als sie den Arm heben musste. Sie stöhnte auch, als sie versuchte, ihren Fuß zu belasten.

Jennet schnürte gerade das Kleid zu, als Gräfin Marys hereinkam. »Viel besser siehst du jetzt aus. In was für einem Zustand du nur gewesen bist.«

Adelina drehte den Kopf weg und wischte sich schnell über die Wangen. Ihre Mutter mochte durchaus wissen, dass sie geweint hatte, aber darüber würde nie ein Wort gesprochen werden. Tränen, so hatte sie einmal gesagt, seien ein wichtiger Bestandteil des Lebens jeder Frau, aber Traurigkeit nach außen zu zeigen nütze nichts. Man solle sie lieber verstecken. Nur um die Tränen einer Königin kümmere man sich, aber oftmals weine auch eine Königin allein.

»Baudoin hat mir gesagt, du hast mit seiner Mutter geredet?«

»Ja, Mama, das stimmt.«

»Wie geht es ihr?«

»Sie wirkt alt und traurig und leer und spricht von der Vergangenheit, als gäbe es keine Zukunft mehr. Ich weiß jetzt, wie sie sich fühlen muss.«

Gräfin Marys arrangierte Adelinas Haar, so wie sie es gern mochte, nicht wie Jennet es gelegt hatte. »Das hat sie gesagt, dass es für sie keine Zukunft gibt?«, fragte Marys.

»Nein, ich habe es in ihren Augen gesehen, und ich habe es gehört, als sie geredet hat. Sie hat sich nach Euch erkundigt und gesagt, dass Euer Brief ihr ein großer Trost gewesen sei.

Aber dass sie nicht antworten kann. Ihre Finger sind ganz knotig, Mama. Sie hat dasselbe Leiden wie Ella. Ich habe ihr gesagt, wenn ich noch einmal zu Besuch kommen sollte, würde ich etwas von der besonderen Salbe aus dem Orient mitbringen. Darf ich?«

»Da musst du schon deinen Vater fragen. Ich weiß nicht, was hier vorgeht.«

»Ist Eure Stellung so wie ihre, Mama?«

»Was meinst du?«

»Ich habe mit eigenen Augen gesehen, wie man Heloise Dupuy behandelt. Ich fürchte, den Hunden schenkt man mehr Aufmerksamkeit als ihr. Baudoin benimmt sich ihr gegenüber wahrhaft verächtlich. Wenn er schon seine Mutter nicht lieben kann, dann kann er auch keine Ehefrau lieben. Und doch bin ich gezwungen, seine Frau zu werden. Er wird mich nie lieben, und ich werde ihn auch nie lieben.«

»Liebe, Liebe, Liebe. Was ist denn nur los mit dir, Adelina? Liebe hat doch nichts mit einer Ehe zu tun. Rein gar nichts. Außerdem, er ist jung. Mit Zeit und Geduld ...«

»Liebe hat alles mit der Ehe zu tun.«

»Adelina ...«

»Ich weiß, Mama. Unsere Zukunft hängt von dieser Verbindung ab. Mehr werdet Ihr mir zu diesem Zeitpunkt nicht sagen. Nun ja, Heloise Dupuy hat in dieser kurzen Zeit mehr mit mir geredet als Ihr in meinem ganzen Leben.«

»Das ist doch Unsinn, was du da sagst.«

»Wer war Vianna?« Adelina sah, wie alles Blut aus dem Gesicht ihrer Mutter wich.

»Ich weiß nicht, wovon du redest.«

»Ich rede von Eurer Schwester. Der, die genau an dem Tag starb, an dem ich zur Welt kam. Stimmt es, dass ich ihr ähnlich sehe?«

Während Adelinas Worten war Marys noch bleicher geworden. Entsetzt starrte sie das Mädchen an. Dann trat sie jäh zurück und wandte sich ab.

»Mama?«, rief Adelina wiederholt, aber erfolglos. Ihre Mutter rannte schreiend aus dem Raum, und Adelina wusste, dass sie sich jetzt einsperren und behaupten würde, sie habe eine ihrer heftigen Kopfschmerzattacken, die Ruhe und Dunkelheit erforderten.

»Such mir ein Paar Schuhe, Jennet. Ich muss mich daran gewöhnen, Schuhe zu tragen.«

Während Jennet die Schuhe brachte, sagte sie: »Ich konnte heute ein paar alte Lumpen stehlen. Ich habe sie unter Euer Bett gesteckt.«

Ein dankbares Lächeln umspielte Adelinas Lippen, verblasste aber schnell wieder. Da hörte sie ein heftiges Pochen an der Tür. Ungebeten kam ihr Vater herein. »Was hast du zu deiner Mutter gesagt?«

»Ich habe ihr nur ein paar Fragen gestellt. Ich konnte doch nicht ahnen, wie sehr sie sich darüber aufregen würde.«

»Was für Fragen?«

»Heloise Dupuy hat so voller Zärtlichkeit von einer gewissen Vianna gesprochen, Mamas Schwester, das ist alles. Ich habe nur gefragt, wie sie war und ob es stimmt.«

»Ob was stimmt?«

»Dass ich wie Vianna aussehe. Das ist alles.«

Vianna. Für einen Moment schloss der Graf die Augen. »Dieser Name darf *nie wieder* erwähnt werden, ist das klar?«

»Ja, Papa, aber …«

»Heute Abend wirst du höflich und charmant und liebreizend sein. Hast du verstanden?«

Adelina betrat die Halle, und auf der Stelle erhoben sich Baudoin und Dedwyd. Auch Gabriel, Louis und Acelin standen auf. Raoul jedoch schien zu krank zu sein, um sich viel bewegen zu können, und ihr Vater machte sich nicht die Mühe. Erst als sie sich gesetzt hatte, neben Baudoin natürlich, setzten sich auch die Ritter wieder. Gabriel lächelte, als ob er etwas wüsste, von dem Adelina keine Ahnung hatte.

Sie musterte Baudoin, als sie dachte, er würde es nicht merken. Jennet hatte Recht, als sie gesagt hatte, er sehe gut aus, aber wieso war ihr das eigentlich bisher entgangen?

Während des Essens war sie still. Sie bekam kaum einen Bissen herunter, denn ihre Traurigkeit stand ihrem Appetit zu sehr im Wege. Ihr einziger Trost waren ein gelegentliches Lächeln von Louis und Acelin und das Dauerlächeln von Dedwyd, dem es heute Abend deutlich besser zu gehen schien, auch wenn er sein Essen mit allergrößter Skepsis betrachtete.

Gabriel, der neben Adelinas Vater saß, war wie gewöhnlich sehr laut, und der leere Stuhl, auf dem sonst ihre Mutter saß, war eine ständige Mahnung an ihre jüngste Sünde – eine Mahnung daran, dass sie herausfinden musste, wer diese geheimnisvolle Vianna war.

Auch wenn Adelina ganz still war, aß sie wie eine Dame, saß da wie eine Dame und redete nur, wenn sie etwas gefragt wurde, was bedeutete, dass sie überhaupt nichts sagte. Das Gespräch drehte sich meist um die Reise nach Paris, um die Hochzeit ging es nicht. Immer wieder warf sie einen schnellen Seitenblick auf Baudoin Dupuy, aber nur einmal begegneten sich ihre Blicke. Er versuchte zu lächeln – sie versuchte, so zu tun, als sei sie eine Dame. Beider Bemühungen waren nicht sonderlich erfolgreich.

Sie mochte kaum glauben, welche Mengen ein einzelner Mensch verzehren konnte. Es wird nicht allzu lange dauern, dachte sie, und er ist fett und hässlich. Als das Obst gebracht wurde und er immer noch hastig weiteraß, spürte Adelina, wie sich Baudoins und ihr Bein unter dem Tisch berührten. Es war kein Zufall. Sie sah ihn an. Er sprach mit ihrem Vater, beschrieb sein Lehngut und seine zur Treue verpflichteten Untertanen an einem Ort, von dem Adelina noch nicht einmal gehört hatte. Als sie von ihm wegrückte, rückte sein Bein nach und berührte ihres wieder. Als er ihr ein drittes Mal nahe kam, reagierte Adelina sofort. Sie nahm ihren vollen Weinkelch und kippte ihn auf seinem Schoß aus. Hastig sprang sie auf, brachte eine Entschuldigung vor und rief nach einem Pagen, der die Spuren beseitigen sollte. Auch sie hatte etwas von dem Wein abbekommen, und das war ihre Ausrede, frühzeitig aufzubrechen. Sie humpelte davon, dicht gefolgt von ihrem Mädchen.

»Ein Unfall«, sagte Baudoin, als die Weinflecken auf seinem Hemd und seiner Hose abgetupft wurden. Er hielt seinen Trinkbecher hin, um ihn noch einmal füllen zu lassen, und die Unterhaltung wurde wieder aufgenommen, wenn auch weniger herzlich als zuvor.

Gabriel ließ einen angemessenen Zeitraum verstreichen, ehe er sich mit einer Entschuldigung von der Versammlung entfernte und nach oben ging.

Er erbat Einlass in Adelinas Gemächer, und die Tür wurde von dem neuen Mädchen geöffnet. Gabriel wollte hereinkommen, doch Jennet hielt ihn auf. »Mademoiselle wünscht jetzt niemanden zu sehen, Herr.«

Gabriel stieß Jennet einfach beiseite und ging auf Adelina zu.

Sie saß in ihrem Nachthemd da, ihre Augen waren vom Weinen geschwollen. Gabriel sagte zu Jennet: »Lass uns allein.«

»Was willst du?«, fragte Adelina und hob die Hand, damit Jennet blieb.

»Auf ein Wort«, erwiderte Gabriel. »Und es wäre für alle Beteiligten das Beste, wenn Ihr Euch zur Mitarbeit bewegen ließet.«

»Das habe ich jetzt schon so oft gehört, dass es mir ständig im Kopf herumspukt und für andere Gedanken gar kein Platz mehr ist. Verlass mein Zimmer.«

»Was ich zu sagen habe, soll kein anderer hören. Es geht um Eure Heirat mit Dupuy und um das, was Ihr zu gewinnen habt.«

Adelina fragte sich, was er wohl zu sagen hatte. Bot er ihr etwa eine Art Ausweg an?

»Schickt sie fort.«

Adelina entließ Jennet. Gabriel schlug aufgebracht die Tür zu.

»Weiß mein Vater, dass du hier bist?«

»Natürlich weiß er das.« Gabriel trat noch näher, und in seine Nase stieg der Duft von Rosen aus einer Vase, die für seinen Geschmack zu nahe bei ihm stand. Auf dem Tisch lag auch ein Buch, das sie vorgab zu lesen. »Was ist das?«, fragte er.

»Legenden, die von gerechten, großen Taten erzählen.«

»Vielleicht wird man eines Tages Eure Legende schreiben.«

Adelina seufzte. »Willst jetzt auch du mir einen Vortrag darüber halten, wie ich all das werden soll, was ich nicht bin?«

»Nein. Ich will Euch erzählen, was ein Ritter wie ich an Eurer Stelle tun würde. Hierfür braucht es den Mut und die Furchtlosigkeit eines Ritters in der Schlacht, doch ich glaube inzwischen, dass Ihr über diesen notwendigen Mut verfügt.«

»Dann bist du der Einzige, der das glaubt, Gabriel von Lyon.«

»Ihr braucht weiter nichts«, sagte er leise, als er sich vor ihr hinhockte, »als mir zuzuhören.«

Sie konnte nicht deuten, was da in Gabriels Blick lag, aber zum ersten Mal fühlte sie sich von diesem Blick nicht provoziert. Verblüfft sah sie zu, wie er ihre Hände nahm und sie an seine Lippen führte. Sein Kuss war voller Zärtlichkeit, voll von einer Zuneigung, die ihr fremd war. »Ihr müsst bei Eurem

Leben schwören, dass Ihr niemandem ein Wort von dem erzählen werdet, was ich Euch jetzt sage.« Sie nickte, und Gabriel lächelte. »Nein, mein Liebes, Ihr müsst es sagen.«

»Ich sage nichts.«

In der Frau, die ihm in die Augen schaute, erkannte Gabriel das verletzliche Kind. Das war genau das, was er brauchte.

»Sag mir, was du an meiner Stelle tätest«, bat das Kind.

KAPITEL FÜNFZEHN

Nein!« Adelina war entsetzt. »Nein! Das werde ich meinem Vater erzählen!«

Sie versuchte, ihn wegzustoßen, aber mit unnachgiebigem Griff hielt er ihren Arm. »Für dich, Gabriel von Lyon, gehe ich nicht in die Hölle.«

»Es ist doch nicht für mich. Denkt doch nach, kleines Mädchen. Ihr werdet Baudoin Dupuy heiraten, und wenn sein Vater noch vor Jahresende stirbt, gehört alles bis Arlanc Euch!«

»Erst wenn Baudoin stirbt, gehört alles mir, und auch das nur, wenn ich keinen Sohn bekomme. Ich weiß nicht, wieso du überhaupt hier bist und mir solch scheußliche Sachen erzählst.«

»Ich denke nur an Euch. An Euch und an Eure Kinder.«

»Aber noch bin ich nicht verheiratet! Was willst du? Warum bist du gekommen? Du solltest gar nicht hier sein.«

»Ich erkenne nur die sich bietende Gelegenheit, mein Kind, eine, die man nicht übersehen sollte. Was ist dabei schon Schlimmes?«

Adelina drehte den Kopf weg, damit sie ihm nicht in die Augen schauen musste.

»Weist mich nicht zurück. Ich bin hier, und außer mir kümmert sich keiner. Ich könnte in der Halle bei den anderen sein, aber nein, ich bin hier und versuche zu helfen, und wenn Ihr es gestatten würdet, Euch zu trösten.«

»Du? Einer, der nur an sich denkt?«

»Ihr urteilt zu harsch über mich, und dabei kennt Ihr mich

noch nicht einmal. Den ganzen Tag schon bin ich Zeuge Eures Schmerzes. Es scheint, ich habe eine Traurigkeit wahrgenommen, die andere lieber übersehen wollten. Ich spüre Eure Verwirrung. Wenn wir es auf meine Art machen, Adelina, habt Ihr viel zu gewinnen.«

»Und was, wenn Henri Dupuy nicht bis Jahresende stirbt?«, fragte sie.

»Ach, das wird er schon, mein Liebes. Das wird er schon. Da könnt Ihr sicher sein.«

Was liegt da in deinen Augen, fragte sie sich stirnrunzelnd. »Das wird mein Vater nie zulassen. Nein. Mein Vater ist ein Mann von Ehre.«

»Auf diese Art, meine Art, und alles gehört Euch.«

»Nein, Gabriel. Auf deine Art, und alles gehört dir. Ich soll Baudoin heiraten, der erben wird, so wie ich einmal erben werde. So viel verstehe ich. Und ich verstehe, dass eine jahrhundertealte Fehde zum Abschluss gebracht wird. Ich verstehe, dass die Leute nicht mehr hungern werden. Aber du sagst, ich soll überlegen, was werden wird, wenn ich erst Witwe bin. Ich kenne ihn ja noch nicht einmal, bin noch nicht mit ihm verheiratet, und schon hast du ihn begraben.«

»Ich denke an die Zukunft. Ich denke an Euch. Nur an Euch. Die Zeit ist reif.« Jetzt trat eine Traurigkeit in seine Augen, eine Traurigkeit, die Adelina seltsam fand. »Ich hatte gehofft, ich müsste das niemals sagen, aber ich hatte Euch schon immer gern.«

»Du kennst mich doch gar nicht.«

»O doch. Ich kenne Euch schon lange. Das erste Mal sah ich Euch mit Eurer Mutter auf den Straßen von Le Puy. Ihr wart noch ein Säugling, und sie trug Euch so voller Stolz, zeigte Euch der Welt, als wärt Ihr ein kostbares Juwel. Natürlich war ich damals noch jünger, aber ich weiß noch genau, wie ich mit meinem Vater auf Eurer Taufe war. Es war eine ganz große Feier. Euer Vater und Heracle, Euer Onkel, hatten für einen Tag ihre Differenzen beigelegt. Für Euch.«

»Für mich?«

»Und die Feierlichkeiten dauerten bis tief in die Nacht.«

»Ich kann nicht glauben, dass Ihr bei meiner Taufe wart.«

»Und doch war ich da. Als Page meines Vaters, des Vicomte Edouard.«

»Dein Vater ist ein Vicomte?«, fragte sie verblüfft. Gabriel fuhr mit seiner Geschichte fort. Ihre Abwehr war nicht mehr so groß, genau, wie er das gehofft hatte.

»Viele waren an jenem Tag zugegen, um dem Schauspiel beizuwohnen. Ihr, ein neugeborenes Wunder, von dem viele gesagt hatten, es könne nicht sein. Viele hatten geschworen, und manche gehofft, dass Euer Vater ohne einen Erben sterben würde. Für manch einen kamt Ihr als Überraschung.« Gabriel wickelte sich eine Strähne ihres glänzenden Haares um den Finger. »Damals war ich zwölf, und ich hätte nie gedacht, dass ich Euch eines Tages mit meinem Leben dienen würde. Einer Frau so jung, so schön.« Seine Finger fuhren wie Federn über ihr Gesicht, ihr Kinn, ihren langen Hals, und Adelina erschauerte leicht, als er ihr das Ohr berührte. »Wenn ich Euch in der Vergangenheit Schmerz zugefügt haben sollte, so tut es mir Leid. Und wenn ich Euch in Zukunft Schmerz zufügen sollte, so tut es mir ebenfalls Leid.« Gabriel trat einen Schritt zurück und sagte: »Doch bitte, sprecht nicht über das, was ich gesagt habe, denn Euer Vater wünscht nicht, dass Ihr in die Pläne eingeweiht werdet. Und ich will weder jetzt noch in Zukunft sein Vertrauen missbrauchen. Mein Respekt vor ihm ist zu groß, als dass ich seine Gunst leichtfertig aufs Spiel setzen möchte.«

»Nein. Nein, ich kann einfach nicht glauben, dass mein Vater im Stande ist, sich so etwas auszudenken. Er ist nicht wie sein Bruder. Du denkst, ich weiß nichts von Heracle, doch ich weiß so manches. O ja, das tue ich.«

»So vieles könnt Ihr einfach nicht verstehen. Aber eines Tages, mein Liebes, wird alles Euch gehören. Euer Vater und ich, wir sehen in die Zukunft. Sogar Geoffrey sieht ein, wie klug diese Verbindung ist.«

»Woher weißt du das? Dringst du durch seine Augen in sein Inneres? Was liegt denn in seinem Herzen?«

»Ich weiß, dass er kein Narr ist. Bitte bedenkt doch, bevor Ihr Euch schlafen legt, dass Ihr, solltet Ihr je Witwe werden und Euch ein zweites Mal vermählen, Euren zweiten Gemahl klug wählen solltet. Wählt den, der bereit ist, Euch all die Freiheit zu gewähren, die Ihr Euch je gewünscht habt. Was wünscht Ihr Euch, Adelina?«

»Was ich mir wünsche, kann niemals sein, und das weißt du recht gut.«

Gabriel lächelte, als wüsste er nur zu gut, was unangetastet in ihren Träumen lag. »Ich denke, Ihr hättet einen prächtigen Ritter abgegeben, wäre Gott nicht so unfreundlich gewesen, Euch als Frau auf die Welt kommen zu lassen.«

Wie konnte dieser Mann ihr nur in die Augen schauen und wissen, was versteckt dort lag, und es dann auch noch so gut in Worte kleiden, dass sie sprachlos war?

»Sagt mir, Adelina, sagt mir, was Ihr braucht.« Wieder berührte er ihr Gesicht, so freundlich, so zärtlich, und die ganze Zeit fragte sich Adelina, warum. »Baudoin Dupuy kann sich glücklich schätzen. Ich würde alles darum geben, nur für eine einzige Nacht mit ihm den Platz tauschen zu dürfen.«

»Du schmeichelst mir, Gabriel.«

»Nein«, sagte er und kam noch näher. »Nein, meine liebreizende kleine Lady, ich sage nur die Wahrheit.« Er hob ihren Kopf und küsste sie. Wie versiert er darin schien, und wie beinahe machtlos sie war und ihm nicht Einhalt gebieten konnte.

Einen kurzen Moment lang zog sie nicht einmal in Erwägung, ihm Einhalt zu gebieten. Da war etwas in seinen Augen, das sie nicht anzuzweifeln wagte.

Beim Geräusch der sich plötzlich öffnenden Tür erstarrte Adelina. Papa, war ihr einziger Gedanke.

»Herrin, Euer Vater macht …« Jennet bückte sich und wollte hereinkommen. Wessen Entsetzen am größten war, vermochte einen schrecklichen Moment lang niemand zu sagen.

Gabriel schnauzte sie an: »Kannst du dich denn nicht bemerkbar machen!«, und dann verließ er schnell den Raum.

Jennet war voller unausgesprochener Fragen. Was tat Gabriel hier, wo doch der zukünftige Gemahl ihrer Herrin bei ihrem Vater unten in der Halle war? Unschuldig dort saß und keine Ahnung hatte, dass seine Braut in den Armen eines anderen lag? »Herrin, Euer Vater macht sich Sorgen, weil Ihr ihm nicht gute Nacht gesagt habt.«

»Sag ihm, sag ihm, dass ich krank bin.«

»Ja, Herrin.«

»Sag keinem, was du gesehen hast.«

Jennet nickte und wollte gehen.

»Nein, bitte, geh nicht. Noch nicht. Ich fühle mich so seltsam, Jennet. Ich bin verwirrt. Ich weiß nicht, was ich denken oder tun soll. Er hat mich mit einem Zauber belegt. Ja, Gabriel von Lyon hat mich mit einem Zauber belegt. Was wäre passiert, wenn du nicht gekommen wärst?«

Jennet legte ihrer jungen Herrin den Arm um die Schultern. »Ach, Herrin, es fängt jetzt alles gerade erst für Euch an.«

»Was? Was fängt an?«

»So viele werden Euch jetzt wollen. So viele. Und sie wollen nicht Euch, sondern das, was Ihr eines Tages besitzen werdet. Das wollen sie«, flüsterte sie und hielt sie noch fester. »Und Gabriel von Lyon ist nur einer von vielen, Herrin.« Eine ganze Weile hielt Jennet sie, ehe sie ihre Herrin zum Bett führte. »Einer von vielen, die Euch nehmen würden, wenn sie nur könnten.«

»Ich wünschte, Geoffrey wäre hier.«

»Das wird nie mehr sein.«

»Er ist der einzige Mann, dem ich je vertrauen werde. So vieles weiß ich nicht. So vieles.«

»Dann fragt mich, Herrin. Ich möchte Eure Freundin sein.«

Es war schon sehr spät, als Jennet mit nur einer Kerze, die ihr den Weg erhellte, leise durch die Halle und in die Küche hinunterging. Sie stieg die zwei Stufen zu ihrer winzigen Kammer hinab und dachte dabei die ganze Zeit an ihre Herrin und an das, was beinahe passiert wäre, was hätte passieren können, wenn sie nicht den Raum betreten hätte.

Jennet machte die Tür zu ihrer Kammer auf, und als sie die Kerze auf den dreibeinigen Tisch setzte, abgesehen von ihrer harten Pritsche war er das einzige Möbelstück in dem Raum, wanderten ihre Gedanken zu Etienne. Adelina war neugierig gewesen, so neugierig wie alle Mädchen in ihrem Alter, Jennet war da keine Ausnahme, aber so offen von solch geheimen Dingen zu sprechen hatte nur dazu geführt, dass sie Etienne noch mehr vermisste, falls das überhaupt möglich war. Jennet wollte sich gerade ausziehen, als sie hinter sich in der Dunkelheit ein Geräusch hörte. Schnell und voller Angst drehte sie sich um. Sie hoffte, es wäre Ella, aber sie wusste, dass die es nicht war.

Es war Gabriel. Und Ella hatte sie vorgewarnt, dass er früher oder später zu ihr kommen würde. Jennet hatte Gott angefleht, dass er sich sein Vergnügen anderswo suchen würde, doch ihre Gebete, so schien es, hatten wieder einmal kein Gehör gefunden.

»Er heißt Etienne, nicht?«, fragte er und trat aus der Dunkelheit, der Dunkelheit, in der er offenbar schon eine ganze Weile gewartet hatte.

»Wer, Herr?«, fragte Jennet.

»Wer, Herr?«, machte er sie nach. »Er heißt Etienne, und ich weiß, wo er wohnt. Ich weiß, ihr wollt bald heiraten. Denk daran, Mädchen, einen Toten kannst du nicht heiraten. Denn tot wird er sein, solltest du über das sprechen, was du heute Abend gesehen hast.«

»Nichts habe ich heute Abend gesehen, Herr«, sagte Jennet so ruhig sie konnte, aber in ihrem Kopf dröhnte laut ihr Herzschlag. Sie versuchte, ihm auszuweichen, zur Tür zu kommen, aber er ließ sie nicht.

»Du heißt also Jennet?«, fragte er.

Sie nickte.

»Die Tochter des Müllers. Des Schlawiners Thierry. Du hast zwei jüngere Schwestern, nicht?«

»Ja, Herr.«

»Ich habe dich beobachtet. Dich und diesen Etienne, den du heiraten willst. Ich weiß so manches von euch beiden.« Er rückte noch näher heran, so nahe, dass er sie hart an die unnachgiebige Steinmauer drängte. »Deine Augen sehen zu viel, und schlimmer noch, deine Zunge sitzt ganz schön locker. Ich habe dich schon oft mit der Alten in der Küche schwätzen hören.«

Auch wenn sie jetzt laut schreien würde, keiner könnte sie hören. Sie wusste, was in dem Blick des Edelmannes lag. Mit der behandschuhten Hand hob er ihr Kinn. »Wenn es stimmt, dass du diesen Etienne liebst und deine Schwestern und deinen Schlawiner von einem Vater und deine verblödete Mutter, dann hast du keine andere Wahl, dann musst du tun, was ich sage, oder es wird ihnen ein Leid geschehen, einem nach dem anderen.«

»Ich habe nichts gesehen, Herr. Das schwöre ich bei meinem Leben, nichts habe ich gesehen. Ich werde alles tun, was Ihr wünscht. Tut Etienne nichts zuleide, auch meiner Familie nicht. Ich werde alles tun, was Ihr wünscht.«

»Dann zeig mir, was dieser Bursche zu sehen bekommen hat. Der und die vielen anderen, wenn es stimmt, was man sich erzählt. Zeig es mir.«

»Ich soll es Euch zeigen, Herr?«, fragte sie und war erleichtert, als er ein wenig von ihr abrückte.

»Zieh deine Lumpen aus.«

Einen Moment lang blieb ihr das Herz stehen. Bitte, Gott, nein. Nicht das. Nicht mit ihm. Als Gabriel sich wieder zu ihr umdrehte, stand sie immer noch so da wie vorhin, nur dass sie noch verwirrter war. Und voller Angst. Das gefiel ihm. »Tu, was ich dir gesagt habe. Langsam.« Gabriel lehnte sich an die Steinmauer und beobachtete sie, aber sie rührte sich immer noch nicht. »Wie alt ist deine jüngste Schwester? Neun? Zehn?«

Jennet tat, was er ihr befohlen hatte. Sie hatte keine andere Wahl. Langsam zog sie sich das zerschlissene Lumpenkleid über den Kopf. »Sieh auf mich, nicht auf deine Füße.« Eine ganze Weile musterte Gabriel sie und verlängerte so die Qual, verlängerte ihre Angst, ihre Scham. »Dreh dich um.« Jennet drehte sich. War das alles, was er wollte? Sie ansehen? Das glaubte sie nicht. »Eine deutliche Verbesserung gegenüber der vorigen«, sagte er, und sie zuckte zusammen, weil seine Stimme so nah an ihrem Ohr war. »Die vorige, Cateline, war hässlich, aber zu manchem war sie zu gebrauchen. So wie auch du zu gebrauchen sein wirst. Runter auf die Knie. Du weißt, was ich will.«

Am nächsten Morgen beobachtete Adelina von ihrem Fenster aus, wie Baudoin den Karren belud. Ihr war klar, dass man sie bald rufen würde, denn sie sollte sich von ihm verabschieden. Gabriel stand da bei den anderen, sie alle luden Säcke mit Korn und Mehl und Kisten voller Gemüse auf den Karren.

Tatsächlich rief man bald nach ihr, und sie folgte dem Ruf.

Ruhig stieg sie die Treppe hinunter, durchquerte die Halle und ging in die Küche. Allein stand sie bei der mächtigen Tür, blinzelte in das helle Sonnenlicht und beobachtete Baudoin, der sich mit ihrem Vater unterhielt und ihn umarmte, aber eine herzliche Umarmung wie unter Freunden war es nicht.

»Noch einmal«, sagte Baudoin, »danke ich Euch für Eure Gastfreundschaft und Eure Großherzigkeit. Das soll nicht umsonst gewesen sein.«

Der Graf nickte.

»Madame«, sagte Baudoin zu Gräfin Marys, nickte ihr zu, und dann sah er Adelina bei der Küchentür stehen. Baudoin kam auf sie zu.

Adelina hatte Mühe, diesem Mann heute in die Augen zu sehen, aber sie wusste, sie würde irgendetwas sagen müssen. »Ich habe Euch noch nicht dafür gedankt, dass Ihr mich nach Hause gebracht habt, Baudoin.«

»Jetzt freut es mich, dass es so gekommen ist. Und nun verabschiede ich mich von Euch, Addie«, sagte er. »Ich freue mich schon darauf, dass wir uns morgen wiedersehen.« Er nahm ihre Hand und küsste sie, aber sie fühlte gar nichts. Mit seinen funkelnden dunklen Augen sah er sie an und sagte: »Auf morgen dann. Ich werde daran denken, Abstand zu halten, wenn ein Weinkelch in Eurer lieblichen Hand ruht.«

»Seid dankbar, dass es kein Weinfass gewesen ist.«

Sein Lächeln war ehrlich und ansteckend. Er nickte und zog sich zurück, sprang auf den Wagen und fuhr davon, sein schönes Pferd hatte er hinten angebunden. Adelina rief: »Und denkt daran, nehmt die Straße.«

Er hob die Hand, fuhr aber ohne anzuhalten weiter. Als er die Brücke überquert hatte, kam der Graf auf seine Tochter zu. »Nehmt die Straße?«, fragte er.

»Ja, wir sind einen anderen Weg gekommen, Papa. Es war eine Abkürzung, wegen des heftigen Unwetters.«

»So freundlich hättest du gestern Abend sein können, statt ihn im Wein zu ertränken.«

»Er wurde ein wenig zu vertraulich unter dem Tisch, Papa.«

Der Graf hielt das für komisch – auch er war ja schließlich einmal jung gewesen. »Einen Weinkelch hat mir deine Mutter nicht in den Schoß gekippt, Adelina, aber einen ganzen Eimer Wasser, mit dem sie aus ihrem Fenster direkt auf meinen Kopf gezielt hat.«

Adelina sah zu ihrer Mutter und zu ihrem Vater, und obwohl sie über die Geschichte lächelte, die sie schon so oft gehört hatte, konnte sie sich nicht vorstellen, dass ihr Vater ihrer Mutter den Hof gemacht hatte. Sich Jennet und ihren Etienne vorzustellen war dagegen gar nicht schwer, nicht nach dem, was Jennet am Abend zuvor erzählt hatte, aber ihre Mutter und ihr Vater, die heimlich solche Dinge taten? Dieser Gedanke war ihr peinlich. Als Gabriel hinter ihrem Vater herkam und sie anlächelte, als er vorbeiging, schaute sie schnell auf ihre Füße.

»Woher der Sinneswandel, meine Tochter?«, fragte der Graf.

»Gestern Abend lag ich im Bett und dachte an das, was geschehen soll, und da fiel mir wieder etwas ein, was Geoffrey einmal gesagt hat. Er meinte, es sei bedeutend einfacher, sich mit dem Fluss des Lebens treiben zu lassen, als gegen seine starken Strömungen anzuschwimmen.«

»Und weißt du auch, wer ihm das gesagt hat?«

»Ihr«, antwortete Adelina mit dem Anflug eines Lächelns. Der Graf legte seine Arme um sie, und sie wurde in seiner herzlichen Umklammerung fast erdrückt. Adelina hoffte, ihr Vater würde dieser seltsamen Gefühlsbezeigung bald überdrüssig werden, doch schließlich war sie es, die das Gesicht aus seinem Rock ziehen und sich befreien musste.

»Ist es jetzt sicher genug, Papa, allein zu reisen?«

»Du willst Geoffrey besuchen.«

»Ich muss ihm erzählen, was alles geschehen ist, mich von ihm verabschieden. Ihr seht doch sicher ein, dass das nötig ist?«

»Gabriel wird dich nach dem Mittagessen dorthin begleiten.«

»Bitte, Papa, ich möchte allein reiten. Bald werde ich mich vermählen. Bin ich da nicht alt genug, um solch einen Besuch ohne Begleitung zu machen? Gefährlich ist das Alleinreisen nun nicht mehr, das habt Ihr selber gestern Abend gesagt.«

»Solange ich nicht mit Philipp Augustus gesprochen habe und solange diese Verbindung nicht rechtskräftig ist, wird Gabriel dich begleiten.«

Adelina sah ihrem Vater in die Augen und erkannte, dass er sich nicht würde erweichen lassen. »Ja, Papa.«

»Geh jetzt zu deiner Mutter, denn sie wünscht mit dir über Dinge zu reden, von denen kein Mann wissen sollte.«

»Ich weiß schon Bescheid über diese Dinge, Papa.«

»Sie wünscht es so. Geh. Na los. Sie ist in ihrem Zimmer, sie wartet.«

Adelina ging hinein und dann hinauf in das kleine Allerheiligste ihrer Mutter. Bei solch einer Gelegenheit fragte sie sich stets, ob es sich nicht vielleicht um eine Audienz bei Hofe handelte. Heute schien ihre Mutter allerdings in der Tat höchst seltsam. »Baudoin sieht gut aus und scheint freundlich«, sagte Marys verlegen, als sie durch ihr Zimmer ging, das mit bauschigen Seidenstoffen und duftenden Rosen geschmückt war. »Ein gut aussehender und freundlicher Mann macht es leichter.«

Macht es leichter?, wunderte sich Adelina und bemerkte, dass ihre Mutter heute bereits früh mit dem Trinken begonnen hatte. Sie sagte aber nichts, denn die Mutter würde nur leugnen, während sie einen frisch nachgeschenkten Weinkelch an den Mund führte.

»Oder vielleicht ist dir ja noch gar nicht aufgefallen, dass er gut aussieht und freundlich ist.«

»Er hat interessante Augen und gute Zähne.«

»Sonst ist dir nichts aufgefallen?«, fragte Gräfin Marys.

»Von Anfang an hat er mich verärgert, so sah ich wohl nichts Gutes in ihm.«

»Heute Morgen warst du jedenfalls freundlich zu ihm.«

»Ich hatte Gelegenheit nachzudenken, und er scheint nicht so schlimm zu sein, wie ich gedacht hatte.«

»Ihr werdet hübsche Kinder miteinander haben.«

Adelina nahm den Weinkelch auf, den ihre Mutter vor sie hingestellt hatte. Sie nippte an dem Wein.

»Was weißt du von Männern und Frauen?«

»Es heißt, die Vereinigung von Mann und Frau ist die reinste Glückseligkeit.«

»Woher hast du denn das?«

»Ich weiß nicht mehr«, log sie, denn Jennet sollte keinen Ärger bekommen, weil sie ihr Dinge gesagt hatte, die sich für einen Dienstboten nicht gehörten.

»Kinder sind das einzige Resultat, das diese Vereinigung zeitigen sollte. Der Akt selbst ist selten angenehm. Denk immer daran, dann wirst du auch keine Enttäuschung erleben.«

Adelina schwieg und musterte die Blumen. Jennet hatte ihr etwas ganz anderes erzählt.

Erneut fing die Mutter an, auf und ab zu gehen. »Es ist wider göttliches Gebot, etwas derart Unschönes zu genießen. Daran solltest du immer denken.«

Sollte das wahr sein, dann wusste Adelina, dass sie allein schon ihrer Gedanken wegen bis in alle Ewigkeit in der Hölle schmoren würde. »Ja, Mama. Ich denke daran. Darf ich jetzt gehen?«

»Nein, das darfst du nicht. Die Blutungen hören auf, wenn man ein Kind erwartet.«

Diesmal nahm Adelina einen kräftigen Schluck Wein und hoffte, sie würde sich verschlucken, damit sie von diesem Martyrium erlöst würde.

»Wenn du erst Ehefrau bist, darfst du dich deinem Gemahl niemals verweigern.«

»Mich ihm verweigern, Mama?«

»Ihm seine Rechte verwehren. Solche Dinge sind Männern wichtig.«

»Oh«, sagte Adelina. »Ja, natürlich sind diese Dinge wichtig.« Sie nahm noch einen Schluck Wein und fragte sich, wovon ihre Mutter wohl sprechen mochte.

»Kraft Gesetz ist er befugt, dich zu schlagen, solange er dich nicht umbringt, also hüte deine Zunge wohl und sage nie, was du auf dem Herzen hast. Stimme ihm immer zu. Das ist am besten. So tut es weniger weh.«

»Schlägt Papa Euch?«

»Uns verbindet Liebe. Nur selten erzürne ich ihn.«

Warum beantwortet sie meine Frage nicht, wunderte sich Adelina. »Glaubt Ihr, Baudoin Dupuy wird seine Hand gegen mich erheben?«

»Ich sage das ja nicht gern, Adelina, aber es muss nun einmal sein. Das letzte Mal, dass ich Heloise Dupuy sah«, sagte sie mit Tränen in den Augen, »war ihr Gesicht geschwollen und voller Blutergüsse. Sie ist so brutal geschlagen worden und so ausdauernd, dass sie nicht einmal ohne Schmerzen Luft holen konnte. Was lernt schon ein Sohn von solch einem Vater?«

»Wenn er mich schlägt, Mama, dann schlage ich zurück.«

»Adelina, nein! Nein, das darfst du nicht. Wir sind nichts, Kind, gar nichts. Du hattest schon Recht, als du mich nach meiner Stellung fragtest. Wir sind lediglich dazu da, die Kinder zu bekommen und sie großzuziehen, sonst sind wir nichts. Und mehr solltest du auch nie erwarten.«

»Ihr sagt mir, dass das Leben als Frau ein Fluch ist, und gleichzeitig haltet Ihr mich dazu an, mich wie eine Dame zu benehmen?«

»Adelina, du wirst deinen Stolz herunterschlucken und den Mund halten und dich von ihm erst in der Hochzeitsnacht anfassen lassen, denn verdorbene Ware ist ohne Wert.«

»Was meint Ihr damit, verdorbene Ware?«

Gräfin Marys setzte sich und griff nach ihrem Fächer. Ihr Gesicht war gerötet, sie schwitzte. »Lass ihn sich nur nicht an dir schadlos halten.«

»Das verstehe ich nicht, Mama.«

Marys drehte sich um zu ihrer wunderhübschen, unschuldigen Tochter und sagte: »Lass keinen Mann …«, sie zögerte, »… dich küssen, zum Beispiel. Niemanden, nur deinen Ehemann, und was er will, das musst du tun.«

Es gab ein langes, tiefes Schweigen.

»Gibt es etwas, das du mich fragen möchtest?«

»Nein, Mama«, erwiderte Adelina.

»Dann lass mich jetzt allein. In Paris werden wir dir ein Hochzeitskleid kaufen. Du wirst eine strahlende Braut sein.«

»Ja, Mama«, sagte Adelina und ging ruhig hinaus. Draußen lehnte sie sich dann gegen die Steinmauer und schloss fest die Augen. Ich bin schon verdorben, dachte sie. Gabriel hat mich geküsst, deshalb bin ich verdorben, und Baudoin wird es wissen. Er wird es wissen. Sie lief in die Küche – jetzt brauchte sie unbedingt etwas zu essen, ganz egal was. »Ella, wann gibt es Mittagessen?«, rief sie der Köchin zu.

»Das dauert noch eine ganze Weile, Kind.«

»Wo ist Jennet?«

»Im Bett. Sie fühlt sich nicht wohl heute.«

»Wieso sagt man mir das denn nicht?«

Adelina lief am Kamin vorbei und in den schmalen Gang hinein. Sie ging in Jennets Kammer, die früher einmal Catelines Kammer gewesen war, und da lag Jennet im Bett und versteckte sich vor der Welt, so sah es jedenfalls aus. »Was fehlt dir?«, fragte Adelina voller Zuneigung.

»Ich bin krank«, antwortete Jennet mit brüchiger Stimme und versuchte, sich unter der Bettdecke zu verstecken.

»Oh. Und ich hatte gehofft, du würdest mit mir ins Dorf kommen, wenn ich heute nach dem Mittagessen Geoffrey besuche. Vielleicht hilft es dir ja, wenn du deine Mutter und deine Schwestern wiedersiehst? Seit Tagen bist du jetzt schon nicht mehr zu Hause gewesen.« Adelina berührte Jennets Gesicht. Fieber hatte sie nicht, aber ihr Gesicht war bleich, Furcht stand ihr in den Augen geschrieben. Sie machte wirklich einen höchst seltsamen Eindruck. »Was ist los?«

Jennet schüttelte den Kopf und drehte sich weg.

»Musst du dich übergeben?«, fragte Adelina und hielt Ausschau nach einer Schale oder einem Topf auf dem Boden. Aber da war nichts.

»Nein, Herrin. Übergeben muss ich mich nicht, obwohl ich es gern würde.«

»Dann komm. Du musst an die Sonne. Die Sonne heilt alles.«

»Bitte, Herrin, ich will sterben.«

»Sterben? Unsinn. Das erlaube ich nicht. Wieso bist du denn so verdrießlich?«

Jennet antwortete nicht.

»Ich befehle dir, aus dem Bett aufzustehen, Jennet.«

»Ich habe Schmerzen, wenn ich stehe.«

»Dann werde ich Michel rufen lassen. Er weiß mehr von Krankheiten als alle Doktoren zusammen, und netter ist er außerdem. Er wird wissen, was mit dir nicht in Ordnung ist.«

»Nein. Kein Mann soll mich je wieder berühren, mich je

wieder anfassen.« Jetzt weinte Jennet und grub sich weiter in ihre Decken ein.

Adelina saß auf dem Bettrand. »Komm. Hör auf mit dem Unsinn. Wir setzen uns in die Sonne und betrachten die Rosenknospen. Ich habe dich noch so viel zu fragen. Wichtige Dinge. Los, auf mit dir.« Adelina zog die Bettdecke zurück und wünschte sofort, sie hätte es nicht getan. Jennets Hals war voller Blutergüsse, und unter ihrem fadenscheinigen Nachthemd verbargen sich noch mehr. Adelina nahm Jennet bei der Hand und zog sie mit Gewalt aus dem Bett. Es stimmte, aufrecht stehen konnte sie nicht. »Was willst du vor mir verstecken? Zieh dein Nachthemd aus, sofort.«

Jennet zog das Nachthemd aus, hielt es aber an ihr Kinn gepresst, und es kam zu einem Tauziehen, das Adelina gewann. Nackt stand Jennet vor ihrer Herrin und versuchte vergeblich, die Blutergüsse und Bisse zu verbergen, die ihren Körper übersäten. »Wer hat dir das angetan?«

Jennet schüttelte den Kopf, und unkontrolliert flossen die Tränen.

»Wer?!«

Wieder schüttelte sie den Kopf. »Es hat nichts zu bedeuten, Herrin, es hat nichts zu bedeuten.«

»Ich will, dass meine Mutter sich das ansieht.«

»Nein, nein, ich flehe Euch an.«

»Sag mir, wer das war, oder ich lasse nach meiner Mutter schicken.«

»Das darf ich nicht sagen. Ich habe Angst vor dem, was passiert, wenn ich es erzähle.«

»Wer hat das getan?«

»Der Besucher«, flüsterte Jennet mit geschlossenen Augen. »Es war der Besucher.«

»Baudoin Dupuy?«

Jennet sah Adelina in die Augen und konnte weder Ja noch

Nein sagen. Es war schon schlimm genug, dass sie bereits gelogen hatte, gezwungen war zu sagen, was Gabriel von Lyon ihr befohlen hatte, wenn ihre Eltern und Schwestern nicht einer nach dem anderen zu Schaden kommen sollten, und schlimm genug, dass ihre Herrin jetzt glauben würde, sie müsse ein Ungeheuer heiraten, wo es sich doch ganz anders verhielt.

»Baudoin Dupuy hat dir das angetan?«

»Es hat nichts zu bedeuten, Herrin. Ich flehe Euch an, erzählt es niemandem. Es wird nicht wieder vorkommen, denn er ist betrunken gewesen. Ich bin sicher, wenn er nicht betrunken ist, dann ist er ein freundlicher Mann. Ein guter Mann. Er wird Euch ein guter Ehemann sein. Das weiß ich. Ganz bestimmt. Ich werde mich jetzt anziehen und tun, was immer Ihr verlangt, aber ich flehe Euch an, erzählt niemandem davon. Bitte, Herrin!«

Zu spät, Adelina war bereits fort. Sie ging in die Küche und befahl Ella, die Salbe zu suchen, die Michel dagelassen hatte, die Salbe gegen Schmerzen. Schnell, und zu Jennets Erleichterung auch allein, kehrte sie wieder zurück. Adelina gab die übel riechende Salbe auf die Blutergüsse und Bisse. Es erboste sie, dass ein Mann eine Frau schlechter behandeln durfte als sein Pferd. »Wieso? Was hat das alles für einen Sinn?«

»Ich weiß es nicht. Ich habe nur getan, was er verlangt hat. Ich habe alles getan, was er wollte.«

»Wer das einem Schwächeren antut, will der sich dann mehr als Mann oder wie ein Tier fühlen?«

»Wie ein Tier, Herrin, aber was können wir da schon tun?«

»Wenn wir als Frauen nicht teilhaben an den Gesetzen der Männer, wieso sollen wir ihren Gesetzen dann gehorchen?«

»So etwas zu denken, Herrin, ist gefährlich.«

»Ich fürchte mich nicht. Komm mit mir ins Dorf, und dann bleibst du da. Ich werde meinem Vater sagen, dass ich dich als Dienstmagd nicht mehr haben will. Vielleicht kann mir ja deine Schwester zur Hand gehen. Du sagst doch, sie kann tüchtig zupacken, und jemanden, der tüchtig zupackt, den kann ich gut gebrauchen, wenn ich erst nach Allegre ziehe.«

»Meine Schwester?«, fragte Jennet und versuchte, nicht daran zu denken, dass Gabriel ihrer eigenen kleinen Schwester solche Scheußlichkeiten antun würde.

»Ich gebe dir deine Freiheit, und dann kannst du Etienne heiraten.«

»Ihr würdet dann in Allegre leben, nicht hier?«

»Ja.«

Hoffnung regte sich in ihr. »Aber Herrin, es ist meine Pflicht, Euch zu dienen, jetzt und immer.«

»Auch wenn die Gefahr besteht, dass dies wieder geschieht, wenn wir im Hause der Dupuys leben und du ihn Herr nennen musst?«

»Es ist meine Pflicht, Euch zu dienen.«

»Deine Treue überrascht mich. Ich wäre nicht so anhänglich und treu wie du.«

»Doch, das wärt Ihr. Ich kenne Euch. Und Eure Fürsorge treibt mir die Tränen in die Augen. Dabei sollte ich mich um Euch kümmern, und nicht umgekehrt. Ihr müsst ein Engel sein.«

»Diesem Unsinn würden nicht viele zustimmen.« Adelina setzte den Deckel wieder auf den kleinen Krug und reichte Jennet ihr Kleid, sah zu, wie sie sich anzog. »Deine Schuhe.« Adelina schob sie ihr über den Fußboden zu. »Und jetzt komm. Du brauchst Sonne. Vielleicht kannst du mir dabei helfen, dem kleinen Bogenschützen unsere Sprache beizubringen, denn bis zum Mittagessen haben wir noch viel Zeit.«

»Ja, Herrin.«

Adelina nahm Jennets Hand und drückte sie. »Was mit uns beiden vergangene Nacht passiert ist, das müssen wir vergessen. Ja?« Adelina ließ das Mädchen in den Sonnenschein hinaustreten. Einem Pagen gab sie Befehl, den Bogenschützen zu suchen und ihn unverzüglich in den Rosengarten zu schicken.

Dedwyd war gerade dabei, seinem neuen Herrn Louis zu zeigen, wie man fünf Pfeile auf einmal auf die Stechpuppe abschießen und es einrichten konnte, dass dabei jeder eine tödliche Verwundung verursachte. Von dem riesigen Bogen aus Eibenholz konnte Louis kaum einen Pfeil erfolgreich ins Ziel bringen.

Dedwyd schnappte sich den Pagen, der nach ihm suchen kam, und stellte ihn vor der Stechpuppe auf. Das gefiel Louis gar nicht, denn der Page gehörte Acelin, und Acelin würde sicherlich heftig protestieren, sollte Dedwyd danebenschießen und den Jungen töten. Louis befahl Dedwyd, damit aufzuhören, aber der verstand die Sprache nicht und machte weiter.

Der Junge begriff, dass er stillstehen musste, und er hätte auch völlig stillgestanden, wenn ihm die Knie nicht so heftig gezittert hätten. Innerhalb von Sekunden trafen fünf Pfeile die Stechpuppe, einer über dem Kopf des Jungen, je zwei bei seinen schmalen Schultern.

»Was ist denn hier los?«, fragte Adelina. Louis drehte sich um. Adelina kam auf sie zu, ihr Mädchen hielt sich hinter ihr. »Ich brauche den Bogenschützen, es ist Zeit für seine Unterrichtsstunden.«

»Aber gerade unterrichtet er mich, Herrin.«

»Du hast noch Zeit, Louis. Ich nicht. Dieser Bogen ist wirklich interessant«, sagte sie, nahm ihn Dedwyd aus der Hand, betrachtete ihn eingehend und spannte ihn. Dedwyd stöhnte auf und schüttelte den Kopf. »Nein? Dann zeig es mir, du glücklicher kleiner Fremder.«

Dedwyd stellte sich hinter sie, legte seine beiden Hände über Adelinas Hände, und dann spannte er den Bogen, zielte auf den Kopf des Jungen und schoss den Pfeil ab. Adelina staunte über die Kraft und die Genauigkeit des kleinen Mannes. Der Pfeil streifte das Haar des Jungen, und der Kleine machte sich in die Hosen. Adelina befahl dem Jungen zu verschwinden. In höchster Eile rannte er davon.

Jetzt stellte sich Adelina vor die Stechpuppe und hielt in Dedwyds Richtung fünf Finger hoch. Er grinste, zeigte auf sie und spreizte dann die Arme zur Seite weg. Adelina stellte sich gerade hin, mit gespreizten Armen.

Louis geriet in Panik, versuchte, dem Unsinn ein Ende zu machen. Auf einen Pagen zu zielen war eine Sache, aber auf die Tochter des Herrn zu zielen war etwas ganz anderes. »Halt den Mund, Louis!«, rief Adelina. »Ich bin dein Gekreische leid!«

Sechs Pfeile schoss Dedwyd ab, und dabei lächelte er Adelina die ganze Zeit an, und vor dem Einlegen jedes Pfeils leckte er an dessen Befiederung. Dann ging er auf ein Knie hinunter. Adelina überlegte, ob ihre Entscheidung wohl klug gewesen war, als er auf sie anlegte. Gestern hatte sie noch sterben wollen, aber nicht so heute. Und Louis, der gute Louis, machte die Augen zu und mochte gar nicht hinsehen. Jennet neben ihm fiel in Ohnmacht und blieb liegen, wohin sie gefallen war.

Als Dedwyd schoss, schloss Adelina die Augen. Sechs Pfeile trafen beinahe gleichzeitig die Stechpuppe, einige so dicht an Adelinas Körper, dass sie ihr Kleid nur um Haaresbreite verfehlten. Sie versuchte, sich zu rühren, konnte es aber nicht, denn das Kleid war zwischen ihren Beinen durch einen Pfeil an die Stechpuppe genagelt.

Der kleine Bogenschütze kam zu ihr und zog schweigend jeden einzelnen Pfeil heraus – einen hatte sie über dem Kopf, je zwei unter jedem Arm und den einen, der ihr Kleid zwischen den Knien durchlöchert hatte. Er steckte die Pfeile in seinen Köcher zurück und bedeutete ihr, die Arme jetzt herunterzunehmen. Dann trat er zurück und feixte.

»Bring mir das bei«, sagte sie. »Zeig mir, wie du das gemacht hast.«

Mit heftig pochendem Herzen packte Louis sie und führte sie fort von der Stechpuppe, dem kleinen Bogenschützen verabreichte er wegen seiner Dummheit eine Backpfeife. Als er an Jennet vorbeikam, packte er deren Hand, zog sie so gut es ging auf die Füße und schleifte sie einfach mit. Adelina, die immer noch ganz aufgeregt war, entzog sich dem Griff des Ritters und schlug ihn ins Gesicht.

»Sie ist eine Frau, und sie verdient Respekt!«

Louis fasste sich ans Gesicht und sah, wie Adelina die Dienstmagd in die Arme nahm. Ihm sandte sie einen tödlichen Blick zu, schärfer als das schärfste Schwert.

»Dedwyd! Komm!«

Der kleine Bogenschütze legte die Waffen fort und folgte ihr. Manches hatte er verstanden, und er sah sich zu Louis um. Der hielt sich immer noch das Gesicht, und Dedwyd lachte.

Kapitel Sechzehn

Worüber sorgt Ihr Euch, Monsieur?«, fragte Agnes leise, als sie Geoffrey das Mittagessen auf den Tisch stellte.

»Was mir Sorgen macht, ist jenseits meines Einflussbereiches, und was noch schlimmer ist, es geht mich nichts an.« Geoffrey nahm seinen Löffel und spielte mit seinem Essen. Der Appetit war ihm längst vergangen. Er sah zu seinem Bruder, der auf seinem Lieblingsplatz beim Fenster saß, damit er auch ja nichts versäumte von dem, was im Dorf vor sich ging.

Agnes setzte sich neben Christian, gab ihm den Löffel in die Hand, schloss seine Finger darum, und dann sagte sie ganz leise etwas, so leise, dass Geoffrey sie nicht verstand. Auf den Händen balancierte sie den Suppenteller, während Christian begann, ganz selbstständig zu essen. Vor einiger Zeit schon hatte sie sich angewöhnt, ihm eine doppelte Portion zu geben, um zu gewährleisten, dass er wenigstens die Hälfte in den Magen bekam.

»Sorgt Ihr Euch wegen der Besucher von gestern? Der Leute, die so gewütet haben wie das Unwetter?«, fragte sie und warf Geoffrey einen Blick zu.

»Soweit ich weiß, hat man sie noch nicht gefunden.«

»Und deshalb konntet Ihr nicht schlafen?«

»Ich kenne sie schon seit ihrer Geburt. Sie bekommt Husten, wenn sie sich im Regen verkühlt. Jedenfalls war das früher so«, sagte Geoffrey und nahm einen Löffel voll.

Die wilden Beschuldigungen, Adelina gesetzeswidrig Unterschlupf gewährt zu haben, hatte er gar nicht recht zur Kenntnis genommen, als die Nachricht, dass sie vermisst wurde, ihn mit voller Wucht traf. Vielleicht war sie immer noch in den Wäldern und war die ganze Nacht über dort gewesen? Er wusste, dass Adelina in ihrem Eigensinn das schlimmste Wetter überleben würde. Ihre Willenskraft allein würde sie schon am Leben halten.

Und immer noch hatte Geoffrey keine Nachricht erhalten. Fast ein ganzer Tag voller Sorgen war vergangen, und im Laufe dieses Tages hatte er wichtige Dinge vergessen – wie zum Beispiel den verabredeten Besuch in der Abtei, wo die ersten Unterrichtsstunden zu besprechen waren, die er nehmen sollte.

»Ich spüre, dass es ihr gut geht.«

»Ich hoffe, dein Gespür täuscht dich nicht. Meine Gefühle sind zu verworren, als dass ich ihnen trauen könnte.«

»Gut«, sagte Agnes zu Christian. »Sehr gut. Und nun versucht es noch einmal.«

Geoffrey sah zu. Christian gelang es, das Zittern seiner Hand zu unterdrücken und die Hand zum Mund zu führen. Der Löffel schlug gegen die Zähne, und der Versuch war erfolgreich. Geoffrey war insgeheim zufrieden. Vor der Einstellung von Agnes hatte Christian sich nicht bewegt, hatte kaum einmal einen Ton von sich gegeben, und er hatte auch nie den Versuch gemacht, selbstständig zu essen. Es schien, dass ihre Anwesenheit, oder vielleicht die Anwesenheit jeder beliebigen hübschen Frau, seinen verletzten Verstand dazu angespornt hatte, es wenigstens zu versuchen. Geoffrey dankte Gott für diesen Engel, diese junge Frau, die freundlich und sanft war, nur redete, wenn sie angesprochen wurde, oder nur einige wenige wohl platzierte Bemerkungen machte, wenn diese willkommen waren. Auch ihre Arbeiten im Haushalt erledigte sie ruhig. Sie kochte gut – wenn auch nicht so gut wie Ella –, sie wusch die Wäsche an einer seichten Stelle im Fluss, lauste sie beide, wenn man sie darum bat, und kümmerte sich um Christian, als hätte sie die ganze Zeit schon gewusst, dass der Mann, der er einst gewesen, immer noch unter der Oberfläche lebte und darum kämpfte, endlich wieder frische Luft zu atmen.

Sie ist geduldiger als ich, dachte Geoffrey. Er hätte seinem Bruder nie erlaubt, allein zu essen – die schiere Dauer dieser Herausforderung hätte Geoffreys Maß an Nachsicht bei weitem überschritten. Die Unordnung war gewaltig, aber die Fortschritte zeigten sich deutlich, wenn auch langsam.

Ihm war bewusst gewesen, dass allein die Pflege seines Bruders schon anstrengend sein und ihn gefühlsmäßig bis zum Äußersten fordern würde, und wie er so Christian mit Agnes betrachtete, fragte er sich, ob sie diese Mühen wohl je leid wurde. Wenn ja, so sagte sie jedenfalls nichts.

Jetzt versuchte Christian bereits zu sprechen. Nachdem gestern in dem Unwetter Lord Robert, Gabriel und Acelin wieder fortgeritten waren, hatte Christian, der vom Fenster aus zusah, versucht, den Namen Adelina zu sagen. Es stimmte also, dass er alles verstand, was vorging, was gesagt wurde, und auch das meiste von dem, das ungesagt blieb.

Geoffrey musterte Agnes und fragte sich, ob es stimmte, dass diese Dienstmagd Adelina ähnlich sah. Und was für Gefühle mochte Christian überhaupt für Adelina gehegt haben? Sollten da Gefühle gewesen sein, so hatte er jedenfalls nie offen darüber gesprochen. »Was wäre gewesen, wärst du nicht in den Krieg gezogen, Bruder?«, hatte Geoffrey gefragt, als sie beide die drei Männer in dem Unwetter fortreiten sahen. Geoffrey hatte seinem Bruder die Hand auf den Kopf gelegt, und der hatte sich verärgert abgewandt. »Nein, ich mache dir keine Vorwürfe«, hatte Geoffrey gesagt. »Ich habe dir nie Vorwürfe gemacht.«

»Monsieur? Da kommen Leute.«

Von der Treppe aus sah Geoffrey hinunter. Vier Leute näherten sich: Gabriel von Lyon war einer davon, und neben ihm ritt Adelina auf Geoffreys altem Pony Jester. Die beiden anderen nahm er kaum noch wahr, so schnell lief er die Treppe hinunter.

Aus der Ferne sah Adelina das Haus, in dem Geoffrey jetzt lebte, und da war er endlich auch selber, kletterte seine Treppe hinunter und sprang über die Brücke. Sofort machte ihr Herz einen Freudensprung. Dreimal versetzte sie dem alten Pony einen Fußtritt, ehe es sich endlich schneller bewegte als im Schritttempo. Noch längst ehe Jester zum Stehen kam, ließ sich Adelina aus dem Sattel gleiten und lief auf Geoffrey zu. Beide redeten so schnell aufeinander ein, dass keiner in all dem Gebrabbel auch nur ein Wort verstand.

Die Zurschaustellung ihrer Zuneigung langweilte Gabriel zu Tode, und so stieg er ab, führte sein Pferd am Zügel über die Brücke und schmunzelte. Er führte sein Pferd in den Schatten, wo es zu grasen begann.

»Zeig mir dein Haus, Geoffrey!«

»Bald. Dedwyd! Komm her!«, rief Geoffrey und winkte Dedwyd zu sich heran.

»Nein, ich habe ihm gesagt, er soll bei Jennet bleiben.«

»Jennet?«

»Die kannst du nicht haben, das ist mein Mädchen. Jennet!«, rief Adelina. »Du kannst jetzt deine Familie besuchen!«

»Reist Ihr morgen nicht nach Paris?«

»Darüber mache ich mir später Sorgen«, antwortete sie und sah zu, wie Jennet und Dedwyd die Pferde wendeten und in Richtung Dorf hinunterritten.

»Begleitet sie Euch nicht nach Paris?«

»Nein. Das lasse ich nicht zu.« Sie drehte sich zu Geoffrey um und sah einen Moment lang in seine hellen Augen, ehe sie fest die Arme um ihn schlang und ihn mächtig drückte. »So vieles habe ich dir zu erzählen, aber erst einmal: Wo ist Christian?«

»Oben, meine Kleine, aber das Haus ist nicht, nun ja, nicht in einem Zustand, der einer Dame wie Euch angemessen wäre.«

»Unsinn. Ich will meine Freunde besuchen, nicht sie nach dem Zustand ihres Hauses beurteilen.«

Geoffrey führte Jester über den flachen Graben und band ihn neben Gabriels Pferd fest. Gabriel hatte sich in den Schatten gelegt und tat, als ob er schlief, was Geoffrey nur recht war. Kein Wort wechselten sie miteinander, nicht einmal eine Begrüßung gab es.

Adelina kletterte die Treppe hinauf, sogar sie musste sich bücken, um das Haus zu betreten. Allmählich gewöhnten sich ihre Augen nach dem hellen Sonnenschein an das Dämmerlicht im Innern. Am Fenster, in der Nähe des Bettes, saß Christian mit einer Dienstmagd, deren Gesicht Adelina noch nicht erkennen konnte. Das Mädchen hielt einen Suppenteller in der Hand. Christian stand auf, als er Adelina sah.

»Du siehst gut aus, Christian. Meinetwegen musst du nicht aufstehen. Setz dich und iss einfach weiter.« Adelina kam näher.

»Mademoiselle.«

»Sie heißt Agnes«, sagte Geoffrey. »Und sie ist allein hier, wie Ihr seht.«

»Ich will dich doch nicht ausspionieren, Geoffrey.«

Er glaubte ihr kein Wort. »Ich habe einen guten Wein«, bot er an.

»Ja. Wieso nicht. Einen großen Kelch, bitte.«

Geoffrey reichte ihr einen halb vollen Humpen. »Weinkelche habe ich noch nicht. Wie Ihr seht, habe ich auch sonst noch nicht viel.«

»Willst du nicht auch Gabriel einladen?«

»Nein, er ist beschäftigt. Setzt Euch, setzt Euch und erzählt mir, was ich alles verpasst habe.«

»Ich bin der Gast, also wirst du mir deine Neuigkeiten zuerst erzählen.«

»Da gibt es nichts zu erzählen.«

Adelina seufzte und schaute sich um. In einem Palast befand sie sich nicht gerade. »Dieses Haus ist ... es ist ... sauber und freundlich.«

»Dann ist es das Verdienst von Agnes, nicht meines.«

»Nur ein Bett für drei Leute? Schläft sie zusammengekauert in der Mitte?«

»Nein, sie schläft auf dem Boden, bis ich jemanden finde, der uns noch zwei Betten zimmert. Vielleicht auch drei, wenn ich eine Frau für meine eigenen Vergnügungen finde.«

Er zog sie wieder auf, und Adelina gab sich alle Mühe, das nicht zu beachten. »Mein Mädchen ist mit einem gewissen Etienne verlobt, und der ist Zimmermann.«

»Von dem habe ich noch nicht gehört.«

»Dann such ihn auf.«

»Ich erkenne Traurigkeit in Euren Augen, meine Kleine. Was ist gestern geschehen?«

»Das kann ich dir hier nicht erzählen«, sagte Adelina und nahm schnell einen Schluck von ihrem Wein.

»Agnes?«

»Oui, Monsieur, ich weiß. *Lass meinen Bruder nicht allein losziehen!*«, sagte Agnes lächelnd. »Ich werde auf Euren Bruder achten, solange Ihr fort seid.«

Geoffrey führte Adelina den Hügel hinauf, wo sich die Abtei befand, in der er, dessen war er sich bewusst, schließlich den Rest seines Lebens verbringen würde. Aber daran wollte er jetzt lieber nicht denken, nicht solange Adelina bei ihm war. Bis sie sich hatten trennen müssen, war Geoffrey das Ausmaß seiner Zuneigung zu ihr gar nicht klar gewesen. So war das immer – dasselbe hatte er empfunden, als Christian sich auf den Kreuzzug begeben hatte.

Von dem grasbewachsenen Hügel schauten sie aufs Dorf hinunter, weit weg außer Hör- und Sichtweite. Das dachten sie wenigstens, aber einige Leibeigene, die auf den Feldern arbeiteten, beobachteten sie voller Interesse. Auch einige Mönche, die auf dem Gelände der Abtei umherwandelten. Oft kam es nicht vor, dass die Tochter des Herrn das Dorf besuchte.

»Ich muss heiraten, Geoffrey. Ich muss Baudoin Dupuy heiraten.«

Geoffrey fehlten im ersten Moment die Worte.

»Ich dachte, ich würde ihn verabscheuen. Das hatte ich wenigstens gehofft, ich habe mir solche Mühe gegeben, aber es hielt nicht lange an. Wenn ich ihm in die Augen schaue, sehe ich keinen Feind, ich sehe nur einen Mann, der nicht weiß, wer ich bin. Diese arrangierte Ehe gefällt ihm auch nicht, das hat er mir gesagt, und gestern hat er mich in dem Unwetter gerettet, und als er mich nach Hause brachte, meinte er, wir müssten beide das Beste aus der Situation machen.«

Immer noch sagte Geoffrey nichts. Natürlich würde Dupuy das Beste aus der Situation machen, schließlich würden mit dieser Heirat die meisten Ländereien zwischen Le Puy und Saint Etienne an ihn fallen.

»Seine Mutter mag ich. Ich glaube, wir könnten Freundinnen sein. Sein Vater allerdings ist krank, sehr krank. Baudoin sagt, es ist eine Krankheit des Gemüts, weil sein Lieblingssohn tot ist. Es heißt, Henri Dupuy lebt vielleicht nicht mehr lange. Alles, was mir gehört, wird an meinen Gemahl fallen. Glaubst du, dass er vielleicht deshalb so freundlich zu mir ist?«

»Vielleicht«, antwortete Geoffrey. »Ich bin nicht Baudoin Dupuy, also woher soll ich das wissen.«

»Sie haben merkwürdige Bräuche. Es gibt nur eine einzige

Frau in dem ganzen Haushalt, Geoffrey, und das ist Henris Gemahlin. Sie hat nicht einmal eine Dienstmagd für sich. Ich habe das Gefühl, dass ich eines Tages so werde wie sie.«

»Und wie ist sie?«

»Alt und einsam und voller Angst. Sie ist so unglücklich. Sie hat sich nach Mama erkundigt, und Mama hat sich nach ihr erkundigt, aber beide haben Angst vor den Folgen, wenn sie miteinander sprechen sollten. Früher einmal waren sie gute Freundinnen. Das würde mir nicht gefallen, Geoffrey, eine Freundin zu haben, mit der ich nicht reden dürfte. Weißt du, dass ich lieber in deinem Haus wohnen würde als bei ihnen? Dein Haus wirkt wenigstens nicht so düster und traurig.«

Einen Moment lang schwieg sie, während Geoffrey krampfhaft nach etwas suchte, das er erwidern konnte. Aber da er nichts sagte, fuhr sie fort zu reden. »Papa hat den Dupuys mit Nahrungsmitteln ausgeholfen, weißt du, für sie und die hungernden Leibeigenen. Wie viel Zeit wird vergehen, bis nie wieder jemand Hunger hat?«

»Das weiß ich nicht, meine Kleine.«

»Mir ist schier das Herz gebrochen, Geoffrey, als ich in die Augen dieser hungrigen Kinder sah. Ich wollte ihnen meine Juwelen geben, aber Baudoin hat gesagt, es würde nur Kummer und Elend über sie bringen. Elend und den Tod durch den Strang.«

Baudoin, Baudoin, dachte Geoffrey. Gott, bewahre mich davor. Das ertrage ich nicht einen Augenblick länger.

»Baudoin sagt, sein Hochzeitsgeschenk an mich wird ein Knebel sein. Rede ich wirklich so viel, Geoffrey?«

Geoffrey wollte gerade antworten, aber sie gab ihm keine Gelegenheit dazu.

»Ich sollte ein Buch über Manieren und Respekt schreiben und es Baudoin zur Hochzeit schenken.«

Baudoin, Baudoin … Geoffrey machte die Augen zu.

»Als Erstes, wenn wir verheiratet sind, will ich ein wenig Schönheit in dieses Haus bringen. Was meinst du dazu?«

»Ich war nie in dem Haus, also weiß ich auch nicht, was man da tun könnte.«

Einen Moment lang schwieg sie. »Geoffrey, was würdest du tun, wenn man mich behandelt, wie Heloise Dupuy behandelt wird? Mama sagt, ihr Ehemann schlägt sie, und sie fürchtet, das könnte der Sohn von seinem Vater gelernt haben.«

Geoffrey hob den Kopf. »Wenn Ihr keinen Ärger wollt, dann sucht ihn auch nicht.«

»Wenn ich meine Meinung sage und Respekt verlange, dann suche ich Ärger?«

»Bei manchen Leute bedeutet es das, ja. Ja.«

»Nach der Heirat wird Frieden auf unseren Ländereien sein. Dein Graben ist dann nicht mehr nötig«, sagte sie in dem Versuch, das Thema zu wechseln. »Geoffrey?«

»Ja?«

»Wirst du zu meiner Hochzeit kommen?«

Geoffrey schluckte den Klumpen, der ihm in der Kehle steckte und der sich so groß anfühlte wie sein Herz, herunter, und er entgegnete: »Wenn Ihr mich dabeihaben wollt, dann komme ich.«

Adelina schaute nachdenklich ins Dorf hinunter. »Mein ganzes Leben lang habe ich gedacht, dass mein Mann, wenn ich einmal heiraten würde, ein Freund sein müsste, und dass sich aus dieser Freundschaft Liebe entwickeln könnte. Sollte ich je einen Mann heiraten, den ich liebe, so hatte ich gehofft, dass du es sein würdest, Geoffrey. Du bist mein einziger Freund, und ich liebe dich schon jetzt.« Sie nahm seine Hand und drückte sie. »Ich habe dich immer geliebt.«

»Daran wird sich auch nichts ändern, ganz egal, wen Ihr heiratet oder wo Ihr leben werdet. Nichts wird sich daran ändern.

Wir werden immer Freunde bleiben. Und wir werden uns immer lieben.«

»Aber ich fürchte, ich werde mich verändern.«

Das hast du bereits, dachte Geoffrey, und presste sie fest an sich. Er küsste sie auf die Stirn und gelobte, dass er sich an diesen Moment für den Rest seines Lebens erinnern wollte. Tief in seinem Innern spürte er, dass es nie wieder so einen Moment geben würde.

»Ich habe ein Gedicht für Euch geschrieben«, sagte Geoffrey leise. »Ich würde es Euch jetzt geben, wenn Ihr mir getreulich versprecht, es erst am Tag Eurer Hochzeit zu lesen.«

Adelina trat zurück und sah ihm in die Augen. »Das verspreche ich«, sagte sie.

»Wann immer Ihr Euch einmal sehr einsam fühlt, dann denkt Ihr daran, und es wird Euch genügend Kraft geben, um durchzuhalten.«

Adelina schluckte und spürte, wie ihre Kraft langsam schwand.

»Ihr habt Angst«, sagte Geoffrey und drückte ihr Gesicht an seine Schulter. »Das kann ich sehen, das kann ich spüren.«

»Man erwartet zu viel von mir, Geoffrey. »Zu viele Leute erwarten zu viel. Ich habe Angst, mich zu verlieren. Ich habe Angst, ich werde so wie Heloise Dupuy und wie meine Mutter; traurig und einsam und verbittert und vor der Zeit gealtert. Ich muss einfach wissen, dass du mich liebst, Geoffrey, dass du mich immer lieben wirst. Du bist der einzige Freund, den ich je hatte.«

Wieder fehlten Geoffrey die Worte, denn sie hatte genau das gesagt, was ihm auch auf der Zunge lag. Plötzlich wurde ihm der Anblick bewusst, den er und Adelina auf dem Hügel boten. Sie standen dort und umarmten sich wie ein Liebespaar.

»Wenn du nur Baron wärst, oder Graf …«

»Das bin ich aber nicht. Was mir hätte gehören sollen, wurde mir gestohlen, als ich noch ein Kind war.«

»Kannst du es dir nicht zurückholen? Kannst du keine Streitmacht zusammenstellen und dir zurückholen, was durch Geburtsrecht dein ist?«

»Und womit sollte ich eine Streitmacht aufstellen? Ich habe keine hohe gesellschaftliche Stellung. Keinen Titel. Ich habe gar nichts, Adelina. Gar nichts.«

Adelina fiel keine Antwort ein. Geoffrey hatte gar nichts. Sie, die wohlhabende Erbin, und er, ein armer Mann. So hätte es nicht sein sollen. »Wirst du wirklich auch nach meiner Heirat noch mein bester Freund sein?«

»Wir werden immer Freunde bleiben.«

»Was wirst du nur machen, Geoffrey, wenn ich nicht mehr da bin?«

Deinen Verlust betrauern, dachte er, aber er sagte etwas anderes. »Ich werde studieren, die Wünsche meines Onkels erfüllen und Mönch werden, nehme ich an. Vielleicht Wanderprediger, Lehrer, fahrender Sänger, Dichter … Ich weiß nicht. Das habe ich mir noch nicht so recht überlegt. Sagt mir, wieso geht Ihr auf so seltsame Art?«

»In dem Unwetter bin ich vom Pferd abgeworfen worden.«

»Euer Vater war hier, weil er annahm, er würde Euch bei mir finden. Ihr seid davongelaufen, oder?«

»Nur du und Baudoin wissen, dass ich fortgelaufen bin. Er hat mich gefunden, mich nach Hause gebracht.«

»Wie hat er sich benommen, bevor man ihm sagte, er müsse dich heiraten?«

»Höflich.«

»Und wie benimmt er sich jetzt Euch gegenüber, da er weiß, was er zu gewinnen hat?«

»Wie sollte er sich denn benehmen?«

»Es wird wohl davon abhängen, welches Gesicht Ihr ihm zeigt.«

»Du kennst mich zu gut«, sagte sie und setzte sich ins Gras. Sie zupfte ein paar Halme aus und kaute daran herum. Auch Geoffrey setzte sich und zog die Knie hoch.

»Ich habe mir Sorgen um Euch gemacht. Vergangene Nacht habe ich kein Auge zugetan.«

»An die Folgen habe ich erst gedacht, als es schon zu spät war. Papa war nicht verärgert, und deshalb glaube ich, Baudoin hat gelogen, um mich vor seinem Zorn zu bewahren. Baudoin hat mich gefragt, was mir für Ärger bevorsteht. Glaubst du, er mag mich, Geoffrey?«

Geoffrey sah Adelina an. Das lange Haar schimmerte rotgolden in der Sonne, in ihren dunkelsmaragdgrünen Augen spiegelten sich Gedanken, von denen er nichts wusste. Sie war so wunderschön. »Wer könnte Euch nicht mögen?«, war alles, was Geoffrey erwidern konnte.

»Ich glaube, er hat gelogen, um mir die Ohrfeigen von meinem Vater zu ersparen.«

Auch ich habe für dich gelogen, viele Male, wollte Geoffrey sagen, tat es aber nicht. Er sah in den Himmel hinauf. »Dann ist ja noch nicht alle Hoffnung verloren, wie es scheint. Vielleicht werdet Ihr ihn eines Tages lieben lernen«, sagte er leise und erstickte beinahe an seinen Worten. »Und er Euch«, fügte er schnell hinzu.

Adelina streckte sich im Gras aus. »Doch er ist nicht der, der er zu sein scheint. Tief innen drin ist sein Herz finster und grausam.«

Überrascht sah Geoffrey sie wieder an.

»Ich habe beschlossen, Geoffrey, dass ich ihn nur heiraten werde, wenn ich unbedingt muss, da es zum Wohle aller sein wird, wenn ich es tue, aber anrühren wird er mich nie.«

Insgeheim war Geoffrey überglücklich, sagte aber nichts.

»Glaubst du, es würde ihn verletzen, ihm all die Verletzungen heimzahlen, die er anderen zugefügt hat? Glaubst du das?«

»Was meinst du damit?«

»Eine Frau zu haben, die ihn nicht in ihre Nähe lässt.«

»Als Ihr klein wart, Adelina, wart Ihr fasziniert vom Feuer, bis ich Euch in die Flamme fassen ließ. Ihr sagt, Heloise wird schlecht behandelt, und doch seid Ihr heute hier und erzählt mir, was für eine Art Ehe Ihr im Sinn habt, wenn doch diese Ehe für Euch und für alle in Eurer Umgebung nur Kummer und Schmerz bedeuten kann. Heiratet ihn oder heiratet ihn nicht. Für eine wie Euch, die liebend gern mit dem Feuer spielt, gibt es keine halben Sachen.«

»Auch wenn er grausam ist?«

»Inspiriert nicht zur Grausamkeit, und Euch wird keine Grausamkeit widerfahren.«

»Wer hat das gesagt?«, fragte sie.

»Ein sehr kluger Mann.«

»Du hast mal wieder gelesen. Du hast diese Sachen über den Geist gelesen, die ohne Bedeutung für den Körper sind.«

»Nein. Es sind die Worte Eures Vaters.«

»Aber sie sind unwahr.«

»Wieso?«

»Cateline hat in ihrem ganzen Leben keiner Menschenseele etwas zuleide getan, und doch ist sie einen grauenvollen Tod gestorben.«

»Wer hat Euch das erzählt?«

»Gabriel. Und Jennet, meine Jennet, auch sie inspiriert nicht zur Grausamkeit, und doch ist ihr die Grausamkeit begegnet. Und die Dorfbewohner von Allegre hungern, willst du etwa sagen, sie haben das herausgefordert?«

»Nein, aber ...«

»Nichts, aber. Du wirst mir nur noch mehr tief schürfende

Worte deklamieren, deren Sinn ich nicht einzusehen vermag.«

»Wie wäre es dann damit: Im Orient glauben manche Leute daran, dass wir mehr als nur ein Leben haben. Was wir an Schlechtem tun, verfolgt uns durch jedes neue Leben, bis wir es in Ordnung bringen.«

»Oje! Ich habe tausendmal gesündigt. Und du?«

»Zweitausendmal«, sagte Geoffrey lächelnd.

»Wirst du über solche Dinge in der Abtei reden?«

»Ich will doch nicht auf den Scheiterhaufen! Michel hat mir das erzählt. Über diese Dinge führen wir lange Gespräche.«

»Michel ist ein Träumer, genau wie du. Ich will mich nicht belasten mit irgendeinem früheren Leben, an das ich mich nicht erinnere. Ich habe schon Sorgen genug mit diesem einen Leben.«

»Und ich kann nur wiederholen, tut Gutes und bewahrt die Liebe in Eurem Herzen, und nur Gutes wird daraus hervorgehen. Denn wenn es stimmt, dass unsere schlechten Taten uns durch jedes neue Leben folgen, dann gilt dies sicher auch für die guten Taten. Ohne das eine kann es das andere nicht geben. Seht Ihr, das Leben ist …«

»Das sind hübsche Gedankenspiele, Geoffrey, aber es ist auch unsinnig.« Sie drehte sich auf die Seite, mit dem Gesicht zu ihm, und stützte sich auf den Ellenbogen. »Wann wirst du deine Gelübde ablegen und der Mönch sein, den alle außer dir in dir sehen wollen?«

»Ich weiß nicht.«

»Ich will nicht, dass du dich einsperrst, in der Kirche singst und betest und dein Leben Gott widmest. Eine wunderbare Frau wartet auf dich, Geoffrey. In meinem Innersten spüre ich das.«

»Dann muss sie wirklich etwas ganz Besonderes sein, denn ich habe ihr nichts zu bieten.«

»Du allein bist schon ein großer Schatz.«

»Ihr redet wieder Unsinn.« Geoffrey stand auf und streckte ihr die Hand hin, aber sie blieb im Gras liegen und sah zu ihm auf.

»Geoffrey?«, fragte sie in diesem Ton, den er so gut kannte, und er seufzte und wartete und fragte sich, um was sie ihn jetzt wohl bitten wollte. War es nicht schon Tortur genug, zu ihrer Hochzeit erscheinen zu müssen?

»Geoffrey, ist es schlecht, einen anderen als den eigenen Ehemann zu küssen? Oder als die eigene Ehefrau?«

Eine Weile sah Geoffrey wieder nachdenklich in den Himmel. Er würde noch wahnsinnig werden, wenn sie ihn weiter so intime Dinge fragte. Er seufzte laut und vernehmlich; um eine Antwort würde er auf keinen Fall herumkommen, dazu kannte er sie zu gut. »Es gibt viele verschiedene Küsse, heißt es jedenfalls«, sagte er deshalb und gab sich Mühe, nicht Annette vor seinem geistigen Auge zu sehen. »Könnt Ihr nicht Eure Mutter nach diesen Dingen fragen?«

»Mama? Sie würde in Ohnmacht fallen. Weißt du denn nicht darüber Bescheid, Geoffrey?«

»Ach, Adelina, wieso quält Ihr mich mit Fragen, die ich nie im Leben richtig beantworten kann?«

»Du bist der Einzige, dem ich vertraue. Sag es mir doch, ist es schlecht?« Adelina griff nach seiner Hand, ihre Finger verschränkten sich ineinander, und Geoffrey zog sie hoch. Sie war jetzt nahe genug, dass er sie hätte küssen können, wie Gabriel das getan hatte, aber da stand wieder die Angst in seinen Augen. Das erkannte sie jetzt. Er hatte Angst. »Hol mir dieses Gedicht, Geoffrey«, sagte Adelina. »Ich glaube, ich muss es jetzt lesen.«

»Nein, Ihr habt mir ein Versprechen gegeben.«

»Aber du hast gesagt, wann immer ich mich einsam fühle, würden deine Worte mir die Kraft geben durchzuhalten.« Ihre

Augen füllten sich mit Tränen, und Geoffrey konnte sich nicht mehr zurückhalten. Wie er es früher schon gemacht hatte, so viele Male, legte er die Arme um sie und tat, als sei sie ein kleines Mädchen. Aber ein kleines Mädchen war sie nicht mehr. Das war sie ganz gewiss nicht. Es war völlig überflüssig, sie zu fragen, wer sie geküsst hatte. Ihr Gerede von Baudoin Dupuy würde nur weitergehen. Geoffrey genoss diesen Augenblick, den er ganz allein mit ihr hatte, denn er wusste, es würde nie wieder so kommen.

»Wir gehen jetzt lieber zurück. Ich mag Christian nicht allzu lange allein lassen.«

Hand in Hand gingen sie langsam den Hügel hinunter. »Dein Mädchen scheint nett zu sein.«

»Wir wären völlig hilflos ohne sie.«

»Ich wünschte, ich könnte dein Mädchen sein, Geoffrey. Ich wünschte, ich könnte meine vornehmen Kleider gegen die Lumpen deiner Agnes eintauschen. Ja, tatsächlich.«

»Ihr habt weitaus bedeutendere Dinge mit Eurem Leben zu tun, Adelina. Wie oft muss ich das denn noch sagen, ehe Ihr auf mich hört? Ihr seid als Adlige geboren, und daran wird sich nie etwas ändern.«

Plötzlich ertönte ein Ruf aus der Ferne. Adelina und Geoffrey drehten sich um. Ein einsamer Ritter kam den Hügel hinauf auf sie zugeritten. »Ist das Louis?«, fragte Adelina.

»Hat ganz den Anschein.«

»Was mag er wollen?«

Schon bald sollte sie es erfahren. »Mademoiselle!«, ertönte der Ruf. »Kommt schnell, Ihr müsst sofort kommen!«

»Was ist denn los? Was ist passiert?«

Sie sah zu Michels Haus. Michel war dabei, in aller Eile sein Pferd zu satteln.

»Schnell, wir dürfen keine Zeit verlieren.«

»Louis! Was ist passiert?«

Louis streckte Adelina die Hand hin. »Raoul stirbt«, sagte er. »Er will Euch sehen. Sofort. Schnell.«

Louis zog sie hinter sich aufs Pferd und ritt in Windeseile mit ihr davon.

Kapitel Siebzehn

Sein Blut ist vergiftet«, sagte Michel in dem Augenblick, als Adelina in die düstere Kammer trat. Sofort ging sie zum Fenster und zog an dem ledernen Vorhang, bis Licht hereinfiel.

»Noch ist er nicht gestorben. Lasst ihn doch das Licht sehen. Ihr alle hier, und der Mönch noch dazu, verbreitet so viel Düsternis, nur Düsternis. Darf denn kein Licht, keine Sonne sein?«

Graf Robert und seine Frau schwiegen. Sie standen dicht beisammen und sahen auf den im Sterben liegenden Ritter hinab, der ihnen beiden so viele Jahre lang treu gedient hatte.

Adelina setzte sich auf den Rand des schmalen Bettes und nahm Raouls Hand. Er war sich nicht bewusst, wo er sich befand oder dass der gesamte Haushalt sich versammelt hatte. Armer Raoul, dachte sie. Der brennende Pfeil hatte sich Zeit damit gelassen, sein Ziel zu erreichen. »Wieso hat man mir nicht Bescheid gegeben, dass er so krank ist?«, wollte Adelina wissen.

»Ich hatte gedacht, er würde durchkommen«, antwortete Michel leise. Der Mönch an seiner Seite hielt im Gebet inne und nickte zustimmend. »Da kann man nichts mehr tun.«

Noch jemand betete leise, und Ella weinte. Louis stand da mit bleichem Gesicht, doch er hielt sich aufrecht und ließ keinerlei Gefühl erkennen.

»Raoul?«, flüsterte Adelina. Als sie seine schon auf der Brust gefalteten Hände berührte, öffnete Raoul die trüben Augen. Was er sah, konnte sie nicht ahnen, doch er wollte unbedingt sprechen. Michel beugte sich tief hinab, nur Michel verstand, was Raoul sagte.

»Er sagt, dass alle hier sind außer Geoffrey.«

»Mitnichten«, erklang von der Tür her eine vertraute Stimme. Geoffrey bahnte sich seinen Weg nach vorn und kniete an Raouls Bett nieder, auch er nahm dessen Hände. Raoul schloss die Augen und öffnete sie dann noch einmal. In seinem letzten Moment der Klarheit schaute er auf die Leute, die bei ihm waren: auf den Grafen und Gräfin Marys, Louis, Acelin, Dedwyd und Gabriel, auf die Dienstboten, die Küchenjungen und Pagen, und besonders auf Ella. Wieder sagte er etwas zu Michel. Das war zu viel für den Grafen. Schnell ging er hinaus.

Schließlich richtete Raoul den Blick auf Geoffrey und Adelina.

Einen Augenblick später war ein tiefer Seufzer zu hören, und er war nicht mehr. Ein seltsames Schweigen machte sich breit, bis Michel das Ohr auf die Brust seines Freundes legte und den Kopf schüttelte. Schnell nahm er Ella bei der Hand und verließ den Raum. Michel sagte zu ihr: »Es hat ihm gar nicht gefallen, dich weinen zu sehen, und das hat er zu mir gesagt. Sie soll nicht um mich weinen.«

Aber das ließ Ella nur umso lauter aufschluchzen.

»Kommt«, sagte Geoffrey zu Adelina und führte sie aus dem Raum, an Raouls Freunden vorbei, deren Aufgabe jetzt klar war. Ob der Tod nun auf dem Schlachtfeld eintrat oder durch Unfall, durch Krankheit oder aufgrund von Altersschwäche, immer kümmerten sich die Gefährten des Ritters um den Leichnam. Für eine Frau war jetzt hier kein Platz, nicht einmal für die Ehefrau.

An Geoffreys Seite ging Adelina die Treppe hinunter und sah ihren Vater allein in der Halle stehen. Das hatte sie früher schon gesehen, die Art, wie er so dastand, wenn sein Kummer ihn überwältigte, wie er sich an dem kalten Kamin festhielt, das Gewicht auf die ausgestreckten Arme stützte und den Kopf dabei gesenkt hielt. Nichts vermochte ihm seine tiefe Traurigkeit zu nehmen, die allzu schwer zu tragen schien. Adelina wusste nicht, ob sie sich ihm nähern sollte. Aber der Graf, der wusste, dass sie da war, drehte sich zu ihr um. »Wie steht es denn so, Geoffrey?«, fragte er leise mit gedämpfter Stimme.

»Alles läuft gut.«

»Und Christian?«

»Es geht aufwärts. Er scheint zufrieden.«

»Gut«, sagte Graf Robert und seufzte. »Gut.«

»Wünscht Ihr einen weiteren Geleitschutz für die Reise nach Paris, Monsieur?«

»Nein. Aber ich weiß dein Angebot zu schätzen.«

Geoffrey wusste nicht, was er sonst noch sagen sollte. Hatte er gehofft, er könne die Leere füllen, die Raoul hinterlassen hatte? Es war nur eine sehr vage Hoffnung gewesen, an solch eine Möglichkeit hätte er nicht einmal denken dürfen. Raoul war der erste Gefolgsmann seines Onkels gewesen – bevor Gabriel zufällig auf den Plan trat; ein guter Krieger, ein ausgezeichneter Reiter, nicht angeberisch oder beseelt von seiner eigenen Wichtigkeit. Raoul war beinahe in Graf Roberts Alter gewesen, und sie hatten viel gemeinsam gehabt, jedenfalls schien es so. Raoul war ein guter Freund gewesen, lange schon, bevor sein Onkel geheiratet hatte. Und von allen Momenten des Todes hatte er sich ausgerechnet den Vorabend einer langen Reise zu einem höchst wichtigen Treffen mit dem König ausgesucht.

»Ich darf mich dann zurückziehen, Monsieur?«, fragte Geoffrey.

Robert de Polignac nickte, und Geoffrey ging.

»Papa?«

Unter dem Arm durch schaute der Graf seine Tochter an, deren Augen von ungeweinten Tränen rot waren. »Ich dachte, du würdest mit Geoffrey gehen, ihn vielleicht nach Hause begleiten? Ihn vor Gefahren beschützen?«

»Müssen wir denn unbedingt nach Paris reisen, Papa?«

»Ja. Das müssen wir.«

»Aber Papa …«

»Ich sagte Ja!«

Schnell zog sich Adelina zurück. Den Bruchteil einer Sekunde wünschte der Graf, er hätte nicht gebrüllt. Aber das hatte er nun einmal. Er sehnte sich nach einem Ort, an dem niemand ihn finden würde, wo er seine Gedanken sammeln und wieder Mut fassen konnte. Aber er war müde, fühlte sich krank und hatte Schmerzen. Zu viele wollten so viel von ihm, wo er doch nur so wenig zu geben hatte. Nichts war wie geplant gelaufen. Gar nichts.

Gerade wollte er nach Gabriel schicken, als er bemerkte, dass Gabriel bereits am Tisch saß und geduldig wartete. »Dein Zeitgefühl war immer schon unfehlbar, Gabriel.«

Gabriel sagte weiter nichts, nur: »Ich dachte, es wäre besser, die Sorge um seinen Leichnam denen zu überlassen, die ihn kannten.«

»Ich sollte mich eigentlich um seinen Leichnam kümmern«, sagte der Graf, und Gabriel musterte ihn sorgsam. »Aber ich kann das nicht. Ich kann es einfach nicht.«

»Ich habe gehört, er war ein langjähriger Freund.«

»Das stimmt.«

»Keine angenehme Aufgabe«, sagte Gabriel und seufzte. »Werdet Ihr Eure Reise aufschieben?«, fragte er.

»Nein. Das kann ich nicht.« Robert de Polignac setzte sich und lehnte sich in seinem wuchtigen Sessel zurück. »Henri Dupuy wird bald sterben«, sagte er. »Bist du auch der Ansicht?«

»Nach dem, was ich von ihm gesehen habe, ja. Der Ansicht bin ich auch.«

»Baudoin hat mir von seiner persönlichen Verbindung zu Philipp Augustus erzählt.«

»Ja, davon weiß ich bereits. Was mir durch den Kopf geht, ist die noch offene Frage, was mit Adelina wird, sollte sie Baudoin heiraten und er stirbt.«

»Aller Besitz ginge an sie, es sei denn, sie ist gesegnet mit einem Erben.«

»Ihr wisst natürlich, dass sich die Ländereien meines Vaters bis in den Süden nach Moulins erstrecken?«

»Philipp will unser Land. Nicht deins.«

»Ihr gestattet eine Frage? Welchen Grund hat Philipp, Euer Land zu wollen?«

»Tja, ich nehme an … es eignet sich gut für die Jagd«, antwortete der Graf ohne jede Gefühlsregung.

»Dann habe ich vollstes Vertrauen in die Tatsache, dass Ihr ihn in dieser Angelegenheit umstimmen werdet.«

»Dieses Vertrauen hätte ich auch, wenn ich nicht das Gefühl hätte, dass sich die Tür des Lebens allmählich vor mir schließt.«

»Aber Ihr seid doch noch jung.«

»Keine Schmeicheleien, Gabriel.«

»Das war nur eine Beobachtung, keine Schmeichelei, Monsieur.«

»Sollte ich vor Henri Dupuy sterben, so wünsche ich, dass du dich um meine Frau kümmerst und meinen Besitz friedlich und in Zusammenarbeit mit den Dupuys verwaltest.«

»Solche Dinge bespricht man üblicherweise auf dem Totenbett, Monsieur«, sagte Gabriel.

»Ich bitte dich jetzt darum, Gabriel. Meine Frau hält große Stücke auf dich.«

Das sollte sie wohl auch, dachte Gabriel. »So wie ich große Stücke auf sie halte, Monsieur.«

»Das wäre dann abgemacht.«

»Mündlich? Wo doch andere mir meine Stellung hier streitig machen wollen, Monsieur? Vielleicht erweisen sich ja diese Wünsche, mit Eurer Hand niedergeschrieben und mit Eurem Siegel versehen, als wahrlich nicht mehr zu widerrufen?«

»Du bist schlauer, als ich dachte.« Robert de Polignac stand auf und holte Pergament, Siegel, Tinte und Schreibfedern, aber ehe er sich setzte, sagte er: »Eine Sache bereitet mir immer noch Sorge, Gabriel, und es betrifft dich.«

»Monsieur?«

»Stimmt es, dass du auf engem Raum äußerst geschickt mit dem Schwert bist?«

»Diese Kunst lernte ich in früher Jugend, Monsieur. Ich kämpfte mit Philipp Augustus während der lang andauernden Belagerung von Château Gaillard. Damals war ich noch jung, kaum zwanzig, und sehr agil, wenn auch mein Gewicht und meine Größe immer noch dieselben sind wie früher. Ich war einer der Ersten, die sich durch das offene Latrinenfenster Zugang verschafften, und so wurde die Zitadelle eingenommen. In Gaillard gibt es viele Gänge und Korridore, die düsterer und enger noch sind als hier, Monsieur, und sechsunddreißig Mann fielen durch mein Schwert allein.«

»Also musst ja wohl auch du eine enge persönliche Bindung zu Philipp haben.«

Gabriel lächelte. »Er erwies mir große Ehre, wie so vielen anderen, die an meiner Seite kämpften, und er schenkte mir Ländereien für meine Dienste.«

»Davon hast du mir nie etwas erzählt.«

»Ich habe gelernt, meine Siege für mich zu behalten.«

»Und sollte ich nun Krieg gegen Philipp führen?«

Da bewahre Gott uns vor, dachte Gabriel, sagte aber laut: »Treu bis in den Tod würde ich Euch zur Seite stehen. Ihr gestattet noch eine Bemerkung? Was Ihr jetzt für Eure Tochter in die Wege geleitet habt, kann ich nur bewundern. Ihr müsst verzweifelt sein darüber, dass Ihr keinen männlichen Erben habt, denn wäre das der Fall, wäre nichts von dem geschehen.«

»Darüber war ich immer verzweifelt, Gabriel, aber meine Tochter ist mir eine große Freude.«

»So wie für alle, die sie kennen. Könnte es sein, Monsieur, dass Raoul gegen den Tod ankämpfte, bis er ihr Gesicht noch ein letztes Mal erblickt hatte?«

Der Graf nickte. »Das ist gut möglich. Er hat sie auch sehr gemocht.«

»Tun wir das nicht alle? Wäre da noch etwas?«

»Nein.«

»Dann will ich mich jetzt zurückziehen und lasse Euch allein.«

»Sorge für meine Familie, Gabriel, wenn es nötig sein sollte.«

»Darum hättet Ihr gar nicht bitten müssen. Euer Wunsch ist bereits erfüllt«, sagte Gabriel. »Und sollte Eure Tochter frühzeitig eine wohlhabende Witwe werden, Monsieur?«

Graf Robert sah auf. »Sollte ich dann nicht mehr am Leben sein, würde alles von dir abhängen, Gabriel. Ich werde mit ihr über diese Angelegenheit sprechen, aber Garantien kann ich keine geben.«

Garantien brauchte Gabriel auch nicht. Was immer er wollte, das bekam er, ob auf ehrliche oder andere Weise, das spielte für ihn keine Rolle. Als wahrlich glücklicher Mann verließ er die Halle.

An jenem Abend nach dem Essen suchte Gabriel Adelina in ihren Gemächern auf. Sie war allein, und mit einem traurigen Lächeln hieß sie ihn willkommen. Er trat zu ihr ans Fenster.

»Ihr denkt an Raoul?«, fragte er.

»Ich kann mich nicht erinnern, je ohne ihn gewesen zu sein.«

»Auch wenn Ihr ihn oft gar nicht beachtet habt?«

Darauf antwortete sie nicht. »Ich bin dem Tod nahe gewesen, Gabriel, und ich habe nichts gefühlt. Da war nur eine große Ruhe, als ob etwas Unvermeidliches geschähe, aber aus irgendeinem Grund sind die Engel eingeschritten, und ich wurde verschont. Stimmt es, was Geoffrey sagt, dass wir alle einen Engel haben, der über uns wacht?«

»Von solchen Engeln habe ich keine Ahnung. Für meinen Namen kann ich nichts.«

»Heute habe ich Raoul beobachtet, und ich habe gespürt, wie sich dieselbe Ruhe auf ihn herabsenkte, und genau wie ich hat er nicht dagegen angekämpft. Aber da war kein Engel, der ihn gerettet hat.« Tränen traten ihr in die Augen. »Heute Nachmittag und heute Abend habe ich ihn hinter mir gespürt. Er ist jetzt hier, spürst du ihn nicht auch?«

»Nein. Ich glaube, Ihr wünscht Euch nur, er wäre hier, und deshalb spürt Ihr seine Gegenwart so deutlich. Er ist nicht mehr, Adelina. Er wird nie mehr zurückkommen.«

»Ich weiß«, sagte sie leise, fuhr sich über die Augen und sah aus dem Fenster. »Ich habe meinen Vater nicht trösten können. Es fehlten mir die Worte. Er war so traurig … Warum bist du gekommen? Willst du mich wieder aufziehen? Mich mit einem weiteren Zauber belegen?«

»Das ist nie meine Absicht gewesen, meine Kleine.«

»Nenn mich nicht so. Nur *ein* Mann darf mich so nennen.«

»Und wie war Euer Treffen mit Geoffrey heute?«, erkundigte sich Gabriel.

»Gut, aber traurig.«

»Danach hat es ganz den Anschein.«

»Begleitest du uns morgen?«, fragte sie.

»Ja, das tue ich.«

»Glaubst du, ich habe Gelegenheit, mit dem König zu sprechen?«

»Das kann ich nicht sagen. Vielleicht, wenn die Zeit es erlaubt. Er ist ein sehr beschäftigter Mann, dem viel durch den Kopf geht.«

»Es heißt, er hat ein lustiges Gesicht und lacht, wenn andere das nicht tun.«

Gabriel schwieg.

»Jetzt habe ich bereits vergessen, was ich sagen soll, wenn er mit mir spricht.«

»Sorgt Euch um diese Dinge, wenn es Zeit dazu ist, nicht vorher. Gute Nacht«, sagte er und küsste sie auf die Stirn. »Schlaft gut, denn morgen steht uns eine lange Reise bevor.«

»Gute Nacht, Gabriel.«

Bei der Tür drehte er sich noch einmal um und fragte: »Werdet Ihr zu mir auch so gütig sein, wenn ich im Sterben liege?«

Adelina wandte sich zu ihm um und sah ihn an. In seinem Blick lag jetzt eine höchst eigenartige Sanftheit. »Ich hätte gedacht, dass einer wie du niemals stirbt.«

»Ein schöner Gedanke, wenn auch ein ganz und gar absurder.« Leise schloss er die Tür.

»Was ist denn das?«, fragte Graf Robert, als er auf seine Tochter hinabsah. Ihr Haar war zu Zöpfen geflochten und auf ihrem Kopf festgesteckt, und wieder einmal trug sie Männerkleidung.

»Es ist ein weiter Weg bis nach Paris, Papa, und ich will reiten und nicht im Wagen reisen, denn davon wird mir übel. Das wisst Ihr doch.«

Der Lord seufzte. Hörten denn diese Jungenspiele nie auf? Im Gürtel trug sie sogar Geoffreys erstes Schwert. Hätte sie Zugang zu einer Armbrust, würde sie auch die zweifellos an ihrem Sattel befestigen.

»Ich verspreche, noch am Tag, bevor wir Paris erreichen,

werde ich wieder ganz eine Dame sein. Das verspreche ich, Ehrenwort, das verspreche ich.«

Es war wohl besser, er erlaubte es, als tagelang das ewige Gejammer zu hören. »Aber ohne Sattel reitest du mir nicht, Mädchen.«

Ihr Lächeln erwärmte sein Herz, und schnell schickte er sie mit einer Geste fort, ehe sie nur mit noch mehr Bitten kam, Bitten, von denen sie wusste, er würde sie gewähren. Graf Robert war froh, dass er nicht ein halbes Dutzend wie sie hatte, denn eine war ganz gewiss genug.

Zuerst war die Reise ein richtiges Abenteuer. Man hatte Adelina erzählt, sie habe Paris schon einmal besucht, aber damals war sie noch so klein gewesen, dass die Erinnerung daran nur sehr vage war. Für ihre Mutter galt das jedoch nicht, und ausnahmsweise einmal war Marys froh, dass ihre Tochter nicht mit ihr im Wagen saß, sondern draußen in der frischen, warmen Mailuft ritt und zum letzten Mal die Spiele ihrer Kindheit spielte. Bald schon würde ihre Kindheit vorbei sein.

Vergeblich hatte Adelinas Mutter gehofft, auch Heloise Dupuy würde auf dieser beschwerlichen Reise dabei sein. Es war schon so lange her, dass sie miteinander gesprochen und einander umarmt hatten, und jetzt hatte es den Anschein, dass sie sich erst bei der Hochzeit wiedersehen würden. An der Weggabelung hatten nur Baudoin und Seigneur Henri mit ihren drei Rittern gewartet, von Heloise war weit und breit nichts zu sehen gewesen. Somit war die Vorfreude auf den Kauf eines Hochzeitskleides nun getrübt. Gräfin Marys freute sich nicht sonderlich darauf, Adelina zum Einkaufen mitzunehmen, denn die hatte keinerlei Interesse an Dingen, die auch nur entfernt weiblich waren. Es würde einen Streit nach dem anderen geben, bis ihr Gemahl schließlich einwilligte, sie zu begleiten. Von Mode hatte er allerdings genauso viel Ahnung wie Adelina – er interessierte sich sogar noch weniger dafür. Vielleicht aber würde die Reise ohnehin völlig vergeblich sein, denn wenn Philipp nicht zur Vernunft zu bringen war, käme es zu einer Heirat gar nicht erst. Wenn der König ihnen alles Land nahm, hätte keiner der Beteiligten etwas zu gewinnen.

Marys mutmaßte weiter. Philipp Augustus, so hoffte der Graf, war die ewigen Fehden innerhalb des Adels leid. Er wollte ein geeintes Land, und die Tatsache, dass sich zwei seit langem verfeindete Familien jetzt durch Heirat verbanden, würde er als höchst vorteilhaft ansehen. Gräfin Marys dachte an ihre eigene Hochzeit: auch eine arrangierte. Nachdem all ihre Brüder tot waren, besaß sie bis zu ihrer Eheschließung ein bedeutendes Vermögen. Schließlich war sie dem Werben von Robert und seinem Charme erlegen. Was immer an Verliebtheit bestanden haben mochte, war längst verflogen, aber immer noch bedeuteten sie einander viel. Sie konnte von Glück sagen, dass der Graf im Grunde seines Herzens ein anständiger Mensch war.

Marys schaute zu ihrer Tochter und fragte sich, was wohl mit ihr nicht stimmte. Der arme Baudoin gab sich solche Mühe, sie in ein Gespräch zu verwickeln. Ich hoffe, er hat Humor, dachte sie. Den wird er ganz bestimmt brauchen und noch mehr davon, wenn er meine Tochter heiratet.

Von Anfang an hatte Baudoin beschlossen, neben Adelina zu reiten. »Was hat das zu bedeuten?«, fragte er.

»Was soll was zu bedeuten haben?«, erwiderte sie und hielt die Nase hoch in die Luft.

»Ihr, in Männerkleidung, und Ihr reitet mit uns und fahrt nicht mit Eurer Mutter. Ihr seht lächerlich aus. Mein Vater versteht Euch einfach nicht.«

»Mir ist egal, was Euer Vater denkt, und was Ihr denkt, im Übrigen auch. Weshalb ich so angezogen bin, ist allein meine Sache. Frage ich etwa nach Eurer Kleidung?«

Was für eine seltsame kleine Person, dachte Baudoin, oder lag es einfach nur daran, dass er an Frauen wie sie nicht gewöhnt war, wenn Frauen wie sie überhaupt existierten. Weit glücklicher war er da schon in den Armen seiner Geliebten, der Frau, die in Saint Paulien lebte. »Vielleicht wird uns das Wetter ja gnädig sein?«, versuchte er es erneut.

»Baudoin Dupuy, wenn Euch nichts Intelligentes einfällt, dann seid um Himmels willen still. Ihr seid so langweilig!«

»Ach, und Ihr seid das nicht?«

»Ich fange ja schließlich keine stumpfsinnigen Gespräche an. Was kümmert es mich, wie das Wetter wird? Wenn es regnet, dann regnet es. Wenn nicht, dann nicht.«

Eine Weile schwiegen beide. »Weshalb kleidet Ihr Euch immer in Schwarz?«, fragte sie.

»Weil es mir gefällt«, antwortete er und wunderte sich darüber, dass sie als Erste das Wort ergriffen hatte.

»Glaubt Ihr womöglich, diese Farbe lässt Euch grausamer erscheinen? Wenn ja, dann macht Ihr Euch etwas vor.«

»Vielleicht wäre es Euch ja lieber, ich kleidete mich wie ein Hofnarr?«

»Ihr wärt mir auf gar keine Weise lieber.«

Im ersten Moment runzelte er die Stirn und überlegte, wie sie das wohl gemeint haben mochte. »Weshalb führt Ihr ein Schwert mit Euch? Könnt Ihr damit umgehen? Sind unsere Leibwächter nicht genug für Euch?«

»Wenn sich Räuber von allen Seiten auf uns stürzen …«

»Dann wird Euer Schwert allein uns alle retten. Verfügt es über magische Eigenschaften?«

»Weshalb seid Ihr so stumpfsinnig?«

»Ihr seid die Einzige, die das findet. Seid versichert, Adelina, wenn jetzt Räuber auftauchen, würden sie mich in Schwarz sehen, ein gar zu grausamer Anblick, und sie würden auf der Stelle kehrtmachen und fliehen.«

»Ist sie angenehm, diese Traumwelt, in der Ihr Euer ganzes Leben verbracht habt?«, erkundigte sich Adelina.

»So angenehm, wie Eure zu sein scheint«, antwortete Baudoin.

»Ihr denkt, ich bin ein Mädchen, und deshalb kann ich nicht kämpfen. Nun, eines Tages werdet Ihr schon sehen, wie ich kämpfe.«

»Es macht mir keinen Spaß zuzusehen, wie ein wunderschönes Mädchen sein eigenes Blut vergießt.«

»Ich kann es nicht fassen, dass ich Euch heiraten muss! Ihr seid ein Ungeheuer!«

»Meine Geliebte ist anderer Meinung«, sagte er und kratzte sich das Gesicht.

»Ich kann kaum glauben, dass Ihr eine Geliebte habt. Kann sie sehen, hat sie Verstand? Wer ist sie?«

»Die, mit der ich hoffte, mein Leben zu verbringen. Meine Geliebte ist für mich, was Geoffrey für Euch ist.«

»Dann haben wir etwas gemeinsam. Aber ein Ungeheuer seid Ihr trotzdem. Ich weiß Bescheid über Euch, Baudoin Dupuy, und solltet Ihr mir je zu nahe kommen, bringe ich Euch um.«

»Mit dem alten Schwert?«, fragte er lachend.

»Ich scherze nicht!«

Wieder schwiegen sie eine Weile. »Erzählt mir von Eurer Geliebten. Wie heißt sie?«

»Wieso wollt Ihr das wissen? Euer einziger Wunsch ist es doch, mich zu töten.«

»Ich bin neugierig, es ist eine lange Reise, und ich langweile mich fürchterlich. Wie sieht sie aus?«

»Sehr hübsch, zurückhaltend. Meine Geliebte redet wenig und wenn, dann drückt sie sich gut aus, und …« Er rang um Worte. »Meine Geliebte wünscht sich viele Kinder.«

»Dieu, noch so eine«, sagte Adelina. »Sie muss wohl alt und

blind und hirnlos sein, um einen wie Euch anziehend zu finden«, sagte sie und sah in sein attraktives Gesicht. Als sie seinem neugierigen Blick begegnete, wandte sie den Blick ab. Seine Augen strahlten zu sehr.

Wieder fragte sie sich, ob wirklich solch ein Ungeheuer in ihm wohnen konnte, denn auch unter schwierigen Umständen hatte er sich, bis jetzt zumindest, wie ein Gentleman verhalten, und obwohl seine Augen sie belustigt anfunkelten, wenn er glaubte, kein anderer würde es sehen, schien er doch dieses schreckliche Wort zu sein, dieses Wort, das sie mehr als alle anderen verabscheute: nett. Wie konnte einer, der so nett war, einer einfachen Dienstmagd solch schreckliche Dinge antun? Er trank auch nicht übermäßig, und selbst wenn er trank, schien es ihn nur fröhlicher zu machen, er sang dann immer viel. Ganz gewiss musste sich Jennet doch geirrt haben, oder?

Je länger die Reise dauerte, umso verwirrter wurde Adelina, denn der Mann, der die ganze Zeit neben ihr ritt und unablässig mit ihr plauderte, schien ganz und gar nicht das Ungeheuer zu sein, das Jennet beschrieben hatte.

Und schlimmer noch, es fiel sehr schwer, ihn nicht zu mögen.

Als sie durch Saint Paulien kamen, zeigte ihr Baudoin das Haus seiner Geliebten. Adelina dachte, dass es kein Wunder war, dass er über diese arrangierte Ehe unglücklich wirkte, sollte diese Frau nur halb so schön sein wie ihr Haus.

»Sagt mir, wie Eure Geliebte heißt, Baudoin Dupuy, denn Ihr kennt auch den Namen des Mannes, den ich liebe.«

»Meine Geliebte heißt Eleanor.«

Im weiteren Verlauf der Reise fiel die Unterhaltung ihnen immer leichter. Am fünften Tag näherte sich die Reisegesellschaft der Stadt Bourges, und wieder fragte Baudoin, weshalb sie darauf bestand, sich als Mann zu verkleiden, wenn eine so hübsche junge Frau doch stolz sein sollte, sich der Welt zeigen zu können.

»Ich trage diese Kleidung, weil sie beim Reiten bequem ist. Das kann ich Euch beweisen, indem ich Euch erlaube, eines meiner Kleider zu tragen, wenn Ihr es wünscht.«

»Danke, nein danke. Aber im Wagen bei Eurer Mutter wärt Ihr besser aufgehoben. Da würde Euch die Sonne nicht die Haut verbrennen.« Er streckte die Hand aus und tippte ihr an die Nase.

»Ich weigere mich entschieden, mit ihr zu fahren. Bei ihr dreht sich alles nur noch um die Hochzeit.«

»Und ist das nicht auch Euer vorherrschendes Thema?«

»Gott bewahre!«, rief Adelina. »Mache ich etwa den Eindruck, als würde ich mich solch weiblichem Unsinn hingeben?«

»Wer weiß, wenn Ihr Euch einmal darauf einlasst, findet Ihr vielleicht Gefallen an solchen Dingen.«

Während der nächsten Meilen ritt Adelina neben Gabriel. Mit ihm war das Gespräch wenigstens unverfänglich.

»Ich bin nicht mein Bruder, Adelina«, sagte Baudoin leise, als die Reisenden in Orléans in einem Gasthaus Rast machten.

»Ich weiß, dass Ihr nicht Euer Bruder seid. Für einiges kann ich dankbar sein.« Höflich nippte sie an ihrem kalten Getränk, aber ihr einziger Wunsch war es, so schnell wie möglich ein kräftiges Mahl herunterzuschlingen, ehe ihre Mutter sie sah. Sie träumte von Ellas Kuchen und süßen Brötchen mit Guss und einer Füllung aus dickem Pudding und aus Cremes und mit Früchten und Nüssen belegt. Aber nachdem ihre Mutter gesehen hatte, was sie in Montlucon gegessen hatte, verbot sie ihr solche Leckereien jetzt – mit dem Argument, dass sie zu schnell zu dick würde.

Gabriel machte es nur noch schlimmer durch seine Bemerkung, dass sie zum Altar lieber schreiten sollte, statt sich mühselig vorwärts zu quälen. Und ihr Vater war überhaupt keine Hilfe gewesen, denn er war fast erstickt vor Lachen.

Und jetzt saß in dem düsteren Gasthaus von Orléans Baudoin neben ihr und knabberte an seinem Kuchen. Und genüsslich leckte er sich in aller Ruhe Creme von den Fingern und gab Anweisung, dass sofort zwei weitere Kuchen gebracht werden sollten.

Er muss gewusst haben, dass sie Hunger hatte, und bemitleidete sie wohl, denn zu ihrer großen Überraschung flüsterte er ihr ins Ohr: »Hier, schnell, solange Eure Mutter abgelenkt ist.« Er kam ihr dabei so nahe, dass es sie kitzelte.

Adelina nahm den Kuchen, beugte sich hinunter und verschlang ihn; den Mund wischte sie sich am Ärmel ab, ehe sie wieder zum Vorschein kam. Für alle anderen hatte es so ausgesehen, als hätte sie ihren Löffel zu Boden fallen lassen. Baudoin flüsterte ihr zu: »Gut gemacht, Adelina. Wirklich sehr gut gemacht.«

»So etwas braucht Jahre der Übung, Baudoin«, entgegnete sie und schenkte ihrer Mutter ein überaus höfliches Lächeln.

»Morgen um diese Zeit«, sagte Baudoin, als er den noch übrig gebliebenen Kuchen betrachtete, »kommen wir in Paris an. Und am Tag darauf sind wir in der Abtei von Saint Denis. Werdet Ihr dann an meiner Seite sein, Adelina, als Freundin?«, fragte er.

Adelina lächelte und nickte, doch ihre Aufmerksamkeit galt dem Kuchen, den er jetzt auf den Fingerspitzen balancierte.

»Und werdet Ihr meine Hand halten, so als wären wir wirklich gute Freunde?«, fragte er und griff nach ihrer Hand unter dem Tisch. Er drückte sie und hielt sie einen Moment länger, als schicklich gewesen wäre.

Adelina zog ihre Hand nicht zurück. Lieb und zuckersüß lächelte sie und dachte: Du Narr. Du solltest mir nicht trauen.

»Mama? Baudoin würde gern wissen, ob ich diesen Kuchen essen darf?«

»Ich denke, dieser eine kann jetzt keinen großen Schaden mehr anrichten.«

Adelina nahm den Kuchen von seinen Fingerspitzen. »So leicht lasse ich mich nicht bestechen«, flüsterte sie siegesbewusst und lächelte ihn spöttisch an.

Kapitel Achtzehn

Vor allem anderen mochte er sie.

Natürlich hatte er diese Schönheit früher schon gesehen, mehr als einmal war sie ihm entgegengekommen: Hatte er denn nicht als Kind in den Wäldern in der Nähe der feindlichen Burg gespielt und in seiner Fantasie alle Burgbewohner getötet? Während er sich in den Wäldern versteckt hielt, hatte er gelegentlich hoch oben auf dem Schutzwall das kleine, als Junge verkleidete Mädchen gesehen, das mit einem Stock in furchtlosem Schwertkampf einem unsichtbaren Feind gegenübertrat. Sehr lange schon kannte er sie, fast sein ganzes Leben lang vielleicht, und doch hatte er sie, die junge Frau, das erste Mal richtig gesehen, als sie mit ihrem Vater auf ihre Festung gekommen war, um mit seinem Vater zu reden.

In der Nacht, der schlimmsten Nacht seines Lebens, da er aus nächster Nähe den Schaden gesehen hatte, den die Hand seines Bruders verursacht hatte, war er zu wütend gewesen, um sie wirklich wahrzunehmen. Seine Gedanken waren bei der Rache gewesen, die er für den Tod des Bruders nehmen wollte, bei dem Versuch, seinem Vater zu beweisen, dass er genauso gut wie sein Bruder war, wenn nicht noch besser. Aber daraus hatten nur Kummer und Leid für alle resultiert.

Jetzt kam dieses kleine Mädchen, das damals auf dem Schutzwall gespielt hatte, die Treppe des Gasthauses herunter. Nie zuvor hatte solch ein Anblick sein Herz besänftigt oder ihm ein Lächeln entlockt. Und so freute sich Baudoin Dupuy tatsächlich auf die Hochzeit.

Ach, diese Gräfin Marys, was für ein Nörgelweib. Den Knebel sollte er wohl lieber seiner Schwiegermutter geben. Tu dies, tu jenes, das und das darfst du nicht, wenn der und der mit dir spricht, was sagst du dann? Immer und immer so weiter. Würde sie denn nie Ruhe geben?

Leise fluchte Adelina. Sie sah Baudoin in der Ecke sitzen und geduldig warten, wieder einmal mit dem Anflug eines Lächelns auf den Lippen. Erlöse mich, erlöse mich, flehte ihr Blick, und sie machte sich los von ihrer Mutter, die damit beschäftigt war, Locken nach ihrem eigenen Gutdünken zu arrangieren. Das Kleid aus grünem Kamelottgewebe, das Adelina trug, war beinahe so intensiv in der Farbe wie ihre Augen, die vor Ungeduld funkelten. Sollte sie jetzt in die Sonne treten, so würde er, das war ihm bewusst, sich abwenden müssen, so sehr würde ihr Haar glänzen. Haar, das zu berühren er sich so oft sehnte, was er jedoch nicht wagte, denn ihre Fußtritte konnten recht kraftvoll sein.

»Kommt, kommt. Ihr trödelt viel zu sehr, und wir dürfen nicht zu spät kommen!« Graf Robert, der kein Auge zugetan hatte, war schon zur Tür hinaus.

Baudoin trat zu Adelina und reichte ihr die Hand.

»Noch sind wir nicht in der Abtei«, fauchte sie. Ihre Mutter, die dicht hinter ihnen stand, war immer noch mit Nörgeln beschäftigt.

»Ihr habt mir ja gar nicht erzählt, dass Ihr in der Armee des Königs dient«, sagte sie und musterte Baudoins Aufzug – das leuchtende Blau der königlichen Uniform.

»Ihr habt ja auch nicht danach gefragt.«

»Behaltet Ihr alles für Euch, bis man Euch fragt?«

»Ja, in dem Punkt bin ich so wie Ihr.«

Als er ihr in den Wagen half, bemerkte sie Gabriel, der ebenfalls geduldig wartete. Auch er trug die blaue Uniform, und wie bei Baudoin prangte auch bei ihm das Symbol des Kreuzritters auf dem Umhang – das riesige weiße Kreuz. Gabriel übernachtete nicht im Gasthaus bei ihnen. Er hatte sich für seinen Aufenthalt in Paris eine andere Unterkunft gewählt, das Haus seiner Schwester, wie er sagte, ganz in der Nähe der Stadt.

Wenn man Baudoin und Gabriel nicht zu den Waffen gerufen hatte, und das war nicht der Fall, dann kannte Adelina den Grund dafür, dass sie solch eine Uniform trugen, es entsprach nämlich höchstwahrscheinlich dem Wunsch ihres Vaters. Es würde dazu beitragen, dass Philipp der Bitte ihres Vaters entsprach, ihr Land nicht zu beschlagnahmen.

Auf der kurzen Fahrt zur Abtei nahm sie die Ermahnungen ihrer Mutter gar nicht mehr wahr. Stattdessen betete Adelina um ein Wunder, ein Wunder, das sowohl das Land ihres Vaters retten als auch sie vor einer Ehe bewahren würde, die sie nicht wollte.

Für ihre Umgebung hatte sie kaum Augen, auch nicht für die lärmende Menge, von der sie verschluckt wurde, kaum dass sie durch die Tore zur Abtei geschritten war.

Graf Robert und Gräfin Marys betraten die Abtei, Henri Dupuy ging neben Adelinas Vater, und dahinter lief Baudoin, ihre Hand haltend. Er war sich der Leute bewusst, die sich von Adelinas Schönheit fasziniert nach ihr umdrehten, Adelina merkte jedoch nichts davon. Als sie ihre Plätze hinter Adelinas Eltern und Baudoins Vater einnahmen, wandte Baudoin sich ihr zu. »Die Furcht in Euren Augen lenkt von Eurer Schönheit ab, Addie.«

»Ich heiße nicht Addie.«

Aber immer noch hielten sie sich bei der Hand, denn sie fürchtete sich vor dem, was passieren könnte, sollte sie loslassen; oder vor dem Moment, in dem man ihren Vater nach vorn befahl und sie dann niemanden mehr hatte, auf den sie schauen konnte, jedenfalls keinen mehr, der ihr vertraut war. Die Bänke waren härter als die Steine an der Loire, wohin sie und Geoffrey oft gegangen waren, um zu reden und nachzudenken.

Die Menschenmenge drängte sich dicht an dicht und verbrauchte alle Luft an diesem heißen Tag. Ungewissheit wurde zu Verzweiflung. Ewig schienen sie an diesem düsteren Ort mit den himmelhohen Bögen zu warten. »Wenn nicht bald etwas geschieht, werde ich schreien, dass es brennt«, flüsterte sie.

Baudoin drückte ihre Hand. »Bald wird es beginnen. Das hoffe ich jedenfalls. Es wird ein langer Tag werden. Das spüre ich.«

Sie rutschte auf ihrem Platz hin und her und wünschte, sie könnte ihre Schuhe ausziehen, die mit jedem Moment enger wurden. Am anderen Ende der Abtei fiel eine alte adlige Dame in Ohnmacht. Im Fallen riss sie zwei weitere Edelfrauen mit sich zu Boden. Zwei Männer waren vonnöten, um sie hinauszutragen. Adelina fand das Schauspiel amüsant, bis sie begriff, dass sie das ja auch tun und so entkommen könnte. »Ich fühle mich so elend«, versuchte sie es.

»Ich auch. Wenn ich in Ohnmacht falle, tragt Ihr mich dann hinaus?«, fragte Baudoin, was ihrem Fluchtplan das sofortige Ende bereitete.

Er ist genau wie Geoffrey, er sieht, was in meinen Gedanken vor sich geht, dachte Adelina. Ihre Hand war ganz feucht, sie wünschte, er würde sie loslassen. Allerdings meinte sie zu wissen, weshalb er das nicht tat, denn sie saß am äußersten Ende einer Mittelreihe und wäre schon auf halbem Weg zu den Türen gewesen, ehe er etwas gemerkt hätte. Und laufen konnte sie ohne Frage.

Dann endlich erschien jemand, und die Türen zur Abtei wurden fest geschlossen. Jetzt waren alle ganz still. Ein Bischof zeigte sich in seinem sakralen, goldbestickten Gewand, und Adelina beugte sich zu Baudoin: »Auf der Straße bin ich an Bettlern vorbeigekommen, Baudoin. Und jetzt betrachtet diesen Mann Gottes in seinem Prachtgewand. Das ist eine Schande. Wenigstens habe ich den Bettlern ein paar Münzen …«

Baudoin bedeutete ihr schnell, ruhig zu sein. Solche Sachen würde sie doch wohl hoffentlich nicht diesen ganzen langen Tag in der Lautstärke äußern?

Nach dem Gebet herrschte wieder Schweigen, und als Philipp Augustus, der König, seinen Thronplatz einnahm, erhob sich die Menge. Mit einer ungeduldigen Handbewegung forderte er sie auf, sich zu setzen. Von ihrem Platz so weit hinten musste Adelina den Hals recken und die Augen zusammenkneifen, um das Gesicht des Königs zu erkennen. Auf sie wirkte er überhaupt nicht wie ein grausamer Kriegsherr.

Ohne jede freudige Regung schaute der König herab auf die vor ihm Versammelten. Adelina überlegte, ob er sich wohl auch wünschte, er wäre anderswo. Das Leben, so hatte Geoffrey einmal gesagt, ist voll von Pflichten, die man nicht vernachlässigen darf. Und für den König war das Hofhalten eine dieser Pflichten. So schien es jedenfalls. Wieder rutschte sie hin und her, und im Flüsterton fragte Baudoin, was denn los sei. »Die Bank ist so hart.«

»Auf einem Pferd sitzt Ihr lange genug, ohne Euch zu beklagen«, sagte er leise. »Seid ruhig jetzt.«

»Mir sagt keiner, was ich zu tun habe.«

Baudoin verdrehte die Augen und seufzte.

Die Audienz begann. Sie zog sich scheinbar endlos in die Länge, und die Hitze wurde unerträglich. Adelina fragte sich, wo genau auf der Liste die Angelegenheit ihres Vaters stand. Fast übermannte sie der Schlaf, den sie in der Nacht zuvor nicht gefunden hatte, und dreimal schreckte sie hoch, weil ihr Gesicht an Baudoins Schulter ruhte. Doch plötzlich wurde sie mit einem Schlag hellwach. Bei den Türen kam es zu lautstarkem Aufruhr. Dankbar für die Unterbrechung drehte sie sich um, wie auch die ganze versammelte Menschenmenge es tat, denn alle waren neugierig.

Ein Bauernjunge erkämpfte sich seinen Weg ins Innere der Abtei, und bei sich hatte er eine ganze Horde Kinder. »Ich will mit dem König reden!«, verlangte er, doch die Soldaten bei den Türen wollten ihn nicht vorbeilassen. Seine Angelegenheit stand nicht auf der Liste. Er war noch so klein, dass er noch nicht den Stimmbruch hinter sich hatte, doch sein Begehren drang an Philipps Ohr.

»Was ist denn da los?«, fragte der König.

»Ich muss mit Euch sprechen, denn Gott schickt mich!«, rief der Junge.

Gemurmel ging durch die versammelte Menge. In letzter Zeit war es immer wieder vorgekommen, dass jemand behauptete, die Stimme Gottes vernommen zu haben oder aber Wunder wirken zu können, und dieser Junge war da keine große Ausnahme.

Philipp seufzte und sagte: »Lasst ihn passieren!« Er winkte den Jungen näher heran. Der Junge war barfuß und wie ein Bauer gekleidet und hielt eine Pergamentrolle in der Hand. Damit kam er allein durch die ganze Abtei und achtete nicht auf die Gesichter, die ihn anstarrten. Er fiel auf die Knie und stand wieder auf. Philipp sah auf ihn hinab und schien einigermaßen erheitert. »Gott schickt dich also, sagst du?«

»Ich heiße Etienne; man nennt mich auch Stephan von Cloyes, ich bin Schäfer und begehre Euren Segen für meine Mission.«

»Cloyes? Ist das in der Nähe von Chartres?«

»Woher ich stamme, ist ohne Belang, wichtig ist nur, wohin ich gehe.« Der Junge drehte sich zu der Menge um und musterte sie, so wie sie ihn musterte. Hinter vorgehaltener Hand beklagten sich manche über diese Vergeudung ihrer kostbaren

Zeit. Adelina lehnte sich ganz nach rechts, so hatte sie ideale Sicht auf diesen Stephan, den anmaßenden Hirtenjungen, der ohne Zweifel tatsächlich daran glaubte, von Gott auserwählt zu sein oder eines Tages ein Heiliger zu werden.

»Ich hatte eine Vision, und in meiner Hand halte ich einen Brief von Gott dem Herrn höchstpersönlich!«

Schweigen senkte sich über die ganze Abtei. Philipp sah auf den Jungen hinab und musterte ihn eingehend. Die einzige Regung des Königs war ein ständiges Blinzeln sowie das gelegentliche Heben seiner Augenbrauen. »Zeig her, den Brief!«

Der Junge händigte dem König die Pergamentrolle aus. »Der Herr kam und sprach zu mir.«

Während Philipp las, fragte er: »Und was tatest du gerade, als das geschah, wenn ich mir diese Frage an einen derart Gesegneten erlauben darf?«

Der Brief wurde an den Bischof weitergereicht, der ihn las und nicht einmal lächelte. Auch der Junge lächelte nicht. Womöglich war er ein wenig erbost über den herablassenden Tonfall des Königs. Er schämte sich seiner Arbeit nicht, denn der Herr selber war nichts weiter als Zimmermann gewesen, ehe er zum Hirten für das Menschengeschlecht wurde. »Ich hütete meine Schafe, als der Herr zu mir kam und zu mir sprach: ›Tu, was ich dir befehle, Stephan. Erobere dir zurück, was dein ist. Erobere Jerusalem zurück!‹«

Das sagte er mit einer solchen Überzeugung, dass das Gemurmel der Menge nur noch lauter wurde.

Doch Philipp wurde es unbehaglich zumute. Wer war dieser Junge, dass er meinte, fertig zu bringen, was weder Frankreich noch England, noch Deutschland gelungen war? »Und sage mir, Knabe, wie gedenkst du, das zu bewerkstelligen? Wie willst du Jerusalem zurückerobern?«

»Ich soll die Unschuldigen um mich versammeln, Kinder, wie ich eines bin. Ich habe bereits eine große Schar Anhänger.

Es wurde mir gesagt, dass wir mit meiner Armee der Unschuldigen das Heilige Land einnehmen würden, das Land, in dem Milch und Honig fließen, das tausende von Kreuzrittern nicht für die Christenheit haben einnehmen können. Doch wir werden Erfolg haben.«

»Mit einer Armee von Kindern?«, fragte Philipp und starrte den Jungen jetzt an, als ob er ihn für irrsinnig hielte.

»Bei mir sind nur einige wenige meiner Anhänger.« Stephan pfiff, und noch mehr Kinder, unüberschaubar viele, zwischen sechs und sechzehn strömten in die bereits überfüllte Abtei. Einige trugen die Farben des Adels, doch die meisten waren Bauernkinder, barfuß waren sie, und hungrig sahen sie aus, doch alle hatten in ihren Augen denselben entschlossenen Eifer wie Stephan.

Auf dem König lastete ein großer Druck. Welche Anmaßung brachte diese Kinder zu der Überzeugung, dass sie Erfolg haben würden, wo seiner Armee dies nicht vergönnt war, wo es sogar Richard Löwenherz nicht gelungen war, sich Einlass nach Jerusalem zu verschaffen? Hatte dieses Kind denn keine Ahnung, wie viel christliches Blut bereits auf dem Boden des Heiligen Landes vergossen worden war? Nein, und offenbar kümmerte es den Jungen auch gar nicht. Der Herr hatte zu ihm gesprochen, und mehr brauchte er nicht, um sein Herz vor Leidenschaft entflammen zu lassen.

»Und was hat der Herr gesagt, wie du ins Heilige Land gelangst?«

»Er zeigte es mir in einer Vision, ich sah, wie das Meer austrocknen würde, und auf dessen Grund werden wir gehen.«

»Du wirst nach Jerusalem gehen, wenn das Meer austrocknet.« Inzwischen schien es, als führe Philipp Selbstgespräche.

»Es wird ein Wunder nur für uns sein, für uns allein, die wahren Kinder Gottes.«

Der Bischof flüsterte Philipp etwas ins Ohr, und Philipp

nickte. »Ja, ich weiß das, aber das kann ich nicht«, gab er dem Bischof zur Antwort. »Das kann ich nicht gutheißen.« Wieder flüsterte der Bischof, und der König schwieg einen Moment. Zu Stephan und den versammelten Kindern sagte er: »Ihr habt keine Waffen, keine Nahrung, und schlimmer noch, ihr wisst nicht, was auf euch zukommt.«

»Wir glauben, und das ist genug. Ich bin gekommen, Euch um Euren Segen zu bitten, denn es ist die Oriflamme, die königliche Kriegsfahne unseres Landes, die wir mit uns führen werden.«

Wieder flüsterte der Bischof, und Philipp zeigte sich sehr ungehalten ihm gegenüber. Er sagte etwas, was keiner verstand, aber der Bischof trat sehr schnell zurück. »Stephan, Hirtenjunge aus Cloyes. Ich sage dir nur dieses eine«, und alle warteten, während der König seufzte und nachdenklich verharrte. »Du hast meine Hochachtung für dieses Unterfangen, das jedoch, und dessen solltest du eingedenk sein, meiner Meinung nach kaum mehr als ein Traum ist. Ein Traum voll guter Absichten, das ja, aber dennoch nur ein Traum. Zu deinem eigenen Besten, lass es einen Traum bleiben. Ich sage dir hier und jetzt, löse deine Armee der Unschuldigen Kinder auf und führe sie alle sicher nach Hause, denn einige brauchen, da bin ich mir sicher, ihre Mutter.« Philipp sah, dass hinter Stephan ein zerlumptes Mädchen stand, das kaum älter als dreizehn war, und an ihrer Schulter lehnte ein schlafendes Kleinkind. »Führe sie nach Hause, Knabe, und kehre zurück zu deinen Schafen. Da liegt deine wirkliche Aufgabe.«

Aber Stephan blieb vor dem König stehen, immer noch voller Anmaßung und Stolz.

»Ich sage euch, seid gute Kinder und geht heim, jetzt sofort.«

»Wir werden nach Hause zurückkehren, wenn wir das Heilige Land zurückerobert haben, mit Eurem Segen oder ohne ihn. Das hat Gott mir befohlen, und ich darf den Gehorsam nicht verweigern. Haben wir Euren Segen?«

»Nein.«

Eine Weile starrte Stephan den König an, ehe er sich verneigte und sich zu gehen anschickte.

Einige Augenblicke lang wurde es laut, als der König und der Bischof Worte wechselten, die nicht das Gefallen des jeweils anderen fanden, so jedenfalls schien es. Und als die Kinder gegangen waren, ging es mit den Angelegenheiten des Hofes schließlich weiter.

Einen Moment saß Adelina da und versuchte, sich eine Ausrede einfallen zu lassen, die ihr das Fortgehen ermöglicht hätte, aber es wollte ihr nichts in den Sinn kommen. »Ich muss mich um ein persönliches Bedürfnis kümmern«, sagte sie, froh, dass ihr noch etwas eingefallen war, zu Baudoin, und sie stand auf und ging schnell davon.

Nach ein paar Worten zu dem Wächter bei den Türen schien ihr endlich wieder die Sonne aufs Gesicht, und frische Luft füllte ihr die Lunge. Ihr Herz machte einen Freudensprung, denn Stephan war noch nicht gegangen. Er stand bei den Türen der Abtei und predigte, und jetzt umstanden ihn viele weitere Kinder. Als Adelina näher trat, hörte sie:

»Das Meer wird austrocknen, so wie es geschah, als Moses die Israeliten aus Ägypten führte. Gott wird uns Jerusalem übergeben. Hat nicht Jesus Christus gesagt, wir müssen werden wie die Kinder, um ins Himmelreich zu kommen? Ja, das hat er, und er hat zu mir gesprochen. Uns und nur uns wird die Heilige Stadt ihre Tore öffnen! Vertraut auf Gott und folgt mir nach, und ich werde uns zum Sieg führen, denn die Kraft des Heiligen Geistes ist mit uns!«

Ein seltsames Gefühl ergriff Besitz von Adelina, wie sie da nicht weit von Stephan stand, während Kinder der unterschiedlichsten Art, aus allen Altersgruppen und allen Bevölkerungsschichten ihm Fragen stellten. Die Fragen hörte sie nicht. Vor ihrem geistigen Auge sah sie wieder, wie Dupuy das Schwert hob, und wieder fiel ihr das Versprechen ein, das sie Gott gegeben hatte. Ist dies der Grund dafür, dass sie immer schon Waffen hatte führen und kämpfen wollen, dass aber Gott ihre innersten Eingebungen im Verborgenen gehalten hatte? Endlich, ein Kreuzzug für Adelina. Jetzt würde sie ihrem Vater und seinen Rittern beim Abschied nicht mehr hinterherwinken müssen. Sie war erst knapp sechzehn, doch einige kleinere Kinder würden sie brauchen. Sie bewunderte Stephan, den Anführer der Kinder; sie bewunderte seine Art, mit Worten umzugehen, seine Aufrichtigkeit und seine Überzeugung. Adelina würde vollbringen, was Christian nicht erreicht hatte und was auch ihrem Vater, als der noch jünger war, nicht hatte gelingen können. Oder Michel oder dem armen Raoul oder Louis oder auch Acelin. Ja, dachte sie. Ja, das ist es. Ich werde mich diesem Kinderkreuzzug anschließen.

Sie streckte die Hand aus, berührte Stephan am Arm, und der drehte sich um. »Ich habe dich sprechen hören, Knabe. Ich will deiner Armee der Unschuldigen Kinder beitreten.«

»Du bist eine Adlige.«

»Ich bin Gottes Kind, genau wie du. Von diesem Kreuzzug habe ich mein ganzes Leben schon geträumt. Erst heute, als ich dich sprechen hörte, wurde der Traum in mir wieder lebendig.« Stephan schenkte ihr ein warmherziges Lächeln. »Darf ich diesen Brief von Gott höchstpersönlich lesen?« Stephan gab ihr die Schriftrolle und sah ihr die ganze Zeit, während sie las, in die Augen. »Einer der Vasallen meines Vaters weiß viel über Krankheiten, und ich habe einiges bei ihm gelernt. Eine wie mich könntet ihr brauchen«, sagte sie, als sie Stephan den Brief zurückreichte.

»Obwohl Gott uns vor jedem Schaden bewahren wird, glaube ich, was du sagst.«

»Da gibt es allerdings ein Problem. Ich soll heiraten, wenn heute bei der Audienz alles gut geht mit der Sache meines Vaters. Man wird mir nicht erlauben, mit dir zu ziehen.«

»Dann schleiche dich mitten in der Nacht davon, wie so viele dieser Kinder es getan haben. Sage deinen Eltern nicht, wohin du gehst. Gott wird dafür sorgen, dass du sicher nach Hause kommst, wenn die Heilige Stadt erst einmal unser ist.«

»Wann und wo sollen wir uns denn treffen?«

»Wir versammeln uns Ende Juni in Vendôme.«

»Das ist bei Orléans. Ich stamme aus Lavoute Polignac, in der Nähe von Le Puy im Süden, nahe bei den Bergen.«

»Dann geselle dich in Marseille zu uns. Da sehen wir uns dann. Wie heißt du?«

»Adelina de Polignac.«

»Ich bin Stephan von Cloyes. Wie Jesus bin auch ich ein Hirte der Seelen.« Stephan nahm sein Pergament zurück. »Leben in deinen Dörfern viele Kinder?«

»Einige. Wenn unserer Sache heute Erfolg beschieden ist, werden noch mehr Dörfer unter dem Einfluss meines Vaters stehen.«

»Gut. In diesen harten Zeiten, so habe ich festgestellt, lassen die meisten Eltern ihre Kinder mit ihrem Segen ziehen.«

»Das werden meine nicht. Ich bin ihr einziger Nachkomme.«

»Bring viele Kinder mit, Adelina de Polignac, und die Heilige Stadt wird unser sein.«

Wieder wurde Stephan von Kindern umringt, und Adelina wusste, sie musste jetzt in die Abtei und an Baudoins Seite zurückkehren. Als sie sich umdrehte, stand Gabriel auf den Stufen und sprach mit einem der Soldaten des Königs, während er gleichzeitig ein Auge auf sie hatte. Adelina suchte die Latrine auf, was ja ursprünglich ihre Ausrede gewesen war, sich fortzustehlen, wenn auch nicht der wirkliche Grund.

»Adelina«, sagte Gabriel, als sie herauskam. »Eure Familienangelegenheit wird bald gehört.« Er nahm ihre Hand. »Weshalb habt Ihr mit diesem dummen Bengel geredet?«, wollte er wissen.

»Mit wem ich rede, geht dich gar nichts an, Gabriel von Lyon.«

»Lass dich darauf nicht ein, Adelina. Deren Kreuzzug wird in Tod und Elend enden.«

Gabriel führte sie zurück in die Abtei, auf ihren Platz neben ihrem künftigen Gemahl.

Natürlich verlief alles, wie sie es erwartet hatte. Ihr Vater, der Philipp getreu gedient hatte und ihn persönlich kannte, dazu die beiden, die in der Armee des Königs gedient hatten, bewirkten, dass die Entscheidung revidiert wurde. Philipp wollte alles zu einem schnellen Abschluss bringen, und deshalb stand höchstwahrscheinlich ihr Vater auch ganz am Ende der Tagesordnung. Als die Audienz vorbei war, erhielt Graf Robert mitsamt seiner Familie und seiner Begleitung die Einladung, am Abendessen mit dem König teilzunehmen.

Die Weinkelche waren aus Gold, nicht aus Silber oder Zinn; die Stühle waren mit feinstem Gobelinstoff bespannt, und zahlreiche Diener warteten dem König und seinen Gästen auf und kümmerten sich um all ihre Wünsche.

Adelina beobachtete Philipp, und zuweilen sah er auch sie an. Sie fragte sich, ob er jetzt wohl lieber allein oder im Bett wäre, denn er wirkte erschöpft.

Im Übrigen schien der König erfreut, Robert de Polignac und Gabriel zu sehen. Gabriels Gesicht war ihm vertraut, aber sein Name wollte ihm nicht einfallen. Höflich erinnerte Gabriel ihn an die Belagerung von Château Gaillard, was seinerzeit für Philipp ein großer persönlicher Erfolg gewesen war. Schließlich wurden auch Henri Dupuy, Baudoin und Adelina vorgestellt. Als Philipp Adelina in die Augen sah, wusste er nichts anderes zu sagen als: »Gut zu wissen, dass zwei Edelmänner nicht länger ihren Hass schüren, sondern sich bemühen, ihre Auseinandersetzungen beizulegen. Wie es scheint, sind in letzter Zeit wohl Kinder unser aller Retter. Was haltet Ihr von diesem Kinderkreuzzug, kleines Mädchen?«

Adelina warf Baudoin einen Blick zu. Der wusste genau, was sie empfand, wenn man sie kleines Mädchen nannte, doch sie hielt weiter seine Hand und sah dem König direkt in die komischen kleinen Augen. Es waren Augen, denen sie nicht für einen Moment getraut hätte; und so sagte sie leise: »Wenn Ideale und starker Glaube Schlachten gewinnen, dann wird Stephan siegreich zurückkehren, und Ihr werdet der Dumme sein, weil Ihr seiner Mission nicht den Segen erteilt habt.«

Diese Worte nahm Philipp glücklicherweise gut gelaunt hin, und Graf Robert atmete befreit auf. »Wir alle wären Sieger, wenn unser Glaube und unsere Ideale Waffen wären. Bereitet Ihr sie für eine Laufbahn in der Politik vor, Robert?«

Voller Stolz sah Robert de Polignac auf seine einzige Tochter. Sie hatte ihre Versprechen gehalten, sie war bis auf einen winzigen Ausrutscher höflich gewesen, hatte sich von ihrer weiblichen Seite gezeigt, und das Beste war, sie hatte erst geredet, nachdem sie angesprochen worden war.

Am darauf folgenden Abend wartete Adelina auf die Gelegenheit, unter vier Augen mit ihrem Vater zu sprechen. Es hatte den Anschein, als müsse sie ewig warten. Sogar hier in Paris nahmen zu viele Leute ihn zu sehr in Anspruch. Muss ich jetzt schon um einen Termin ersuchen, um meinen eigenen Vater zu Gesicht zu bekommen, fragte sie sich. Adelina war überrascht, als Graf Robert sich bei der Versammlung entschuldigte und die Hand seiner Tochter nahm. »Lass uns von hier weggehen. Ich muss mit dir reden.«

Das hatte er noch nie gemacht. Kam das daher, dass er einen so erfolgreichen Tag gehabt hatte? Draußen auf der Straße schlug ihnen kühle Nachtluft entgegen. Aufgrund der späten Stunde waren nur wenige Leute unterwegs. Diejenigen, die an ihnen vorbeigingen, beachteten sie nicht. Nicht viele Leute in der Hauptstadt waren freundlich zu Fremden.

Ihr Vater hatte gesagt, dass er mit ihr reden wolle, und nun fand er eine ganze Weile lang die Worte nicht. Worte waren seine besten Freunde; Worte hatten ihm stets gute Dienste erwiesen. Die beiden gingen schweigend nebeneinander her, und Adelina fragte sich, ob Gabriel ihm von ihrem Gespräch mit Stephan, dem Hirtenjungen, erzählt hatte. Der Einzige, der sie bis jetzt nach ihrer Meinung über Stephan gefragt hatte, war der König gewesen.

»Deine Mutter sagt mir, das Kleid ist wirklich wunderschön.«

»Ja, Papa, das ist es wohl.«

Der Lord seufzte. Was stimmte nur nicht mit ihr? Jedes andere Mädchen, das kurz vor der Hochzeit stand, wäre glücklich gewesen, hätte sich voller Begeisterung auf die Trauungszeremonie gefreut.

»Ich traue dem Mann nicht.«

»Welchem Mann?«, fragte ihr Vater.

»Eurem Freund, dem König.«

»Dass er mein Freund ist, möchte ich nicht behaupten. Wahre Freunde habe ich nur wenige.«

»Aber Ihr seid für ihn und mit ihm in den Krieg gezogen, und das mehr als einmal.«

»Diese Dinge kann man sich nicht immer aussuchen.«

»Er wird alt, Papa.«

»Aber noch ist er es nicht.«

»Was wird geschehen, wenn er stirbt und sein Sohn regiert? Was wird geschehen, wenn Prinz Louis schlimmer ist als sein Vater?«

»Er will für Frankreich das, was Frankreich zusteht.«

»Und sollte sein Sohn wie sein Vater sein und alle Barone und Grundherren von Frankreich übergehen und sie durch seine eigenen Leute ersetzen … diese, diese … wie heißen die noch?«

»Königliche Beamte.«

»Was dann, Papa? Da werden unsere Ländereien zusammengelegt und als ein einziger großer Besitz verwaltet, und dann haben wir keine andere Wahl mehr, wir müssen dem König alles geben oder leiden. Ich traue ihm nicht. Sein Mund sagt das eine, aber seine Augen sind voll von anderen, unausgesprochenen Worten. Wir werden all unser Land verlieren. Und wenn nicht jetzt, dann in nicht allzu ferner Zeit.«

»Darüber mach dir Sorgen, wenn es so weit ist, vorher nicht. Du wirst immer umgeben sein von Männern, die Entscheidungen treffen können.«

Ich brauche keine Männer, die mir helfen, Entscheidungen zu treffen!, wollte sie sagen, stattdessen sagte sie leise: »Aber Ihr sorgt Euch jetzt deswegen.«

»Meine Sorgen sollen nicht deine sein«, erwiderte Graf Robert und ging auf die Brücke zu. »Baudoin ist besser, als ich erwartet hatte. Du scheinst dich in seiner Gesellschaft wohl zu fühlen, und das ist nur gut so, wenn auch Henri nicht weiß, was er von dir halten soll.«

»Ich mag Graf Henri ganz und gar nicht.«

»Und wieso nicht? Du hast bisher kaum ein Wort mit ihm gesprochen.«

»Er schlägt seine Frau. Ich mache mir nichts aus ihm oder aus den von Männern für Männer gemachten Gesetzen, die so etwas zulassen.«

»Es gibt vieles auf dieser Welt, woraus auch ich mir nichts mache, Adelina.« Der Graf legte ihr den Arm um die Schultern, und so gingen sie weiter. Als sie auf der Brücke waren, lehnte Adelinas Vater sich über das Geländer und schaute sinnierend in das schmutzige Wasser hinunter. »Ich tue das alles für dich. Anfangs hatte ich gehofft, du würdest Christian heiraten.«

»Ich weiß.«

»Für eine zweite Wahl bin ich noch nie gewesen und bin es auch heute nicht.«

»Nun ja, Papa, ich würde liebend gern den heiraten, den Ihr fortgeschickt habt, denn er hätte von Anfang an die erste Wahl sein sollen. Er ist wie ein wirklicher Sohn für Euch gewesen. Aber nie ist er beachtet worden.«

»Ich weiß, was du für Geoffrey empfindest, aber er ist nicht in der Lage, die Ländereien zu verwalten oder das wiederzuerlangen, was ihm gehört.«

»Aber ein Feigling ist er nicht! Ich dulde es nie und nimmer, dass man Geoffrey einen Feigling nennt!«

»Du und Geoffrey, das wird niemals sein.«

»Und das nur, weil Ihr denkt, er ist nicht der, der er sein sollte! Ihr seht gar nicht, was wirklich in ihm steckt, weil er Euch zu sehr an Euren toten Bruder erinnert.«

»Einem Gleichgestellten gestatte ich nicht, mit mir in diesem Ton zu reden. Das solltest du eigentlich wissen.«

»Ich bin nicht Euer Gleichgestellter. Ich bin Eure Tochter.«

»Du wirst Baudoin heiraten, und die Ehe wird sein, wie du sie dir einrichtest.«

»Ihr habt aus Liebe geheiratet.«

»Nein. Ich habe wegen des Besitzes geheiratet. Die Liebe, wenn es denn so etwas überhaupt gibt, ist erst viel später gekommen.«

»Mama erzählt es ganz anders.«

»Was zwischen deiner Mutter und mir ist, geht nur uns beide etwas an, sonst keinen. Sollte ich krank werden und sterben, so sieht ein Passus deines Ehevertrages vor, dass …«

»Papa!«

Ungeachtet ihres Ausrufs fuhr Graf Robert fort: »Sollte ich krank werden und sterben, wirst du mit Baudoin zu gleichen Teilen das Sagen haben. In dem Punkt gab es Einwände von Henri, nicht jedoch von Baudoin.«

»Wie sollte er da auch Einwände haben? Wenn Ihr sterbt, kann er schließlich nur gewinnen. Beträchtlich gewinnen sogar.«

»Du verfügst über Intelligenz und Willensstärke, Adelina, aber denke stets daran, es ist nie gut, allzu schnell und nur aufgrund von Gefühlen Entscheidungen zu treffen. Wenn du älter wirst, kommt auch die Klugheit. Solange wir also am Leben sind, werden Henri und ich alle Angelegenheiten, die unsere Ländereien betreffen, gemeinschaftlich regeln. Leider müssen wir jetzt eine Abgabe an den König entrichten, und sollten sich die Kriegsbanner erheben, werden sich all unsere Männer, sofern sie gesund sind, in Philipps Armee melden müssen.«

»Dann kann ich nur beten, dass die Kriegsbanner sich nicht erheben werden. Weshalb müssen wir Abgaben an ihn entrichten, Papa? Unsere Ländereien sind nicht so ertragreich, dass unsere Produkte die Tafel des Königs zieren oder seine Schatzkammern bereichern können. Ich hatte gehofft, wir könnten uns vorrangig um die Leibeigenen kümmern, die hungern, denn mit vollen Bäuchen sind sie zufriedener, arbeiten härter auf den Feldern und erwirtschaften mehr Erträge. Alles hängt von den Ernten der Felder ab, und unsere Felder sind nicht wie die, die ich auf dem Weg hierher gesehen habe.«

»Ich habe mich um mehr zu kümmern als um hungernde Leibeigene. Sollte es je Krieg geben, Adelina, dann wirst du die Ländereien verwalten.«

»Allein?«, fragte sie verblüfft.

»Wie ich schon sagte, ein Passus deines Ehevertrages besagt, dass du bei allen Verwaltungsfragen mit entscheidest. Du, Mädchen, bist alles, was ich habe.«

»Ist das alles, um das es Euch geht, Papa? Die Ländereien, die Dörfer, der Besitz?«

»Es geht mir um dich. Um dich und um deine Kinder und Enkelkinder. Ich rate dir dringend, schenke Baudoin nach der Hochzeit so bald wie möglich einen Sohn.«

Sagt mir, dass Ihr mich liebt, Papa!, flehte sie stillschweigend.

»Hörst du mich, Adelina?«

»Ja.« Sie überlegte, wie schnell sie wohl auf das Brückengeländer klettern und ins Wasser springen könnte, aber ihr Vater nahm sie beim Arm, drehte sie zu sich um und berührte ihr Gesicht.

»Tue klaglos, worum ich dich bitte, und vergiss nie, dass der wahre Name meines Geschlechts hier endet, mit dir. Am Tag deiner Geburt sah ich auf deinen Bruder, und mir brach das Herz.«

Meinen Bruder?

»Jetzt bist du die Hoffnung meines Vaters und seines Vaters und die von dessen Vater, aber immer wirst du meine Tochter bleiben.«

»Ich habe einen Bruder?«

Überrascht nahm der Graf zur Kenntnis, dass sie davon nichts wusste. »Du *hattest* einen Bruder. Es kamen zwei Säuglinge zur Welt. Er tot und du nicht.«

Tränen der Wut stiegen ihr in die Augen. Am liebsten hätte sie laut geschrien, geschrien und geweint und geflucht, weil ihr davon nie jemand etwas erzählt hatte. Was hatte man ihr wohl sonst noch verschwiegen? Aber sie weinte und schrie und fluchte nicht. »Mama hat mir nie erzählt, dass ich einen Bruder hatte«, sagte sie mit zittriger Stimme.

»Dann behalte das für dich, mir zuliebe. Deine Geburt war schwer genug für sie. Es scheint, sie hat es dir tatsächlich nicht erzählt, und dafür muss sie wohl Gründe haben.«

»Mag sie mich deshalb nicht? Weil der, der leben sollte, nicht gelebt hat?«

»So etwas darfst du nicht denken, Adelina. Das bringt nur Kummer.«

»Aber es stimmt. Ich sehe es an Eurem Blick.«

Graf Robert antwortete nicht. Wieder versuchte er, sie zu berühren, aber sie wandte sich ab.

»Wo ist mein Bruder begraben?«

»Wo auch die anderen ruhen. Er liegt bei meinem Bruder, meinem Vetter und ...«

»Und wieso erfahre ich das jetzt, wo ich mich mein ganzes Leben lang gefragt habe, wieso ich diese riesige tote Stelle in meinem Herzen habe? Wieso habt Ihr mir nie erzählt, dass ich einen Bruder hatte? Ist die Erinnerung daran, dass ich am Leben geblieben bin und er nicht, für Euch und die anderen zu schmerzlich?«

»Adelina! Ich habe gesagt, Schluss jetzt!«

»Ich muss das wissen!«

Einem erwachsenen Mann hätte er nie und nimmer erlaubt, so mit ihm zu reden, doch jetzt stand er da, rührte sich nicht und sah auf seine verstörte Tochter hinunter. Er fragte sich, weshalb er bei ihr immer ganz schwach wurde. »Ich wünschte, ihr hättet beide überlebt«, sagte Adelinas Vater mit Tränen in den Augen. »Aber Gott wollte es anders. Dagegen habe ich damals nichts tun können, und das kann ich heute immer noch nicht. Und du wirst niemals, niemals auch nur ein Wort davon zu deiner Mutter sagen. Die Toten lässt man am besten in Ruhe, Mädchen. Tu du nur einfach alles, damit dein alter Vater stolz auf dich sein kann. Lass ihn stolz sein und schenke ihm einen Enkel, bevor er stirbt. Mehr will ich jetzt nicht mehr. Einen Enkel.«

Zusammen schauten sie wieder in das trübe Wasser hinunter. Sagt mir, dass Ihr mich immer geliebt habt, Papa!, wollte sie ihn verzweifelt bitten, aber die Worte blieben ihr im Hals stecken.

»Na los jetzt. Es ist schon spät und ziemlich kalt. Und wir müssen früh raus morgen.«

Als sie zum Gasthaus zurückgingen, brach Adelina das Schweigen: »Wann soll denn die Hochzeit sein, Papa?«

»An deinem Geburtstag.«

Gut, dachte sie. Bis dahin bin ich längst unterwegs zur Eroberung des Heiligen Landes. Während sie noch gingen, nahm sie die Hand ihres Vaters.

»Ich habe Euch lieb, Papa«, sagte sie, aber von ihm kam keine Antwort. Sie meinte, ihn lächeln zu sehen, und für einen Augenblick wurde der Griff um ihre Hand fester, aber die Worte sprach er nicht. Es war, als könne er es nicht.

»Fahr auf dem Nachhauseweg mit deiner Mutter, Adelina. Hör auf mit diesem jungenhaften Unsinn. Tu es für mich.« Dann gab er ihr einen Kuss und drückte sie an sich. Aber trotzdem hätte sie ihn gern sagen hören, dass er sie liebte. Den ganzen Weg zurück zum Gasthaus hatte sie das Gefühl, dass diese Worte wichtiger wären als sogar das Luftholen.

Allein ging Adelina in ihre Kammer hinauf, nachdem sie allen, die noch auf waren, eine gute Nacht gewünscht hatte. Sie schloss die Tür. Auf dem kunstvoll geschnitzten Tisch unter dem Fenster lag ihr Hochzeitskleid, ordentlich gefaltet und in Tuch gewickelt. Sie hatte nicht das Bedürfnis, es sich noch einmal anzusehen, es würde sie nur an den langen, heißen, qualvollen Tag mit ihrer Mutter erinnern.

Von einer Näherin zur anderen waren sie gezogen. Ihre Mutter kannte sich auf den Straßen gut aus und schien voll auszukosten, was für Adelina nichts weiter als eine entsetzliche Pflicht war. Ein Kleid war ihr wie das andere erschienen. Manche hatten sehr lange und nach ihrem Geschmack gefährliche Schleppen, andere waren strahlend weiß, wieder andere cremefarben. Viel zu viel Zeit hatte sie mit Anziehen und Umziehen verbracht und hatte sich auf die Lippe gebissen, um nicht auf die ganzen Frauen einzuschlagen, die in einem fort gurrten und ihr wieder und wieder sagten, was für eine wunderschöne Braut sie sein würde.

Ein Geschäft insbesondere – das Geschäft, in dem sie das Kleid für eine Summe kauften, von der man volle sechs Monate lang alle Leute auf dem Besitz hätte ernähren können – zählte Mitglieder königlicher Familien aus ganz Europa zu seinen Kunden, doch die beiden wichtigsten Kundinnen dort waren die erste und die zweite Frau des Königs gewesen. Überall hingen Spiegel in dem elegant eingerichteten Anprobenraum, in den die reichen Bräute traten und sich dann ihren Müttern und Vätern zeigten oder sonst jemandem, der das Kleid bezahlte. Adelina hatte gesessen, wo vermutlich zahllose Prinzessinnen und Gräfinnen schon gesessen hatten, während ihre Mutter den Pariser Akzent angenommen und sich wieder einmal in eine vornehme Dame verwandelt hatte.

Gabriel hatte sie anstelle ihres Vaters begleitet. Es schien, dass die Wahl des Hochzeitskleides bei ihm und Gräfin Marys liegen sollte. Adelinas Vater musste das Entsetzen des vor ihm liegenden Tages wohl vorausgeahnt haben und angesichts dieser Aussicht zurückgeschreckt sein. Baudoin war nicht mitgekommen, auch Seigneur Henri nicht, und darüber war Adelina froh. Sie hätte gern Jennet und sonst niemanden bei sich gehabt, Jennet war wenigstens ehrlich.

Ihre Mutter beriet sich mit dem eher gelangweilt wirkenden Gabriel und entschied sich dann für ein seidenes Kleid mit einer viel zu langen Schleppe. Am Hals war es hochgeschlossen, die Ärmel lagen eng an, und um die Taille waren etliche Kettchen und Brokatapplikationen aus Gold und Silber angebracht. Es war strahlend weiß. »Das ist viel zu weiß, Mama. Und es ist zu lang. Und viel zu schwer.«

Ihre Mutter bestand nachdrücklich darauf, dass sie es anprobierte.

Zum Entsetzen von Lady Marys hatte Adelina ein schlichtes Kleid mit herrlich bauschigen Ärmeln und dunkelrosa Rosen am Hals gefallen. Ihre Mutter hatte kurzum entschieden, dass es nicht ausgefallen genug war.

Schweren Herzens musste Adelina sich wieder Fremden ausliefern, die sie auszogen und sie anzogen und sich an ihrem Haar zu schaffen machten. Aber schließlich trat sie heraus, und Stille senkte sich über den Raum. »Stell dich aufrecht hin«, hatte ihre Mutter gesagt. Gabriels Blick zeigte ihr deutlich, dass dies in der Tat das Kleid war. Es saß sehr eng in der Taille und fiel ihr in üppigen Stoffbahnen über die Hüften. Ein Spiegel wurde ihr gebracht, und Adelina schaute sich an. Im ersten Moment wusste sie nicht, wer da zurückschaute. Sie drehte sich hierhin und dorthin und fragte sich, wohin ihr Bauch verschwunden war. Sie fasste hin. Er war immer noch da, aber er sah so klein aus. Zauberei, dachte sie.

»Hier hätte ich gern Rosen«, sagte sie und fasste sich an den Hals. »Rosafarbene Rosen, denn die weißen lassen mich krank und zerbrechlich aussehen.«

Marys warf der Frau einen Blick zu, die das Kleid genäht hatte, und die nickte. Ihre Mädchen hätten bereits etliche rosafarbene Rosen angefertigt, so sagte sie, bei Sonnenuntergang sei das Kleid zum Abholen bereit.

»Auch um den Kopf herum möchte ich Seidenrosen tragen. Rosafarbene und weiße. Und anstelle von all diesem Gold und Silber hätte ich gern seidene Troddeln, rosafarben und weiß, geflochten. Und sorgt dafür, dass der Preis entsprechend gesenkt wird.«

Adelina ging wieder in den mit einem Vorhang abgeteilten Umkleideraum, und erneut liefen die Frauen hinter ihr her und halfen ihr aus dem Kleid und beteuerten ihr die ganze

Zeit, was für eine strahlende Braut sie im November sein würde; und wie früh der Frühling sich zeigen würde, denn sogar schlafende Vögel würden sie sehen und aus vollem Herzen jubilieren … Adelina warf den Frauen einen Blick zu und sagte: »Ich will ja nicht einmal heiraten!« Sofort schwiegen sie.

Sie sehnte sich nach etwas zu essen, nach richtigem Essen, nach etwas, das vorhielt; dann würde sie zum Gasthaus zurückgehen, sich Hose und Tunika anziehen, sich das Haar zu Zöpfen flechten, damit es sich nicht so zerzauste, und dann hätte sie es endlich wieder bequem.

Aber nicht einmal das war ihr vergönnt. Ihre Mutter schleppte sie zum Essen in ein Wirtshaus, wo ihr Vater, Seigneur Henri, Baudoin und alle Ritter mit Ausnahme von Gabriel warteten.

Während einer Mahlzeit, die nicht einmal einem hungrigen Kaninchen den Bauch gefüllt hätte, wollte Baudoin sich mit ihr unterhalten, aber sie antwortete auf seine Fragen nur einsilbig.

Ob es ihr beim Hofhalten des Königs gefallen habe, fragte er. Nein. Ob ihr der König gefallen habe? Nein. Ob sie meine, dass Notre Dame eines Tages prachtvoll sein würde? Nein. Sie zöge die Abtei in Le Puy vor, denn Gott sei ihr näher auf einem Hügel an einem Ort, den sie möge. Ob ihr denn Paris gefiele? Nein, sie könne Paris nicht ausstehen. Sie wolle bloß nach Hause. Nach Lavoute Polignac.

Dann fragte er: »Was habe ich denn getan, Adelina?«

Wütend drehte sie sich zu ihm um: »Gar nichts habt Ihr getan, gar nichts.«

Baudoin gab sich geschlagen und drehte sich zu Graf Robert und seinem Vater um, die sich unterhielten, fand aber kein Gehör. Was hatte er doch für einen entsetzlichen Tag gehabt, und mit jedem Moment wurde er schlimmer.

Adelina bemerkte, dass man Baudoin nicht beachtete, denn wieder einmal drehte sich das Gespräch der beiden Väter um Politik und um das, wovon beide überzeugt waren. Henri Dupuy war genauso engstirnig wie Robert de Polignac, aber es schien, dass sie bei einigen wenigen Themen derselben Meinung waren. Ist Baudoin womöglich kaum mehr als eine Zierde, genau wie ich?, fragte sie sich.

Ihre Mutter war damit beschäftigt, zu essen und an ihrem Becher zu nippen. Auch sie war ausgeschlossen, aber sie war daran gewöhnt.

Adelina hatte Baudoin angeschaut, und er hatte ihren Blick gesehen. Die tiefe Enttäuschung in seinen Augen wich schnell, wie es schien, einer gewissen Zärtlichkeit. Einer gezwungenen Zärtlichkeit. Adelina fuhr mit der Hand unter den Tisch und berührte sein Bein. Skepsis eher als Überraschung leuchtete in seinen Augen auf, und schnell schob er seinen Weinkelch von sich fort. Sie versetzte ihm einen Klaps aufs Bein, woraufhin er seine Augenbrauen hochzog. Noch einmal gab sie ihm einen Klaps, laut genug, dass ihr Vater es hören und doch weiterreden konnte, und Graf Robert warf einen erstaunten Blick auf seine Tochter und seinen zukünftigen Schwiegersohn. Sie waren offenbar mit geheimen Spielchen unter dem Tisch beschäftigt. Er lächelte unbemerkt in sich hinein und verlor weiter kein Wort darüber.

Auf dem Weg zurück ins Gasthaus ging sie neben Baudoin. »Heute haltet Ihr nicht meine Hand. Wieso nicht?«

»Ich bin nicht versessen darauf, dass man mir die Finger bricht«, entgegnete er.

»Wirke ich so wild?«, fragte sie.

Baudoin blieb stehen und wandte sich ihr zu. Sie schaute ihn an. Die anderen vor ihnen gingen weiter, sie hatten nicht bemerkt, dass die zwei stehen geblieben waren. »Mein Vater sagt, das Kleid, das Ihr ausgesucht habt, sei sehr kostspielig.«

»Nicht so kostspielig, wie es hätte sein können. Und außerdem habe nicht ich es ausgesucht, das war meine Mutter. So wie sie alles andere für mich entscheidet, hat sie entschieden, welches Kleid ich anziehen werde. Sogar über meine Frisur entscheidet sie, wo ich mir doch das Haar am liebsten ganz kurz schneiden würde.«

»Eure Eltern sind zu verschwenderisch.«

»Ich bin nicht meine Eltern.«

»Ich mache mir Sorgen, Adelina.«

»Weswegen?«

»Ich mache mir Sorgen, dass all diese Dinge, an die Ihr gewöhnt seid ... Ihr habt mein Haus gesehen. Reich sind wir wirklich nicht.«

»Ihr kennt mich überhaupt nicht, Baudoin Dupuy.«

»Ich mache mir Sorgen, dass Ihr am Ende wie Eure Mutter werdet und von allem nur das Beste wollt.«

»Und ich mache mir Sorgen, dass ich am Ende wie Eure Mutter werde, die man versteckt wie etwas, wofür man sich schämt, und die man verfaulen lässt.«

»Das stimmt nicht!«

»Ich habe es doch gesehen!«

»Ich liebe meine Mutter.«

»Den Eindruck hatte ich nun wirklich nicht.«

»So vieles könnt Ihr nicht wissen, und doch fällt Ihr so schnell Euer Urteil über uns. Ihr sagt, ich sei ein Ungeheuer, dabei kennt Ihr mich nicht einmal, und Ihr wollt mich auch nicht anhören. Und ich weiß nicht, welche Launen Ihr von dem einen auf den anderen Moment entwickeln werdet. Ihr seid nichts weiter als ein verwöhntes Kind, Adelina de Polignac. Jawohl, das seid Ihr.« Und damit drehte er sich um und wollte gehen.

»Ihr schleudert mir Euren Missmut entgegen, damit Ihr Euch besser fühlt. Ich sage Euch, Baudoin Dupuy, der Tag wird kommen, an dem man uns beide hören wird.« Baudoin hielt im Gehen inne und drehte sich nach ihr um. »Noch ist unsere Zeit nicht gekommen. Unsere Väter sind zu laut, und beide finden zu viel Gefallen am Klang ihrer eigenen Stimme. Aber wir müssen weiter nichts als warten.« Adelina hatte ihn eingeholt, aber an den Händen fassten sie sich nicht wieder. Sie beeilten sich, um zu den anderen aufzuschließen.

»Lasst Euch nicht das Haar kurz schneiden.«

»Das ist mein Haar, und ich kann damit tun und lassen, was ich will.«

»Bitte, lasst Euch nicht das Haar kurz schneiden.«

Wieso hatte er das gesagt und sie dabei so seltsam angesehen? Das fragte sie sich jetzt wieder, als sie sich das schwere Kleid auszog, das sie den ganzen Tag hatte tragen müssen. Adelina wusch sich und zog sich das Nachthemd an. Als sie sich aufs Bett setzte, wünschte sie, Jennet wäre bei ihr, um ihr zur Hand zu gehen. Dann nahm sie den Kamm. Den ganzen Tag war ihr Haar dem Wind ausgesetzt gewesen und war jetzt arg zerzaust. Es war ein langer, zeitaufwändiger Prozess, es auszukämmen, und sie war dankbar für die Unterbrechung, als ein leises Klopfen an ihrer Tür zu hören war. Sie glaubte, es wäre ihre Mutter, die normalerweise um diese Zeit zu ihr kam, und so rief sie: »Herein.«

Es war nicht ihre Mutter. Es war Baudoin. Er schloss die Tür, und ihr Herz tat einen Sprung, denn sein Gesichtsausdruck war so seltsam. Hatte er zu viel getrunken? Würde er jetzt mit ihr machen, was er Jennet angetan hatte?

»Ich konnte nicht schlafen«, sagte er und kam auf sie zu, setzte sich dann auf ihr Bett. Betrunken schien er nicht, er roch nicht mal nach Alkohol. »Diese Dinge, die Ihr immer sagt, Adelina …«

»Was für Dinge?«

»Den einen Augenblick seid ihr eine gute Freundin, im nächsten eine Feindin. Bin ich der Grund dafür?«

»Ja, das seid Ihr.«

»Ich verstehe das nicht. Was habe ich denn getan?«

»Das versteht Ihr sehr gut. Es geht um den Schmerz und das Leid, das Ihr denen um Euch herum zufügt, die schutzlos sind.«

»Ihr macht mich verantwortlich für den Hunger in unserem Dorf? Ich tue, was ich kann.«

»Wisst Ihr denn nicht, dass sie denken und fühlen ganz genau wie wir?«

»Das sind Leibeigene.«

»Ich habe mich mit eigenen Augen von Eurer Brutalität überzeugt.«

»Ich gebe zu, am Tag, als mein Bruder umgebracht wurde, habe ich etwas Törichtes getan. Aber ich habe bezahlt dafür, und ich bezahle immer noch. Mein ganzes Leben lang werde ich dafür bezahlen. Könnt Ihr mir das nicht verzeihen?«

»Jetzt seht mich nicht so unschuldig an. Ich weiß, zu was Eure Hände fähig sind.«

»Aber das war mein Bruder! Das bin doch nicht ich gewesen! Ihr sprecht in Rätseln.«

»Ich sage nur die Wahrheit. Und denkt immer daran, wenn mein Mädchen nach der Hochzeit zu mir kommt. Denkt daran, dass sie mein Mädchen ist, mein Mädchen ganz allein. Bis dahin wird sie auch verheiratet sein, ihr Mann ist Zimmermann, und auch er wird mitkommen. Etienne ist ein kräftiger Mann und hat vor gar nichts Angst.«

Baudoin hatte keine Ahnung, wovon sie redete.

»Jennet ist meine Zofe, und ich habe sie von Herzen gern, auch wenn sie nur eine Leibeigene ist, und ich werde sie beschützen. Ihr habt mich noch nicht kämpfen sehen, aber auch ich habe vor gar nichts Angst.«

»Was für Geschichten hat man Euch über mich erzählt?«, fragte er und nahm ihr den Kamm aus der Hand.

»Geschichten? Nur die Wahrheit. Ich weiß, dass es die Wahrheit war. Ich weiß, weshalb Ihr Euch in Schwarz kleidet, Baudoin Dupuy. Eure Kleidung soll der Farbe Eures Herzens entsprechen.«

Verwirrung wurde zu Verzweiflung. »Muss ich denn bis ans Ende meiner Tage für das gequält werden, was mein Großvater tat? Euer Großvater ist ganz genauso verantwortlich, aber quäle ich Euch deswegen? Nein. Das tue ich nicht!«

»Was hat Euer Großvater denn getan?«

»Die Festung Polignac konnte er nicht angreifen, also griff er die Burg in Lavoute an und versuchte sie einzunehmen. Es gelang ihm nicht, also überrannte er Eure Dörfer, brannte die Häuser nieder, versengte die Felder, tötete hunderte. Hunderte. Aber Euer Großvater hat uns das Gleiche angetan. Das hier, unsere Vermählung, soll der Fehde ein Ende setzen. Wann werdet Ihr aufhören, mich zu hassen?«

»Ihr redet Unsinn. Wegen der Vergangenheit hasse ich Euch nicht.«

»Weswegen dann?«

»Ich habe bei meinem Leben geschworen, es nicht zu erzählen!«

Baudoin rückte näher und fuhr ihr sacht mit dem Kamm durchs Haar. »Was immer das auch für eine Geschichte sein mag, Addie, ich bin unschuldig.«

Sie schwieg. Hätte er nicht so dicht bei ihr gesessen, hätte sie ihn fortgewünscht. Weit fort. Aber er war viel sanfter noch als Jennet, wenn es darum ging, ihr das Haar auszukämmen. Zuweilen berührte er mit den Fingern ihren Nacken, und Schauer liefen ihr den Rücken hinunter.

»Ich bitte Euch, lasst Euch nicht das Haar kurz schneiden. Niemals.«

»Es scheint, Ihr habt schon Übung darin. Ihr habt viele Frauen gehabt. Das merke ich.«

»Ihr hört wieder auf irgendwelche Geschichten.«

»Ich bin nicht Eure Eleanor. Daran solltet Ihr immer denken.«

»So wie ich nicht Geoffrey bin.«

Schnell drehte Adelina sich um und griff nach ihrem Kamm. »Sagt seinen Namen nicht. Niemals. Geht. Geht jetzt, ehe wir beide Ärger bekommen.«

Langsam stand Baudoin auf. »Sagt mir, was ich getan haben soll.«

Adelina drehte sich weg. Baudoin verließ den Raum, verwirrter noch als bei seinem Eintreten. Für ein wenig Seelenfrieden würde er so manches tun, doch betteln würde er nicht.

Kapitel Neunzehn

Auf der Heimreise war der Wagen tagelang erfüllt von Adelinas düsterem Schweigen, was die Schuldgefühle ihrer Mutter mit jedem endlosen Moment mehr und mehr schürte. Sie wieder auf dem Pferd zu sehen, in Hose und Tunika, wie sie hinter ihrem Vater herritt, war weder enttäuschend noch erfreulich. Immer schon war ihre Tochter Gräfin Marys fremd gewesen, und bis ans Ende ihrer Tage würde das so bleiben.

Adelina wollte sich nicht auf ein Gespräch einlassen, ganz gleich über welches Thema, sie schien zu fürchten, dass ihre Mutter unweigerlich auf die Ehe zu sprechen kommen würde. Adelina wollte keine Frau sein, hatte seit frühester Kindheit gegen ihr Geschlecht angekämpft. Sie war solch ein hübsches Mädchen, doch die unsichtbare, uneinnehmbare Festung, die sie um sich errichtet hatte, war mächtiger noch als die Burg von Heracle in Polignac. Weil er Roberts älterer Bruder war, würde man ihn zu der Hochzeit einladen, doch seit Guillaumes Tod in Langeac vor so langer Zeit hatten sie kein Wort mehr miteinander gesprochen.

Natürlich würde Heracle nicht zur Hochzeit kommen. Ebenso wenig würde er, sobald ihn die Nachricht erreichte, die Verbindung zwischen Polignac und Dupuy gutheißen, und das aus nahe liegenden Gründen. Gedanken über Gedanken gingen Lady Marys durch den Kopf.

Die Heimreise war fürchterlich. Bei Nevers wurde Graf Robert krank. Das Essen, das er zu sich genommen hatte, war nicht die Ursache gewesen, da alle das Gleiche gegessen hatten

– so kläglich es auch gewesen war. Die ganze Nacht hatte er sich auf dem schmalen Bett neben seiner Frau hin und her gewälzt und war immer wieder aufgewacht, hatte nur mit Mühe Luft bekommen. Seine Haut war kalt und klamm gewesen. Er klagte über seltsame Schmerzen, die ihm alle Kraft aussaugten.

Beim Frühstück, das sie lange vor Morgengrauen einnahmen, hatte Adelina ihn fragend angestarrt, in ihrem Blick hatte Besorgnis gelegen. Zu oft hatte ihre Mutter sich erkundigt, ob er sich immer noch unwohl fühle, und zu oft hatte er auf seine schroffe Art geantwortet, es sei alles in Ordnung. Aber seine Augen hatten eine merkwürdige Farbe gehabt, und seine Haut war von Tag zu Tag bleicher geworden. Beim Sprechen musste er viel zu oft Luft holen. Zuweilen verzerrte sich sein Gesicht, als habe ein unsagbar schlimmer Schmerz ihn befallen, und mehr als einmal schaute sie aus dem Wagen und sah ihn über den Sattel gekrümmt.

Am zweiten Tag nach dem Aufbruch aus Nevers fuhr er schweigsam bei seiner Frau im Wagen mit und hielt ihre Hand fest umklammert.

Baudoin schließlich wollte nach Vichy zu einem Arzt schicken lassen, denn auch er machte sich Sorgen. Gräfin Marys hatte sich darüber geärgert, dass Gabriel diese kürzere Route für die Heimreise gewählt hatte. Sie fühlte sich ganz und gar nicht sicher. Nur wenige Dörfer lagen auf ihrem Weg, annehmbares Essen gab es nur selten und dann zu überteuerten Preisen, und stets lag in Graf Roberts Augen dieser Blick eines Tieres, das bis jetzt noch nicht zu erkennende Gefahren witterte. Die Pfade waren holprig, manche gänzlich unpassierbar.

Südlich von Thiers würden sie auf Dupuy-Land stoßen, und der Garant für eine gefahrlose Durchquerung war Henri Dupuy selbst, wenn auch Baudoin von Anfang an skeptisch war. Gerade zog Robert de Polignac in Erwägung, Baudoin nach seiner Meinung zu fragen, da mischte sich Gabriel ein. Er kenne viele Seitenpfade und Nebenstrecken in der Auvergne, sagte er, so könnten sie zwei Tage früher als geplant zu Hause sein.

Gabriel hatte nicht damit gerechnet, dass Graf Robert Adelina erlauben würde, mit den anderen zu reiten, statt im Wagen zu fahren, und gab seinem Herrn zu verstehen, dass dies womöglich nicht ratsam sei.

»Rechnet Ihr mit Räubern, Gabriel? Wenn ja, werde ich so bereit sein wie jedermann hier und mit ihnen umzugehen wissen!«, fauchte Adelina ihn an. Doch sogar Baudoin war besonders wachsam. Acelin, der den Wagen über die schmalen, wenig einladenden Pfade zu kutschieren hatte, trug die größte Verantwortung.

»Sprich mit mir, Mann«, sagte Gräfin Marys zu ihrem Gemahl in der Nacht, als sie endlich Thiers erreichten; Lord Robert ging auf dem nackten Erdboden des schäbigen kleinen Gasthauses auf und ab, durch dessen Dach es jämmerlich hineinregnete. »Sag mir, was dir fehlt.«

Da drehte der Lord sich zu ihr um. Im Kerzenlicht wirkte sein Gesichtsausdruck beinahe beängstigend. »Ich weiß nicht, was mir fehlt. So fühle ich mich schon seit Paris.«

»Seit Paris? Aber Robert, da sind doch Ärzte gewesen!«

»Keine besseren als dieser Idiot in Vichy, der eine Warze nicht von einer Frau in den Geburtswehen hätte unterscheiden können.«

»Ich habe dich beobachtet. Und ich mache mir Sorgen über diesen Schmerz, den du zu verbergen versuchst. Du wirst immer bleicher, du isst nichts. Du schläfst nicht.«

»Ich kann nicht schlafen.« Dass er den Schlaf fürchtete, gestand er nicht.

»Dann lass mich dir helfen«, sagte Lady Marys und stieg aus dem Bett. Sie ging zu ihm, ganz nah an ihn heran, und sie zitterte, denn sie war nackt. Mit geübten, versierten Händen berührte sie seinen langen, untersetzten Körper. »Seit Monaten hast du mich schon nicht mehr genommen, Robert.«

Er stieß ihre Hände weg und wandte sich von ihr ab.

»Sag mir doch, was mit dir ist, damit ich es wieder in Ordnung bringen kann.«

»Ich kann nicht. Das ist alles. Ich kann einfach nicht.«

So war er schon seit Christians Heimkehr. Was auch immer sie versuchte und was auch immer sie sagte, sie konnte einfach nichts daran ändern. »Du bist vor der Zeit gealtert. Jetzt sehe ich dich an, und alles, was ich sehe, ist Heracle.«

Da drehte Graf Robert sich zu ihr um, eher verwirrt als wütend. »Du wagst es, mich mit *ihm* zu vergleichen?«

»Deinen Vater habe ich ja nie kennen gelernt«, erwiderte sie. »Wie kann ich dich also mit einem Toten vergleichen? Einem Mann, dem ich nie begegnet bin? Einem Mann, der sich weigerte, mich zu treffen?«

»Ich habe zu viele Sorgen«, sagte er. »Das ist alles.«

»Dann lieg bei mir, ich bitte dich. Mach die Augen zu. Stell dir vor, ich bin Vianna. Du weißt, dann ist es immer gegangen. Ich brauche dich, Robert. Stell dir vor, ich bin meine Schwester.«

»Lass mich in Ruhe, Weib. Lass mich einfach in Ruhe.« Wieder schlug er nach ihren umherwandernden Händen.

Gräfin Marys trat zurück. »Du gehst mit deiner Tochter spazieren. Du redest über Gott weiß was mit ihr diese langen, öden lieben Tage lang, und was gibst du mir, Robert? Was hast du mir je gegeben!«

»Du bist gut versorgt.«

»Kleider und Juwelen und Essen und Wein bedeuten gar nichts. Dich brauche ich, aber dich habe ich nie gehabt! Nur zur Hälfte. Wem gehört dein Herz, Robert? Hast du überhaupt ein Herz?« Gräfin Marys legte sich wieder ins Bett und drehte sich auf ihre Seite, weg von ihm. Natürlich kam keine Antwort von ihm, seine klugen, tröstenden Worte reservierte er immer für andere, für die, die ihn nicht so gut kannten wie sie.

Und jetzt konnte auch sie nicht schlafen. Gräfin Marys griff nach ihrem Nachthemd und zog es sich über. Mit offenem Haar öffnete sie die Tür des schäbigen, winzigen Zimmers.

»Wo willst du hin?«, fragte ihr Gemahl. »Wieder zu Gabriel?«

Doch die Tür, die zugeschlagen wurde, war die einzige Antwort.

Ganz sacht fiel der Regen, und so hörte er Gabriels Stimme: »Madame? Weshalb weint Ihr?«

Aber sonst hörte er nichts, so leise kamen die Worte. Der Graf sah in die Ecke des winzigen Zimmerchens, wo Adelina in tiefem Schlaf lag. Er setzte sich auf das schmale Bett, das er mit seiner Frau hätte teilen sollen, und schließlich legte er sich und drehte sich auf die Seite. Das Gasthaus mochte ja aus Stein errichtet sein, aber für Ohren, die nichts hätten hören sollen, waren die Wände zu dünn. Er horchte auf jedes Geräusch, während er allmählich in die willkommene Dunkelheit sank.

»Habt Ihr gut geschlafen?«, fragte Baudoin.

»Ein Bett aus Stein wäre bequemer gewesen. Und Ihr?«

»Womöglich wären Nägel angenehmer gewesen. Ich freue mich schon auf zu Hause. Ich mache mir Sorgen um meine Mutter.«

Überrascht sah Adelina Baudoin an, denn seine Worte hatten aufrichtig geklungen. »Was ist denn mit Eurer Mutter?«

»Das weiß keiner. Aber sie ist krank. Die Doktoren kommen mit ihren Blutegeln und ziehen wieder ab, doch ihr geht es nur schlechter. Ich weiß nicht, was es ist, Addie, aber heute habe ich das Gefühl, dass der Tod naht. Diese Ahnungen habe ich mein ganzes Leben schon gehabt. Und nur selten haben sie mich getrogen.«

Mit einem merkwürdigen Blick sah sie ihn einen Moment lang an. Zuweilen schien er ihr so nahe, so ähnlich. »Eure Mutter darf nicht sterben. Ich kenne sie ja noch gar nicht. Aber das, was ich von ihr weiß, gefällt mir. Sie ist mehr wie eine Mutter als …« Adelina beendete ihren Satz nicht.

Gräfin Marys ging allein zum Wagen. Heute wirkte sie fröhlicher, beinahe glücklich. Und sie schenkte Gabriel ein bezauberndes Lächeln.

»Wo ist Papa?«

»Er kommt gleich.«

»Wie geht es ihm heute?«

Ihre Mutter antwortete nicht. Sie bestieg mit Gabriels Hilfe den Wagen. Adelina machte sich wieder daran, ihr Pferd zu satteln. »Es wird den ganzen Tag regnen«, sagte sie, und auch Baudoin sah auf zu den tief hängenden Wolken.

»Dann ist es wohl besser, Ihr reist mit Eurer Mutter.«

»Es ist wohl besser, Ihr gebt mir keine Befehle, Baudoin Dupuy, denn ob verheiratet oder nicht, gehorchen werde ich niemals.«

»Das war kein Befehl. Es war ein Ratschlag. Ihr holt Euch eine Erkältung, wenn Ihr nass werdet.«

Bevor er aufstieg, flüsterte Adelina ihm ins Ohr: »Ich hole mir lieber eine Erkältung, als tagaus, tagein von Frauengeschwätz gemartert zu werden.«

»Dann kommt«, sagte Baudoin. »Wir reiten schon einmal voraus.«

Adelina stieg auf ihr Pferd und wollte es gerade wenden und zu Baudoin reiten, als sie Gabriel rufen hörte.

»Reitet nicht allein mit ihm!«

Doch Adelina ritt trotzdem. »Ihr macht Euch zu viele Sorgen, Gabriel. Wir sind jetzt sicher auf Dupuy-Land. Bald wird das auch mein Land sein. Am besten sehe ich es mir jetzt schon einmal an, ehe ich verheiratet bin und mir alles verboten wird.«

»Was ist?«, fragte Gräfin Marys.

»Nichts«, log Gabriel. »Ich werde sehen, was der Herr so lange macht.« Er küsste ihr die Hand, sah ihr in die Augen und blinzelte ihr schelmisch zu.

»Wie lange steht Gabriel von Lyon schon in Euren Diensten?«, erkundigte sich Baudoin.

»Ich weiß nicht. Ich habe nicht darauf geachtet. Seit einem Jahr vielleicht. Er ist selbst ein Edelmann, wisst Ihr. Einmal hat er meinem Vater das Leben gerettet, und so haben sie sich kennen gelernt. Ihr mögt ihn nicht, oder?«

»Es steht mir nicht zu, jemanden, der in Euren Diensten steht, zu mögen oder nicht zu mögen.«

»Viele können ihn nicht leiden. Die Vasallen meines Vaters zum Beispiel mögen ihn nicht. Vielleicht sind sie ja neidisch, was glaubt Ihr?«

»Es scheint, Ihr mögt ihn.«

»Er behandelt mich nicht wie ein Kind.«

»Auch Eure Mutter scheint ganz vernarrt in ihn.«

»Meine Mutter?«, wiederholte Adelina überrascht.

»Letzte Nacht sah ich Eure Mutter mit ihm. Ich habe sie gehört.«

»Ach? Sie redet oft mit ihm.«

»Mir scheint, er erfüllt mehr als nur die üblichen Pflichten.«

»Was meint Ihr damit?«

»Letzte Nacht habe ich sie gehört. Es ging fast die ganze Nacht. Stöhnen und Keuchen. Es war sehr störend.«

»Stöhnen und Keuchen?«, wiederholte Adelina.

»Seid Ihr womöglich taub? Ihr wiederholt fast alles, was ich sage.«

»Was Ihr sagt, verblüfft mich zuweilen. Wieso sollte Stöhnen und Keuchen zu hören gewesen sein?«

»Wisst Ihr denn gar nichts von den Dingen des Lebens?«

»Doch, aber Stöhnen und Keuchen zwischen meiner Mutter und Gabriel? Wenn Ihr denkt, was ich glaube, das Ihr denkt, dann kann das nicht sein. Sie ist alt und hässlich.«

»Eure Mutter? Das finde ich nicht.«

»Mit solchen Augen schaut Ihr auf meine Mutter?«

»Nein. Aber einer, der viel zu gewinnen hat, kann so manches übersehen. Was hat Gabriel doch noch gesagt, als wir eben fortritten?«

»Dass wir nicht allein wegreiten sollen.«

»Wo hat er gewohnt, als wir in Paris waren?«

»Bei seiner Schwester, glaube ich.«

»Da stimmt etwas nicht, Adelina.« Baudoin brachte sein Pferd zum Stehen, und ungeduldig trabte es auf der Stelle. Adelinas Pferd war inzwischen sehr erschöpft und scheinbar froh über die kleine Unterbrechung.

Baudoin ließ den Blick über die Hügel schweifen, er schaute sogar in die Schluchten hinunter, durch die der Fluss toste.

»Baudoin? Was ist denn?«

Er sah sie an und wandte sein Pferd. »Wir reiten wohl lieber mit den anderen. Gabriel hat Recht. Ich allein kann Euch nicht beschützen. Nicht hier. Nicht jetzt.«

»Wir können ja hier warten. Mein Pferd ist erschöpft, das arme Ding.«

»Nicht hier, nein. Die Wälder haben Augen. Fühlt Ihr sie nicht?«

»Aber ich bin auf alles vorbereitet«, sagte sie und fasste an das Schwert, das in seiner Scheide lag und ihr ständig gegen das linke Knie schlug.

Baudoin packte ihre Zügel und drehte ihr Pferd, gab ihm dann einen harten Schlag auf das Hinterteil. »Reitet zurück!«

Ihr blieb keine Zeit, mit ihm zu streiten. Das Pferd galoppierte den steilen Hang hinunter, denselben Hang, den es bei jedem Schritt mühselig keuchend hochgetrabt war. Dicht hinter ihr folgte Baudoin.

Die anderen lagen nur wenige Minuten zurück. An diesem Tag fühlte sich Graf Robert kräftig genug, um wieder neben Henri Dupuy zu reiten. Gelangweilt lenkte Acelin den Wagen, hinter ihm ritt Gabriel. Dahinter kamen zu Pferde die Ritter der Dupuys.

Graf Robert schaute auf, als er seine Tochter auf sich zu galoppieren sah, dicht gefolgt von Baudoin.

»Was ist geschehen?«

»Baudoin sagt, die Wälder hätten Augen.«

Henri Dupuy seufzte und schickte zwei seiner Ritter als Kundschafter voraus.

»Du fährst mit deiner Mutter, Adelina.«

»Aber, Papa …«

»Tu, was ich dir sage!«

»Papa, nein! Ich weiß, was zu tun ist, wenn es zu einem Kampf mit Strauchdieben kommt!«

Graf Robert hob die Hand und schlug so fest zu, dass Adelina von ihrem Pferd herunter und in den Morast fiel. Er war bereit, sie noch einmal zu schlagen, hätte sie versucht, Widerworte zu geben. Aber Adelina war so entsetzt, dass sie auf der Stelle gehorchte. Nie zuvor hatte er sie geschlagen, nicht einmal, als sie klein war und es verdient hätte. Einer seiner gewaltigen Aufschreie oder ein eisiges Starren hatten stets genügt. Der Graf stieß sie in den Wagen und schloss fest die Türen.

Adelina warf ihrer Mutter einen wütenden Blick zu, aber die wandte das Gesicht ab. Schließlich wurde die Reise fortgesetzt. Adelina hielt sich die Hand vors Gesicht. Es brannte schrecklich, ganz bestimmt waren noch die Spuren des Schlages zu sehen.

»Vielleicht lernst du jetzt, deinem Vater nie zu widersprechen.«

Holprig und langsam ging die Fahrt den Hügel hinauf. Es war so steil, dass Gräfin Marys sich festhalten musste. Als sie beinahe den höchsten Punkt erreicht hatten, hielt der Wagen plötzlich an. Wollte Acelin, dass die Pferde sich ausruhten? Adelina hörte die Männer draußen reden. Sie versuchte, die Tür zu öffnen, aber es ging nicht.

»Stell keine Fragen, man sagt uns sowieso nichts.«

»Aber ich fühle mich jetzt genau wie Baudoin heute Morgen, Mama.«

Entsetzt sah sie, wie ihre Mutter anfing, sich die Juwelen abzunehmen – Ringe, Armbänder und eine Kette, die ihrer Großmutter gehört hatte und eines Tages an Adelina weitergereicht würde. »Was macht Ihr denn, Mama?«

Lady Marys antwortete nicht. Sie behielt ihren Schmuck im Schoß, mit den Händen bedeckt. In ihrem Blick lag keine Emotion. Sie konnten jetzt nichts sehen, denn die Fenster waren fest mit Holzläden verschlossen. Jetzt ging es einen Hügel hinunter, und diesmal musste Adelina sich festhalten, damit sie nicht zu Boden glitt.

Dann hörte sie es. Die Rufe, das Gebrüll, das kämpferische Geschrei. Der Wagen kam hart und ruckartig zum Stehen. Es war ein Überfall, der räuberische Angriff, den Baudoin vorausgeahnt hatte. Bolzen aus Armbrüsten pfiffen durch die Luft und trafen mit dumpfem Schlag ihr Ziel. Weitere Rufe, weiteres Geschrei, Schwert traf gegen Schwert. Armbrustbolzen trafen auch das Holz des Wagens, zersplitterten es und ließen schmale Streifen von Sonnenlicht herein. Dann hämmerte jemand mit einer Axt auf den Wagen ein. Adelina klammerte sich an ihre Mutter, sie kauerten sich auf dem Boden des Wagens aneinander. Von Gräfin Marys kam kein Wort mit Ausnahme eines in angstvollem Flüstern ständig wiederholten Gebetes.

Die Axt ließ vom Wagen ab, weitere Bolzen kamen geflogen.

Kurze Zeit später verebbte das Geschrei, und es herrschte Stille. Eine sehr laute Stille. Und dann wurde die Tür zum Wagen aufgerissen. Gabriel stand da, in seiner Hand ein blutiges Schwert. Er war völlig außer Atem.

Adelina stieß ihn beiseite. Sie hörte nicht, was er zu sagen hatte. Es regnete wieder, heftig, aber sie spürte davon nichts. Auf dem Pfad lag Acelin, der arme Acelin, Ziel von vier Armbrustbolzen und wahrscheinlich der Erste von allen, die zu Tode gekommen waren. Sie trat über ihn hinweg in den Morast. Ihren Vater konnte sie nirgends entdecken. »Papa! Papa!«, rief sie, vernahm aber keine Antwort.

Zu ihrer Linken sah sie die Berge, zu ihrer Rechten die steile Schlucht, die zum Fluss hinunterführte, doch der Nebel war dichter geworden, und sie konnte kaum etwas erkennen. Immer noch rief sie nach ihrem Vater.

»Adelina!« Das war Baudoin, und sie lief dem Klang der Stimme nach. Er kauerte bei seinem Vater, der im Morast lag, ein Armbrustbolzen steckte ihm in der Hüfte. Ein Stück weiter den Pfad hinunter lagen verstreut mehrere Männer, Männer, die sie wegen des dichten Nebels nicht erkannte, aber alle Ritter, mit Ausnahme von Acelin, waren am Leben.

»Wo ist mein Vater?«

»Hilf ihr bei der Suche nach Robert«, sagte Henri Dupuy ungeachtet seines eigenen Schmerzes. »Ich komme schon durch.«

Adelina schrie wie von Sinnen. Inmitten des Schweigens hörte sie das Echo ihrer Stimme.

Endlose Minuten lang vermochte niemand Robert de Polignac zu finden, bis ein leises Wiehern von weither zu ihnen drang. Alle Unverletzten folgten der Richtung, aus der es kam. Antoine, ein Ritter der Dupuys, bahnte sich einen schlüpfrigen

Weg die Uferböschung zum Fluss hinunter, wo ein lahmes, gesatteltes Pferd stand. Neben dem Pferd, auf dem Boden, lag Robert de Polignac.

»Papa!«, schrie Adelina.

Baudoin war nicht schnell genug, um das Mädchen aufzuhalten, er musste rennen, so wie Adelina rannte und schlitterte und die Böschung hinunterrutschte in Richtung Fluss.

»Papa, nein. Nein!« Sie wusste nicht, wohin sie schauen, was sie tun sollte. Er war noch am Leben, aber nur gerade eben noch. Ein Pfeil steckte ihm in der Kehle, zwei Armbrustbolzen ragten aus seinem Körper. Beide hatten sein Kettenhemd durchschlagen. Sein Bart war blutverschmiert, die Augen hatte er geöffnet. Er wollte etwas zu seiner Tochter sagen, aber Worte brachte er keine heraus. Um ihn herum hatten sich viele Männer versammelt, doch die Tränen seiner Tochter waren das Letzte, was er sah.

»Papa, nein! Nein!«

Sie warf sich über den Leichnam ihres Vaters, und nur mit vereinten Kräften konnten Antoine und Gabriel sie wegziehen. Sie kämpfte wie eine Wildkatze, bis sie keine Kraft mehr hatte und geschwächt in Gabriels Armen zusammensackte.

Er sah die steile Uferböschung hinauf zum Pfad. Hoch oben auf dem Weg stand Gräfin Marys, allein, mit der Hand vor dem Mund.

Gabriel flüsterte etwas in sich hinein. Er achtete nicht auf Baudoin Dupuy, der immer wieder verlangte: »Gib sie mir! Gib sie mir!«

Kapitel Zwanzig

Mit einem erstickten Schrei erwachte Geoffrey. Er hatte wieder einen dieser fürchterlichen Träume gehabt. Doch kaum war er ganz wach, war der Traum fast völlig aus seinem Bewusstsein verschwunden, mit Ausnahme von Adelinas Gesicht, das er immer noch vor seinem geistigen Auge hatte, das ihm immer noch im Kopf herumspukte. Sogar in seinen Albträumen konnte er hören, wie sie seinen Namen rief.

Etwas war geschehen mit ihr, etwas war ihr zugestoßen, so viel wusste er. Nichts vermochte ihn von der quälenden inneren Unruhe, dem seltsamen Gefühl zu erlösen, das er seit dem vergangenen Morgengrauen mit sich herumtrug. Jetzt näherte sich bereits das Morgengrauen des folgenden Tages.

Geoffrey richtete sich auf und fuhr sich mit den Fingern durchs Haar, übers Gesicht. Er stand auf aus seinem neuen Bett und zündete an der Kohlenglut eine Kerze an, nahm die Pergamentrolle aus seiner Kommode und löste vorsichtig und geräuschlos das Siegel. Er wollte die anderen nicht wecken.

Es stimmte, er hatte sich viel Mühe gegeben, ein Gedicht für sie zu schreiben, ein gutes Jahr war das jetzt her. Die Worte waren ihm eingefallen, als er eines Tages in der bereits verblassten Vergangenheit aus einem Turmfenster die junge Schönheit unten beobachtet hatte, wie sie durch den Rosengarten ihrer Mutter spaziert war, die Rosen berührt, an ihnen gerochen und dabei bestimmt gesungen hatte, wie sie das immer tat, wenn sie dachte, es würde sie keiner hören. Wenn es jemand hörte, gab es stets Ärger.

Ob wohl Baudoin Dupuy gestattet, dass in seinem Haus gesungen wird?, fragte sich Geoffrey. Wenn ja, dann wird meine Liebe, mein Leben womöglich ein wenig Glück finden. Ein wenig.

Geoffrey sah zu seinem Bruder hinüber, der sich nackt in seinem Bett eng an die Dienstmagd schmiegte. Auch sie schlief in seiner Umarmung. Das Leben eines Mönches führe ich ja jetzt schon, dachte Geoffrey. Viel ist mir nicht mehr geblieben.

Er schaute auf die Worte, die er für Adelina geschrieben hatte, und flüsterte sie vor sich hin, während er las. Aber sie reimten nicht, und sie mochte Reime. Geoffrey ließ das Pergament los, das sich gleich wieder aufrollte. Erneut versiegelte er es und schlug sich damit gegen die Hand.

An dem letzten Tag, als er sie gesehen hatte, war keine Zeit gewesen, es ihr zu geben. Nicht, dass sie es verstehen würde, nicht, dass es sie berühren würde. Sie war kein Kind mehr und war jetzt einem anderen versprochen. Es war vergebliche Mühe. Einen Augenblick lang war Geoffrey in Versuchung, die Schriftrolle in die Kerzenflamme zu halten, aber Worte des Herzens zu zerstören würde ihm nicht helfen, sie weniger zu lieben, und würde auch nicht ihr Gesicht, ihre Augen aus seinen Gedanken verbannen. Ihre Worte waren es, die ihn aus tiefem Schlaf geweckt hatten: Geoffrey, Geoffrey … Was war geschehen? Drei Wochen ohne Nachricht waren eine allzu lange Zeit.

Geoffrey legte die Schriftrolle wieder an ihren Platz und setzte sich an den Kamin. Er wusste nicht, dass Agnes ihn beobachtete, während er die Kohlen mit einem Feuerhaken hin und her schob. Aber dass Agnes sich aus der nutzlosen Umarmung seines Bruders löste, merkte er sehr wohl. Sie ging leichtfüßig, aber die Dielenbretter knarrten. Geoffrey sah nicht hin, als sie sich neben seinem Stuhl auf die Knie sinken ließ. Sie sagte nichts, als sie ihr zerlumptes Hemd enger um sich zog. Es war eine warme Nacht gewesen, also warum fror sie? Geoffrey blickte auf sie hinunter. Vermutlich war sie in seinem Alter, aber bei solch alterslosen Frauen wie ihr konnte man das nur schwer sagen. Manchmal, vor allem wenn sie lachte, schien sie sehr jung zu sein, bei anderen Gelegenheiten wieder, etwa als Christian entschied, es wäre vergebliche Mühe, etwas von seinen früheren Fähigkeiten wiedererlangen zu wollen, schien Agnes sehr alt zu sein. Vielleicht war sie ja wie Geoffrey, weder richtig jung noch richtig alt, doch über das Alter, in dem sie hätte heiraten sollen, war sie längst hinaus. Sie hätte inzwischen längst viele Male Mutter geworden sein sollen.

»Und wieder einmal könnt Ihr nicht schlafen«, sagte sie leise.

Geoffrey stocherte weiter in der Kohlenglut herum. Das Licht, das dort glomm, schien genauso tot, wie er sich tief innen drin fühlte.

»Wollt Ihr Euch aus lauter Sorge um Lady Adelina noch ins Grab bringen?«, fragte sie.

»Ich habe mir immer schon Sorgen um sie gemacht.«

»Warum?«

»Das weiß ich auch nicht, Mädchen. Vielleicht wegen eines uralten Versprechens. Eines Versprechens, das ich als Kind gegeben habe. Genau an dem Tag, an dem sie zur Welt kam. Und jeden Tag habe ich seitdem dieses Versprechen gehalten.«

»Wem gegenüber?«

»Wenn ich das sage, wäre es doch kein Versprechen mehr, oder?«

»Sogar Christian flüstert ihren Namen.«

»Sie waren einander versprochen, damit die Ländereien weiterhin im Besitz der Familie Polignac bleiben.«

Agnes streckte die Hand aus und legte sie Geoffrey aufs Knie. Unerwartet schnell schlug sein Herz wegen ihrer plötzlichen, warmen Berührung. »Auch Ihr tragt den Namen Polignac.«

»Aber ich bin kein würdiger Träger dieses Namens. So scheint es jedenfalls.«

»Nein. Ihr seid mehr als würdig. Das glaube ich ganz bestimmt.«

»Was du glaubst, Agnes, ist ohne Belang. Mein Schicksal ist besiegelt.«

Eine Weile sagte keiner etwas. »Werdet Ihr heute den Abt besuchen?«

»Es ist noch nicht heute.«

Doch das Dunkel der Nacht zog sich schon seit einer Weile zurück. Vielleicht hatte er das noch nicht bemerkt. »Wieso, Monsieur, habt Ihr mich als Magd für Euren Haushalt ausgesucht?«

»Die Gründe dafür sind nur mir allein bekannt.«

»Ich bin froh, dass Ihr mich ausgesucht habt.«

»Darüber bin ich ebenso froh, Mädchen. Du dienst uns gut.«

»Ich kann Euch auf vielerlei Weise dienen, Monsieur«, fügte sie leise hinzu und legte den Kopf an sein Knie. Geoffrey seufzte und berührte ihr Haar. Es war nicht so lang wie Adelinas, es war auch heller, sie hatte lediglich dasselbe herzförmige Gesicht, aber da endeten die Ähnlichkeiten auch schon. Geoffrey mochte sie. Er wollte dennoch fort, doch ihr Kopf lag auf seinem Knie, und sie schaute zu ihm hoch. »Ich erinnere mich noch an den Tag, als ich Euch zum ersten Mal sah. Ihr hattet gerade ganz friedlich einen Streit geschlichtet.«

Geoffrey konnte sich nicht erinnern, sie gesehen zu haben, auch nicht daran, was für ein Streit das gewesen war.

»Ich weiß noch, als ich Euch sah, dachte ich, dass wir uns eines Tages kennen lernen würden, und dann würde ich nicht nur aus der Ferne das Funkeln in Euren Augen sehen. Jetzt bin ich seit vielen Wochen hier, habe es sicher und warm und habe zu essen, doch Eure Augen sah ich noch nicht funkeln. Alles, was ich spüre, ist Eure unendliche Traurigkeit. Es ist, als hättet Ihr Euch verirrt und keiner könnte Euch finden.«

Sie seufzte, und Geoffrey hoffte, dass sie weiter nichts mehr sagen würde. Es war ihm äußerst unbehaglich zumute.

»Ich weiß sehr gut, wie es ist, so zu empfinden wie Ihr jetzt, sich verirrt zu fühlen und sich nicht mehr zu finden. Aber ich versichere Euch, dass Ihr Euren Weg macht. Das Glück wird sich einstellen. Das war auch bei mir der Fall.«

»Wie kam es, dass du dich verirrt gefühlt hast, Mädchen?«, fragte Geoffrey, und jetzt war seine Stimme kein Flüstern mehr.

»Ich war dabei, als mein Vater getötet wurde.«

»Was genau ist geschehen?«

»Ein betrunkener Ritter, der Anstoß nahm am Lied meines Vaters, hat ihn enthauptet. Damals hatte ich nichts. Nichts und niemanden. Wir sind viel gereist, mein Vater und ich. Durchs ganze Land sind wir gereist, und auf einmal war ich allein. Ich betete zu Gott, er möge mir helfen, und eine ganze Weile fragte ich mich, was ich denn nur so Schlimmes getan haben mochte, dass Gott mich so hasste. Dann kam ich hierher, in dieses Dorf. Ich bin Pilgern auf dem Weg nach Le Puy gefolgt und hier geblieben. Die Leute waren freundlich, aber nicht so freundlich wie Ihr. Freundlichkeit scheint es in unserer Welt nur selten zu geben. Manche neiden mir meinen Platz hier und wünschen mir Schlechtes, das ist der Preis, den ich zu zahlen habe. Aber das ist keineswegs ein hoher Preis, denn jetzt habe ich ein Zuhause. Ich stehe in Eurer Schuld, Geoffrey.«

Die warme Hand auf seinem Knie bewegte sich zärtlich. Geoffrey war wie gelähmt vor Furcht, denn er wusste nur zu gut, wohin dies führen konnte. Schon einmal war er ausgelacht worden, und er hatte sich geschworen, dass keiner mehr über ihn lachen würde, doch sein Körper wollte seinem Verstand nicht gehorchen und mochte nicht leidenschaftslos bleiben.

Sie löste die Schlaufe an ihrem Nachthemd, und es fiel ihr über die eine Schulter. Geoffrey berührte sie. Sie war warm und zart und so dünn. Er lockerte die Schlaufe weiter, und Agnes fing das Nachthemd nicht auf, als es fiel. Geoffrey starrte sie an, ehe er die Hand ausstreckte und sie erneut berührte.

Agnes legte sich ihm zu Füßen vor das Kaminfeuer und streckte die Hände nach ihm aus. Es gab einen Augenblick des Zögerns, während Geoffrey zum Bett seines Bruders sah. Christian lag mit dem Gesicht zur Wand und schlief tief und fest.

»Kommt«, sagte sie. »Liegt bei mir. Jetzt, solange es keine Sünde in den Augen Gottes ist.«

Geoffrey zog seine Hose aus und legte sich neben Agnes auf den harten Boden. Er stützte sich auf einen Ellenbogen und berührte sie wieder, ihre Schulter, ihre Brust, den Bauch, die Schenkel. Er war immer noch unsicher, dann senkte er den Kopf und küsste sie auf den Mund, und bald schon gab es keine Grübeleien und keine Traurigkeit mehr. Auch Scham und Hohngelächter gab es nicht, und erst recht keinen dumpfen, stechenden Schmerz, der ewig anhielt. Da war nichts weiter als ein berauschender Nachgeschmack, wie ein warmer, vollmundiger Wein in einer kalten Nacht. Ganz warm fühlte er sich innerlich, warm und glücklich und erfüllt von einem seltsamen Gefühl, während sie so still in seinen Armen lag und an seinen Körper geschmiegt einschlief. Er küsste ihr Haar, während sie schlief, und er flüsterte einen Namen. Aber es war nicht der Name von Agnes, den er aussprach.

Als die Sonne aufging, schlief auch Geoffrey endlich ein.

Und Christian sah zu.

»Bald sind wir zu Hause«, sagte Baudoin. Adelina gab darauf keine Antwort. Einen ganzen Tag und eine ganze Nacht lang hatte sie schon kein Wort mehr gesprochen. Es hatte den Anschein, als würde sie nie wieder ein Wort sagen.

Ihre Mutter fuhr in Begleitung von Henri, der eingehüllt in eine Decke im Wagen lag, da er zu schwer verwundet zum Reiten war. Jede Stunde hielt die Reisegesellschaft an, wenn auch nur, um zu sehen, ob Henri Dupuy immer noch am Leben war.

Baudoin hielt die Zügel nur mit einer Hand, mit der anderen Hand führte er Adelinas Pferd. Antoine war vorausgeritten, um Madame Heloise und den Arzt in Allegre zu benachrichtigen. Kaum ein Wort war gefallen, seit Gabriel am Vortag Adelina in Baudoins Arme gegeben hatte. Nur einmal hatte sie geschluchzt. Gräfin Marys hatte sehr lange Zeit geweint.

Obwohl Adelina nichts sagte, wusste Baudoin, dass sie ihn für den Überfall aus dem Hinterhalt verantwortlich machte. Und ein geplanter Überfall aus dem Hinterhalt war es gewesen, nicht ein zufälliges Aneinandergeraten mit Strauchdieben. Es kam Baudoin so vor, als seien die drei Ziele sorgfältig gewählt gewesen. Der Erste, der fiel, war Acelin, der den Wagen lenkte. Dann Seigneur Henri, dann Graf Robert, als er mit hocherhobenem Schwert vorwärts preschte, um einen flüchtigen Räuber zu stellen. Armbrustbolzen und Pfeile pfiffen Baudoin und Antoine um die Ohren, trafen ihn jedoch nie, und unter den Angreifern hatten sich ausgezeichnete Bogenschützen befunden. Hätte er den mit der Axt, der den Wagen angriff, nicht enthauptet, dann wäre jetzt auch, das wusste Baudoin, Adelina unter den Toten.

Adelina mitsamt ihrer Mutter.

Oder möglicherweise, so überlegte er weiter, nur die Mutter.

Denn tatsächlich war das Mädchen zu wertvoll, um getötet zu werden.

Wieder warf er Gabriel von Lyon einen Blick zu. Er ritt hinter ihnen mit François, scheinbar unbewegt, und lenkte mit der einen Hand das Pferd, das den eingewickelten Leichnam seines Herrn trug. Einen Leichnam, der in der Gluthitze bereits zu verwesen begann.

»Adelina?«

Adelina wandte den Kopf. Mit ausdruckslosem Gesicht starrte sie Baudoin an. »Jetzt sind wir bald zu Hause.« Er rechnete schon damit, dass sie ihm antworten würde: Euer Zuhause, nicht meins, doch sie nickte zaghaft. »Zuerst muss ich mich um meinen Vater kümmern, sobald er gut versorgt ist und man sich um seine Verletzungen bemüht, werde ich Euch und Eure Mutter nach Hause begleiten.«

»Ich begleite die Frauen nach Hause.«

Wieder sah sich Baudoin nach Gabriel um. »Sie ist meine Frau, Gabriel von Lyon. Hier und jetzt beginnt meine Verantwortung.«

»Ich habe gesagt, ich begleite sie nach Hause. Noch gibt es keine Allianz, Dupuy. Ich habe es schwarz auf weiß, dass ich jetzt verantwortlich bin für alle Angelegenheiten der Polignacs. Alle. Versteht Ihr?«

»Das ist idiotisch«, sagte Baudoin.

Es schien, als würde Adelina durch Gabriels Neuigkeit aus ihrer Trauer gerissen. »Wann wurde das vereinbart?«, wollte sie wissen.

»Bevor wir nach Saint Denis aufbrachen. Euer Vater hat viel an seinen eigenen Tod gedacht, er stand ja schließlich kürzlich erst am Sterbebett von diesem Ritter …« Gabriel schien krampfhaft nach dem Namen zu suchen.

»Raoul«, sagte Adelina. »Er hieß Raoul.« Voll Kummer im Herzen erinnerte sie sich an die Worte ihres Vaters, als sie auf der Brücke gestanden und in das trübe Wasser hinuntergesehen hatten. Sollte ich sterben …

»Wie praktisch, Gabriel von Lyon. Das scheint ja wirklich höchst angenehm für Euch zu sein. Ich gehe davon aus, dass Gräfin Polignac darüber ebenfalls Bescheid weiß, oder?«

»Natürlich weiß sie Bescheid.«

»Und die übrigen Vasallen der Polignacs?«

»Wie gesagt, das geht mich nichts an. Die Allianz ist noch nicht rechtskräftig; sie tritt auch erst im November in Kraft. Wenn überhaupt. Wie gesagt, und ich werde es immer wieder sagen, ich bin jetzt verantwortlich.«

»Ihr würdet den Wünschen Eures toten Herrn zuwiderhandeln?«

Gabriel antwortete nicht, und nur Gott allein hätte sagen können, was im Kopf des Mannes vor sich ging, der schweigend weiterritt, bis Adelina sagte: »Baudoin wird mich nach Hause begleiten.«

»Ihr kommt mit mir.«

»Baudoin begleitet mich nach Hause. Ihr braucht Euch nur um meine Mutter zu kümmern. Sie ist es, die Euch braucht, Gabriel. Und nur sie. Jetzt, da mein Vater tot ist, werde ich mich nie wieder der Autorität eines Mannes beugen.«

Adelinas und Gabriels Blicke trafen sich, und beide blieben standhaft. Baudoin hoffte, dass ihr Wesen sich bald zum Besseren ändern würde, denn er wusste, wie lange eine Frau ihrer Art es im Hause der Dupuys aushalten würde.

In Allegre verabschiedete sie sich nicht einmal von ihrer Mutter. Auch sagte sie nicht, dass sie bald zu Hause sein würde. Seit Graf Roberts Tod hatten die beiden kein einziges Wort gewechselt.

Schon einmal hatte sie vor diesen imposanten Toren auf einem Pferd gesessen, aber diesmal empfand sie keine Furcht. Sie empfand überhaupt nichts. Es war, als habe man ihr das Herz herausgerissen und es durch einen kalten Stein von der

Größe ihrer Faust ersetzt. Wie es sich gehörte, öffneten sich die Tore, und die Reisegesellschaft zog ein. Nach der bei den Türen stehenden Frau in Schwarz hielt Adelina nicht Ausschau, denn sie wusste, sie würde nicht da sein. Mit einem alternden Ritter und einigen Dienstboten als einzige Beschützer und Gesellschafter war Heloise Dupuy mehrere Wochen in ihrem düsteren Haus allein gewesen. Wieder sah sich Adelina alt und allein an einem Fenster stehen. Sie richtete ihre ganze Aufmerksamkeit auf den Kopf des Pferdes, bis sie eine Berührung an ihrem Schenkel spürte. Sie sah hinunter. Es war Baudoin, der ihr schweigend anbot, ihr herunterzuhelfen. Adelina rutschte im Sattel hin und her und ließ sich nach unten gleiten, aber ihre Knie vermochten ihr Gewicht nicht zu tragen. Baudoins starke Arme bewahrten sie vor dem Fallen. Sie zitterte immer noch, als er sie ins Haus führte und den Pagen zurief, sie sollten sich um die Pferde kümmern und sie tränken.

Als sie dann alle im Gebäude waren, sah Adelina zu, wie Baudoin seinen verwundeten Vater über die Treppe nach oben trug. Bald würde der Arzt aus Allegre eintreffen. Das riesige dunkle Haus hallte wider von noch dunkleren Stimmen, und Adelina lehnte sich gegen die Wand und starrte eine ganze Weile ins Nichts. Dann herrschte nur noch Schweigen, durchbrochen lediglich von einem lang gezogenen heftigen Schmerzensschrei. Dem Schmerzensschrei eines Mannes.

Ein alternder Ritter kam die Treppe herunter und sah sie allein stehen, aber er rauschte vorbei, wortlos. Da war nur der Widerhall des Schweigens, bis Antoine und der Arzt das Haus betraten. Auch sie nahmen keine Notiz davon, dass Adelina dort stand. Die Ritter der Dupuys hatte sie inzwischen alle kennen gelernt. Nur Baudoins Vater hatte sie während der langen Reise keines Blickes gewürdigt, sich auch nicht auf eine Unterhaltung mit ihr einlassen wollen. Und jetzt starb er. So schien es jedenfalls. Was wird nur werden?, fragte sie sich ängstlich.

Was wird nur werden? Die Tränen brannten ihr in den Augen, doch sie weigerte sich, sie laufen zu lassen, denn nur eine Frau weinte, und Weinen war völlig zwecklos.

Erschöpft legte Adelina sich hin, und zum ersten Mal seit vielen Stunden schlief sie fast sofort ein.

Ein Geräusch weckte sie aus dem Schlaf. Schnell war sie hellwach, alle Muskeln taten ihr weh. Es war nicht Baudoin, sondern François, der alternde Ritter, der sie so lange begleitet hatte. In seiner Hand hielt er ein Tablett mit einem Stück Fleisch und einer Schale Suppe, einem Stück Brot und einem halben Apfel. Es war spät inzwischen. Sehr spät. Sie fragte sich, wie viel Zeit vergangen sein mochte, seit sie die Augen zugemacht hatte.

»Ich kann jetzt nichts essen, François. Ich kann einfach nicht.«

Er lächelte, als wüsste er, dass das gelogen war. »Versucht es, Mademoiselle.«

Adelina richtete sich auf und lehnte den Kopf an die Wand, warf nur einen Blick auf das Essen und schüttelte den Kopf. François stellte das Tablett auf dem Fußboden ab und verschränkte die Hände, als er in die Hocke ging. »Wir haben Betten hier, Mademoiselle.«

»Ich danke dir, François. Wo ist Baudoin? Hat er vergessen, dass er mir versprochen hat, mich nach Hause zu bringen?«

»Er kümmert sich um seine Mutter.«

»Ist sie krank?«

François nickte. »Es scheint, dass sie während unserer Abwesenheit die ganze Zeit krank war.«

»Kann ich zu ihr, François?«

François griff nach ihrer Hand, und dann führte er sie die Treppe hinauf und einen dunklen Gang entlang, an vielen Räumen vorbei, bis er stehen blieb und an die Tür des Gemachs von Heloise Dupuy klopfte.

»Wie geht es Seigneur Henri?«, fragte Adelina.

»Der Arzt weiß immer noch nichts Genaues.«

»Der Arzt weiß überhaupt wenig. Kann ich zu Eurem Herrn, bevor ich gehe?«

»Da müsst Ihr nicht mich fragen«, entgegnete er und klopfte noch einmal. Den Gang entlang kam ein Page und zündete die Fackeln an. Es war in der Tat sehr spät. Baudoin hatte sie vergessen, so viel war ihr klar.

Es war Baudoin, der die Tür zum Gemach seiner Mutter öffnete. Sofort sah Adelina, dass seine Augen stark gerötet waren. Hatte er etwa geweint? Ein Mann? »Mademoiselle Adelina wünscht unsere Herrin zu sehen«, sagte François.

Schnell wandte sich Baudoin ab und trat beiseite. Adelina sagte nichts. Madame Heloise lag in ihrem Bett, das Gesicht zur Wand gedreht. Auf der Bettdecke lag ein Buch. Baudoin hatte ihr vorgelesen. Adelina trat ans Bett. »Madame?«

Beim Klang der jugendlichen Stimme drehte sich Heloise Dupuy um, und sofort erhellte sich ihr Gesicht. »Du bist gekommen. Wie du es gesagt hast.«

Schnell verließ Baudoin den Raum, und François folgte ihm.

»Ich wusste, du würdest wiederkommen. Sie haben gesagt, du bist tot, aber ich wusste, das kann nicht sein. Setz dich, Vianna. Setz dich.«

Jetzt nennt sie mich schon wieder so, dachte Adelina, erhob aber keine Einwände. An diesem Abend sah Heloise wirklich höchst seltsam aus. Adelina setzte sich auf die Bettkante, und Baudoins Mutter griff nach ihrer Hand, berührte ihre Finger, umklammerte sie dann fest. Es roch seltsam im Schlafgemach.

»Wieso hast du Marys nicht mitgebracht?«

»Sie ist mit Gabriel nach Hause nach Lavoute Polignac gefahren.«

»Gabriel? Kenne ich ihn?«

»Nein, Madame. Den kennt Ihr nicht.«

»Wie lange lebt Marys denn nun schon in Lavoute Polignac?«

»Madame Dupuy?«

»Aber Vianna, was soll denn der Unsinn? Wieso redest du mich so förmlich an?«

Sie hat den Verstand verloren. Sie denkt wieder, ich sei die Schwester meiner Mutter.

»Sing mir etwas vor, Vianna. Sing für mich, und nimm mir die Schmerzen.«

»Aber das kann ich nicht, Madame Dupuy. Ich kann nicht singen. Meine Lieder sind vor langer Zeit schon verdorrt«, sagte Adelina, und wieder brannten in ihren Augen die Tränen.

»Deine Lieder werden nie verdorren. Sing mir das Lied vor, das Robert so gut gefiel.«

Adelina hatte gedacht, sie sei stark, bis diese Frau den Namen ihres Vaters erwähnte. »Kenne ich es?«, war das Einzige, was sie mit zitternder Stimme darauf erwidern konnte.

»Aber ja doch, natürlich kennst du das. Es ist das Lied, in dem es heißt, sie wartet darauf, dass ihr Geliebter nach Hause kommt. Sie steht am Fenster und wartet. Du kennst es. Es ist dein Lied. Du hast gesagt, es sei Roberts Lieblingslied. Wie waren doch noch die Worte? Ach ja, jetzt fällt es mir wieder ein.« Ein seltsames Leuchten trat in die Augen von Heloise, als sie flüsterte: »*In diesen Burgmauern warte ich, an meinem Platz am Fenster breitet sich aus mein Prachtgewand. Meine silberne Nadel stößt mit jedem Stich auf die bunte Seide nieder mit geschickter Hand* … Es geht noch weiter. Du kennst es. Es ist dein Lied. Du hast es für Robert geschrieben, kannst du dich jetzt erinnern?«

»Nein. Das ist schon so lange her, Madame. So lange, dass ich mich überhaupt nicht mehr erinnern kann.« Hilf mir, ging der stumme Schrei durch Adelinas Kopf. Ich ertrage das keinen Augenblick länger.

»Ja. Das stimmt. Es ist schon sehr lange her.« Heloise Dupuy verstummte und musterte Adelina aufmerksam. Mit ihren alten knotigen, verkrümmten Fingern berührte sie Adelinas Gesicht. »Wieso bist du denn gar nicht älter geworden?«, fragte sie.

»Aber ich bin nicht Vianna, Madame. Ich bin Adelina. Robert ist … Robert war mein Vater.«

»Ich will … ich brauche …« Heloise seufzte, und schmerzlich verzerrte sich ihr Blick.

»Was fehlt Euch, Madame?«, fragte Adelina und konnte die bitteren Tränen nun nicht mehr länger zurückhalten. Als der Anfall vorüber war, erkannte Heloise Dupuy Adelina überhaupt nicht mehr.

»Wo ist Jean-Pierre? Wer seid Ihr? Wo ist mein Sohn? Wo ist Jean-Pierre?«

Schnell erhob sich Adelina und lief zur Tür. Lady Heloise rief jetzt voller Ungeduld nach ihrem toten Sohn. Doch es war Baudoin, der auf die Rufe der Mutter reagierte. »Ja, Mutter, ich bin da.« Zu Adelina sagte er im Flüsterton: »Wenn sie sich beruhigt hat, müssen wir reden. Es ist zu spät, um Euch jetzt noch nach Hause zu bringen. Ihr müsst bis morgen bleiben.«

»Aber ich bin ohne jede Begleitung, ich habe keine Anstandsdame.«

»Ich werde bald Euer Ehemann sein, oder habt Ihr das vergessen?«

Adelina ertrug das Geschrei von Heloise nicht länger. Sie ging hinaus, und die Tür schloss sich hinter ihr. Wieder hörte sie Baudoin sagen: »Ja, Mutter, ich bin da. Ich bin ja da.«

Der erschöpfte François brachte Adelina einen Stuhl. Sie setzte sich, müde, aufgewühlt. Aber François ging nicht gleich wieder weg. Er blieb eine ganze Weile bei ihr, und beide horchten sie auf die Schmerzensschreie, die aus dem Zimmer der Herrin kamen. Müde fuhr sich Adelina über die Augen; sie gab sich Mühe, weitere Tränen zurückzuhalten. François ging in die Hocke, und sanft sagte er: »Euer Vater war ein gerechter Mann, Mademoiselle. Ein guter Mann. Einst kannte ich ihn gut, aber das ist schon sehr lange her. Mit der Zeit wird Euer Schmerz vergehen. Ganz bestimmt, das versichere ich Euch.« Und er nahm ihre Hand. Bei seiner Berührung nahmen die Tränen jäh und unaufhaltsam ihren Lauf.

Bis jetzt hatte ihr ganzes Mitleid nur ihrer Mutter gegolten. Bis jetzt. François legte einen Arm um sie – in diesem Moment war sie für ihn nichts weiter als ein kleines Mädchen. Er ließ sie erst wieder los, als Baudoin aus dem Zimmer seiner Mutter kam und die Tür schloss. Sie rief immer noch nach Jean-Pierre.

»Kommt«, sagte Baudoin. »Ich weiß nicht, wie Ihr Euch fühlt, aber ich bin müde und erschöpft, und außerdem habe ich Hunger. Kommt mit mir, Adelina. Dann können wir vielleicht beide ein wenig schlafen.«

Baudoin begleitete sie den Gang hinunter und nahm im Gehen eine der Fackeln aus der Wandhalterung. »Es ist gut, dass Ihr weint«, sagte er sanft. Er hätte das selber gern getan, wusste aber, dass das nicht sein durfte, so gehen lassen konnte er sich nur, wenn er tief in die Wälder ging, wo ihn niemand sah und hörte. »Womit hat François Euch so aufgeregt?«

»Er hat mich nicht aufgeregt. Freundlichkeit und Wahrheit können mich gar nicht aufregen.«

Baudoin führte sie in die Küche hinunter und weckte den Koch, einen uralten Mann, der Adelina interessiert musterte. »Über die Begabung Eurer Ella verfügt er nicht, aber was er kocht, hält uns am Leben.« Und hier, in der kleinen Küche, brachte sie endlich einen Bissen herunter.

»Wie geht es Eurem Vater?«, erkundigte sie sich, als sie ihr Brot in die Suppe tunkte.

»Wenn sein Wille nur stärker wäre, könnte er womöglich überleben.«

»Und Eure Mutter?«

»Irgendein schmerzhaftes Leiden des Körpers, das inzwischen auch ihren Verstand in Mitleidenschaft gezogen hat. Ich hätte gar nicht nach Paris reisen dürfen. Ich hätte hier bleiben müssen.«

»Und was hättet Ihr für sie tun können, wärt Ihr hier geblieben?«

»Darum geht es nicht.«

Einen Moment lang schwiegen sie beide.

»Was sollen wir jetzt tun, Baudoin?«

Er sah ihr in die Augen und schüttelte den Kopf. »Ich habe keine Ahnung. Es heißt, begrabt eure Toten und lebt dann weiter. Hätte Euer Vater nicht gewollt, dass wir genau das tun?«

»Ich weiß nicht. Papa konnte sich nie von denen verabschieden, die er liebte. Natürlich hat er nichts gesagt, aber … das ist jetzt auch nicht mehr wichtig.«

Adelina bemerkte, dass Baudoins Hand zitterte, als er den Holzlöffel an den Mund führte. Bei ihr zu Hause waren die Löffel aus Silber.

»Es tut mir Leid.«

Völlig verblüfft sah Baudoin auf.

»Es tut mir Leid, dass ich Euch in der Vergangenheit verärgert habe. Ich weiß auch nicht, weshalb ich mich so benehme. Es tut mir Leid, dass ich nicht Eure Eleanor bin. Es tut mir Leid, dass dies alles sein muss, wo ich doch weiß, dass ich nicht die Frau bin, die Ihr wollt. Aber so muss es nun einmal sein, denn es ist der Wunsch unserer Väter. Und wenn ich auch nur etwas von meinem Vater in mir habe, dann werde ich seine Wünsche achten, denn er hatte öfter Recht als Unrecht.«

»Weshalb entschuldigt Ihr Euch für Dinge, die ohnehin nicht in Eurer Macht stehen?«

»Es war mir einfach wichtig, Euch das zu sagen. Es scheint, Ihr hört auf die Stimme einer Frau. Die meisten Männer können das nicht.«

Er dachte darüber nach und lächelte dann, aber das Lächeln verflog schnell. »Gabriel von Lyon macht mir Sorgen. Ich weiß nicht, was er vorhat.«

»Gabriel denkt nur an einen – an Gabriel. Alle anderen zählen nicht, es sei denn, sie sind von Nutzen für ihn.«

»Es hat ganz den Anschein.«

»Es ist so. Ich muss mit Eurem Vater reden, Baudoin. Er darf nicht sterben, ohne dass ich Gelegenheit habe, ihm zu sagen, dass ich kein Ungeheuer bin und auch kein verwöhntes Kind. Ich bin nicht seine Feindin.«

»Und wenn er Euch nicht anhören will?«

»Ich bin es gewöhnt, nicht angehört zu werden. Ich bin eine Frau«, entgegnete sie, und wieder brannten Tränen in ihren Augen.

Baudoin warf ihr einen seltsamen Blick zu. Einen sehr seltsamen Blick. Er legte seinen Löffel zur Seite und nahm ihre beiden Hände. »Dann werden wir tun, was wir tun müssen, Addie«, fügte er sanft hinzu und gab sich große Mühe zu lächeln.

KAPITEL EINUNDZWANZIG

Hier könnt Ihr schlafen«, sagte Baudoin und öffnete die Tür zu einem sehr verstaubten Raum, einem riesigen Schlafgemach, ähnlich dem, das ihre Eltern miteinander teilten. Aber dieses Schlafgemach war schon sehr lange Zeit nicht mehr benutzt worden. Es war nicht besonders düster, aber auch nicht gerade einladend. Man hatte ihr eine Waschschüssel hingestellt, und auf dem Bett lag ein Nachthemd – eines der Hemden von Lady Dupuy, es war viel zu groß.

Adelinas Kleidung war noch in dem Wagen, in dem ihre Mutter weitergereist war.

»Die Tür zu meinem Raum ist nicht verschlossen«, sagte Baudoin und machte einen Schritt aus dem Zimmer hinaus, dabei zeigte er den Korridor hinunter. Dann sah er wieder Adelina an. Einen Moment lang zögerte er. »Meine Mutter stirbt«, sagte er, aber sein Blick blieb ausdruckslos.

»Ich weiß«, erwiderte Adelina. »Das habe ich gespürt, als ich bei ihr war.«

»Sie denkt, ich bin Jean-Pierre.«

»Sie denkt, ich bin die Schwester meiner Mutter, die gestorben ist an dem Tag, an dem ich zur Welt kam.«

»Sie weiß nicht, was sie redet. Am besten nehmt Ihr keine Notiz davon, denn wenn Ihr Euch anhört, was sie sagt, werdet Ihr Euch nur gekränkt fühlen. So geht es schon seit etlichen Jahren. Und jetzt wird es von Tag zu Tag schlimmer. Heute sagte der Arzt, dass es nur noch eine Frage der Zeit ist. Ich erzähle Euch das alles, weil ich keine Zeit haben werde, Euch zu besuchen oder Euch in angemessener Weise den Hof zu machen. Ich will diese Pflichten keineswegs vernachlässigen, aber die Zeit ist mein Feind. Ich werde hier an allen Ecken und Enden gebraucht, und ich kann nicht hier und dort und überall gleichzeitig sein.« Er versuchte zu lächeln.

Mama und Jennet haben Recht, dachte Adelina. Er ist attraktiv. Sehr sogar.

»Aber ich werde Euch besuchen wann immer möglich. Es gibt vieles zu planen. Für die Hochzeit, meine ich.« Fast hätte Baudoin ihr Gesicht berührt, aber dann zögerte er. »Wir brechen bei Morgengrauen auf. Schlaft gut.«

Er schloss die Tür.

Als einzige Lichtquelle gab es eine Fackel. Kerzen waren weit und breit nicht zu entdecken. Hastig öffnete Adelina die Tür wieder. »Baudoin!«

Er sah über die Schulter zurück, ging aber weiter auf sein Zimmer zu.

»Ich kann im Dunkeln nicht schlafen. Ich brauche Kerzen oder aber jemanden, der bei mir bleibt.«

»In diesem Haus können wir es uns nicht erlauben, Kerzen unnütz zu vergeuden.«

»Aber ich kann ganz ohne Licht nicht schlafen.«

Baudoin kam zurück zu ihr. »Was könnte denn im Dunkeln lauern, was nicht auch bei Tageslicht da wäre?«

»Alle möglichen bösen Dinge. Mein Verstand spielt mir Streiche, Streiche, die sehr real wirken.«

»Addie, wir haben keine Kerzen zu verschwenden, und im selben Raum schlafen können wir auch nicht. Noch nicht.«

Die Augen eines Kindes blickten ihn an. Die Augen eines Kindes, die aus dem Gesicht einer Frau leuchteten. Baudoin gab nach. »Ich denke, ich kann hier sitzen bleiben, bis Ihr eingeschlafen seid, wenn das eine Hilfe ist.«

»Und wenn ich im Dunkeln plötzlich aufwache, und es ist keiner da?«

»Ihr werdet nicht aufwachen. Es ist ein langer, anstrengender Tag gewesen. Ich werde hier sitzen bleiben, bis Ihr schlaft. Auch ich brauche meinen Schlaf.«

Er kam herein und schloss die Tür, dann kehrte er ihr den Rücken zu, bis sie die Tunika und die Hose ausgezogen und sich das Nachthemd seiner Mutter übergeworfen hatte. »Stimmt es, dass Ihr nur meinen Namen verabscheut?«, fragte sie, als sie sich den Schweiß des Tages vom Gesicht wusch.

»Ich kann nicht einmal sagen, dass es je Abscheu war, jetzt, nachdem ich Euch kennen gelernt habe.«

»Aber zu Eurem Vater wollt Ihr mich doch nicht lassen.«

»Es hat schon genug Trauriges heute gegeben. Ich will Euch nicht noch mehr belasten.« Er hörte das Bett knarren und drehte sich um. Sie hatte sich bis obenhin zugedeckt und sah ihn an. Baudoin machte es sich in einem Sessel bequem.

»Wenn Euer Vater nur mein Gesicht und meinen Namen vergessen könnte, denkt er am Ende womöglich so wie Ihr.«

»Mein Vater denkt, was er denken will, und sonst gar nichts. Es ist weder wichtig noch allzu klug, sich zu wünschen, dass alle Euch mögen, wenn der, auf den es ankommt, dies bereits tut.« Sein Lächeln war warmherzig, so warmherzig. Adelina sehnte sich danach, ihn zu berühren, wieder seine Hand zu halten, aber er saß so weit weg, und die Arme hielt er verschränkt. Sie kuschelte sich tiefer hinein in das weiche Bett und seufzte. Es war viel besser als ihr Bett in der Burg.

»Mögt Ihr Musik, Baudoin Dupuy?«

»Zuweilen, Adelina de Polignac.«

Sie musste schmunzeln. Immer wenn sie ihn bei seinem vollen Namen nannte, tat er bei ihr dasselbe. »Ich singe, wisst Ihr. Vianna, die Schwester meiner Mutter, hat auch gesungen.

Heißt es jedenfalls. Bei mir zu Hause darf ich nicht singen. Ist Gesang in diesem Haus erlaubt?«

»Ob es erlaubt ist? Ja. Ich glaube schon. Die Dienstboten singen zuweilen, und sie haben immer noch ihren Kopf auf den Schultern.«

»Oh, so schlimm ist es nun auch wieder nicht bei mir zu Hause«, murmelte sie.

»Na ja, ich mag Lieder«, sagte er. »Aber keine traurigen.«

»Traurige Lieder werden mehr beachtet. Traurige Lieder berühren das Herz mehr als fröhliche.«

»Schlaft jetzt. Ihr redet zu viel«, sagte er, gähnte und fuhr sich mit den Händen übers Gesicht. Auch Adelina gähnte, schloss die Augen und war dann endlich friedlich und ruhig.

Eine Weile beobachtete Baudoin sie, aber ohne an etwas Bestimmtes zu denken, er war so müde, dass er auch nichts dabei fühlte. Er erhob sich. Sie wachte nicht davon auf, wie er sich das gedacht hatte. Aber zwischen den Rufen seines Vaters und den Schreien seiner Mutter fand er selber kaum Schlaf.

Am nächsten Morgen traf Adelina Baudoin im Burghof an. Ihr Pferd war bereits gesattelt und schien von einer weiteren Reise genauso begeistert wie sie. Sie kraulte ihm die Nase, als Baudoin sie begrüßte; auch er wirkte sehr müde.

»Habt Ihr Eure Meinung geändert, was meinen Besuch bei Eurem Vater angeht?«

»Nein. Das habe ich nicht.«

»Dann brechen wir wohl lieber auf.«

»Habt Ihr gegessen?«

»Ich warte, bis ich nach Hause komme.«

»Ihr mögt unser Essen nicht.«

»Ich warte, bis ich nach Hause komme.«

Als sie durch Allegre ritten, fiel Adelina auf, dass auf einigen Feldern Männer und Frauen arbeiteten, kleine Kinder spielten im Schmutz. Hass und heftige Ausbrüche wie bei ihrem vorigen Besuch gab es dieses Mal nicht, nur Schweigen. Ehrfürchtiges Schweigen. »Ich habe Euch falsch eingeschätzt.«

»Wie das?«, fragte Baudoin.

»Ich hatte angenommen, Ihr würdet die Nahrungsmittel für Euch behalten.«

»Es wurde gerecht aufgeteilt.«

»So etwas hätte Gabriel nie und nimmer gestattet.«

»Ja, ich weiß. Gabriel hätte uns genau zu dem Zeitpunkt angegriffen, als wir am schwächsten waren, und sich so den Sieg gesichert.«

Adelina sah den Kindern beim Spielen zu, besonders zwei Jungen, die noch zu klein waren, als dass sie Getreidegarben hätten tragen können. Sie kämpften mit Stöcken, taten so, als wären es Breitschwerter. »Das habe ich auch immer gemacht. Die Jungs haben Glück, dass sie zu zweit sind. Ich hatte nur Freunde, die sonst keiner sehen konnte.«

»Ja, ich weiß.«

Sie wandte sich ihm zu. »Woher könnt Ihr das wissen?«

»Ich habe mich oft in den Wäldern versteckt und Euch auf dem Schutzwall beobachtet. Und dabei bereitete ich meinen eigenen Angriff vor. Einmal sah ich Euch vom Wall stürzen. Ich wollte Euch den Rest geben, aber stattdessen bin ich nach Hause galoppiert, kaum dass ich Euren Vater sah.«

»Das ist doch bloß eine Geschichte.«

»Aber es stimmt. Euer Vater hatte mich in meinem Versteck beobachtet und fragte mich, ob ich mich verirrt hätte. Ich war zu Tode erschrocken und bin auf und davon. Ich hatte mir zu viele Geschichten von der Grausamkeit Eurer Familie anhören müssen.«

»Aber meine Familie ist nicht grausam.«

»Meine auch nicht.«

Sie war zu müde, um ihm zu widersprechen. »Bald wird es keine Kämpfe mehr geben. Und auch keinen Hunger.«

»Und auch keinen Hunger, vorausgesetzt, es regnet, wenn der Regen am meisten gebraucht wird.«

»Wegen der Ernte?«

»Ja, wegen der Ernte.«

Sie beschlossen, eine kleine Rast zu machen an der Stelle, an der Baudoin Adelina vor dem heftigen Sturm gerettet hatte. Am Wegrand setzten sie sich ins Gras, doch er hielt sich ein gutes Stück von ihr entfernt.

»Ihr scheint keine Eile zu haben, nach Hause zu kommen.«

»Ich komme heim zum Tod, Baudoin. Zu Beerdigungen. Die mag ich nicht. Ich weiß nicht, wie ich mich dabei fühlen werde. Mein Vater und Acelin … Früher habe ich immer gedacht, sie würden nie sterben.«

»Zögern und Zaudern lassen die Qual nicht vergehen.«

»Werdet Ihr kommen?«

»Ja, wenn Gabriel von Lyon die Anwesenheit eines Dupuy gestattet. Aber ich fürchte, das wird er nicht. Er sieht in mir einen Feind, und das wird ewig so bleiben.«

»Nein. Von jetzt an gehört alles mir. Ich bin seine Herrin.«

»Dann wünsche ich Euch alles Gute. Aber ich weiß, dass ich Recht habe.«

Sie stiegen wieder auf die Pferde und ritten weiter, aber Baudoin galoppierte nicht seine Abkürzung entlang. Diesmal nahm er den Weg. Bei Vialette überquerten sie den Fluss. Jetzt hatten sie die Burg fast erreicht, aber die lag noch versteckt in den Bergen. Schweigend ritten sie weiter. Baudoin sprach nicht vom Wetter, auch Adelina sagte nichts, es schien, als sei jedes Gespräch überflüssig. Adelina fühlte sich sehr wohl in Baudoins Gesellschaft, und er sich in ihrer auch.

Als sie endlich das umstrittene Stück Weg erreicht hatten, hielt Baudoin sein Pferd an und seufzte. »Hätte mein Bruder auch nur ein Fünkchen Verstand gehabt, wäre das alles nicht passiert.«

»Aber es ist passiert.«

Jenseits des Hügels sah man weiter hinten schon die Burgtore. Die Brücke war hochgezogen. Es sah aus wie immer, ein Anblick, nach dem sich Adelina seit vielen Wochen sehnte. Sie rief dem Wachposten zu, er solle die Brücke herunterlassen.

»Es gehört jetzt alles mir«, sagte sie. »Und doch fühlt es sich an wie immer. Als ob es immer noch meinem Vater gehören würde; als ob nichts sich geändert hätte.«

Baudoin schwieg. Ihm kam es so vor, als würde sie wieder einmal laut denken.

»Diese Mauern werden noch stehen, wenn es mich schon längst nicht mehr gibt. Geoffrey redet von der Erde, die uns nie gehört. Wir leihen sie uns nur aus für die Dauer unserer Lebenszeit. Wir leihen sie aus und kämpfen und stehlen, und das alles für Dinge, die noch lange fortbestehen werden, wenn wir schon längst gestorben sind. Ergibt das einen Sinn für Euch, Baudoin?«

Wieder schwieg er, doch er nickte.

»Aber immer wird das hier den Polignacs gehören. Der Name mag sich ändern, aber immer wird hier das Herz der Polignacs schlagen. Stark und unverwüstlich.«

Baudoin seufzte. Er ließ Adelina als Erste über die Brücke reiten und horchte auf das aufgeregte Geschrei der Dienstboten: »Die Herrin Adelina ist zurück! Die Herrin Adelina ist zurück!«

Ella kam aus der Küche herbei, wischte sich die Hände und lief auf Adelina zu. Sie weinte wieder, weinte ohne Zweifel, weil sie gerade dabei war, den Leichenschmaus vorzubereiten. Adelina ließ sich vom Pferd gleiten und drückte die alte Küchenmagd fest an sich. Baudoin schaute weg. Er hoffte, dass sie die Dienstboten in Allegre nicht auch so behandeln würde.

Louis erschien, das Gesicht von Kummerfalten zerfurcht,

und hinter ihm Dedwyd, der auch bedrückt schien, sich aber insgeheim darüber freute, dass sie sicher und wohlbehalten wieder zu Hause war.

Das sind alle, die noch übrig sind?, dachte Adelina, als sie Louis umarmte. Dieser Mann, der Einzige von all jenen, die einmal hierher gehört haben. »Wo ist mein Vater aufgebahrt?«, fragte sie.

»In der Halle, Mademoiselle.«

»Und die Beerdigung?«

»Morgen.«

Adelina wandte sich an Baudoin und fragte: »Und Ihr wollt wirklich nicht noch ein wenig bleiben?«

»Nein, ich muss zurück. Ihr kennt den Grund.«

»Dann auf Wiedersehen, Baudoin. Bis bald einmal.«

»Bis bald, Adelina«, erwiderte er, nickte und wandte sein Pferd. Louis gab Befehl, die Brücke wieder hochzuziehen, nachdem Dupuy sie überquert hatte, und er fasste Adelina beim Arm, als sie die Burg betreten wollte.

»Mademoiselle«, sagte er. »Das ist kein Anblick, den ich Euch empfehlen würde.«

»Anblick?«

»Euer Vater.«

»Aber Louis, ich war da, als er seinen letzten Atemzug tat. Er starb in meinen Armen. Er ist mein Vater, du kannst mich nicht aufhalten. Wo ist meine Mutter?«

»In ihren Gemächern, nehme ich an.«

»Und Gabriel?«

»Das weiß ich nicht. Irgendwo hier.«

»Such ihn.«

»Mademoiselle?«, sagte er wieder, ihren Arm ließ er immer noch nicht los.

»Was denn?«, fragte sie und wollte seine Hand ungeduldig abschütteln.

»Ich muss fort von hier.«

»Was?« Riesige grüne Augen starrten ihn ungläubig an.

»Ich bin entlassen worden. Bald lässt Gabriel nach Vasallen schicken, die ihm mehr zusagen. Ich bin entlassen. Morgen muss ich fort.«

»Wohin gehst du?«

»Das weiß ich noch nicht.«

»Nein. Das darf nicht sein. Du gehst nirgendwohin. Dein Platz ist hier. Das hier ist dein Platz, Louis!«

»Der neue Herr hat es befohlen. Gabriel.«

»Ich bin jetzt die Herrin.«

»Mademoiselle …«

»Ich sagte, ich bin jetzt die Herrin, und du gehst nirgendwohin!« Sie stieß Louis beiseite und ging in die Küche, wo Ella bei der Arbeit weinte, dann ging Adelina die Treppe hinauf. Aber in der Halle blieb sie unvermittelt stehen.

Ihr Vater lag da in seinen besten Kleidern, seiner Kriegsrüstung, seine Hände waren gefaltet, seine Augen geschlossen, und auf jedem Auge eine Goldmünze. Wie gelähmt stand sie da, das einzige Geräusch, das sie vernahm, war ihr eigener Herzschlag. Adelina bedeckte ihr Gesicht mit der Hand, denn der Geruch war grauenvoll. Weihrauch brannte, was alles noch schlimmer machte. Viel schlimmer. Den Sarg umgaben brennende Kerzen, und frisch geschnittener Lavendel war auf dem Fußboden verstreut.

In dieser Kiste lag nun ihr Vater, aber es war nicht mehr der Mann, den sie gekannt und geliebt hatte. Es schien, als sei dieser Leichnam nichts weiter als eine Hülle. Käme jetzt jemand vorbei, würde er niederknien und jammern, doch sie tat das nicht. Sie spürte eine Berührung an der Schulter, doch als sie sich umdrehte, war da keine Menschenseele. Aus den Augenwinkeln heraus sah sie jemanden auf der Treppe.

»Geoffrey?«, rief sie.

Sie durchquerte die Halle, aber wer immer es auch gewesen sein mochte, musste die Wendeltreppe hinaufgegangen sein. Sie ging hinterher, erhaschte einen flüchtigen Blick auf einen Umhang oder einen Mantel. Schnell ging sie vorbei an den Räumen der Ritter, ihrem eigenen Gemach, immer höher vorbei auch an der geschlossenen Tür ihrer Mutter, bis ganz nach oben. Hier war das Refugium ihres Vaters – der Raum, der ihm gehörte, ihm ganz allein. Aber es war keiner zu sehen. Keine Menschenseele. Wohin war derjenige verschwunden, der sie bis hierher geführt hatte? Wer hatte sie berührt? Adelina öffnete die Tür.

Sie sah nicht die Gemälde der Vorfahren ihres Vaters an den Wänden, auch sah sie nicht seine Bücher oder seine alten Rüstungen, ebenso wenig sah sie seinen wunderschönen vergoldeten Stuhl. Stattdessen sah sie ihre Mutter. Ihr Kleid war aufgeschnürt und hing ihr auf den Hüften. Hinter ihr Gabriel, halb nackt auch er. Beide gaben furchtbare Geräusche von sich, schwitzten und keuchten.

So etwas hatte sie schon gesehen. Die Tiere auf dem Bauernhof taten das.

Sie stand auf der Türschwelle und sah eine ganze Weile lang zu, ohne selber gesehen zu werden. Dann drehte Gabriel ihre Mutter zu sich um, küsste sie. Er hob sie auf den Tisch, den er mit einer Hand leer fegte. Die Schätze und Erinnerungsstücke ihres Vaters fielen scheppernd zu Boden. Lady Marys stöhnte und lachte und stöhnte wieder. Sie schien sehr glücklich. Gabriel berührte ihre Brüste, berührte sie überall. Dann bestieg er ihre Mutter und begann mit seinen Stößen.

Adelina wurde übel, sie hielt sich die Hand vor den Mund und schloss die Tür, so leise sie konnte. Sie zitterte, als sie langsam, wie betäubt, die Treppe hinunterging. Vorbei an der Truhe ihres Vaters, an Ella, die über ihrem Essen zusammengekauert saß. Sie nahm sie gar nicht wahr. Adelina ging zum

Stall, sattelte ihr Pferd und rief dem Wachposten zu, er solle die Brücke herunterlassen.

Und dann war sie fort.

Agnes ließ ihn kaum je allein, nicht einmal für kurze Zeit, aber heute musste sie am Fluss Wasser holen. Als sie zu ihm sagte: »So, jetzt wirst du sitzen bleiben und nicht weglaufen, oui?«, als wäre er ein kleines Kind, hatte er ihr nur in die Augen geschaut und dann, ganz langsam, den Kopf wieder weggedreht. Wo sie schon einmal Zuneigung in seinen hellen Augen vermutet hatte, war heute gar nichts. Überhaupt nichts. »Was ist denn los?«, hatte Agnes gefragt. Er hatte nur den Kopf weggedreht.

»Christian?«

Er war wütend auf sie. »Was habe ich denn getan?«, hatte sie gefragt. Aber er wollte heute nicht reden. Nicht, dass er sonst viel geredet hätte, natürlich, aber sie war jetzt lange genug hier, um zu wissen, was er wollte und wann und manchmal sogar warum. Im Grunde waren sie gute Freunde geworden, die sich in der Nacht wärmten. Sein Körper war ihr ein Trost, aber natürlich nicht ein so großer Trost wie Geoffreys Körper es gewesen war. Das durfte und würde nie wieder sein. Es hätte gar nicht erst passieren dürfen, aber an jenem Morgen, als sie ihn berührte und so sehr liebte, hatte sie keinerlei Gedanken an das Für und Wider verschwendet. Sie hatte sich nicht beherrschen können, weil auch er so verzweifelt gewesen war. Und wie gut sie wusste, was es hieß, jemanden zu lieben und keine Gegenliebe zu finden.

Agnes nahm den mit Flusswasser gefüllten Eimer auf und schleppte ihn den ganzen Weg den Hügel hinauf zum Haus. Plötzlich blieb sie stehen. Irgendetwas fühlte sich falsch an. Es war eine Art Vorahnung, eine sehr, sehr intensive.

Sie vernahm Pferdegetrappel. Kaum hatte Adelina sie erkannt, sprang sie vom Pferd. »Geoffrey! Wo ist Geoffrey?«

»Er ist nicht hier, Mademoiselle Adelina.«

»Wo ist er denn?«, schrie sie mit verzweifelter Stimme.

»Er ist in der Abtei, Mademoiselle.«

Adelina war so schnell wieder aufs Pferd gestiegen, dass sie Agnes gar nicht mehr rufen hörte, dass niemand mit Geoffrey reden dürfe. Sie spornte ihr Pferd zum Galopp Richtung Abtei an.

Doch auf ihr hektisches Hämmern an die Tür reagierte niemand. Adelina klopfte so heftig, dass ihre Knöchel zu bluten begannen. Schließlich ging die Tür auf, und da stand, völlig überrascht, ein alter Mönch. »Mademoiselle Adelina?«

»Wo ist Geoffrey?«

»Wer?«

»Geoffrey de Polignac! Wo ist er?«

Die Tür wurde ihr vor der Nase zugeschlagen. Wieder hämmerte Adelina dagegen, bis sie keine Kraft mehr hatte. Plötzlich öffnete sich die Tür wieder. Vor ihr stand Abt Jean. Abt Jean, der sie nie gemocht hatte. Er verabscheute alles, was weiblich war, das zeigte sich in seinen Augen und in seiner Stimme. Sie war ihm immer zuwider gewesen, und sie hatte sich mehr als einmal dafür gerächt. Keine Minute bereute sie es, dass sie ihm Rattenkot in seinen Weinkelch geworfen oder tote Frösche auf seinen Stuhl gelegt hatte. Frösche, die schon unangenehm rochen und zerquetscht wurden, wenn er sich unwissentlich auf sie setzte.

»Ihr könnt nicht zu Geoffrey«, sagte er nur.

»Das muss ich aber. Mein Vater ist tot. Es ist viel geschehen, viel Schreckliches. Ich muss zu Geoffrey. Ich brauche seinen Rat.«

»Ich weiß, dass Euer Vater tot ist. Schließlich bereite ich sein Begräbnis vor.«

»Bitte, Abt Jean. Bitte lasst mich zu Geoffrey, ja? Nur dieses eine Mal, bitte?«

»Er heißt nicht mehr Geoffrey de Polignac. Er heißt jetzt Bruder Christophe.«

»Nein. Nein, er heißt Geoffrey.«

»Er heißt Bruder Christophe.«

»Bitte, lasst mich zu ihm, ja?«

»Das ist unmöglich.«

Adelina spürte Tränen aufsteigen, Tränen der Wut. Sie fragte: »Darf er Briefe empfangen?«

»Von Euch? Nein.«

»Ihr seid ein widerlicher Mistkerl, Abt Jean, und ich hoffe, Ihr bratet in der Hölle, die Ihr Euch selber bereitet habt!«

Der alte Mönch stand da, von ihrem Ausbruch unberührt. An Derartiges war er seit vielen Jahren gewöhnt. »Die Nachricht vom Tod Eures Vaters hat uns alle verstört. Es ist besser, Ihr reitet jetzt nach Hause, und morgen sehe ich Euch dann, hier in der Abtei.«

»Bitte sagt Geoffrey, was geschehen ist. Sagt ihm, dass Gabriel von Lyon jetzt alles an sich gerissen hat. Jetzt wird die Hölle los sein.«

Der Abt war nicht im Mindesten besorgt. »Stellt Euch diesem neuen Leben nur mit Mut im Herzen, und alles wird gut.«

»Ihr habt gut reden. Ihr, der Ihr Euch vom Leben absondert und vorgebt, der Stimme Gottes zu gehorchen, wo doch die Stimme Gottes im Herzen allein liegt, in einem Herzen, wie Ihr keines besitzt!«

»Hütet Eure Zunge, Adelina de Polignac.«

»Ich fürchte Euch nicht!« Sie wandte sich ab und nahm wütend die Zügel ihres grasenden Pferdes. Sie stieg auf und sah sich noch einmal um. »Ihr solltet hier sein, um zu helfen, nicht zu behindern!« Sie spie auf den Boden und galoppierte davon.

Abt Jean seufzte nur und ging wieder hinein.

Geoffrey drehte sich um, als er das Klopfen an seiner dicken Tür hörte. Der Abt kam herein. »Robert de Polignac ist tot, Bruder Christophe. Die Begräbnisfeierlichkeiten finden morgen statt.«

Geoffrey blieb der Mund offen stehen. Einen Augenblick lang schien es, als wolle sein Herz aussetzen. »Mein Onkel ist tot?«, fragte er, wie er so dastand und seine Kapuze zurückschlug. Der Blick, den er dem Abt zuwarf, flehte um weitere Informationen, aber es kamen keine.

Der Abt verließ die winzige Zelle, mit lautem Getöse schlug die Tür zu. Geoffrey setzte sich wieder und starrte auf das mächtige Buch auf dem Lesepult, ohne etwas zu sehen. Dann richtete er den Blick auf das Kruzifix über seiner schmalen Pritsche, aber auch das sah er nicht.

Mein Onkel ist tot?

Agnes hängte den Eimer an das Seil, eine Vorrichtung, die Geoffrey konstruiert hatte. Er sah es nicht gern, wenn sie sich mit dem schweren Eimer die Leiter hoch mühte, und auch er trug den Eimer nicht gern hinauf. Es war eine wirklich geniale Vorrichtung, und doch brauchte man zwei Leute dazu, wenn man nicht wollte, dass Wasser auf dem Weg nach oben verschüttet wurde. »Christian!«, rief sie in ihrem typischen Singsang. »Allez! Vite!«

Es kam keine Antwort.

Er schläft doch sicher nicht, überlegte sie. Dazu war es viel zu heiß.

»Christian? Bitte helft mir, ja?«

Nichts.

In mächtigen Wellen meldete sich die Vorahnung zurück. Das Herz schlug ihr bis zum Hals, so jedenfalls fühlte es sich an, und so kletterte Agnes die Leiter hoch. Es dauerte nicht lange, und der Eimer mit dem Trinkwasser war umgekippt. »Christian?«

Er lag auf den Knien und war völlig reglos. Einen Moment lang dachte sie, er betete womöglich, wie die Mauren beteten. Dann erst sah sie die Blutlache, die sich auf dem Boden ausbreitete.

Agnes versuchte sich davon abzuhalten, das Offensichtliche zu leugnen, aber es wollte ihr nicht gelingen. »Nein, nein, das darf nicht sein«, flüsterte sie heiser. Sie hockte sich neben ihn und berührte ihn. Die Berührung, so federleicht sie war, reichte aus, um ihn zu Fall zu bringen. Geoffreys Dolch steckte ihm bis zum Heft im Herzen. Er hatte geweint, als er starb, denn sein Gesicht war immer noch tränenüberströmt. »Christian, nein …«, flüsterte sie, als sie ihm das Haar aus dem Gesicht strich. Aus ihrem Leugnen wurde bald ein »Warum nur, warum?«. Sie kauerte sich zu ihm auf den Boden, nahm ihn fest in die Arme und wiegte ihn.

Bruder André war der Erste, der das Einsiedlermädchen aus der Wassermühle entdeckte. Mühsam kämpfte sie sich den grasbewachsenen Hügel hoch. Als sie näher kam, sah André, dass sie voller Blut war. Zuerst dachte er, sie sei verwundet, schwer verwundet. Er lief zu ihr hin, beim Laufen die Kutte raffend, aber sie rannte an ihm vorbei, einen wilden Blick in ihren glanzlosen Augen. Sie flüsterte: »Geoffrey, Geoffrey?«

Wie beliebt unser Bruder Christophe doch heute ist, dachte André.

Kapitel Zweiundzwanzig

»Was bekümmert Euch?«, fragte Gabriel an jenem Abend an der Tafel. Adelina gab keine Antwort. Schon saß er auf dem Stuhl ihres Vaters, an der Seite ihrer Mutter. Gräfin Marys schwieg, gab vor, verzweifelt zu sein, während aus ihren Augen doch weiter nichts als heimliche Freude strahlte.

An jenem Nachmittag war der Leichnam ihres Vaters in die Abtei gebracht worden, und endlich kam frische Luft in die Halle, doch der Geruch des Todes erschien Adelina intensiver noch als zuvor.

»Ich fragte, was Euch bekümmert.« Gabriel hatte gesehen, dass sie mit ihrem Essen spielte. Für seinen Geschmack war sie viel zu still und zu sehr voll unterdrückter Wut, doch nicht einen Moment lang zweifelte er daran, dass es zu spät war, diesem Mädchen Manieren beizubringen, ihr den Platz zuzuweisen, an den sie wahrhaftig gehörte.

»Sollte etwas mich bekümmern, dann geht es Euch ganz gewiss nichts an, Gabriel von Lyon.« Mit hasserfülltem Funkeln betonte sie das *Lyon*. »Aber da Ihr schon fragt, will ich es Euch sagen. Mein Vater ist zwar tot, aber noch nicht unter der Erde, und Ihr sitzt auf seinem Platz, stolzer als Philipp Augustus auf seinem Thron. Also was sollte mich da bekümmern?«

Aller Augen ruhten auf ihm, nur die von Gräfin Marys nicht. Sie war an die Ausbrüche mangelnden Respekts ihrer Tochter gewöhnt. Für den Augenblick hielt Gabriel es für klüger, die Bemerkung zu ignorieren, so gut er konnte. »Henri Dupuy ist noch am Leben?«, fragte er.

»Besser, wenn auch er stürbe, ja? Dann habt Ihr die Macht über alles. Jedenfalls denkt Ihr das doch. Wo ist dieser Brief, den mein Vater schrieb? Ich will ihn sehen, jetzt.«

»Adelina, zolle dem Stärkeren Respekt«, sagte ihre Mutter, ohne aufzusehen.

»Stärker? Er?« Sie spie auf den Boden und warf ihrer Mutter einen wütenden Blick zu. »Diese Burg und alles Land gehören mir, Mama. Mir.«

»Nur dem Namen nach, kleines Mädchen«, erwiderte Gabriel gelangweilt und aß weiter. »Wie geht es Geoffrey?«

Sie schaute auf, wieder stand ihr der Hass in den Augen. »Eurem Lächeln entnehme ich, dass Ihr es bereits wisst.«

»Die Liebe Eures Lebens hat den Zölibat, ein härenes Hemd und ein Leben im Gebet gewählt. Da wäre ich auch ganz schön wütend.«

»Was heißt das?«, fragte Gräfin Marys.

»Geoffrey. Der kleine Hänfling ist jetzt Mönch.«

»Robert wäre erfreut.«

»Erfreut?«, rief Adelina. »Niemals wird der Geist meines Vaters zur Ruhe kommen. Ihr habt ihn getäuscht, wie Ihr uns alle getäuscht habt!«

»Geh auf dein Zimmer«, befahl Gräfin Marys.

»Ich esse noch.«

»Geht auf Euer Zimmer!«, brüllte Gabriel.

Adelina warf Gabriel einen Blick zu. Gab er ihr jetzt etwa schon Befehle? Die Andeutung eines Lächelns umspielte ihre Lippen, und sie ignorierte ihn, so gut sie konnte, bis auch sein dritter Befehl nicht beachtet wurde. Plötzlich sprang er von seinem Platz auf, lief über den Tisch durch das Essen, packte sie am Haar und sprang auf den Boden. »Geht, oder ich schleife Euch nach oben!«

Adelina wand sich in seiner Umklammerung und stieß ihm die Faust ins Gesicht. Ihre aufgeschlagenen Knöchel schmerzten höllisch. Ohne zu zögern, schlug er zurück. Blut schoss aus ihrer Nase, und wieder war die Pein kaum zu ertragen. Sie weinte nicht, auch wenn ihr die Tränen in den Augen standen, und sie gab auch nicht nach. Louis war sofort aufgesprungen, um sie zu verteidigen, ebenso Dedwyd.

»Nein! Setzt euch wieder, alle beide!«, rief sie. »Ich brauche keinen Mann zu meinem Schutz! Keinen einzigen Mann, hört ihr!«

Gabriel ließ sie los, und ihre Knie gaben nach. Er fing sie nicht auf, als sie fiel. Doch sie rappelte sich wieder hoch und setzte sich zurück an die Tafel. Sie nahm eine Serviette, um das Blut zu stillen. Kurz schaute sie zu ihrer Mutter, aber die wusste nicht, was sie tun sollte. Adelina nahm ihr Stück Lammkeule und aß weiter, als sei nichts geschehen. Doch sie zitterte heftig.

»Auf dein Zimmer!«, befahl ihre Mutter erneut.

»Warum?«, fragte Adelina und sah sie unter Tränen und Schmerzen an.

»Tu, was ich dir sage.«

Plötzlich begann sie, hysterisch zu lachen. »Wie schmecken denn seine Küsse, Mama? Wärmt er Euren nackten Körper bei Nacht, so wie er eines Tages meinen Körper wärmen will?«

»Du redest Unsinn!«

Adelina starrte ihre Mutter an. »Wie konntet Ihr nur, Mama? Mein Vater ist noch nicht einmal kalt!«

»Was redet sie da, Gabriel?«

Er wollte das Ganze nicht länger hinnehmen. »Ihr wollt den Brief Eures Vaters sehen? Da ist er!«

Er warf ihn ihr auf das Fleischbrett. Während Adelina sich immer noch die blutende Nase hielt, las sie langsam die Worte ihres Vaters, Worte der Wahrheit, aber dennoch Lügen. Sie sah erst Gabriel an, dann ihre Mutter, dann Louis und Dedwyd. Heute Abend lächelte der kleine Bogenschütze nicht.

»Ich habe beschlossen, dass die Hochzeit mit Dupuy nicht mehr bis zu Eurem Geburtstag warten kann. Ihr werdet getraut, sobald alle Vorkehrungen getroffen sind.«

Und dann wird auch Baudoin sterben, dachte sie. Adelina erhob sich von der Tafel. »Louis, begleite mich nach oben.«

Hastig nahm sich Louis noch ein Stück Fleisch und stopfte es sich in den Mund. Wie befohlen, begleitete er seine junge Herrin nach oben. »Ich wünsche, dass du in meinen Diensten bleibst, Louis. Und Dedwyd auch. Vielleicht kannst du bei Michel bleiben, bis ich verheiratet bin. Nach der Trauung wirst du nach Allegre kommen. Du wirst bei mir Kost und Logis haben. Um das zu ermöglichen, werde ich meinen Schmuck verkaufen.«

»Die Dupuys haben ihre eigenen Gefolgsleute. Ich werde nicht willkommen sein, Mademoiselle.«

»Du hast meinem Vater getreulich gedient, Louis, jetzt bin ich deine Herrin. Natürlich nur, wenn du das auch wünschst.«

»Ich würde Euch bis hinter den Horizont folgen, Mademoiselle. Aber zu Eurem eigenen Besten solltet Ihr erst mit Baudoin Dupuy reden.«

»So wird es geschehen, Louis. Es muss sein. Um meines Vaters willen darf ich dich nicht verlieren.«

Louis nahm ein Stück Tuch und stillte das Blut, das ihr erneut aus der Nase lief. »Wenn er nicht der Herr wäre, hätte ich ihn dafür umgebracht.«

»Aber er ist der Herr, jedenfalls denkt er das. Vielleicht wird es eine Weile nach seinem Willen gehen müssen, aber das wird nicht ewig dauern, Louis. Meine Mutter hat sich in letzter Zeit zu einer brabbelnden Idiotin entwickelt. Ob sie wohl je einsieht, wie Gabriel von Lyon wirklich ist? Es scheint, selbst mein Vater hat das bis zum Schluss nicht begriffen.«

»Gegen einen wie ihn könnt Ihr einfach nicht gewinnen, Mademoiselle. Vielleicht, wenn Ihr ein Mann wäret. Aber das seid Ihr nicht. Daran müsst Ihr immer denken. Das müsst Ihr unbedingt, zu Eurem eigenen Besten.«

»Du sagst mir, ich kann nicht gewinnen. Das sagst du mir?«

Louis lächelte, auch wenn es ein Lächeln ohne alle Freude war. Er kannte sie viel zu gut. Ihr ganzes Leben kannte er sie schon; sogar als kleines Kind hatte sie versucht, ihren Willen durchzusetzen.

»Wo ist mein Mädchen?«

»In der Küche.«

»Sie soll herkommen.«

Louis ging zur Tür. »Mademoiselle?« Neugierig sah sie ihn an. »Es war mir eine Ehre, Euch gekannt zu haben und Euch zu dienen, und auch ein Privileg, aber morgen nach dem Begräbnis muss ich fort.« Seine Worte waren aufrichtig und voller Trauer.

»Sollte ich je nach dir schicken lassen, Louis, ja sollte ich bis ans Ende der Welt schicken, würdest du dann kommen?«

Louis nickte, nahm ihre Hand und küsste sie. Dann war er fort.

Jennet war nicht überrascht angesichts des Anblicks ihrer Herrin. Sowohl sie als auch Ella hatten den Aufruhr mitbekommen, hatten aber nicht gewagt nachzuforschen. Sie waren in der Küche geblieben und hatten sich allerlei Übles vorgestellt. Jennet nahm ein feuchtes Tuch und betupfte Adelinas Gesicht. Ihre Oberlippe war geschwollen, und um ihre Augen herum erahnte man schon die dunklen Ringe.

»Meine Mutter sagt, eine blutende Nase nimmt die Blutergüsse von den Augen.«

»Die Blutergüsse sind mir egal. Wo bist du den ganzen Tag gewesen?«

»Ich wurde für gestern zurückbefohlen, aber wieder weggeschickt, als Ihr nicht nach Hause gekommen seid. Doch nun seid Ihr hier, und nur das zählt jetzt.« Jennet half Adelina, die Tunika über den Kopf zu ziehen. Sie gab dem Wasser ein paar Tropfen Öl bei und reinigte Arme, Hals und Oberkörper ihrer Herrin. »Ihr seid dünner geworden.«

»Ach ja?«

»O ja. Viel dünner.«

»Mein Vater ist tot, Jennet.«

»Ja, Herrin, ich weiß«, antwortete Jennet mit sanfter Stimme und unter sanften Berührungen.

»Mein Vater ist tot, und trotzdem kann ich nicht weinen. Wieso kann ich denn nicht weinen?«

»Das weiß ich nicht, Herrin. Seiner Tränen braucht man sich nicht zu schämen. «

Adelina erwiderte nichts.

Jennet bemühte sich liebevoll um sie. »Ich bin so froh, dass Ihr sicher wieder zu Hause seid. Ich habe es schon vermisst, mich um Euch zu kümmern.«

Und ich habe dich auch vermisst, dachte Adelina. Sie berührte Jennets Hand, und beide lächelten. Aber viel zu bald schon schwand Adelinas Lächeln wieder. »Geoffrey ist jetzt ein Mönch.«

»Ja.«

»Louis ist entlassen, und ich soll früher heiraten, als mein Vater es gewünscht hat. Aber das werde ich nicht, Jennet. Das kann ich nicht. Denn wenn ich heirate, wird Baudoin Dupuy gewiss sterben. Dafür wird Gabriel schon sorgen.«

»Aber warum denn?«

»Baudoin ist der einzige Erbe, so wie ich die einzige Erbin bin, und alles, was mir und ihm gehört, wird in meinen alleinigen Besitz übergehen, sollte er sterben. Genau das hat Gabriel geplant; wenn alle Ländereien erst einmal mir gehören, wird er mich heiraten, sodass dann alles ihm gehört.«

»Wisst Ihr noch, Herrin, vor einiger Zeit habe ich Euch gesagt, jetzt fängt alles für Euch an. Und genau das habe ich gemeint.«

»Weißt du, was ich heute gesehen habe?«

»Was habt Ihr gesehen?«

»Ihn und meine Mutter im Zimmer meines Vaters. Seinem privaten Refugium. Sie waren beieinander wie die Tiere, Gabriel und meine Mutter. Er muss ihre Bedürfnisse wohl aufs Trefflichste befriedigen, denn jetzt schaut sie zu ihm auf wie ein Leprakranker zu Christus.«

»Womöglich liebt sie ihn.«

»So etwas wie Liebe gibt es nicht. Liebe wurde von Männern erfunden, weil es praktisch für sie ist, aus keinem anderen Grund. Das weiß ich jetzt. Männer schauen auf uns wie auf ihren Lieblingshund oder ihr Lieblingspferd, und manchmal sind wir sogar noch weniger wert. Was sind wir denn schon anderes als gesitteter Zierat, der im Kindbett stirbt, nur um durch anderen Zierat ersetzt zu werden?«

Jennet schwieg. Sie traute sich nicht, etwas zu erwidern. Sie machte sich große Sorgen um den Geisteszustand ihrer Herrin. Sie selber würde Etienne Söhne gebären, und als Gegenleistung würde er ihr Nahrung und Kleidung und Obdach geben und ihr dazu noch, wenn sie Glück hatte, ein Gefährte sein, ohne sie allzu viel zu schlagen. Aber er war nur so lange nett, wie sie die Beine breit machte und ihm Vergnügen bereitete. Danach wollte er sie am liebsten nicht mehr kennen, so schien es jedenfalls.

»Morgen werde ich dich für viele Jahre zum letzten Mal sehen, Jennet.«

»Herrin?«, fragte sie besorgt, und ihre Stimme war kaum mehr als ein Piepsen.

»Ich ziehe ins Heilige Land. Wir wollen Jerusalem befreien.«

Sprachlos hörte Jennet zu, als Adelina ihr von Stephan von Cloyes, dem Hirten, erzählte, und von dem, was sie vor den Toren der Abtei von Saint-Denis gesprochen hatten. »Das ist meine wahre Bestimmung, Jennet. Das Heilige Land zurückzuerobern.«

»Oh, Herrin, Ihr seid ja so mutig.«

»Davon darf aber keiner wissen, und außerdem kann ich mich im Kleid einer Adligen den anderen unmöglich anschließen.«

»Wieso nicht?«

»Ich wäre eine zu wertvolle Geisel. Tu, worum ich dich bitte, Jennet, und du wirst frei sein und kannst deinen Etienne heiraten. Mein Vater hat seine Einwilligung dazu gegeben, und solch eine Einwilligung kann nicht widerrufen werden. Heirate schnell, ehe Gabriel von Lyon beschließt, dir Hindernisse in den Weg zu legen. Denn er wird versuchen, diese Einwilligung aufzuheben, wenn er glaubt, dass er mich damit treffen kann. Er weiß, was ich für dich empfinde.«

»Und was soll ich für Euch tun?«

»Gib mir dein Kleid.«

»Aber ich habe nur das eine.«

»Du kennst doch so viele Bauern, kannst du nicht eines stehlen? Ich will als Bäuerin und nicht als Adlige ins Heilige Land einziehen. Bring das Kleid morgen zu Agnes. Ich hinterlege dir stattdessen ein Kleid, in dem du heiraten kannst, und ich lasse dir eine schriftliche Einwilligung da, damit es keinen Ärger gibt.«

»Aber Herrin, das traue ich mich nicht. Meine Mutter näht schon an dem Kleid, das ich tragen werde.«

»Mein Hochzeitskleid gefällt dir nicht?«, fragte Adelina, und beide drehten sich zu dem Kleid um, das an einem Haken über dem Paravent hing.

»Auch wenn Ihr eine Einwilligung ausstellt, Herrin, wird

man mich umbringen, nur weil ich solch ein wunderschönes Gewand trage.«

»Wirst du mir dann ein Kleid stehlen?«

»Ich würde alles tun, worum Ihr mich bittet, Herrin. Aber ich flehe Euch an, lasst mich mit Euch ins Heilige Land ziehen.«

»Du willst mit?«

»Ja, bitte.«

»Aber Jennet, das ist ein Kinderkreuzzug, ein Kreuzzug der Unschuldigen. Du bist kein Kind mehr.«

»Würde Gott mich zurückweisen, weil ich zu alt bin?«

Adelina schaute ihrer Zofe in die Augen. »Davon darf nie jemand erfahren.«

»Das wird auch keiner.«

»Würde Etienne dir für eine solche Reise alles Gute wünschen?«

»Das möchte ich lieber gar nicht erst abwarten. Ich möchte bei Euch bleiben. Da ist mein Platz, Herrin. Bei Euch.«

»Also dann, am Tag nach dem Begräbnis meines Vaters brechen wir nach Marseille auf.«

»Kennt Ihr den Weg?«

»Nein, aber das finde ich schon heraus.«

»Sicher wird Gott uns den Weg nach Marseille weisen, Herrin, oder?«

»Gott oder Louis.« Mehr sagte Adelina nicht, der Plan in ihrem Kopf nahm bereits Gestalt an.

Und der Plan hätte sich auch erfolgreich umsetzen lassen, hätte Baudoin Dupuy nicht im Schatten eines mächtigen Baumes gewartet, als sie am nächsten Tag zum Begräbnis ihres Vaters erschien.

Als Erstes trat er feierlich auf Gräfin Marys zu und küsste ihr die Hand. Es war eine große Menschenmenge anwesend, und Gabriel konnte ihn nicht wegschicken. Stattdessen forderte Gabriel ihn auf, anschließend zu einer Unterredung mit auf die Burg zu kommen. »Worum geht es dabei?«, fragte Baudoin und rechnete schon halb damit, dass die Hochzeit abgesagt werden könnte.

»Um die Hochzeit«, antwortete Gabriel, sagte aber weiter nichts. Dann geleitete er die trauernde Witwe in die Abtei.

Baudoin sah Adelina an. Er hätte ihr zu gern gesagt, wie zauberhaft sie an diesem Tag aussah, hielt das aber weder für klug noch für schicklich. Fest umklammerte Adelina seinen Arm, der in schwarzem Leder steckte, und als sie hineingingen und ihre Plätze einnahmen, kam es ihr so vor, als wäre dies schon einmal geschehen. Nur dieses Mal schienen sie tatsächlich Freunde zu sein. Und dieses Mal gab es keinen König, nur den Sarg mit dem Leichnam ihres Vaters.

Von seinem Platz hoch über den Trauergästen sah Geoffrey zu, sein Gesicht halb verborgen von der dicken schwarzen Kapuze, auch seine Tränen sah man nicht. Tränen, die er für Christian, für Graf Robert und für Acelin vergoss. Es hatte den Anschein, als stehe allen, die er zu lieben wagte, der sichere Tod bevor. So war es vielleicht nur ein Glück, dass der Abt ihm verboten hatte, sich mit Adelina zu treffen oder mit ihr zu reden. Solch ein Dämon könne die Reinheit seiner Seele und seines Körpers nur beflecken, hieß es.

Doch er hatte ihr einen Brief geschrieben, mehr würde er am heutigen Tag nicht wagen.

Die anderen Mönche kannte er noch nicht gut genug, um ihnen selbst eine so schlichte Botschaft anzuvertrauen, also musste er das persönlich erledigen. Er hoffte, auf dem Weg zur Krypta nahe genug an Adelina heranzukommen.

Und am kommenden Tag würde er dann seinen Bruder beerdigen.

Ob Adelina Bescheid wusste? Ob überhaupt einer hier Bescheid wusste?

Mitten in dem langen, langen Gottesdienst, der sich endlos hinzog und ihren Vater vor Langeweile um den Verstand gebracht hätte, schaute Baudoin Adelina an und flüsterte ihr etwas zu, aber sie verstand nicht, was er sagte. Sie war zu beschäftigt damit, Graf Heracle zu betrachten, den Onkel, den sie nie kennen gelernt hatte.

Er saß direkt gegenüber von ihrer Mutter und Gabriel, auf der anderen Seite der Abtei, aber im selben Abstand zu Graf Roberts Sarg, dem Sarg, den ein Tuch mit dem Wappen der Polignacs zierte. Allzu intensiv konnte sie ihn nicht betrachten, ohne die Aufmerksamkeit auf sich zu lenken, doch im Profil sah er ihrem Vater sehr ähnlich. Das Haar war das gleiche, den Bart trug er auf die gleiche Art, nur seine Nase war größer. Und wenn diese zwei Brüder sich so ähnlich sahen, dann musste auch Geoffreys Vater kräftig und gut aussehend gewesen sein. Hatten alle Söhne dieses Aussehen geerbt, alle außer Geoffrey? Das konnte sie nicht beantworten, denn weder die Söhne von Graf Heracle waren hier noch seine Frau. Er war allein, hatte nur einen Ritter bei sich. Es muss wohl stimmen, dachte sie, dass die Familienmitglieder sich nur in Äußerlichkeiten ähnlich sind, in der Wesensart sind sie höchst verschieden.

Geoffreys Vater Guillaume war ein gebildeter Mann gewesen, freundlich, ein Poet. Robert ein barscher, aber gerechter Herr, dem finanzielle Angelegenheiten das Wichtigste waren. Und Heracle? Sie wusste es nicht. Ihr Vater hatte nie von ihm gesprochen, auch nicht mit ihm gesprochen. Wenn der Name erwähnt wurde, schloss er die Augen und sagte nichts mehr.

Graf Heracle war sehr reich. Er lebte in der Festung von Polignac, wie seit Anbeginn der Zeiten alle erstgeborenen Söhne der Familie. Immer noch besuchten Pilger die Festung und bestiegen den Turm, um den alten Göttern Fragen zu stellen. In der Festung hatten die Brüder ihre Kindheit verbracht. Einmal hatte Adelina ihren Vater gefragt, ob es stimme, dass die Antworten für die Pilger von Gott selbst kämen? Doch ihr Vater hatte nur gelächelt und geschwiegen.

Adelina bemerkte, dass der Bruder ihres Vaters sich die Augen wischte. Viele Jahre hatte er jetzt schon mit seinem Bruder nicht gesprochen. Warum war er nun gekommen, um von ihm Abschied zu nehmen?

Beeilt euch, dachte sie. Bitte beeilt euch. Das ertrage ich keinen Augenblick länger. Als würde Baudoin ihre Verzweiflung spüren, drückte er ihr die Hand.

Irgendwann, nach einer scheinbar endlosen Zeit, war der Gottesdienst vorbei, und die Mönche beendeten ihre Trauerchoräle. Neben ihrer Mutter schreitend folgte Adelina denen, die den Sarg trugen. Etwa einhundert Leute folgten ihnen. Bis jetzt fühlte Adelina nichts. Gar nichts. Da waren Gabriel und Michel, Louis und Dedwyd und Graf Heracle mit einem Mönch, die den Sarg trugen. Das Gesicht des Mönchs konnte Adelina nicht sehen. Die ganze Zeit hielt sie den Blick gesenkt, aber weinen konnte sie nicht.

Bis tief ins Innere der Abtei gingen sie, bis sie zu der Krypta kamen, in der die Polignacs von Lavoute ruhten. Nur die Familie, der Abt und die Sargträger durften eintreten.

Es war ein riesiger, düsterer Raum, muffig und klamm, und tief unter der Erde. Ganz oben in dem Raum war in den Fels eine Nische gehauen, in der etliche Schädel aus längst vergangenen Zeiten aufgereiht lagen. Robert de Polignacs Sarg wurde in den Sarkophag hinabgelassen, und der Mönch trat als Erster zurück.

Graf Roberts Bruder trug eine Kette, an der ein Medaillon hing. Er nahm sie ab und legte sie auf den Sarg, dann wurde der mächtige Steindeckel an seinen Platz geschoben.

Der Abt sprach ein weiteres Gebet, das Adelina aber gar

nicht hörte. Wie betäubt stand sie da. Plötzlich stieß Gräfin Marys einen ohrenbetäubenden Schrei aus und warf sich auf die steinerne Abdeckung. Niemand glaubte ernstlich an einen echten Gefühlsausbruch, diese Reaktion hatten alle erwartet. Gabriel führte sie schließlich hinaus, und die Vasallen folgten ihm.

»Lasst mich allein, Baudoin. Ich möchte mich in Ruhe von meinem Vater verabschieden«, flüsterte Adelina Baudoin zu.

«Ich werde auf der Treppe auf dich warten«, antwortete er.

In diesem Moment tippte der Mönch, der neben Adelina stand, sie an, und sie drehte sich um. Er hob den Kopf, sodass sie seine Augen erkennen konnte, bedeutete ihr aber zu schweigen. Es war Geoffrey. Adelina glaubte, ohnmächtig zu werden, als er ihr zwei kleine Pergamentrollen in die Hände drückte. Hastig verbarg sie sie in den Falten ihres Gewandes, im gleichen Augenblick war er auch schon mit dem Abt gegangen.

Nur noch zwei Menschen standen jetzt in der Krypta. Heracle de Polignac und Adelina. Sie waren vom selben Fleisch und Blut und doch Fremde. Stolz und hoch erhobenen Hauptes stand er am Kopfende des Sarkophags ihres Vaters, während sie am Fußende stand. Er flüsterte Worte ins Dämmerlicht hinein, Worte, die an seinen toten Bruder gerichtet waren, Worte, die der nicht mehr hören konnte. Adelina sah ihn an. »Ihr seid der Onkel, den ich nie kennen lernen durfte, nicht wahr? Ich bin Adelina«, sagte sie leise.

Graf Heracle antwortete nicht.

»Er hätte Euch zu Lebzeiten herzlich willkommen geheißen. Ich kannte meinen Vater gut, besser als die meisten. Er hätte Euch willkommen geheißen. Vor seinem Tod hat er seinen Frieden mit den meisten seiner Feinde gemacht. Es war, als habe er in die Zukunft sehen können.«

Graf Heracle sah das Mädchen an, die Tochter seines jüngeren Bruders, dann drehte er sich weg und ging hinaus, ohne ein Wort mit ihr gesprochen zu haben.

Adelina betrachtete die letzte Ruhestätte ihres Vaters und las die Inschrift:

ROBERT DE POLIGNAC
1155 – 1212

Eines Tages, dachte sie, werde auch ich hier liegen, mit meinem Vater und meinem Bruder. Zu ihrer Rechten befand sich der kleinste Sarkophag, den sie je gesehen hatte. Der Name ihres Bruders war Michelet gewesen.

»Adelina?«

Als sie ihren Namen vernahm, schreckte sie auf. Es war Baudoin.

»Gleich«, sagte sie und setzte sich auf das Grab ihres Großvaters. Adelina rollte eine der Pergamentrollen, die Geoffrey ihr zugesteckt hatte, auf, an der anderen war eine Notiz befestigt. Aber es war viel zu dunkel in der Krypta, um lesen zu können. Sie steckte das Schriftstück wieder ein. Baudoin war ungeduldig; er rief noch einmal. Sie verließ die Krypta und ergriff seine ausgestreckte Hand. Sicheren Schrittes führte er sie zurück durch die Abtei und hinaus in den strahlenden Sonnenschein. Die meisten Leute waren schon gegangen. In der Ferne sah sie gerade noch ihre Mutter, die nach Hause gefahren wurde. Michel, Louis und Dedwyd folgten zu Pferde. Von Geoffrey war weit und breit nichts zu sehen. Adelinas Onkel sprach mit Abt Jean. Sie machte sich los von Baudoins Hand und ging zu ihnen. »Abt Jean, Ihr habt schöne Worte voller Respekt gesprochen, aber alles war Lüge, und Ihr, Heracle de Polignac, Euch habe ich nur eines zu sagen. Werdet Ihr zuhören, auch wenn ich nur eine Frau bin?«

Graf Heracle zog die Augenbrauen hoch, genau wie ihr Vater das auch immer getan hatte, doch stolz hielt sie seinem Blick stand. »Ich spucke auf Euch, denn Ihr habt unsere Familie entzweigerissen. Euer Stolz hat vielem einen Riegel vorgeschoben. Denkt an meine Worte, der Name Polignac wird wieder erstrahlen, und er wird erstrahlen durch mich. Nicht durch Euch oder Eure nutzlosen Söhne.« Sie starrte ihren Onkel an und hoffte, er würde irgendetwas tun, aber er reagierte nicht. Er wandte sich erneut dem Abt zu und nahm seine Unterhaltung wieder auf, als sei sie gar nicht vorhanden.

Baudoin führte sie weg. »Eines Tages werdet Ihr auf dem Scheiterhaufen brennen.«

»Voller Stolz würde ich die Flammen willkommen heißen, denn in der Wahrheit liegt kein Schmerz.«

»Irgendetwas stimmt nicht mit Eurem Kopf.«

»Was nicht stimmt, Baudoin Dupuy, hat nichts mit meinem Kopf zu tun. Was nicht stimmt, umgibt mich ständig.«

»Und das wäre, Adelina de Polignac?«

»Männer. Ich kann sie nicht ausstehen.«

»Also möchtet Ihr mich am liebsten mit Euren Worten kastrieren?«

»Ihr seid eine Ausnahme. Ich will noch Christian besuchen, ehe ich zur Burg zurückkehre.«

»Dafür ist keine Zeit.«

»Die Zeit ist mir genauso egal wie ein Froschfurz, Baudoin Dupuy! Ich wünsche allein zu sein!«

»Dann sollt Ihr auch allein sein.«

Er ging fort, holte sein Pferd, stieg auf, und ohne sich noch einmal nach ihr umzudrehen, ließ er sie allein zurück. Wenn er gedacht hatte, sie würde ihm hinterherlaufen und ihn anflehen zurückzukommen, dann hatte er sich geirrt, ein Fußmarsch kam Adelinas Bedürfnissen jetzt sehr entgegen.

Sie ging den Hügel hinunter zum Haus von Agnes, und da,

versteckt unter ein wenig Stroh, an der Stelle, die man ihr angegeben hatte, lag das Bündel – das eingewickelte Kleid und die Schuhe einer Bäuerin. Sie ging ins Haus hoch, um sich von Christian zu verabschieden. Aber es war niemand da. Eine ganze Weile stand sie dort und rief. Aber es kam keiner. Das war merkwürdig. Wirklich seltsam. Vielleicht gingen Christian und Agnes am Fluss spazieren? Oder holten gerade Wasser? Nein. Bei der Leiter lag ein Eimer, trocken und umgekippt auf der Seite.

Adelina legte das Bündel ab und kletterte die Leiter hoch. Sie bückte sich und betrat das Haus. Die Stühle, die Betten. Der Tisch. Und auf dem Fußboden ein riesiger Fleck. Sie ging näher heran und betrachtete ihn eingehend. Sie fasste hin und hielt sich dann den Finger an die Nase. Es war Blut.

»Agnes?«, rief sie, aber es kam keine Antwort.

Die Kleider von Agnes waren nirgendwo zu sehen. Was war nur passiert? Adelina setzte sich und holte aus ihrer Tasche die Pergamente, die Geoffrey ihr gegeben hatte. Das eine Schriftstück war versiegelt, das andere zugebunden, also nahm sie zuerst das zugebundene. Schockiert und voller Entsetzen las sie Geoffreys Nachricht.

Christian war tot, durch eigene Hand gestorben und bis in alle Ewigkeit verdammt.

Adelina saß ganz still in Geoffreys Haus. Dem Haus, für das er sich geschämt hatte. Sie sah nichts. Und sie fühlte noch weniger. Ihr Herz war so kalt und so schwer geworden wie ein Stein. Jetzt war sie wieder so wie am Tag ihrer Geburt. Allein.

Cateline, ihre Freundin und Gefährtin.

Raoul.

Acelin.

Ihr Vater.

Und jetzt Christian. Sie schaute auf ihre Hände, auf Geoffreys Worte, Zeichen auf dem Pergament. Er hatte geweint, als er sie geschrieben hatte. Er hatte geweint.

Und sie konnte immer noch nicht weinen.

»Die Engel sind fort«, sagte sie ins Leere hinein. »Von nun an bin ich allein.«

Zitternd stand sie auf. In der hintersten Ecke des kleinen Raumes sah sie Geoffreys Kommode mit all den weltlichen Dingen, die er nicht auf seine Reise zu Gott hatte mitnehmen können. Vorsichtig machte Adelina sie auf – sie war jetzt kein Kind mehr, nicht mehr das neugierige kleine Mädchen, das etwas stehlen oder sich verstecken wollte. Ihre Finger fuhren über das Seidenhemd mit den bauschigen Ärmeln, und sie hielt es sich ans Gesicht und atmete tief seinen Geruch ein. Dann sah sie eine Gewandspange aus Bronze, und auch die nahm sie. Das Seidenhemd sollte für den Rest ihres Lebens ihr Nachthemd sein, und die Spange wollte sie immer nahe an ihrem Herzen tragen.

Das war jetzt alles, was sie noch besaß.

Nicht weit vom Dorf wartete Baudoin geduldig am Wegrand. Ihr Fußmarsch hatte nicht so lange gedauert, wie sie erwartet hatte. Er saß im Schatten, sein Pferd graste. In dem Moment, als sie ihm in die dunklen Augen sah, dem Mann, den sie heiraten musste, aber niemals würde lieben können, fingen ihre Tränen an zu fließen. Baudoin sprang auf und nahm sie in die Arme, wenn es auch schien, als wüsste er nicht, was er tun könnte, um ihren Schmerz zu lindern.

»Kommt«, sagte er, »man erwartet uns in der Burg.«

Als sie zu Hause ankamen, umarmte Michel sie zärtlich. Er war überrascht, dass sie nicht den Kopf von seiner Schulter fortzog, wie sie das für gewöhnlich tat. Stattdessen klammerte sie sich an ihn und sagte: »Ich werde dich nie wiedersehen, Michel.«

»Was ist das denn für ein Unsinn?«, fragte er.

»Das ist kein Unsinn. Ich habe deinen Geschichten zugehört, und du hast mir viel beigebracht. Deine Klugheit wird mir bei Gelegenheit von Nutzen sein, und ich werde immer zärtlich und voller Liebe an dich denken.«

»So wie ich an Euch«, erwiderte er und runzelte die Stirn, als sie zu Louis ging.

»Wohin wirst du gehen?«

»Nach Süden, Mademoiselle.«

»Und wohin da?«

»Nach Montpellier, vielleicht nach Marseille.«

»Marseille? Wie kommst du dorthin?«

»Von Le Puy aus immer in Richtung Süden. So viele Jahre habe ich das Meer schon nicht mehr gesehen.«

»Dann liegt also Marseille dort, wo das Land zu Ende ist?«

»Oui.«

»Also dort, in Marseille, werde ich dich finden?«

»Ich weiß noch nicht, wohin ich gehe, Mademoiselle.«

»Gott sei mit dir, Louis.«

»Mademoiselle.«

Dann ging sie zu Dedwyd. Von ihrer Sprache verstand er immer noch sehr wenig. Er lachte einfach zu viel, um während der Stunden aufmerksam zu sein, und diese Stunden hatten ein abruptes Ende gefunden. »Gehst du mit Louis?«, fragte sie. Er schüttelte den Kopf. »Wieso nicht?«

»Gabriel hat ihn mir abgekauft«, sagte Louis.

»Also er darf bleiben, aber du nicht?«

»Ihm vertraut Gabriel. Und dieses Vertrauen hat er zu mir nicht.«

»Er ist wahnsinnig«, sagte Adelina und sah zu Gabriel, der von Leuten umringt war, so wie ihr Vater es immer war. Alles gehört jetzt mir, nicht ihm. Wieso umringen diese Leute nicht mich?, dachte sie.

Adelina ging in ihr Zimmer, keiner vermisste sie. Sie verriegelte ihre Tür und zog aus ihrem Trauerkleid die zwei Schriftrollen von Geoffrey. Denk an das Versprechen, das du gegeben hast!, fuhr ihr durch den Kopf. Das versiegelte Schriftstück durfte sie erst lesen, wenn sie verheiratet war. Adelina holte das Seidenhemd heraus und legte die Gewandspange auf ihren Tisch. Sie fand ein großes Stück Baumwollstoff bei den Lumpen, die Jennet unter ihrem Bett versteckte. In dieses Stück Stoff wickelte sie Schuhe, Hose, Tunika, ein Messer fürs Essen und eines zur Verteidigung, dessen Klinge so lang war wie ihr Unterarm; sie nahm auch die kleine Dose mit Kräutersalbe, mit der ihre Wunde versorgt worden war, und schließlich ein paar Stofffetzen für die Zeit, in der sie der Fluch der monatlichen Blutung heimsuchte. Das eine Kleid würde genügen müssen, eines der anderen durfte sie nicht mitnehmen. Sie betrachtete noch einmal ihr Hochzeitskleid, aber die Tränen machten sie blind. Armer Baudoin, dachte sie. Armer, armer Baudoin. Wahrscheinlich mag er mich gerade genug, dass eine Ehe mit ihm nicht die Hölle wäre.

Adelina griff nach Feder und Tinte, und unter Geoffreys Brief schrieb sie:

Mein Geliebter, mein Vetter, der jetzt einen anderen Namen und ein anderes Leben gewählt hat, wenn wir uns wieder begegnen, werden wir beide alt sein. Das ist unser Schicksal. Ich tue jetzt, was immer schon mein Herzenswunsch gewesen ist. Ich gehe auf eine weite Reise und nehme die einzige Waffe mit mir, über die ich verfüge. Meine Unschuld. Meine Liebe wird ewig währen. Diene Gott gut, aber vergiss darüber dich selber nicht. Adelina.

Sie rief einen Pagen und drückte ihm das Pergament in die kleine Hand. »Überbring das morgen Abend Bruder Christophe, Junge. Lass niemanden wissen, dass es von mir kommt.« Mit leerem Blick schaute der Junge sie an, also sagte sie es ihm dreimal und ließ sich die Anweisungen wiederholen, ehe sie zufrieden war.

Dann war sie wieder allein.

Bis Sonnenuntergang saß sie in ihrem Zimmer beim Fenster und sah die Besucher kommen und gehen. Sie dachte an Heloise Dupuy und wusste, dass Baudoins Mutter längst nicht mehr lebte, wenn sie ins Heilige Land kam. Sie dachte an ihre Mutter, die sich wegen ihrer Abwesenheit keine Sorgen machen würde, denn wenn sie nie mehr zurückkehrte, würde der ganze Besitz an Gräfin Marys fallen. Und wenn das geschah, würde Gabriel sie zweifellos heiraten.

Adelina dachte an Geoffrey, der abgesondert von der Welt der Menschen war und jetzt ein Leben dem Dienst an Gott geweiht gewählt hatte. Sie dachte an ihren Vater in seinem Grab und daran, dass sein Geist ihr so nahe war, dass sie ihn spüren konnte.

»Wenn ich Euch je gebraucht habe, Papa, dann jetzt für das, was bald geschehen wird. Das ist meine Bestimmung seit meiner Geburt, auch wenn Gott in seiner Weisheit mich als Frau zur Welt kommen ließ. Ich werde Euren Namen am Leben erhalten, Papa. Ich werde der Sohn sein, den Ihr Euch immer gewünscht habt. Ich werde Euer Michelet sein.«

Aus dem Baumwolltuch, das sie noch nicht fest verknotet hatte, nahm sie das scharfe Messer, fasste in ihr Haar und begann, es abzuschneiden. Es dauerte nicht lange, da war ihr Haar von der Farbe lodernden Feuers kurz geschnitten, und die langen Flechten lagen ihr zu Füßen auf dem Boden.

Sie legte das Messer in das Baumwolltuch zurück, verknotete ihr Bündel fest und band ein Seil darum, damit sie es auf dem Rücken tragen konnte.

Ein Pferd kann ich nicht nehmen, flüsterte sie, das würde

man erkennen. Ich muss zu Fuß fort. Zu Fuß bis nach Marseille, wo ich mich dem Kinderkreuzzug anschließen werde.

Es klopfte an der Tür. Adelina achtete nicht darauf, bis sie hörte: »Ich bin es, Baudoin. Wir müssen reden. Ich habe Neuigkeiten.«

»Lasst mich in Ruhe.«

»Wir müssen reden, Adelina.«

Adelina legte ihren Umhang um, zog sich die Kapuze über den Kopf, dann machte sie die Tür auf. Einen Moment lang stand Baudoin da und fragte sich, weshalb sie wohl einen Umhang trug, wo es im Zimmer doch so warm war. Sie sah irgendwie verändert aus, aber er vermochte nicht zu sagen, wie.

»Ihr sagtet, Neuigkeiten?«

»In einer Woche sollen wir heiraten.«

In seinen Augen leuchtete Freude. Große Freude. In ihren Augen standen die Tränen.

»Wollt Ihr das nicht?«, fragte er.

Wie sollte sie ihm sagen, dass sie diese Heirat nie gewollt hatte?

»In einer Woche«, wiederholte sie leise, und Baudoin streckte die Hand aus, wollte ihr Gesicht berühren, aber sie zog sich schnell zurück.

»Ich hatte gehofft, diese Neuigkeit würde Euch ein wenig von Eurem Schmerz nehmen.«

»Das tut sie auch. Ja, das tut sie auch.«

»Aber ich soll Euch trotzdem jetzt in Ruhe lassen?«, fragte er sanft und seufzte. »Oder wollt Ihr, dass ich noch eine Weile bleibe?«

Was lag da in seinem Blick? Hoffnung?

»Nein. Ich will nichts von Euch, Baudoin Dupuy. Gar nichts.«

Er warf ihr einen seltsamen Blick zu, ehe er nickte und wieder ging. Das Letzte, was sie von ihm sah, war sein kohlrabenschwarzes Haar.

Adelina schloss ihre Tür und wartete auf den Einbruch der Nacht.

Kapitel Dreiundzwanzig

Ihre Zofe konnte Adelina nicht mitnehmen, das war keinen Moment lang ihre Absicht gewesen. Es war noch sehr früh am Morgen, viel zu früh, und so hatte noch nicht einmal Ella mit ihren täglichen Pflichten begonnen.

Adelina zog Geoffreys Seidenhemd an, nahm ihr Bündel, und mit einer Kerze als einziger Lichtquelle ging sie barfuß und ganz leise die Treppe hinunter. Um diese Stunde hallte die Burg wider wie ein Grab. Die Halle war ein einziges Durcheinander weggeworfener Essensreste und verschütteter Getränke, und sie bahnte sich ihren Weg durch diese Unordnung, die auf die Küchenjungen wartete, wenn die Sonne den Himmel wieder berührte.

Um die Zeit würde sie schon längst fort sein.

In der Küche stieg sie über jemanden hinweg, der sich die Treppe als Bett ausgesucht hatte. Ein Ritter, den sie nie vorher gesehen hatte, lag dort und schnarchte. Sie sah genauer hin. Wie hässlich er war!

Und wie dunkel und still war die Nacht! Kein Mond stand am Himmel. Einen Wachposten beim Tor konnte sie auch nicht sehen. Entdeckt zu werden durfte sie nicht riskieren. Sie ging durch das Burghoftor hinaus und bahnte sich ihren Weg durch den Garten zu dem Seil, das sie bei den Hecken versteckt hatte.

Gabriel von Lyon stand am Turmfenster und sah hinaus. Angesichts dessen, was er in der Dunkelheit erblickte, musste er seufzen; dummes Mädchen, weiß zu tragen. Wusste sie denn gar nichts? Er drehte sich um und schaute zu Gräfin Marys, die auf dem Bett lag und tief und fest schlief. Fürwahr eine trauernde Witwe. Gabriel griff nach seiner Tunika. Um Adelina zurückzubringen, brauchte er keine Rüstung. Ohne ein Geräusch zu machen, zog er sich seine Stiefel an.

Er hatte den Eindruck, sie wollte am Fluss entlang nach Lavoute. Gabriel schüttelte den Kopf und verkniff sich ein Lächeln. Er ging zur Tür des Schlafgemachs seiner Geliebten und steckte sein Schwert in die Scheide.

»Gabriel?«

Er schaute sich um. »Schlaf, mein Liebes.« Aber Marys räkelte sich auf dem Bett, schnurrte wie eine Katze und winkte ihn zu sich. Lächelnd und verschlafen.

Gabriel ging zu ihr und stieg auf das Bett. Er küsste ihr Gesicht.

»Schon verlässt du mich?«

»Dich verlassen? Nie und nimmer. Aber ich muss vor Morgengrauen noch etwas erledigen, etwas sehr Wichtiges«, sagte er. Nach jedem zweiten Wort hielt er inne für einen weiteren Kuss. »Ich komme zurück. Ich werde immer zu dir zurückkommen.«

Marys strich ihm das Haar aus dem Gesicht und beteuerte ihm ihre Liebe. Er sagte nichts. Stattdessen küsste er sie auf die Stirn. Und dann war er fort.

Adelinas Hände brannten wie Feuer. Wie oft war sie als Kind mithilfe eines Seils an der Burgmauer hoch- oder heruntergeklettert. Natürlich war Geoffrey immer bei ihr gewesen, jederzeit bereit, im Notfall ihren Sturz zu bremsen. Er hatte ihr Kettenhandschuhe gegeben – Kettenhandschuhe, die immer heißer wurden, je schneller sie das Seil hinunterkletterte. Doch heute hatte sie die Handschuhe vergessen, und auf halber Strecke die mächtige Steinmauer hinunter fanden ihre Füße keinen Halt, und sie rutschte ab. Nun brannte ihre rechte Hand höllisch, als sie versuchte, den drohenden Fall abzufangen. Mit der anderen Hand bekam sie das Seil wieder zu fassen, und hart prallte sie gegen die Burgmauer. Bei solch einem Schmerz keinen Ton von sich zu geben war schier unmöglich.

Schnell verließen Adelina die Kräfte. Im Seil hängend sah sie hinunter, und dann schaute sie die Burgmauer hinauf. Jetzt hatte sie gut die Hälfte der Strecke geschafft. Oh, was für eine Kriegerin war sie doch. Ich wäre längst tot, dachte sie, wenn dies eine Schlacht wäre und Bogenschützen ihre Pfeile auf mich niederprasseln ließen. Oder von unten auf mich schießen würden. Jetzt wäre ich längst schon tot. Aber ein kampferprobter Ritter würde keine von einem bloßen Seil verursachten Schmerzen spüren, also hangelte sie sich weiter nach unten. Ihre Augen brannten, ihre Hände schmerzten weiter höllisch, und sie sehnte sich ein rasches Ende dieses Abenteuers herbei.

Etwa drei Meter vom Boden entfernt ließ Adelina los. Sie rollte sich zusammen, als sie auf der Erde aufkam, versuchte, nach etwas zu greifen, nach irgendetwas, um einen ungebremsten Sturz in den Fluss zu verhindern. Ungeduldig brummte sie etwas vor sich hin, fluchte wieder. Das war alles wirklich viel leichter gewesen, als sie noch jünger war und weniger gewogen hatte.

Es war beinahe Morgengrauen. Schon waren ihre ganzen Pläne in Unordnung geraten. Sie hatte vorgehabt, sich noch im Dunkeln im Wald nahe der Weggabelung anzuziehen, wenn sie erst einmal die Kleidung gefunden hätte, die sie dort versteckt hatte. Um die Stunde, da die Sonne die Hügelspitzen liebkoste, hatte sie in Le Puy sein wollen.

Adelina gab sich alle Mühe, ihre wie Feuer brennenden Hände zu ignorieren, und hob das Bündel auf. Es war eine schwere Last, und sie war außerdem barfuß, so bahnte sie sich unter Mühen ihren Weg durch dichtes Gehölz bis ans Flussufer. Sie wollte dem Flussverlauf folgen – was sie schon oft getan hatte, aber immer bei Tageslicht und immer in Gesellschaft von Cateline –, so würde sie schließlich die Brücke erreichen. Bis zur Weggabelung, wo ganz sicher die Freiheit auf sie wartete, wollte sie an der Straße entlanggehen.

Schon jetzt waren Adelinas Füße wund und aufgeschrammt. Das ist die Strafe dafür, dass ich Schuhe getragen habe, wie es sich für eine Dame gehört, dachte sie. Geoffreys seidiges Hemd verfing sich in dornigem Gesträuch, was sie viele Male ruckartig zum Stehenbleiben zwang, und so wuchsen nur ihre Wut und ihre Verzweiflung.

Endlich erreichte sie die Brücke. Adelina setzte sich und rieb sich die aufgeschrammten Füße, die von den vielen scharfen Steinen und Kletten bluteten. Die Dunkelheit um sie herum löste sich schneller auf, als sie gedacht hatte. Sie erklomm die steile Anhöhe und sah auf die Burg zurück. In der Morgendämmerung konnte sie sie nur schemenhaft erkennen. Es war nicht mehr ihr Zuhause, jetzt, da Gabriel sich mit dem Segen ihres Vaters zum Burgherrn ernannt hatte. Mit eigenen Augen hatte sie das gelesen, sonst hätte sie es nie und nimmer geglaubt.

Sie humpelte weiter. Kurz vor der Weggabelung hörte sie ein Pferd schnauben und die Stimme eines Mannes, der das Tier beruhigte.

Nie hätte Adelina gedacht, dass sie um diese frühe Stunde einem weiteren Reisenden begegnen würde. Sie stolperte zum Wegrand, um zu warten, bis der Reiter vorüber war. Doch der Reiter überholte sie nicht. Inzwischen war es heller geworden, ihr weißes Hemd schimmerte wie ein Leuchtfeuer. Sie musste sich verstecken. Adelina legte sich flach auf den Boden und wartete. Als der Reiter näher kam, blickte sie vorsichtig auf. Bleich vor Schrecken sah sie, wer es war.

Gabriel.

Ihr sank der Mut. Sie versuchte, ihre Verzweiflung niederzukämpfen und Tränen der Wut zurückzuhalten. Wie konnte er nur von ihrem Plan erfahren haben? Welcher Hexenkunst mochte er sich bedienen? Schlief denn dieser Dämon nie?

Sein Pferd witterte sie. Sein Pferd *mochte* sie. Sein Pferd rechnete mit einem Apfel oder einer Karotte, jedes Mal, wenn es sie sah. Dann tänzelte es mit steil aufgerichteten Ohren und mit vor Leben funkelnden Augen. So wie es jetzt tänzelte und sich gegen die Gebissstange wehrte, bis es Schaum vor dem Maul hatte. Gabriel ließ das Tier auf den Wald zulaufen, genau in die Richtung, in der sie lag. Ein spöttisches Lächeln lag auf seinem Gesicht. Er stieg ab und ließ das Pferd einfach laufen.

Es schien ein besserer Spürhund zu sein als die von ihrem Vater heiß geliebte alte Kreatur. Hatte Gabriel nicht außerdem einmal gesagt, sein Pferd liebe sie und nur sie allein? Es kam direkt auf die Stelle zu, an der sie lag, die Ohren aufgestellt, schnaubend, in Erwartung eines Leckerbissens. Adelina rappelte sich auf und vergaß ganz ihr Stoffbündel. Wegen ihrer höllisch schmerzenden Füße war sie längst nicht so schnell, wie sie hätte sein können, aber das Schnauben des Pferdes in ihrer unmittelbaren Nähe erinnerte sie an Jean-Pierre Dupuy. Dieselbe Angst krampfte sich in ihr zusammen wie damals, und sie nahm überhaupt nichts mehr wahr, als sie völlig durcheinander zwischen den Bäumen hin und her lief. Vor sich, weit vor sich, hatte sie die Abtei. Und dicht hinter sich Gabriel von Lyon, der doppelt so groß und doppelt so stark war wie sie. Gabriel, der ihre Gedanken kannte, noch bevor sie ihr bewusst waren.

Geoffreys Hemd blieb an einem abgestorbenen Ast hängen. Nur einen Moment lang musste sie stehen bleiben, bis sie sich losgerissen hatte, doch mehr als diesen einen Moment brauchte Gabriel nicht. Ein eiserner Griff, dessen Kraft ausreichte, um ihr beinahe den Arm auszurenken, umklammerte ihr Handgelenk. Vor Schmerz schrie sie auf. »Nein«, rief sie, »nein«, und dann sank sie auf die Knie. Gabriel versuchte, sie wieder auf die Füße zu ziehen, aber sie wollte seinem stillschweigenden Befehl nicht Folge leisten. Sein Pferd beschnupperte ihren Nacken. Sie spürte nichts. Sie betete, dass Geoffrey kommen möge, wie schon einmal zuvor. Doch niemand kam. Niemand konnte kommen.

»Du willst wohl weglaufen, kleine Dame?«, fragte Gabriel.

»Ich will nur meine Freiheit«, flüsterte sie verzweifelt, verzweifelt und gedemütigt noch dazu, weil er wie mit einem Kind zu ihr sprach.

»Weglaufen und dich deiner Pflicht entziehen willst du, denke ich.«

»Ich will nur meine Freiheit«, sagte sie wieder und wagte endlich aufzuschauen. Mit gespreizten Beinen stand er da und fuhr sich mit den Händen durch das Gesicht, wie er das immer tat, wenn er in Gedanken war. »Es ist Gottes Wille, dass ich das tue, Gabriel. Es ist Gottes Wille. Ich bin unterwegs in einer Mission.«

Gabriel hielt das für amüsant. »Du, die du nur an dich denkst, in einer Mission unterwegs? Das ist interessant. Ja, das ist eine höchst interessante Lüge, Adelina. Was ist das für eine so wichtige Mission, dass du dich entschlossen hast, davonzulaufen und die Wünsche deines toten Vaters zu missachten?«

Sie schwieg.

»Du denkst, ich weiß nichts von diesem kindischen Plan? Von diesem, diesem Stephan von Cloyes und seinen Träumen? Von diesem Kinderkreuzzug?«

Mühsam kam Adelina auf die Beine, und so entschlossen wie eh und je wandte sie sich um und marschierte davon. Gabriels Pferd folgte ihr.

»Für dich wird es keinen Kreuzzug geben.«

»Ich gehe zu Fuß bis nach Marseille. Leb wohl.«

»Du wirst mit mir in die Burg zurückkehren.«

»Nie wieder kehre ich in die Burg zurück. Nie und nimmer heirate ich Baudoin Dupuy, und du wirst nie mein Herr sein. Du vergeudest hier nur deine Zeit. Es wäre sinnvoller, du verbringst sie in den Armen meiner Muter. Geh zu ihr. Ich bin sicher, sie wartet fieberhaft auf dich. Wie schon so oft. Und sei es auch nur, um meines Vaters Andenken zu entehren.«

»Du kommst freiwillig mit mir, Adelina, oder ich gebrauche Gewalt. Du hast die Wahl. Ich habe nicht den Wunsch, dir wehzutun.«

»Ich gehe nirgendwohin mit dir, außer in die Hölle.«

Erwartungsvoll leuchteten seine Augen, als er auf sie zutrat und sie zurückwich. In die Hölle, fürwahr, dachte er. Ihr Haar war kurz geschnitten, was aber ganz und gar nicht von ihrer unbändigen Schönheit ablenkte. Die gefasste Ruhe des kaltblütigen Auges wurde Lügen gestraft durch das heftige Pochen ihrer Halsschlagader. Die Gewandspange, die sie auf der Brust trug, gehörte Geoffrey. Wie auch das Hemd. Gabriel lachte und lehnte sich an den Baum, der sie trennte.

»Sag mir, was du glaubst, wer du bist, Adelina de Polignac!«

Sein Feixen machte sie wütend. Sie drehte sich um und marschierte wieder los. Gabriel nahm ihr zusammengeknotetes Stoffbündel auf und warf es mit einer Hand nach ihr. Es traf sie am Rücken, und das Pferd scheute, als sie fiel.

Aber sie konnte nicht aufstehen. Gabriels Stiefel hielt sie auf dem Boden. »Du kommst mit mir.«

Sie spie auf die Erde.

»Es ist ein ziemlich weiter Weg, wenn man an dem zurückgeschleift wird, was von deinem Haar noch übrig ist, nicht wahr?« Blindlings, wild vor Zorn, schlug Adelina gegen sein Bein. Er spürte das kaum. An dem bisschen Haar, das er zu fassen bekam, zerrte Gabriel sie hoch auf die Füße, und sie schrie und kämpfte. Adelina grub so kraftvoll sie konnte ihre Zähne in seine Hand. Sie ließ nicht los. Mit der anderen Hand schlug er sie hart. Da war nur noch schlimmster Schmerz jetzt, aber sie lockerte ihren Biss nicht, sie trat außerdem nach ihm.

Um sich von ihren Zähnen zu befreien, schlug Gabriel noch einmal hart zu. Sehr hart, dieses Mal in den Bauch. Adelina ließ los und fiel schwer zu Boden. Sie bekam keine Luft mehr. Vor Schmerz rollte sie sich zusammen. In ihrem Innern spürte sie feurige, nicht endende Pein, wie sie sie nie zuvor gespürt hatte.

Mit Fußtritten attackierte Gabriel ihren Rücken, ihre Brust. Sie kämpfte, wie es schien, als ginge es um ihr Leben. »Du, meine kleine Wildkatze, wirst Dupuy heiraten. Und wenn du Witwe bist, nimmst du seine Ländereien in Besitz und heiratest mich.«

Adelina spuckte Blut. Krächzend stieß sie aus: »Nie und nimmer! Lieber sterbe ich!«

Er lachte. »Kreuzzüge, ha! Damit entziehst du dich nur deinen Pflichten. Und das nicht mehr und nicht weniger, weil Gott in seiner Weisheit sich von dir abgewandt hat. Gott hat beschlossen, dir alles zu nehmen, was du je geliebt hast. Du bist in den Adelsstand hineingeboren, du Närrin, und Leute von edlem Geblüt erzielen hohe Preise. Kreuzzug! Es würde nur damit enden, dass du in die Sklaverei verkauft wirst. Willst du das tatsächlich?«

»Man hat mich schon in die Sklaverei verkauft!«

Gabriel lachte hämisch. »Du gehst nirgendwohin, außer mit mir. Los jetzt.«

Gabriel hielt ihr die Hand hin, die von ihrem kräftigen Biss blutete, aber in seinen Augen war keinerlei Schmerz zu sehen. In seinen Augen spiegelte sich überhaupt nichts. Wieder dachte sie an Jean-Pierre Dupuy. »Lieber sterbe ich.«

Gabriel riss ihr die Gewandspange von dem seidenen Hemd und warf sie weit weg. Adelina sah ihr nach, konnte aber nur immer wieder ihre Weigerung flüstern. »Du gehörst mir, Adelina, ich kann tun und lassen mit dir, was immer mir beliebt und wann es mir beliebt.« Er presste ihr den Arm auf die Kehle, und mit dem anderen Arm zerrte er ihr die Hose vom Körper. Sie stieß, sie kämpfte, doch der Arm an ihrer Kehle presste sie auf den harten Boden. Als sie spürte, wie er sich auf sie legte, krampfte sie fest die Muskeln ihrer Oberschenkel zusammen, so fest, dass er sich vergeblich mühte, bis er aus dem Gürtel sein Messer zog und es ihr an die Kehle hielt.

»Bereite ein Bad«, brüllte Gabriel, als er in die Küche kam, Adelina trug er über der Schulter.

Ella ließ ab vom Stopfen des Hähnchens. »Herrin! Was ist geschehen?«

»Ich sagte, bereite ein Bad! Auf der Stelle, altes dummes Weib!«

Ella wollte nach ihrer Herrin rufen, aber Gabriel, der schon auf dem Weg die Treppe hinauf war, griff sich einen Besen und schlug nach Ella. Sie schützte ihr Gesicht so gut sie konnte. Die Küchenjungen liefen in alle Richtungen davon, und Jennet, die gerade einen Eimer Wasser hereintrug, rief: »Herrin! Was ist mit ihr?«

»Ein Bad, sofort! Marys!«, rief er, warf den Besen weg und rannte weiter die Treppe hinauf. »Marys!«

Aus ihren Gemächern erschien Adelinas Mutter, mit einer Handarbeit in der Hand. Sie mochte kaum glauben, was sie sah.

»Ich habe sie bei der Weggabelung gefunden, mein Liebes. Das ist von ihr übrig geblieben. Sie ist entehrt. Befleckt.«

»Aber …«

»Sie wollte weglaufen. Weglaufen und sich diesem verfluchten Kinderkreuzzug anschließen.«

Adelinas Gesicht war voller Blutergüsse, schwer und schlaff lag sie über Gabriels Schulter und wimmerte.

Gräfin Marys folgte Gabriel in Adelinas Zimmer, und er legte sie auf ihr Bett. Ihre Kleidung – war das Geoffreys Hemd? – war schmutzbesudelt und zerrissen, und was man von ihrem Körper sah, war voller Blutergüsse und Striemen. Adelina drehte sich auf die Seite und rollte sich ganz zusammen.

Ihre Mutter setzte sich auf den Bettrand und berührte sie. Sie war kalt, zitterte und murmelte unzusammenhängende Worte. Wieder rief Adelina nach Geoffrey. Hatte es je eine Zeit gegeben, in der sie nicht nach ihm rief? Küchenjungen brachten Eimer mit heiß gemachtem Wasser an die Tür und schauten neugierig herein, aber ein Blick von Gabriel genügte, und schon waren sie wieder fort.

»Du sagst, sie ist entehrt?«

»Da bin ich mir sicher. So etwas habe ich auf meinen Reisen schon viele Male gesehen.«

Gräfin Marys wurde bleich. »Baudoin darf davon nichts erfahren. Er will uns heute besuchen. Es sind noch Vorbereitungen zu treffen, Hochzeitsvorbereitungen. Die Hochzeit findet doch statt, oui?«, fragte sie und schaute Gabriel wortlos flehend in die Augen. »Er darf davon nichts erfahren. Nicht vor der Hochzeit. Das darf er einfach nicht …«

»Ich lasse ihnen eine Nachricht zukommen und ausrichten, dass sie krank ist. Etwas Ansteckendes vielleicht.«

»Ja, tu das. Gut.« Wieder schaute Lady Marys auf ihre Tochter hinunter. Sie wusste nicht, was sie tun oder sagen sollte. »Wie viele sind das gewesen?«, fragte sie.

»Ich weiß nicht«, erwiderte Gabriel. »Zweien bin ich hinterhergejagt, als ich den Lärm hörte. Solch erbarmungswürdige Schreie. Entsetzliche Schreie«, fügte er leise hinzu.

»Lass nach Michel schicken. Michel Dumont, ja, ganz recht, lass nach ihm schicken und nach Geoffrey auch. Schnell.«

»Geoffrey darf das Kloster nicht verlassen.«

»Sie braucht Gebete! Sie verlangt nach ihm! Lass nach Geoffrey schicken!«

»Was immer du wünschst, meine Liebe, aber ich fürchte, er wird ihr heute keine große Hilfe sein, schließlich muss er seinen Bruder begraben.«

»Was sagst du da?«, fragte Gräfin Marys.

»Das weißt du nicht? Christian. Er starb durch eigene Hand. Gestern, so scheint es, hat er sich einen Dolch ins Herz gestoßen.«

Das war zu viel für Marys, viel zu viel. Die Tränen kamen ihr, hemmungslos schluchzte sie. Gabriel zog sie zu sich heran und hielt ihr Gesicht fest über seinem Herzen. Und er sah auf Adelina hinab, während er ihrer Mutter Liebesworte zuflüsterte. Und als die Frauen kamen und sich um Adelina kümmern wollten, nahm er Marys mit nach oben und tröstete sie zärtlich.

Ella und Jennet kümmerten sich um ihre Herrin und zogen ihr das, was von ihrer Kleidung noch übrig war, sacht aus. Zu zweit mussten sie Adelina in den Bottich mit dem warmen Wasser heben, dem sie etwas Rosenöl beigegeben hatten. Ella weinte, sie war so verzweifelt, dass sie stillschweigend gelobte, denjenigen zu töten, der das getan hatte, der diesem Kind, das ihr so am Herzen lag, ein Leid zugefügt hatte. Diesem Kind, das so still war. So sehr, sehr still.

Geoffrey sollte eigentlich beten, aber Gebete trugen nicht dazu bei, den Schmerz tief in seinem Innern zu lindern. Lange Zeit kniete er nieder, unter der groben schwarzen Kutte schwitzend. Dieses Gewand schien erschaffen, um ihn ständig an den Körper zu erinnern, den er mit sich trug, und auch an die

Seele, die irgendwo – dazu musste er sie aber erst einmal finden – in ihm steckte.

Es war ein Fehler gewesen, hierher zu kommen, dem Abt zu sagen, da bin ich, ich bin jetzt bereit, wenn das Wissen darum, dass er nicht bereit war und es wahrscheinlich auch nie sein würde, sich in den alten, kalten Augen des Abtes widerspiegelte. Doch der Abt hatte geschwiegen. Er war mit Geoffrey durch die Abtei und über das Gelände gegangen, hatte die ganze Zeit dabei geredet, aber nichts gesagt. Daran konnte sich Geoffrey erinnern. Wann genau hatte Christian wohl mit zitternden Händen zu dem Dolch gegriffen? Hatte er, Geoffrey, in dem Moment keinen Schmerz gespürt?

Mit dem Brevier und dem Gesangbuch und der Kutte und der kleinen, kerkerähnlichen Zelle hatte sich eine stumme Verlassenheit eingestellt. In den Zustand der Gnade hatte er sich nicht versetzt gefühlt, weder vom Empfinden noch vom Verstand her. Bis jetzt hatte Geoffrey noch kein Gelübde abgelegt, und als er auf dem klammen Steinfußboden kniete, den Kopf auf das Bett aus Stroh gestützt, weinte er.

Er weinte um all das, was hätte sein können und nicht war. Am meisten aber weinte er um sich selber. So allein hatte er sich noch nie im Leben gefühlt.

Am Tag zuvor hatte er Adelina nichts anzubieten vermocht. Überhaupt nichts, wo doch sein Herz so überreich gefüllt und er so überwältigt war von stillem Schmerz – ihrem Schmerz. Er hatte ihn in jedem Teil seines Körpers gespürt, als er so nahe bei ihr gestanden war. Doch sie hatte ihn nicht erkannt, denn sein Gesicht war nicht zu sehen gewesen. Und er hatte nicht reden können, hatte sie nicht trösten können. Ihr Vater, sein Onkel, war auch für ihn wie ein Vater gewesen. Das Gesicht seines anderen Onkels sah er an dem Tag zum ersten Mal, und er hätte so gern gesagt: Ich bin Geoffrey. Ich bin der, den Ihr nicht wolltet. Ich bin der

Sohn Eures toten Bruders. Der Einzige, der noch am Leben ist.

Ach, Agnes, dachte er. Zum Glück hast du ihn gefunden, nicht ich. Auf ihn zu schauen, André von ewig währendem Frieden reden zu hören, wo er doch Geoffreys eigenen Dolch benutzt hatte.

Geoffrey flehte um Kraft, fühlte sich dabei aber nicht einmal halb so stark wie zuvor. Er flehte um göttlichen Beistand, und doch spürte er tief in sich nur eine riesige Leere. Er flehte um Liebe, damit er dies alles durchstehen könne, und stattdessen sah er Adelinas Gesicht. Er flehte um Erleuchtung, und die Leere blieb bestehen, also kroch er auf seine Pritsche im vollen Bewusstsein, dass er nichts ändern und noch weniger tun konnte.

Das laute Hämmern an seiner Tür weckte ihn so abrupt, dass Geoffrey im ersten Moment keine Luft bekam. Sein Herz pochte wie wild.

André kam herein. »Bist du wach, Bruder? Du hast einen Besucher. Du stehst wohl lieber schnell auf.«

André war einer der wenigen, die kein Schweigegelübde abgelegt hatten. Und Geoffrey dachte, dass das auch gar nicht möglich gewesen wäre, denn Worte waren für André so wichtig wie das Atmen.

Geoffrey lief sehr schnell, schneller als es sich ziemte, zu den Toren der Abtei. Sein Besucher war Gabriel von Lyon. Hätte er gewusst, dass es Gabriel war, hätte er ihn gar nicht erst empfangen. Hoch aufgerichtet und stolz stand Gabriel da, über seiner Halsberge trug er den Umhang der Polignacs. Geoffrey ballte die Hände, die er tief in den Taschen seiner Kutte vergraben hatte, zu Fäusten, und geradezu übermächtig ergriffen ihn die Fantasievorstellungen von Blut, das vergossen wurde.

»Halte dich fern«, mehr hatte Gabriel nicht zu sagen.

»Schon wieder?«, entgegnete Geoffrey und beugte sich weiter vor.

»Ich warne dich, halte dich fern von meiner Burg. Denn kein Grund könnte gut genug sein, dass ich deine Anwesenheit in meinem Haushalt dulden würde.«

»Von deiner Burg?«, fragte Geoffrey. »Was ist das denn für ein Irrsinn?«

»Wenn du dich auf meinen Besitz wagst, durchbohre ich dich mit meinem Schwert. Und es wird ein langsamer Tod für dich sein. Sehr langsam. Mann Gottes oder nicht, ich töte dich mit Freuden höchstpersönlich.«

Gabriel drehte sich um und ging weg.

»Ich sagte, was für ein Irrsinn ist das!«

Gabriel blieb stehen und drehte sich dann langsam um. »Falls du es immer noch nicht weißt, ich bin jetzt der Herr von Lavoute Polignac.«

»Durch welche Hexenkünste hast du das erreicht?«

Gabriel starrte Geoffrey eine Weile an, bis ein Lächeln über seinen Mund huschte. »Jetzt beschuldigst du mich schon der Hexerei?« Lachend drehte Gabriel sich um und pfiff sein Pferd herbei.

Geoffrey sah Gabriel fortreiten. Er ritt nicht in Richtung Burg, sondern aufs Dorf zu. Mit seiner üblen Laune würde er die Leibeigenen dort in Angst und Schrecken versetzen. Die Leibeigenen, die jetzt ihm gehörten, auf dem Besitz, mit dem er ganz nach Belieben verfahren konnte.

»Aus dem Weg, Bruder.«

Geoffrey trat beiseite, als zwei Mönche vorbeieilten – einer davon war André. Sein einziger Freund. »Bruder? Werde ich gebraucht?«, rief Geoffrey.

Aber André konnte nicht antworten. Der Abt war in Hörweite.

Ungeduldig ging Michel auf und ab. Er wartete darauf, dass die beiden Mönche mit ihren Gebeten zum Ende kamen. Er hatte nicht gedacht, dass Gebete so unendlich lang sein konnten, aber schließlich ging die Tür auf, und die beiden erschienen. Da vergeudete er keinen weiteren Augenblick mehr.

Adelina schlief, als er hereinkam, Jennet wollte nicht von ihrer Seite weichen. Michel setzte sich ans Bett und zog die Bettdecke weg. Er legte ihr die Hand aufs Herz. Es schlug sehr schnell. Er berührte ihr Gesicht und strich ihr über die Stirn, bis sie die Augen öffnete. Glanzlose Augen. »Michel?«

»Ja, ja, sagt nichts, Kleines. Ich sehe, was Ihr habt erdulden müssen.«

Daraufhin schloss Adelina die Augen und drehte den Kopf weg. So weinte sie immer, lautlos. Michel sah zu ihrer Dienstmagd. »Wann war ihre letzte Blutung?«, fragte er.

Jennet musste überlegen, denn sie hatten beide ihre Blutung zur selben Zeit, und ihre Aufgabe war es, die schmutzigen Tücher wegzubringen. »Vor zwei Wochen?«, schätzte sie.

Michel seufzte.

»Was ist denn nur mit ihr geschehen?«, fragte Jennet weinerlich.

Michel wollte sich nicht äußern. Er war in Gedanken, und außerdem stellte die Dienstmagd Fragen, auf die sie die Antworten längst kannte.

»Wenn ich könnte, würde ich ihren Platz einnehmen, um sie von ihren Schmerzen zu befreien, Herr.«

»Damit sie dann deine fühlt?«, fragte Michel und zog die Bettdecke ganz fort. Er löste die Bänder des Nachthemds. Blutergüsse, wohin er sah. Ihm wollte das Herz schier brechen, und er wurde sehr wütend. Aus seiner Tasche zog er einen versiegelten kleinen Tiegel, den er Jennet gab. »Eine kleine Menge morgens und abends oder wenn sie weint«, sagte er.

Michels Finger tasteten Adelinas Rippen ab, und aufmerksam musterte er ihr Gesicht, bis sich der Schmerz darin spiegelte. Seine Fingerspitzen fühlten es auch: Knochenbrüche, zwei gebrochene Rippen. Er kratzte sich den Kopf, war wieder tief in Gedanken. »Sie darf sich nicht bewegen. Sollte sie es doch tun, wird sie Blut spucken, bis sie darin ertrinkt. Also achte darauf, dass sie ganz still so liegen bleibt«, sagte er und legte Adelina ein Kissen unter die Schulter, sodass sie leicht erhöht lag. »Sollte sie von dem sprechen, was geschehen ist, hör einfach nur zu. Mit der Zeit wird die Erinnerung verblassen.«

Ihre Blicke begegneten sich, und Jennet wusste, dass er log. Was konnte er schon von diesen Dingen wissen? Er war ja nur ein Mann. »Weiter kann ich hier nichts tun. Gott hat uns eine Gnade erwiesen, denn sie lebt noch. Wird er uns auch die Gnade erweisen, dass sie nicht schwanger ist?«

»Sie wird wünschen, sie wäre tot, ob nun schwanger oder nicht.«

Neugierig musterte Michel das Mädchen. Er brauchte sich keiner Hexenkünste zu bedienen, um zu erraten, was in Jennets Kopf vor sich ging. Ermattet stand er auf und legte ihr die Hand auf die Schulter. Und dann ging er, ohne ein weiteres Wort zu sagen.

Jennet nahm das Siegel von dem kleinen Tiegel, den Michel ihr gegeben hatte, und rieb sich an ihrem Kleid die Finger sauber, bevor sie einen hineintauchte. Einen Moment später fühlte sich ihr Finger taub an. Sie nahm etwas von der Medizin auf die Zunge. Auch die würde blitzschnell taub. Oh, könnte ich diese Mixtur doch nur in unsere Herzen und Köpfe einmassieren, dachte sie, als sie mit den dunklen, geschwollenen Blutergüssen auf dem Gesicht ihrer Herrin anfing. Dann würden wir nichts fühlen. Gar nichts mehr.

Während der nächsten sechs Tage wich Jennet ihrer Herrin

nicht von der Seite. Sie schlief auf dem Boden neben dem Bett, den Arm hoch erhoben, weil Adelina ihre Hand nicht loslassen wollte, nicht einmal im Schlaf.

Kapitel Vierundzwanzig

Adelina!«, sagte Baudoin, der vom Schutzwall aus den Blick auf die nachmittägliche Landschaft genoss.

Etwas stimmte nicht. Sie schien krank zu sein, ja, aber es war eher eine Krankheit des Gemüts. Man hatte ihm die Nachricht zukommen lassen, dass sie unwohl sei, und er war in den vergangenen Tagen sehr beschäftigt gewesen, aber er hatte ihr Blumen gebracht, und bei deren Anblick hatte sie versucht zu lächeln. Er hatte versucht, Witze zu machen, aber sie schien nur zögerlich darüber lachen zu können. Mit dem Lachen hatte sie noch nie zuvor Schwierigkeiten gehabt. »Was ist denn los, Adelina? Ist etwas geschehen?«

»Was habt Ihr gesagt?«, fragte sie geistesabwesend.

»Was ist denn los? Was ist geschehen? Was sind das für Blutergüsse in Eurem Gesicht?«

»Ich bin gefallen«, sagte sie leise. »Auf der Treppe bin ich ausgerutscht, aber jetzt geht es mir schon viel besser. Viel besser.« Zaghaft nahm sie seine Hand, weil sie den Eindruck hatte, er wolle im nächsten Moment den Arm um sie legen, und das wollte sie auf keinen Fall. Noch nicht. Noch lange nicht. »Kann ich zu Euch nach Allegre kommen?«, fragte sie leise.

»Da werden wir bald gemeinsam leben.«

»Ich meine, jetzt, Baudoin?«

»Jetzt? Das wäre nicht recht, Adelina.«

»Bitte!«.

»Das geht nicht. Das würde Befremden auslösen.«

»Aber ich kann nicht hier bleiben, jetzt, wo mein Vater tot ist.«

»Morgen in einer Woche ist doch schon die Hochzeit. Eine Woche vergeht doch schnell. Wärt Ihr nicht krank geworden, wären wir jetzt schon verheiratet.«

»So hört doch. Ich kann einfach keinen Tag länger hier bleiben«, flüsterte sie eindringlich.

»Die Zeit wird um sein, bevor Ihr es überhaupt bemerkt. Kommt. Ich habe Hunger«, fügte er lächelnd hinzu.

Baudoin saß zwischen Gabriel und Adelina und musterte sorgsam Gräfin Marys, die in einem fort über ganz banale Dinge plapperte. Einst war sie schön gewesen, sie war groß und immer noch schlank, und sie bewegte sich mit zurückhaltender Anmut und Würde. Aber ihre Augen waren kalt. Sie ist wohl, so dachte er, im Alter meiner Mutter. Obwohl die Krankheit seiner Mutter viel von ihrer Schönheit genommen hatte, war etwas davon noch in ihren Augen zu erkennen, auch wenn es nicht viel mehr als ein Schatten vergangener Zeiten war. Über solch eine Schönheit verfügte Gräfin Marys nicht. Wahrlich eine kalte Frau. Wie hatten seine und Adelinas Mutter nur Freundinnen sein können? Sie waren viel zu verschieden. Marys sprach mit Gabriel, als wäre er ihr Liebhaber, so stolz war sie auf ihn, so eifrig hing sie an jedem seiner Worte.

Adelina, die neben Baudoin saß, aß langsam, in völligem Schweigen, und als er sie einmal aus Versehen mit dem Fuß streifte, fuhr sie heftig zusammen. Aber diesmal goss sie ihm nicht ihren Wein in den Schoß.

»Ich sollte jetzt aufbrechen, solange es noch hell ist.«

»Ihr müsst bleiben, Baudoin«, sagte Marys, aber es lag nichts Ehrliches in ihrer Stimme.

»Das kann ich nicht, Madame. Meine Eltern sind beide krank. Sehr krank.«

»Werden sie an der Hochzeit teilnehmen?«

»Das wollen sie beide unbedingt. Aber ich weiß nicht, ob es möglich sein wird.« Dann entschuldigte sich Baudoin, und Adelina folgte ihm auf den Burghof hinaus. Sie ging ganz langsam, wie um seinen Abschied hinauszuzögern. Fast den ganzen Tag hatte er mit ihr verbracht, und ständig war sie an seiner Seite gewesen, und so still die ganze Zeit.

Sein Pferd war gefüttert und getränkt worden und stand bereit. Baudoin nahm die Zügel und wäre beinahe aufgestiegen. Beinahe.

»Ich will nicht, dass Ihr geht.«

Er verstand sie kaum. »Was habt Ihr gesagt?«

Adelina wiederholte ihre Worte nicht. Er sah ihr in die Augen und meinte, Tränen zu sehen. Ein höchst merkwürdiges Gefühl bemächtigte sich seiner.

»Hört mich an, Baudoin. Wenn ich Euch heirate, werdet Ihr gewiss sterben«, sagte sie leise.

Das hatte er verstanden. »Vor dem Tod fürchte ich mich nicht. Ich fürchte nur, ich könnte zu bald sterben, noch ehe ich Euch wirklich kennen gelernt habe.«

»Eure Worte sind freundlich und aufrichtig, aber …«

Baudoin wartete. Aber sie sprach nicht weiter.

»Versprecht mir, dass Ihr gut auf Euch Acht geben werdet, Baudoin Dupuy.«

»Wenn Ihr mir dafür versprecht, mich rufen zu lassen, falls Euch wieder etwas zustößt.«

Adelina schaute ihm in die Augen. Was mochte er wissen? Oder wenn nicht wissen, was mochte er ahnen? »Nehmt mich mit Euch, und es wird mir nichts mehr zustoßen.«

»Das würde ich nur zu gern, Addie, aber das kann ich nicht. Es ist noch nichts für Euch vorbereitet.«

Sie stand da, starrte auf ihre nackten Füße und versuchte, die Tränen zu unterdrücken.

»Es ist ja schon morgen in einer Woche. Jetzt muss ich aber fort. Ich weiß, Ihr wollt, dass ich bleibe, aber ich kann nicht.«

Baudoin küsste sie auf die Stirn und stieg auf sein Pferd, dann galoppierte er über die Zugbrücke. Er drehte sich nicht mehr um.

Sie war noch nicht verheiratet, und schon hatte sie gelogen.

Adelina sah zur Küchentür, zu dem Mann, der dort wartete und sie aufmerksam musterte. Wie oft hatte Gabriel in letzter Zeit versucht, mit ihr zu reden, und wie geschickt war sie ihm ausgewichen? Meistens aß sie in ihrem Zimmer hinter verriegelter Tür. Sie sprach mit niemandem, außer mit Ella, Jennet und Dedwyd. Sogar Dedwyd warf ihr seltsame Blicke zu. Er versuchte immer mal wieder ein Lächeln, auf das sie aber nicht reagierte. Ab und zu vollführte er wundersame akrobatische Kunststücke, aber auch das ohne Erfolg. Und einmal streckte er die Hand nach ihr aus, wahrscheinlich um sie zu einem Lächeln zu zwingen, aber ganz schnell zog sie sich zurück.

Es fiel ihr sehr schwer, einem Mann in die Augen zu sehen. Sehr schwer. Nur nach Geoffrey sehnte sie sich, aber sogar Briefe waren verboten.

Gabriel machte einige Schritte auf sie zu, aber der Wolfshund ihr zu Füßen knurrte warnend. Da ging Gabriel wieder hinein zu ihrer Mutter.

Küchenjungen, die gerade nichts zu tun hatten, spielten lärmend, sie hörte sie nicht. Der Hund schnupperte an ihrer Hand, geistesabwesend streichelte sie ihm den Kopf.

»Du bist mein einziger Freund«, sagte sie zu dem Tier. Seine riesigen braunen Augen lächelten sie an. Sie wusste, was der Hund wollte, und fischte in ihrer Tasche nach dem Stück Brot, das sie von ihrem Essen mitgenommen hatte. Als er das Brot hinuntergeschlungen hatte, sprang er in großen Sätzen davon, sah die Hühner und fing an, ihnen hinterherzujagen.

Adelina ging in die Küche und setzte sich auf den Schemel,

auf dem sie als kleines Mädchen schon so oft gesessen hatte. Von oben hörte sie die Stimmen von Gabriel und ihrer Mutter. Sie lachten.

»Stimmt es, Ella, dass du früher Dienstmagd meiner Mutter warst, als sie noch jünger war?«, fragte Adelina.

»Ja, Herrin.«

»Und dass du mit ihr als Dienstmagd hierher gekommen bist, als sie meinen Vater geheiratet hatte, ja?«

»Ja, Herrin.«

»Haben alle drei Brüder ihr den Hof gemacht? Sie ist doch aus Arlempdes gekommen, nicht, mit einer recht ordentlichen Mitgift im Gepäck?«

»Danach fragt Ihr am besten Eure Mutter, Herrin.«

»Ja oder nein, Ella?«

»Ja. Das stimmt alles, aber ich sollte eigentlich nicht diejenige sein, die Euch diese Dinge erzählt.«

Eine Weile saß Adelina nachdenklich da. »Mein Onkel Heracle konnte sie nicht heiraten, weil er schon einer anderen versprochen war, so war das doch, oder?«

»Woher wisst Ihr das, Herrin?«

»Er hatte vier Ehefrauen, nicht? Vier Ehefrauen und vier Söhne, und nur einer der Söhne ist jetzt noch am Leben?«

»Wer hat Euch das alles erzählt, Herrin?«

»Mein künftiger Gemahl – er hat mir mehr über meine Familie erzählt, als ich selber wusste. Ich habe bemerkt, wie sie sich bei der Beerdigung meines Vaters angeschaut haben. Ich bin ja nicht blind.«

»Wer hat wen angeschaut, Herrin?«

»Meine Mutter und Heracle. Irgendetwas ist da im Gange. Das spüre ich, aber ich weiß nicht, was es ist.«

»Das ist nicht Eure Sache, Herrin.«

»Ich wünsche aber, es zu meiner Sache zu machen. Es heißt, ich soll in meiner Art meinem Vater sehr ähnlich sein.«

Ella lächelte in sich hinein und schwieg.

»Jetzt ist es hier wie in einem Spinnennetz, und wir alle werden schnell darin gefangen sein.« Gabriel hat uns in der Falle. Er wartet geduldig ab und genießt dabei unsere vergeblichen Mühen, dachte sie.

»Herrin?«

»Was passiert, wenn ich in eben diesem Augenblick sterbe?«

»Ihr werdet nicht sterben.«

»Was passiert dann, Ella? Alles, was meinem Vater gehörte, geht dann doch in den Besitz meiner Mutter über, nicht? Würde Graf Heracle sie dann heiraten und wieder einmal sein Vermögen vermehren? Oder würde Gabriel sie zur Frau nehmen, wenn ich sterbe? Natürlich will ich jetzt nicht sterben. Ich darf jetzt nicht sterben. Gott behüte, dass ich sterbe, ehe nicht alles Dupuy-Land mir gehört. Dann ist es ohne Belang, was aus mir wird.« Ihre Stimme war bitter, voller Sarkasmus.

»Fühlt Ihr Euch wieder unwohl?«

»Ich bin nichts, Ella. Nichts weiter als ein Besitzstück. Ein Gegenstand, den ein Mann ganz nach Lust und Laune tauscht und kauft und verkauft. Weshalb bin ich so machtlos? Weshalb hat Gott mich verlassen?«

Ella wischte sich den Teig von den Händen, und wie sie das schon so oft getan hatte, nahm sie Adelina in die Arme und hielt sie fest. Eine ganze Weile kostete Adelina Ellas Weichheit und Wärme und stille Zuneigung aus. Sie zog Kraft aus dem regelmäßigen Schlag des treuen Herzens der alten Frau.

»Baudoin Dupuy ist ein guter, sanfter Mann«, sagte Ella und strich über das kleine Gesicht mit den Sorgenfalten. »Er ist stark und gut aussehend, und er hat viel Humor. Humor ist etwas Seltenes. Er wird erst sterben, wenn ihr beide alt seid, das weiß ich genau. Ihr werdet ein gutes Leben mit ihm haben.

Ich habe euch zusammen gesehen, Kind, ich habe den Blick gesehen, mit dem er Euch ansieht. Ich weiß, dass es so kommen wird.«

»Glaubst du, er könnte mich eines Tages lieben?«

»Ihr fragt, ob er Euch lieben wird, so wie Geoffrey Euch vom Tag Eurer Geburt an geliebt hat?«

»Ja.«

»Alle, die Euch kennen, müssen Euch lieben, Kind. Nur gibt es verschiedene Arten von Liebe, das ist alles.« Ella küsste sie aufs Haar und machte sich wieder an ihre Arbeit. Eine ganze Weile herrschte tiefes Schweigen. Die Küchenjungen kamen herein, laut und lärmend und ausgelassen, und Ella verjagte sie mit dem Besen.

»Wie lange braucht es, bis ein Kind gewachsen ist?«

Beinahe ließ Ella ihren Besen fallen. Nach der langen Zeit sollte sie sich inzwischen an Adelinas seltsame Fragen gewöhnt haben. »Ein Kind ist nicht wie eine Pflanze, Herrin.«

»Aber es beginnt mit einem Samen, oder nicht?«

»Na ja, doch, aber …«

»Wie lange braucht es? Woher weiß man es?«

»Nun ja, mein Kind, es dauert ungefähr ein Jahr. Die Blutungen hören auf, Ihr fühlt Euch unwohl, und Ihr seid nicht mehr ganz Ihr selbst. Und Ihr werdet natürlich dicker. Aber man kann nie wissen, ob das Kind leben wird, Herrin. Ich habe Frauen gekannt, die zwanzig Jahre lang einmal im Jahr eine Niederkunft erlitten und als Ergebnis ihrer Qualen schließlich nur drei Kinder vorzuweisen hatten.«

Einen Moment lang schwieg Adelina. »Sollte ich einen Sohn mit Baudoin Dupuy haben, dann wird alles, was mir gehört, eines Tages an meinen Sohn gehen und an sonst keinen, oder?«

»Nun, ja. Aber es sterben mehr Kinder, als am Leben bleiben.«

»Nein, Ella. Ich werde einen Sohn haben. Das weiß ich.

Ich werde tun, was mein Vater von mir verlangt hat. Ich weiß jetzt, weshalb er sich einen Enkel wünschte. Ich weiß das jetzt. Weil dann nämlich die Gier all der anderen ein Ende findet, die an sich raffen würden, was von Geburts wegen nicht ihnen gehört.«

Wieder herrschte Schweigen, zu hören war nur lautes Lachen. Das Lachen eines Mannes, der alles an sich reißen würde, hätte er auch nur halbwegs die Gelegenheit dazu.

»Hast du Kinder gehabt?«, fragte Adelina.

»Ja, Herrin.«

»Wie geht das?«

Ella schwitzte. Sie wünschte, der Tag wäre endlich vorbei, denn sie wollte nur noch ins Bett. Sie flüsterte ein schnelles Gebet, bekreuzigte sich und fragte: »Wie geht was, Herrin?« Sie hatte gewusst, dass diese Frage früher oder später kommen würde.

Es war bereits spät am Nachmittag, als der Abt nach Geoffrey schicken ließ, der zu diesem Zeitpunkt mit André im Bienenhaus war. André hatte keine Angst vor den Bienen, aber Geoffrey hielt Abstand und redete dabei die ganze Zeit mit dem jungen Mönch, der jederzeit ein Lächeln für alle hatte. Seine Anwesenheit allein war schon ein Trost, und Geoffrey suchte seine Gegenwart, wann immer es ihm möglich war. Wenn er über Adelina sprach, sagte André nichts. Solche Art von Liebe hatte er nie kennen gelernt, von Jugend auf hatte er sein Leben Gott geweiht.

Gott und den Bienen weihte dieser Mann sein Leben.

Nicht nur einmal, sondern wohl an die hundertmal hatte Geoffrey die Geschichte von den gesegneten Bienen gehört. Beinahe war er froh fortzukommen, als der Abt ungeduldig nach ihm rief.

»Vater?«, fragte er.

»Du sollst Heracle de Polignac eine Botschaft überbringen. Jetzt sofort. Ein Pferd wird gerade für dich gesattelt.«

Der Abt gab ihm ein Pergament, es war versiegelt.

Geoffrey seufzte. Ja, er und Graf Heracle hatten Graf Roberts Sarg getragen, aber gesprochen hatten sie am Tag der Beerdigung nicht miteinander. Geoffrey konnte sich erinnern, dass Christian ihm einmal vor vielen Jahren erzählt hatte, ihre Vorfahren seien Priester des Apoll gewesen. Und dann hatte er darüber gelacht, dass ein Polignac womöglich einmal Mönch werden könnte und sich alle Väter ihrer Väter im Grab umdrehen würden … Das war lange vor dem Zeitpunkt gewesen, da Robert de Polignac seine Wünsche hinsichtlich Geoffreys Zukunft kundgetan hatte.

Und in der Tat fühlte Geoffrey sich unbehaglich in der Kutte der Benediktiner – es schien, dass sie nichts weiter als ein beliebiges Kleidungsstück war. Tief in seinem Herzen sah er sich als Krieger, und er war überzeugt, dass sein Name Polignac war und es immer sein würde.

Wäre da nicht die Bitte des Abtes gewesen, hätte Geoffrey nie im Leben die Gelegenheit gehabt, mit Graf Heracle zu sprechen. Die Festung hatte er oft von weitem gesehen, aber er hatte nie gewagt, sich ihr zu nähern – Graf Robert hätte ihn in die Hölle gejagt. Jetzt würde er endlich die Festung Polignac besuchen können, die sich hoch über dem Dorf erhob, das den Namen der Familie trug.

Kühl musterte ihn der Wachposten. »Ich bin Geoffrey de Polignac, auch genannt Bruder Christophe, Neffe Eures Herrn, und ich bringe ihm eine Nachricht. Ich reise allein und stelle keine Gefahr dar. Ich komme in friedlicher Absicht, wie du siehst.«

Der Wachposten stellte sich auf die Zehenspitzen, um von seinem Guckloch im Tor einen besseren Blick auf den Mönch, der da draußen stand, werfen zu können. Ein anmaßendes Lächeln überzog das zerfurchte Gesicht, dann wurde die kleine Luke schwungvoll zugeschlagen. Geoffrey stand da, hielt eine ganze Weile die Zügel seines Pferdes in der Hand und trat dann beiseite, als das Tor sich öffnete. Der Zutritt wurde ihm allerdings nicht erlaubt. Drei Ritter, in voller Rüstung und bewaffnet, galoppierten heraus. Geoffreys Pferd scheute und erschreckte sich plötzlich. Hätten die Ritter die Festung nicht verlassen, hätte Geoffrey, das wusste er genau, bis zum Sonnenuntergang oder bis in alle Ewigkeit warten müssen, was auch immer zuerst eingetreten wäre. So begab er sich schnell hinein, ehe das Tor sich wieder schloss.

Keiner nahm Notiz von dem jungen Mönch, der sein Pferd über den Burghof führte. Ritter übten sich im Waffengang, Waschfrauen hängten Laken auf, Küchenjungen fingen Hühner, und Hunde balgten sich um eine läufige Hündin, aber sie beobachteten ihn, das spürte Geoffrey genau.

Er schaute hinauf zum Bergfried, als er sein Pferd bei einer Tränke festband. Wäre mein Vater der Erst- und nicht der Letztgeborene gewesen, dann wäre dies jetzt alles mein, dachte er, und vergaß für den Augenblick, dass er jetzt ja ein Diener Gottes war.

Als niemand Geoffrey willkommen hieß, schnappte er sich einen Küchenjungen, der gerade vorbeilief und ein Huhn beim Hals hielt. »Wo ist dein Herr, Junge?« Der Junge machte sich aus Geoffreys Umklammerung los und lief weiter auf den Bergfried zu. Er folgte ihm, bis eine Frau, etwa so alt wie er, vorbeikam. »Madame?«

Sie sah sich um, ihre dunklen Augen glänzten. »Ja?«

»Ich bin Geoffrey de Polignac. Ich habe Nachricht für meinen Onkel.«

»Wer seid Ihr?«

»Geoffrey de Polignac. Ich komme aus Lavoute Polignac.«

Sie verstand ihn nicht.

»Ich bin der jüngere Sohn von Guillaume, der vor vielen Jahren in Langeac gestorben ist. Bringt mich zu Eurem Herrn«, sagte er, inzwischen war er schon recht ungeduldig.

»Er ist nicht mein Herr, er ist mein Stiefvater.«

»Dann seid Ihr also eine Cousine.«

»Tragt Ihr Waffen mit Euch?«, fragte sie.

»Was wollt Ihr damit sagen, Madame?«, erwiderte Geoffrey überrascht.

»Man hat schon einige Male versucht, ihn zu töten.«

»Aber ich bin ein Diener Gottes.«

»Das sehe ich«, sagte sie und ging voran. Geoffrey folgte ihr viele Treppenfluchten hinauf in eine Halle, wo einige Ritter sich im Schwertkampf übten. »Wartet hier.«

Geoffrey sah den Rittern zu, während er wartete. Liebend gern hätte er bei ihrem Spiel mitgemacht, doch dann wurde ihm wieder bewusst, dass er eine Kutte trug. Er bedauerte es, sich nicht stolz mit Graf Roberts Wappen präsentieren zu können. Die Wappen waren in der Tat sehr ähnlich, wenn auch nicht identisch. An den Wänden hingen Apollonmasken, Kriegsrüstungen und Porträts aller Polignacs seit Anbeginn der Zeiten. Da war sein Onkel Robert, und Geoffrey war verblüfft, denn natürlich hatte er noch nie gesehen, wie er als junger Mann ausgesehen hatte. Geoffrey musterte die Porträts, so gut er konnte, bis eines seine Aufmerksamkeit gefangen nahm und nicht wieder losließ. Die Augen, so unglaublich hell und so ähnlich seinen eigenen, ließen ihn reglos verharren.

»1098.«

Beim Klang der Stimme drehte sich Geoffrey jäh um, verfing sich in seiner Kutte und wäre beinahe gestürzt.

»Er fiel im Jahre 1098, Bruder Christophe, vor den Mauern von Antiochia. Der, den du da siehst, ist Heracle, der erste Polignac, der auf einen Kreuzzug ging, aber nicht der erste, der in der Schlacht fiel.« Der mächtige Mann, der plötzlich hinter ihm stand, umfing Geoffrey in einer so festen Umarmung, dass es ihm beinahe den Atem nahm. »Geoffrey, Geoffrey, keine Sorge. Ich habe dich erwartet. Du hast Nachricht von meinem Freund, dem Abt. Habe ich nicht Recht?«

»Ja, Monseigneur, so ist es.«

»Wenn Robert dir etwas beigebracht hat, dann offensichtlich Manieren. Gut. Komm, setz dich zu mir. Ein wenig Wein, vielleicht?«

Ehe Geoffrey antworten konnte, hatte Graf Heracle seinen Gefolgsleuten zugerufen, sie sollten sich anderswo im Schwertkampf üben. Und plötzlich war es in der Halle, die etwa viermal so groß war wie die in Lavoute, sehr still. Geoffrey wusste nicht, was er sagen sollte, bis ein riesiger Kelch vor ihn auf den langen, breiten Tisch gesetzt wurde.

»Es heißt, Adelina hat versucht, sich Stephan von Cloyes anzuschließen. Stimmt das?«

Geoffrey hatte keine Ahnung, wovon Heracle de Polignac redete. »Ich bin nicht mehr willkommen in Lavoute«, erwiderte Geoffrey. »Ich weiß nichts mehr von dem, was dort geschieht.« Es schmerzte ihn, diese Tatsache zugeben zu müssen. Von Adelina hatte er lediglich einen seltsamen Brief erhalten, in dem sie davon sprach, einzig mit ihrer Unschuld als Waffe in den Kampf zu ziehen. Geoffrey hatte André den Brief zu lesen gegeben, und auch er hatte keine Ahnung, was er bedeuten mochte. Beide hatten beschlossen, es auf sich beruhen zu lassen, denn wenn man sich wundernd und grübelnd den Kopf allzu sehr zerbrach, würde es nur, so fürchtete André, Splitter geben.

»Dass du nicht mehr willkommen bist, davon habe ich gehört.«

Graf Heracle streckte die Hand aus. Im ersten Moment fragte sich Geoffrey, was er wohl wollte. Dann fiel ihm das Pergament wieder ein, und er zog es aus seiner Kutte. Während sein Onkel las, ließ Geoffrey erneut seine Blicke durch die Halle schweifen. Er nahm einen Schluck Wein – er war schwer, dunkel und stieg sofort zu Kopf, kein Wein, der aus der Auvergne stammte.

»Ah ja. Die Hochzeit mit Dupuy wird jetzt bald stattfinden, da sie wieder genesen ist.«

Verblüfft sah Geoffrey auf. Er hatte keine Ahnung gehabt, dass Adelina krank gewesen war.

»Am Samstag heiratet sie, und ich soll der Brautführer sein.«

Was von Geoffreys Herz noch intakt war, schien in diesem Augenblick zu zerbersten. »Aber Ihr kennt sie doch gar nicht.«

»Sie kennen? Was hat das denn damit zu tun?«, fragte der Graf. »Durch diese Verbindung wird sich der Familienbesitz mehren, und das ist alles, worauf es ankommt.« Einen Moment lang schwieg er, dann schnäuzte er sich auf den Fußboden. Wie aus dem Nichts, so wirkte es jedenfalls, erschienen zwei Jungen und beseitigten die beschmutzten Binsen.

»Dann gehe ich jetzt wohl lieber. Ich habe meine Pflicht getan«, sagte Geoffrey.

»Bleib.«

»Es gibt nichts weiter zu besprechen, Monseigneur.«

»Setz dich, Geoffrey. Und hör mir zu.«

Geoffrey, der sich schon halb erhoben hatte, setzte sich wieder und hörte: »Es war dein Vater Guillaume, der die Familie auseinander brachte. Nicht ich.«

»Dann muss einer lügen.«

»Meine beiden Brüder hätten hier bleiben können, aber es gab immer viel Neid und Wettstreit um die Vormachtstellung. Als unser Vetter starb, übernahm Robert die Burg Lavoute. Außerdem heiratete er die Frau, die ich am meisten begehrte, aber das ist jetzt ohne Belang. Dein Vater Guillaume, der seinen eigenen Worten zufolge nicht nutzlos und nicht ohne Land sein konnte, übernahm einen Besitz in Langeac und errichtete sich dort eine Burg, und das alles gegen den ausdrücklichen Wunsch unseres Vaters. Dort blieb er im Exil fern der Familie, bis seine Burg belagert und schließlich bei seinem Tod eingenommen wurde. Damals lebte mein Vater noch und wollte nicht zulassen, dass ihr zwei, du und dein Bruder Christian, aufgenommen wurdet. Er war dickköpfig und wollte sich nicht umstimmen lassen. Deine Mutter Eloise war keine Adlige, sondern stammte aus unserem Dorf hier, und mein Vater hat sie nie akzeptiert. Dein Großvater ist es gewesen, der deine Mutter fortgeschickt hat, nicht ich. Es war nicht meine Entscheidung. Mit den zwei kleinen, vaterlosen Jungen hatte sie einen weiten Weg zurückgelegt, nur um an den Toren abgewiesen zu werden. Als mein Bruder Robert davon hörte, gab er natürlich mir die Schuld. So wie das immer gewesen ist.«

Graf Heracle unterbrach seine Erzählung gerade lange genug, um einen kräftigen Schluck Wein zu nehmen. Dann fuhr er fort, und das Licht der Vergangenheit leuchtete in seinen Augen.

»Als mein Vater den Tod von diesem Dupuy in Allegre verursachte und dabei selber den Tod fand, war es schon zu spät, ich konnte die Söhne von Guillaume nicht mehr zu mir nehmen. Du warst schon fast erwachsen, und Robert hatte dich und deinen Bruder bereits gegen mich aufgebracht.«

»Mein Onkel hat mir nichts von all dem, nichts von dir erzählt.«

»Mich plagt er noch, obwohl er schon in seinem Grab liegt!« Der Graf lachte.

»Wie das? Wie kann ein Toter Euch plagen?«

»Er hat einen Benediktiner aus dir gemacht!«

»Ich habe das Gelübde noch nicht abgelegt, Monseigneur.«

»Da ist viel, von dem du nichts weißt, Geoffrey. Seit zweihundert Jahren schon liegen wir im Streit mit den Bischöfen von Le Puy, und was habe ich jetzt vor mir sitzen? Einen Mönch? Drei Söhne habe ich bereits verloren. Mir sind nur noch zwei Stieftöchter und ein Sohn geblieben. Und sollte ich den auch verlieren, Allmächtiger im Himmel, sollte das der Fall sein, wer wird dann mein Erbe werden? Jetzt ist nur noch ein Benediktiner da, denn Christian ist tot.«

»Ich verstehe nicht, was Ihr meint.«

»Doch, das verstehst du ganz gut. Das verstehst du sehr gut sogar.«

»Bis heute wusste ich nicht einmal, dass Ihr Söhne habt, ob nun tot oder lebend. Wer ist dieser Sohn, der Euch noch geblieben ist. Ich habe also einen Vetter, von dem ich nichts weiß?«

»Gervaise lebt in Paris, und das jetzt schon seit vielen Jahren. Mein einziger noch lebender Sohn denkt, er sei eine Frau. Er kleidet sich wie eine Frau und benimmt sich auch so. Er singt, er tanzt … Er ist nicht mehr mein Sohn.«

Was Graf Heracle erzählte, verblüffte Geoffrey so sehr, dass ihm keine Antwort darauf einfallen wollte.

»Ich nehme an, dies ist nur noch ein weiterer Grund dafür gewesen, dass Robert dich von mir fern gehalten hat. Er wusste nämlich, dass ich keinen fähigen männlichen Erben habe. Aber das muss jetzt nicht mehr so sein. Ja, ich habe dich erwartet, Geoffrey. Der Tod meines Bruders hat nun doch etwas Gutes gehabt.«

Mit seiner riesigen Pranke umklammerte Lord Heracle Geoffreys Hand und hielt sie eisern fest. »Was sagst du?«

»Monseigneur?«, brachte Geoffrey mit Mühen und nach Atem ringend heraus, denn langsam ahnte er, was sein Onkel von ihm wollte.

»Willst du eines Tages der Herr von Polignac sein, Vicomte von eigenen Gnaden? Willst du, dass dies alles hier dir gehört?«

»Ich … Das … das kommt so plötzlich.«

»Dann denk darüber nach. Denk nach über das, was ich gesagt habe.«

Unaufhörlich musste Geoffrey während der nächsten Tage an Graf Heracles Worte denken, als er allein in seiner Zelle saß und Gottes Wort las. Er konnte sich auf nichts anderes konzentrieren als auf das Gesicht von Heracle de Polignac, der im Alter von dreiundzwanzig Jahren vor den Mauern von Antiochia den Tod gefunden hatte. Geoffrey schien es, als würde er ihn kennen, diesen Vorfahren, der schon so lange tot war, doch vermochte er keinen Grund für eine derartige Offenbarung zu finden. Außer vielleicht in den verbotenen Schriften des Origenes, der sein Leben der Bewahrung der ursprünglichen Evangelien geweiht hatte. Das *Contra Celsum* faszinierte Geoffrey genauso sehr wie das *De Principiis*: »Gestärkt von den Siegen oder geschwächt von den Niederlagen ihres früheren Lebens kommt jede Seele auf diese Welt. Ihr Platz auf dieser Welt als Gefäß, das zu Ehre oder Schande bestimmt ist, wird geprägt von den früheren Verdiensten oder Fehlern. Ihre Arbeit in dieser Welt bestimmt ihren Platz in der Welt, die folgen wird.«

Das faszinierte Geoffrey. Die Wahrheit, so schien es, blieb verborgen, zeigte sich aber stets früher oder später. Das große Rad hatte sich endlich gedreht.

Geoffrey wusste nicht, wie er sich entscheiden sollte. Sein kluger Verstand hatte ihn verlassen, seine Gedanken waren nicht mehr seine eigenen. Es war alles nur ein Traum gewesen, einer, aus dem er sicherlich wieder erwachen würde.

»Wie Ihr seht«, hatte er an jenem Tag vor scheinbar so langer Zeit zu Adelina gesagt, »habe ich auch sonst noch nicht viel.«

Für einen Augenblick wünschte er sich, es wäre wahr – er wünschte sich ein Leben, das noch einmal gelebt werden konnte, bis er sich seiner Verantwortung mutigen Herzens stellte.

An dem Abend, bevor die Liebe seines Lebens einem anderen angetraut würde, betete er nicht im Dunkel seiner winzigen Zelle. Er fragte ins Nichts: Was soll ich denn nur tun?

Aber es kam keine Antwort. Es kam überhaupt nichts.

Kapitel Fünfundzwanzig

Jennet betrat das Gemach ihrer Herrin und zog die schweren Ledervorhänge zurück. Sonnenstrahlen strömten herein, aber das allein genügte nicht, um Adelina zu wecken. Vorsichtig trat Jennet ans Bett. »Herrin? Ihr müsst jetzt aufstehen«, ertönte die liebliche, sanfte Singsangstimme.

Adelina öffnete die Augen und sah Jennets breites Lächeln und ihre hellen, strahlenden Augen. Wieso ist sie bloß so fröhlich heute?, dachte Adelina. Was ist heute denn für ein Tag? Jäh stellte sich die Erkenntnis ein: Heute heirate ich Baudoin Dupuy.

Adelina zog sich die Kissen übers Gesicht und wollte ihre Zofe wegscheuchen.

»Kommt, Herrin. Wir müssen jetzt Euer Haar in Locken legen, sonst hält es nie im Leben. Zum Glück ist es nicht windig heute. Seht Ihr? Ich habe Euer wunderschönes Kleid zurechtgelegt … Kommt, Milady. Kommt. Ihr habt schon viel zu lange geschlafen.«

Jennet zog Adelina die Kissen vom Gesicht und warf sie außer Reichweite. Adelina stützte sich auf die Ellenbogen – wahrlich ein feiner Anblick, sie mit ihrem kurzen Haar, das in alle Richtungen abstand, und den dunklen Ringen unter den Augen. »Wieso freuen sich denn alle auf diesen Tag, nur ich nicht? Wieso bist du bloß so frohgemut?«

»Ich freue mich auf ein neues Leben mit Euch, Herrin.«

»Das hilft mir überhaupt nicht!«

Ganz kurz ließ Jennet erkennen, wie gekränkt sie war.

Wenn sie das tat, drückte ihre Herrin stets das schlechte Gewissen. Aber heute drückte sie nichts. Sie warf die Decken beiseite und lief auf die Tür zu. »Nein, Herrin!«, rief Jennet. »Die Leute versammeln sich schon in der Halle. So früh am Tag solltet Ihr sie lieber nicht erschrecken.«

Adelina drehte sich um und warf ihrer Dienstmagd einen bösen Blick zu. Aber Jennet lächelte lieb. In der Hand hielt sie einen Nachttopf. Adelina fluchte herzhaft und griff sich den Topf. »Sie versammeln sich schon? Dieu! Man hat aber auch gar keine Ruhe. Überhaupt kein bisschen Ruhe. Schon hat dieser Tag mich müde gemacht.«

Immer quengelt sie herum, dachte Jennet und musterte die Decke und das Seil, das von dem Querbalken herabhing, während ihre Herrin den Nachttopf benutzte. Sie sagte: »Wir haben gar nicht mehr an Eurer Stechpuppe gearbeitet, Herrin. Immer wieder höre ich Geschichten von Eurem Geschick mit der Armbrust. Vielleicht bringt Ihr mir das Schießen ja bei, wenn wir erst in Allegre leben?«

»Das werde ich! Dann malen wir ein Abbild von Gabriel von Lyon auf die Stechpuppe und werden unseren Spaß daran haben. Aber was ich vorhabe, wird ihm mehr wehtun als der Bolzen einer Armbrust.«

Adelina gab ihrer Magd den Topf, den sie aus dem Fenster entleerte, nicht ohne sich vorher vergewissert zu haben, ob nicht jemand nichts ahnend gerade vorbeiging. »Bald werdet Ihr eine Braut sein, Herrin. Eine verheiratete Frau. Ich bin überglücklich. Schon vor Morgengrauen bin ich heute auf gewesen und habe Ella geholfen, das Festmahl vorzubereiten. Und ich habe Gräfin Marys geholfen, die Rosenknospen zu schneiden, da waren sie immer noch von Tau bekränzt. Es war so wunderschön. Ich habe die weißen geschnitten, sie die rosafarbenen.«

»Rosen?«, fragte Adelina, die Jennets Geschichten von

Schönheit und Liebesglück schon leid war. All dieses Gerede machte sie krank.

»Die Ihr als Brautstrauß tragen werdet.«

»Ach, die Rosen. Ich nehme an, man wird mich auch zwingen zu baden?«

»Euer Haar machen wir wohl am besten, wenn es noch feucht ist, Milady.«

»Ich habe diesen Monat schon gebadet. Gott! Das ist der Fluch meiner Mutter. Komm. Wir wollen es hinter uns bringen.«

Um zu den privaten Gemächern ihrer Mutter zu gelangen, wo es einen Badetrog gab, mussten sie nicht durch die Halle, denn sie lagen hoch oben im Turm. Schon bald ließ Adelina die Vorbereitungen für ihre Hochzeit über sich ergehen.

»Die stinkt.«

»Herrin?«

»Die Seife. Die stinkt. Alles stinkt.«

Jennet roch an der Seife. Ella hatte sie nach Michels Rezept gemacht und hatte sowohl Lavendel- als auch Rosenöl hinzugefügt. Der Duft war wirklich höchst angenehm, es stank überhaupt nicht.

»Baudoin Dupuy macht sich heute ganz bestimmt nicht so viel Mühe. Ich weiß genau, was er tragen wird. Er wird genauso aussehen wie immer, wieso kann ich das denn nicht auch?«

»Ach, Herrin. Er weiß, dass die Blicke der Gäste sich an ihm nicht gütlich tun werden. Aller Augen werden auf Euch ruhen.«

»Gott im Himmel, wieso kann es denn nicht schon morgen sein!«

»Erst müssen wir den heutigen Tag ertragen, Herrin. An diesen Tag werdet Ihr Euch Euer Leben lang erinnern.«

»Daran, dass man mich wund geschrubbt hat? Eine ziemlich trübe Erinnerung wird das werden.«

»Ihr quengelt immerzu.«

»Und du bist unverschämt. Ist Gabriel hier?«

»Ich bedaure, Herrin, aber er ist leider nicht über Nacht gestorben. Heute Morgen kam er aus den Gemächern Eurer Mutter und schien prächtiger Laune. Ist das denn nicht ein gutes Zeichen für den bevorstehenden Tag?«

»Der kleine Bogenschütze?«

»Der ist hier.«

»Und Geoffrey?«

Jennet schüttelte den Kopf.

»Aber es war mein Wunsch, dass er kommen sollte.«

»Vielleicht kommt er ja noch. So viele versammeln sich schon unten, und viele von ihnen sind mir völlig fremd. Ella sagte, Henri und Heloise Dupuy werden bald eintreffen.«

Adelina fuhr zusammen. »Madame Dupuy fühlt sich wohl genug, um zu kommen?«

»Ja, so scheint es. Ich wusste, dass Ihr Euch freuen würdet.«

Jennet kam mit einem Tiegel in der Hand näher. »Was ist das?«, jammerte Adelina und ließ sich noch tiefer in den Bottich sinken.

»Es ist eine Creme, die Eure Schönheit noch hervorheben wird. Die Herrin hat befohlen, sie zu benutzen. So, jetzt haltet still. Wollt Ihr denn für Euren frisch angetrauten Gemahl nicht schön sein? Seht Ihr denn den Freuden dieser Nacht nicht erwartungsvoll entgegen?«

Baudoin half seinem Vater auf den Wagen. Die Verletzung an der Hüfte beeinträchtigte all seine Bewegungen, und immer noch wütete in ihm ein Fieber unbekannter Herkunft. Sein Gesundheitszustand mochte sich ja täglich verbessern, doch Baudoin war sich bewusst, dass die Fahrt nach Lavoute Polignac sein Ende sein konnte. Sturheit und Stolz hatten Henri Dupuy bis jetzt durchhalten lassen, da kam es auf einen Tag mehr oder weniger für ihn nicht an.

Baudoin wollte zurückgehen, um seine Mutter aus dem Haus zu holen, und hielt verblüfft inne, als er den plötzlichen Griff auf seiner Hand spürte. »Wir gewinnen viel durch das hier, Baudoin. Viel.«

»Ja, Vater, ich weiß.«

Etwas leuchtete in Henris Augen auf, das Baudoin noch nie zuvor gesehen hatte. »Jetzt ist Gott uns allen hold«, sagte Henri.

Höflich nickte Baudoin und ging ins Haus.

Zum Glück war seine Mutter an diesem Tag ganz bei Sinnen, doch wie lange das anhalten würde, vermochte er nicht zu sagen. Sie trug ein Kleid aus tief dunkelrotem Samt, und Baudoin sah stolz zu, wie sie die Treppe herunterkam. Es schien, als würde sie schweben. »Mein Sohn«, sagte sie und streckte die Hand aus. »Du siehst wirklich sehr gut aus heute.«

»Und Ihr seid wunderschön, Mutter.« Baudoin nahm ihre Hand und führte sie zum Wagen, wo François und Antoine schon warteten.

»Das Zimmer ist fertig für sie? Bist du sicher?«

»Ja, Mutter. Macht Euch keine Sorgen. Ich bitte Euch nur, daran zu denken, dass sie nicht Vianna heißt. Sie heißt Adelina.«

»Adelina. Ja. Adelina.«

»Habt Ihr Eure Medizin gegen die Schmerzen?«

»Du regst dich unnötig auf.«

»Ich sehe Euch nur nicht gern leiden. Bitte zeigt sie mir.«

Heloise wickelte das Taschentuch auf, das sie fest in der Hand hielt, und da, verborgen in einem kleinen Samtbeutel zum Zuziehen, lag das Fläschchen mit ihrem Medikament. Es beeinträchtigte ihre Sinne, nahm ihr aber den Schmerz. Schon zu dieser frühen Stunde spielte der Schmerz in ihren Augen, aber die Medizin wollte sie nicht nehmen. Jedenfalls noch nicht. Baudoin half ihr in den Wagen und rief François zu, er solle losfahren.

Er stieg auf sein Pferd und schaute zurück zu dem tristen, unschönen Gebäude, und allmählich wurde er nervös, wie das vor einer Schlacht der Fall war. Baudoin ritt zum Tor hinaus, aber er konnte sich des Gedankens nicht erwehren, dass er etwas vergessen hatte. Aber was? Sie waren schon halb im Dorf, da fiel es ihm ein, er drehte das Pferd und galoppierte zurück.

Immer drei Stufen nahm er auf einmal, schlitterte in sein Zimmer und nahm von seinem Tisch ein kleines goldenes Kästchen. Über den Korridor rannte er weiter und öffnete die Tür zu dem neu hergerichteten Schlafgemach.

Gestern hatte sich seine Mutter aus dem Bett gemüht, um das Saubermachen und Dekorieren zu überwachen. Und die ganze Zeit hatte sie geflüstert: »Das wird Vianna gefallen. Ja. Das wird Vianna gefallen …«

Vom Baldachin des hohen Bettes bauschten sich Stoffbahnen aus roter Seide bis hinunter zu den Bettpfosten, mit Troddeln versehene Bänder hielten sie dort an Ort und Stelle. Schon waren frische Blumen von Saint Paulien gebracht worden.

Baudoin sah auf das winzige Kästchen in seiner Hand, schluckte seine Angst hinunter und legte es mitten aufs Bett. Dann war er verschwunden.

Er ritt fort und wusste, dass er weder allein noch als derselbe Mann wieder zurückkehren würde. Besondere Räume waren auch für Adelinas Dienstmagd vorbereitet worden. Seine Diener waren schon ganz aufgeregt vor lauter Vorfreude darüber, dass sie nun mit einem jungen, hübschen Mädchen arbeiten und zweifellos auch das eine oder andere Spielchen treiben würden. Baudoin hatte sie gewarnt, aber er wusste, dass keiner darauf achten würde, denn Männer waren und blieben Männer und würden sich nie ändern.

Wie sehr er sich doch wünschte, er könnte sein wie die anderen.

Gott, betete er auf dem Weg, willst du mir helfen? Ich stehe kurz davor zu heiraten, und schlimmer noch, eine Polignac zu heiraten. Er wusste nichts mehr von dem, was der Abt ihnen gesagt hatte, und er hatte keine Ahnung mehr, was er tun, geschweige denn sein sollte.

Die Trauung war für den frühen Nachmittag angesetzt. Erst um die Mittagszeit zeigte sich Adelina schließlich in der Halle, und es war allein der Hunger, der sie dazu zwang. Weder war sie richtig angekleidet, noch war sie überhaupt halbwegs fertig. Ihre Mutter seufzte und drehte sich schnell in die andere Richtung.

Adelinas kurzes Haar lag ihr eng am Kopf, mit den Fingern in Locken gedreht, eine dicke Schicht einer weiteren Creme ihrer Mutter bedeckte ihr Gesicht, und sie trug eine Tunika, die ihrem Vater gehört hatte. Beine und Füße waren nackt.

Alle Gäste hatten sich schon auf den Weg in die Abtei gemacht, alle mit Ausnahme von Heracle de Polignac, der in Galakleidung dastand und mit Gräfin Marys und Gabriel plauderte. Abrupt blieb Adelina auf der Treppe stehen, aber es war zu spät, man hatte sie gesehen. Adelina hätte sich umdrehen können, überlegte es sich aber anders. Bald wäre sie weit fort von all den Leuten hier, und für ihren Geschmack verging die Zeit gar nicht schnell genug. Ohne ein Wort zu sagen, ging sie weiter, es war ihr egal, ob sie jemanden schockierte. Sie ging geradewegs zu auf den Tisch, der sich unter Speisen aller Art bog. Und dann bediente sie sich.

»Adelina!«

»Was denn?«, fragte sie, ohne ihre Mutter anzusehen.

»Dein Onkel ist hier. Hast du denn gar keinen Respekt?«

»Ich bin ja nicht blind. Ich weiß, dass er hier ist. Er wird mein Brautführer sein, das ist alles, mehr tut er nicht. Er geht mich nichts an, jetzt nicht und auch in Zukunft nicht. Habe ich nicht Recht, Monsieur?«, fragte sie mit vollem Mund und sah ihrem Onkel stolz in die Augen. Wieder schwieg er, doch diesmal lauerte irgendwo hinter seinen Augen ein Lächeln, das beinahe sein bärtiges Gesicht erreicht hätte.

Sie ging die Treppe hoch, zurück zu Jennet, die ungeduldig darauf wartete, sie ankleiden zu können.

»Sie trauert immer noch«, erklärte Gräfin Marys.

»Trauert? Nein. Sie ist bloß ein verwöhntes Kind«, sagte Gabriel und ballte die Hand zur Faust. »Das ist es, was sie braucht.«

»Nein«, ertönte die kraftvolle Stimme von Graf Heracle. »Sie ist genau wie ihre Großmutter. Eine Faust stärkt nur ihre Entschlussfreudigkeit. Sie ist genau wie ihre Großmutter«, sagte er noch einmal sinnierend. »Das Rückgrat unserer ganzen Familie, von ihr bezogen alle ihre Kraft.« Heracle de Polignac wandte sich an Gräfin Marys und sagte zum fünften Mal an diesem Tag: »Ihr habt eine wunderschöne Tochter herangezogen, Marys.«

Und zum fünften Mal lächelte Marys huldvoll, während sich ihre Hand um ihren Weinkelch verkrampfte.

»Ich habe einen Maler kommen lassen, der diesen Tag im Gedächtnis festhalten soll.«

»Einen Maler? Sie wird wohl kaum lange genug stillsitzen, als dass ein Maler …«

Zunächst achtete Geoffrey nicht auf das Klopfen an seiner Tür. Er wusste, wer es war. André hatte eine Art zu klopfen wie sonst keiner. »Sie kommen, Bruder Christophe.«

Geoffrey legte die Schreibfeder weg. Mit traurigem Blick schaute er auf die Worte, die jetzt dem Pergament anvertraut waren – Worte, die ihm seit dem Aufwachen immer wieder durch den Kopf gegangen waren.

Glut aus buntem Glas,
getönt und flackernd
leuchtend, glimmend,
ist alles, wovon ich singen kann.
Der Welt entsagt und geweiht,
abgelöst von allem Fleisch,
sind alle Worte nun tot.
Im Dunkel entfacht,
von Schweigen nur berührt,
weinen Erinnerungen lang
um alles oder nichts.

Da war wieder das Klopfen, ungeduldig dieses Mal. »Bruder? Sie kommen. Es ist gleich an der Zeit. Schlaft Ihr?«

Geoffrey rieb sich über die Augen und sagte mit Wut in der Stimme: »Nein! Ich schlafe nicht! Ich komme schon!«

Die Abtei hatte sich gefüllt, und bis jetzt war von der Braut und ihrem Onkel noch nichts zu sehen. Man bekam nicht genug Luft, das fanden sowohl Baudoin als auch Geoffrey, und so trafen sie sich im Freien an der Hintertür der Kapelle. Baudoin schaute auf, als er den Mönch sich nähern sah. »Ist es schon so weit? Kommt sie, Bruder?«

Geoffrey zog die Kapuze zurück.

»Ach, Ihr seid es.«

Geoffrey atmete die warme Luft ein. »Sagt es mir, Dupuy. Könnt Ihr eine wie sie lieben? Könnt Ihr überhaupt lieben?«

»Was könnt denn Ihr schon von solchen Dingen wissen?

Die Welt von uns normal Sterblichen ist Euch doch jetzt egal. Es geht Euch außerdem nichts an. Es ging Euch noch nie etwas an.«

»Allein die Umstände haben Euch zu diesem Sieg verholfen.«

»Dann seid Ihr derjenige, der meinen Sieg aus der Taufe gehoben hat. Hättet Ihr meinen Bruder nicht getötet, würde nichts von all dem hier geschehen.«

»Es darf nicht geschehen. Gott wäre niemals so unbesonnen.«

»Es schmerzt Euch die Eifersucht, und dabei seid doch Ihr allein der Schuldige. Lasst mich in Ruhe. Eure Verzweiflung ist nicht die meine.«

»Wenn Euch das alles so stört, dann solltet Ihr vielleicht diese Hochzeit absagen und lieber Euren inneren Frieden suchen.«

Darauf erwiderte Baudoin nichts. Stattdessen sah er hinauf in den Himmel.

»Wenn es nicht der Wunsch ihres Vaters, meines Onkels und Vormunds und Lehrers, wäre, dann stünde ich jetzt an Eurer Stelle!« So! Nun hatte Geoffrey es gesagt. Doch der Schmerz hielt an.

»Es gibt mehr zu gewinnen als zu verlieren. Ich kann das nicht aufhalten. Geht mir aus dem Weg, Geoffrey. Hört Ihr denn nicht, wie sehr sich die Leibeigenen des Dorfes freuen? Hört Ihr überhaupt noch irgendetwas anderes als Eure eigenen kläglichen Kümmernisse?«

»Meine kläglichen Kümmernisse?«

»Geht aus dem Weg, Geoffrey. Ich habe keine Lust auf Handgreiflichkeiten mit einem wie Euch.«

»Wieso nicht? Die Kleidung macht mich nicht zu einem anderen.«

»Aus dem Weg.«

Von weit her hallten lärmende Freudenrufe den Hügel hinauf, doch Geoffrey trat nicht beiseite. »Geoffrey, Bruder Christophe, Hänfling, wer auch immer Ihr in Wahrheit seid, ich werde ihr kein Leid zufügen. Das schwöre ich bei meinem Leben. Und jetzt tretet beiseite, ehe ich *Euch* noch ein Leid zufüge. Ich bin nicht in der Laune für solch alberne Spielchen.«

Geoffrey rührte sich nicht – einer wie Baudoin Dupuy konnte ihn nicht einschüchtern.

»Da kommt sie. Meine Gemahlin trifft ein.«

Ihre Blicke begegneten sich, und endlich machte Geoffrey den Weg frei.

Tränen der Verzweiflung kamen hoch und ballten sich zu einem Knoten zusammen, einem Knoten, an dem er zu ersticken drohte, als er da an seinem Platz ganz hinten in der Kapelle stand und sie auf einen anderen zugehen sah. Auf den Feind. »Nimm mich jetzt zu dir, o Herr«, flüsterte Geoffrey. »Nimm mich zu dir, oder aber gib mir die Kraft, das hier zu ertragen.«

Geoffrey verbarg die tränenfeuchten Augen hinter seiner Kapuze und starrte auf die Rundbögen statt auf die zwei, die vor dem Altar knieten. Er betete darum, dass die Zeit schnell vergehen möge, das tat sie aber nicht. Wieder und immer wieder kehrte sein verschleierter Blick zu ihr zurück, diesem erdgeborenen Engel in leuchtendem Weiß und Rosa, zu ihr, die den Kopf vor Ehrfurcht gesenkt hielt, oder war es vor Angst und Verwirrung?

Sie will das nicht!, schrie er still in Gedanken, aber niemand hörte ihn.

Ich sterbe, dachte Geoffrey. Nichts anderes konnte dieses Gefühl bedeuten.

Und so sah er zu, wie seine Liebe und sein Leben die Frau eines anderen wurde.

Zum ersten Mal seit vielen Jahren vernahm man in der Halle der Burg wieder Musik und Fröhlichkeit. Etliche Fässer Wein wurden geleert. In dieser ausgelassenen Atmosphäre war die Menge bald betrunken. Aber nichts vermochte das Elend zu vertreiben, das schwerer als ein Leichenhemd um Geoffreys Schultern hing, vermochte die tiefe, bodenlose Leere zu füllen, die sein Herz ergriffen hatte – auch viele Kelche voller Wein nicht. Allein saß er da, obwohl umgeben von Leuten, von denen er dachte, dass er sie kannte. Die ganze Zeit schaute er von weitem auf die engelsgleiche Braut, die am heutigen Tag vergessen zu haben schien, dass es ihn überhaupt gab.

Sie trinkt zu viel, und sie verbirgt ihre Nervosität hinter ihrem breiten Lächeln, dachte er, als ein Page seinen Kelch nachfüllte und ein weiteres Tablett mit Speisen vor Geoffreys Augen vorbeigetragen wurde. Geoffrey musterte den Jungen. Es war der Page von Acelin, und er war immer noch hier, vermutlich weil er sonst nirgendwohin konnte. Dieser Ort, dachte Geoffrey, ist wie ein Auffanglager für Waisen und Verirrte.

Vielleicht war es der Wein, der ihm zu Kopf stieg, aber ein Gedanke setzte sich in ihm fest: Wenn ich nach Polignac gehe, um meinem Onkel zu dienen, nehme ich diesen Jungen als meinen Pagen mit. Ja, das werde ich tun. Falls ich gehe. Geoffrey sah zum Haupttisch hinüber. Adelina saß mit ihrem frisch angetrauten Gemahl da, die Hände ineinander verschränkt, die Köpfe zusammengesteckt. Beide lachten. Neben ihr saßen Gräfin Marys, Heracle de Polignac, dann Gabriel. Seigneur Henri und Madame Heloise mit ihren Rittern François und Antoine redeten kaum. Sollten auch sie sich freuen, so verbargen sie das. Geoffrey seinerseits empfand keine Freude, die er hätte verbergen können.

Zwei Stunden vergingen, und die Völlerei nahm kein Ende. Es gab Musik und Tanz, und noch war es zu keinem Handgemenge gekommen, das die Vergnügung gekrönt hätte. Louis war so fehl am Platz wie ich, dachte Geoffrey. Michel war in ein tiefes Gespräch mit Henri Dupuy und seiner Frau versunken, der Frau, die nach Geoffreys Meinung sehr alt und in der Tat sehr krank aussah. War dies etwa Graf Roberts Wunsch gewesen, weil er wusste, dass die Zeit der beiden alten Dupuys gekommen war? Vielleicht, so dachte er, war Robert in der Tat so gerissen und eingebildet und dickköpfig, wie sein älterer Bruder behauptet hatte. Hier ging es nur um Gier, um die Anhäufung von Reichtum. Liebe spielte dabei keine Rolle. Das konnte sie auch nicht und würde es nie können. Dessen war er sich sicher.

In dem Augenblick, als diese Ansicht für Geoffrey zur unabänderlichen Tatsache geworden war, stand Baudoin Dupuy auf und nahm seine frisch angetraute Frau an die Hand. Gemeinsam verließen sie die Halle, und wieder waren Jubelrufe und Gelächter zu hören. Sie verließen auch die Burg und machten sich allein auf den Weg nach Allegre und in die lange Nacht, die nun vor ihnen lag.

Warum darf ich es nicht sein?, fragte er sich in Gedanken. Ich bin es doch, der sie kennt, ich bin der Einzige, der sie wirklich liebt. Von allen Anwesenden bin nur ich … Geoffrey stand auf und hoffte, sie würde ihn sehen, doch die Menge folgte den Neuvermählten auf den Burghof hinaus. Hatte sie ihn angesehen und ihm zugelächelt? Vielleicht hatte er es sich nur eingebildet.

Und jetzt war alles vorbei.

Ihre ständigen Bitten zu kommen – bleib bei mir und gib mir die Kraft zum Durchhalten –, kaum mehr als Lügen, denn nicht ein einziges Mal hatte sie in der Menge nach ihm Ausschau gehalten. Ich sterbe, dachte Geoffrey, als er sich an die Wand der Hufschmiede lehnte. Ich sterbe.

Er wollte alles oder nichts.

Er sah auf das Gemäuer, das er einmal so geliebt hatte, aber jetzt erblickte er weiter nichts als kalten Stein. Kein Stolz, keine Freude blieb. Der Tod eines Mannes hatte so viel geändert, dass der Tod eines anderen in dieser Welt keinen Unterschied machen würde.

Geoffrey dachte an das, was sein Onkel Heracle ihm angeboten hatte, sah darin aber keine Zukunft.

Er wollte alles oder nichts.

Geoffrey ging zu den Stallungen, holte sein Pferd und führte es über die Zugbrücke. Er hatte beschlossen, für die Welt der normalen Menschen zu sterben. Er würde in die Abtei zurückkehren, sich einrichten in seiner düsteren Zelle voller sinnloser Gebete und ein Schweigegelübde ablegen. Er würde es niemals brechen.

Von diesem Moment an, so dachte er, als er auf sein Pferd stieg, wähle ich das Nichts. Denn ohne sie kann alles nur nichts sein.

Kapitel Sechsundzwanzig

Ich habe Geoffrey gar nicht gesehen.«

»Er war da, ganz hinten in seiner Ecke, mürrisch und schmollend, und er hat viel zu schnell viel zu viel Wein getrunken.«

»Das tut er zuweilen.«

Der Letzte, über den Baudoin jetzt reden wollte, war Geoffrey. »Es ist alles gut gelaufen, finde ich. Gabriel hat keine Kosten gescheut.«

»Es war ja nicht sein Geld, deshalb hat er keine Kosten gescheut. Glaubst du, die Reste des Festmahls werden an die Leibeigenen verteilt?«

»Wenn das dein Wunsch ist, werde ich es veranlassen. Aber wessen Leibeigene?«

»Gehören sie jetzt nicht alle uns?«

»Die Zukunft hält viel bereit, Adelina. Viel«, sagte Baudoin lächelnd.

»Ich hatte gar keine Gelegenheit, mit deinen Eltern zu sprechen. Wie geht es deinem Vater jetzt? Und deiner Mutter?«

»Morgen werden sie wieder zu Hause sein, dann siehst du selbst, wie es ihnen geht.«

»Dein Vater hat mich angelächelt. Das hat mich richtig erschreckt. Er muss sehr krank sein.«

»Weshalb ist es so wichtig für dich, Adelina, dass mein Vater dich mag?«

»Es ist mir nicht wichtig, dass er mich mag. Es ist mir wichtig, dass er sieht, dass ich genauso ein menschliches Wesen bin wie er.«

»Es ist mehr als das.«

»Wenn es mehr ist, dann weiß ich allerdings nicht, was dieses ›mehr‹ ist.«

Schweigend ritten sie weiter.

»Bei Sonnenuntergang müssten wir in Allegre sein.«

»Das hoffe ich.«

»Die Frauen aus dem Dorf haben eifrig Blumen gesammelt für dich, als ich heute Morgen aufbrach.«

»Blumen für mich? Wieso? Sie kennen mich doch gar nicht.«

»Es scheint, dass sie in dir einen Engel sehen, der gekommen ist, um sie zu erlösen.«

»Lieber Gott, du machst doch sicher Späße, oder? Ich bin doch kein Engel.«

Baudoin sah sie an, lächelte und schwieg.

»Wieso wollte sich Geoffrey heute vor mir verborgen halten? Ob er sich wohl elend gefühlt hat?«

»Ein wenig elend, ja.«

»Aber wieso? Er hat gesagt, diese Heirat ist für alle das Beste.«

»Weißt du denn gar nicht, dass er dich mehr als irgendjemanden sonst liebt? Womöglich mehr sogar liebt als Gott selbst?«

»Geoffrey? Was für ein Unsinn. Er ist doch nur ein Träumer.« Eine Weile herrschte Schweigen. »Ich hoffe, er legt kein Gelübde ab. Ich möchte, dass er sich ein Mädchen sucht und heiratet und viele Söhne großzieht. Er ist der Einzige, den wir Polignacs jetzt noch haben. Mein Onkel hat mir heute alles erzählt. Er darf sein Leben nicht in der Einsamkeit vergeuden. Das wäre wirklich eine furchtbare Sünde.«

»Wieso erzählst du mir das?«, fragte Baudoin, der das Thema Geoffrey, Geoffrey, Geoffrey schon leid war.

»Ich würde es ihm ja selber sagen, aber er spricht nicht

mehr mit mir. Es scheint, er will mich nicht mehr kennen. Was habe ich denn getan, außer älter zu werden? Und klüger, vielleicht?«

»Adelina?«

»Ja?«

»Ich will nicht, dass du weiter über Geoffrey sprichst. Du bist jetzt meine Frau. Mir gegenüber hast du Pflichten. Hast du denn nicht gehört, was der Abt heute über die Pflichten gesagt hat?«

»Er hasst mich, deshalb hat er gesagt, dass mein Leben jetzt dir gehört.«

»Der Abt hasst dich doch nicht.«

»Ha! Unsere gegenseitige Abneigung geht bis in die Zeit zurück, als ich noch ein kleines Mädchen war. Damals hat er gesagt, ich sei das Kind des Teufels höchstpersönlich, und eines Tages würde ich zur Strafe für meine Sünden in der Hölle schmoren.«

»Warum sollte der Abt so etwas zu einem unschuldigen Kind sagen?«

»Ich glaube, das war an dem Tag, als ich Feuer an sein Bein legte.«

»Was hast du gemacht?«

»Ich hatte mich unter dem Tisch versteckt, während er mit Papa redete, und ich hatte eine Kerze in der Hand. Er hat überhaupt nichts gespürt, bis er einen merkwürdigen Geruch wahrgenommen hat. Es waren die Haare auf seinem brennenden Bein. Er hatte sehr haarige Beine.«

Baudoin lachte sehr lange.

»So witzig ist das gar nicht. Ich habe noch viel Schlimmeres gemacht. An dem Tag wurde ich bestraft, aber erst als mein Vater mit dem Lachen aufhörte, er hat genauso gelacht wie du jetzt.«

»Erzähl mir nichts weiter. Gar nichts mehr. Wieso nur

glaube ich dir sofort, dass du das getan hast? Ich muss zugeben, der Abt hat nicht gerade voller Zuneigung auf dich gesehen. Aber denk an seine Worte. Du musst mich lieben und ehren und mir gehorchen.«

»Lieben und ehren, eines Tages vielleicht. Aber gehorchen? Ha!« Sie gab ihrem Pferd die Sporen, zuerst fiel es in versammelten Galopp, dann in schnellen Galopp, und die ganze Zeit lachte sie.

Heute ritt sie das Pferd, das Gabriel ihr zum Geschenk gemacht hatte. Er gab sich so viel Mühe, alles wieder gutzumachen. Ein anderes Pferd stand nicht für sie bereit, also hatte sie dieses genommen. Und als sie zum ersten Mal einen Blick auf dieses herrliche Geschöpf geworfen hatte, fragte sie sich, weshalb sie dem Tier die Schuld geben sollte. Das Pferd war prachtvoll, von ruhiger Wesensart und außerdem noch schnell. Aber das war Baudoins Pferd auch, und bald hatte er sie eingeholt. Sie lieferten sich ein Wettrennen, und obwohl sie ihn bis Saint Paulien gut hätte schlagen können – mit großem Vorsprung –, tat sie es nicht. Sie mochte ihn zu sehr, als dass sie ihn so früh schon verärgern wollte. Kaum ein Mann ließ sich gern von einer Frau besiegen. So viel wusste sie bereits.

»Du reitest gut.«

»Ich habe meinen Vater häufig begleitet. Er war ein wirklich guter Reiter. Wenn ich vom Pferd fiel, hat er nie angeboten, mir zu helfen. Er bestand immer darauf, dass ich sofort allein wieder aufstieg. Mein Vater hat mich viel gelehrt.«

»Über Pferde und das Reiten?«

»Über das Leben. Wenn du fällst, brauchst du bloß wieder aufzustehen. Aufrecht und stolz. So hat er das gemacht, immer.«

Ihre Pferde führten sie im Schritttempo durch Saint Paulien – es war nicht klug, so hatte ihr Vater oft gesagt, durch ein Dorf voller kleiner Kinder zu galoppieren, denn die waren zu wertvoll als künftige Arbeiter, und hier gab es viele kleine Kinder. Sehr viele sogar.

Adelina brauchte gar nicht erst zu fragen, welches das Haus von Eleanor war, denn Baudoin schaute viele Male hin, als sie vorbeikamen. Adelina brachte ihr Pferd unvermittelt zum Stehen. »Was ist denn los?«, fragte Baudoin.

»Sprich mit ihr. Sprich mit Eleanor. Sie geht dir doch ständig im Kopf herum. Das sehe ich.«

»Nein. Ich kann nicht dorthin. Das ist jetzt unmöglich.«

»Tu, worum ich dich bitte.«

»Aber wieso?«

»Ich muss sie sehen. Ich muss mich mit eigenen Augen von ihrer Schönheit überzeugen. Keiner kennt sie, nur du. Keiner weiß irgendetwas von dieser Eleanor.«

»Komm, schnell. Es wird bald dunkel.«

»Ich wünsche diese Frau zu sehen, Baudoin, diese Frau, der dein Herz gehört!«

»Nein! Komm jetzt! Beeil dich. Denk an dein Eheversprechen!«

»Aber ich bin neugierig«, jammerte sie, als sie ihr Pferd wieder antrieb. »Ihr gehört dein Herz.«

»Adelina!«

Von Saint Paulien bis nach Allegre ließ er sich in kein Gespräch über Eleanor verwickeln. »Was geschehen ist, ist geschehen. Jetzt ist *unsere* Zeit gekommen. Wir leben nur noch im Hier und Heute.«

»Auch wenn das Heute allzu bald schon das Morgen wird?«

»Wieso kannst du dich nicht mit Frauenangelegenheiten zufrieden geben und das Philosophieren über das Leben den anderen überlassen?«

»Ich denke zu viel. Das war schon immer so. Wo ist meine Dienstmagd?«

»Sie reitet mit François voraus.«

Dunkelheit hüllte sie ein, als sie beim Tor ankamen und ihre Pferde den Stallburschen übergaben.

Baudoin nahm nicht ihre Hand. Er brüllte Befehle, als sie ihm über den Burghof folgte, und dann standen sie endlich vor der Eingangstür. Unzählige Blumensträuße in Eimern mit Wasser, so viele, dass Adelina sie nicht zählen konnte, empfingen sie dort.

Adelina hob ihre Röcke und bahnte sich vorsichtig einen Weg hindurch. Unter den Blumen war keine einzige Rose, das fiel Adelina sofort auf.

»Ich möchte einen Rosengarten anlegen, Baudoin Dupuy. Ja, das werde ich tun!«, rief sie ihrem Gemahl zu.

Baudoin verdrehte die Augen und führte sie in das stille, düstere Haus. »Das wird mein Vater nie im Leben erlauben.«

»Aber du, erlaubst du es?«

»Ich habe nichts gegen Blumen. Wenn ich der Herr bin, sollst du deinen Garten haben, es sei denn, mein Vater gibt vorher schon seine Erlaubnis dazu.«

»Ha! Seine Erlaubnis, also wirklich. Ich werde meinen Rosengarten haben. Er hat mich angelächelt, das heißt, er akzeptiert mich schon fast als seine neue Tochter, und was ich will, das bekomme ich. «

»Du plapperst unsinniges Zeug.«

»Dir kommt es unsinnig vor. Mir aber nicht.«

»Komm«, sagte er, nahm wieder ihre Hand und führte sie die Treppe hinauf. »Meine Mutter wollte, dass wir das große Schlafgemach bewohnen. Das Gemach, das sie mit meinem Vater geteilt hat.«

Er öffnete die Tür, und sofort sah Adelina, dass ihre Sachen hergebracht worden waren, ihre Kleider hingen hinter einem wunderschönen Wandschirm, ihre Juwelen, ihre Kämme … alles war von Lavoute hergebracht worden, nur ihr Bett nicht.

Und darüber war sie froh. Es gab bauschige Seidenstoffe und frische Blumen überall, wohin sie sich auch drehte.

»Es ist wunderschön, Baudoin. Bist du dafür verantwortlich?«, fragte sie und mochte kaum glauben, dass dies der Raum war, in dem sie schon einmal geschlafen hatte. Keine Spur mehr von Düsternis und Staub.

»Ich und verantwortlich dafür?« Er lachte schallend. Er hielt das tatsächlich für amüsant. »Hier ist mein Geschenk für dich. Denk an mich, wenn du es trägst.«

Adelina setzte sich auf das prächtig hergerichtete Bett und nahm das kleine goldene Kästchen zur Hand. Sie öffnete es, und Baudoin setzte sich neben sie, kam ihr aber nicht zu nahe.

Er sah, dass sie ihn mit ihren wunderschönen grünen Augen musterte, als sie entdeckt hatte, was sich in dem Kästchen befand: eine Smaragdhalskette.

»Einst trug meine Urgroßmutter sie. Eine Frau von großer innerer Stärke und Schönheit, so heißt es.«

Adelina hielt die Kette in den Händen, die Juwelen schimmerten wie Sterne. Ja, wahrhaftig, sie sah aus wie eine Sternenkette.

»Wie schön du bist«, sagte er leise.

»Bin ich so schön wie Eleanor?«, fragte sie.

Etwas, das sie nicht genau beschreiben konnte, überschattete seine Augen, und er erwiderte: »Mit dir bin ich verheiratet, Addie.«

»In diesen Zeiten spielt es keine große Rolle, wer mit wem verheiratet ist. Wenn man mit dem Herzen nicht dabei ist, kann es nicht das Wahre sein.«

»Wenn ich sage, du bist schön, dann meine ich das auch.«

Baudoin streckte die Hand aus und wollte ihr Gesicht berühren, aber sie wich zurück und stand auf. Sie ging im Raum umher und versuchte, die Kette zuzumachen. Vieles ging Baudoin durch den Kopf, aber er sagte nichts. Der Wein, den er befohlen hatte, wartete, und zwei Trinkbecher aus Zinn. Baudoin nahm den Krug und schenkte den Wein ein. Allmählich nahm seine Nervosität zu, und er stürzte seinen Wein hinunter. Er schenkte sich gleich nach. Adelina stand am Fenster und schaute in die Dunkelheit hinaus, ins Nichts. Er fragte sich, ob sie wohl genauso nervös war wie er? Beherzt nahm er die Trinkbecher und ging zu ihr. Sie war viel kleiner als er, das wurde ihm noch einmal bewusst, als er so dicht hinter ihr stand. Baudoin drückte ihr einen Becher mit Wein in die Hand. Ihr Haar duftete lieblich, und er sehnte sich danach, sein Gesicht darin zu vergraben und sich bis in alle Ewigkeit an diesen Duft zu erinnern. Sanft berührte er sie am Arm, aber Adelina entzog sich ihm. Sie mochte ihm nicht in die Augen sehen.

Mache ich ihr solche Angst?, fragte er sich. Er betete um die Stärke, diese Nacht zu überstehen, denn er wusste, sie würde sehr, sehr lang. Es wäre einfacher, wäre sie nicht so jung und so ängstlich. Einfacher, wenn sie nicht so hübsch von Angesicht wäre und nicht so wohlgerundet. Er nahm noch einen Schluck Wein und wünschte, der Krug stünde nicht so weit weg. Er hatte das Gefühl, er brauchte sie ganz.

»Wo ist meine Dienstmagd?«, fragte sie.

»Beschäftigt, nehme ich an.« Bitte, Gott, dachte er, ich kann das nicht tun, wenn ihre Magd dabei zusieht.

»Ihr ist etwas Schreckliches widerfahren, weißt du. Sie traut Männern nicht, und dieses Haus hier, nun ja, es ist voll von Männern. Ich habe ihr versprochen, dass so etwas nie wieder geschieht, denn damals wäre sie am liebsten gestorben. Und lebend ist sie mir mehr wert als tot.«

Baudoin runzelte die Stirn; was redete sie da? Wieso war der Becher in ihrer Hand immer noch unberührt, und warum zitterte sie? Es war ihr allerbester Wein. »Deine Magd wird hier nicht zu Schaden kommen.«

»Und wenn sie nun schwanger ist von dem, was ihr geschah, würdest du sie des Hauses verweisen?«

»Aber was ist denn nur passiert, Adelina?«, fragte er und kam näher. Wieder entzog sich Adelina ihm. Darin war sie wahrlich eine Meisterin.

»Das darf ich nicht sagen. Bei meinem Leben habe ich geschworen, es niemals zu erzählen, nicht einmal Gott anzuvertrauen, der zusah, als es geschah.« Ihr standen die Tränen in den Augen, und sie war ganz starr vor Furcht. Wegen ihres Mädchens, einer bloßen Dienstmagd? Das ergab keinen Sinn. Baudoin trank seinen Wein aus und füllte sich noch einmal den Becher. Worte hatte er längst schon keine mehr. Er fragte sich nur noch, was er getan haben mochte, um sie so sehr zu ängstigen. Gar nicht ängstlich war sie, wenn Leute um sie herum waren; gar nicht ängstlich war sie, als sie an diesem Abend hierher geritten waren, erst als sie endlich allein waren. Und wie er sich auf diese Nacht gefreut hatte. Diese ganze lange Zeit, seit sie damals in der Abtei von Saint Denis gesessen und sich bei den Händen gehalten hatten, wartete er schon.

Kurz entschlossen legte er sich in seiner schwarzen Lederkleidung, mit Stiefeln und allem, aufs Bett, im Rücken einen ganzen Berg von Seidenkissen. Die Beine schlug er übereinander und wippte mit den Füßen.

Adelina konnte ihn gar nicht ansehen, wie er so dalag und sie aufmerksam musterte. Sie fühlte, wie seine Augen sie durchbohrten, beinahe so, wie Gabriel von Lyons Augen sie durchbohrt hatten. Er hatte ihr die Kleidung heruntergerissen und sich mit seinen schrecklichen Augen an ihrem Körper geweidet und sie dann gewaltsam genommen. Adelina wusste, dass genau das auch Baudoin im Sinn hatte. Seit kurzem sah sie das in den Augen aller Männer. Außer vielleicht in den Augen von Geoffrey. Und von Michel. Und von Dedwyd.

»Wenn du dir solche Sorgen machst, musst du ja sehr viel für dieses Mädchen empfinden.«

»Sie heißt Jennet.«

»Sie ist sicher hier. Genau wie du.«

Adelina wandte sich zum Fenster und trank ihren Wein, und für den Augenblick vergaß sie, dass sie sich ja wohlgesittet verhalten musste. Es war ein leichter Wein, und er war warm, und fast sofort wirkte er auf ihre Sinne. Sie sah hinaus in die mondhelle Dunkelheit. Wie lange würde diese Nacht wohl dauern?

Während sie noch mit dem Rücken zu ihm aus dem Fenster schaute, kämpfte Baudoin mit einem festen Knoten in den Schnürsenkeln seiner Stiefel. »Adelina?«

Sie drehte sich um. Er versuchte, sich die Stiefel aufzuschnüren, aber er schaffte es nicht.

»Hast du Fingernägel?«, fragte er.

»Ein paar«, antwortete sie. »Haben die Bänder sich verknotet?«

»Sehr«, erwiderte er.

Adelina stellte ihren Wein ab und setzte sich aufs Bett. Sie sah ihn an, nachdem sie zuerst seine Stiefel und dann den Knoten in den ledernen Schnürsenkeln eingehend betrachtet hatte. Sie zerrte an dem Knoten und setzte schließlich auch noch ihre Zähne ein, bis die Schnürsenkel sich öffnen ließen. Und weil sie nun schon einmal da war, zog sie ihm den Stiefel aus. Er spreizte die langen Zehen an dem sehr weißen Fuß mit der sehr weichen Fußsohle.

Ihre Fußsohlen waren voller Schwielen, seine waren weich. Und immer noch wartete er. Immer noch sagte er kein Wort. »Du liegst da, als wärst du ein König und ich deine Dienerin.«

»Aber ich bin ja auch ein König«, sagte er. »König meiner eigenen Welt, und du bist meine Königin.«

»Aber bestimmt ist doch ein König wohl in der Lage, sich die Stiefel selber auszuziehen?«

Baudoin machte sich den anderen Stiefel auf, zog ihn aus und warf ihn weg. Das Leuchten in seinen Augen amüsierte sie. »Du hast schöne Füße«, sagte sie.

»Darf ich deine sehen?«, fragte er.

»Wieso solltest du meine Füße sehen wollen?«

Weil du mich möglicherweise sonst nichts sehen lassen wirst, dachte er. »Ich stelle mir vor, sie sind genauso schön wie deine Hände«, sagte er. Er griff nach ihren Füßen, und Adelina hob ein Bein aufs Bett. Sie zuckte zusammen, als er sie berührte. Ihre Schuhe waren aus rosafarbenem Satin und von dem Ritt nach Allegre ganz schmutzig. »Ein zauberhafter Fuß«, sagte er und zog die Bänder auf, zog ihr den Schuh aus. Er fuhr ihr mit den Fingern über den Fuß und sah ihr in die Augen. Aber sie wandte den Blick weg von dem, was sie da sah. Er drehte sich auf die Seite und küsste ihre Zehen.

Adelina wand ihren Fuß hin und her und versuchte, ihn wegzuziehen, aber er hielt sie am Fußknöchel fest. Seine Berührung tat gut, aber ... »Bitte, nicht. Bitte, nicht.« Er seufzte. Er hatte sich danach gesehnt, seine Hand an ihrem Bein weiter nach oben gleiten zu lassen, vielleicht sogar über ihr Knie hinaus. Bei Eleanor war das mit den Zehen immer ein guter Anfang gewesen.

»Wieso hast du Angst vor mir, Adelina? Habe ich dir irgendetwas getan?«

Sie senkte den Kopf.

»Weißt du denn nicht, was man heute Nacht von uns erwartet?«

»Doch«, flüsterte sie, und ihre Stimme zitterte.

»Kann es sein, dass du gar nicht bei mir liegen willst?«

»Ich weiß nicht. Du machst mir Angst.«

»Ich oder jeder Mann, Adelina?«

Sie sah ihm in die dunklen, suchenden Augen. Was wusste er? Was ging ihm durch den Kopf? Was hatte Gabriel ihm am

Abend gesagt? Hatte er bis nach der Hochzeit gewartet, um zu sagen: Nimm deine verdorbene Ware und schere dich von meinem Land! Nein, dachte sie. Nein, beide hatten gelacht, Gabriel hatte den Arm fest um die Schultern ihres frisch angetrauten Gemahls gelegt. Und sie hatte gewusst, dass sie über *sie* gelacht hatten. Sogar ihre Mutter hatte gelacht. Alle hatten gelacht.

Baudoin richtete sich auf und griff nach ihren Händen, die sie fest im Schoß verschränkt hatte. »Du hast Angst, weil du noch so jung bist.«

»Ich fühle mich aber gar nicht mehr jung. Ich bin jetzt eine verheiratete Frau.«

»Und das hast du nie sein wollen.«

»Das weißt du?«

»O ja, das weiß ich«, sagte er. Er hielt ihre Hände mit einer Hand umklammert und fuhr ihr mit der anderen durch das kurze Haar. »Hast du gedacht, wenn du dir das Haar schneidest, würde ich dich nicht zur Frau nehmen?«

»Jetzt weiß ich schon gar nicht mehr, wieso ich mir das Haar geschnitten habe. Das war, bevor ...«

»Ja?«

»Ich hatte vor, mich in Marseille Stephan von Cloyes anzuschließen.«

»Dem Hirtenjungen, der all diese Kinder in den sicheren Tod führt?«

»Er befindet sich auf einer Mission.«

»Die wird scheitern.«

»Man fand mich und brachte mich nach Hause, damit ich diese Hochzeit mit dir durchstehe. Mit dir, der ein Freund zu sein scheint, einer, der freundlich scheint, es aber nicht ist. Ich weiß, wie finster es in deinem Herzen aussieht, Baudoin Dupuy.«

Er hatte keine Ahnung, wovon sie redete.

»Du, der du Dienstmägde nimmst und entehrst und grundlos schlägst.«

Baudoin war entsetzt. »Was redest du da?«

»Du hast mein Mädchen genommen, und jetzt erwartest du von mir, dass ich dir mit Zuneigung begegne. Das kann ich nicht. Ich kann dich in meiner Nähe nicht ertragen, nach dem, was du mit meinem Mädchen getan hast.«

»Wer hat dir diese Lügen erzählt?«

»Sie lügt nicht.«

»Was du da sagst, würde ich niemandem antun, weder Edelfrau noch Dienstmagd.«

»Aber dein Bruder!«

»Ich bin nicht mein Bruder!« Jetzt war er wütend, und sie wich zurück vor ihm, als er verärgert vom Bett aufstand und hin und her ging. »Viele Male habe ich mir diese Nacht vorgestellt. Ich hatte gehofft, wenn ich dir ein Freund werde, fasst du mit der Zeit Vertrauen zu mir und liebst mich vielleicht sogar. Jetzt beschuldigst du mich, ich hätte dein Mädchen vergewaltigt? Wann ist diese Tat geschehen? Sag es mir, Adelina, denn ich erinnere mich nicht daran!«

Er fuhr wirklich schnell aus der Haut. Das war nicht gut. Bei Geoffrey dauerte es lange, ehe er wütend wurde, und er beruhigte sich auch schnell wieder, wenn ihm erst einmal klar wurde, wie wütend er war. Aber das hier machte ihr Angst. Das hier erinnerte sie an Gabriel. An ihren Vater. An Louis.

»Wann soll ich das getan haben!«, brüllte er und kam auf sie zu. Adelina kletterte über das Bett, um ihm zu entkommen. Sie hatte keine Lust, den Handrücken dieses Mannes zu spüren zu bekommen. Dafür war er viel zu kräftig. »Wenn du es mir nicht erzählen willst, dann wird sie es eben tun.«

Er ging hinaus und ließ die Tür offen stehen. Adelina wollte fortlaufen, dabei war sie noch nie im Leben einem Streit aus dem Weg gegangen. Warum war sie jetzt so schwach und ängstlich? Die Stille war zum Schneiden dick, bis von weit unten Jennets Schreie zu hören waren: »Gnädiger Herr! Was habe ich denn getan?«

Ihre Füße hatten plötzlich Flügel. Mit nur einem Schuh schlitterte sie den langen Korridor hinunter, ihre Röcke und ihre Schleppe hochhaltend, rannte die Treppe hinunter und in die Küche.

Jennet lag auf den Knien auf dem Fußboden, die Diener sahen neugierig zu, und Baudoin hob die Hand, um sie zu schlagen.

»Wenn du sie schlägst, bringe ich dich um!«

Er drehte sich zu Adelina um, seiner jungen Frau, und sofort ließ er die Hand sinken.

»Es tut mir Leid, Herrin, es tut mir so Leid, aber wenn ich gesagt hätte, wer mich entehrt hat, hätte Etienne sein Leben verloren, und meine Schwestern und ...«

»Wer!«, verlangte Baudoin zu wissen.

»Gabriel von Lyon«, schluchzte Jennet. Baudoin ließ ihr Haar los, und Jennet sank ganz zu Boden. Sie weinte, bis einer der Diener, ein junger Mann mit hellem Haar, ihr hochhalf und sie aus dem Raum führte.

Adelina glaubte, sie würde ohnmächtig, und so setzte sie sich schnell auf die Treppe. Hatte er nicht gedroht, Geoffrey zu töten, wenn sie auch nur ein Wort von dem erzählte, was er ihr angetan hatte? Nicht das Messer an ihrer Kehle war es, sondern die Vorstellung vom Tode Geoffreys, die sie zum Nachgeben zwang.

»Die ganze Zeit hast du wegen der Lüge einer Dienstmagd Angst vor mir gehabt?«, fragte Baudoin, sein Zorn war verraucht, an dessen Stelle war Verwirrung getreten. »Sieh mich an, Adelina! Bin ich denn solch ein Ungeheuer? Vertraust du mir denn überhaupt nicht?«

Sie schaute von der Treppenstufe hoch. »Du bist kein Ungeheuer.«

Baudoin rieb sich übers Gesicht, und dann brüllte er den Dienstboten zu, sie sollten verschwinden. Schon bald waren er und Adelina allein. Aus seinem Gürtel zog Baudoin einen Dolch, nahm damit einen Apfel auf und aß ihn vom Messer. Lange sah er Adelina an. »Das ist kein guter Anfang.«

»Nein, wahrlich nicht.«

»Willst du jetzt zu ihr gehen?«

»Ja.«

»Dann geh. Du weißt ja, wo du mich findest.«

Er ging an Adelina vorbei, die immer noch auf der Treppe saß.

Eine ganze Weile spürte sie nichts außer einer schmerzhaften Starre. Sie holte tief Luft, um hemmungslos zu schluchzen, da wurde sie von kläglichen Worten unterbrochen: »Herrin, ich hatte doch keine andere Wahl.«

»Ich weiß«, erwiderte Adelina. Jennet kam die Treppe hochgekrochen und legte sich ihrer Herrin vor die Füße. »Er hat gesagt, er würde alle töten, die du je geliebt hast, wenn du ihm nicht zu Willen wärst. Und er hat dir beschrieben, was er mit ihnen tun würde. Er hat gesagt, er würde dich so fürchterlich verstümmeln, dass nur noch ein Blinder dich begehren könnte. Und als er dich berührte«, sagte sie mit zittriger, tiefer Stimme, »und als er dich nahm, da lachten seine Augen, weil er sich an deiner Angst gütlich tat. Du musst mir nichts erzählen, Jennet. Ich weiß.« Jennet legte ihr Gesicht auf die Füße ihrer Herrin und weinte, denn es war alles so, wie sie es gerade gesagt hatte. »Ich töte ihn. Das weiß ich. Eines Tages töte ich ihn für alles, was er getan hat. Die Rache vieler wird mein sein, nur mein.«

»Nein, Herrin, das dürft ihr nicht einmal denken. Für das, was Ihr da denkt und sagt, würdet Ihr in der Hölle schmoren.«

»Ich bin bereits in der Hölle«, sagte sie leise. »Mein Gemahl hat geschworen, dass dir hier kein Leid geschieht. Er ist ein Mann, der zu seinem Wort steht. Das weiß ich jetzt.« Adelina sah auf, und sie sah den Diener mit dem hellen Haar, der halb verborgen im Dunkeln stand. Sie hatte das Gefühl, dass Jennet hier ein gutes Leben haben würde. Schon war da einer, dem es nicht egal war, ob sie lebte oder starb. »Jetzt muss ich mich entschuldigen gehen«, sagte sie leise und stand unter Mühen auf.

Baudoin wartete in ihrem Schlafgemach auf sie, das Lederhemd hatte er ausgezogen. Er trug jetzt nur noch seine Hose, und eine ganze Weile vermochte Adelina nicht, ihm in die Augen zu schauen.

»Hast du jetzt alle getröstet? Hast du auch keinen vergessen? Ich glaube, in deiner Eile hast du mich vergessen«, sagte er.

Adelina nahm ihren Haarkranz ab und legte ihn weg. »Sie hat mich noch nie zuvor angelogen.«

»So weit du es sagen kannst. Du vertraust den falschen Leuten, Adelina Dupuy. Sie ist eine Dienstmagd und wird auch als solche behandelt.«

»Ich bin deine Frau, also scheint es, dass ich wie deine Mutter behandelt werde.«

»Du weißt noch gar nichts. Ich hatte gehofft, oh, wie hatte ich gehofft, dass diese Ehe eine Ehe im Sinne Gottes wäre, nicht nur dem Namen nach. Du scheust wie ein nervöses Pferd, wenn ich in der Nähe bin. Das war vorher nicht so. Vorher sind wir beinahe Freunde gewesen. Wenn es meine Schuld ist, will ich versuchen, es wieder gutzumachen, aber dann musst du mir auch sagen, was ich wieder gutmachen soll.«

»Bitte, Baudoin, lass es gut sein. Es hat nichts mit dir zu tun. Auch nicht mit deiner Familie, denn ich kenne deine Familie jetzt. Ich habe Angst.«

»Wovor?«

»Ich weiß es auch nicht!«

»Was ist denn nur mit dir geschehen? Wo ist die furchtlose Kriegerin geblieben, die ganz in ihren Träumen lebte? Wer hat deinen Willen gebrochen?«

Sie konnte ihm immer noch nicht in die Augen sehen, und erzählen wollte sie es ihm auch nicht. Hatte er Recht? War ihr Wille gebrochen? Nein. Das durfte nicht sein. »Niemand hat meinen Willen gebrochen.«

»Ach, nicht?« Baudoin kam auf sie zu und hob ihren Kopf. Die Tränen standen ihr in den Augen, und ihr Blick flehte: nein, bitte nicht, nein … Allein schon ihre Gegenwart entfachte die Leidenschaft in ihm, und er ließ die Finger über ihr in Locken gelegtes Haar gleiten und zog sie zu sich heran.

Anfangs widersetzte sie sich, bis sie ihn mit sanfter Stimme sagen hörte: »Lieben sollst du mich, nicht hassen. Komm zu mir, wenn du bereit bist, damit wir vor Gott eins werden. Ich bete, dass es nicht zu lange dauert, Adelina. Ich brauche viele Söhne.« Er küsste sie aufs Haar und ging hinaus, den Wein nahm er mit sich. Er verschwand in einem Raum ganz am Ende des Korridors.

Adelina setzte sich, stützte den Kopf in die Hände und blieb lange so sitzen.

Einmal, als Jennet ihr Haar endlos lang zu Locken gedreht hatte, hatte sie gesagt, dass der Mond immer einen ganz besonderen Zauber schickte, wenn ein Mann und eine Frau das allererste Mal zusammen waren.

Aber in jenen frühen Morgenstunden, als all ihre Träume zerstört wurden, hatte es keinen Zauber gegeben. Gabriel hatte ihre Seele genommen und sie mit derselben Leichtigkeit in die Wälder geschleudert wie Geoffreys Gewandspange. Viel zu lange hatte sie gedacht, sie würde nichts weiter mehr fühlen im Leben als Angst vor Männern, vor allen Männern. Doch jetzt wusste sie nicht genau, was sie fühlte.

Adelina starrte in die Dunkelheit hinaus und berührte den Ehering an ihrem Finger. »Ach, Papa, was soll ich bloß tun? Wenn du jetzt bei mir wärst, was würdest du dann tun? Sag es mir, Papa. Sag es mir, irgendwie.«

Eine ganze Weile starrte sie in die Nacht hinaus, doch es kamen ihr keine Gedanken, die ihre verzweifelte Frage hätten beantworten können. Dann erinnerte sie sich plötzlich wieder an den Tag vor ihrer Abreise nach Paris, als sie mit Geoffrey im hohen Gras gesessen hatte.

Ich habe ein Gedicht für Euch geschrieben. Wann immer Ihr Euch einmal sehr einsam fühlt ...

Hastig durchsuchte Adelina ihre Sachen und fand schließlich die Pergamentrolle neben ihrer Stickarbeit in der untersten Schublade einer Kommode. Adelina brach mit zittrigen Fingern das Wachssiegel auf. Es war tatsächlich Geoffreys Handschrift, das erkannte sie sofort.

Den Becher zu teilen,
der verbindet,
beider Leben zu verbinden,
die treu sein werden
bis in alle Ewigkeit.
Was sein wird in Zukunft
oder früher einmal war,
muss ohne Bedeutung sein
für die zwei,
die teilen den Becher.
Der Becher wird leben,
lange leben,
denn die zwei, die ihn teilen,
leben wie eins, in Ewigkeit.

Die Worte des Abts über Pflicht und Ehre und Liebe gingen ihr wie ein Echo durch den Kopf, als sie das Pergament fortlegte, doch sie wollte nur Geoffrey. Nur Geoffrey wusste, wie ihr Schmerz zu lindern war. Es war ein Schmerz, so tief in ihrem Herzen, dass der eines Hiebes mit einem Streitkolben oder einer Streitaxt oder gar einem Schwert ihm an Intensität niemals gleichkommen konnte.

Weder hatte Baudoin Dupuy ihr bisher wehgetan, noch hatte er ihr bis zum heutigen Abend je Angst gemacht, ihr, die einmal gedacht hatte, sie sei unbesiegbar. Und hatte sie sich nicht an ihn geklammert und ihn angefleht, er möge sie mitnehmen? *Bitte nehmt mich mit Euch? Hier kann ich nicht bleiben ...* War es da richtig, dass sie nur an Geoffrey dachte?

»Mein Wille ist ungebrochen«, flüsterte sie. Adelina schleuderte den einen seidenen Schuh von ihrem Fuß, den sie noch trug, und ging den Korridor entlang zu dem einzigen Raum, unter dessen Tür hervor noch Licht schien. Sie klopfte an. Der Mann, der ihr die Tür öffnete, verbarg seine Augen vor ihr.

Allmächtiger, dachte sie. Er weint? Warum? Etwa meinetwegen? In ihrem ganzen Leben hatte sie so etwas noch nicht erlebt. »Was bedrückt dich?«, fragte sie voller Mitgefühl.

»Nichts bedrückt mich«, antwortete er und drehte sich schnell weg, mit dem Arm wischte er sich übers Gesicht. Er trank den Wein aus, bis kein Tropfen mehr übrig war.

»Wenn dich nichts bedrückt, dann fangen wir wohl lieber schnell an.«

»Anfangen, womit?«, fragte Baudoin.

Adelina holte tief Luft und sagte hocherhobenen Hauptes: »Wie heißt das doch noch, ehelicher Ver... ehelicher Voll...«.

»Ehelicher Vollzug?«

Baudoin wandte den Kopf ab. Eisige Entschlossenheit lag jetzt in ihrem Blick, der Blick, der ihm vertraut geworden war, war zurückgekehrt. Adelina war wieder da, die Adelina, die er kannte, die Adelina, die keine Umstände machte und alles ohne Umschweife anging, war zurückgekehrt. Was hatte er gesagt, das diesen plötzlichen Sinneswandel bewirkt haben mochte? Seine Verzweiflung war wie weggeflogen, und höchste Freude ergriff ihn.

»Du bist nicht zu betrunken, um zu tun, was auch immer getan werden muss?«

»Dass etwas getan werden muss, Addie, das hätte ich heute Nacht lieber vermieden.«

»Aber du hast gesagt, du brauchst viele Söhne.«

»Ach, Addie, komm her. Ich bin doch kein Tier. Dafür muss man sich Zeit lassen. Viel Zeit.«

Sie ging zu ihm, und er küsste sanft ihr Gesicht und dann ihren Mund, er schmeckte nach Wein.

Adelina traute sich endlich, ihn zu berühren. Sie fuhr mit den Händen über seine Schultern, die breit und kräftig waren, über das dichte, dunkle Haar, das auf seinem Brustkorb wuchs. Seine Hand liebkoste ihren nackten Rücken, sie spürte die Schwielen und bekam eine Gänsehaut. Und dann endete sein Kuss, und er schob ihr das Hochzeitskleid von den Schultern. Er trat zurück, und sie senkte den Kopf, als er sie betrachtete. Doch dann überraschte er sie, indem er sagte: »Du bist wunderschön.« So viel Gefühl lag in seinem Blick dabei. So viel.

»Findest du das wirklich?«, fragte sie leise. Mit den Fingern berührte er sie überall, und sie schloss die Augen. Baudoin nahm ihre Hand und führte sie zum Bett. Er küsste sie wieder und wieder, und die ganze Zeit fragte sie sich, ob dies wohl Glückseligkeit sei.

Und dann war er auf ihr. Adelina kniff die Augen zusammen in Erwartung des qualvollen Schmerzes, den sie vorher schon einmal erlebt hatte. Sie hielt den Atem an und wartete. Steif lag sie da, und eine bleierne Schwere füllte ihren Unterleib aus. Es schmerzte nur wenig. Allmählich löste sich die Starre. Als sie die Augen wieder öffnete, sah Baudoin sie mit einem sehr seltsamen Blick an. Es war vorbei.

Er weiß es, dachte sie. Er weiß, dass ich befleckt bin. Sie drehte den Kopf weg, als er sagte: »Es hat dich schon einer genommen?«, aber sie konnte nicht antworten. Warum musste das passieren? Wie konnte Gott nur so grausam sein? Und dann senkte er den Kopf wieder und küsste sie – küsste sie so, wie er sie vorher auch geküsst hatte. Da wusste sie, dass er sie nicht verbannen würde. Sie verstand nichts mehr. Liebte er sie vielleicht doch?

Es dauerte lange, bis er fertig war, und die ganze Zeit war ihr Bewusstsein hellwach. Als seine Zeit schließlich gekommen war, fiel er neben ihr aufs Bett und blieb reglos liegen, das Gesicht in den Kissen vergraben.

Adelina wusste nicht, was sie tun sollte. Sie lag ganz still, starrte an die Wand dem Bett gegenüber und nahm zum ersten Mal den schmutzigen, staubigen Raum wahr, mit seinen Schwertern und Armbrüsten und Streitäxten und Schilden … Sie fragte sich, ob wohl je eine Frau in diesem Raum gewesen war, und bezweifelte es.

Baudoin stöhnte auf, drehte sich auf die Seite, und dann lag sein Arm schwer auf ihrem Bauch. Er seufzte und murmelte etwas, und noch immer wusste sie nicht, was sie tun sollte. Doch die Angst war weg, jetzt wusste sie, dass sie ihn nie wieder zu fürchten brauchte. Ist das Glückseligkeit?, fragte sie sich. Sich nicht zu fürchten? Es fühlte sich wie nichts an.

»Baudoin?«, fragte sie leise.

Er rührte sich.

»Hast du geweint, weil du dachtest, ich würde nur Hass für dich empfinden?«

Er hob den Kopf und sah sie seltsam an, als hätte sie seine Gedanken gelesen.

»Das stimmt nicht. Und es wird auch nie stimmen.«

Aber sie sagte ihm nicht, dass sie ihn liebte. Vielleicht würde das mit der Zeit noch kommen.

Baudoin legte den Kopf auf ihre Schulter, und sie fühlte seinen heißen Atem auf ihrer Haut. Sie legte den Arm um ihn, und so schlief sie ein.

Sie schlief tief und fest.

Die ganze Nacht.

KAPITEL SIEBENUNDZWANZIG

Tapfer mühte sich Heloise Dupuy, allein aus dem Wagen auszusteigen. Antoine bestand darauf, ihr zu helfen, und zu guter Letzt spürte Heloise, dass sie körperlich zu schwach war, um zu protestieren. Wenig war von ihrem Stolz noch übrig. »Lass sie, Antoine. Lass es sie allein versuchen.«

Doch Antoine schüttelte den Kopf. Er wagte es nicht, seine Herrin loszulassen.

»Tu, worum ich dich gebeten habe, sonst befehle ich es dir!«, fuhr Adelina ihn an.

Heloise Dupuy gelang es, allein aufrecht stehen zu bleiben, wenigstens einen kurzen Moment lang. Adelina ging zum Wagen und veranlasste sie, ihr ganzes Gewicht gegen ihre Schulter zu stützen. »Kommt, Madame. Ich werde Euch hineinbringen.«

Heloise verströmte einen starken Geruch. Das ist der Tod, dachte Adelina. Kummer stieg in ihr auf und drohte, ihr den Atem zu nehmen. Baudoin kam seinem Vater zu Hilfe, der auch nicht allein gehen konnte.

»Vianna, Vianna …«.

Baudoin sagte: »Mutter! Denkt daran, dass sie Adelina heißt.«

»Bitte, Baudoin. Sei nicht ärgerlich«, bat Adelina, als sie Heloise hineinhalf.

»Vianna?«

»Nein, Madame. Ich bin Adelina. Ihr kennt mich doch noch. Ich gehöre jetzt zu dieser Familie. Ich habe Euren Sohn geheiratet. Ich bin Adelina.«

»Adelina? Wer?«

Lieber Gott, dachte Adelina, gib mir Kraft.

»Ich habe die ganze Nacht nach dir Ausschau gehalten. Ich habe nach dir gerufen, aber du bist nicht gekommen …«

»Gib ihr ihre Medizin, Adelina. Dann wird sie schlafen.«

»Wo ist sie?«

»In ihrer Hand. Sie ist immer in ihrer Hand.«

Adelina hielt Heloise aufrecht und nahm ihr das kleine Samtbeutelchen aus der zusammengeballten Faust, dann entkorkte sie das winzige Fläschchen aus dem Beutel. Es war nur noch sehr wenig übrig, und Heloise war ganz ausgehungert danach. Quälende Schmerzen spiegelten sich in ihrem gepeinigten Gesicht wider. Der Geruch, den sie verströmte, war entsetzlich. »Kommt zu Bett, Madame, mein Dienstmädchen und ich, wir werden uns um Euch kümmern, Euch frisch machen.« Adelina half Heloise die Treppe hinauf und verscheuchte Antoine, der sich immer noch in der Nähe hielt. Er ist genauso nützlich wie ein Schmetterling, nur weniger hübsch, dachte sie. Was brauchen wir Männer? »Nein! Ich sagte, geh! Wir brauchen dich nicht!«, rief sie Antoine zu.

Baudoin trug seinen Vater mühelos die vielen Stufen hinauf. Auf halber Strecke musste Heloise ausruhen, denn sie bekam keine Luft mehr. »Ach, Madame, wie lange seid Ihr nur schon so krank?«, flüsterte Adelina mit Tränen in den Augen. Das Herz wollte ihr brechen. Wie konnte Gott nur so unfreundlich sein und diese Frau, diese einst so schöne Frau, so leiden lassen? Was würde Geoffrey wohl sagen, wenn er jetzt hier wäre? Was für einen Unsinn würde er ihr erzählen? Würde er sagen, es sei Gottes Wille und Gottes Wille brauche keinen Grund? Wie kam es nur, dass Männer, wenn sie keine Erklärung wussten, immer zum Willen Gottes Zuflucht nahmen?

Adelina rief nach Jennet, die schnell aus der Küche heraufkam. Sie hatte ganz rosige Wangen. Jetzt liebt sie wohl den mit dem hellen Haar, dachte Adelina.

»Hilf uns, Jennet. Hol Kleidung und bereite warmes Wasser. Such mir meine Öle, und dann sage dem Herrn, dass er unverzüglich nach Michel Dumont schicken soll.«

»Keine Blutegel, keine Blutegel«, schrie Heloise, als Adelina ihr in ihrem Schlafgemach in den Sessel beim Fenster half.

»Michel Dumont braucht keine Blutegel. Ich habe volles Vertrauen in ihn. Wollt Ihr das auch versuchen?« Sie kniete sich der Frau zu Füßen und sah in ihr alterndes Gesicht hinauf. Die Krankheit allein war es, die ihr so zugesetzt hatte.

»Bitte, ich will keinen Arzt, ich will nichts mehr, gar nichts mehr. Lass es einfach zu Ende gehen. Bitte, lass es einfach zu Ende gehen.«

Adelina war den Tränen nah, beherrschte sich aber. Die knotigen Finger der Frau fuhren über ihr Haar und ihr Gesicht, als sei sie eine Blinde, die fühlen muss, um zu sehen. »Vianna, du bist gekommen.«

Adelina seufzte. »Ja, Madame. Ich bin gekommen.«

»Sing mir den Schmerz weg. Bitte, singst du mir den Schmerz weg?«

»Aber meine Lieder sind lange schon entschwunden, Madame.«

»Nein, nein. Bestimmt nicht. Ganz bestimmt nicht. Ich habe deine Leier aufgehoben, so wie ich das versprochen hatte. Da. Da ist sie.« Heloise deutete auf die Ecke hinter ihrem Wandschirm. »Spiel für mich.«

Adelina richtete sich auf und sah hinter den Wandschirm. Leier spiele ich nicht, dachte sie, als sie auf das Instrument hinuntersah. Es war wie eine winzige Harfe, Adelina zählte sechs Saiten. Sie sah sich zu Baudoins Mutter um, die vor lauter Qualen schwer atmete; den Kopf hatte sie zur Seite gelegt, auf Stirn und Oberlippe bildeten sich Schweißtropfen. »Sing mir den Schmerz weg, bitte …«, flüsterte sie mit brüchiger Stimme.

Adelina nahm die Leier auf und hielt sie, wie sie das bei einem Musikanten einmal gesehen hatte. Doch das Instrument gab kaum einen Laut von sich, als sie mit den Fingern über die Saiten fuhr. Sie versuchte es noch einmal, dieses Mal benutzte sie ihre Fingernägel, um an den Saiten zu zupfen. Es klang schon etwas besser, aber es war immer noch weit entfernt von der Musik, die sie so oft in ihrem Kopf hörte. Sie würde viele Tage des Müßiggangs brauchen, an einem einsamen Ort, wo niemand sie hören konnte. Allein für sich würde sie die Klänge aus ihrem Kopf auf ihre Hände übertragen und dann auch für andere hörbar machen können, das wusste sie. Aber würde Heloise Dupuy so lange warten können?

Sacht legte sie die Leier wieder fort, ganz behutsam, damit sie ihr nicht aus der Hand fiel. Fürs Erste sollte sie sich lieber damit begnügen, die Musik in ihrem Kopf auf ein Instrument zu übertragen, das sie kannte und gern benutzte, ihre Stimme. »Madame?«

Heloise öffnete die Augen, erkannte die Person, die bei ihr stand, jedoch nicht.

»Es ist schon viele Jahre her, Madame, dass ich gespielt habe. Jetzt kann ich es nicht, aber ich verspreche, dass ich bald dazu in der Lage sein werde. Fürs Erste will ich Euch vorsingen, während ich mich um Euch kümmere.«

Adelina sang, obwohl die Musik, die sie in ihrem Kopf hörte, keine Worte hatte. Sie summte die Melodie, die sie ständig begleitet hatte, seit sie ein kleines Mädchen war.

Heloise summte mit, die Augen weit geöffnet. »Ich habe schon nicht mehr geglaubt, Vianna, dass ich das je wieder hören würde.«

Während sie sang, schien es, als füllte sich der Raum mit den Stimmen von hundert Engeln. Und Heloise lächelte, denn es schien, als lindere das Lied ihren Schmerz.

Adelina zog ihr vorsichtig die Schuhe aus. Ihre Füße waren geschwollen und voller Druckstellen. Und doch war ein tiefer Seufzer zu hören, als Adelinas Hände sie berührten.

Was ist das, was ich da auslöse, fragte sie sich. Macht das nur meine Berührung?

Mit einer Messingschüssel voll mit warmem Wasser kam Jennet herein. In ihren Taschen hatte sie die Öle ihrer Herrin. »Sie hat Schmerzen«, sagte Adelina leise. »Sei freundlich und sanft zu ihr. Freundlichkeit und Sanftheit kennt sie nicht. Da bin ich mir sicher.« Sie sah Heloise an und sagte: »Das ist meine Magd, Madame, sie heißt Jennet. Sie wird sich jetzt um uns beide kümmern. Habt Ihr denn kein eigenes Mädchen?«

»Sie hatte viele, aber keine ist geblieben. Es war zu viel für die Mädchen«, sagte Baudoin von der Tür her.

»Lass uns allein. Das ist Frauenarbeit. Du solltest nicht hier sein.«

»Ach, nicht? Wer, glaubst du, hat sich in den vergangenen zwei Jahren um sie gekümmert?«

»Das musst du jetzt nicht mehr, ich bin ja nun da. Sieh nach deinem Vater.«

»Der schläft. Die Reise hat ihn halb umgebracht.« Baudoin kam herein und hockte sich vor das Bett seiner Mutter. »Braucht Ihr mich, Mutter?«

Von Baudoin schaute sie zu Adelina und der hübschen Dienstmagd neben ihr, und dann berührte sie sein Gesicht und sagte: »Nein, Jean-Pierre. Vianna ist ja jetzt hier. Sei lieb. Geh spielen. Und pass auf, dass du nicht wieder vom Schutzwall fällst. Geh. Spiel mit deinem Bruder.«

Adelina wollte ihren Gemahl nicht ansehen, als er unsicher

aufstand und seiner Mutter die Stirn küsste. Ihre Worte empfand er nicht als Kränkung, das spürte sie aber trotzdem. »Was kann Michel Dumont ausrichten, das die besten Doktoren in der ganzen Auvergne nicht zu tun vermochten?«, fragte er.

»Viel«, antwortete Adelina. »Aber ich kann es nicht mit Sicherheit sagen.« Sie ging mit ihm zur Tür und schloss sie hinter sich und ihm, nachdem sie Jennet angewiesen hatte, die Herrin zu entkleiden und ihr ins Bett zu helfen. »Lass jetzt nach Michel schicken. Wenn du sagst, ich sei krank, kommt er sofort.«

»Ich brauche nicht die Unwahrheit zu sagen.«

»Willst du, dass er deiner Mutter hilft? Wenn ja, dann lass ausrichten, ich sei krank. Andernfalls kommt er nicht. Er hält den Namen Dupuy immer noch für den des Feindes.«

»Ich werde Antoine schicken.« Baudoin hob ihr Kinn und gab ihr einen leichten Kuss, dann verließ er sie mit einem Lächeln. Adelina betrat wieder das Schlafgemach ihrer Schwiegermutter.

Sofort kam Jennet auf sie zu. Ihr Gesicht war sehr bleich, und sie schien sowohl verängstigt als auch verwirrt. »So etwas wie das habe ich noch nie zuvor gesehen, Herrin.«

»Wie was?«

Heloise, die entkleidet war und im Bett lag, war mit einem Laken bedeckt, das Jennet jetzt zurückzog. Altersmäßig hatte Heloise noch nicht einmal ein halbes Jahrhundert erreicht. Sie war sehr schlank, und doch hatte sie einen riesigen, aufgetriebenen Bauch. Adelina berührte ihn. Er war hart wie Stein. Sie sah Jennet an, aber Jennet kannte den Grund dafür nicht. »Kommt näher, Herrin. Seht näher hin.« Jennet deutete auf die Brüste von Heloise und sah schnell wieder weg. Ein verfärbter Knoten in ihrer Achselhöhle war so groß, dass die Frau den Arm gar nicht mehr eng an den Körper legen konnte, und aus ihren angeschwollenen Brustwarzen sickerte eine entsetzliche, faulig eitrige Flüssigkeit. Der Geruch war Übelkeit erregend. »Reich mir das warme Wasser und die Kleidung, jetzt. Starr sie nicht an.«

Was mag das sein, fragte sich Adelina in einem fort. Was ist die Ursache ihrer Qualen?

Jennet scheute sich, Heloise anzufassen, nach ihrem Gesichtsausdruck zu schließen, verursachten der Geruch und der Anblick ihr Übelkeit. »Na dann los, raus mit dir, aber komm, wenn ich dich rufe.«

Heloise nahm kaum etwas um sich herum wahr. Den Blick hatte sie starr an die Decke gerichtet. Sie flüsterte nur wieder und wieder: »Sing mir was vor, Vianna, sing mir was vor …«

Adelina sang, so gut sie konnte, während sie sich um Heloise Dupuy kümmerte. Ihre Stimme war zittrig, und ihr war übel, aber sie versuchte, stark zu sein.

Was ist das nur?, fragte sie sich hilflos. Aber es machte sie glücklich, dass ihre Stimme, so schien es, ein Lächeln auf Madame Heloises Gesicht zauberte. Ein Lächeln, das für kurze Zeit ihre Qualen linderte.

Als Heloise endlich gebadet und angekleidet war und sie ihr erneut Medizin verabreicht hatte, verließ Adelina den Raum. Die Medizin würde ihr den Schlaf bringen, und im Schlaf gab es keinen Schmerz.

Adelina war gar nicht bewusst geworden, dass sie sich den ganzen Nachmittag lang um Baudoins Mutter gekümmert hatte. Körperlich fühlte sie sich nicht erschöpft, doch sie hatte den Eindruck, dass sie nie mehr würde Freude empfinden können. Sie hörte Schritte auf der Treppe.

Baudoin, in Tunika, Hose und Lederstiefeln, blieb abrupt stehen, als er seine Frau sah. Sie lehnte mit dem Kopf an der Tür zum Zimmer seiner Mutter, und Tränen, lautlose Tränen strömten ihr das Gesicht herunter.

»Adelina? Ist sie tot?«

»Ich wünschte, sie wäre es, denn im Tod kann es keine Qualen geben.«

Baudoin kam auf sie zu, nahm ihre Hand und setzte sich mit ihr auf die Treppe. Zärtlich wischte er ihr die Tränen von der Wange. »Es ist schlimm, ja? Es ist sehr schlimm. Ich stehe in deiner Schuld dafür, dass du dies alles so bereitwillig für meine Mutter tust. Sie ließ sonst niemanden in ihre Nähe. Niemanden. Bis jetzt.«

»Ich tue das nicht für dich. Ich tue das nicht für deinen Vater. Ich tue das für sie. Ich habe sie von Anfang an gemocht, ob sie nun bei Sinnen ist oder nicht. Mir ist auch egal, bei welchem Namen sie mich nennt.« Einen Moment lang schwieg Adelina, dann fanden ihre Gedanken eine Stimme, und sie schaute Baudoin ins Gesicht. »Wie kann es sein, dass ich eine Fremde so gut zu kennen scheine? Ich habe das Gefühl, ich hätte ihr Kind, das Kind deiner Mutter, sein sollen und nicht das Kind derjenigen, die behauptet, meine Mutter zu sein.«

»Adelina, was sagst du denn da für Sachen!«

»So fühlt es sich an. Ich liebe deine Mutter mehr als meine eigene.« Bald gewann ihr wahres Wesen wieder die Oberhand. »Ich habe Hunger. Wann esst ihr hier? Früh, spät oder gar nicht?«

»Als Familie essen wir schon seit vielen Monaten nicht mehr zusammen. Meine Eltern essen in ihren jeweiligen Zimmern, allein, so wie ich manchmal auch. Meistens esse ich dann, wenn ich Hunger habe. Es gibt keine festgesetzten Zeiten.«

»Das muss sich ändern.«

»Du sagst, es muss sich ändern.«

»Ja. Wenn alle allein für sich essen, gibt es doch keine Unterhaltung.«

»Ach. Unterhaltung willst du? In dieser Familie?«

»Wohin willst du jetzt, wenn ich fragen darf?«

»Ich will den walisischen Bogenschützen treffen, der uns die Essensreste von dem Festmahl bringt. Ich treffe ihn …«

»In Saint Paulien, ja?«, unterbrach sie ihn.

Baudoin schwieg, konnte ihr aber nicht in die Augen schauen. Er lügt, dachte sie. Schon lügt er, sogar beim Schweigen lügt er. Einen Tag ist er mit mir verheiratet, und schon, gleich am nächsten Tag, geht er zu einer anderen, zu der Frau, der sein Herz gehört. »Dann sorgst du am besten dafür, dass alle schwangeren Frauen zuerst ihren Anteil bekommen.«

»Wieso denn das?«, fragte er ein wenig verwirrt.

»Das Dorf braucht mehr gesunde Säuglinge, keine halb verhungerten.«

Baudoin nickte nachdenklich, dann gingen sie beide ihrer Wege.

Adelina machte sich als Erstes auf den Weg in die Küche und suchte den Koch. Sie hatte großen Hunger. Neugierig kostete sie etwas von der Suppe – sie war fade. Es interessierte sie, was für eine Art Mensch der Koch war, und so begann sie, mit ihm zu reden. Aber es war, wie sie gedacht hatte, er benahm sich ungeschickt, war einsilbig und hatte längst schon vergessen, was ein Lächeln bedeutete. Dieses lichtlose, düstere Haus hat Auswirkungen auf alle, die unter seinem Dach leben, dachte Adelina und beschloss, einen Spaziergang zu machen. Sie würde mit allen reden, die ihr begegneten. Doch die Dienstboten wollten ihr einfach nicht in die Augen sehen. Je freundlicher sie sich gab, desto ängstlicher wurden sie. Wie mag der Adel diese Menschen behandelt haben, dass sie so scheu sind, fragte Adelina sich.

In den Stallungen begegnete sie François, der sich um die Hufen seines Pferdes kümmerte. Er unterbrach seine Arbeit sofort, als er seine neue Herrin näher kommen sah. Sprachlos musste er sehen, dass das Pferd nicht nach ihr biss, als sie es streichelte. Hätte François das versucht, hätte er längst schon keine Finger mehr. Sogar die Jagdhunde liefen ihr hinterher. Ganz bestimmt bleibt auch Seigneur Henris Jagdfalke ruhig auf ihrem Arm sitzen, dachte François. Und es würde mich nicht wundern, wenn auf ihr Kommando alle Blumen zu blühen und alle Vögel zu singen anfangen würden. Erst an diesem Morgen hatten die Leute im Dorf von dieser Kindfrau als ihrem Engel gesprochen, und sie hatten ihn inständig gebeten, ihnen ihren Namen zu nennen.

Er hatte ihnen ihren Namen gesagt, und mit der Ehrfurcht, mit der man sonst einer Heiligen begegnete, hatten die Leute den Namen wiederholt. Noch kannte sie keiner, und schon wurde sie innig geliebt. Wie kann das angehen, hatte er sich gefragt. Und das fragte er sich immer noch. »Madame?«, sagte er.

»Wann wird Michel Dumont eintreffen?«

»Schon bald, denke ich.«

»Er kommt diesen Weg?«, fragte sie und deutete auf das Tor.

»Das ist der einzige hinein und auch wieder hinaus, Madame.«

»Ist das so? In Lavoute gab es viele verborgene Ein- und Ausgänge. Man muss sie nur kennen.«

»Davon habe ich gehört.«

»Aber gefunden hast du sie nicht, als unsere Familien noch nicht vereint waren, so wie sie es jetzt sind, oder? Wie denkst du als Mann des Krieges über diese Vereinigung, François?«

François holte tief Luft und stützte sich auf. »Ich bin zu alt, um zu den Waffen zu greifen, also würde ich sagen, ich ziehe den Frieden vor.«

»Ich glaube dir kein Wort. Der Krieger guckt dir immer noch aus den Augen. Du lügst, so wie alle alten Ritter lügen.«

Adelina lächelte nicht, obwohl ihr sehr danach zumute war. Den da sollte sie lieber nicht allzu früh in ihr Herz schließen.

Bei Antoine war das anders. Mit seinen dunklen Augen schien er durch sie hindurchsehen zu können, und er traute ihr nicht. »Hat dieses Tier einen Namen?«, fragte sie.

»Viele«, antwortete François. »Und keiner davon sollte einer feinen Dame wie Euch zu Ohren kommen.«

Adelina lachte. Die ganze Zeit schon hatte sie gewusst, dass sie François mögen würde, sehr sogar. Er war der Einzige, der es wagte, ihr beim Sprechen in die Augen zu schauen.

»Du hattest gestern gar keine Zeit, auch ein bisschen zu feiern, François.«

»Ich hatte Zeit genug, Madame«, entgegnete er lächelnd.

»Und wie fandest du die Hochzeitsfeier?«

»Ich denke, es war eine sehr schöne Feier.«

Er war wie Michel, sie konnte nämlich nicht gleich sagen, ob er log oder nicht. Doch der Schalk blitzte in seinen Augen auf. Das gefiel ihr.

»Ich bin nicht das verwöhnte Kind, für das viele mich halten.«

Er schwieg, denn gehört hatte er etwas anderes. Jedes Mal, wenn er sich nach einem Huf seines Pferdes bückte, fing sie wieder an zu sprechen.

»Kämpft Ihr noch?«

»Herrin?«

»Du bist nicht taub, also tu nicht so. Hast du eine Waffensammlung, die du mir zeigen kannst?«

»Ja, wenn das Euer Wunsch ist, aber ...«

»Nichts aber. Was ist deine Spezialität?«

»Madame?«

»Worauf verstehst du dich am besten?«

François kratzte sich am Ohr und antwortete: »Ich führe das Schwert und die Lanze wie sonst keiner im Umkreis von fünfzig Meilen.«

»Dann bist du also kein Bogenschütze.«

Er schnitt eine Grimasse und räumte stillschweigend ein, dass sie Recht hatte.

»Ich bin eine ganz gute Schützin.«

»Davon habe ich gehört.«

»Ach ja?«

»Ja, in der Tat. Eine sehr gute Schützin sogar.«

»Du denkst, ich mache Spaß? Dedwyd, der jetzt wieder in den Diensten von Gabriel von Lyon steht, hat mir beigebracht, mit einem Langbogen umzugehen.«

»Mit einem Langbogen?«, wiederholte François. »Ihr könnt mit einem Langbogen umgehen? Aber sicher ist doch ein Langbogen größer, als Ihr selbst es seid, Herrin.«

»Ja, das stimmt. Um solch einen Bogen handhaben zu können, braucht man viel Übung. Dedwyd fing mit dem Üben an, als er gerade einmal acht Jahre alt war. Wusstest du, dass die Pfeile eines Langbogens Helme aus großer Distanz durchbohren können?«

»Darf ich fragen, Madame ...«

»Nein, du darfst nicht. Wo ist deine Stechpuppe?«

»Stechpuppe?«

»Der Holzpfosten mit der Strohpuppe zum Üben, du Narr.«

»So etwas benutzt man also in Lavoute?«, fragte François überrascht.

»Was sollte man denn sonst benutzen?«, fragte sie zurück.

»Bei uns ist es Brauch, Herrin, Stechpuppen zu verwenden, die bluten.«

»Aber Stechpuppen bluten doch nicht.«

»Unsere schon. Oft sogar. Wir nehmen zum Üben diejenigen, die beim Herrn in Ungnade gefallen sind. Ihr müsst wissen, hier haben wir es gern, wenn sie um Gnade flehen.«

»Nein«, entgegnete sie verblüfft.

»Auch Frauen und Kinder, gelegentlich. Einen besseren

Weg, Streitigkeiten zu schlichten, haben wir bisher nicht gefunden.«

Hätte er das nicht gesagt, hätte sie ihm voll und ganz geglaubt. »Lügen. An deinen Augen sehe ich, dass du nur Spaß mit mir machst.« Das Gesicht von François blieb ausdruckslos. »Du machst doch nur Spaß, oder?«

»So vieles wisst Ihr noch nicht über die Dupuys von Allegre.«

»Jetzt, da ich hier bin, verbiete ich einen derart barbarischen Brauch. Man kann doch nicht die töten, die den Boden bestellen und uns ernähren. Herr im Himmel. Kein Wunder, dass alle hier Hunger leiden.«

Da lächelte François, denn er konnte nicht mehr länger an sich halten.

»Du hast doch nur Spaß gemacht!«

»Kommt, Herrin. Ich zeige es Euch, bevor Ihr mich noch einen Kopf kürzer macht.« Er führte sie durch die Stallungen in eine Art Lagerraum, in dem vielerlei alte Waffen aufbewahrt wurden. »Es ist schon eine ganze Weile her, dass eine Stechpuppe benutzt wurde. Doch wenn Ihr mir gestattet, würde ich vorschlagen, Ihr übt Eure Kampfspiele nicht unter den Augen von Henri und Heloise Dupuy. Das würde man nur mit Missbilligung zur Kenntnis nehmen.«

»Es wird nicht unter den Augen irgendeines Edelmanns oder irgendeiner Edelfrau geschehen. Wann reitet denn Baudoin für gewöhnlich nach Saint Paulien, um seine Geliebte zu besuchen?«

Im ersten Moment war sich François nicht sicher, ob er antworten sollte. Offensichtlich wusste sie Bescheid, und es schien ihr nichts auszumachen. Seines Wissens waren schon seltsamere Dinge geschehen und würden auch in Zukunft geschehen. »Zwei-, vielleicht dreimal die Woche reitet er hin.«

»Bei Wind und Wetter?«

»Es sei denn, der Herrin geht es besonders schlecht. Doch jetzt, da Ihr seine Gemahlin seid …«

»Wird er trotzdem hinreiten. So gut kenne ich ihn immerhin schon.«

»Ja, Madame.«

»Und während er fort ist, werden wir zwei uns im Kampf üben. Du bringst mir alles bei, was du weißt. Tu es freiwillig, François, sonst befehle ich es dir.«

»Weshalb wünscht Ihr, Euch in Kampftechnik zu üben, Herrin?«

»Aus einem einfachen Grund: Sollten die Kriegsbanner wehen, werde ich diesen Besitz verteidigen müssen. Es ist auch mein Besitz, und du gehörst zu meinen Leuten, und deshalb wirst du tun, was ich dir befehle, ohne Fragen zu stellen und ohne irgendjemandem ein Wort davon zu erzählen. Du wirst es mir zeigen, und ich werde versuchen nachzumachen, was du mir zeigst. Nur so kann man lernen.«

»Aber Ihr seid eine Frau, hübsch und zart. Das kann ich nicht tun.«

»Du kannst nicht? Was sagst du da? Weißt du denn nicht, wer ich bin? Ich bin eine Polignac, und eine Polignac kennt nicht die Bedeutung der Worte ›kann nicht‹. Deshalb gehört den Polignacs das meiste Land südlich von Saint Paulien. Nicht wahr?«

»Ja, aber …«

»Und dieses Wort ›aber‹ mag ich auch nicht!«

»Jawohl, Madame«, erwiderte François.

»Es wird unser Geheimnis sein, François. Dein Wissen wird eines Tages Leben retten. Viele Leben. Es sind nicht nur Kampftechniken, die ich zu erlernen wünsche. Ich will alles über Taktik wissen. Was zu tun ist, wenn es zu einer Belagerung kommt, und derartige Dinge.«

»Und sollten die Kriegsbanner nicht wehen?«

»Das werden sie. Ich selbst habe Philipp Augustus in die Augen gesehen und sah dort vieles verborgen. Die Kriegsbanner werden wehen. Und ich werde auf die Zeit, die da kommt, vorbereitet sein.«

»Ich will Euch kein Leid zufügen, Herrin.«

»Du magst ja ein Gentleman sein, François, und du magst in mir die Frau sehen. Mir ist das egal, als was du mich siehst. Ich sage dir, Blutergüsse und Prellungen mögen wehtun, aber sie verschwinden auch wieder. Nicht Bescheid zu wissen, das bringt einen um. Wann sollen wir anfangen? Gibt es hier in der Nähe vielleicht Waldland, wo wir vor neugierigen Blicken geschützt sind?«

»Wenn es Euer Wunsch ist, dann soll es so sein.«

Adelina nahm ein sehr altes Schwert auf, es lag schwer in ihrer Hand. Sie hatte einmal gesehen, wie ihre Mutter versuchte, das Breitschwert ihres Vaters hochzuheben. Aber sie konnte nur kichern und es sofort wieder fallen lassen. Obwohl Adelina damals noch klein gewesen war, hatte sie das, was sie sehen musste, genauso angewidert wie die Reaktion ihres Vaters, der lediglich gelacht hatte.

Adelina hielt das alte Schwert, das schwer und verrostet war, in der rechten Hand. Fest umfasste sie den Griff und fand schnell ihr Gleichgewicht. Mühelos ließ sie es durch die Luft sausen. François trat zurück, er war überrascht, dass alles, was er gehört hatte, tatsächlich stimmte. Sie spielte den Burgherrn gut.

»Siehst du, François, ich beherrsche bereits viel. Was mir fehlt, ist jemand, mit dem ich üben kann, einer, der umfassende Kenntnisse hat. Ich habe dich gewählt, weil du mich als Mensch siehst und mit mir wie mit einem Menschen redest.« Sie gab ihm das Schwert zurück, indem sie es ihm zuwarf – wie Geoffrey es sie gelehrt hatte. François fing es. »Mach es für mich sauber und lass es schärfen. Es gehört von jetzt an mir.«

»Herrin?«

»Ja?«

»Besitzt Ihr Halsberge und Helm, und vielleicht auch eine Lanze?«

Sie lächelte. Beinahe hätte sie ihn umarmt. »Dedwyd aus Lavoute. Er weiß, wo meine Waffen und Ausrüstungsgegenstände liegen.«

»Aber er spricht doch unsere Sprache nicht.«

»Er hält so manchen zum Narren, François, bei mir gelingt ihm das aber nicht. Sag ihm, ich hätte befohlen, dass er alles zu mir bringt.«

Draußen rief Antoine nach ihr. Michel war eingetroffen. François folgte Adelina zum Tor. Besorgt sah er hinauf. Am Himmel hatten sich Unwetterwolken zusammengeballt. Michel Dumont saß auf seinem Pferd und erwartete sie. Sobald Adelina sich zeigte, stieg er ab. Mit offenen Armen empfing sie ihn, und François seufzte. Kennt sie ihren Platz denn nicht, oder er womöglich nicht den seinen?, dachte er kopfschüttelnd. Er würde eine Zeit brauchen, um sich an diese Frau zu gewöhnen.

»Nein«, sagte Michel.

»Nein? Du sagst Nein?«

»Ja, ich sage Nein. Ich werde erst nach dem Herrn sehen.«

»Aber seine Krankheit ist verursacht von einer Verletzung, von Fieber und vom Alter. Der Herrin geht es weit schlechter. Ich weiß nicht, was sie hat. Du musst es dir ansehen. Du musst ihr helfen.«

»Wenn ich mich um den Herrn gekümmert habe«, sagte Michel, so geduldig wie starrköpfig – wie immer. Adelina ging neben ihm, als sie die Treppe hinaufgingen ins Haus, und er warf ihr einen Blick zu. »Da ist so ein gewisses Funkeln in Euren Augen, Kleines, das ich so gut kenne. Was habt Ihr jetzt wieder vor?«

»Rache.«

»Schon?«

»Nicht, was du dir in deiner Boshaftigkeit vorstellst, Michel Dumont.«

»Ich bin frei von jeder Boshaftigkeit. Das wisst Ihr sehr wohl.«

»Niemand kann ganz und gar gut und ohne Boshaftigkeit sein. Du lügst. Ich habe dich schon jähzornig und aufbrausend gesehen.«

»Wie ich Euch ebenfalls schon viele Male.«

»Und doch schätzt du das Leben eines Mannes höher ein als das einer Frau. Sind wir so unwichtig?«

»Seid so gut, Madame, und wartet jetzt bei Madame Dupuy. Ich komme bald.«

Jennet saß am Bett von Heloise, so tief in Gedanken, dass sie nicht hörte, wie ihre Herrin den Raum betrat. Sie sieht so traurig aus, dachte Adelina. Etienne hat ihr das Herz gebrochen, denn er will sie jetzt nicht mehr heiraten. Sie wurde aussortiert und weggelegt, so wie man ein zu kleines oder abgetragenes Kleid aussortiert. Jennet stand sofort auf, doch Adelina gab ihr Zeichen, sie solle sich wieder setzen. »Wie geht es ihr?«

»Sie weint im Schlaf, Herrin. Die ganze Zeit weint sie vor Schmerzen. Das ist nur schwer zu ertragen.«

»Und für die Herrin ist es noch viel schwerer zu ertragen. Der Kummer hat das bewirkt. Einzig und allein der Kummer.«

»Dann steht uns allen ein langsamer Tod bevor, Herrin, wenn das stimmt.«

»Ich könnte Etienne den Kopf abschlagen, wenn du dich dann besser fühlst.«

»Nein, Etienne hat keine Schuld daran, dass er nicht etwas besitzen will, mit dem sich schon ein anderer vergnügt hat. Aber stände es in Eurer Macht, Gabriel von Lyon einen Kopf kürzer zu machen – das würde ich liebend gern sehen.«

»Ich hole mir seinen Kopf«, sagte Adelina.

»Aber, Herrin, so etwas könntet Ihr gar nicht. Ihr doch nicht.«

»Dann kennst du mich eben noch nicht.«

»Ich wäre nichts ohne Euch, Herrin. Wie dankbar bin ich Euch doch dafür, dass Ihr mich hierher gebracht und mir ein Zuhause gegeben habt. Ohne Euch bin ich nichts.«

»Ach. Unsinn. Auch die kleinste Ameise, sogar eine Mücke ist wertvoll. Und du bist viel mehr als das, wenn auch nur für mich.« Adelina sah auf Heloise hinab, die tief und fest schlief. »Ich habe Angst, dass ich so werde wie Madame Dupuy, ungeliebt und unglücklich und ohne Verstand und krank und arm. Und genau das bin ich jetzt, Jennet, ich bin arm.«

»Nein, Herrin, nein.«

»Und doch ist es so. Was so kurze Zeit einmal in meinem Besitz war, gehört mir nicht mehr. Es gehört meinem Gemahl und seiner Familie. Wird je eine Zeit kommen, in der eine Frau aufrecht und stolz und allein in dieser Welt von Männern dasteht, mit gleichen Rechten vor dem Gesetz und im Besitz von dem, was ihr von Rechts wegen gehört? Und als das lebt, was sie ist? Oder sein könnte?«

»So etwas würde ich mir gar nicht wünschen. Das Einzige, was ich je wollte, war ein Ehemann.«

»Und jetzt machst du also diesem Diener schöne Augen. Dem mit dem hellen Haar und den sehr blauen Augen.«

»Somit wäre mein Geheimnis also entdeckt«, sagte Jennet.

Adelina lachte. »Du kannst doch keine Geheimnisse für dich bewahren. Du kannst weder Freude noch Kummer verbergen.«

»Aber Ihr könnt das.«

»Das habe ich ja auch mein Leben lang geübt.«

Endlich kam Michel. In seiner Begleitung war Antoine, der einen feindlichen Vasallen nur äußerst ungern allein mit seiner Herrin lassen wollte. Aber trotzdem befahl man ihn hinaus.

»Bleibt Henri Dupuy am Leben, Michel?«

»Das werden er und Gott entscheiden. Ich kann das nicht.«

»Hat er nach mir gefragt?«

»Nicht dass ich wüsste, nein.« Michel musterte Heloise Dupuy von weitem. Offensichtlich wollte er nicht allzu nahe herangehen. Adelina nahm ihn beim Arm und zog ihn näher ans Bett heran. »Sie hat einen geschwollenen Bauch, ist aber nicht in anderen Umständen, und hat Wunden, die eine eitrige Flüssigkeit aus ihrer Brust absondern. Siehst du? Was mag das sein?«

Michel musste gar nicht erst näher hinsehen, um zu wissen, was das war. »Da kann man nichts mehr tun«, sagte er schnell.

»Aber du hast es dir noch nicht einmal genau angesehen.«

»Da kann man nichts mehr tun.«

»Dagegen hast du doch bestimmt einen Trank? Ein Öl? Eine Salbe?«

»Nein. Dagegen habe ich nichts. Der Herr bleibt vielleicht am Leben, aber Madame Dupuy? Nein. Nein, ihre Zeit ist gekommen. Hört Ihr, wie schwer sie atmet? Nein. Das Ende ist nahe.«

»Und was kann ich für sie tun?«

»Ihr könnt beten, dass ihre Qualen bald ein Ende haben. Wo ist Euer Gemahl?«

»Er ist fort, er muss etwas erledigen, aber er kommt heute Abend zurück. Es regnet, Michel. Willst du nicht bleiben?«

»Bleiben kann ich wahrlich nicht. Ich bin hier nicht willkommen.«

»Ich schätze dich als Freund. Natürlich bist du hier willkommen.«

Doch sie konnte nichts tun, ihm auch mit nichts drohen, was ihn veranlasst hätte zu bleiben. Michel Dumont ritt lieber allein im Regen nach Lavoute, als zu bleiben und die Luft des Feindes zu atmen.

Es war beinahe schon dunkel, als Adelina auf dem Hof stand und Michel verabschiedete. Sie hielt die Zügel seines Pferdes fest. »Wieso muss sie so leiden, Michel? Was für einen Grund könnte Gott haben, so etwas zu tun?«

»Ich bin nicht Gott, ich kann so etwas nicht wissen. Tut einfach nur, was ich Euch gesagt habe. Bleibt, so oft es Euch möglich ist, an ihrer Seite, aber vergesst nicht Euch selbst darüber. Sie stirbt bald, aber Ihr, Ihr nicht. Ihr habt noch ein langes Leben vor Euch, Kleines. Ein sehr langes.«

»Sie nennt mich Vianna«, sagte Adelina, die verzweifelt irgendetwas sagen wollte, damit er sie nicht so schnell verließ. »Kanntest du Vianna?«

»Nein«, antwortete Michel hastig. »Damals war ich noch nicht in Lavoute.«

»Du lügst! Du bist schon da, seit ich denken kann. Wieso weigern sich denn alle, mir etwas über Vianna zu erzählen?«

»Über diese Angelegenheit sollte niemand mehr sprechen. Vergesst es, Adelina. Bitte, vergesst es. Ich muss jetzt fort. Ich muss.«

»Michel! Michel, ich muss noch viel mehr fragen!«

Aber er hörte sie nicht, und wenn er sie doch gehört hatte, so verspürte er nicht den Wunsch, länger als unbedingt nötig zu bleiben.

Baudoin war völlig durchnässt, als er nach Hause zurückkehrte. Durchnässt und unterkühlt. Es war schon sehr spät, das Haus war dunkel und still, und er hatte gehofft, oh, wie sehr hatte er doch gehofft, dass Adelina bereits schlafen würde. Doch seine Hoffnungen starben schnell. Sie saß im

Nachthemd ganz oben auf der Treppe und wartete auf ihn. Sie sagte kein Wort, denn Worte waren unnötig.

»Wie geht es meiner Mutter?«, fragte er.

»Michel konnte nichts ausrichten, also tat ich, was er mir geraten hat. Ich betete, dass ihr Ende schmerzlos sein möge.«

»Was haben denn Gebete schon genützt? Zwei Jahre lang habe ich nichts anderes getan.« Von Baudoins Lederkleidung und von seinen Stiefeln tropfte das Wasser herunter auf die Treppe. »Sitzt du hier, weil du auf mich wartest?«

»Nein. Ich sitze einfach nur hier. Ich warte auf niemanden. Du hättest im Regen nicht nach Hause kommen müssen, Baudoin Dupuy. Du hättest in den Armen deiner Geliebten bleiben können, in der Wärme und Behaglichkeit. Glaubst du etwa, ich weiß nicht, wohin du gegangen bist?«

»Ich bin zu dir nach Hause gekommen«, sagte er.

»Warum?«

»Ich brauche Söhne.«

Hätte er das nicht ein wenig anders ausdrücken können? Was mochte diese Eleanor heute zu ihm gesagt haben?

»Komm«, sagte er und hielt ihr ungeduldig die Hand hin. »Es ist schon spät, mir ist kalt, und ich bin müde. Vieles habe ich noch zu erledigen. Komm.« Adelina nahm seine Hand.

Deinen Sohn wirst du früher haben als erwartet, dachte sie. Denn ich bin schon jetzt in anderen Umständen.

Kapitel Achtundzwanzig

Seit dem Tag ihrer Hochzeit mit Baudoin hatte Adelina ihre Mutter weder gesehen noch etwas von ihr gehört, dabei brauchte sie jetzt eine Frau, mit der sie reden konnte – zu viele Fragen musste sie für sich behalten. Jennet war zu beschäftigt mit ihrem neuen jungen Mann; Heloise war viel zu krank und außerdem meist auch nicht bei Besinnung, sodass sie sich nicht an etwas erinnern konnte, was schon so lange zurücklag. Baudoin, ihr einziger noch am Leben gebliebener Sohn, stand in seinem siebenundzwanzigsten Lebensjahr, und siebenundzwanzig Jahre waren eine sehr lange Zeit.

Also hatte Adelina keine andere Wahl, sie musste all ihre Fragen in sich verschließen. Über die bevorstehende Mutterschaft würde sie eben alles selber lernen, wenn es erst einmal so weit war.

Von Baudoin sah sie kaum etwas, außer zu den Zeiten, zu denen er zu ihr ins Bett kam. Und stets wusste sie, dass er dabei im Geiste nicht in den Armen seiner Frau, sondern seiner einzigen wahren Geliebten, Eleanor, lag. Es war früh im Herbst, als sie ihm eines Abends spät endlich sagte: »Ich bin in anderen Umständen, Baudoin.«

Er war gerade dabei, sich auszuziehen, und drehte sich hastig zu ihr um. »Ja?«, fragte er, und ach, wie viel Hoffnung lag doch in seiner Stimme.

»Es scheint so.«

»Und was glaubst du, wann wird es kommen?«, fragte er.

Sie konnte nur hoffen, dass es stimmte, was Ella ihr erzählt hatte. Ihr Kind würde im Februar zur Welt kommen, nach den großen Schneefällen und noch vor dem Sommer.

Er schien sich zu freuen. Warum nur?, fragte Adelina sich. Freut er sich, um von der Aufgabe befreit zu sein, die ihn regelmäßig in mein Bett führt, oder freut er sich, weil er Vater wird? Vielleicht, dachte sie, als sie sah, wie sich in seinem Blick allmählich Erleichterung spiegelte, ist es eine Mischung von beiden. Er wird Vater, und er ist meiner ledig, bis ein weiteres Kind gebraucht wird. Und dann fängt wieder alles von vorn an.

Wessen Kind es war, das brauchte Adelina nicht erst zu überlegen. Nur knapp zwei Wochen vor der Hochzeit hatte man sie mit Gewalt genommen. An ihrem Hochzeitstag hätte sie ihre Blutung bekommen müssen, doch die hatte sich an dem Tag und auch danach nicht eingestellt. Dieses Kind würde hellhaarig sein, denn Gabriel war hellhaarig. Adelina hatte keine Ahnung, wie Baudoin reagieren würde, wenn er das Kind sah und begriff, dass es nicht sein eigen Fleisch und Blut war. Zuweilen, in ihren schlimmsten Momenten, betete sie, und wie sehr sie betete, das Kind möge sterben. Und wenn das geschah, würde Baudoin seine Aufmerksamkeit wieder ihr, nicht Eleanor, widmen. Wenn sie dann eines Tages wieder schwanger war, würde sie wissen, wessen Kind sie da in sich trug. Doch nur in ihren einsamsten Augenblicken hing sie solchen Gedanken nach. Meist hatte sie das Gefühl, dass wenigstens dieses Kind, das ja nichts für die Umstände seiner Empfängnis konnte, sie vielleicht lieben würde. Aber wie auch immer, Gottes Wille war geschehen. In ihr wuchs ein Kind heran.

Das Leben ging weiter seinen Gang, und die Monate zogen sich so langsam wie die Tage dahin. Es war Adelina nicht so übel wie anderen Müttern, obwohl Ella ihr das prophezeit hatte, und doch wuchs ihr Bauch sehr schnell. Mit jedem Tag schwollen ihre Brüste weiter an und waren noch mehr im Weg als zuvor schon.

Adelina fühlte sich sehr unbehaglich, weder konnte sie längere Zeit sitzen noch liegen noch stehen, ihre schlechte Laune nahm mit jedem Tag zu. Der einzige Mensch, dessen Nähe sie ertrug, war Heloise Dupuy. Über Heloise musste sie sich nie aufregen.

Baudoin kam nicht mehr in ihr gemeinsames Bett, was Adelina gerade recht war. Ihr Haar fühlte sich an wie das Stroh im Stall und sah auch so aus, und die Schuhe wollten ihr nicht mehr passen. Aber Schuhe brauchte sie ohnehin nicht. Sie ging nirgendwohin, nur gelegentlich mit Baudoin ins Dorf, um eine Streitigkeit zu schlichten. Es schien, dass die Leute nur auf sie hörten, und sie genoss das Zusammensein mit den Leibeigenen. Sie konnte viel von ihnen lernen.

François weigerte sich, ihr weiterhin den Schwertkampf zu erlauben, und er weigerte sich auch, mit ihr Bogenschießen zu üben. Er fürchtete, sie könne sich verletzen und das Kind, und dieses Kind war die Zukunft der Familie.

Adelina fühlte sich sehr einsam, und doch war sie ständig umgeben von Menschen. War es nicht schon immer so gewesen?

Baudoin hatte ihr dringend geraten, seinem Vater nichts zu erzählen, bis sie nicht ganz sicher war, damit es keinen Zweifel an dem zukünftigen Enkelkind geben könne.

Es war Spätherbst, als sie an Henri Dupuys Tür klopfte, und sie wartete gar nicht erst darauf, dass seine Stimme sie hereinbat. Sie trat ein und musterte kühl den alten Mann, nicht viel anders, als er sie betrachtete. Hoch erhobenen Hauptes und stolz stand sie da, die Hände hinter dem Rücken verschränkt.

»Ich habe Euch nicht rufen lassen«, sagte Henri.

»Ihr habt mich noch nie rufen lassen. Ihr habt auch noch nie mit mir gesprochen. Das muss sich ändern. Ich habe beschlossen, dass es so sein soll.«

Henri Dupuy räusperte sich, aber er war zu geschwächt, um sich umzudrehen und fortzugehen. Sie wusste, sie würde ein aufmerksames Publikum haben. »Henri Dupuy, ich bin in anderen Umständen. Oder seid Ihr blind?«

»Nein, blind bin ich nicht. Mein Sohn ist der Vater?«, fragte er.

»Wer sollte denn sonst der Vater sein«, erwiderte Adelina gekränkt.

»Bei einer Polignac kann man doch nie wissen, welcher fahrende Ritter das da gezeugt hat.«

»Wärt Ihr nicht so krank, und wäre ich ein Mann, würde ich Euch schlagen dafür, dass Ihr meinen Namen beleidigt habt.«

»Ihr seid unverschämt.«

»Vielleicht bin ich ja all diese verabscheuungswürdigen Dinge, die sich in Eurem Blick spiegeln, wann immer Ihr mich anseht. Aber ich trage in mir jetzt den Schlüssel zu Eurer Zukunft, und ich spüre, wie schnell das Kind wächst. Habt etwas Respekt vor dem, was sein wird, alter Mann. Ihr mögt mich nicht, und ich mag Euch nicht, aber ich wünsche nicht, dass mein Kind so aufwächst wie ich, ungeliebt und ungewollt und beiseite geschoben, bis es nützlich war. Ich sage Euch jetzt, nein, ich warne Euch jetzt. Ich bin in anderen Umständen, und mein Sohn wird geliebt werden. Er wird in diesem Haus der Erste sein, der diese Erfahrung macht.«

»Und wenn es ein Mädchen ist?«, fragte Henri Dupuy.

»So unfreundlich wäre Gott nicht, dass er einer weiteren Frau erlauben würde, unter *diesem* Dach zu leben.« Adelina drehte sich um und ging hinaus. Seigneur Henri rief sie zurück, aber sie gab vor, nichts zu hören.

Eines Tages, es war tiefster Winter, änderte sich Adelinas Einstellung beträchtlich. Es war bitterkalt, unaufhörlich schneite es, und eine Krankheit hatte die Dorfbewohner befallen. Viele starben, aber die, von der sie hoffte, sie würde von ihrem Leiden erlöst, lebte weiter. Wenn auch nur so gerade. Oft dachte Adelina, dass Heloise sich nur aus einem Grund ans Leben klammerte – um das Gesicht ihres Enkelkindes zu sehen, bevor sie starb. Adelina hatte sich getäuscht.

Als der Tag kam, an dem Heloise Dupuy endlich ihren letzten Atemzug machte, traf es Adelina, die dies seit so langer Zeit schon erwartete, doch unvorbereitet. Die einzige Freude, die ihr blieb, die einzige Ruhe, die sie noch fand, war die Leier, jetzt konnte sie das Instrument spielen – Zeit hatte sie ja genug gehabt.

Heloise, die so krank war, dass sie kaum einen Finger heben konnte, hatte seit etlichen Tagen schon nichts mehr gegessen. Sie konnte nichts schlucken. Sogar Suppe tröpfelte ihr wieder aus dem Mund. Aber an diesem kalten, kalten Wintertag bat sie darum, am Fenster sitzen zu dürfen.

Jennet und François mussten sie gemeinsam aus dem Bett heben, und da saß sie nun, fest in eine Decke gewickelt, starrte aus dem Fenster und hörte, als die Dienstboten gegangen waren, Adelina beim Spiel zu.

Und sie sagte: »Dieses Kind gib auf keinen Fall fort, Vianna. Tu es nicht, denn ein Kind, das man fortgibt, wird nie geliebt. Dein Kind hättest du nie und nimmer weggeben dürfen.«

Adelina seufzte. »Ich habe kein Kind fortgegeben, Madame. Ich bin Adelina, und mein Kind ist noch nicht einmal geboren. Gebt mir Eure Hand, fühlt einmal.«

Einen kurzen Moment leuchteten die Augen von Heloise auf, als sie die Hand auf den mächtigen Bauch legte und das Kind darin sich regen fühlte. »Bald«, sagte Heloise wissend, »bald kommt es zur Welt.«

»Aber es ist doch erst Januar, Madame.«

»Dieses Kind ist ungeduldig«, antwortete Heloise und legte Adelina die Hand auf den Schoß. Warmherzig sah sie die junge Frau an. »Gib dieses Kind nicht fort.«

Mit keinem Gedanken dachte Adelina an dieses Ding, das da in ihr wuchs und sie ganz elend machte. Sie wusste, wer es gezeugt hatte, Gabriel von Lyon. Gabriel, der zuweilen zu Besuch kam und mit Graf Henri und Baudoin redete, und sie wahrlich höchst seltsam ansah. Ihr Hass auf ihn nahm mit jedem Tag zu. Und ihre Mutter hatte sich nicht die Mühe gemacht, sie zu besuchen, obwohl sie wusste, dass Adelina in anderen Umständen war. Es war ihr einfach egal. War ihr nicht immer alles egal gewesen?

»Ich werde die Geburt des Kindes nicht mehr erleben«, sagte Heloise leise.

»Doch, das werdet Ihr. Ich weiß, das werdet Ihr. Wie sind die Schmerzen?«

Doch Heloise tat einen tiefen Atemzug und sah wieder auf die Landschaft vor ihrem Fenster. »Lass nach Henri schicken«, sagte sie leise.

Seit Monaten schon wurde Heloise Dupuy von so unsagbar schlimmen Schmerzen geplagt, dass sie an ihren Ehemann kaum je dachte. Graf Henri ertrug es nicht, in ihrer Nähe zu sein, Adelina schien es offensichtlich, dass er für seine Frau keine Spur von Liebe empfand. Seit kurzem besserte sich sein Gesundheitszustand, er konnte wieder ein wenig laufen. Doch in das Schlafgemach seiner Frau kam er nie. Wieder musste Adelina lügen. »Er ist mit seinen Jagdfalken in den Wald gegangen, Madame. Ich glaube nicht, dass er vor Sonnenuntergang zurück sein wird.«

»Jean-Pierre?«

Adelina schloss die Augen. »Der ist bei seinem Vater, Madame.«

»Baudoin?«, fragte sie voller Hoffnung. Jetzt fiel ihr niemand mehr ein, nach dem sie fragen konnte.

Baudoin war an diesem Tag in Saint Paulien, vielleicht auch zwei Tage lang, und er würde erst zurückkehren, wenn er musste, keinen Moment früher. »Am besten legt Ihr Euch wieder ins Bett, Madame. Es ist heute wirklich außerordentlich kalt.«

»Nein, ich wünsche hier an meinem Fenster zu sitzen. Mehr will ich nicht.« Nach einer Weile sagte sie: »Vianna? Wirst du Henri sagen, dass ich ihn immer geliebt habe?«

Die Gefühle, die über Adelina hereinbrachen, gefielen ihr nicht. Heloise saß da und schaute in die kalte Ferne, aber was sah sie dort?

»Vianna?«

»Ich werde es ihm sagen, Heloise«, antwortete Adelina, beißende Tränen waren ihr in die Augen gestiegen.

»Du bist gekommen, Vianna.«

Doch jetzt sprach sie nicht mit Adelina. Die Andeutung eines Lächelns umspielte die Lippen der Lady, und ein Strahlen trat in ihre Augen, als sei sie plötzlich eines prächtigen Anblicks gewahr geworden. Sie streckte die Hand aus, und ihre knotigen Finger schlossen sich um etwas, das Adelina nicht sehen konnte. Hatte ein Engel sie berührt? Und dann seufzte Heloise und sackte zur Seite. Sie atmete nicht mehr.

»Nein«, rief Adelina mit brüchiger Stimme. »Nein. Ihr könnt mich doch nicht verlassen. Nein!«

François hörte sie rufen, aber er hatte schon Bescheid gewusst, als er seine Herrin an diesem Morgen berührt hatte, hatte gewusst, dass ihr Ende noch an diesem Tag kommen würde.

Adelina war untröstlich. Sie fühlte sich noch elender als an dem Tag, an dem ihr Vater von Strauchdieben getötet worden war.

»Bruder Christophe? Ihr habt einen Brief.«

Geoffrey nahm das zusammengerollte Pergament aus Andrés Hand und schloss seine Tür. Er setzte sich auf den Strohsack auf seiner Pritsche und brach das Siegel der Dupuys auf. Er zog die Kerze näher an sich heran und legte sich zum Lesen hin. Endlich, nach so langer Zeit, Nachricht von Adelina. Er konnte sein Glück kaum fassen.

Mein geliebter Geoffrey,

auch wenn das jetzt nicht mehr dein Name ist, nenne ich dich in meinem Herzen doch immer noch so. Jeden Tag aufs Neue frage ich mich, ob ein Schweigegelübde dir womöglich auch verbietet, mir zu schreiben. Denn ein geschriebenes Wort ist doch sicherlich nicht dasselbe wie ein laut ausgesprochenes. Außerdem hoffe ich mit jedem neuen Tag, dass du mich besuchen wirst, aber die Tage vergehen, und du kommst nicht.

Bei meinem letzten Besuch in Le Puy wollte ich dich in der Abtei besuchen, doch wieder einmal gewährte mir der Abt keinen Zutritt. Sollte ich eine Krankheit mit mir tragen, dann ist diese Krankheit die Liebe allein, die Liebe zu dir. Deshalb muss ich also schreiben, doch meine vielen Briefe sind stets ohne Antwort geblieben.

Jede Nacht bist du in meinen Gebeten meinem Herzen ganz nah. Ach, Geoffrey, bin ich auch dir nahe?

Geoffrey schloss die Augen und biss sich auf die Lippe. Er setzte sich auf und legte das Pergament auf den Tisch. Wut stieg in ihm auf; ein solch tiefer Quell an Wut, dass er wusste, sie würde bald in ihm explodieren. Er kämpfte sie nieder, so gut er konnte, und griff wieder zu dem Brief.

Bald werde ich Mutter sein, Geoffrey, doch das Frauenleben ist meine Sache immer noch nicht. Es scheint, am Tag meiner Ge-

burt ist das falsche Kind gestorben. Ja, ich weiß Bescheid, Geoffrey. Mein Vater hat mir vor langer Zeit erzählt, dass ich einen Bruder hatte. Ich weiß sogar, wie er hieß.

Bald bringe ich das Kind zur Welt, und doch bin ich voller Furcht. Ich sage es, denn tue ich es nicht, verdorre ich innerlich, so wie Heloise Dupuy verdorrt ist. Ich sage ganz offen, dass du immer noch der Quell meiner Kraft bist, Geoffrey; mein Herz, mein Leben. In meinem Herzen ist jetzt nichts, seit wir vor so langer Zeit getrennt wurden, ist mein Herz leer. Freude oder Hoffnung empfinde ich kaum. Keiner wird je deinen Platz einnehmen. Mein Gemahl Baudoin ist freundlich, mehr aber auch nicht. Sein Herz gehört einer anderen, und er hat Glück, denn diese andere wärmt es. Ich habe nur noch dich, aber du bist so fern, und du lebst jetzt in deiner eigenen Welt, einer Welt, an der ich nicht teilhaben kann.

Henri Dupuy nähert sich seinem Ende. Jeden Tag kommen die Mönche aus La Chaise Dieu und beten für ihn. Überall um mich herum ist der Tod, Geoffrey. Habe ich denn nicht schon genug davon gesehen?

Mein einziger Wunsch ist es, noch einmal dein Gesicht zu sehen, aber das ist unmöglich, denn die Umstände und mein Gemahl verbieten es. Jede Nacht halte ich dich wach in meiner Erinnerung, denn sollte meine Erinnerung an dein Lächeln nicht mehr bei mir sein, dann, so weiß ich, würde ich sterben.

Sollte es wahr sein, dass wir viele Male leben, dann will ich jetzt zu Gott beten, dass er mir die Gnade erweist, in einer anderen Zeit und an einem anderen Ort an deiner Seite zu sein, denn hier und jetzt kann dies nicht sein. All meine früheren Sünden wiegen in der Tat schwer. Zu schwer, wie es scheint. Meine Liebe zu dir bleibt bestehen. Auf immer.

Sie hatte nicht unterschrieben.

Das brauchte sie auch gar nicht.

Sofort machte sich Geoffrey auf die Suche nach André. Er fand ihn im Bienenhaus. »Bruder Christophe?«

Zum ersten Mal seit vielen Monaten sprach Geoffrey. »Wer hat dir das hier gegeben?«

»Es lag auf der Türschwelle. Aber dein Gelübde, Bruder?«

»Wie viele andere Briefe sind für mich gekommen?«

»Einige, glaube ich.«

Geoffrey kämpfte seine Wut nieder, so gut er konnte, schließlich war es ja nicht Andrés Schuld. »Man hat sie mir nicht gegeben, André! Warum?«

»Der Abt wollte es nicht gestatten.«

Geoffrey zischte: »Wo ist er?«

»Trete dem Abt nicht gegenüber, Bruder, wenn du voller Zorn bist. Das würde gar nichts nützen. Das einzige Resultat wird sein ... Bruder? Bruder?« André konnte ihm nicht hinterherlaufen, denn er war umschwärmt von hunderten von Bienen.

Als Adelina Graf Henris Schlafgemach betrat, drängten sich dort viele Menschen – Ritter, betende Mönche und Doktoren, die ebenfalls beteten, denn sie waren mit ihrer Kunst am Ende.

»Sie kommt mich holen«, murmelte Graf Henri.

Adelina stand am Bett und sah mit reglosem Gesicht und ohne alles Gefühl auf den alten Mann hinunter. Er hatte so viel Leid verursacht, und doch litt er selbst fast gar nicht. Was war das für eine Gerechtigkeit? »Ihr habt nach mir geschickt?«, fragte sie mit schwacher Stimme und wünschte, sie könnte sich setzen. Es fehlte nicht viel, und sie wäre gefallen. Der Rücken tat ihr schrecklich weh.

Henri Dupuy öffnete die Augen. Heute waren sie von einem leuchtenden Blau. Er hatte keine Mühe, den Kopf aus den Kissen zu heben, aber drehen konnte er ihn nicht. Lange Zeit starrte er sie an. Adelina musste wohl, das war ihr klar, sehr müde aussehen, doch immer noch lag Stolz in ihrem Blick, als sie auf denjenigen hinuntersah, der sich nie bemüht hatte, sie zu akzeptieren, ja nicht einmal, sie kennen zu lernen. Frieden würde er jetzt nicht schließen wollen.

»Ehe alles verloren ist«, krächzte Graf Henri, »geht zurück nach Lavoute.«

Adelina sah sich im Raum um und sagte: »Alle hinaus, bis ihr wieder gerufen werdet. Alle!«

Baudoin bestätigte den Befehl, und bald hatte sich der Raum geleert.

»Was meint Ihr damit, ehe alles verloren ist?«

»Philipp Augustus schickt seine Beamten.«

»Nein. Er hat meinem Vater sein Wort gegeben, dass während seiner Regierungszeit unsere Ländereien allein uns gehören, auch wenn wir Abgaben an ihn entrichten. Ihr wart dabei. Ihr habt ihn gehört.«

»Der König ernennt Beamte hier!«

Adelina sah zu Baudoin und fragte: »Hat er den Verstand verloren?«

»Nein«, antwortete Baudoin. »Aber weshalb er dir das persönlich sagen wollte, weiß ich nicht.«

Sie sah wieder zu Henri. »Und was wird dann das Schicksal von Lavoute Polignac sein?«

»Lavoute ist natürlich sicher«, sagte Baudoin. »Eurem Vater gegenüber hat der König Wort gehalten, sonst aber niemandem gegenüber. Unser Land wird uns bald genommen.«

»Ich habe keine Armee«, brachte Henri Dupuy mit Mühe hervor. »Wenn wir nicht alles übergeben, wird man es uns mit Gewalt nehmen, und viele werden ihr Leben verlieren. Bringt das ungeborene Kind nach Lavoute.«

»Das kann ich nicht. Hier ist mein Zuhause. Hierher gehöre ich.«

Graf Henri wurde sehr wütend, aber Adelina war genauso starrsinnig.

»Hier ist mein Zuhause, hier werde ich bleiben. Und hier wird auch mein Kind geboren!«, rief sie.

»Und dann wird Euer Stolz es töten? Ihr geht nach Lavoute. Das ist ein Befehl.«

Adelina sah Baudoin an, und er nickte wortlos.

»Ich verstehe diesen Wahnsinn nicht.«

»Ich werde sterben, Adelina.« Der alte Mann hatte zum ersten Mal ihren Namen laut gesagt. »Ich kann nicht länger warten. Versprecht mir, dass Ihr für die Sicherheit des Kindes sorgen werdet. Das ist alles, worum ich Euch bitte.«

»Ich bin eine Polignac, und ich halte mein Wort. Ein gegebenes Versprechen wird nicht gebrochen.«

Henri hob die Hand. Adelina warf Baudoin einen Blick zu, und er nickte. Sie trat näher an das Totenbett, streckte die Hand aus und berührte Graf Henris Finger. Nie zuvor hatte sie ihn berührt, und sie war überrascht, als seine Hand die ihre umfasste und ein Lächeln auf seine Lippen trat. Es schien, als wolle er sie nicht mehr loslassen. Adelina zog als Erste ihre Hand zurück. »Geht in Frieden, Henri Dupuy. Wir sind nun keine Feinde mehr.« Ihre Blicke begegneten sich, und dann wandte sich Adelina ab.

So schnell sie konnte, verließ sie den Raum und ging mit gesenktem Kopf an den Mönchen und Doktoren vorbei. Sie wollte jetzt niemandem in die Augen sehen.

Plötzlich vernahm sie ein vertrautes Geräusch, das sie aus weit zurückliegender Vergangenheit kannte. Ein Vogelruf, ein sehr leises, zartes Pfeifen, ein Geräusch, das sie nie hatte nachmachen können – Geoffrey. Sofort drehte sie sich um, und da stand er, ein einzelner Mönch mit einem Rosenkranz in der Hand und einer schweren Kapuze auf dem Kopf. Er stand ganz allein auf dem Korridor, denn inzwischen waren alle in das Totenzimmer und zu ihren Gebeten zurückgekehrt.

»Geoffrey?«

Er drehte sich um, und alles, was sie sah, war sein Lächeln. Er machte einen Schritt zurück und schob langsam die Kapuze vom Kopf.

»Geoffrey!«

»Scht. Seid still.« Geoffrey sah sich wieder um, er wollte wissen, ob seine Abwesenheit jemandem aufgefallen war. »Wir müssen reden.«

Hastig folgte er Adelina in ihr Privatgemach. Alles, was er wahrnahm, waren bauschende Seidenstoffe und Rosen, die die Luft mit lieblichem Duft erfüllten. Als die Tür sich wieder schloss, war da nichts weiter als Stille – eine Stille, die lauter nicht hätte sein können. Eine lange Zeit starrten die beiden sich nur an.

Was hat das Leben nur mit ihr gemacht?, hätte er gern gefragt, aber schließlich brachte er nur hervor: »Es tut gut, Euch wiederzusehen, meine Kleine.«

»Ich sehe, du hast dein Gelübde abgelegt.«

»Viel mehr blieb mir nicht übrig.«

»Das stimmt nicht. Graf Heracle hat mir von seinem Angebot an dich erzählt.«

»Das entsprang lediglich der Verzweiflung. Dieses Kind …«

»… ist ein Dupuy, kein Polignac. Es wird jetzt nie mehr einen Polignac-Erben geben, und daran trägst nur du die Schuld.«

»Was sollte ich denn tun?«

»Geh nach Polignac, zur Festung, mache deine Rechte geltend und nimm dir eine Frau. Die Zukunft unserer Familie hängt von dir ab.«

»Wenn ich Euch nicht haben kann, will ich auch keine andere.«

Adelina wandte sich ab, und unter beträchtlichen Mühen setzte sie sich. Sie hat einen so mächtigen Bauch, stellte Geoffrey fest, und er hoffte, sie würde nicht gerade in diesem Augenblick niederkommen, denn für seinen Geschmack war er einmal zu oft in seinem Leben Zeuge und Helfer bei einer Geburt gewesen.

»Ihr seid krank.« Geoffrey legte ihr die Hand auf die Stirn. »Ihr glüht ja.«

»Das vergeht wieder.« Adelina griff nach Geoffreys Hand und hielt sie sich ans Gesicht. »Ich habe dich so vermisst, Geoffrey.«

»Ich Euch auch. Gott möge mir vergeben, aber ich bin nicht gekommen, weil Henri Dupuy im Sterben liegt. Ich bin gekommen, weil ich Euch sehen wollte. Viel zu lange schon hat mir keiner Nachricht von Euch gebracht.«

»Ich habe dir viele Male geschrieben.«

»Von all den Briefen habe ich nur einen einzigen erhalten, André hat ihn für mich hereingeschmuggelt. Ich habe mit dem Abt darüber gesprochen. Er gab vor, davon nichts zu wissen.«

»Hast du etwa Ehrlichkeit erwartet?« Beinahe hätte Adelina laut gelacht. »Das führt zu nichts Gutem. Gar nichts führt zu etwas Gutem. Ich bin krank, und ich erwarte ein Kind, und ich habe Angst, dass ich sterbe. Ich habe geträumt davon. Ich habe von meinem eigenen Tod geträumt. Ich darf nicht bei den Dupuys ruhen, Geoffrey. Ich muss bei meinem Vater und meinem Bruder ruhen. Im Herzen bin ich eine Polignac, eine Dupuy bin ich nur dem Namen nach. Sollte ich sterben, kümmerst du dich dann darum? Du kümmerst dich doch darum, ja, dass ich bei meinem Vater und bei meinem Bruder ruhe?«

»Ihr werdet nicht sterben.«

»Du hörst mir nicht zu. Ich fürchte den Tod nicht, denn ich weiß jetzt, was mich erwartet. Es geht um das Kind, Geoffrey.

Ich habe gelobt, diesem Kind in mir eine gute Mutter zu sein. Ich habe geschworen, ihm zu geben, was ich nie gekannt habe. Aber überall um mich herum spüre ich den Tod lauern.«

»Den Verlust von Heloise Dupuy spürt Ihr, und auch Graf Henri wird die Nacht nicht überleben. Das ist alles, meine Kleine. Ihr werdet nicht sterben. Das lasse ich nicht zu.«

Wie sehr wünschte sie sich doch, sie könnte ihm glauben, aber sie war jetzt kein Kind mehr, und er verfügte über keine Zauberkraft, die sie sehen oder spüren konnte. Er war einfach nur Geoffrey, als Mönch verkleidet.

»Siehst du meine Mutter gelegentlich?«

»Nein.«

»Ob sie wohl je an mich denkt, was meinst du?«

Geoffrey schwieg. Er kniete vor Adelina und hielt fest ihre Hände umklammert.

»Vermisst sie mich wenigstens ein bisschen?«

»Sie weiß, dass Ihr bald niederkommt.«

»Seit meiner Hochzeit habe ich sie jetzt schon nicht mehr gesehen, Geoffrey. Wie kann sie das also wissen?«

»Viele wissen es, meine Kleine. Viele.«

»Was soll ich bloß tun, Geoffrey? Aus Paris kommen königliche Beamte, um dieses Land an sich zu bringen. Graf Henri hat mir befohlen, nach Lavoute zurückzukehren, mich in Sicherheit zu begeben und da mein Kind zur Welt zu bringen. Aber ich bin dort nicht willkommen. Wenn du deine Rechte geltend machen und in der Festung von Polignac leben würdest, dann wüsste ich, dort wäre ich willkommen und in Sicherheit. In Sicherheit vor allem.«

»Und Euer Gemahl?«, fragte Geoffrey. »Baudoin wird in Polignac nicht willkommen sein. Dort wäre er immer noch der Feind.«

»Die Heirat sollte die Familien doch vereinen und nicht weiter entzweien.«

Geoffrey berührte ihr Haar und zog sie so eng an sich heran, wie es möglich war. Tief atmete er den wundervollen, lieblichen Duft ihres Haares ein. »Was würde Robert de Polignac tun?«, fragte er.

»Er würde dafür sorgen, dass das Kind in Sicherheit ist, denn Kinder sind die Zukunft.«

»Wann ist es denn so weit?«

»Im nächsten Moment, so fühlt es sich jedenfalls an. Die Schmerzen kommen und vergehen dann wieder. Dann kommen sie wieder und bleiben. Ich weiß nicht, was da in mir vor sich geht.« Sie berührte ihre Brüste, die geschwollen und prall waren, und sie sagte: »Überall habe ich Schmerzen, Geoffrey. Da stimmt doch etwas nicht. Das kann doch nicht richtig sein.«

»Geht zu Eurer Mutter, Adelina. Dort ist Euer Gemahl willkommen.«

»Geoffrey?«

»Meine Kleine?«

»Weshalb haben die Engel mich im Stich gelassen?«

Ehe er antworten konnte, flog die Tür auf. Es war Baudoin. Es überraschte ihn, Geoffrey bei seiner Frau knien zu sehen, aber er sah auch ihre Tränen, also sagte er nichts. Nichts, außer: »Mein Vater ist tot.«

Adelina schlug die Hände vors Gesicht.

»Ihr werdet gebraucht, Bruder Christophe.«

Ihre Blicke begegneten sich, als Geoffrey vorbeiging, und Baudoin sah ihm nach, als er den Korridor entlangging. Im Gehen zog Geoffrey seinen Rosenkranz aus der Tasche seiner Kutte, wo er ihn sicher verwahrt hatte.

Baudoin schaute wieder zu seiner Frau und trat in ihr Privatgemach. »Aber ich werde doch wohl nicht gebraucht, oder?«, fragte Adelina besorgt.

»Nein. Du nicht.«

»Er hat seinen Frieden mit mir geschlossen, Baudoin. Soweit er eben in der Lage dazu war.«

»Geoffrey?«

»Nein. Dein Vater.«

»Oh. Wenn man so etwas denn Frieden nennt.«

»Du wusstest, dass Geoffrey mit den anderen kam, und du hast ihn in dein Haus gelassen. Warum? Mir hast du doch sogar verboten, an ihn zu denken.«

»Ich weiß jetzt, dass die Trennung von einem Menschen, den man liebt, mehr schmerzt als ein Dolch im Herzen.«

»Ich habe dich nie von deiner Eleanor fern gehalten. Nie.«

»Deshalb habe ich Geoffrey ja auch gerufen. Auf ihn wirst du hören, er allein hat den Mut, dir Dinge zu sagen, die du nicht hören willst. Du musst nach Lavoute gehen, zu deiner Mutter.«

»Das ist doch Wahnsinn. Dies hier ist jetzt mein Zuhause.«

»Du musst gehen, Adelina. In drei Wochen melde ich mich bei der Armee des Königs.«

»Er nimmt dir dein Land, und du greifst ihm zu Ehren zu den Waffen?«

»Ich habe keine andere Wahl.«

»Was für einen Nutzen hat dieses Land denn überhaupt für ihn?«

»Er wird keine Ruhe geben, ehe nicht ganz Frankreich und England königliche Domänen sind. Wir können trotzdem hier leben, wenn die königlichen Beamten kommen, vorausgesetzt, wir ergeben uns, ohne Widerstand zu leisten. Aber ich will nicht, dass du allein hier bist, wenn sie kommen. Ich ziehe in den Krieg, und du musst zu deiner Mutter.«

»Wenn erst einmal ein Beamter und Verwalter ernannt ist, dann gehört das Land nicht mehr uns. Ich würde lieber sterben, als es freiwillig fortzugeben.«

»Morgen bringe ich dich nach Lavoute zurück. Da wirst

du dann mit dem Kind in Sicherheit sein, bis ich wiederkomme.«

»Aber ich habe lange und hart gekämpft, um Herr meines eigenen Hauses zu sein.«

»Ich auch«, erwiderte Baudoin.

»Jetzt ist nichts mehr da. Für unseren Sohn wird nichts mehr da sein.«

Baudoin legte sich aufs Bett. »Leg dich zu mir, Addie.«

»Ich bin zu krank.«

»Leg dich zu mir. Einfach nur zu mir legen. Das ist alles.«

Kraftlos erhob sich Adelina und legte sich neben ihn, sein Herz pochte an ihrem Ohr, das Kind strampelte heftig. Baudoin legte ihr die Hand auf den Bauch und behielt sie da, bis das Strampeln aufgehört hatte.

»Wieso ich mich zur Armee melden muss, weiß ich auch nicht, und genauso wenig weiß ich, wie lange ich fort sein werde. Oder wo die Schlachten stattfinden. Es ist die Rede von einem bis zwei Jahren Abwesenheit. Doch ich muss vorher wissen, ob du mich inzwischen lieben gelernt hast. Ich liebe dich jetzt, sehr sogar.«

»Es fällt schwer, dich nicht zu lieben.«

»Im Februar, sagst du?«

»Ja.«

»Geoffrey hat mir versprochen, während meiner Abwesenheit auf dich aufzupassen, soweit es in seinen Kräften steht.«

»Weshalb tust du das?«

»Er liebt dich, und auch er würde für dich sterben«, sagte Baudoin voller Aufrichtigkeit.

»Das mit deinem Vater tut mir Leid«, sagte sie leise.

»Mir nicht«, entgegnete er. Sie sah ihn an und sah Tränen in seinen Augen. Adelina drückte ihm die Hand.

»Ich bitte dich nur darum, gut auf meinen Sohn zu achten, solange ich fort bin.«

»Glaubst du, dass du mir das erst sagen musst?«

»Nein«, antwortete er. »Nein, dir muss ich gar nichts erst sagen. Und doch musste es heraus.«

Als Baudoin über die Zugbrücke der Burg von Lavoute Polignac ritt, wusste Adelina, dass sie ihn nie mehr lebend wiedersehen würde. Sie war umhüllt von einer Traurigkeit, die nicht weichen wollte. Adelina drehte sich zu ihrer Mutter um, und sie holte tief Luft, als Gräfin Marys sagte: »Am besten legst du dich hin. Du bist nicht wohl.«

»Komm«, sagte Adelina zu Jennet. »Es gibt viel zu tun.«

Ohne ein weiteres Wort ging sie an Gabriel von Lyon vorbei. Seinen Gruß erwiderte sie nicht, stattdessen umarmte sie Ella, denn nur Ella hieß sie von allen hier mit warmherzigem Blick willkommen. »Wir sehen dieser Geburt mit solcher Freude entgegen, Herrin. Es wird ein Junge, das spüre ich in meinen uralten Knochen.«

»Sollte es ein Junge sein, wird meine Mutter sich freuen.« Adelina sah zu Gräfin Marys zurück, die wieder einmal die Waschfrauen ausschalt. »Wäre ich geboren als einer, der sich im Stehen erleichtern kann, dann hätte sie mich vielleicht sogar geliebt.«

»Herrin!«, rief Ella schockiert.

»Wappne dich, Ella, ich bin zurückgekehrt.«

Kapitel Neunundzwanzig

So lange ist das nun schon her, dachte Adelina, als sie aus ihrem Fenster schaute, wie sie das in der Vergangenheit so oft gemacht hatte. Aber das war die Vergangenheit eines anderen, so jedenfalls kam es ihr vor. Jennet war mit Auspacken beschäftigt. »Glaubst du, Geoffrey weiß, dass ich jetzt wieder hier bin?«

»Ich bin sicher, er weiß alles, was hier vor sich geht. Vielleicht kommt er ja bald zu Besuch.«

Daran glaubte Adelina eher nicht. »Nur, wenn der Abt es gestattet. Das ist so traurig, Jennet, einen anderen so zu lieben und nichts tun zu können. Die ganze Zeit, die ich ihn kenne, mein ganzes Leben lang, habe ich mir keinen Moment vorstellen können, dass er nicht an meiner Seite ist.« Einen Augenblick lang schwieg sie. »Aber damals war ich noch jung.«

»Ihr seid immer noch jung, Herrin.«

»Im Herzen nicht mehr.«

»So, Herrin. Jetzt legt Euch hin und ruht. Schlaft. Das tut Euch jetzt gut. Das ist nur der ganze Kummer, den Ihr im Moment habt. Wenn das Kind erst einmal kommt, wird alles wieder gut.«

Adelina wartete, bis Jennet ihr die Bettdecke zurückgezogen hatte. Mit einem tiefen Seufzer legte sie sich hin. »Ich bin hier, weil ich hier sein muss. Ausgesucht habe ich mir das nicht.«

Weshalb nur ist sie so bekümmert?, fragte sich Jennet. Aber darüber würde sie grübeln können, so viel sie wollte, möglicherweise bis die Schneefälle wieder einsetzten. Kaum einmal sprach ihre Herrin über das, was ihr auf dem Herzen lag, und wenn sie es tat, dann schien es, als spreche sie laut mit sich selbst.

»Ruht jetzt, Herrin. Viel zu lange schon habt Ihr nicht mehr geruht oder geschlafen.« Damit ließ Jennet ihre Herrin allein und in Frieden.

Und es waren tatsächlich die ersten friedlichen Momente, die Adelina seit einem Jahr erlebte. Sie kostete es voll aus, solange es möglich war. Erst als sie aufwachte, wurde ihr bewusst, dass sie fest geschlafen hatte, und da stand ihre Mutter am Fußende ihres Bettes. Am liebsten hätte sich Adelina unter der Bettdecke verkrochen.

»Du begrüßt nicht einmal deine Mutter.«

»Und Ihr saht Euch nicht in der Lage, mich auch nur ein einziges Mal zu besuchen während der ganzen Zeit, in der ich fort war«, entgegnete Adelina.

»Das gilt für dich genauso.«

»Aber für Euch ist es leichter zu reisen. Es hält Euch ja nichts mehr. Ihr braucht von niemandem mehr die Erlaubnis dazu. Ihr seid Euer eigener Mensch.«

»Allegre ist so weit weg. Und ich reise nun einmal nicht gern.«

»Nein. Das ist es nicht. Ihr seid nicht gekommen, weil ich in demselben Haus lebte wie Heloise Dupuy.«

»Das ist Unsinn!«

»Sie ist gestorben, und Ihr habt nicht einmal an ihrem Begräbnis teilgenommen. Dabei habt Ihr doch erzählt, Ihr wäret Freundinnen gewesen. War das etwa auch eine Lüge?«

»Es ging mir nicht gut«, sagte Gräfin Marys.

»Es ging Euch nicht gut? Ihr wisst ja gar nicht, was wirkliche Krankheit ist.«

»Ich weiß sehr wohl, dass Heloise seit Jahren leidend war. Aber da gab es nichts, was ich hätte tun können.«

»O doch, da hätte es viel gegeben. Ständig hat sie nach Euch gefragt, auch als ihr schon die Sinne schwanden. Die Erinnerung an Euch war stets in ihrem Herzen. An Euch und an Eure Schwester. Und doch hattet Ihr nicht einmal ein paar Worte auf Pergament für sie übrig, die ihre Einsamkeit gelindert hätten. Und ihre Schmerzen. Da gab es vieles, was Ihr hättet tun können.«

»Sie hätte mich gar nicht erkannt, wäre ich wirklich gekommen. Michel hat mir von ihrer Krankheit erzählt. Sogar ihn hat das geängstigt.«

Mit jeder Ausrede, die ihre Mutter vorbrachte, wuchs Adelinas Zorn. »Was war denn für Euch das größere Entsetzen? Die Krankheit ihres Körpers, oder ihr Ehemann? Lügt mich nicht an, Mama! Sie hat einen Mann geheiratet, den Ihr nicht mochtet, also habt Ihr das Band der Freundschaft entzweigerissen, so wie man einem Huhn den Kopf abreißt! Ich bin nun eine Dupuy, und doch interessiert es Euch immer noch nicht, meinen Ehemann kennen zu lernen oder Euch einmal anzusehen, wo ich jetzt lebe.«

»In deinem Haus wäre ich nicht willkommen gewesen, Adelina. Deshalb habe ich dich nicht besucht. Heloise hat damit gar nichts zu tun. Es war deinetwegen.«

Adelina schwieg. Tatsächlich hatte es kaum je eine Zeit gegeben, in der ihre Mutter willkommen gewesen wäre.

Marys sprach nicht weiter. Schmerz hatte es schon genug gegeben. »Ich weiß, dass Henri heute zur letzten Ruhe gebettet wurde.«

»Und trotzdem seid Ihr nicht gekommen.«

Marys holte tief Luft und trat ans Fenster. »Es gehört jetzt alles dir, solange dein Mann im Krieg ist, nicht wahr?«

»Ja, es gehört alles mir, aber nur für kurze Zeit. Wieder einmal. Der König wird es sich nehmen.«

»Es werden keine Beamten aus Paris kommen.«

»Was sagt Ihr da?«

»Die Verwaltungsbeamten werden das Schicksal der meisten wohlhabenden Reisenden erleiden. Während wir uns hier unterhalten, kümmert sich Gabriel darum.«

»Aber das wird den König nur erzürnen! Als Nächstes kommt er mit Soldaten!«

»Er ist viel zu beschäftigt mit seinen Kriegsvorbereitungen.«

»Gabriel kümmert sich um diese Sache mit den Beamten, sagt Ihr?«

»Ja.«

»Könnte es sein, dass er es auch eingefädelt hat, dass Ihr Witwe wurdet?«

Gräfin Marys hatte den Blick auf den Horizont gerichtet, ihre Augen waren ohne jeden Ausdruck. »Das ist Unsinn. Gabriel hat deinem Vater gut gedient und hält ihn sehr in Ehren.«

»In Ehren hält Gabriel nur die, die seinen Zwecken dienen, und sind diese Zwecke erst einmal erreicht, lässt er die Leute fallen. Er wird Euch fallen lassen, Mama. Mit den Küchenabfällen wird er Euch wegwerfen.«

»Uns verbindet Liebe.«

»Liebe? Ihr wisst doch gar nicht, was Liebe ist.«

Gräfin Marys drehte sich um. Mit ihren hellen Augen begegnete sie dem Blick ihrer Tochter. Sie hielt ihm stand. »Zum ersten Mal in unserem Leben, Adelina, haben wir beide etwas, das wir teilen können.«

»Dann sagt es mir, denn ich habe keine Idee, was das sein könnte.«

»Die Männer, die wir lieben, kämpfen jetzt gegen einen gemeinsamen Feind im selben Krieg.«

»Gabriel ist auch einberufen worden?«

»Ja. Morgen verlässt er uns.«

Sie wird ihn vermissen, dachte Adelina plötzlich. Sie schien wieder jung zu sein, sie war anders frisiert, und sie hatte mehr Anmut, mehr Grazie. Vielleicht stimmte es ja, dass sie Gabriel wirklich liebte, auch wenn er wesentlich jünger war. Und ganz offensichtlich wusste sie nichts von dem Bösen, was in ihm war, denn in ihren Augen war jetzt Feuer – ein Leuchten, eine Entschlossenheit, die Adelina vorher noch nie an ihr bemerkt hatte.

»Ihr beide habt geheiratet und mir nichts davon gesagt?«

»Nein. Nur im Geiste ist er mein Gemahl, vor dem Gesetz dient er mir. Und er dient mir gut.«

»Wer ist denn nun noch zu unserem Schutz da?«

»Nur der Bogenschütze, Dedwyd. Erzähl mir, was du über Leibeigene und Dörfer und Abgaben und Streitfälle weißt.«

»Ich weiß nur, was ich von meinem Vater, meinem Gemahl und den Leibeigenen selbst gelernt habe.«

»Schön, denn ich weiß von diesen Dingen nur sehr wenig.«

»Ihr habt nie etwas wissen wollen. Für Euch war das allein die Domäne des Mannes, ein Bereich, den zu betreten Ihr Euch nicht gestattet habt. Wann werdet Ihr Euer eigener Mensch sein, Mama? Seid Ihr im Herzen immer noch keine Polignac?«

»Heracle hat gesagt, dass, sollte sein Ratschlag vonnöten …«

»Nein! An Heracle wende ich mich erst, wenn es keine andere Möglichkeit mehr gibt. Wenn Ihr Euch immer noch nicht allein zu helfen wisst, Mama, dann werdet Ihr es nie lernen.« Wütend starrte Adelina ihre Mutter an. »Ich danke Euch dafür, dass Ihr mir beigebracht habt, was ich zu werden hatte!«, fügte sie hinzu.

»Ich habe alles getan, was ich konnte!«

»Das war nicht genug.«

»Was hast du denn von mir erwartet?« Nur ein weiterer Gefühlsausbruch – Adelina war daran gewöhnt. Es berührte sie einfach nicht mehr. »Ich habe erwartet, was ich bekommen habe, Mama. Nichts. Was hättet Ihr mir beibringen können, wo Ihr doch selber nichts wusstet? Ich schäme mich für Euch, denn Ihr wolltet auch gar nichts wissen. Ihr habt nichts für mich getan, und doch schämt Ihr Euch immer noch für mich, weil ich nicht das bin, was Ihr Euch gewünscht habt. Der, den Ihr begraben habt, Michelet, ist immer noch der Wichtigere für Euch. Ich bin nichts.«

»Oh, Adelina, deine grausamen Worte werden noch mein Tod sein.«

Adelina starrte ihre Mutter an und dachte an Heloise Dupuy, ihr stilles Leiden und ihre Qualen, und sie schwieg. Sie wusste, wenn sie den Worten erst einmal freien Lauf ließ, würde daraus nur ein nicht enden wollender Wasserfall der Kränkungen werden. Marys gab sich Mühe, eine Versöhnung herbeizuführen, und das war noch nie zuvor geschehen.

»Weißt du denn nicht, wie froh ich bin, dass du zurückgekehrt bist? Ich habe dich so vermisst.«

Adelina starrte ihre Mutter an. Sie schien seltsam aufrichtig zu sein. Fest hielt sie Adelinas Hand umklammert. »Ich habe dir nie gesagt, was für ein großer Schatz du mir bist oder wie gern ich dich immer hatte. Über solche Dinge redet man einfach nicht. So bin ich erzogen worden. Es gab Zeiten, da konnte ich dich nicht ausstehen, ja, aber nie, niemals hat meine Liebe zu dir nachgelassen.«

»Warum musste ich mein ganzes Leben darauf warten, diese Worte von Euch zu hören, Mama?«

»Nun weine doch nicht«, sagte Marys, nahm ihr Taschentuch und betupfte die Augen ihrer Tochter. »Erzähl mir von Baudoin. Ist er gut zu dir?«

»Auf seine Weise, ja.«

»Ist er freundlich?«

»Ja.«

»Wird er ein guter Vater sein, was meinst du?«

»Ich glaube schon. Meist ist er sanft und ruhig.«

»Du bist nicht mehr das Kind, das früher einmal hier lebte. Du hast dich verändert, Tochter.«

Adelina drehte sich weg und seufzte. Sie war so müde – sie wollte einfach nur schlafen und schlafen und schlafen …

»Geht es dir schlecht?«

»Das geht vorbei.«

»Dann schlafe«, sagte Marys. »Schlafe, und ich werde Michel holen lassen.«

Die Tür ging zu, und Adelina sah hoch zur Decke. Da hing am Querbalken immer noch das Seil, inzwischen voller Spinnweben. Sie schloss die Augen, und jäh überfiel sie eine Welle des Schmerzes. Der Schrei, den sie ausstieß, hätte Tote wecken können. Der Geburtsvorgang hatte eingesetzt.

Um Mitternacht war immer noch nichts geschehen. Adelina nahm nichts wahr, nur die Schmerzen, die lediglich unterbrochen wurden durch kurze Phasen der Erleichterung. Jennet kniete am Kopfende ihres Bettes und hielt sie, flüsterte ihr nie gehörte Worte zu und spürte die Schmerzen ihrer Herrin, als wären es ihre eigenen.

Auch Gräfin Marys war da und wartete.

Ella war ausgeschickt worden, um Michel zu holen, doch der war nicht da. Mit Dedwyd an ihrer Seite ritt Ella mitten in der Nacht zur Abtei hinauf und hämmerte gegen die Türen. Sie schrie und hämmerte und schrie, bis ein sehr verschlafener alter Mönch öffnen kam. Wertvolle Zeit wurde vertan, während man nach Bruder Christophe schickte.

Geoffrey erschien am Tor, verschlafener noch als der alte Mönch. Ella packte ihn am Arm. »Beeil dich! Adelina kommt nieder! Aber nichts tut sich. Ich fürchte, sie wird sterben!«

Geoffrey war schon auf halbem Weg zur Burg, ehe ihm auffiel, dass er seinen Rosenkranz und seine Schuhe vergessen hatte.

Die Vergangenheit meldete sich zurück; der Albtraum kehrte wieder. Erneut war er ein kleiner Junge, hatte das Ohr an die Tür gepresst und flehte zu Gott, er möge verschont bleiben, aber damals hatte Gott ihn nicht verschont, und das tat er jetzt auch nicht. Ella zog ihn ins Schlafgemach und stand dann persönlich Wache bei der Tür, denn neugierige Männer, die aus ihrem trunkenen Schlaf aufgeschreckt waren, trieben sich überall im Gang herum. Gabriel von Lyon fragte: »Er darf hinein und ich nicht?«

»Fort mit Euch! Mit euch allen!«, schrie Ella erbost.

»Du bringst den Hänfling her? Wozu?«, wollte er wissen. »Stirbt sie?«

Zum ersten Mal in all der Zeit, die sie ihn kannte, schien echte Sorge in seinem Blick zu stehen. Doch Ella antwortete nicht auf seine Frage, sie schlug ihm die Tür vor der Nase zu.

»Madame?«

Marys, die am Fußende des Bettes kniete, sah auf, als Geoffrey sie berührte. »Es passiert wieder«, sagte sie mit schreckgeweiteten Augen.

Geoffrey sah auf seine Hände, die jetzt nicht mehr die Hände eines kleinen Jungen waren. Also trat er zurück und nahm den Rosenkranz, der am Bettpfosten hing, ruhig beugte er sich über Adelina. Geoffrey betete um ein Wunder.

Sie wusste nicht, dass er da war. Von der wiederholten Anstrengung war Adelinas Gesicht blau angelaufen, aber sie schrie nicht. Blut lief ihr aus dem Mund, da, wo sie ein dickes Lederstück durchgebissen hatte, das man ihr um der Ruhe willen gegeben hatte. Jennet hielt sie aufrecht und betupfte ihr Gesicht, wenn der Schmerz für kurze Zeit nachließ, um dann sehr schnell wieder zu beginnen.

Lass sie nicht sterben, wiederholte Geoffrey stumm. »Wie lange geht das schon so?«, fragte er mit brüchiger Stimme.

»Seit dem Morgen«, sagte Marys.

»Ist es schon zu sehen?«, fragte er.

Seine Tante schüttelte den Kopf.

Er ließ sich auf die Knie sinken und bot Gott in stummem Gebet sein Leben anstelle von Adelinas.

In der dunklen Stunde vor der Morgendämmerung sah Adelina, die kaum noch Kraft genug zum Atmen hatte, auf alle, die sich um ihr Bett versammelt hatten. Da war ihr Vater, Graf Robert, der neben Geoffrey stand. Und da beim Fenster war Cateline, die fröhlich, aber genauso scheu wie immer lächelte. Neben ihrer Mutter stand Heloise, die Hand auf der Schulter ihrer weinenden Freundin. Doch Gräfin Marys spürte nichts. Wie schön war es doch, sie alle wiederzusehen, wie wunderschön. Und da war eine Fremde mitten unter all diesen Leuten, die sie von Herzen lieb gehabt hatte – eine Fremde, die sie nicht kannte. Es war eine Frau mit Haaren von derselben Farbe wie ihre, ganz so wie ein loderndes Feuer. Sie war groß und wunderschön und schimmerte in einer Hülle herrlichen Lichts, eines Lichts so hell, dass Adelina glaubte, sie sei ein Engel. Und obwohl diese Frau die Lippen nicht bewegte, sah sie auf sie herab und sagte: »Bald wirst du es wissen.« Sie sah zu Marys, und dann verblasste die Erscheinung. Adelina sah sich nach ihrem Vater um, aber auch er war verschwunden.

Da war nur Geoffrey, der ihre Hand fest umklammerte.

Und es fing wieder von vorn an.

»Es kommt!«, rief Marys verzückt. »Ich sehe es! Es kommt!«

»Noch einmal, Herrin«, ermunterte Jennet ihre Herrin und stützte sie ein letztes Mal vor der Anstrengung.

Adelina spürte den Riss, aber da war kein Schmerz. Wieder

presste sie, gehorchte ihrer Mutter und den Bedürfnissen ihres Körpers. Tränen traten Geoffrey in die Augen, Tränen des Schmerzes, denn seine Finger wurden mit unglaublicher Kraft gequetscht.

Und dann war da nichts.

Langsam und vorsichtig zog Marys den Säugling an den Füßen heraus und legte ihn auf das Bett seiner Mutter. Er war rosig und warm. »Ein Junge!«, rief Marys. »Ein Junge! Ein *riesengroßer* Junge!« Sie durchtrennte die Schnur, die den Kleinen mit seiner Mutter verband, und Ella reichte ihr saubere Tücher, in die sie ihn fest einwickelte.

Ein riesengroßer Junge, in der Tat, zwölf oder dreizehn Pfund wog er vielleicht. Er schrie überhaupt nicht, doch er atmete ganz selbstständig. Die Augen hatte er offen, er schien in aller Ruhe seine neue Welt zu betrachten. Gestoßen aus dem ruhigen Dunkel ins Licht; laute Stimmen, die weinten und lachten, alles zugleich.

Die Sonne ging auf, und Lichtsplitter des neuen Tages strömten in das Turmzimmer.

»Warum schreit er nicht?«, fragte Adelina mit schwacher Stimme.

»Das braucht er nicht«, antwortete Marys, die ihre Freude kaum verhehlen konnte.

»Lasst mich sehen, Mama. Lasst mich sehen.«

Gräfin Marys legte den Säugling in Adelinas Arme. Sie schaute in sein winziges Gesicht, und er in ihres. Er runzelte die Stirn, war ganz ruhig. Sein Haar war sehr hell, sein Gesicht und die Arme waren sehr dick. Dieses kleine Geschöpf ist aus mir herausgekommen?, fragte sie sich, und erschöpft sah sie ihre Mutter an, dann Ella, dann Jennet und schließlich Geoffrey, der ein ganzes Stück zurückgetreten war. Auch er war den Tränen nahe. Dann war er fort, in aller Eile, ohne ein Wort.

Ella und Jennet badeten Adelina und wechselten das Bettzeug, während sie schon schlief. Sie würde jetzt sehr, sehr lange schlafen.

Gräfin Marys nahm ihren Enkel, um ihn der Welt zu präsentieren.

Keiner der Ritter kam näher, nur François und Dedwyd. Gabriel, die Füße auf dem Tisch, sah nicht einmal auf, als Marys ihm das Kind zeigte. Nach einem flüchtigen Blick wandte er den Kopf ab. Ein weiterer Dupuy. Die ganze Nacht hatte er gebetet, das Geschöpf möge sterben. Seine Gebete waren nicht erhört worden.

»Sie lebt?«, fragte er.

»Natürlich lebt sie.«

»Gut«, war alles, was Gabriel zu sagen hatte. Müde stand er auf und drängte sich vorbei. Das Geschrei hatte ihn wachgehalten, und in ein paar Stunden musste er fort.

Auch er war zu den Waffen gerufen worden.

Von Baudoin hörte Adelina nichts, obwohl sie jeden Tag betete, es möge ein Brief kommen. Ihr war nicht bewusst gewesen, wie sehr sie ihn vermisste, bis er wirklich fort war, und auf eine seltsame Art schmerzte ihr das Herz.

Den Jungen nannte sie Gervaise nach dem einzigen noch lebenden Sohn Heracles. Er war ein anspruchsvolles und sehr lebhaftes Kind. Mit jedem Tag sah er seinem Vater ähnlicher, wenn auch Adelina manchmal, wenn er sie feixend anschaute, ihren eigenen Vater in den Augen des Jungen widergespiegelt sah.

Von den Männern gab es keinerlei Nachricht bis zu einem Tag im Frühsommer des Jahres 1214. Sowohl Adelina als auch ihre Mutter warteten beide ängstlich darauf, etwas zu hören.

Mit dem Besuch von Heracle de Polignac an jenem Tag hatte

keiner gerechnet. Er war für den Krieg gekleidet, ebenso wie die sieben Ritter in seiner Begleitung. Hereinkommen wollte er nicht. Er war auf dem Weg nach Norden und konnte nicht lange bleiben.

Beim Anblick von Adelina war er überrascht, sie war so dünn geworden. Von dem Jungen hatte er bisher nur gehört, der Kleine war inzwischen alt genug, dass er laufen konnte. Er spielte mit der Tochter eines Knechts im Burghof. Wie ein Polignac sieht er ganz und gar nicht aus, und ebenso wenig, so dachte Lord Heracle, als er genauer hinsah, wirkt er wie ein Dupuy.

»Was gibt es Neues, Heracle? Was gibt es Neues?«, fragte Gräfin Marys, die sich an seine Zügel klammerte, während er auf dem Pferd sitzen blieb.

»Der König versammelt seine Armee im Nordosten, während Louis seine Leute im Südwesten sammelt.«

»Gabriel von Lyon? In wessen Armee dient er? Beim König oder beim Prinzen?«

»Darüber weiß ich nichts. Mich braucht man in Flandern.«

»Und mein Gemahl, Onkel?«, erkundigte sich Adelina.

»Auch dazu kann ich nichts sagen.«

»Wenn Ihr ihn seht …«

»Dann sage ich ihm, dass du wohlauf bist und nach ihm gefragt hast und dass er einen prächtigen Sohn hat«, erwiderte Heracle de Polignac, nachdem er schnell noch einen Blick auf den kleinen Jungen geworfen hatte. »Möchtest du ihm irgendetwas zukommen lassen?«

Adelina nahm den Smaragdring ab, der einmal der Mutter ihres Vaters gehört hatte, und gab ihn ihrem Onkel. Der erkannte ihn sofort, sagte aber nichts.

Marys wurde nicht nach einem Liebespfand gefragt, denn sie war ja nicht verheiratet.

»Gott sei mit Euch, Onkel.«

»Das ist er immer«, antwortete er, und dann folgte ihm seine kleine Armee getreuer Gefolgsleute zum Tor hinaus.

Gräfin Marys ging allein in die Burg zurück, und Adelina rief nach dem Jungen. Der sah auf, als er seinen Namen hörte, aber sonst reagierte er nicht. Er widmete sich wieder dem Spiel mit seiner kleinen Freundin, gerade waren sie voller Eifer dabei, ein Haus aus Pflastersteinen zu bauen.

»Gervaise Dupuy!« Wieder sah er auf, und wieder reagierte er nicht auf den Ruf seiner Mutter. Adelina ging zu ihm und zog ihn am Arm hoch. Sie zerrte ihn von seiner Spielgefährtin fort. Er brüllte seinen Protest hinaus, und er kämpfte. »Nein! Du tust, was ich sage!« Er spuckte sie an, und Adelina versetzte ihm einen kräftigen Schlag. Gervaise begann zu schreien, aber Adelina wusste, dass es nicht vor Kummer wegen des Schmerzes oder der Bestrafung war, sondern aus reinem Hass – einem Hass, den Adelina bis ins Mark hinein fühlen konnte. Er liebte nur die, die ihn verwöhnten und ihm jeden Wunsch erfüllten, und wer sich seinem Willen widersetzte, der bekam bald seinen Widerstand zu spüren. Der Kleine brüllte immer noch und versuchte, sich loszumachen, aber Adelina zerrte ihn in die Halle und setzte ihn auf seinen Platz. Ella brachte gerade das Mittagessen zum Tisch, als Gervaise aufsprang, um Ella herumlief und dann in die Küche stürzte. Sofort war Adelina auf den Beinen und jagte hinter dem Jungen her. Er war schon halb die Treppe hinuntergelaufen, als sie ihn endlich erreichte. Geoffrey hatte ihm den Weg versperrt. Er nahm Gervaise unter den Arm und sah Adelina feixend an. »Der läuft genauso davon wie Ihr früher.«

»Und auch genauso schnell?«, fragte sie.

»Ja, so habe ich das in Erinnerung.«

»Er ist so anstrengend, Geoffrey.«

»Was Ihr einst ausgeteilt habt, bekommt Ihr jetzt zurück.«

»Das finde ich gar nicht komisch. Weshalb bist du hier?«

»Ich war auf dem Weg nach La Chaise Dieu, und da habe ich Euren Onkel und seine Männer gesehen. Ich bin neugierig.«

»Es ist Krieg in Flandern.«

»Und davon habt Ihr jetzt zum ersten Mal gehört?« Geoffrey mühte sich immer noch mit dem strampelnden Kleinen unter dem Arm, und so betrat er die Halle und setzte sich zu Marys und Dedwyd. Er setzte den Jungen auf dem Boden ab, aber der Kleine kletterte sofort wieder auf Geoffreys Schoß. Angestrengt versuchte er zu erkunden, was sich unter der Mönchskutte befand.

Adelina aß nur wenig und hörte der Unterhaltung gar nicht zu. Sie war mit ihren Gedanken ganz woanders. Sie dachte an Baudoin. Viel zu lange schon hatte sie ihn nicht mehr gesehen. Anfang 1213 war er aufgebrochen.

Eine ganze Woche lang hatte sie jede Nacht denselben Traum durchlitten. Und vor lauter Sorge war sie übellaunig. »Ich gehe ein wenig spazieren«, sagte sie geistesabwesend und schweren Herzens. Geoffrey sah sie fortgehen, doch ihr folgen konnte er nicht. Seine Tante hielt ihn mit ihrem Geplapper fest.

Eine Weile sah Adelina Ella bei der Arbeit zu, doch immer noch ließen ihr ihre Gedanken keine Ruhe. Sie ging zu den Kammern der Dienstboten und blieb dann hinten in dem düsteren Korridor stehen. Hier hatte sie als Kind so oft mit Cateline gespielt. Und hier im Steinfußboden befand sich der verdeckte Eingang zu einem Geheimgang. Die Mädchen hatten sich vor der Dunkelheit gefürchtet, doch gemeinsam waren sie stark. Manchmal stahl Adelina eine Kerze, und im Schein dieser Kerze und mit der Unterstützung des Mutes der Gefährtin erforschten sie die tiefsten Eingeweide der Burg. Der schmale, voll gestellte Gang mündete schließlich in eine Höhle, die auf der Höhe der Loire lag. Da saßen sie dann immer, Cateline und Adelina, und direkt über ihnen ragte die Burg in die

Höhe. Hier waren sie beide weit weg von ihren zornigen Müttern, bis sie irgendwann in aller Unschuld wieder in der Küche erschienen, mit großen Augen, schmutzig und voll unschuldigen Erstaunens. Nur ihr Vater wusste, wohin sie manchmal ging, und das Einzige, was er dazu sagte, war: *Pass auf in der Dunkelheit.* Auch für ihn war es nicht nur eine einfache Höhle unten bei den Klippen.

Jetzt saß sie wieder hier, allein, die Knie hochgezogen, wie sie das als Kind immer schon gemacht hatte. Und wenn es heiß war, so wie heute, tauchte sie die nackten Füße ins Wasser.

Nicht einmal Geoffrey wusste von diesem Platz.

Aber auch hier verfolgten sie ihre Gedanken, Gedanken an Geoffrey, der in der Halle saß und ihren Sohn unterhielt.

Ich ertrage seinen Anblick nicht, wenn er das schwarze Gewand Gottes trägt, wenn sein Haar so schrecklich geschoren ist, dass er aussieht wie einer von Ellas Kochtöpfen. Ich ertrage dann seine Nähe nicht. Aber warum?, fragte sie sich laut. »Ich flehe dich an, Dieu, sag mir, warum.«

Lange saß sie nachdenklich dort, und dann hörte sie plötzlich hinter sich leise Schritte. Diese Schritte kannte Adelina so gut wie ihre eigenen. Habe ich denn nirgendwo meine Ruhe?, fragte sie sich.

Geoffrey setzte sich neben sie und legte die Arme um die Knie, während er ins Wasser hinuntersah. »Ich habe überall gesucht. Manche Begabungen habt Ihr tatsächlich nicht verloren.«

»Ich dachte, es wüsste keiner von diesem Ort.«

»Hierhin seid Ihr mir immer hinterhergegangen, als Ihr gerade mal so groß wart«, sagte er und deutete mit der Hand die Größe eines Kindes an, das nicht älter als zwei Jahre war.

»Daran kann ich mich gar nicht erinnern. Ich erinnere mich überhaupt nicht mehr daran, einmal jung gewesen zu sein.«

»Ich reiche Euch die Hand, Adelina, aber Ihr weigert Euch, sie zu nehmen.«

»Es würde uns beiden nicht gut tun, wenn ich das täte. Solltest du nicht schon längst auf dem Weg nach La Chaise Dieu sein?«

Wieder sah Geoffrey ins Wasser hinunter. Am anderen Flussufer angelten zwei Männer aus dem Dorf. Die Angler winkten, und Geoffrey wusste, dass der Abt bald davon erfahren würde. Doch seltsamerweise war es ihm egal. »Wisst Ihr denn nicht, dass ich tief innen drin immer noch Geoffrey bin? Nur mein Name hat sich geändert.«

Schweigend musterte Adelina ihn. Sie brauchte keine Worte, um seine Lüge zu bestätigen. Doch, er hatte sich verändert, und sie ebenfalls.

»Eure Mutter sucht Euch.«

»Das ist mir egal.«

»Euer Sohn weint und ruft nach dir.«

»Das ist mir egal.«

»Ihr gebt mir also immer noch die Schuld an all Eurem Kummer und Schmerz.«

Schnell drehte sich Adelina zu ihm um. »Das tue ich nicht!«

»Das war schon immer so, und das wird auch immer so sein. Aber was ist denn aus all diesem Kummer und Schmerz geworden?«

»Nur noch mehr Kummer und Schmerz.«

»Nein. Nein, da irrt Ihr Euch. Kraft ist daraus entstanden. Viel Kraft.«

Sie schwiegen beredt.

»Die königlichen Beamten sind nicht gekommen«, sagte sie, um das Thema zu wechseln.

»Und deshalb reitet Ihr jeden dritten Tag mit Dedwyd und Michel nach Allegre. Es wäre für alle besser gewesen, wenn die Beamten gekommen wären. Dann hättet Ihr nicht solche großen Sorgen.«

»Jemand muss sich doch kümmern, Geoffrey. Antoine und

François sind im Krieg. Die Bewohner beider Dörfer brauchen mich.«

»Das haltet Ihr nicht viel länger durch. Ihr vernachlässigt Euch. Ihr seid dünn geworden, Ihr seht krank und erschöpft aus.«

»Jemand muss sich doch kümmern!«

»Ich habe um einige freie Tage gebeten, und wenn sie bewilligt werden, gehe ich nach Allegre und nehme Euch diese Pflicht ab.«

Adelina griff nach Geoffreys Hand, und Tränen brannten ihr in den Augen, als er ihre Finger fest umklammerte. »Das würdest du für mich tun?«

»Nur für Euch.«

Dann herrschte wieder Schweigen, dasselbe Schweigen, das sie so viele Jahre lang geteilt und sich wohl dabei gefühlt hatten. Wie schön, dass er jetzt hier bei ihr saß. Wie schön.

»Dies alles bleibt, wenn es uns schon längst nicht mehr gibt«, flüsterte Geoffrey. »Gebe Gott, dass wir noch nicht so bald sterben müssen.« Er hob Adelinas Hand ans Gesicht und küsste ihre Finger. »Die meisten meiner Gebete sind erhört worden. Wisst Ihr, warum?«

»Du kennst Gott, ich nicht.«

»Ich habe für Euch gebetet.«

Wieder sprach er von Dingen, die ihm auf dem Herzen lagen, dann herrschte erneut Schweigen.

»Wenn der Abt deinen Urlaub nicht bewilligt, werde ich … werde ich …«

»Was?«

»Ihn hängen, strecken und vierteilen.«

»Ganz allein?«, fragte Geoffrey lächelnd, und sie lächelte zurück.

»Du kannst mir helfen, wenn du willst.«

Unmerklich verflog ihre Heiterkeit.

»Als Ihr noch klein wart und schlecht geträumt habt oder Euch Ahnungen von zukünftigen Dingen zuteil wurden, seid Ihr immer zu mir gekommen, oder aber Ihr habt allein dagesessen und Euch Sorgen gemacht. Ich kenne dieses Gefühl gut, Adelina. Sagt mir, was Euch bedrückt.«

»Ich bin es gewöhnt, Geheimnisse zu bewahren.«

»Ach, Geheimnisse. Geheimnisse, die wie Furunkel eitern und das Herz vergiften? Wirklich schlau von Euch, die bewahren zu wollen.«

Adelina sah Geoffrey in die Augen und sah dann wieder weg, ins Wasser hinunter. »Als Baudoin fortritt, vor so langer Zeit, wusste ich genau, dass ich ihn nie wiedersehen würde. Damals wusste ich, dass mit Sicherheit eintreffen würde, was Gabriel von Lyon mir seinerzeit gesagt hat.«

»Und was hat er Euch gesagt?«

»Dass er mich, wenn ich erst die Witwe eines Dupuy bin, zur Frau nehmen würde. So viele Nächte schon habe ich jetzt immer wieder dieselbe Schlacht gesehen, Geoffrey. Nichts ändert sich, und daher weiß ich, dass es kein Traum ist. Da ist so viel Tod, und so viel Staub erhebt sich. Ich habe es gesehen, ich habe es gehört und es gefühlt, und immer, wenn ich die Augen schließe, bleibt die Vision bestehen. Ich sehe meinen Gemahl, und er ist tot. Er liegt unter einem mächtigen Baum, tot.«

Geoffreys Griff um ihre Hand wurde stärker, und sie erwiderte die Geste.

»Er hat mir einmal erzählt, dass er den Tod nicht fürchtet. Er fürchtete nur, so sagte er, dass er dem Tod würde ins Auge blicken müssen, ehe er mich richtig kennen gelernt hätte.«

»Dann liebt er Euch, und dieses Wissen müsst Ihr Euch immer bewahren und schätzen.« Wie ich das auch tue, dachte er.

»Du verstehst nicht. Ich habe ihm gar nicht gestattet, mich kennen zu lernen. Er kannte nur diesen kleinen Teil von mir, den zu sehen ich ihm erlaubte. Nicht mehr. Er war mein

Freund, Geoffrey, und jetzt ist er tot. So vieles bedaure ich. Nie wieder wird er mein Gesicht sehen, und nie wird er Gervaise kennen lernen. Nie.«

»Ihr müsst auf das ewige Leben vertrauen.«

»Die Kraft des Glaubens oder die Kenntnisse, über die du verfügst, Geoffrey, habe ich nicht. Ich habe mich bemüht und bemüht, aber diese Glaubenskraft habe ich nicht.«

»Doch. Ihr wisst es nur nicht.«

»Ich sah diesen Ort. Diesen Ort, an dem die Schlacht stattfindet, aber ich weiß nicht, wo es ist. Da steht ein Kloster auf einem Hügel, und darunter sehe ich ein halb abgeerntetes Feld. Auf den Weizenfeldern gibt es keine Leibeigenen. Alles ist verlassen, und dann sehe ich, warum. Viele Soldaten versammeln sich. Ich sehe unseren König unter einem Baum dösen, und dann ertönt ein Ruf, und er läuft in das Kloster, und dort betet er, allein. Dann springt er auf sein Pferd, und er zieht los, um die Schlacht zu eröffnen. Es ist alles so deutlich. Es ist, als wäre ich dort, als würde ich zusehen. Ich sehe die Oriflamme, das Kriegsbanner, und viele Männer. So viele Männer …«

Kapitel Dreissig

Ha! Wie der feige Hund, der er ja auch ist, macht Otto sich davon!«, rief Gabriel und zeigte auf den Kaiser beim Rückzug.

Er, Baudoin und unzählige andere hatten die Deutschen aus Philipps engerem Kreis vertrieben, und jetzt war es zu einer vorübergehenden Waffenruhe gekommen. Sie alle versuchten, wieder zu Atem zu kommen, und hielten sich bereit für den nächsten Angriff.

Gabriels Augen funkelten. Wie sehr er das doch liebte. Wie sehr er das doch genoss. Bald kamen sie wieder, diese Narren, denen die Sonne in die Augen schien, und diesmal waren die deutschen Fußtruppen dabei. Heftig tobte die Schlacht auf den Weizenfeldern von Bouvines, und viel Staub erhob sich, Staub von Pferdehufen und kämpfenden Fußsoldaten, viel Gebrüll, viel Geschrei, während Gleich und Gleich sich gegenüberstanden. Fußsoldaten fielen, Ritter zu Pferde fielen.

Gabriel verlor Baudoin erneut im Schlachtgetümmel aus den Augen, erst als er sich einen Feind gleichen Ranges suchte, den er herausforderte, sah er aus den Augenwinkeln heraus Baudoin, der sich nicht mehr rühren konnte, auf der Erde liegen. Von seinem stummen Zweikampf konnte Gabriel nicht so schnell fort, obwohl es keine Zeit zu verlieren galt.

Er kämpfte sich seinen Weg zu der Stelle frei, an der Baudoin Dupuy lag, und zog ihn aus dem Kampfgewirr fort. Mit seinem Schwert tötete er diejenigen, die das Pech hatten, ihm im Weg zu sein. Gabriel bettete Baudoin unter einen mächtigen Baum. Er war zu schwer verwundet, um zu wissen, wo er sich befand.

Nicht weit entfernt tobte die Schlacht heftig weiter. Die Zeit war in diesem Moment, wie schon in so vielen anderen, bedeutungslos. Seit Monaten waren sie jetzt gemeinsam unterwegs, hatten gemeinsam kampiert und sich in vielen langen Nächten unterhalten. Jetzt zog Gabriel ein Schmuckstück heraus. Heracle de Polignac, der Dupuy immer noch als Feind betrachtete, hatte es ihm gegeben. Der Ring rutschte Gabriel aus den behandschuhten Fingern und fiel ins Gras. »Das hatte ich vergessen, Freund«, sagte Gabriel, nahm den Ring auf und drückte ihn in Baudoins jetzt nutzlose Hand. »Er kommt von Adelina. Sie gab ihn mir, bevor ich aufbrach, am selben Tag, an dem dein Sohn tot zur Welt kam. Und da du jetzt auch stirbst, solltest du lieber wissen, dass sie dich tatsächlich einst geliebt hat. Einst.«

Baudoin, den ein tiefer Axthieb an der Schulter verwundet hatte, lag auf dem Rücken, starrte zu Gabriel hoch und flehte ihn stumm an, ihn zu erlösen. Doch erlösen wollte Gabriel ihn nicht. Er sah sich um, schaute, welchen Fortgang die Schlacht nahm, und bemerkte die rote Seide der Oriflamme, die hektisch über den Staubwolken wehte. Dann warf er noch einen Blick auf Baudoin und stürzte sich wieder ins Kampfgetümmel, wo er Philipp zu Hilfe eilte. Deutsches und flämisches Blut mischten sich auf seinem Schwert, und wieder wurde der Feind, der diesmal dem König allzu nahe gekommen war, zurückgedrängt. Gabriel und zwei weitere halfen dem König in seiner Rüstung wieder auf die Beine und erneut aufs Pferd. »Ihr wieder«, sagte der König. »Das werde ich nicht vergessen.« Gabriel nickte und wurde wieder in die Schlacht hineingezogen.

Der Sieg gehörte schließlich ihnen. Erst fielen in großer Zahl die Deutschen, dann die Engländer und die Flamen, sie machten viele Gefangene. Als alles vorbei war, suchte Gabriel die Toten nach interessanten Erinnerungsstücken ab. Zwei Ritter von Heracle de Polignac waren gefallen, aber der alte Mann selbst nicht. Er stand in einiger Entfernung und sah auf Baudoin hinunter, der unter dem Baum lag. Gabriel ging zu ihm. »Ihr habt gut gekämpft, mein Freund«, sagte Graf Heracle, der selber blutverschmiert und völlig erschöpft war.

»Wie immer, Monseigneur.«

Gabriel warf einen Blick auf Baudoin und sah die Lanze der Polignacs tief in seinem Bauch stecken, die dunklen Augen standen offen. Schon taten Insekten sich gütlich.

»Jetzt wird wieder alles mein sein«, sagte Heracle de Polignac. »Und Ihr, Ihr bringt den Leichnam zurück zur trauernden Witwe. Tröstet sie auf die Art, die wir besprochen haben.«

Gabriel ließ sich auf ein Knie nieder, von Baudoins steifen Fingern nahm er den Ring.

Adelina saß an ihrem Fenster und starrte über den Burghof hinweg auf die hügelige Landschaft hinaus, hügeliges Land, so weit das Auge reichte. Das gehörte jetzt ihr, das alles, ihr allein. Aber in dem Wissen lag keine Freude.

Heute hatte sie ihren Gemahl neben dessen Vater und Mutter und Bruder zur Ruhe gebettet. Es gab nun keinen Dupuy mehr, mit Ausnahme von Gervaise, dem Kind, das Baudoin nie gesehen hatte.

Und darüber freute sie sich.

Geweint hatte sie nicht, als der Sarg nach Lavoute gebracht wurde – von ihrem Onkel und Gabriel von Lyon. Der Geruch war abscheulich gewesen, aber das war keine neue Erfahrung für sie. Adelina, die tief in ihrem Herzen wusste, wie ihr Gemahl gestorben war, wollte die sterblichen Überreste sehen. Sie konnte ihn einfach nicht begraben, ohne ganz sicher zu sein, dass es wirklich Baudoin war.

Doch als der Sarg geöffnet wurde, vermochte sie nicht zu sagen, ob es sich um den Mann handelte, den sie geheiratet hatte, oder nicht.

Sie war in Gabriels Arme gewankt, und dann war sie losgelaufen.

Sie hatte ihre Tür verriegelt und niemanden eingelassen. Niemanden. Wie erstarrt hatte sie den Jungen angeschaut, der auf ihrem Bett schlief, da, wo er immer schlief, an seine Mutter geschmiegt.

Er sah Baudoin Dupuy überhaupt nicht ähnlich. Auch ihr ähnelte das Kind nicht, abgesehen vielleicht von der Farbe der Augen. Doch den Namen Dupuy würde er bis ans Ende seines Lebens tragen. Und sie war fest entschlossen, dafür zu sorgen, dass er diesen Namen voller Stolz trug.

Sie dachte wieder an das Begräbnis, dachte daran, wie es abgelaufen war. Alle aus Allegre waren erschienen, wieder einmal, um den letzten der alten Dupuys zu Grabe zu tragen. Und da, als alles vorbei war, hatte sie die Frau gesehen, allein und still vor sich hinweinend.

Adelina wusste, dass diese Frau Eleanor war, die eine, der für immer das Herz ihres Mannes gehört hatte. Aber sie empfand nur Mitgefühl für diese Frau – es schien nicht richtig zu sein, dass sie, Adelina, die trauernde Witwe war. Sie war auf sie zugegangen und hatte gesagt: »Ihr seid Eleanor?«

Die schönsten dunkelblauen Augen, die Adelina je gesehen hatte, blickten sie an. Trotz ihrer Verzweiflung blieb nichts von ihrer Schönheit verborgen. Sie trug Schwarz, Schwarz würde sie sicherlich tragen, bis ihre Zeit gekommen war.

»Ich bin Eleanor«, sagte sie.

Doch Adelina hatte wortlos nur dagestanden. Das war die Frau, in dessen Armen er gelegen hatte, der alle Geheimnisse anvertraut wurden und der all seine Liebe gehört hatte. Und ihr war er nur, war er von Anfang an immer nur ein Freund gewesen. Er hat versucht, mich zu lieben, dachte sie, aber er konnte es nicht. Nicht so, wie er diese Frau geliebt hat.

»Solltet Ihr je etwas brauchen, wendet Euch an mich.« Adelina hatte sie berühren, vielleicht spüren wollen, worin der Zauber dieser Frau lag, doch Eleanor hatte die Hände fest um ihr Taschentuch gekrampft. Sie hatte einfach nur genickt, ehe das stille Weinen wieder begann.

Adelina hatte sich abgewandt.

Und jetzt wandte sie sich wieder ab. Sie wandte sich ab von der Welt. Die Stimmen, die von unten zu ihr heraufdrangen, klangen unbeschwert. Sie feierten immer noch, bis tief in die Nacht: Gabriel von Lyon, Antoine, François und die drei neuen Gefolgsleute, die Gabriel von Bouvines mitgebracht hatte. Das einzige Gesprächsthema war und blieb die Schlacht. François und Antoine hatte sie bis jetzt noch nicht sprechen können, doch tief in ihrem Innern wusste sie, dass sie beide genauso still sein würden wie sie, lautes Gelächter kam von Gabriel und keine Spur von Traurigkeit. Gerade ließ der König eine weitere Abtei errichten, er würde sie die Sieges-Abtei nennen. Der gefangen genommene Adel des Feindes wurde entweder gegen ein Lösegeld freigelassen oder in Paris ins Gefängnis geworfen. Dort hatte es eine volle Woche lang Feierlichkeiten gegeben, Fackeln hatten die ganze Nacht durch gebrannt bis in den Tag, und nun, da Gabriel wieder zu Hause war, würde es eine weitere Woche der Trunkenheit geben.

Tränen hatte sie keine mehr. Die waren vor allzu langer Zeit schon vergossen. Auch hatte sie keine Angst vor dem, was Gabriel geplant hatte, und was er sich jetzt glaubte nehmen zu können. Was ihr gehörte, würde bald sein Eigentum sein, dessen war sich der Narr sicher.

Lieber werde ich sterben, als ihm nachzugeben, dachte sie. Sie hatte jetzt ihren Sohn, der den Namen Dupuy trug, und er war es, er allein, der alles erben würde, worauf ihr Auge fiel. Doch noch war er ein Kleinkind, nicht einmal zwei Jahre alt.

Stundenlang wartete sie auf das laute Klopfen an ihrer verriegelten Tür, und als es endlich kam, reagierte sie nicht darauf, denn sie wusste, wer Einlass begehrte. Es war ihr alles egal.

»Milady?« Adelina sah zu ihrer Dienstmagd, sagte aber nichts. Sie drehte sich wieder zu ihrem Fenster um, als Jennet sagte: »Er wird noch die Tür einschlagen.«

»Mein Gemahl ist tot. Kann man mich denn nicht in Ruhe lassen?« Adelina stand auf und ging zum Bett. Sie ließ sich darauf niedersinken und seufzte.

Das Hämmern gegen die Tür hielt an, bis sie die Stimme ihrer Mutter hörte:

»Adelina? Dein Onkel ist hier, er wünscht mit dir zu sprechen.«

»Ich bin müde, ich bin krank.«

Aber sie wollten nicht fortgehen. Sie sah ihre Magd an und nickte. Jennet entriegelte die Tür, und Graf Heracle stürmte herein. Es überraschte ihn nicht, sie im Bett zu sehen. Aber übertrieb sie es mit dieser Trauer nicht ein wenig?

»Meine Liebe«, sagte er und setzte sich, ohne von ihr dazu aufgefordert worden zu sein, auf die Bettkante.

»Onkel. Meinen Glückwunsch zu Eurem Sieg. Für einen alten Mann, so heißt es, habt Ihr Euch tapfer geschlagen.«

Heracle de Polignac gab vor, das nicht gehört zu haben, und griff nach ihrer Hand. »Die Zeit ist mein Feind, das weißt du sehr wohl. Was sind jetzt deine Pläne? Denkst du schon über die Zukunft nach?«

»Was mir gehört, wird bald Krongut sein. Also, gibt es da überhaupt noch eine Zukunft?«

»Der König hat es sich überlegt. Alle Ländereien bleiben in deinem Besitz.«

»Nicht in meinem, sondern in dem meines Sohnes.«

Er schaute auf den Jungen, der unter der Bettdecke tief und fest schlief, den Daumen im Mund. »Du hast dich gut gehalten in deiner Zeit allein hier, Adelina. Wie ich höre, hast du allein mehrere große Ernten überwacht, und das nicht nur in einem Dorf. Ich bin stolz auf dich und den Respekt, den du unserem Namen verschafft hast.«

»Besitz zu verwalten ist allein Sache des gesunden Menschenverstands.«

Heracle de Polignac schaute auf sie herab, als würde er mehr wissen wollen, also sagte sie: »Behandelt die Leibeigenen wie kostspielige Haustiere, freundlich und Belohnungen gewährend, und alles ist gut. Wenn ich sie zu den Waffen riefe, würden sie für mich kämpfen, so wie ich für sie. Wusstet Ihr, dass der Abt mir angeboten hat, mir drei seiner Mönche auszuleihen, wenn nötig? Ich habe das natürlich nicht angenommen.«

»Warum nicht?«

»Ich hatte keine Ahnung, was er als Gegenleistung erwartete.«

»Er ist ein Mann Gottes. Er hätte gar nichts erwartet.«

»Dann kennt Ihr ihn nicht so wie ich. Gibt es weitere Neuigkeiten vom König?«

»Die königlichen Ländereien und Besitztümer mehren sich jetzt mit jedem Monat.«

»So wie sicher auch die Schatzkammer, und zwar auf Kosten von Gutsbesitzern wie uns. Ich traue dem König nicht. Genauso wenig wie Euch, und deshalb frage ich mich jetzt, was Euch zu mir führt. Denn irgendetwas müsst Ihr ganz dringend wollen.«

»Ich habe gehört, es geht dir eine ganze Weile schon nicht sehr gut.«

Adelina wandte sich ab. Lügen konnte er nicht, oder dachte er etwa, sie hätte keinen Verstand? »Von Philipp Augustus erwarte ich viel Ärger«, sagte sie. »Mir ist egal, was Ihr sagt. Ich weiß es einfach, Onkel. Und dieses Wissen ist genauso intensiv wie die Ahnung, die ich hatte, als mein Gemahl seinerzeit fortritt. Damals wusste ich, dass ich ihn nie wiedersehen würde. Und so war es dann ja auch. Entweder sagt Ihr mir jetzt, was Ihr wollt, oder Ihr lasst mich in Frieden.«

Ganz genau wie ihr Vater, dachte er. So beschloss er, lieber zu sprechen. »Wieso heiratest du nicht und vermehrst deinen Besitz? Ich kenne mindestens«, er dachte kurz nach, »sechs infrage kommende Barone, die sich liebend gern um deine Hand bewerben würden.«

»Mein Gemahl ist gerade erst unter der Erde und noch nicht einmal kalt. Ich werde nie wieder heiraten.«

»Eine Frau allein kann doch nicht ...«

»Ich bin nicht allein. Ich habe Antoine und François in Allegre, und bald werden sie sich Gefolgsleute suchen. Dann habe ich noch Geoffrey und Michel und Dedwyd, und ich kann jederzeit Louis zurückrufen. Thierry, der Müller, ist inzwischen ein wichtiger Vertrauter im Dorf, er weiß sehr wohl, dass er, falls er mich betrügt, nur sich selber schadet. Und schließlich habe ich ja noch Eure Klugheit, die mir eine Hilfe sein könnte. Aber bis jetzt brauchte ich diese Hilfe noch nicht!«

Die sture Entschlossenheit, die jetzt im Blick seiner Nichte lag, hatte er immer schon aus den Augen seines jüngeren Bruders leuchten sehen. »Aber Adelina, solch komplexe Verwaltungsangelegenheiten sind etwas für einen Edelmann, nicht für eine Frau.«

»Und was war mit Eleanor von Aquitanien?«, fragte Adelina.

»Das ist etwas anderes. Sie war von königlichem Geblüt. Das bist du nicht.«

»Sie war eine Frau, oder etwa nicht? Was hat das Blut damit zu tun? Ist nicht alles Blut rot, wenn man es vergießt? Ich danke Euch, Onkel, dass Ihr Euch solche Sorgen macht, aber ich tue weiter nichts als meine Pflicht, bis mein Sohn volljährig ist und mir diese Pflicht abnehmen kann. Bis dahin liegt die Verantwortung bei mir, und zwar bei mir allein.«

»Du bist ein dummes kleines Mädchen, Adelina de Polignac.«

»Verzeiht, Onkel, aber mein Name lautet Dupuy. Ist es vielleicht das, was Euch am meisten quält? Oder ist es das Wissen, dass eine Frau genauso tüchtig sein kann wie ein Mann?«

»Der einzige Fehler, den mein Bruder gemacht hat, war der, dass er dich als Sohn aufzog.«

»Mein Vater hat mich so aufgezogen, dass es mir möglich war, ungeachtet des Geschlechts meinen eigenen Wert zu entdecken.«

»Da gibt es einen Grafen aus Toulouse, der …«

»Nein. Nur einem gehört mein Herz. Nur einem hat es je gehört. Und das darf niemals sein, denn er hat ein anderes Leben gewählt. Also werde ich mein Leben allein weiterleben.«

»Deine Herrschaft über dieses kleine Königreich wird kurz sein und von Unheil heimgesucht. Ich bitte dich, heirate jetzt einen, der bereits über Wohlstand und Macht verfügt, damit das Leben werden kann, wie Gott es für dich bestimmt hat.«

»Ich bin keine Königin, und ein Königreich besitze ich auch nicht. Ich habe lediglich Verpflichtungen geerbt. Ich verspüre nicht den Wunsch, einen mit Wohlstand und Macht zu heiraten, und ich glaube auch nicht, dass Gott vorherbestimmt, was aus einem Mann oder einer Frau wird. Er schenkt uns das Leben, aber es liegt bei uns, aus diesem Leben zu machen, was wir wollen. Es heißt, wir bekommen vom Leben nur das, was wir selber gegeben haben. Ein Leben inmitten sich bauschender Seide ist kein Leben für mich. Ich kann mich von meinen Verpflichtungen nicht mehr abwenden. Ich wende mich von nichts und niemandem ab, aber wenn Ihr weiterhin darauf besteht, dass ich heirate, und das nicht aus Liebe, sondern im Hinblick auf Wohlstand und Gewinn, dann wende ich mich von Euch ab, genau wie mein Vater es tat. Die Entscheidung liegt bei Euch.«

»Wenn du die Konsequenzen deiner Verbohrtheit erst einmal siehst, ist es längst zu spät.«

»Ich sehe nur eines, Onkel, nämlich den Glanz des Goldes, der Euch aus den Augen strahlt. Und das gefällt mir nicht. Ihr könnt Euch jetzt zurückziehen.«

»Herrin«, sagte Jennet, nachdem die Tür wieder verriegelt war. »Ihr wagt es, so mit Graf de Polignac zu sprechen?«

»Ich fürchte keinen!«, antwortete Adelina und presste ihren kleinen schlafenden Jungen nachdenklich an sich.

Am nächsten Tag, als Adelina sich zur Mittagszeit an die Tafel setzte und Gervaise wie immer neben seiner Großmutter Platz nahm, fiel ihr wieder die Ähnlichkeit zwischen ihm und Gabriel von Lyon auf. Der Junge hielt sogar den Knochen so wie Gabriel und nagte genau wie er daran. Er machte ihm alles nach, aber Gabriel nahm das nicht zur Kenntnis. Überhaupt beachtete er Gervaise nicht.

Seit seiner Rückkehr hatte Gabriel noch kein Wort mit ihr gesprochen. Auch war er in der Nacht nach der Beerdigung nicht zu ihr gekommen. Aber heute schien Entschlossenheit in seinem Blick zu liegen – es schien, als ob er sich seinen Plan zurechtgelegt hätte. Als der Junge Gabriel seinen Knochen hinhielt, um ihm, wie kleine Kinder das gern taten, davon etwas abzugeben, riss der ihn dem Kleinen aus der Hand und schleuderte ihn durch den Raum. Gervaise begann zu schreien, sein Herz und sein Stolz waren verletzt.

Hast du denn keine Augen im Kopf! Der Junge ist doch dein Fleisch und Blut!, hätte Adelina am liebsten gerufen.

»Bring einer das Kind weg! Es macht viel zu viel Lärm!«

Schnell nahm Jennet Gervaise auf und lief die Treppe hinauf; den ganzen Weg nach oben heulte er vor Wut.

»Er ist doch noch klein. Sei nachsichtig oder geh.«

Gabriel mochte kaum glauben, was er da gehört hatte. Er drehte sich zu Adelina um und fragte: »Hast du den Mut, das noch einmal zu sagen?« Nicht seine Worte, vielmehr sein Gesichtsausdruck ärgerte sie, und so stieg der Zorn in ihr auf.

Adelina wiederholte, was sie gesagt hatte. Sie stand von ihrem Platz am Tisch auf, nahm ihr Fleischmesser in die Hand, kletterte auf den Tisch, sodass Speisen und Wein verschüttet wurden, und dann stach sie das Messer ganz nah bei Gabriels Hand in das Holz. Sie starrte ihm in die Augen, und er starrte wutentbrannt zurück. »Wenn dir nicht gefällt, was ich dir zu sagen habe, dann steht es dir frei, deine Stellung hier aufzugeben! Vergiss nicht, mit wem du sprichst!«

Gabriel sah auf das Messer hinunter. »Mach mich nicht wütend«, stieß er aus. Jeder am Tisch spürte, dass er innerlich kochte.

»Was gefällt dir nicht am meinem Sohn, Gabriel? Dass er erbt, was du begehrst? Ich habe meinem Vater seinen letzten Wunsch erfüllt, indem ich ihm einen Enkelsohn schenkte. Was macht dich so wütend?« Hass loderte in ihren Augen. »Könnte es sein, dass du wusstest, Baudoin würde mir nicht treu sein? Oder dass womöglich die Wahrscheinlichkeit nicht groß war, dass ich schwanger werden könnte? Du wolltest mich nicht als Jungfrau, nein, nein, du warst bereit zu warten, bis ich eine reiche Witwe bin, habe ich nicht Recht? Hast du genau das nicht einmal zu mir gesagt?«

»Setz dich wieder!«, spie Gabriel aus.

»Mir gefällt es hier. So sehe ich von nahem das schwarze, böse Herz, das aus deinen Augen leuchtet!«

»Ich sagte, setz dich!«, zischte er. Er ertrug es nicht, sie so nah bei sich zu haben.

»Das ist doch Wahnsinn, Adelina«, sagte Marys, aber sie aß ungerührt weiter.

»Wisst Ihr eigentlich, Mama, was das für ein Geschöpf ist, das hier auf meines Vaters Stuhl sitzt?«

Nun hatte Gabriel genug. Er lehnte sich zurück, stemmte ihr den Fuß gegen die Schulter und stieß zu. Adelina landete auf dem Boden. Sie war mehr als bereit, gegen ihn zu kämpfen.

»Er war es, der mich vor meiner Hochzeit vergewaltigt hat, Mama! Das waren nicht irgendwelche Strauchdiebe in der Nacht! Er war es, und was ist daraus geworden? Hast du denn keine Augen im Kopf? Siehst du denn nicht, dass das Gesicht meines Sohnes nichts weiter als ein Spiegel dieses Dämons ist?«

Gabriel holte tief Luft, und dann aß er weiter, als wäre nichts geschehen. Sollten doch die Frauen diesen Kampf unter sich ausmachen, denn nichts weiter wollte dieses Mädchen doch, einen Kampf. Er wusste sehr wohl, auf wessen Seite Marys sich in diesem Kampf stellen würde. Schließlich betete sie ihn an.

»Das sind lauter Lügen!«, schrie Marys plötzlich.

»Das sind keine Lügen. Mit meinem Mädchen hat er das auch gemacht. Er untergräbt alles, was ich zu tun versuche, und er will für sich, was ihm nicht zusteht, und am Ende wird uns nichts bleiben, wenn du gestattest, dass das so weitergeht! Das alles gehört jetzt mir, Mama, nicht ihm!« Sie wandte sich an Gabriel. »Ich will, dass du aus unseren Diensten verschwindest! Ich verlange, dass du die Burg verlässt!«

Gabriel legte die Füße auf den Tisch und lachte. »Und wie, bitte sehr, willst du das zu Wege bringen?«

»Tu, was ich sage, oder ich töte dich mit meinen eigenen Händen!«

Das amüsierte ihn maßlos. Er hielt seinen Trinkbecher hoch,

damit einer der Küchenjungen nachfüllte. »Setz dich und iss. Du ärgerst mich nicht mehr als eine lästige Fliege.«

Adelina stieß einen Schrei aus und ging zum Angriff über, doch Gabriels Gefolgsleute hielten sie einfach nur fest.

»Schickt nach einem Medicus. Ich glaube, sie ist verrückt geworden. Verrückt vor Kummer vielleicht. Bringt sie weg, schickt nach jemandem. Das arme kleine Mädchen ist krank.«

Den ganzen Weg in ihr Privatgemach hinauf wehrte sich Adelina und kreischte wie von Sinnen.

»Mir wird übel, wenn ich sehe, was aus ihr seit der Heirat mit Dupuy geworden ist«, sagte Gabriel.

Gräfin Marys schwieg, doch ihre Gedanken waren laut und deutlich.

»Stimmt es, was sie gesagt hat?«, fragte sie schließlich.

»Stimmt was?«

Die Vorstellung war zu erschreckend, und doch nagte der Gedanke endlos an ihr. Hatte sie sich nicht schon des Öfteren gefragt, weshalb dieses Kind Baudoin Dupuy so gar nicht ähnlich sah? Kam es nicht zu früh auf die Welt, und hatte sie nicht doch, als es in ihren Armen lag, gewusst, dass es voll ausgetragen war? Saß der Junge nicht da wie Gabriel, musterte er die Leute nicht genau wie Gabriel?

»Du glaubst den Fantastereien dieser Irren da oben?«

»Ich kenne meine Tochter«, erwiderte Marys darauf nur. Sie fügte nicht hinzu, dass ihr außerdem bewusst war, wie er Frauen ansah, alle Frauen.

»Hältst du mich für derart dumm?«, fragte er.

»Wie bitte?«

»Sie sagt, ich bin der Vater ihres Kindes. Sie beschuldigt mich der Vergewaltigung. Ein Kind. Wem willst du glauben, Marys?«

Aber Gräfin Marys schwieg.

»Spielt es denn eine Rolle, wer der Vater ist, wo es doch vollkommen egal zu sein scheint, wer die Mutter ist. Ich weiß Bescheid, Marys.«

»Worüber weißt du Bescheid?«, fragte sie.

»Nur sehr wenige wissen, wer Adelinas wahre Eltern sind, aber ich zähle dazu.«

»Jetzt redest du irre. Du hast mal wieder zu viel getrunken.«

»Du weißt nichts über mich, du dummes Weib. Gar nichts.«

»Gabriel!« Er sah sich nicht um, als er die Treppe hinaufstürmte. »Gabriel!« Endlich kam Marys auf die Beine. Sie lief ihm hinterher, alle Anmut und Würde vergessend.

»Willst du, dass sie erfährt, wer ihre richtige Mutter ist?«

»Lügen! Man hat dir Lügen erzählt!«

»Willst du, dass sie erfährt, dass deine Schwester ihre Mutter war, deine Schwester, die von deinem geliebten Gemahl vergiftet wurde?«

»So grausam könntest du nicht sein!«

»Wenn du das glaubst, dann kennst du mich wirklich nicht.«

»Ich begreife das nicht!«

»Nein, wie könntest du auch, Marys. Gibt es überhaupt etwas, das du begreifst? Nicht dich will ich. Ich will Adelina. Und ich werde sie bekommen. Hast du denn keine Augen im Kopf, Weib? Siehst du denn nicht, dass der Sohn, den sie mit ihrem Leben schützt, mein Kind ist? Frage sie, dann wird sie dir sagen, wer der Vater wirklich ist! Frage sie, und sie wird dir etwas vorweinen und dir erzählen, wie es passiert ist!«

Marys hob die Hand zum Schlag, aber Gabriel packte sie kraftvoll, und Tränen des Schmerzes traten ihr in die dunklen Augen, als er ihr den Arm umdrehte und sie auf die Knie zwang. »Ich werde deine Tochter heiraten, und nichts, was du tun könntest, Weib, wird mich davon abhalten. Nun, wie hast du dich entschieden, Marys? Entweder kläre ich deine Tochter jetzt über ihre wahre Herkunft auf, oder du folgst mir nach oben, wie du das stets getan hast, gehorsam und treu. Also, sprich!«

»Wie kannst du davon wissen?«, fragte sie unter Tränen.

»Du Idiotin! Wem hat dein Mann wohl seine vielen Sünden gebeichtet?«

»Du lügst! Abt Jean ist ein Mann Gottes!«

»Willst du wieder zum Schlag ausholen? Sieh doch hin, wo du stehst, Weib. Ich kann getrost sagen, du warst betrunken, bist ausgerutscht und die Treppe hinuntergefallen. Ich werde deine Tochter bekommen, und du hast die Wahl, entweder du bist bei dieser Hochzeit anwesend, oder du liegst tot neben deinem untreuen Ehemann.«

Sie waren schon auf halber Strecke zum Turm. Gabriel ließ ihre Hand los, und unsicher richtete sich Marys auf. »Raus aus meinem Haus! Du stehst nicht länger in meinen Diensten!«

»Ich stand nie in deinen Diensten, du dummes Ding. Folge mir, oder ich hole mir eine der Mägde, wie ich das schon so oft getan habe.«

»Raus aus meinem Haus, sage ich, oder ich lasse dich hinauswerfen!«

»Ruf getrost einen Ritter, Frau. Du wirst feststellen, dass keiner es wagt, sich gegen seinen Herrn zu wenden. Dieser ganze Besitz gehört mir, ich kann damit tun und lassen, was mir beliebt. Und bald wird auch vor dem Gesetz alles mein sein. Freut dich das nicht genauso sehr, wie es mich freut?«

»Heracle wird davon erfahren!«

»Heracle weiß schon Bescheid! Was glaubst du, wem ich den Treueid geschworen habe? Es war nicht der Zufall allein, der mich die Bekanntschaft deines Mannes machen ließ! Es war nicht der Zufall allein, der mich sein elendes Leben retten ließ! Und das alles wird jetzt auch nicht besser, wenn du einen

Fisch auf dem Trockenen mimst. Schließ den Mund, Marys. Das ist wahrlich einer Dame nicht angemessen.«

Gabriel rannte die Treppe hinauf und lachte hämisch in sich hinein.

Gräfin Marys saß wie erstarrt vor Adelinas Schlafgemach, den Kopf an die Tür gelehnt. Der Jagdhund, Roberts Hund, kam die Treppe herauf und schnüffelte an ihrer Hand. Marys schlug die Hände vors Gesicht und weinte. Und wie sie weinte.

»Was ist das für ein Lärm?«, fragte Adelina. Sie horchte aufmerksam.

»Eure Mutter weint?«, fragte Jennet verblüfft.

»Kümmere dich darum, schnell. Ich kann nicht.« Sie fütterte gerade den Jungen, und der machte so langsam wie immer, war noch nicht einmal halb fertig. Jennet öffnete die Tür, und Adelina reckte sich, weil sie sehen wollte, was da vor sich ging. »Gräfin Marys?«

Marys sah tränenüberströmt zu Jennet hoch und umklammerte fest die Beine des Mädchens. »Kommt, Madame. Kommt.« Jennet half ihrer verstörten Herrin auf und führte sie in Adelinas Gemach.

»Mama?«, fragte Adelina von ihrem Platz beim Fenster aus. In dem Moment, als Gervaise seine Großmutter sah, riss er sich los und lief auf sie zu.

Gräfin Marys nahm ihn auf den Arm und sagte mit brüchiger Stimme: »Es ist alles verloren, Adelina. Alles.«

»Mama?«

Es war an der Zeit, die Wahrheit ans Licht zu bringen.

»Ich bringe ihn um!«

»Nein!«, flehte Marys. »Er ist zu stark, ein zu guter Krieger. Das schaffst du nicht. Das schafft keiner.«

»Lieber sterbe ich, als dass ich ihn heirate. Und Heracle

weiß Bescheid, habt Ihr gesagt? Das kann ich kaum glauben! Keinen Moment länger dulde ich ihn in diesem Haus.«

»Es gibt so vieles, von dem du nichts weißt, Adelina.«

»Dann erfahre ich es jetzt wohl besser, Mama.«

»Es ist schmerzlich. Schmerzlich für uns beide.«

»Denkt Ihr, ich weiß nicht, was Schmerzen sind? Erzählt mir von Euren Geheimnissen, ehe sie anfangen, wie Beulen zu eitern, und Euch noch mehr vergiften.«

Marys nahm ein Taschentuch aus ihrem Ärmel und trocknete ihre Tränen; sie wusste, sie würde nicht länger Haltung wahren können. Sie ging im Zimmer auf und ab, ihren Enkel an der Schulter, aber seine Anwesenheit schien ihr nicht bewusst zu sein. »Ich bin nicht deine Mutter«, sagte Marys leise.

Adelina starrte sie an.

»Erinnerst du dich an die vielen Male, die wir gestritten und uns unseren Hass entgegengeschleudert haben? Dann hast du immer gesagt, du hättest keine Mutter – wie sehr hattest du doch Recht damit.«

»Ich habe im Zorn gesprochen, Mama. Ihr wisst doch, wie ich bin.«

»Du hast die Wahrheit gesagt!« Gräfin Marys setzte sich. »Dein Vater hat mich wegen meiner Mitgift geheiratet. Ich hatte eine Schwester, viel schöner als ich und jünger, und immer schon hatte Robert sie geliebt, und doch hat er mich geheiratet, allein wegen meines materiellen Wertes. Ich konnte ihm keine Kinder schenken. Viele Jahre haben wir es versucht …«, sie schwieg kurz und seufzte. »Aber geliebt hat er mich nie. In Momenten äußerster Leidenschaft hat er mich immer beim Namen meiner Schwester gerufen, Vianna.«

Adelina war nicht die Einzige, die vor Verblüffung stumm dasaß. Jennet stand der Mund offen.

»Sie sang, so wie du singst, mit der Stimme eines Engels.

Große Augen hatte sie, und sie war so voller Liebe für meinen Ehemann. Einen Erben brauchte er nötiger als die Luft zum Atmen, und weil ich ihn über alles liebte, stimmte ich dem Vorschlag zu, dass Vianna bei uns leben sollte. Sie teilte unser Bett und war dann sehr schnell schwanger. Robert konnte sich nicht von mir scheiden lassen, und so wurden Vorkehrungen getroffen, dass ich ein knappes Jahr lang nirgendwohin gehen sollte. Es ging das Gerücht, ich sei krank und müsse bis zur Niederkunft das Bett hüten. Robert war fort an dem Tag, als die Kinder kamen. Wir wussten nicht, dass es zwei sein würden. Das erste, ein Junge, war tot.«

»Michelet.«

»Ja, Michelet. Wäre Geoffrey nicht gewesen, wärt ihr beide gestorben. Geoffrey war bei deiner Geburt dabei, und er war der Letzte, der Vianna lebend sah.

»Geoffrey war da, als ich zur Welt kam?«

»Er war noch ein Kind damals, mit schmalen Händen. Nützlichen Händen. Ich dachte, du würdest sterben, so wie Vianna starb, hier in diesem Raum, auf diesem Bett. Ich habe nie von ihr sprechen können. Ich ertrug es nicht, an ihren Tod zu denken, so furchtbar war das. Ich war dir eine Mutter auf die einzige Art, die ich verstand, Adelina. Ich schwöre bei meinem Leben, dass ich immer nur das Beste für dich gewollt habe. Aber dann wiederum musste ich erfahren, dass dein Vater dich mehr liebte als mich, seine Frau. Wie sollte ich da dir gegenüber empfinden?«

Adelina griff nach der Hand ihrer Mutter. »Ich habe sie gesehen, Mama. Ich habe diese Frau, Eure Schwester, gesehen.«

»Nein, das ist unmöglich. Sie ist schon lange tot.«

»Bei meiner Niederkunft, da ist sie gekommen. Sie stand an Eurer Seite, mit Lady Heloise. Sie hat zu mir gesagt, dass ich es bald wissen würde. Sie hat Euch angesehen, und dann ist sie verschwunden. Auch Papa war da, und Cateline …«

Es stimmt, dachte Marys, sie ist verrückt.

»Jetzt hast du Grund, mich zu hassen, Adelina.«

»Nein. Ihr seid meine Mutter, denn Ihr seid die einzige Mutter, die ich je gekannt habe. Wieso habt Ihr es mir nicht schon längst erzählt?«, fragte Adelina.

»Mir hat der Mut gefehlt, bis jetzt. Gabriel weiß Bescheid und wird dieses Wissen gegen mich benutzen.«

»Was sollen wir bloß tun, Mama? Wie können wir uns von ihm befreien?«

»Das weiß ich nicht.«

»Heiraten werde ich ihn nie. Nie und nimmer.«

»Vielleicht wird Gott sich unser erbarmen und uns von ihm erlösen.«

Adelina und Lady Marys drehten sich zu Jennet um.

»Er soll leiden, wenn er stirbt. Er soll sterben wie ein Schwein, ein Schwein ist er ja auch.« Jennet spuckte auf den Boden.

»Mama?«

Marys schaute ihrer Tochter in die Augen. Es war das erste Mal, so hatte sie den Eindruck, dass nicht Vianna sie aus Adelinas Augen anschaute.

»Wir werden zusammenhalten, Mama, Ihr und ich. Das hier gehört uns, nicht ihm. Niemals darf das alles ihm gehören. Es wird immer Polignac-Land bleiben.«

Adelina sah ein Leuchten in den Augen ihrer Mutter, ein Leuchten, das sie noch nie zuvor gesehen hatte. Fest verschränkten sie ihre Hände ineinander.

In der Stunde vor dem Morgengrauen wartete Gabriel den Moment ab, als Adelina die Latrine aufsuchte, so wie sie das nach dem Aufwachen immer tat. Im Dämmerlicht schlich er in ihr Gemach und sah das Kind im Schlaf liegen – seinen Sohn.

Die Dienstmagd hatte sich angewöhnt, bei Adelina im Bett

zu schlafen, warum, wusste er nicht, es war ihm auch egal. Der Junge schlief für gewöhnlich zwischen den beiden Frauen, jetzt war die Magd allein mit ihm. Sie schlief tief und fest. Das dachte Gabriel jedenfalls, aber als er sich näherte, öffnete sie die Augen. Ihr Schrei wurde von einer Hand auf ihrem Mund erstickt. »Keinen Laut, wenn dir dein Leben lieb ist.«

Gabriel zog die Bettdecke zurück und hob den Jungen an einem Fuß hoch. Gervaise kreischte vor Angst, dann, als er Gabriel erkannte, vor Freude. Jennet versuchte, das Kind zu packen, aber Gabriel versetzte ihr einen so heftigen Schlag, dass sie mit dem Kopf gegen den Bettpfosten schlug und sich vor Schmerzen nicht rühren konnte.

Gabriel verließ den Raum und rannte die Treppe hinunter, den Jungen an einem Arm hinter sich herschleifend.

Noch halb im Schlaf und barfuß stapfte Adelina durch die Halle, als sie die Schreie ihres Sohnes, die jetzt Schmerzensschreie waren, hörte.

Sie wusste sofort, wer da die Treppe herunterkam. Sie sah zu den Waffen ihres Vaters, die unter seinem Wappen hingen, aber wie lange mochte es dauern, bis sie den riesigen Raum durchquert hatte? Auf einmal schienen ihre Füße Flügel zu haben, und Mordlust war alles, was sie empfand. Unbewaffnet würde sie Gabriel nie und nimmer gegenübertreten. Schon einmal hatte sie schmerzhaft seinen Zorn zu spüren bekommen. Er war ein großer, kräftiger Mann und konnte sie mühelos mit einer Hand zerbrechen. Sie zerrte die Armbrust herunter und lud sie, so schnell sie konnte. Aber sie war nicht schnell genug. Kaum hatte sie die Armbrust gespannt, da hörte sie schon Gabriels Lachen oben an der Treppe. Er hielt ihren Sohn mit ausgestrecktem Arm und schwang ihn hin und her, und mit jedem Ausschlagen des kreischenden Pendels kam die steinerne Mauer näher. Blitzschnell zog er seinen Dolch aus dem Gürtel, denselben Dolch, den er ihr schon einmal an die Kehle gehalten hatte. Jetzt zeigte er auf die Kehle ihres Sohnes.

»Du würdest mich töten, meine hübsche kleine Braut?«, fragte er.

Seine ruhig gesprochenen Worte ließen sie durch und durch erstarren. Die Armbrust war geladen, aber auf den Boden gerichtet. Sie traute sich nicht, sie zu heben, denn bevor sie das geschafft und auf Gabriel gezielt hätte, würde das Blut ihres Sohnes gegen die Steinmauer spritzen.

»Du hast die Wahl, Adelina Dupuy. Willige ein, mich zu heiraten, oder dein Sohn stirbt.«

Übelkeit stieg in ihr auf, die Hände zitterten ihr. Sie gab sich Mühe, nicht auf die Schreie des Kleinen zu hören, aber sie waren so laut und durchdringend, dass sie nicht klar denken konnte.

»Willige ein, mich zu heiraten, oder dein Sohn stirbt!«, wiederholte Gabriel.

»Möge Gott dir vergeben«, sagte Adelina. »Er ist doch auch *dein* Sohn!«

»Und du denkst, das macht mir etwas aus? Hast du eine Ahnung, wie viele Söhne ich habe? Fünf, Adelina, ich habe fünf Söhne. Unehelich vielleicht, aber auf einen mehr oder weniger kommt es mir nicht an. Nur dir kommt es darauf an, also würde ich vorschlagen, du legst die Waffe weg.«

Panik stieg in ihr auf.

»Ich tue es, Adelina. Ich tue es. Das habe ich schon viele Male getan.«

Adelina ließ die Armbrust sinken. Sie hatte ihre Wahl getroffen. »Gib mir meinen Sohn«, sagte sie und machte einen Schritt in Richtung Treppe. Doch Gabriel lächelte nur und rührte sich nicht. Jetzt hielt er den Jungen fest umklammert.

»Bitte, Gabriel! Bitte gib ihn mir!«

»Heirate mich!«

»Setz den Jungen ab!«

Beim Klang der Stimme von Gräfin Marys drehte Gabriel sich um. Er lachte laut los bei dem, was er zu sehen bekam – ein altes Weib im Nachthemd, das lange Haar offen und zerzaust, in der Hand ein mächtiges Schwert. Noch dazu ein Schwert der Dupuys. Sie hatte kaum die Kraft, es zu halten, geschweige denn, es zu benutzen. Er war sich sicher, sie würde gar nicht wissen, wie.

»Setz meinen Enkel ab!«, schrie sie, ihr Blick war der einer Wahnsinnigen.

Gabriel wusste, dass Marys sich, wenn er ihr nur fest genug in die Augen sah, geschlagen geben und zu weinen anfangen würde. Das war ihre größte Begabung. Weinen. »Ihn absetzen soll ich?«, stieß er zynisch aus.

»Sofort!«, schrie Adelina.

So konnte er sich nicht konzentrieren. Welche der Frauen stellte die größte Gefahr für ihn dar? Die vor ihm mit dem Schwert in der Hand, die er immer noch fixierte, oder die andere unten in der Halle ... Zu spät hörte er das Zischen des abgeschossenen Bolzens.

Er traf. Gabriel verlor den Halt. Der Junge fiel, schlug gegen die Steinmauer und purzelte wie ein Ball die Treppe hinunter. Er kreischte wie am Spieß.

Gabriel sank zu Boden und keuchte. Der Schmerz in seinem Bauch war unerträglich. Er griff nach dem Bolzen und versuchte, ihn herauszuziehen, doch ihm fehlte die Kraft. Er drehte den Kopf, so gut er konnte, und sah Marys an. »Hab Erbarmen, Marys!«, flehte er. Doch in ihren Augen lag kein Erbarmen.

Gabriel konnte sich nicht rühren Was wird als Nächstes passieren?, fragte er sich. Werde ich am Ende von einer Frau besiegt werden? Das war beinahe komisch, und ein Lächeln umspielte seine Lippen.

»Beende, was du begonnen hast«, keuchte Gabriel geschwächt und fühlte, wie langsam das Leben von ihm wich. »Beende es!«

Aber die Frauen starrten ihn nur an.

»Gewonnen habt ihr nicht«, sagte er und spuckte Blut. Und dann verfluchte er sie. Das Letzte, was er sah, war Gräfin Marys mit einem Schwert der Dupuys in ihren Händen. Hoch über den Kopf hob sie es, in ihren Augen lag der wilde Blick einer sehr starken Frau, in der immer noch genug Leben steckte. Endlich zeigt sie Mut, dachte Gabriel.

Epilog

Einen Mittelgang, wie in Kirchen üblich, gab es nicht, nur den schmalen Pfad, der zum Flussufer führte. Viele Leute hatten sich hier versammelt. Aus Anlass der Feier waren die Bewohner sämtlicher umliegender Dörfer erschienen, von den ganz jungen bis zu den ganz alten. Es gab Raum für alle in dieser Kathedrale Gottes mit ihrem unsichtbaren Gewölbe, das bis hoch in den klaren blauen Himmel und noch darüber hinaus reichte. Hier fühlte sich Geoffrey seinem Gott näher als in all den Tagen und Nächten des Schweigens und der Einsamkeit. Er sah hinab auf die junge Frau neben sich und drückte ihr fest die Hand.

Adelina de Polignac, strahlend vor Glück, Schönheit und Jugend, hielt das Kind in ihren Armen und Geoffreys Hand fest umklammert. Er scheute vor der Aufmerksamkeit der Menschen zurück, doch sie sonnte sich darin, weil diese Aufmerksamkeit ihr von denen zuteil wurde, die sie kannte und liebte. Die meisten kamen aus den Dörfern, die jetzt ihr gehörten. Manche der Gesichter erkannte Geoffrey, die meisten nicht.

Da war André, der wunderbare André, der ihm geholfen hatte, die Worte zu wählen, Worte, von denen beide hofften, er könne sie kraftvoll und stolz dem Abt entgegenbringen. Doch als die Zeit zu sprechen gekommen war, hatte Geoffrey nur gesagt: »Ich verlasse den Orden. Meine Pflicht muss ich jetzt anderswo tun.«

Ein wenig zu lange herrschte Schweigen. »Wie du wünschst«,

hatte Abt Jean dann lediglich erwidert, genickt und ihn mit einer ungeduldigen Handbewegung entlassen.

Als freier Mann hatte Geoffrey dem Orden den Rücken gekehrt. Endlich erfüllte sich Gottes Wille. Aber noch war Gottes Wille – oder war es Adelinas Wille? – nicht vollständig Genüge getan. In wenigen Minuten würde er verheiratet sein. Die vergrößerten Ländereien der Polignacs würden im Besitz der Familie Polignac verbleiben. Wieder drückte er Adelina die Hand, als hoffe er, dies sei nicht nur ein Traum. Sollte es ein Traum sein, bitte, Gott, lass mich daraus nicht erwachen!, betete er.

»Wieso zitterst du so, Geoffrey? Was ist denn so furchtbar?«

Geoffrey bemühte sich – und wie sehr er sich bemühte –, ruhig zu bleiben. Am glücklichsten über die Verbindung war Gräfin Marys. Und ihr zur Seite stand Graf Heracle, der ohne Zweifel bereits einen weiteren Plan geschmiedet hatte.

Geoffrey konnte es einfach nicht glauben. Erst hatte er nichts gehabt, nun hatte er alles.

Den ganzen Gottesdienst hindurch rechnete Geoffrey damit, aus einem Traum zu erwachen. Und wäre er erst einmal wach, würde er, das wusste er genau, sich wieder in seiner Klosterzelle befinden, das Buch der Bücher auf dem Lesepult als einzigem Gefährten.

Es schien ein unendlich langer Traum zu sein, einer, der bis tief in die Nacht andauerte. In Lavoute wurde gefeiert, gelacht und getanzt, alle waren fröhlich. Der Wein floss so reichlich wie Wasser aus einer tiefen, bodenlosen Quelle.

Geoffrey saß auf dem Stuhl seines Onkels, neben sich seine Braut, ihr Sohn tobte wild und ausgelassen zwischen den Gästen umher. Geoffrey betrachtete den herumtollenden kräftigen Jungen. Er wusste, wessen Sohn er war – Augen hatte er schließlich im Kopf. Solange der Junge lebte, und am Leben bleiben würde er ganz bestimmt, denn tief im Innern war er zweifellos ein Kämpfer, würde er den Namen Dupuy tragen, und mit diesem Namen gingen Titel und Ländereien einher. All das, was sein Vater für sich erhofft hatte. Der Junge griff nach einem Weinkelch, Geoffreys wissenden Blick auffangend. Aber er setzte den Wein nicht ab. Ein Lächeln umspielte Geoffreys Lippen, dann sah er weg. In der Tat war dieses Kind seinem Vater sehr ähnlich.

Geoffreys Augen wanderten zur Treppe, und seine Gedanken schweiften ab zu den Geschehnissen, die jetzt schon ein ganzes Jahr zurücklagen. Natürlich hatte er davon gehört, wie der Kopf die Treppe herunter mitten in die Halle gerollt war, die Augen noch geöffnet, Überraschung im Blick ... Doch sicherlich waren das nur Gerüchte. So oft war die Geschichte schon erzählt worden, dass Übertreibung ihr mehr Nachdruck verliehen hatte, als nötig war. So waren die Menschen nun einmal. Das wusste Geoffrey aus Texten, die er während seiner Zeit im Kloster gelesen und zu kopieren gehabt hatte. Doch an sein altes Leben zu denken war jetzt nicht mehr nötig. Wie sollte man sicher und gefestigt vorwärts schreiten, wenn die Gedanken auf die Vergangenheit gerichtet waren?

Der Junge, der vom vielen Herumtoben und vom Wein müde geworden war, legte den Kopf auf Geoffreys Knie. Instinktiv suchte er die menschliche Nähe, und innerhalb weniger Augenblicke war er eingeschlafen. Lass ihn nicht büßen für die Sünden seines Vaters, dachte Geoffrey. Kinder sind die einzig Unschuldigen, die es in dieser Welt gibt. Er nahm den Jungen auf den Arm und trug ihn in sein Bett. Er wachte nicht auf. Mit dem Daumen im Mund drehte er sich auf die Seite und träumte weiter seinen kindlichen Traum. Sein langes blondes Haar kräuselte sich auf der Stirn, lange Wimpern ruhten auf den Wangen.

Sollte Gott mir einen Sohn schenken, wem wird er wohl ähnlich sehen?, dachte Geoffrey. Und wem sehe ich selber überhaupt ähnlich? Vielleicht dem Heracle, der bei Antiochia gefallen ist? Geoffrey trat zurück. Wieso konnte dieses Kind nicht seiner Mutter ähnlich sehen? Es wäre für alle einfacher gewesen. Wenn auch Gabriel seit einem Jahr schon tot war, schien er doch immer noch in diesem Haus zu leben.

Jetzt bin ich wie mein Onkel, dachte er. Ich kümmere mich um den Sohn eines anderen. Ich werde sein Beschützer, sein Hüter sein. Sein Lehrer.

Bitte, Gott, lass ihn nicht leiden für die Sünden seines Vaters!, flehte er im Stillen.

»Hier bist du.«

Geoffrey drehte sich um. Mit dem Weinkelch in der Hand betrat Adelina das Schlafgemach. Auch sie sah hinab auf ihren Jungen. »Da gibt es so vieles, Geoffrey, was du nicht weißt.«

Doch Geoffrey legte ihr den Finger auf die Lippen. Er wusste seit jeher, was in ihrem Kopf vor sich ging, ohne dass sie es aussprechen musste. Doch Dinge wie die, die ihr jetzt durch den Kopf gingen, blieben lieber ungesagt.

»Liebst du mich?«, fragte sie.

»Versprochen ist versprochen, mein Liebes«, erwiderte Geoffrey leise und nahm ihr den Weinkelch aus der Hand. »Muss ich es denn noch sagen? Du bist jetzt kein Kind mehr. Komm«, sagte er.

»Du willst wirklich zurück ins Kampfgetümmel?«

»Ich glaube kaum.«

Eine verschwundene Reliquie, finstere Gestalten und ein mutiger Archivar im mittelalterlichen Köln

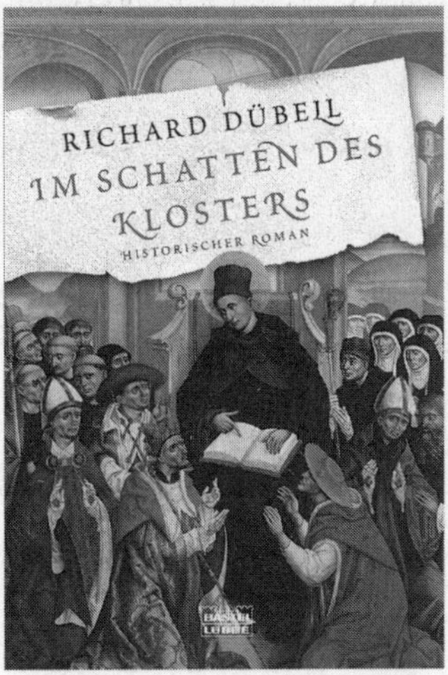

Richard Dübell
IM SCHATTEN
DES KLOSTERS
Historischer Roman
320 Seiten
ISBN 3-404-15441-X

Köln im Jahre 1193: Bruder Ulrich, Archivar des Klosters Sankt Albo, wird mit einer heiklen Mission bertraut. Er soll die jüngst entwendete Reliquie des Klosters, den Schädel des Namenspatrons, wiederbeschaffen. In Begleitung Rinaldos, eines durchtriebenen italienischen Sängers, und Jörgs, eines unglücklichen Kreuzritters, dringt Ulrich in die für ihn Schrecken erregenden Gassen Kölns vor. Schon bald weiß er nicht mehr, was er glauben soll. Er ist sich nur in einer Sache sicher: Die geheimnisvolle junge Frau, die ihm immer wieder über den Weg läuft, will ihn töten – und er hat keine Ahnung, warum ...

»Gegen Rebecca Gablés Romane schrumpft jedes Hollywood-Epos auf Heimkinoformat.«

BILD AM SONNTAG

Rebecca Gablé
DIE SIEDLER
VON CATAN
Historischer Roman
800 Seiten
ISBN 3-404-15396-0

Ein blutiger Überfall auf ihr Dorf im hohen Norden lässt die Ziehbrüder Candamir und Osmund erkennen, dass ihre Tage in der Heimat gezählt sind. Nach einem Hungerwinter bricht die Gemeinschaft mit Schiffen auf, um ein neues Land zu suchen. Ein Sturm verschlägt sie auf jene Insel, die sie nur aus der Sage kennen: Catan ...